《小说月报》编辑部/编

小说月报

FICTION MONTHLY

2015年实力作家
精品集

天津出版传媒集团

百花文艺出版社

图书在版编目（ＣＩＰ）数据

小说月报2015年实力作家精品集 /《小说月报》编辑部编. -- 天津：百花文艺出版社，2016.1
ISBN 978-7-5306-6934-1

Ⅰ. ①小… Ⅱ. ①小… Ⅲ. ①中篇小说–小说集–中国–当代②短篇小说–小说集–中国–当代 Ⅳ. ①I247.7

中国版本图书馆 CIP 数据核字(2015)第 301950 号

选题策划:《小说月报》编辑部　　　封面设计:郭亚红
责任编辑:高　为　齐红霞　　　编辑统筹:徐晨亮
　　　　　赵　芳　　　　　　　　　　　　刘　洁

出版人:李勃洋
出版发行:百花文艺出版社
地址:天津市和平区西康路 35 号　　邮编:300051
电话传真: +86-22-23332651 (发行部)
　　　　　+86-22-23332656 (总编室)
　　　　　+86-22-23332478 (邮购部)
主页:http://www.baihuawenyi.com
印刷:天津泰宇印务有限公司
开本:720×970 毫米　1/16
字数:370 千字　　插页:4 页
印张:20.75
版次:2016 年 1 月第 1 版
印次:2016 年 1 月第 1 次印刷
定价:35.00 元

王　蒙

阿　来

冯骥才

麦　家

范小青

张　欣

叶广芩

杨少衡

林　白

王祥夫

尹学芸

目 录

三只虫草

(藏族)阿　来

一

海拔三千三百米。

寄宿小学校的钟声响了。

桑吉从浅丘的顶部回望钟声响起的地方,那是乡政府所在地。二三十幢房子散落在洼地中央,三层的楼房是乡政府,两层的曲尺形楼房是他刚刚离开的学校。

这是五月初始的日子,空气湿润起来。在刚刚过去的那个冬天,鼻子里只有冰冻的味道、风中尘土的味道,现在充满了他鼻腔的则是融雪散布到空气中的水汽的味道,还有冻土苏醒的味道。还有,刚刚露出新芽的青草的味道。

这是高海拔地区迟来的春天的味道。

第一遍钟声中,太阳露出了云层,天空、起伏的大地和蜿蜒曲折的流水都明亮起来。第一遍钟声叫预备铃。预备铃响起时,桑吉仿佛看见,女生们早就安安静静地坐在教室了,男生们则从宿舍、从操场、从厕所、从校门外开始向着楼上的教室奔跑。衣衫振动,合脚的不合脚的鞋子噗噗作响。男生们喜欢这样子奔跑,喜欢在楼梯间和走廊上推搡、碰撞,拥挤成一团跑进教室,这些正在启蒙中的孩子喜欢大喘着气,落座在教室里。小野兽一样,在寒气清冽的早晨,从嘴里喷吐出阵阵白烟。

等到第二遍钟声响起时,教室里安静下来,只有男孩们剧烈奔跑后的喘息声。

第三遍钟声响起来了,这是正式上课的铃声。

多布杰老师或是娜姆老师开始点名。

从第一排中间那桌开始。

然后是左边,然后右边。

然后第二排,然后第三排。

桑吉的座位在第三排正中间,和羞怯的女生金花在一起。

现在,点名该点到他了。今天是星期三,第一节是数学课,那么点名的就该是娜姆老师。娜姆老师用她甜美的、听上去总是有些羞怯的声音念出了他的名字:"桑吉。"

没有回答。

娜姆老师提高了声音:"桑吉!"

桑吉似乎听到同学们笑起来。明明一抬眼就可以看见第三排中间的位置空着,她偏把头埋向那本点名册,又念了一遍:"桑吉!"

桑吉此时正站在望得见小学校、望得见小学校操场和红旗的山丘上,对着水汽芬芳的空气,学着老师的口吻:"桑吉!"

然后,他笑起来:"对不起,老师,桑吉逃学了!"

此时,桑吉越过了丘冈,往南边的山坡下去几步,山坡下朝阳处的小学校和乡镇上那些房屋就从他眼前消失了。他开始顺着山坡向下奔跑。他奔跑,像草原上的很多孩子一样,并不是有什么急事需要奔跑,而是为了让柔软的风扑面而来,为了让自己像一只活力四射的小野兽一样跑得呼哧呼哧地喘着粗气。春天里,草坡在脚底下已经变得松软了,有弹性了。很像是地震后,他们转移到省城去借读时,那所学校里的塑胶跑道。

脚下出现了一道半米多高的土坎,桑吉轻松地跳下去了。那道坎是牦牛们磨角时挑出来的。

他跳过一丛丛只有光秃秃的坚硬枝干的雪层杜鹃,再过几天,它们就会绽放新芽,再有一个月,它们就会开出细密的紫色花朵。

挨着杜鹃花丛是一小片残雪,他听见那片残雪的硬壳在脚下破碎了。然后,天空在眼前旋转,那是他在雪上滑倒了。他仰身倒下,听到身体内部的东西震荡的声音。他笑了起来,学着同学们的声音,说:"老师,桑吉逃学了。"

老师不相信。桑吉是最爱学习的学生,桑吉还是成绩最好的学生。

老师说:"他是不是病了?"

"老师,桑吉听说学校今年不放虫草假,就偷跑回家了。"

本来,草原上的学校,每年五月都是要放虫草假的。挖虫草的季节,是草原上的人们每年收获最丰厚的季节。按惯例,学校都要放两周的虫草假,让学生们回家去帮忙。如今,退牧还草了,保护生态了,搬到定居点的牧民们没那么多地方放牧了。一家人的柴米油盐钱、向寺院作供养的钱、添置新衣裳和新家具的钱、供长大的孩子到远方上学的钱、看病的钱,都指望着这短暂的虫草季了。桑吉的姐姐在省城上中学。父亲和母亲都怨姐姐把太多的钱花在打扮上了。而桑吉在城里的学校借读过,他知道,姐姐那些花费都是必需的。她要穿裙子,还要穿裤子。穿裙子和穿裤子还要搭配不同的鞋,皮的鞋、布的鞋、塑料的鞋。

寒假时,姐姐回家,父亲就埋怨她把几百块钱都花在穿着打扮上了。

父亲还说了奶奶的病,弄得姐姐愧疚得哭了。

那时,桑吉就对姐姐说了:"女生就应该打扮得花枝招展。"

姐姐笑了,同时伸手打他:"花枝招展,这是贬义词!"

桑吉翻开词典:"上面没说是贬义词。"

"从人嘴里说出来就是贬义词。"

桑吉合上词典:"这是好听又好看的词!"

父母听不懂两姐弟用学校里学来的汉语对话。

用纺锤纺着羊毛线的母亲笑了:"你们说话像乡里来的干部一样!"

为桑吉换靴底的父亲说:"将来还是当老师好。"

桑吉说:"今年虫草假的时候,我要挣两千元。一千元寄给姐姐,一千元给奶奶看医生!"

奶奶不说话。

病痛时不说话,没有病痛时也不说话。

听了桑吉的话,她高兴起来,还是不说话,只是咧着没牙的嘴,笑了起来。

但是,快要放虫草假的时候,上面来了一个管学校的人,说:"虫草假,什么虫草假!不能让拜金主义把下一代的心灵玷污了!"

于是,桑吉的计划眼看着就要化为泡影了。不能兑现对姐姐和奶奶的承诺,他就成了说空话的人了。

所以,他就打定主意逃学了。

所以,他就在这个早上,在上学的钟声响起之前,跑出了学校。

钟声,他想,没有我,还没有这个钟声呢。

原来,学校上课下课是摇一个铜铃铛。当乡镇上来过了一辆收破烂儿的小卡车后,那只铃铛就从学校里消失了。那个被校长和值日老师的手磨得锃亮的铜铃铛把手上还系着一段红穗子,平常就放在校长办公室的窗台上。夏天的早上上面会结着露珠,深秋和初春的早上会结着薄霜。冬天,上面什么也没有,只是光泽都被严寒冻得暗哑了。

那辆收破烂儿的小卡车来过又消失,那只铜铃铛就消失了。

大家叽叽喳喳地说,是一个手脚不干净的同学干的。

传说他用铜铃铛换来的钱在网吧玩了一个通宵的游戏。他在电脑屏幕上打死了很多怪兽,打下了很多样子古怪的飞机。

听说老师们还专门开了一个会,讨论要不要把这个家伙找出来。后来,还是校长说:"孩子,一个孩子,这种事还是不了了之吧。"

校长去了一趟县城,看自己的哮喘病,顺便从县教育局带回了一只电铃。电铃接上电线,安装在校长室的门楣上。从屋里一摁开关,丁零零的声音就响起来,急促、快速,谁去开它都一样。不像原来的铃声,在不同的老师手上,会摇出不同的节奏:叮——当! 叮——当! 或:叮叮——当当! 叮叮——当当!

不承想,电铃怕冷,零下二十多度的冬天里,响了几天,就再也发不出声音了。

桑吉和泽仁想起了公路边雪中埋着的一个废弃的汽车轮胎,他们燃了一堆火,把上面的橡胶烧掉,把剩下的半轮断裂的钢圈弄回来,挂在篮球架上,这就是现在小学的钟了。一棍子敲上去,一声响亮后,还有嗡嗡的余音回荡,像是群蜂快乐飞翔。

放寒假了,钢圈还是挂在篮球架上。

那个县城里叫作破烂儿王的人又开着他的小卡车来过两三趟,这钢圈还是挂在篮球架上。

桑吉把这事讲给父亲听。

父亲说:"善因结善果,你们有个好校长。"这个整天待着无所事事的前牧牛人还因此大发议论,说,如今坏人太多,是因为警察太多了。父亲说:"坏人可不像虫草,越挖越少。坏人总是越抓越多。坏的东西和好的东西不一样,总是越抓越多。"

桑吉把父亲的话学给多布杰老师听。老师笑笑:"奇怪的哲学。"

桑吉问:"奇怪的意思我知道,什么是哲学?"

老师说:"这个我也不知道。"

桑吉很聪明:"我知道,这个不知道是说不出来的知道,不是我这种不知道。"

老师被这句话感动了,摸摸他的头:"很快的,很快的,我就要教不了你了。"

多布杰老师平常穿着军绿色的夹克,牛仔裤上套着高筒军靴,配上络腮胡子,很硬朗的形象,说这话时眼里却有了泪花。

他那样子让娜姆老师大笑不止,饱满的胸脯晃动跳荡。

现在,桑吉却在逃离这钟声的召唤。

奔跑中,他重重地摔倒在一摊残雪上,仰身倒地时,胸腔中的器官都振荡了,脑子就像篮球架上的钢圈被敲击过后一样,嗡嗡作响。

桑吉庆幸的是,他没有咬着自己的舌头。

然后,他侧过身,让脸贴着冰凉的雪,这样能让痛楚和脑子里嗡嗡的蜂鸣声平复下来。

这时,他看见了这一年的第一只虫草!

二

其实,桑吉还没有在野地里见过活的虫草。

但他知道,当自己侧过身子的同时也侧过脑袋,竖立在眼前的那一棵小草,更准确地说是竖立在眼前的那一棵嫩芽就是虫草。

那是怎样的一棵草芽呀!

它不是绿色的,而是褐色,因为从内部分泌出一点点儿黏稠的物质而显得亮晶晶的褐色。

半个小拇指头那么高,三分之一,不,是四分之一个小拇指头那么粗。桑吉是聪明的男孩,刚学过的分数,在这里就用上了。

对,那不是一棵草,而是一棵褐色的草芽。

胶冻凝成一样的褐色草芽。冬天里煮一锅牛骨头,放了一夜的汤,第二天早上就凝成这种样子——有点儿透明的,娇嫩的,似乎是一碰就会碎掉的。

桑吉低低地叫了一声:"虫草!"

他看看天,天上除了丝丝缕缕的仿佛马上就要化掉的云彩,蓝汪汪的,什么都没有出现。神没有出现,菩萨没有出现。按大人们的说法,一个人碰到好运气时,总是什么神灵护佑的结果。现在,对桑吉来说是这么重要的时刻,神却没有现身。多布杰老师总爱很张扬地说:"低调,低调。"这是桑吉作文中又出现一个好句子时,多布杰老师一边喜形于色,一边却要拍打着他的脑袋时所说的话。

他要回去对老师说:"人家神才是低调的,保佑我碰上好运气也不出来张扬一下。"

多布杰老师却不是这样,一边拍打着他的脑袋说低调低调,一边对办公室里别的老师喊:"我教的这个娃娃,有点儿天才!"

桑吉已经忘记了被摔痛的身体,他调整呼吸,向着虫草伸出手去。

他的手都没有碰到凝胶一样的嫩芽,又缩了回来。

他吹了吹指尖,就像母亲的手被烧滚的牛奶烫着时那样。

他又仔细看去,视野更放宽一些。虫草芽就竖立在残雪的边缘,一边是白雪，一边是黑土，像小小的笔尖。

他翻身起来，跪在地上，直接用手开始挖掘，芽尖下面的虫草根一点点儿显露出来。那真是一条横卧着的虫子。肥胖的白色身子，上面有虫子移动时，需要拱起身子一点点儿挪动用以助力的一圈圈节环。他用嘴使劲吹开虫草身上的浮土，虫子细细的尾巴露了出来。

现在，整只虫草都起到他手上了。

他把它捧在手心里，细细地看，看那卧着的虫体头端生出一棵褐色的草芽。

这是一个美丽的奇妙的小生命。

这是一只可以换钱的虫草。一只虫草可以换到三十块钱。三十块钱，可以买两包给奶奶贴病痛关节的骨痛贴膏，或者可以给姐姐买一件打折的李宁牌 T恤，粉红色的或者纯白色的。姐姐穿着这件 T 恤上体育课时，会让那些帅气的长鬈头发的男生对她吹口哨。

父亲说，他挖出一只虫草时，会对山神说对不起，我把你藏下的宝贝拿走了。

桑吉心里也有些小小的小小的，对了，纠结。这是娜姆老师爱用的词，也是他去借读过的城里学校的学生爱用的词。纠结。

桑吉确实有点儿天才，有一回，他看见母亲把纺出的羊毛线绕成线团，家里的猫伸出爪子把这个线团玩得乱七八糟时，他突然就明白了这个词。他抱起猫，看着母亲绝望地对着那乱了的线团，不知从何下手时，他脱口叫了声："纠结！"

母亲吓了一跳，啐他道："一惊一乍的，独脚鬼附体了！"

现在的桑吉的确有点儿纠结，是该把这只虫草看成一个美丽的生命，还是看成三十元人民币？这对大多数中国人来说根本不是一个问题，但对这片草原上的人们来说，常常是一个问题。

杀死一个生命和得到三十元钱，这会使他们在心头生出：纠结。

不过，正像一些喇嘛说的那样，如今世风日下，人们也就是小小纠结一下，然后依然会把一个小生命换成钱。

桑吉把这只虫草放在一边，撅着屁股在刚化冻不久的潮湿的枯草地上爬行，仔细地搜寻下一只虫草。

不久，他就有了新发现。

又是一只虫草。

又是一只虫草。

就在这片草坡上，他一共找到了十五只虫草。

想想这就挣到四百五十块钱了，桑吉都要哼出歌来了。一直匍匐在草地上，他的一双膝盖很快就被苏醒的冻土打湿了。他的眼睛为了寻找这短而细小的虫草芽都流出了泪水。一些把巢筑在枯草窠下的云雀被他惊飞起来，不高兴地在他头顶上忽上忽下，喳喳叫唤。

和其他飞鸟比起来，云雀飞翔的姿态有些可笑。直上直下，像是一块石子、一团泥巴，被抛起又落下，落下又抛起。桑吉站起身，双臂向后，像翅膀一样张开。他用这种姿势冲下了山坡。他做盘旋的姿态，他做俯冲的姿态。他这样子的意思是对着向他发出抗议声的云雀说，为什么不用这样漂亮的姿态飞翔？

云雀不理会他，又落回到草窠中，蓬松着羽毛，吸收太阳的暖意。

在这些云雀看来，这个小野兽一样的孩子同样也是可笑的，他做着飞翔的姿态，却永远只能在地上吃力地奔跑，呼哧呼哧地喘着粗气，像一只笨拙的旱獭。

这天桑吉再没有遇见新的虫草。

他已经很满足了，也没有打算还要遇到新的虫草。

十五只，四百五十元啊！

他都没有再走上山坡，而是在那些连绵丘冈间蜿蜒的大路上大步穿行。阳光强烈，照耀着路边的溪流与沼泽中的融冰闪闪发光。加速融冻的草原黑土散发着越来越强烈的土腥味，一些牦牛头抵在裸露的岩石上舔食泛出的硝盐。

走了二十多里地，他到家了。

一个新的村庄。实行牧民定居计划后建立起来的新村庄。一模一样的房子：正面是一个门，门两边是两扇窗户，表示这是三间房，然后，在左边或在右边，房子拐一个角，又出来一间房。一共有二十六七幢这样的房子，组成了一个新的村庄。为了保护长江黄河上游的水源地，退牧还草了，牧人们不放牧，或者只放很少一点儿牧，父亲说："就像住在城里一样。"

桑吉不反驳父亲，心里却不同意他的说法，就二三十户人家聚在一起，怎么可能像城里一样？他上学的乡政府所在地，有卫生所，有学校，有修车铺、网吧、三家拉面馆、一家藏餐馆、一家四川饭馆、一家理发店、两家超市，还有一座寺院，也只是一个镇，而不是城。就算住在那里，也算不得"就像住在城里一样"。因为没有带塑胶跑道、有图书馆的中学校，没有电影院，没有广场，没有大饭店，没有立交桥，没有电影里的街头黑帮，没有红绿灯和交通警察，这算什么城市呢？这些定居点里的人，不过是无所事事地傻待着，不时地口诵六字真言罢了。直到北风退去，东南风把温暖送来，吹醒了大地，吹融了冰雪，虫草季到来，陷入梦魇一般的人们才随之苏醒过来。

桑吉不想用这些话破坏父亲的幻觉。

他只是在心里说,只是待着不动,拿一点儿政府微薄的生活补贴算不得像城里一样的生活。

即便是每户人家的房顶上,都安装了一个卫星电视天线,每天晚上打开电视机都可以看到当地电视台播出翻译成藏语的电视剧,父亲和母亲坐下来,就着茶看讲汉语的城里人的故事。他们就是看不明白。

电视放完了,两个人躺在被窝里发表观后感。

母亲的问题是:"那些人吃得好,穿得好,也不干活儿,又是很操心很累很不高兴的样子,那是因为什么?"

桑吉听见这样的话,会在心里说:"因为你不是城里人,不懂得城里人的生活。"

每年春暖花开的时候,大城市来的游客就会在草原上出现,组团的、自驾的、当驴友的,这些城里人说:"啊,到这样的地方,身心是多么放松!"

这是说,他们在城里玩的时候不算玩,不放松,只有到了草原上,才是玩。但桑吉不想把自己所知道的这些都告诉父亲。他知道,父亲母亲让他和姐姐上学,是为了让他们过上更好的生活,而不是为了让他们回到家来显摆那些超过自己的见识。

父亲想不通的还有一种打仗的电视剧:"那些人杀人比我们过去打猎还容易啊!杀人应该不是这么容易的呀!"

"那是杀日本鬼子呀!"母亲说。

父亲反驳:"杀日本鬼子就比杀野兔还容易吗?"

这时,桑吉也不想告诉父亲说,这是编电视的人在表现爱国主义。他在电视里看到过电视剧的导演和明星谈为什么这样做就是爱国主义。

父亲是个较真的人、爱刨根问底的人,如果你告诉他这是爱国主义,说不定哪天他想啊想啊,冷不丁就会问桑吉:"那么,你说的这个主义和共产主义,还有个人主义是不一样的吗?还是原本是一样的?"

他不想让父亲把自己搅进这样纠结的话题里。

现在,这个逃学的孩子正在回家。他走过溪流上的便桥,走上了村中那条硬化了的水泥路面。

奶奶坐在门口晒太阳,很远就看见他了。

她把手搭在额头上,遮住阳光,看孙子过了溪上的小桥,一步步走近自己,她没牙的嘴咧开,古铜色的脸上那些皱纹都舒展开来了。

桑吉把额头抵在奶奶的额头上,说:"闻闻我的味道!"

奶奶摸摸鼻子,意思是这个老鼻子闻不出什么味道了。

桑吉觉得自己怀里揣着十五只虫草,那些虫草,一半是虫,一半是草,同时散发着虫子和草芽的味道,奶奶应该闻得出来。但奶奶摸摸鼻子,表示并没有闻到什么味道。

屋里没有人。

父亲和母亲都去村委会开会了。

他自己弄了些吃的,一块风干肉,一把细碎的干酪,边吃边向村委会走去。这时村委会的会已经散了。男人们坐在村委会院子里继续闲聊,女人们四散回家。

桑吉迎面碰上了母亲。

母亲没给他好脸色看,伸手就把他的耳朵揪住:"你逃学了!"

他把皮袍的大襟拉开:"闻闻味道!"

母亲不理:"校长把电话打到村长那里,你逃学了!"

桑吉把皮袍的大襟再拉开一点儿,小声提醒母亲:"虫草。虫草!"

母亲听而不闻,直到远离了那些过来围观的妇人们,直到把他拉进自己家里:"虫草,虫草,生怕别人听不见!"

桑吉揉揉有些发烫的耳朵,把怀里的虫草放进条案上的一只青花龙碗里。他又从盛着十五只虫草的碗中分出来七只,放进另一只碗里:"这是奶奶的,这是姐姐的。"

一边碗中还多出来一只,他拣出来放在自己手心里,说:"这样就公平了。"他看看手心里那一只,确实有点儿孤单,便又从两边碗里各取出一只。现在,两边碗里各有六只,他手心里有了三只,他说:"这是我的。"

母亲抹开了眼泪:"懂事的桑吉,可怜的桑吉。"

母亲和村里这群妇人一样用词简单,说可怜的时候,有可爱的意思。所以,母亲感动的泪水、怜惜的泪水让桑吉很是受用。

母亲换了口吻,用对大人说话一样的口吻告诉桑吉:"村里刚开了会,明天就可以上山挖虫草了。今年要组织纠察队,守在进山路上,不准外地人来挖我们山上的虫草。你父亲要参加纠察队,你不回来,我们家今年就挣不到什么钱了。"

母亲指指火炉的左下方,家里那顶出门用的白布帐篷已经捆扎好了。

桑吉更感到自己逃学回来是再正确不过的举措了,不由得挺了挺他小孩子的小胸脯。

桑吉问:"阿爸又跟那些人喝酒了?"

母亲说:"他上山找花脸和白蹄去了。"

花脸和白蹄是家里两头驮东西的牦牛。

"我要和你们一起上山去挖虫草!"

母亲说:"你阿爸留下话来,让你的鼻子好好等着。"

桑吉知道,因为逃学父亲要惩罚他,揪他的鼻子,所以他说:"那我要把鼻子藏起来。"

母亲说:"那你赶紧找个土拨鼠洞,藏得越深越好!"

桑吉不怕。要是父亲留的话是让屁股等着,那才是真正的惩罚。揪揪鼻子,那就是小意思了。又疼又爱的小意思。

阿爸从坡上把花脸和白蹄牵回来,并没有揪他的鼻子,只说:"明天给我回学校去。"

桑吉顶嘴:"我就是逃五十天学,他们也超不过我!"

"校长那么好,亲自打的电话,不能不听他的话。"

桑吉想了想:"我给校长写封信。"

他就真的从书包里掏出本子,坐下来给校长写信。其实,他是写给多布杰老师的:"多布杰老师,我一定能考一百分。帮我向校长请个虫草假。我的奶奶病了,姐姐上学没有好看的衣服穿。今天我看见虫草了,活的虫草,就像活的生命一样。我知道我是犯错了,我回去后你罚我站着上课吧。逃课多少天,我就站多少天。我知道这样做太不低调了。为了保护草原,我们家没有牛群了。我们家只剩下五头牛了,两头驮牛和三头奶牛。只有挖虫草才能挣到钱。"

他把信折成一只纸鹤的样子,在翅膀上写上"多布杰老师收"的字样。

母亲看着他老练沉稳地做着这一切,眼睛里流露出崇拜的光亮。

母亲赔着小心说:"那么,我去把这个交给村长吧。"

他说:"行,就交给村长,让他托人带到学校去。"

这是桑吉逃学的第一天。

那天晚上,他睡不着。听着父亲和母亲一直在悄声谈论自己。说神灵看顾,让他们有福气,得到漂亮的女儿和这么聪明懂事的儿子。政府说,定居了,牧民过上新生活,一家人要分睡在一间一间的房里。可是,他们还是喜欢一家人睡在暖和的火炉边上。白天,被褥铺在各个房间的床上。晚上,他们就把这些被褥搬出来,铺在火炉边的地板上。大人睡在左边,孩子睡在右边。父亲和母亲说够了,母亲过来,钻进桑吉的被子下面。母亲抱着他,让他的头顶着她的下巴。她身上还带着父亲的味道,她的乳房温暖又柔软。

三

去往虫草山的这个早晨,天上下着雪霰。

雪霰本是笔直落到地上,可是有风,说不上大,但很有劲道的风,把雪霰横吹过来,打在人脸上,像一只只口器冰凉的飞虫在撞击,在叮咬。

风搅着雪,把整个世界吹得天昏地暗。

这样的情景中,很难想象这个世界上还会在蓝空下面耸立着一座虫草山。一座黑土中、浅草下埋满了宝物的山。

桑吉把袍子宽大的袖口举起来,权且遮挡一下风雪,心想:虫草山肯定不见了吧。话到嘴边,变成了:"我们找不到虫草山了吧?"

母亲叫他放心:"虫草山在着呢。"

将近中午,大家来到了虫草山下。

雪停了,风也停了,天却阴着。云雾低垂,把虫草山的顶峰藏在灰暗的深处。只有那些长着虫草的土坡,立在眼前,像是一个巨人,只看见他腆着的肚子,却不见隐在灰云中的脑袋和颈项。

桑吉想,那些鼓着的肚腹一样的山坡,一定藏着好多虫草。

在风中搭帐篷很费了些力气。风总想把还来不及系牢的帐篷布吹上天空,桑吉就把整个身子都压在帐篷布上,让父亲腾出手来,把绳锚砸进地里。

帐篷架好了,母亲在帐篷中生火。

桑吉在河沟边的灌木丛中搜寻干枯的树枝。他不用眼睛看,他用脚蹚。

掉光了叶子的灌木看上去都一样,难以分辨哪些已经干枯,哪些还活着。可是用脚一蹚,干枯的噼噼啪啪折断,活着的弯下腰又强劲反弹。很快,他们家帐篷旁边的枯枝就堆成了一座小山。

邻居都来夸赞:"聪明的孩子才能成事呀!"

父亲却骂:"你这么干,知道有多费靴子吗?"

母亲看着他把干枯的杜鹃树枝填进炉膛,脸上映着红彤彤的火光,说:"他心里美着呢。"

桑吉知道,母亲看见自己能干顾家,心里也正美着呢。

这时有人通知去抽签,村里用这种方法产生每天六个人分成三组在各个路口封堵外来人员的纠察队员。

父亲起身,桑吉也跟在他身后。

山顶还是被风和雪还有阴云笼罩着,鼓着肚子的黄色草坡下面的洼地里,聚居点的人家都在这里搭起了自己的帐篷。

男人们都聚在村长家的帐篷前,村长就在帐篷边折了些绣线菊的细枝,撅成长短不一的短棍,握在他缺一根指头的手中,宣布规则:"抽到长的人明天值班。明天晚上大家再来抽,看后天该谁值班。"

吹着冷风,男人们都把手插在皮袍的大襟里,村长握着那把短棍,把手举到众人面前。第四个人就是桑吉的父亲了。父亲没有把手从皮袍襟里拿出来,他看看儿子。

村长问:"让桑吉抽?"

桑吉伸出的手又缩了回来。

因为前面三个人都抽了短的。他想起多布杰老师在数学课上说过的一个词：概率。那时，他没有听懂。现在，他有些明白了。前面三个都抽了短的，那么，也许长的就该出现了。

所以，他对村长说："先让别人抽，我要算一算。"

男人们笑起来："算一算，你是一个会占卜的喇嘛吗？"

桑吉摇了摇头："我要用数学算一算。"

他们家在定居点的邻居伸出了手："哦，这个娃娃装得学问比喇嘛都大了！"

村长手里有二十八根棍子，其中有六根长棍，已经抽出三根短棍。接下来，他们家的邻居抽出了一根长棍；接下来，是一根短棍；接下来，又一根长棍。抽到长棍的人连叫倒霉。虽然大家都愿意当纠察，保卫村里的虫草山，但谁都不想在第一天。谁都明白，第一天上山的收获，可能胜过后来的三四天。

这时，桑吉说："我算好了。"他出手，抽到了一根短棍。

晚上，父亲在帐篷里几次对母亲说："你儿子，他说他要算算，他要算算！"

桑吉躺在被窝里，听着风呼呼地掠过帐篷顶，又从枕头底下翻出来铁皮文具盒，摸到三只胖胖的虫草，把柔软的触觉传到他指尖。

他听见父亲低声问母亲："儿子睡着了吗？"

母亲说："你再不老实，山神不高兴，会让我们的眼睛看不见虫草！"

父亲说："山神老人家忙得很呢，哪有时间整天盯着你一个人。"

"山神有一千只一万只眼睛，什么都能看见。"

母亲起身离开父亲，钻到了桑吉的被窝里，她带来一团热乎乎的气息，她的手穿过桑吉的腋下，轻轻地怀抱着他。她的胸又软和又温暖，父亲还在那边的被窝里自言自语："算算。"

桑吉身子微微弯曲，姿态像是枕边文具盒里的虫草，松弛又温暖。他很快就睡着了。

他是被一阵鼓声惊醒的。

帐篷里没有人，外面鼓声阵阵。

他知道，那是喇嘛在作法。

天朗气清，阳光明亮。

草地被照耀得一片金黄。虫草山上方的雪山在蓝天下显露出赭红色的山崖和山崖上方晶莹的积雪。

人们聚集在溪边。那里已经用石头砌起了一个祭台，喇嘛坐在上首，击鼓诵经。男人们在祭台上点燃了柏枝，芬芳的青烟直上蓝天。喇嘛们手中的钹与镲发出响亮的声音时,仪式到了尾声。男人们齐声呼喊,献给山神的风马雪片般布满了天空。

虫草季正式开启。

被选为纠察的人们分头前去把守路口,全村男女都出发上山,每人一把小小的鹤嘴锄、一只搪瓷缸子。人们在山坡上四散开来,趴在草坡上,细细搜寻长不过一两厘米的褐色的娇嫩草芽。

桑吉手里也有了一把轻巧的鹤嘴锄。当一只虫草芽出现在眼前,他也学着大人们的样子,把周围的浮土和枯草拂开,从草芽的旁边进锄,再用劲撬动,他听到草根断裂的声音,看到地面开裂,再缓缓用劲,那道裂缝的中央,胖胖的虫草出现了。他鼓起腮帮,把虫草上的浮土吹开,小心拈起它,放进搪瓷缸里。做这所有的动作,他都小心翼翼,不让虫草有最微小的损伤。过些日子,虫草贩子就要来了,他们嘴里永远挂着一个词:品相,品相。第一是品相,第三还是品相。就像校长说的:第一是做人,第三还是做人。就像多布杰老师说的:第一是学习,第三还是学习。就像娜姆老师说的:第一是爱,第二是爱,第三还是爱。

在山上,比起自己和母亲,高个子的父亲就笨拙多了。

首先,他不容易看见细小的虫草芽。

第二,好不容易发现了,他的大手对付这个小东西,也是很无所适从的样子。

太阳当顶的时候,一家人停下来吃午餐,冷牛肉、烧饼、一暖瓶热茶。桑吉狼吞虎咽,父亲说他吃相不好。父亲端端正正坐着,一小刀一小刀削下牛肉,放进嘴里,细嚼慢咽。饮下热茶时,更要发出舒服的感叹。桑吉不管,三下五除二,很快就吃得有些撑了。他趴在地上,数三只搪瓷缸里的虫草。他的成绩是十九只。母亲二十三只。父亲最少,十一只。

父亲笑着说:"小东西是让小孩和女人看见的。男人眼睛用来看大处和远处。"

母亲对桑吉说:"你父亲年轻时,打猎和寻找走失的牛,很远很远,他就能看见。"母亲又对父亲说:"可现在不打猎也不放牧了,挖虫草,就得看着近处细处了。"

父亲吃饱了,把刀插回鞘中,抹抹嘴,翻身仰躺在草地上,用帽子盖住了脸。

桑吉看着父亲,桑吉总是要不由自主地把眼光落在父亲和母亲身上。父亲用帽子盖着脸,耳朵却在一上一下地动着。这是他在逗桑吉玩,这相当于电视里那些人说我爱你。父亲不说,他一上一下动着耳朵,逗桑吉开心。

桑吉眼尖,在父亲耳朵边发现了一粒破土而出的虫草芽。

他把鹤嘴锄揳进土中，对父亲说别动别动，取出一只胖胖的虫草。

然后，他揭开父亲脸上的帽子，把那只虫草举到父亲眼前。

父亲很舒心，对母亲说："这个孩子不会白养呢。不像你姐姐的儿子呢。"

他们说的是桑吉十六岁的表哥。小学上到三年级就不上了。长到十四五岁，就开始偷东西，只为换一点儿钱，到乡政府所在的镇上，或者到县城打台球。他偷过一头牛，还和另一个混混儿偷卸掉停在旅馆的卡车的备用轮胎，卖到修车铺。也不远走，就在修车铺门口的露天台球桌上打台球，台球桌边放一打啤酒，边打边喝。打到第三天，就被抓到派出所去关了一个星期。

四处浪荡的表哥常常不回家，饿得不行了，还跑到小学校，来吃桑吉的饭。

星期天下午，学校背后的草地上，他曾经对表哥说："你来吃我的饭，我很高兴。"

表哥一边狼吞虎咽，一边说："那你是个傻瓜。"

桑吉很老成很正经地说："你来吃我的饭，说明你没有偷东西。所以我很高兴。"

表哥说："傻瓜！那是因为这地方又穷又小，偷不到东西！"

桑吉很伤心："求求你不要偷了。"

表哥也露出伤心的表情："上学我成绩不好，就想回去跟大人们一样当牧民，可是，大人们也不放牧了。有钱人家到县城开一个铺子，我们家比你们家还穷。你这个装模作样的家伙，敢来教训我！"

桑吉不说话。

表哥又让他去买啤酒。一口气喝了两瓶后，表哥借酒装疯："读书行的人，上大学，当干部。等你当了干部再来教训我！那你说，我不偷能干什么？"

桑吉埋头想了半天，实在没有想出什么好办法，就说："那你少偷一点儿吧。"

表哥很重地打了他一巴掌，唱着歌走了。那天，表哥把学校一台录音机偷走了。再以后，学校就不准表哥再到学校来找他了。

校长说："学校不是饿鬼的施食之地，请往该去的地方去。"

多布杰老师说："你信不信我能把你揍得把一个人看成三个人！"

表哥灰溜溜走了。多布杰老师的眼神变得柔和了，他对桑吉说："你现在帮不了他，只有好好读书，或许将来你可以帮到他。"

从此，表哥不偷东西了。他当背夫，帮人背东西。帮去爬雪山的游客背东西，帮勘探矿山的人背东西。最后，又帮盗猎者背藏羚羊皮，盗猎者空手出山，他却被巡山队抓个正着，进监狱已经一年多了。

父亲提起这个话头，让桑吉想起表哥。

他想起多布杰老师的话:"你表哥其实是个好人。可是,监狱可不是把一个人变好的地方。"

他想等虫草季结束,手里有了钱,就去城里看表哥。表哥和姐姐在一个城里。不同的是,一个在学校,一个在监狱。他想给表哥买一副手套,皮的,五个指头都露在外面的。表哥戴过那样子的一只手套,那是他捡来的。但他喜欢戴着那样一只手套打台球,头上还歪戴着一顶棒球帽。对,桑吉还要给他买一顶新的棒球帽。但不给表哥买项链。表哥的项链上挂着一个塑料的骷髅头,表面却涂着金属漆,实在是太难看了。那是来自一个暴烈的电子游戏中的形象。

他坐在草坡上,坐在太阳下想表哥,表情惆怅。

母亲埋怨父亲:"你提他不争气的表哥干什么?你让儿子伤心了。"

父亲翻身起来,摸摸他的脑袋:"虫草还在等我们呢。"

这一下午,桑吉又挖了十多只虫草。

晚上,回到帐篷里,母亲生火擀面。锅里下了牛肉片和干菜叶的水在沸腾,今天晚餐是一锅热腾腾的面片。

桑吉拿一把小软刷,把一只只虫草身上的杂物清除干净,然后一只只整齐排列在一块干燥的木板上,虫草里的水分,一部分挥发到空气中,一部分被干燥的木板吸收。等到虫草贩子出现在营地的时候,它们就可以出售了。

父亲抽签回来的时候,面片已经下锅了。汤沸腾起来的时候,母亲就往锅里倒一小勺凉水,这样锅里会沉静片刻,然后,又翻沸起来,如是者三,滑溜溜香喷喷的面片就煮好了。

父亲又抽到一根短棍。

父亲对桑吉说:"我也学你算了算。"

惹得桑吉大笑不止。

桑吉大笑的时候,帐篷门帘被掀开,一个人带着一股冷风进来了。来人是一个喇嘛。

女主人专门把一只碗用清水洗过,盛一大碗面片恭敬地双手递到喇嘛面前。喇嘛不说话,笑着摇手。

一家人便不敢自便,任煮好的面片融成一锅糨糊。

往年,虫草季结束的时候,喇嘛会来,从每户人家收一些虫草,做他们虫草季开山仪式诵经作法的报酬。但开山第一天就来人家里,这是第一回。喇嘛不说话,一家人也不明白他的意思,大家便僵在那里。

喇嘛开口了,也不说来意,却说听大家讲,这一家叫桑吉的儿子天资聪慧,在学校里成绩好得不得了。喇嘛说,这就是根器好。可惜早年没有进庙出家,而是进了学校。学校好是好,上大学,进城,一个人享受现世好福报。如果出家,修行有成,自度度人,那就是全家人享受福报,还不只是现世呢。

说这些话时,喇嘛眼睛盯着帐篷一角木板上晾着的虫草。

那些虫草,火苗蹿出炉膛时,就被照亮,火苗缩回炉膛时,就隐入黑暗,不被人看见。桑吉挪动屁股,遮住了投向虫草的火光。

喇嘛笑了:"果然是聪明种子啊!"

喇嘛还说:"知道吗?佛经里有好多关于影子的话。云影怎能把大山藏起来?"

桑吉心头气恼,顶撞了喇嘛:"看大山要去宽广草滩,不必来我家窄小的帐房。"

父亲念一声佛号:"小犊子,要敬畏三宝。"

桑吉知道,佛,和他的法,还有传他法的喇嘛,就是三宝。父亲一提醒,自己心里也害怕。在学校,他顶撞过老师,过后却没有这样的害怕。

父亲对喇嘛说:"上师来到贫家,有什么示下,请明言吧。"

喇嘛说:"年年虫草季,大家都到山神库中取宝,全靠我等作法祈请,他老人家才没动怒,降下惩罚。"

父亲说:"这个我们知道,待虫草季结束,我们还是会跟往年一样,呈上谢仪。"

喇嘛脸上的笑容消失了:"山中的宝物眼见得越来越少,山神一年年越发不高兴了,我们要比往年多费好几倍的力气,才能安抚住他老人家不要动怒。"

话到了这个份儿上,结果也自然明了。喇嘛从他家第一天的收获中拿走了五分之一的虫草,预支了一份作为他们加倍作法的报偿。

喇嘛取了虫草,客气地告辞。这时,他家的面片已经变成一锅面糊了。

第二天,他们上山时,喇嘛们又在草滩上铺了毯子,坐在上面摇铃击鼓,大作其法。

桑吉对父亲说:"今天晚上喇嘛还要来。"

当天晚上,喇嘛没有来。

他们是第五天晚上来的。这回是两个小沙弥,一个摇着经轮,一个手里端着只托盘,也不进帐篷,立在门口,说:"二十只,二十只就够了。"

桑吉禁不住喊道:"二十只,六百块钱!"

母亲怕他说出什么更冒失的话来,伸手把他的嘴捂住了。

四

虫草一天天增多。

晾干了的虫草都精心收起来,装进专门在县城白铁铺订制的那只箱子里。箱子用白铁皮包裹,里面衬着紫红色丝绒。晾干的虫草就一只只静静地躺在那暗黑的空间里沉睡。一个星期不到,不算还晾在木板上的那几十只,箱子里已经有了将近六百只虫草。也不算桑吉那三只。

明天是在这座虫草山上的最后一天。

在村长家帐篷前抽签时,父亲还是抽到了短木棍。父亲没有声张,心里高兴,嘴上却说:"也该我去守一回路口了。"

回到家里,他却喜形于色,说:"看来今年我们家运气好着呢。"

母亲说:"要是女儿考得上大学,那才是神真真地看顾我们了。"

父亲净了手,把小佛龛中佛前的灯油添满,把灯芯拨亮。

这天晚上,桑吉躺在被窝里,又给他的三只虫草派上了新用场。

他想回学校时该送多布杰老师和娜姆老师一人一样礼物。他想起星期六或星期天,太阳好的时候,老师们喜欢在院子里,在太阳地里洗洗涮涮。多布杰老师涂一脸吉列牌的剃须泡,打理他的络腮胡子,娜姆老师用飘柔洗发水洗自己的长发。他想回学校时,买一罐剃须泡和一瓶洗发水送给他们。

三只虫草,一共才九十块钱哪!

为此,他心里生出小小的苦恼,怕因此就不够给表哥买无指皮手套的钱了。

甚至睡梦里,也有小小的焦灼在那里,像只灰色鸟在盘旋。

早上起来,父亲当纠察队员去把守路口了。桑吉和母亲上山去。这座山四围除了向西的一面属于另一个村子,其他三面鼓起的肚腹都被反复搜索过两三遍了。所以,这一天收获很少,他和母亲一共只采到十几只虫草。桑吉提议,不如早点儿下山,收拾好东西,明天早点儿转到新的营地。

母亲坐下来,让桑吉把头靠在她腿上,说:"去那么早干什么?没有祭山仪式,谁都不能先上山去挖虫草。"

桑吉说:"去得早,可以多找些干柴,多捡些干牛粪,我们家的炉火就比别人家旺。"

母亲说:"有你这样的儿子,我们家怕是真要兴旺了。"

桑吉改用了汉语,用课堂上念书的腔调说:"旺,兴旺的旺,旺盛的旺。"

他笑了,对母亲说:"还能组什么词,我想不起来了。"

母亲爱抚他的脑袋:"天神啊,你脑袋里装了多少我不知道的东西啊!"

回到帐篷里,桑吉把晾在木板上的三只虫草收进文具盒里——这是他脑子里已经派了很多用场的虫草。

然后,再去溪边打水,母亲说了,今天要煮一锅肉。大块的肉之外,牛的腿骨可以熬出浓浓的汤。

桑吉把牛腿骨放在帐篷外的石头上，用斧子背砸。骨头的碎屑四处飞溅，一些鸟闻声并不惊飞，而是聚拢过来，在草地上蹦蹦跳跳，争着啄食那些沾着肉带着髓的小碎屑。母亲倚在帐篷门边，笑着说："鸟不怕你呢，你能聚拢生气呢。"

桑吉更加卖力地砸那些骨头，砸出更多的碎骨头，四处飞溅，让鸟们啄食。

虽说是沾肉带髓，但到底是骨头，鸟们都只浅尝几口，便扑棱棱振翅飞走了。桑吉这才收了手，脱下头上的绒线帽子，头上冒起一股白烟。

母亲说："瞧，你的头上先开锅了。"

母亲从他脚边把那些砸碎的骨头收起来，下了锅。肉香味充溢帐篷的时候，桑吉把在这座虫草山上的收获清理完毕了——不算他那三只，也不算他要单给奶奶和姐姐的那十二只——他们一家三口在这座虫草山上的收获一共是六百七十二只。一只三十块。三六一万八，三七二千一，加起来是两万零一百，还有个三十，他对母亲说："哇，一共是两万零一百三十。"

母亲笑得眉眼舒展。

这时，父亲刚好弯着腰钻进了帐篷，说："你高兴是因为钱多呢，还是因为儿子算得这么快？"

不等母亲回话，父亲又说："来客人了。"

果然，帐篷门口，还站着一个人。

这个人穿着一件长呢大衣，戴着一顶鸭舌帽，是个干部。一抹浓黑的胡子盖着他的上嘴唇。

这个人用手稍稍抬了抬帽子，就弯腰进了帐篷。母亲搬过垫子，请他在火炉边坐了。

这个人盘腿坐下，表情严肃地盯着桑吉："那么，你就是那个逃学的桑吉了？"

桑吉说："期末考试我照样能考一百分。"

这个人说："你不知道我是谁吧？我叫贡布。"

桑吉说："贡布叔叔。"

这个人说："我是县政府的调研员，专门调研虫草季逃学的学生。"

桑吉问："调研是什么意思？"他真的没有听到过这个词。

调研员说："你逃学的那天，我就调研到你们学校了。你逃学一星期了。你之后，又有七个人逃学。"

父亲插进来，想帮儿子申辩，但他刚张口，嘴里发出了一两个模糊的音节，调研员只抬了抬手，他就把话咽回去了。调研员说："你不要说话，我和桑吉说话。桑吉是一个值得与他谈话的人。"

桑吉还是固执地问:"调研是什么意思,我没听说过。"

调研员从母亲手里接过牛肉汤时,还对她很客气地笑了一下。他喝了一口汤,吧嗒一下嘴,作为对这汤鲜美的夸奖。这才对桑吉说:"视察。"

桑吉的眼光垂向地上:"视察。你是领导。"

调研员哈哈大笑:"这么小的孩子都知道领导!"他又说,"不要担心了,我不是来抓你回学校的。"

桑吉这才放松下来:"真的吗?"

"你听听外面。"

这时,桑吉才注意到今天黄昏的营地有一种特别的热闹。一群孩子加入营地,带来了一种生气勃勃的热闹。学校确实放了假,各家的孩子都回到营地里来了。男孩子们身上带着野气,无缘无故就呼喊,无缘无故就奔跑。女孩子们跳橡筋绳:一二三四五六七! 七六五四三二一!

桑吉冲出帐篷,加入了他们。

但他的同学们并不太欢迎他。他们怀着小小的嫉妒。他逃了学,期末考试照样会得一百分,而且,营地里都传说,他起码挖了一万块钱的虫草。大家围成一圈在草滩上踢足球,大家都不把球传给他。可是,当球被谁一个大脚开到远处时,就有人叫:"桑吉!"

他捡了球回来,大家还是不把球传给他。

这使得他意兴阑珊,只想天早些黑,早点儿回家。

回家时,他看到父亲正蘸着口水数钱。数十张,交到母亲手上,再数十张。最后父亲笑了:"两万零一百三十元。"

母亲却忧虑:"村里商量过的,虫草要一起出手。"

调研员笑了,把钱袋裹在腰上:"我这就去村长家吃饭,把他们家的虫草也收了。"

母亲从锅里捞了一大块牛肉,包好,要调研员带上。他说:"留着吧,哪天我到你们家来吃就是了。"

那意思是他一时半会儿不会离开。

调研员拍拍桑吉的脑袋:"这些娃娃放假回家挖虫草,我要在这里盯着他们,别在山上摔坏了,别让狗熊咬伤了。"

父亲说:"您放心吧,山里没有狗熊已经十多年了。"

调研员提着他们家的虫草箱起身了:"这只是一个比喻。你们家下一个虫草山的收获也给我留着。"说完,他一掀帐篷门帘,出去了。

桑吉说:"他没有付箱子的钱!"

桑吉记得,红丝绒,加白铁皮,加薄衬板,加手工,一共花了差不多三百块钱。为了这只箱子,父亲在白铁店坐等三天,看着店里的师傅做出来的。每天下了课,他都到那个店里去陪父亲。第一天,师傅把剪出来的白铁皮敲打成了一个长方体,有了箱子的基本模样。第二天,又给箱子内部安上了木衬板和红丝绒。第三天,是盖子和箱子上的铁把手。最后,安装上了一只锁。这只锁是桑吉从捡来的一只破公文包上取下来的。常常,从外地来这个镇上的人,走后都会留下点儿什么不要的破烂货。开车的留下一只旧轮胎,驴友留下一根登山杖。也是一位来学校检查工作的干部,他留下的是一只四角都被磨得泛白的公文包。桑吉不知道自己为什么卸下了那只锁。那时,他并不知道父亲打算为装虫草而做一只讲究的箱子。但父亲告诉他,此行来镇上,是为了做一只装虫草的箱子时,他就拿出了那只锁。

桑吉说:"虫草挖出来,在我们手上就十来天时间,为什么要一个箱子?"

父亲说:"给我们带来一年生计的东西,不能就装在一只旧布袋里。"

三天后,一只箱子就做出来了。

还装上了那只锁。

白铁店老板嘲笑他们:"装一只没有钥匙的锁干什么?"

父亲说:"没有钥匙的锁也是锁,聋子的耳朵也是耳朵。"

真的,有了这只锁,不管有没有钥匙,那就是一只像模像样的箱子了。里面像是可以装着珍贵的物品了。

可是,现在调研员拿走了这只箱子。

桑吉追了出去,在村长家帐篷门口,他从后面拉住了调研员大衣上的腰绊。

调研员说:"我没有多付你们家钱吧。"

桑吉说:"箱子,你不能带走箱子。"

调研员说:"箱子?我只拿了虫草。"

桑吉说:"你只能拿走虫草,不能拿走装虫草的箱子。"

调研员明白了:"你得告诉我,这些虫草我是捧在手上还是含在嘴里。"

桑吉说:"收虫草的人都自己带装虫草的东西。"

桑吉其实不知道调研员带着一只讲究的箱子,接上电就恒温恒湿。不是装虫草的,是城里人装雪茄烟的箱子。调研员的这只箱子就放在他的汽车里。他本来要在村长家吃了晚饭,再串几户人家,把收来的虫草装进汽车里的恒温箱里,明天早上再把箱子还给他们。

现在,调研员觉得他是个好玩的娃娃,便说:"你在镇上的超市里买过东西吗?"

桑吉说:"买过。"

"说说你买过些什么东西。"

"糖,还有墨水。"

"对了,超市的人让你把包糖的纸和墨水瓶还给他们了吗?"

桑吉摇了摇头。

调研员说:"嘿,小伙子,你是在摇头吗?你不知道黑夜里我看不见吗?"

桑吉说:"你只付了虫草钱,没付箱子的钱。"

调研员笑了,他不进村长家的帐篷,转身往他停车的地方走。隔着老远,刚看得见车窗玻璃上的反射光,他按一下手里的钥匙,车灯闪烁的同时,还吱地叫了一声。

调研员打开车子的后厢门,车里灯亮起来,照见一只箱子,闪着黑黝黝的金属光泽,箱门上还有两只手表那么大的表盘。调研员说:"小伙子,开开眼,这样的东西才配叫箱子。"他打开箱子,从里面取出一只塑料盒,把虫草装进里面,塞进了那只漂亮的箱子。

桑吉以为调研员这下该把白铁皮箱子还给他了。但调研员没有这个意思,他问桑吉:"用完了墨水,你把瓶子还到超市了?"

这回,桑吉不说话也不摇头,他不敢说,他和同学们把空瓶子放在学校围墙上,当弹弓的靶子了。

调研员说:"我知道都被你们打碎了,围墙外,满地是玻璃碴子,当我不知道吗?好小子,你来追我,我以为你要为逃学交一份检讨书呢。是的,我不要这只破箱子,但我告诉你,这是我买虫草买来的包装。"

桑吉终于露出了请求的口吻:"你有这么漂亮的箱子,把这箱子还给我家吧。"

调研员点了一支烟,脸上露出要为难人时的表情,说:"看在你是个成绩优秀的学生的分儿上,我没让你为逃学写检讨,总不成又让你白拿回箱子吧?"

桑吉知道,他脸上露出这样表情的时候,不意思意思,那是拿不回这只箱子了。

他咽了口唾沫,有些艰难地说:"我给你虫草。"

调研员弯下腰:"虫草,你给我虫草?"

"我换这只箱子。"

调研员说:"多少?"

桑吉提高了声音:"三只,三只虫草。"

调研员把烟头扔在地上,用脚把那一星火踩灭了,说:"成交!"

桑吉抱起了箱子,调研员说:"小伙子,你既然开始学习交易了,就该先把虫草拿来。"

桑吉跑进帐篷,从枕头下拿出了那只铁皮文具盒。回来时,调研员又燃起了一支烟。他看着桑吉打开文具盒,看到了里面躺着三只白白净净胖乎乎的虫草,他细心地把三只虫草拈出来,放进了那只箱子里,和这几天一家人换了两万多块钱的虫草们混了一起。

桑吉抱起了白铁皮箱子。

调研员在他身后说:"等等。"他从车上拿出一包糖果,还有一个漂亮的笔记本,掀开桑吉抱在怀里的箱子盖,放进了里面。他啪一声合上箱盖:"祝贺你交易成功,一份奖励。"

调研员拍拍他的脑袋,往村长家的帐篷去了。

桑吉抱着箱子回家,在星空下,他的泪水流了下来。他想着那三只白白胖胖的虫草。想着他打算送给表哥的无指手套,想着他得空着双手去看望表哥。想着也不能买剃须泡和飘柔洗发水送给两位老师,他的泪水就下来了。他望望天空,星星在他的泪眼中,闪烁着更动人的光芒。

他在晚风中站了一阵,等泪水干了,才走进自家的帐篷。他对父亲和母亲说:"我把箱子要回来了。"

五

第二天,各家收拾帐篷时,调研员发动了车子。他特意把车开过桑吉身旁,摇下车窗,像对大人一样和桑吉打招呼:"我过几天还回来,把你们家的虫草给我留着。"

桑吉别过头去,不想跟他说话。

桑吉这个样子,让他父亲很着急:"领导在跟你说话。"

调研员这才对父亲说:"我喜欢这个孩子,我回来时要带份礼物给他。他喜欢什么东西?"

父亲说:"书。"

调研员转脸对桑吉说:"一套百科全书怎么样?"调研员压低了声音说,"那你可大赚了。知道一套百科全书多少钱?八九百呀!告诉你吧,当你喜欢一个人,就意味着要在买卖中吃大亏了!"

他一脚油门,汽车在草滩上摇摇晃晃地前进。桑吉看到过汽车开上草滩被陷在泥里的情形,他想,这辆车要被陷住了。更准确地说,是桑吉希望这辆车被陷住。但是,这辆车摇晃着,轰鸣着,冲出了地面松软的草滩,上到了路上,调研员又向他挥了挥手,车屁股后卷起尘土,很快就转过山口,消失了。只把尘土留在天幕之下,经久不散。

父亲用责备的口吻说:"人家喜欢你呢。"

桑吉说:"我不喜欢他像个了不起的人物和我说话。"

但是,他心里已经在想象那套百科全书是什么样子了。这是他第二次听见有一种书叫百科全书了。有几个登山客来过学校,送了他们班的学生一人一只文具盒,还和他们拍了很多照片。他们说,回到城里后,最多不过两星期,他们就会寄来这些照片和一套百科全书。可是,两年过去了,学校也没收到这些人许诺要寄来的东西。

在新的虫草山上,桑吉老是在想这套百科全书。

这时,调研员正在赶路。路上,遇到了堵车,他骂骂咧咧地停下车来。

他骂骂咧咧是因为心里不痛快。

前不久,他还是县里的副县长。干部调整的时候,人们都说他会当上县长,再不济也能当上常务副县长。可是,调整后的结果是他成了这个县的调研员。都知道,一个干部快退休了,需要安顿一下,就给个调研员当当。他才四十出头,就成了调研员。当调研员的第一件事,就是调研乡村学校虫草季放假的情况。调研员也是配有司机的。但他心里不痛快,自己开着车就到乡下来了。也是因为心里不痛快,他一到桑吉上学的学校,就说,虫草,虫草,学生的任务就是好好念书,挖什么虫草。结果他把学校的虫草假给取消了。一周后,他的气消了许多,朋友打电话告诉他,弄些虫草,走走该走动的地方,至少还可以官复原职吧。于是,他又给学校放了一周的虫草假。他说,不放怎么办?草原上的大人小孩,都指望着这东西生活嘛。

在桑吉他们村的虫草山下,他收了五万块钱的虫草。眼下,他正开着车,急着把这些新鲜虫草送到一个地方去。因为路上堵车,他是天黑后,街上的路灯都在新修的迎宾大道两旁一行一行亮起来的时候,才进到城里的。这个夜晚,他敲响了两户人家的房门,村长家的虫草送给了部长,桑吉家的虫草送给了书记。

桑吉的虫草在书记家待了三个晚上。

第三个晚上,书记回来晚了。书记老婆便提前把放在冰箱里的虫草取出来。

她细细嚼了一只,觉得是好虫草。

这时,书记回家了。

书记老婆说:"今年的虫草不错啊!"

书记说:"那就包得漂亮一点儿,哪天得空儿给书记送去。"

老婆笑说:"书记送给书记。"

书记老婆教书出身,这几年不教书了,没事,喜欢窝在家里读书。所以,才说出这样的话:"怎么没人写一本《虫草旅行记》?"

书记也是在职博士,论文虽然是别人帮忙写的,到底大学本科还是亲自上的,回家还要上上网,他在电脑前坐下,鼠标滑动时,随口说:"你读不到,本地经济文化都欠发达,没人写小说,更不要说官场小说。"

老婆收拾好虫草,却留下了几十只,仔细装在一只罐子里。书记摇摇头说:"小气了。算算管着多少座虫草山,算算这时节有多少老百姓在山上挖这东西,总得有三五万、十来万人吧,还怕没有虫草!"

老婆说:"就图个新鲜,补补气。"

"我中气十足!"

"那就再提提!"

早上,车到门口来接书记上班。老婆把茶杯递给秘书:"第一遍水不要太烫了。"

秘书说:"可是新虫草下来了?"

到了办公楼,第一个会,就是虫草会。虫草收购秩序的会。合理开发与保护虫草资源的会。

书记坐在台上讲话,他面前放着透明的茶杯,茶杯里浮沉着茶叶,茶杯底卧着一只虫草,好像是想探头看看下面的人。下面的人面前桌上也放着茶杯,有些茶杯里也卧着虫草。麦克风里的声音嗡嗡响着,杯底下的这些虫草似乎都在互相探望。

桑吉的三只虫草在书记家被分开了。

两只进了一只不透光的塑料袋,躺在冰箱里。一只躺在书记的杯子里。

这时的桑吉正在山上休息。

他用手臂盖着脸,在阳光下睡了一会儿。刚一闭上眼,他就听见很多睁开眼睛时听不见的声音,青草破土的声音、去年的枯草在阳光下进一步失去水分的声音、大地更深处那些上冻的土层融冻的声音。然后,他睡着了。他又梦见了百科全书。他醒来,揉揉眼,回想那书是什么样子。但他想不起来了,怎么都想不起来,这让他懊恼了好一阵子。在又挖到了五六只虫草后,他想通了。他甚至咯咯地笑了起来,他对自己说:"你只是梦到了一个词,一个名字。你怎么会梦到没见过的东西的样子呢?"

天气越来越暖和,草地越来越青翠,雪线越升越高,虫草再长高,下面的根就干瘪。这也意味着这一年的虫草季该是结束的时候了。

虫草季结束的这一天晚上,一个收虫草的贩子还在营地为大家放了一场电影。放映机把光影投向银幕的时候,满天的星斗就消失了。那是一部什么样的电影呢? 这些挖虫草的人是无从描述的。几乎没有他们可以清晰描述的电影。电影里的几个人说着这里大多数人听不懂的汉语普通话,从一个房间到另一个房间,从一部汽车到另一部汽车,从一座楼到另一座楼,说话,不停说话,生气,流泪,摔东西,欢笑,然后接吻。对于挖虫草的人们来说,那些人生活在一个不真实的世界。一个与他们毫无关联的世界。但是,既然虫草季已经结束,每户人家挖到手的虫草都一只只数过,这一个虫草季挣到的钱都已经算得一清二楚,在帐篷里是坐着,在电影屏幕前也是坐着,那就和大家一起在这里坐着吧。看到后来,观众群中甚至发出了一阵阵笑声。因为什么事也不为,就喋喋不休地说话、奔跑,也真有些好笑。接吻的时候,因为碰到鼻子,而得伸出舌头才够得着别人的嘴唇也真是好笑。再后来,起风了。受风的银幕被吹成了半球形。银幕向前鼓,那些苗条的美女都向前鼓起了大大的肚子。风转一个方向,银幕往后鼓,银幕上所有人不管在哭还是在笑,都深深地往前弯下了身子。这情形,同样惹得人们大笑不止。风再大时,银幕和银幕上的人们被撕来扯去,这样,电影晚会便只好提前结束了。

回到自己家的帐篷,炉子里燃着旺火,肚子里喝进了热茶,母亲突然笑起来。母亲边笑边说:"那个人……那个女人,那个女人……"

父亲也跟着笑了起来。

桑吉没笑,他不会为看不懂的东西发笑。

他又打开那只箱子,那只让他付出了三只虫草的箱子,把里面的虫草数了一遍。这一个虫草季,他要写一封信,告诉姐姐,这一个虫草季,他和父亲、母亲三个人挣到了差不多五万块钱。

他不在纸上写信。他要等回到学校,在多布杰老师的电脑上写。姐姐给他留下了电子邮箱的地址。姐姐的学校有计算机房,她可以在那里的电脑上收到信。他要告诉她,只差两千多元,他们家这一个虫草季就收入了五万块钱。他要告诉姐姐,趁这个时候,就是向父亲一次要两千块钱他都不会心痛。

这天晚上,帐篷里来了两拨人。

一拨是放电影的人。他们来放电影是为了收虫草。

一拨是寺院里的人。

这两拨人都没有从他们家收到虫草。

寺院的人问:"那卖给放电影的人了吗? "

父亲说:"要不是上面的干部要,我们家的虫草一定是卖给你们的。"

寺院里的人不高兴,骂道:"这些干部手真长。"

这时,外面响起了汽车声。

是调研员,他把汽车直接开到了桑吉家帐篷跟前。

这一回,他带着一个虫草商。

虫草商是他的朋友。

以前,虫草商是个副科长。他也是个副科长。

虫草商辞职下海时,他成了教育局局长。虫草商发了,他当了副县长。虫草商请他吃饭喝酒,说:"这也是共同进步之一种。"

可是,一不小心,他就成调研员了。虫草商发了更多的财。他又找虫草商吃饭喝酒,他说:"这回,我掉队了。"

虫草商打开大冰柜,拿出一包虫草:"那有什么?跑跑,送送,一下又追上来了。"

那天,他去送了自己买的虫草回来,找到还住在县城的虫草商:"跑了,送了,真的管用吗?五万多块钱啊!"

"你不知道别人也送吗?"

"我没亲眼看见过。"

"人家收了吗?"

"收了。可是我没有钱了。"

虫草商是他朋友:"再收二十万的虫草,不就赚回来了?"

"我没有钱了。"

虫草商从床下拖出一只脏口袋,踢了一脚:"从里面取二十万。"

脏口袋里沉沉的全是钱。一万元一扎。调研员取了二十扎。虫草商又把袋子口扎好,踢回了床下。

虫草商说:"我跟你去,收了,卖给我,给你五万块。"

调研员说:"这不是变相受贿?"

"我找你办事了?"

"没有。"

"如今我真要办什么事的话,你的官小了。"

就这样,两个人一起下乡来收虫草。

两个人来到了桑吉家的帐篷跟前。

看见调研员,桑吉真还露出望眼欲穿的样子。

调研员不慌不忙地数虫草,然后看着桑吉的父亲带着心满意足的神情一张张数钱。

然后,调研员和他的朋友又钻到别人家的帐篷里。

很晚了,桑吉还不想睡。他心里记挂着调研员要送他的百科全书。

父亲说:"睡吧,干部没有压价就很好了,就不要指望他还送你东西了。"

桑吉不肯睡。他把头埋在两腿之间，失望快把他压垮了。

这时，夜已经很深了。父亲说："我要睡了。"

桑吉不动。

父亲过来叫他睡觉，他摇摇肩头，把父亲的手甩开了。父亲叹口气，自己躺下了。

这时，他听到吱的一声叫唤，他知道那不是动物，那是调研员打开了汽车遥控锁的声音。然后，是明亮的灯光晃动。

桑吉出去，调研员和他的朋友正在车边搭帐篷——游客们露营时搭的那种登山帐篷。

桑吉看着他们戴着头灯，在帐篷里铺上防潮垫，打开睡袋。

调研员准备要睡下了，这时，头灯照亮了桑吉的脸。

他拍拍脑袋，说："看看，我这记性。"

调研员钻出帐篷，说："就让你看一眼，看我是不是说话算话的人。"

他带着桑吉来到汽车跟前，说："知道吗？我待在你的学校那几天，把你的作业全部看了一遍，我跟你们校长说，这个地方，一时半会儿是不会出这么出色的好学生了。"

然后，一个纸箱出现在桑吉面前。就在汽车后排的座椅上。调研员把车顶灯打开，让他看见了纸箱上就写着"百科全书"的字样。调研员拿出一把小刀，把封住箱子的胶带拉开一条口子。桑吉拉开胶带，扒开盖子，眼前是整整齐齐的一排书烫金的背脊。

调研员摸摸他的脑袋："我没有食言吧？"

桑吉点点头："你没有。"

"你老爹没对你说干部说话都不可靠吗？"

桑吉说："明年我要再给你十只虫草。"

调研员笑起来："十只虫草就能换来这些书？不用了，反正这些书也没人读。"

桑吉爬上车去搬书箱，调研员把他的手按住了："不行，明天我把这些书放在学校。你回去上学就能得到这些书，不回去，你就得不到。懂吗？我要你好好上学。"

桑吉说："我现在就想看。"

调研员从后座上翻出一件大衣，扔在他身上："那就在车上看吧。"

桑吉就留在车上看书。

这些又厚又沉的书上字又小又密，却又有那么多的照片。这个晚上，他靠着这些照片几乎看遍了整个世界。看见了巴黎的埃菲尔铁塔，看见了南极洲的冰和企鹅,看见了遥远的星球,看见了雪花放大后的漂亮模样。他还知道了草原上几种花好听的名字:报春、杜鹃和风毛菊。只是,他没有找到虫草。书是外国人编的,他想,一定是他们那里没有虫草。但想想又不对,他们那里也没有南极洲和企鹅,但书上有。后来,他在车上抱着书睡着了。

早上,车窗上结满了霜花。

桑吉对打开车门的调研员说:"我爱这些书。"

调研员说:"现在,把它们装回箱子里,你回到学校就会得到这些书。"

桑吉往箱子里装书时,还舍不得不看那些图片。所以,人家把帐篷拆了,收拾进车的后备箱里,他还有两本书没有装回箱子里。

汽车摇摇晃晃开动起来,他还在车后追出去好长一段。

那一天,全村的人都拆了帐篷,都带着卖虫草的钱准备回家。

所有人都显得喜气洋洋。

快到中午的时候,来主持感谢山神仪式的喇嘛们才来到。他们说,是因为在别村的仪式耽误久了。但村里人都知道,是因为这一年,他们在这个村没收到多少虫草。所以,仪式结束,村里人都给了喇嘛们比平常多一些的供养。

全村人高高兴兴回去,桑吉却一心只想早点儿回到学校。

百科全书对他不再是一个词,而是一个实在的丰富无比的存在了。

百科全书里有着他生活的这个世界所没有的一切东西。巨大的图书馆,大洋中行进的鲸鱼、风帆,依靠着城市的港口,港口上的鸟群与夕阳。

回到村里,新修的定居点,看着那些一模一样的房屋整齐排列在荒野中间,桑吉心里禁不住生出一种凄凉之感。他心下有点儿明白,这些房子是对百科全书里的某种方式的一种模仿。因为住在这些房子里的人并没有另外的世界中住着差不多同样房子的人那样相同的生活。

桑吉知道,那是百科全书在心里发生作用了。

奶奶拄着拐杖立在家门口等候他们归来。

桑吉把自己的额头抵到奶奶的额头上时,他闻到一种气息,一种事物正在委顿时所散发的干枯气息。

父亲解开腰带。

他腰带上结着的每个疙瘩中都是一扎钱。父亲从中取出一张,让桑吉到齐米家去。

齐米家开着一个小卖部,出售电池、一次性打火机、方便面、啤酒、香烟、糖果和鸡蛋糕。

他用五十块钱在小店里买了啤酒和鸡蛋糕。

一家人就在暖和的阳光下坐下来,父亲享受啤酒,奶奶和妈妈享受鸡蛋糕。

桑吉趴在草地上,看着奶奶瘪着嘴,嘴唇左右错动着,消受软和的油汪汪的鸡蛋糕,心里生出比晒在身上的太阳还要暖和的感觉。他在想,一颗牙齿都没有了的人,直接用牙床磨动是什么感觉。

奶奶还不断扬手,把手里的糕点抛撒给在周围叽叽喳喳起起落落的小鸟。

桑吉开心地笑了。

他对着奶奶大声说:"奶奶,我明天就要回学校去了!"

奶奶对着他不明所以地微笑。

他又说:"奶奶,我有一部百科全书了!"

奶奶当然听不懂什么是百科全书,但她依然咧着嘴,把眼睛眯成一条缝向着他微笑。

六

可是,桑吉没有得到百科全书。

回到学校,他就问多布杰老师,调研员是不是真的把书留给了他。

多布杰老师表情严肃:"还是认识一下你逃学的事吧。"

他知道自己心里对此并没有什么认识,只是像所有犯错的学生那样,低下头假装害怕与后悔,抬起左脚用靴底去蹭右脚的靴子。然后,用蚊子哼哼一样的声音说:"我错了。我检讨。"

多布杰老师说:"别人认错我相信,你认错我不相信。"

这是他爱多布杰老师的重要原因。于是,他抬起头来,把询问的眼神投向多布杰老师。

老师说:"如果你觉得是错的,你一定不会去做。"

桑吉从书包里把作业簿掏出来,他把逃掉的那些课上该做的作业都做完了。

多布杰老师在画画儿,他用画笔把递到跟前的作业簿挡开:"不上课也能完成作业,你是想让我知道你有多大的天才吗?"

桑吉又从书包里掏出一大把糖果,放在调色盘旁边。

多布杰老师放下画笔,剥开亮晶晶的玻璃纸,扔了一颗在嘴里:"你劳动挣来的,味道不错!"

桑吉这才敢说话:"我的百科全书。"

多布杰老师说:"原来这书是你的啊!"

"我的书在哪里?"

多布杰老师说:"那个人架子可是有点儿大,他还送书给你?"

桑吉说:"我的书在哪里?!"

多布杰老师说:"他就到我办公室来了一趟,说要看你的作业。他夸奖你了。"

桑吉着急了:"老师!"

"对了,你的书是吧。他倒是交了一箱书给校长。"

桑吉不等多布杰老师把话说完,就冲出了房间。出了房门,拐弯,第三间房,就是校长办公室。桑吉见门虚掩着,便一头冲了进去。

校长坐在一张插着国旗的办公桌后面,背后是一张世界地图。听到脚步声,他抬起头来,不等桑吉开口,就挥挥手,说:"忘了进门的规矩吗?出去!"

桑吉退到门口,把虚掩的门小心推开,喊:"报告!"

校长拖长声音说:"进——来。"

桑吉进去,以立正的姿势站在校长的桌前。

校长抬头说:"原来是你。"

桑吉说:"我的书,我的百科全书。"

校长说:"你是不是送检讨书来了?"

桑吉说:"我已经在多布杰老师那里检讨过了。他说调研员送我的百科全书在你这里。"

校长用笔敲打着桌子:"对,是有一套百科全书,我以为调研员是送给我们学校的。我们整个学校都没有一套百科全书,他怎么会送给你呢?"

听了这话,桑吉的泪水便冲破了眼眶。他根本没料想到事情会是这样。等到泪水冲出眼眶,他才想起警告自己不能哭,但这警告来得太迟了,他只能抑制着自己不哭出声来,但泪水却止不住哗哗流淌。

这下,校长有点儿不知该怎么办了:"好好说着话,这娃娃怎么就这样了!"

桑吉觉得很丢脸,便转头冲出了校长办公室。他也不敢回到寝室,怕这样子让同学们看见,他转头冲上了校门外的山坡,一直到泪水停在了眼窝,不再往外流淌,才又回到学校。校长正在给办公室的门上锁。

桑吉说:"我的书。"

校长一边说话,一边往家走:"正说话你跑什么跑,又想逃学吗?回去交份检讨书上来!"

这时,天上响了两声雷。这是这一年最初的两声雷。然后,就有点儿要下雨的意思了。

校长站在屋檐下看着天边云朵疾速地堆积,他说:"不哭了?你说是天帮着我吓你,还是帮着你吓我?"

桑吉说:"调研员说他要把送我的百科全书放在学校,让我回学校时取。"

校长说:"那他为什么当时不给你?"

"他怕放在牛背上驮,会把书弄坏。"

天上噼里啪啦降下了雪霰而不是雨水。校长站在屋檐下,桑吉站在露天里。雪霰落下来,落在他肩头和身上的,都蹦跳到地上,落在他头上的,就窝在头发中不动了。

校长说:"站上来。"

桑吉不动。

校长说:"他是放了一套百科全书,可没说要送给你。我还以为是配发给学校的。说了那么多年,每所学校都要建一所图书室,终于见到一箱书,居然有人跑来说是他的。"

"就是我的。"

"等他下次来调研时,我们当面问个明白。"

桑吉真是又要哭出来了。

校长身后的玻璃窗上,现出一张有些浮肿的脸,那是校长老婆的脸。那个女人没有工作,包洗全校学生的被褥。她不犯哮喘的时候,被褥半个月一换。要是她哮喘发作,那就没准儿了。当她的脸显得如此饱满的时候,说明她的呼吸又被憋住了。

桑吉说:"校长你回去吧。"

校长说:"亏你好心,不缠着我了。"

桑吉说:"等调研员来再问他吧。"

"我不就是这个意思嘛!你回去吧。"校长把家门推开,又回过身来,说,"就算是学校图书馆的,你也可以借阅呀!"

桑吉进了校长家。

校长让他在燃着炉火的客厅里等着,自己进了里间的房子。桑吉站在火炉边,烤冰冷的双手,鼻子闻到满屋的草药味,耳朵却听到了里屋传来哮喘声。校长很快就出来了,手里拿着一本百科全书:"这是第一册,我知道你爱书,可不能耽误了考试啊!"

桑吉抱着书,冒着雪霰,奔跑着穿过老师宿舍和学生宿舍间的那片空地。回到宿舍,爬到床上,他迫不及待地打开了厚厚的书本。直到晚上十点,灯灭了,他才依依不舍地合上了书本。这个晚上,他久久不能入睡。听着高原上强劲的风掠过屋顶,听着起码是三四里外镇子边缘的藏獒养殖场里那些野兽一样的猛犬在月光下低沉地咆哮,他眼前却晃动着那本书中所描写的宽广世界。

第二天早上,虫草假后学校重新开学。

全校学生排队集合,广播里播放着国歌,因为音响的缘故,雄浑的音乐显得有些单薄,升旗手把国旗在校园中缓缓升起。校长讲话。

校长讲了一个故事,一个学生爱书的故事。这个故事听到一多半,桑吉才听出这似乎是在讲昨天自己追着校长如何讨要百科全书。不同的是,在这个故事中,昨天那种不愉快的情形消失了,而是一个学生听说学校有了一套崭新的百科全书,等不及学校图书室正式建成,就缠着校长要先睹为快。

校长的结束语是:"同学们,我们为什么要等待?难道图书室建不成我们就不会产生对于书籍的渴望吗?"

操场上整齐排列的学生队列中响起了嗡嗡的议论声。每个人发出一点点儿声音,混同起来,就像是有一大群看不见的虫子在天空中飞舞。待到大家都把眼光投到他身上时,桑吉才意识到校长讲的是自己。那么多眼光投射聚集到他身上的时候,他禁不住浑身颤抖。

他没有想到,因为书,自己竟然成了一个故事中的人物。

这得以让他用一种不是自己的眼光来看待自己。

这有点儿像从镜子里看见自己。

桑吉看见了一个人站在故事里。

校长讲完话,操场上的人散去了。这一天的风很小,懒洋洋地有一下没一下地吹着。假期结束后新换的国旗在微风中轻轻翻卷。教室里学生们拖长着声音朗读课文。桑吉不喜欢用这样的腔调念诵课文,他喜欢按自己的节奏在心中默念。在他自己的节奏中,藏文字母像一只只蜜蜂轻盈飞翔,汉字一个个叮咚作响。这一节课,他没有念诵课文。

他坐在一教室拖长声音朗读课文的同学中间,他看见了故事里的那个桑吉。

那个桑吉穿着一件表面有些油垢的羊皮袍子,袍子下面是权充校服的蓝色运动衫,赭色的面庞,眼睛放射着晶莹的光亮。这两年,这个六年级学生个头的生长猛然加快,原先宽大的皮袍,缠上腰带,拉出一两道使袍子显得好看的褶子后,都盖不住膝盖了。当然,他也可以只穿校服。但那蓝色的运动装,在这个季节却显得过于单薄了。桑吉看见故事中那个桑吉,眼睛里燃烧着热望。真像忽忽闪闪的炉膛中的火苗一样灼人、一样滚烫。百科全书中说,那些面临大海的冰川,有朝一日就会震天动地地崩塌下来,在海洋中激起巨大的波浪。百科全书中相关的词条还说,那些海里有巨大的鲸鱼,那些冰山上有成群的企鹅。相比于其他学生,桑吉有一个特别的本事,他能把那些看起来本不相关的词条连接起来,就像他能把一篇又一篇课文连接起来。他恍然看见海上冰山崩塌时,鲸鱼愤怒,企鹅惊走。桑吉恍然看见这世界奇景的眼睛如星光一样闪烁。

上午的四节课很快就过去了。挂在操场的那个破轮胎钢圈敲响的时候,同学们奔向饭堂,他却跑出学校,奔向了学校背后的高冈。此时的桑吉觉得,那些正被春草染绿的连绵丘冈,丘冈间被阳光照耀而闪闪发光的蜿蜒河流,也像百科全书一样在告诉他什么。

那一刻,他两腮通红,眼睛灼灼发光。

这时,一匹马晃动着的脑袋伸到了他面前。马背上坐着一个喇嘛。

喇嘛翻身下马,坐在了他身旁。

桑吉还沉浸在自己营造出来的那种令人思绪遄飞的情绪中,所以不曾理会那个喇嘛。

受惯尊崇的喇嘛不以为意,文绉绉地说:"少年人因何激越如此?"

桑吉抬手指指蜿蜒而去的河流。

喇嘛说:"黄河。"

桑吉说:"它真的流进了大海?"

喇嘛说:"是啊!生长珊瑚树的大海,右旋螺号的大海。"

喇嘛又赞叹:"一个正在开悟的少年!"

喇嘛劝导他:"聪明的少年,听贫僧一言!"

桑吉说:"你说吧。"

喇嘛说:"河去了海里,又变成了云雨,重回清静纯洁的起源之地。所以,我们不必随河流去往大海。"

桑吉说:"我就想随着河流一路去向大海。"

喇嘛摇头:"那一路要染上多少尘垢,经历多少曲折,情何以堪!情何以堪!少年人,你有这么好的根器,跟随了我,离垢修行吧!"

桑吉站起身来,跑下了山冈。

不一会儿,他又气喘吁吁地抱着那册百科全书爬上了山冈。他出汗了,整个身体都散发着皮袍受热后腥膻的酥油味道。

喇嘛还坐在山冈上,那匹马就在他身后负着鞍鞯,垂头吃草。

桑吉把厚厚的书本递到他手上。

喇嘛翻翻书说:"伟大的佛法总摄一切,世界的色相真是林林总总啊!"

桑吉说:"我不当喇嘛,我要上学!"

喇嘛起身,摸摸他的头,桑吉觉得有一股电流贯穿了身体。

桑吉说:"三年了,我在收虫草、祭山神的喇嘛中间没有见过你。"

喇嘛翻身上马,声音洪亮:"少年人,机缘巧合,我们才在此时此地相见。"

桑吉心中突然生出不舍的感觉,因此垂头陷入了沉默。

喇嘛勒转了马头:"少年人可是回心转意了?"

桑吉摇了摇头,抱着书奔下山冈。

这时,他觉得饿了。同学帮他留了饭。他端着饭盒狼吞虎咽的时候,还从窗口望了一眼山上,那个喇嘛还骑在马上,背衬着蓝天,是一个漂亮的剪影。

同学说:"乖乖,我们都以为你要跟他走了。"

多布杰老师也来了:"就跟班觉一样。"

桑吉问:"班觉是谁?"

"以前的一个学生,一个跟你一样聪明好学的孩子。"多布杰老师说,"不过,也许你比班觉更聪明。"

多布杰老师拿着装着长焦距镜头的照相机,靠到窗口想拍一张山丘上那个马上喇嘛的剪影,可是那个人和他的马都消失了。山丘上,青草的光亮背后是蓝天,蓝天上是闪闪发光的洁白云团。

桑吉接过相机,从长焦的镜头里瞭望天空。镜头把天上悬垂的静静云团一下拉到面前。镜头里,远看那么静谧的云团是那么不平静,被高空不可见的风撕扯鼓涌着,翻腾不已。

一个星期后,星期六,桑吉看完了第一本百科全书。他没有回家,他走进校长家去换第二册。他没有想到,校长拒绝了他。校长说:"就这么几本书,大家都想借,你说我该借给谁?我只好一个人都不借。等着吧,等图书室办起来你再来吧。"

桑吉说:"本来就是我的书。"

校长冷笑:"你的书?调研员来,我代表学校请他吃肉喝酒,他连谢谢都没说一声,扔下这几本书就走了。他没说声谢谢,更没说这书是给某个学生的。"

桑吉心里冒起了嗞嗞作响的火。

校长说:"回去做作业吧,马上要小升初考试了。"

桑吉想说我恨你。但他想起,父亲和母亲都对他说过,不可以对人生仇恨之心。

校长问:"你想说什么?"

桑吉脸上露出微笑:"我不怪你。"

校长说:"你——不——怪我?"

桑吉肯定地说:"我不怪你。"

校长说:"你是想说你不恨我吧?"

桑吉说:"等上了初中,我到县城问调研员去!"

其实,那时桑吉是有些恨意的。因为临出门时,他听到内室里传来校长家那个三岁多的孙儿的啼哭声。然后,那个哮喘病的奶奶,就把他还去的那本书放在了那个哭泣的孩子跟前。孩子不哭了,用一双脏手去翻动书中那些图片。

校长并不尴尬,说:"将来他肯定比你还爱书。"

桑吉不忍再看,因为那孩子脸上挂着的鼻涕眼泪正慢慢下滑,就要滴落到他心爱的书上了。

那个身心俱疲的奶奶,把身子靠在床上,闭目休息。

桑吉跑出了那间房子。

他很愤怒,他跑到多布杰老师房子里。

多布杰老师不在。他肯定是到乡卫生院找那个新来的女医生去了。

于是,他去了娜姆老师那里。

老师静静坐在窗下的阳光里,表情严肃。

录音机里放着仓央嘉措的情歌:"如果没有相见,人们就不会相恋,如果没有相恋,怎会受这相思的熬煎。"

老师听着歌,眼望着窗外,连他进屋都没有看见。

桑吉改变了主意,悄悄退了出来。

七

桑吉决定马上就到县城去找调研员。

桑吉所在的这个小乡镇离小县城有一百公里远。他在多布杰老师房门前贴了张条子,说他回家去看奶奶了。

然后,他跑到街上,到回民饭馆买了两只烧饼。

第一炉烧饼已经卖光,他得等第二炉烧饼出炉,于是就在附近的几个铺子闲逛。美发店的洗发女坐在店门前染指甲。银饰铺的那个老师傅正对小徒弟破口大骂。修车店的伙计们看他晃悠过来,就把橡胶内胎收拾起来。他们这样做不是没有理由,学校里调皮的男学生喜欢这些橡胶皮,自己做弹弓,或者割成长长的橡胶条,用来送给女生们跳皮筋。那些嘴碎的女生就在水泥地上蹦蹦跳跳:三五六、三五七、三八三九四十一!或长或短的辫子在背上摇摇摆摆。在这个中国边远的小乡镇上,还流行着一句话。一句在这句话的发明地早被忘记的话。桑吉见修车店的伙计用警惕的眼光看着他,并把破轮胎内胎收拾起来,便说出了那句话:"毛主席保证,我从来没有拿过这破烂玩意儿!"

那些人说:"原来你就是那个爱说大人话的桑吉。"

桑吉知道,自己作为爱说大人话的桑吉和一看书就懂的桑吉的名声,已经在这小镇上广为流传。

桑吉满意地点了点头,然后来到了白铁铺前。

铺子里,敲打白铁皮的锤声叮当作响。

老师傅用一把大剪子把铁皮剪开,他的儿子手起锤落,那些铁皮便一点点儿显出所造器物的形状。最多的是小火炉子。也有人拿来烧穿了的铝锅,在这里换一个锅底。现在,这位师傅是在做一只水桶。桑吉喜欢白铁皮上雪花一样的纹理。老师傅认出了桑吉,停下手中的剪子,拿下夹在耳朵上的烟卷,点燃了,深吸一口,像招呼大人一样招呼他:"来了。"

桑吉说:"来了。"

"这回又要做个什么新鲜玩意儿?"

看来,铺子里的人还记得他和父亲来做的那只箱子。

桑吉摇摇头:"我就是看看。"

"是啊,你不会再要一只同样的箱子了。"老师傅说。

他儿子也停下了手中的活计,说:"我还以为很多人学着要做一只那样的箱子,可就只做了那一只。"

桑吉坐下来,仿佛看见两年前来做这箱子时的情形。又想起这只箱子引出来的这些事,这才有点儿像个故事的样子了。

这时,隔着几个铺子,回民饭馆戴白帽子的小伙计用擀面杖哪哪地敲打案板,这是在招呼桑吉,烧饼好了。故事还在继续。桑吉在店里讨张纸,把两只烧饼包起来,装进双肩包里,就上路了。他的脚前出现了一只空罐头盒子,他便一路踢着这破铁盒子往前走。直到镇外的小桥上,他把这盒子踢到了桥下。两只黄鸭被从河面上惊飞起来,在天上盘旋着,夸张地鸣叫。

后来,桑吉遇到了一个骑摩托车的。摩托车后座上坐着一个姑娘。姑娘的手臂紧紧环抱着骑手的腰。摩托车迅速超过了他,等他转过一个弯道,看见摩托车停下来在等他。

骑车人问:"你就是那个桑吉吧?"

桑吉说:"你说是那就是吧。"

"你这是要去哪里呀?"

桑吉回答得很简洁:"县城。"

"我到不了县城,但我可以带你一段。"

桑吉看看那个姑娘,说:"坐不下,你请走吧。"

那个姑娘笑笑,从车后座上下来,拍拍坐垫。

桑吉骑上去,那姑娘又推他一把,让他紧贴着骑车人的后背,自己又骑了上来。

摩托车启动了。

他本该感觉到风驰电掣带来的刺激。

多布杰老师骑摩托车时,有时会带上他,让他不时发出又惊又喜的尖叫。

但这回他全没有飞驰的感觉。他只感到自己被夹在两个壮实的身体中间，都要喘不上气来了。那个姑娘坐在他身后，伸出双臂抱住骑手的腰。姑娘一用劲，他的脸就紧贴到骑手的背上，而姑娘富于弹性的胸脯紧贴在他的背上。摩托车在坑洼不平的路上每一次颠簸，都让他受到那软绵绵的撞击。他当然知道那是什么东西。终于他开始大叫："我受不了了，我要下去！"

摩托车停下，桑吉终于从两个火热的身体间挣脱出来，站在路边上大口呼吸没有这两个人身体气息的新鲜空气。

摩托车手拍一下姑娘的屁股，跨上了摩托车。摩托车载着两个哈哈大笑的人远去了。

桑吉边走边想了一个问题，长成大人后，是不是每个人都要让身体把自己弄得神魂颠倒？他当然不能得到答案。

一只盘旋在天上的鹰俯冲而下，抓起一只羊羔飞到了一堵高崖之上，让他结束了对那个无聊问题的思考。

走了差不多两个小时，他遇到了一辆拉矿石的汽车。

卡车司机往他手上塞了一个打火机，往他面前扔了一包烟。桑吉每十五分钟给司机点一支烟。

点第一支烟，桑吉就给呛着了。他还把香烟盒上"吸烟有害健康"的字样念给司机听。司机大笑："妈的，又当婊子，又立牌坊！"

桑吉大致知道婊子是什么，比如是镇上美发店门前染着红指甲，总对着镜子做表情的懒洋洋的年轻女人。但他不知道牌坊是什么意思。

他问卡车司机，司机皱着眉头想了好一阵子，说："妈的，我说不出来。就像一张奖状吧。"

司机为此还有些恼怒了："你这个小乡巴佬都没见过那东西，我怎么给你讲？"

桑吉不服气："多布杰老师就可以！百科全书也可以！"

司机转怒为喜："看不出来，你还是个爱读书的娃娃！那你可以对没见过那东西的人说出那东西！"他还问，"等等，你刚才说什么书？"

"百科全书。"

"那是种什么书？我儿子就爱看男女乱搞的书！"

桑吉带着神往的表情说："百科全书就是什么都知道的书！"

"你有那样的书？"

桑吉有些伤心："我现在还没有。"

司机把才抽了一半的香烟扔到窗外，摸摸他的头："你会有的，你一定会有那样的书！"

桑吉笑起来:"谢谢你!"

司机说:"有人让你不舒服,有人让你起坏心眼,但你是个让人高兴和善良的娃娃!你一直是这样的吗?"

桑吉想了想,说:"我也有不高兴的时候。"

"哦,人人都有不开心的时候,在这个世界!要多想好事情,让你自己高兴的好事情!"

桑吉想:这个叔叔说话一直都用感叹号。

在一个岔路口,一个巨大的蓝色牌子指出了他们要去的不同地方。司机要去省城,把矿石运到火车站。姐姐上学的那所学校,夜深人静的时候,可以听到远远的火车汽笛声。而他要去拐向左边的县城,他的旅程还剩下二十多公里。

司机从驾驶室伸出头来,说:"你会得到那个什么书的!"

桑吉回报以最灿烂的微笑。

他又走了多半个小时,后来,是一台拖拉机把他带到了县城。

桑吉问他在县城里遇到的第一个人:"调研员在哪里?我要找他。"

那是个正在恼火的人:"我要找一个局长,一直找不见,你还来问我?我去问谁?"

桑吉问第二个人:"我是桑吉,请问调研员在哪里?"

那个人问街边柳树下立着的另一个人:"什么是调研员?"

那个望着柳树上刚冒出不久的新叶的人摇头说:"我不知道那是什么东西!"

倒是另一个坐在椅子上打盹的人说:"是一种官。一种官名。"那个人睁开眼睛,问桑吉,"你找的这个官叫什么名字?"

这时,桑吉才想起自己并不知道调研员的名字。

那个人摇摇头:"这个冒失娃娃,连人家名字都不知道呢!"

桑吉想起来,调研员自我介绍过自己的名字,但他却想不起来了。

又有一个人走来,说:"找官到政府嘛!政府在那边!"

果然,桑吉就看到了县政府的大院子。气派的大门,院子里停着好些亮光闪闪的小汽车。可是保安不让他进到那个院子:"你都不知道找谁,放你进去,我还要不要饭碗了?"

桑吉想说央求的话,却就是说不出来。

这时,他看到了调研员开到虫草山下来的那辆车。他有过目不忘的本领,所以,现在看到那辆车的号牌,他就清清楚楚记起来。桑吉对保安说:"就是坐那辆车的调研员!"

保安说:"是他!昨天刚走!高升了!"

桑吉和保安当然都不知道,这个人由副县长而调研员,又调到另一县任常务副县长去了。

桑吉问:"他什么时候回来?"

保安说:"回来? 回来干什么? 不回来了!"

这时,调研员已经坐在另一个县政府会议室里了,上面来的组织部长正把他介绍给参加会议的一百多个干部。部长说了很多赞扬他的话,接下来,他又说了些谦虚的话。

天边霞光熄灭的时候,路灯亮起来。

桑吉走在街上,双腿酸痛,他得找个过夜的地方。

桑吉不知道,他的三只虫草,一只已经被那位书记在开会时泡水喝了。

那天,喝了虫草水的书记精神健旺,中气十足地讲了一个多小时的话。讲资源开发与环境保护的辩证法。讲了话,他转到后台的贵宾室,对秘书说,讲这些话真是累死人了。这时,坐在下面听报告的主管矿山安全的常委进来报告,开发最大矿山的老板要求增加两百吨炸药的指标。书记说,我正在讲对环境友好,你们却恨不得把山几天就炸平了,他要增加炸药指标,那得先说税收增加多少!

常委出去了,书记回到办公室,拿起杯子,发现杯子里水已经干了。身边没有人,秘书见常委进来,自己回避了。书记也不想起身自己从净水机中倒杯水,就把杯子里卧着的虫草倒在了手心,送进嘴中,几口就嚼掉了。

卧蚕一样的虫草有一股淡淡的腥味,书记想,这东西就是半虫半草的东西。即便是嚼碎了,仍感到肚子里有什么东西在蠕动,这使得他突然恶心起来。

这时,又有人敲门,他忍住了恶心,坐直了身体。

晚上回家,书记显露出很疲倦的样子,他老婆说,某常委陪着个矿山老板送来了五公斤虫草。

书记说,前些日子不是还有人送来一些吗? 合到一起,叫个稳妥的人给省城的领导送去吧。书记又踌躇说,现在关于他要栽的传言多起来了,巡视组又要来省里了,你说这个时候送去合适不合适?

书记老婆说,年年都送,就这一回,送,不送,有什么分别?

书记举起手,做一个制止的姿势,要权衡,要权衡一下。

他老婆冷笑,读过《红楼梦》吧,一损俱损,一荣俱荣,不在这一次了。

于是,桑吉的那两只虫草,和别的上万只虫草一起,从冰柜里取出来,分装进一只只不透光的黑色塑料袋,躺在了一只大行李箱中。

分装的过程中,两只虫草被分开了,分别和一些陌生的虫草挤在一起。这些虫草都在从虫到草的转化过程中。也就是说:在秋天,卧在地下黑暗中的虫子被某种孢子侵入了,它们一起相安无事地在地下躲过了冬天的严寒。春天,虫子醒得慢,作为植物的孢子醒得快,于是,就在虫子的身体里开始生长。长成一只草芽,拱破了虫子的身体,拱破了地表,正在向着被阳光照耀的草地探头探脑,正准备长成完完全全的一棵草,就遇到桑吉这样挖虫草的人了。那只僵死的充满了植物孢子的虫子便进入了市场。

袋子里这些虫草挤在一起,彼此间甚至有些互相讨厌。虫子味多的,讨厌草味多的。草味浓厚的,则讨厌那些虫子味太重的。

这些虫草先坐汽车到了省城,却没有进省城领导的家。门上的人就拦了路,说这些日子,领导不在家里见人了。送虫草的人说,以前他都是要过过目的。回说,什么时候了,走!走!烦着呢,过目就免了。所以,这些虫草只到了人家院子里,停在楼门口。这部车加了一个司机。

老规矩,车上的货直接送到机场。在机场停车场,司机打开行李箱,从中取出了一包。更多的虫草准备坐上飞机,从省城去往首都,然后进入一个深宅大院中的地下储藏室。

这个房间有适合这些宝贵东西的温度与湿度。

这个房间里已经有了很多很多的东西,光是虫草,起码就在五万只以上。

这是去年的光景。二〇一四年,情形不同了。手机微信里,老百姓的言说中,有种种的传言。

这次,司机在望得见机场候机楼的地方停下来,坐在车里看了一阵飞机的起起落落。一个司机开口说,送不送到,他多半是不会知道了。两个司机就调转了车头。

这时,天大亮了,进城的时候,太阳从他们的背后升起来,街上的树影、电线杆影都拉得很长。司机停下车,敲开了一家小店的门,把一袋虫草递进去。这一袋足有一千多只虫草。小店老板说,好几万呢,没有这么多现钱,还是打到你那张卡上吧。

司机说:不会又拖拖拉拉的吧?

小店老板说:哪能,银行一开门马上就办。

老板离开店去银行前,从屋子里把一个灯箱搬出来。上面写着:回收名酒、名烟、虫草。

这也是往年的老规矩,今年却有些不同了。司机一把拉住那店老板,到了车尾,打开后车门。店老板一看那么多虫草,唰一下白了脸,我店小,我店小,你们还是去找个大老板吧。两个司机焦灼起来,一时间哪里去找一个稳妥的能吃下这么多货的大老板?立时站在当地,急得满头大汗。

桑吉不知道正在发生的这些虫草的神秘旅行。桑吉不知道,他的那两只虫草被分开了。一只被卖到了回收店一只本该去某个地下室,不见天日,这回却和更多的虫草一起落在两个司机手里,等待一个新老板。这些虫草如何出手,如何继续其神秘的旅行,又是另外一个离奇故事了。

桑吉在县城的街道上晃荡时,黑夜降临了。

他饿了。他很饿了。他花了六块钱,在一个小饭馆要了一碗有牛肉有香菜叶的热汤,吃自己带在身上的两个烧饼。那个小饭馆里的服务员笑话他:"你这个傻瓜,带两个冷饼子干什么?我们这里有热烧饼!"

老板娘把服务员骂走了。老板娘又往他的海碗里盛了大半瓢汤,说:"慢慢吃,不要理他!"

饭馆靠墙的桌子上,放着一台电视机,里面正在播放县电视台的点歌节目。当一个个点歌人的名字出现时,饭馆里稀稀拉拉的几个本地顾客就说:"妈的,这也能叫歌!"

为某某某和某某新婚点歌。

为某某新店开张点歌。

为某某某生日点歌。

喝汤吃烧饼的人就笑骂:"这孙子是给他的局长点歌!"

然后,是某某虫草行为众亲友和员工点歌。

歌是当地人都听不懂、只能看懂字幕的闽南语的《爱拼才会赢》。

饭馆里的人开始谈这个虫草行老板。说,原来就是个街上的混混儿嘛。说,刚去收虫草时,被人把牙都打掉了嘛。说,英雄不问出处,人家现在是大老板了。

这时的桑吉面临的是另一个问题,自己身上只有一张十元钱,掏出来付了牛肉汤钱,就只找回来皱巴巴的四张一元钞了。

老板娘把这四张零钞从围裙兜里掏出来,拍到桑吉手上,他马上意识到,在举目无亲的县城,靠这四块钱,他肯定找不到一个过夜的地方。

高原上,一入夜便气温陡降,桑吉没有勇气离开饭馆,走上寒冷而空旷的县城的街道。

店里的顾客一个个离开了。

服务员关掉了电视,老板从里屋的灶台边走出来,坐在桌子边点燃了一支烟。他看看桑吉,对解下围裙的老板娘说:"逃学的娃娃。"

老板娘便过来问他:"娃娃,说老实话,是不是偷跑出来的?"

桑吉不知怎么回答,只是使劲地摇头。

老板娘放低了声音:"是不是偷了家里的东西想出手啊?"

桑吉更使劲地摇头。

"是不是带了虫草？"

提到这个，桑吉的泪水一下就涌出了眼眶："调研员把我的三只虫草拿走了，说换给我一套百科全书。可是，校长说，那是给学校的。我来找调研员，可是他调走了，当县长去了！"

"是他啊！他怎么会要你三只虫草？"老板娘脸上突显惊异的神情，"什么，你用虫草换书？！"

老板站起身来，把燃着的烟屁股弹到门外："这个世道，什么事都要问个究竟，回家！娃娃今晚就睡在店里吧。"老板指指那个服务员，"跟他一起！"

老板和老板娘出了门，哗啦啦拉下卷帘门，从外面上了锁。

那个孩子气的服务员先是做出不高兴的样子，把桌子拼起来，在上面铺开被褥，自己躺下了。等老板和老板娘的脚步声远了，消失了，才问桑吉："你真没有带一点点儿虫草出来？"

桑吉说："我真的没有。"

服务员拍拍被子说："上来吧。"

桑吉脱下袍子爬上床。

服务员说："滚到那边去，我才不跟你头碰头呢！"

桑吉就在另一头躺下了，他刚小心翼翼地把腿伸直，那边就掀开被子，跳起身来："妈的，你太臭了！"

桑吉还不知道怎么回应，小服务员却弯下腰，脸对脸兴奋地说："给你看样东西！"

他踮起脚，把天花板顶起来，取出一只小纸盒子，放在桑吉面前："打开！打开看看！"

桑吉打开了那只纸盒子，里面整整齐齐睡着一排排紧紧相挨的虫草："这么多！"

"我两年的工钱！一共两百只！每只赚十块，等于我给自己涨工资了！"

服务员又把虫草收起来，把天花板复原，这回，他自己把枕头搬过来，和桑吉躺在了一起。他说："等着吧，几年后，我就自己当虫草老板！"他望着天花板，像是望着一个遥远的地方，"我今年十五岁，等着吧，等我二十岁，收虫草时就让你给我带路，介绍生意！"

桑吉笑了："那时我都上高中了。"

"妈的，我还以为到时候可以雇你呢。"

桑吉问他另外的问题："你不用把钱拿回家去吗？"

这个十五岁的小服务员用老成的语气对他说："朋友，不要提这个问题好吗？"

小服务员要关灯睡觉了。

桑吉提了一个要求："我想再看一会儿电视。"

小服务员说："爱看看吧，我可不陪着你熬夜。"说完，用被子盖着头睡了。

桑吉拿起遥控器，一个频道一个频道按过去。他惊奇地发现，县城里的电视机能收到的台比乡镇上的多多了。当然乡镇的电视机又比村子里的电视收到的台要多。

这个晚上，他从县电视台收到了央视的纪录片频道。画面里，蔚蓝的大海无尽铺展，鱼群在大海里像是天空中密集的群鸟，军舰鸟从天空中不断向着鱼群俯冲，人们驾着帆船驶向一个又一个绿宝石一样的海岛。这部片子放完了，是下一部即将播放的新片的预告。一部是战争片，飞机、大炮、冲锋的人群、胜利的欢呼。一部是关于非洲的，比这片草原上的人肤色更黑的人群、大象、狮子、落日，还有忧伤的歌唱。

桑吉想，原来电视里也有百科全书一样的节目。

接下来，广告。桑吉没有想到的是，这是一条关于虫草的广告。一个音调深沉的声音在发问："你还在泡水吗？你还在煎药熬汤吗？你还在用小钢磨打粉吗？"

桑吉这才知道，人们是如何吃掉那些虫草的。泡在杯子里。煮在汤锅里。用机器打成粉，再当药品吃下。

这样的结果让桑吉有些失望：神奇的虫草也不过是这样寻常的归宿。

早上，桑吉醒来时，那个小服务员已经在通炉子生火和面了。

桑吉又多睡了一会儿。他躺在床上想家，想学校。直到老板夫妇开卷帘门的声音响起，他才赶紧起身穿上了袍子。吃完早饭，老板吩咐小服务员把桑吉带到汽车站。老板娘把一张十块钱的钞票塞到他手上，说："买一张汽车票够了，回学校去好好念书吧。"

老板又给他两只刚出炉的烧饼，说："算算，两只烧饼六元，一顿早餐十二元，一晚上住宿费二十元，一共欠我四十四元。"

小服务员插嘴说："还有我的被子钱十元！"

老板笑着望望天花板："那就用你赚的钱替他还，我想你们已经是朋友了。"

八

回到学校，桑吉问多布杰老师："为什么县城的电视里有那么好的频道？"

多布杰老师说:"你的问题太多了! 你只要好好读书,考到那些大地方去,就没有这些问题了!"

桑吉知道,多布杰老师说的是对的。

马上要小升初了,他也不问百科全书的事了,一门心思按老师的布置认真复习。

然后,考试。

然后,什么也不干,等待考试的结果,和录取通知。

这期间,被司机卖到回收店的那只虫草,被一户普通人家买去了。他们一共从那个小店买去了二十只虫草,价格是五十块一只。这家的老人被医院宣布已无药可救。他们把老人接回家里,请了中医来看。中医的意见是提气,提气的药都是很贵的,人参和虫草。这家人就买了二十只虫草,每次两只,炖在汤里,给老人提气。桑吉的那一只,炖成了第八碗汤。那碗汤,老人没有喝完。他头一歪,嘴半张着,汤却慢慢从嘴角淌下来,顺着脖子流到了胸脯上。

这个桑吉不知道。

那时,他回到家里等通知。有一天,他突然要父亲带他上山去。他想看看真正长成了一株草的虫草是什么样子。

父亲笑了:"我只知道挖虫草时虫草的样子,我想没有人知道长成草的虫草是什么样子!"

桑吉不相信,但他问遍了全村的人,真的没有人认得出长成草的虫草是什么样子。

桑吉想,明年虫草季,他要留下一株虫草,做一个鲜明的记号,隔一段时间就去看一眼,这样,自然就知道虫草后来长成什么样子了。他就带着这么一个想法回学校去了。

考试成绩下来了。

桑吉考出了这所学校办学以来最好的成绩,被自治州的重点中学录取了。

姐姐寄来了一张漂亮的明信片,预祝他高中时可以考到省城的中学。

后来,是毕业典礼。

父亲穿着干净的白衬衣,牵着马来接他。

桑吉去多布杰老师和娜姆老师那里告辞,还带上了父亲带来的新鲜乳酪。

多布杰老师把那包用新鲜的橐吾叶包裹着的乳酪塞到他手上:"作为这个学校最好的学生,你该去看看校长。他会高兴的。"

桑吉有点儿不情愿,但他还是去了校长家。

见到他,校长真的很高兴,拍着他的脑袋说:"有出息,有出息。我来这个地方还是个刚从师范学校毕业的年轻人,现在老了,要退休了。你考得这么好,我很高兴,很高兴。"

桑吉被感动了,把乳酪放在校长面前的茶几上,认认真真地对校长鞠了一躬。

他直起身来的时候,看到校长里屋的床上,他那患哮喘的妻子倚在床边,看着他们的孙子高高兴兴坐在床上,面前摊着一本百科全书。那孩子正伸手把一张纸从书上撕下来。孩子举起手中带着画片的纸,高兴地摇晃。

桑吉转身跑出了房间。

多布杰老师对桑吉说:"你要原谅他。"

桑吉不知道,自己会不会原谅校长。

直到新学期开始,桑吉踏进新学校的图书室。他说:"我要借一套百科全书。"

图书管理员告诉他:"百科全书是工具书,不外借,但可以在图书室查阅。"

桑吉便在桌子前坐下来,等人把那厚重的书本放在他面前。

走出图书馆时,他说:"我明天还要来。"

晚上,他从学校的计算机房给多布杰老师发了一封电子邮件。他在信里说:"我想念你。还有,我原谅校长了。"

【作者简介】阿来,男,藏族,1959年生于四川阿坝藏区马尔康县。做过乡村教师、文化局干部、杂志编辑、刊物主编。上世纪八十年代开始文学创作。著有《阿来文集》(四卷),诗集《梭磨河》,长篇小说《尘埃落定》《空山》《格萨尔王》,小说集《旧年的血迹》《月光下的银匠》《格拉长大》《遥远的温泉》,散文随笔集《就这样日益丰盈》《看见》《草木的理想国》以及非虚构作品《大地的阶梯》《瞻对:终于融化的铁疙瘩》等。曾获全国少数民族文学创作骏马奖、茅盾文学奖、华语文学传媒大奖等奖项。现在四川省作协任职,中国作家协会全国委员会委员。

奇葩奇葩处处哀

王　蒙

一

生日与金婚的喜庆,结束时候沈卓然感到了微微的茫然:天下没有不散的筵席,也没有因为待会儿散就不快乐的自找别扭的喜庆。为之喜庆的是积累,是成绩,是路程漫漫,是越来越老喽,呜呼乐哉! 其实呢,也是过往,告别,不复返,然而还顶得住。当初,从来没有想到过,也没有敢想象过,自己能与淑珍共庆结婚五十周年,那时候从来没有想到过,也没有敢想象,自己能健康地活到哪怕只是六十三岁更不要说七十四岁了。斯大林威震寰宇,才活了七十几? 他难忘瘦弱多病的少年时代。如今,却已经度过那么多年头,清清楚楚,足斤足两,全部进入有去无回的历史。回忆仍然温暖缤纷哭哭笑笑,而永恒的极光,冷得灼人,亮得睁不开眼,略含几分酸楚。

没有想到自己能够有今天的光景,像真行啊似的。岁月的长河其实没有亏待他。他有了光景,然后缓缓的失落与深深的记住相互平衡,毕竟还是幸运。说来脸红,出现了一个恶心的说法:成功人士。孙中山活了五十九岁。李白六十一岁,安徽省马鞍山采石矶水中捞月仙去。苏东坡与马克思都是享年六十四岁多一点。王勃与李长吉则是仅仅二十多岁就拜别人世。恺撒大帝五十八,拿破仑五十一,秦始皇千古一帝四十九岁驾崩。与他们相比,他姓沈的算个啥,何德何能,至今还活得这样欢蹦乱跳?

他至少已经经历了不止一次狂欢与兴奋。歌曲如醉如痴,鼓掌腾云驾雾,口号动地惊天,彩旗霞光万道,集会腾沸燃烧,铁树开了花,哑巴说了话,奴隶挺起胸,恶霸伏了法,天翻身,地打滚,你还想干什么?

最近的一次兴奋是上世纪八十年代,处处机会,在在成事,梦梦皆圆。卖瓜子创业,爆米花大亨,闯红灯成了经验,花钱送礼开绿灯。解放再解放,转变观念一拨拉就中,笑语恭喜发财,呼唤突破松绑,是欲望的满地,是转变的大言,是起飞的嘈杂,是机遇的俯拾,是中心与基本点的布局,是新局面出现,普天同庆、大快人心、喜上眉梢、奔走相告,又一个美好天真十载。

一辈子的重大经验就是别高兴过了头,乐极生悲,福兮祸之所伏。果然在劫难逃,又有人陷入了困惑与迷失,几乎重新拾起已经戒了二十一年的吸烟习惯,想买个意大利石楠木,或者厄瓜多尔轻木,或者百年铁树牌海柳烟嘴。

就像从前那样,不仅有香烟而且有烟斗,不仅有烟头而且有翠玉嘴烟袋,不但有马(莫)合烟而且有国粹内画鼻烟壶。

他对淑珍说:"你的好运使我这一生转危为安、转弱为强、否极泰来、笑到最后、笑得挺好。你的稳重救助了我的机敏高速。我们已经年逾古稀,我们有精神也有物质,有热情也有身体,有二代也有第三代,有级别职称也有真本事,更有人缘……"他底下还说了一些儿童不宜的话,淑珍笑骂说:"别缺德喽!"

他不愿意再往下想,不愿意再想后来的事。但是他坚信好有好报,坏有坏报,因果报应,绝对不爽。你可能不自觉,你可能至死糊涂蛋,解不开事儿,你没有怨天尤人的理由。物极必反,月盈则亏……在那个快乐的金婚加寿辰晚上你口出狂言,你得意扬扬,几乎是小人得志。你也有当上了暴发户的心态,甚至做出了九十大寿时候乘邮轮游历巴塞罗那、威尼斯与塞浦路斯的预告,你这就是得意忘形,是自取灭亡啊,难道不是?

是淑珍支持了你,陪伴了你,坚持了你,兴旺了你,发达了你。从一九五七到一九七八,二十多年,所有磨难都因淑珍的存在而不再是磨难,那只是携手共艰危的稀罕经历,是小儿解闷的游戏,是打入冷宫自己过家家,是人生相濡以沫的甘美,是相依为命的温暖,是却道天凉好个秋、人不堪其忧、俺也不改其乐的坚强与爽利。苦乐在我,淑珍在我,夫复何求?

再也没有想到,金婚庆贺两年以后是淑珍的葬礼。不堪回首的生老病死,医院里的长队,手术室外的煎熬,病房的一夜一夜……这只可能是沈卓然的罪孽铸成。他近几年太猖狂。年轻时候他想当作家,当头一棒之后他明白了自己只是文学与艺术远未入室的庸才。中年以后突然来了机会,他被选拔到一个领导机关,他的文字能力与二十余年来的谦虚谨慎习惯使他深受好评与器重。芝麻开花节节高,转眼他就成了司局级首长。好景不长,他又遇到新沟坎,他开始沉默寡言,不求有功。却得到了此生从未有过的舞台,现在时兴叫平台的,他成了人五人六儿,他得了不是头彩也是二或者三名,虽然不是瞎猫碰上了死耗子,却也是绝对戏剧性的幸运出奇,他的柳暗花明足以让嫉妒他的老兄气恼下去。

二

在满坡松柏的山岭下,在刚刚启用的墓葬新区,他站在青石镌刻的墓碑前泪流满面。究竟是什么样的罪过罪孽罪恶,让他在这样一个老来志得意满的时刻失去了淑珍呢?

沈卓然想到的第一件事是"大跃进"时期山区下放劳动时候毁掉了一支体温计。

和童年时期半饥半饱的日子里一样,在农村他长针眼,他长疖子,他发烧,他拉肚子,还长口疮。得了病他去村口唯一的一位残疾人业余中医那里。他去了,大夫让他试体温。当着他的面,体温计从一个婴儿的肛门中拔出来,业余中医用自己的上衣下摆擦了一下体温计,递给了卓然而且要求他衔在口中,并且解释说,门窗漏风,室温太低,腋下试体温怕靠不住。卓然对这种说法不怎么信服,但又不宜于与农家医生作某种论辩探讨,听农民、学农民才是思想改造。才一犹豫,窗外有人叫唤,医生推门而出,冷风扑面而来,嘭的一声,医生关紧了房门。卓然看到土炕灶眼边放着一把轻声呻吟着的生铁水壶,便拿着温度计凑过去,用一点热水想冲洗一下温度计,就在一点点热水触及温度计的水银管的那一刹那,他听到了一声极轻微的啪啦,他的手一抖,毁了,他看到了温度计玻璃管的小小裂口。

这时医生回来了,看到了拿着温度计发呆的沈卓然,他什么也没有问,从沈卓然手里接过温度计,瞟了一眼,说了一句:"呵,坏了。"拉了一回室内仅有的三屉桌抽屉,找出了另一支黑乎乎的温度计,照直对着沈卓然的嘴巴送过去了。

沈卓然相信,哪怕医生对着原来的温度计的破口疑惑地看一眼,更不要说如果他提出任何疑问了,他一定会坦白自己的"罪行"做出赔偿而毫无隐瞒。问题是医生视为理所当然地在两秒钟内处理完了这一切,而且沈卓然乖乖地叼住了卫生状况更加可疑的另一支温度计,他无法张开自己的嘴……错误就这样铸成了。对一个山村农民、复员荣誉军人、另一个哑女子的丈夫、方圆几十公里唯一的医疗救助人士,他竟然做出了这样的事。他流下了羞愧的眼泪。

人最好不要有什么错,有了错赶快改,不然你可能错过时机。如果你十年二十年后再谈这个温度计的问题,第一,你可能已经无缘与他们相见;第二,你去谈了,像是你有神经病;第三,如果你对首长对组织对公众谈这件事,他们不会受理,说不定他们会觉得怪怪的。如果是新世纪当中,你会被认为是在干扰发展、改革、反腐、法治、金砖或者G10的"大方向"。

……他想到更久的以前，还是"国府"时期，他刚刚上初中，一位要求严格，而且喜欢标榜自己的大不列颠牛津音的高个子英文女教员遭到了班上几个上课打瞌睡、考试打小抄的同学的不满。这位老师是旗人，应该是个格格，修长身材，浓眉大眼，一脸自尊睥睨，使沈卓然倾倒。她名叫那蔚阗，为了她的姓名她与班上几个同学较起了劲。同学们称"蔚"为"卫"，她非得要人家读为"郁"，并给大家讲"蔚"的 wei 与 yu 两个读音的通用与区别，讲得有几个学生出声地打哈欠。为了那蔚阗的"阗"读什么，她也费了大劲，动了肝火。有几个男生痛恨这位风度不凡的女教师。几个学生策划着制造机关暗器，要出出此位过分出色、从而惹起了本能的普遍反感仇恨的女教师的洋相。木秀于林，风必摧之。几个不守纪律、不爱学习、不讲卫生、穷困破烂的捣蛋鬼，不知不觉中对此位教师恨得刻骨。而且他们相信，面对这样一位风度高雅的女老师，全班至少是男生必定会苦大仇深，尽欲除之而后快。他们谁也不避讳，公然大吵大叫地切磋、设计、进行祸害老师的阴谋——更正确地说应该是阳谋活动。

问题在于，只上了两个多月的课，沈卓然已经获得了女教师的偏爱。他学得快，发音也好，他非常注意老师以之骄傲的牛津式发音、唇齿舌的位置与声带的音区，还有腔调与味道。老师多次在课堂上叫他起立诵读，给全班同学做榜样。学外文对别的孩子是灾难，是负担，对他们来说把"水"读成"窝特儿"是违背天理，把"老师"读作"提彻尔"是装丫挺的洋蒜，而卓然觉得学外语是别有天地，其乐无穷。而且孩子们从那蔚阗显摆牛津音的言论里本能地感到了她的崇洋媚外，是崇拜在中国贩卖鸦片、带头发动侵略压迫宰割残害古老中华的打着米字旗的老牌英帝国主义。

在一个贫困、饥饿、混乱、褴褛、獐头鼠目、孱弱佝偻、萎靡龌龊、斜视斗鸡眼、罗圈腿瘌痢头的时代，出来一个亭亭玉立、高高大大、自信自足、眉目端庄、一举手一投足都充满优雅和美丽的英语女教师，这简直是与时代为敌，与众生为仇，为社会所难容。她这是为了提醒他人的卑贱与不幸，为了污辱与压迫众生才出现在这个时间这个空间的一位异类。

偏偏这位异类喜欢与其他同学同样孱弱，但具有一种学习与上进精神的小小沈卓然，那老师的一再表扬使身体单薄、智商有余、胸怀大志的沈卓然也难以在班上立足了。当一堂新课全班同学没有几个人跟得上进度，当绝望的老师不得不再次叫起沈卓然做示范朗诵的时候，班上出现了嘘声与其他怪响，还有大荤大素的谩骂。人同此心，心同此理，全班男同学清晰地喊叫道："操性劲儿你，自大多一点儿：臭！"

事隔多年，他已经想不起来几个坏家伙是怎样设计祸害那蔚阗老师的了，他们用了一个破搪瓷缸子，里头装上了红颜色水，他们似乎还找了一把破扫帚,还有一个字纸篓,还有一根橡皮筋,还有一个脏得不能再脏的板擦,用他们的说法是"我们有机关"……一天那老师来上课时候,一推教室的门,板擦落到老师肩上,升起一股尘烟,呛得前排同学咳嗽,污水洒在老师背部,缸子落到地上叮叮当当,一把扫帚绊了老师一下,橡皮筋噔地一弹,还好,没有触及老师的身体。

而且发出了笑声,诡计的胜利打破了枯燥常规,调剂了表格化的千篇一律的课程生活,引起了惊喜,怒放了恶之花,坏之鬼,跳起了闹之舞。你无法不为之喝彩,你无法不为之一粲,哪怕紧接着是摇头与顿足。沈卓然也笑了十分之一秒,而且最要命的是,这十分之一秒,他的目光正好与那老师的痛苦不解狼狈的眼神相遇。

这都没有什么,最最离奇的是,最最感动卓然、激起卓然、麻木卓然的是在兹后的规模空前调查处理当中,几个坏小子一致指证:说是他沈卓然设计了制作了置办了行使了暗害教师的机关暗器的全部操控。这样离奇的说法让沈卓然骤然失去了辩解能力与愿望,他只有目瞪口呆,他干脆是失声,他的嘴唇乱动却连个"不不不"都说不出来。直到次日上午,好久以后他才恢复了说话发声的能力。其他的同学们也装傻充愣,哆哆嗦嗦,哼哼唧唧,吭吭哧哧,噫噫吁吁。他上了人生一课:有些时候,精彩源于荒谬,气势来自无耻,流畅基于谎言,荒谬绝伦远比实话实说强大有力。年满花甲以后他叹服的是,六十年了才明白:果然好人不知道坏人甚至是不太坏的人有多坏,而坏人也无法想象好人甚至是不太好的人有多好。

1949年以前,学校里没有书记,但是有校长、教务主任、训育主任与事务主任。校长带上三位主任与那老师来到他们的班上处理机关暗器事件,那老师面带沮丧,愤怒的情绪盖不过失望与惭愧,校长与三位主任气势汹汹,表示不查出是谁做的暗道机关,绝不罢休。

坏小子们指认祸害老师的原来是他,是老师的宠儿沈卓然,其他同学谁也不说话,是默认还是抗议,是劫持还是自愿,是无能还是无耻,沈卓然无法判断。他能判断的是自己没有辩诬的起码自卫能力,在颠倒是非的诬告面前,他只能是伏法或者干脆是伏非法。

明白了还是不明白?说不定他的外语成绩正是他受到全班同学厌恶的原因。用洋泾浜的发音读英语的学生,怎么容得下对于所谓牛津音的揣摩与模仿?揣摩与模仿牛津音的人不是汉奸、英奸,也一定是装大头蒜,是臭显摆,是不仁不义,是散德行,是决心与爱国爱家爱本省的孩子们为敌,是自绝于学校班级与同龄同窗,是人皆得而诛之蔑之灭之收拾之的臭狗屎。

事后多年他想到,这还应该归咎于旧中国的男女生分校分班制度。那时候上小学,一、二、三、四年级男女混编,一上五年级叫作高小的,男生女生分家。中学就更不要说了,男生女生,性别隔离,要到上大学以后才有可能与异性同班上课。见到那蔚闻这样的自命不凡的女性,自卑自怜发育不良青春躁动已经开始遗精与自慰的十三四岁的男孩子怎么能不咬牙切齿,见到得宠的沈卓然怎么能不灭此朝食,怎么能吞下那一口鸟气!

沈卓然挨了校长一个耳光,明明白白,他此生有被诬陷的命!他怯懦,所以被诬陷,他习惯性遭诬陷,所以更怯懦。他的左耳朵一直听力不佳,直到六十岁右耳也开始听力减退,才渐渐平复了由于两耳听力不平衡引起的不平衡感与屈辱感。

在他接受体罚的时候他听到了那老师喊了一句话,那老师应该是说"不可能是沈卓然……"她说着话流下了眼泪。

但是挨耳光的他只觉得两耳嗡的一声鸣响,一片片从内而起的嘈杂与混乱,还有他的痛不欲生的对于自己的怯懦的痛恨痛惜痛悔,已经埋葬了他,他完全无法听明白那蔚闻是在说什么。如果她是说"该打!这个没有良心的孩子"呢?

也许这件事与弄坏乡村医生的温度计的事性质不同。那件事是他对于他人的损害,他没有挺身而出,不,谈不上挺身而出,他没有起码的诚实与责任感。他是一个逃兵,他缺德!

而这件事他是被损害者,长大以后,在国家大搞改革开放以后,他渐渐从境外的价值观念当中参照到,至少是在欧美,被损害而没有勇气抗争的人让人轻蔑到不齿的程度。

三

正好是在被冤屈被责打的那个晚上,沈卓然做了此生的第一次春梦。

被压抑的怯懦,转化为荒诞的性幻想,不知这一层弗洛伊德是不是发现了。

他似乎是在委屈地哭泣,他哭出了声音,感到他的眼皮上满是泪渍。他觉得一阵温暖,一阵柔软,他忽然明白他是伏身在那蔚闻老师的胸口上痛哭,老师紧紧地搂抱着他,拍抚着他的颈背,轻揉着他的腰眼,又摩挲着他的屁股,他像一个猴子攀缘树木一样地在女神一样的老师身体上爬上爬下。他又像一条光溜溜的水蛇一样地在女神的水域与水草当中穿来穿去。他也像一只自惭形秽的受了伤的小熊猫仔,在大熊猫的拥趸下减轻着疼痛与伤势,小心翼翼地伸开了腰腿。他在老师的怀抱里疗养、成长、沉醉、扩大、丰满、充实、热烈、渴望、雄起、爆炸,山洪决坝,泉水叮咚,天摇地颤,温热而又卑贱。

然而在快要醒来的时候他突然觉察,不是女神,不是象鼻神也不是神鱼,而且,不是老师,更不是明晰的那蔚阗这个高大的女人,春梦中与他这个臭小子厮缠在一起的是巷口猪肉店的胖大的女店员,捏着割肉利刀,他鼻子里充溢着猪油的气息。他似乎想吐。

这是人生?这是成人礼?是神仙的醇酒也是傻小子的呕吐,是青春的销魂也是半大小子的流里流气,是飘飘然也是屁滚尿流,是美妇人也是挥动屠刀的"月半了一"(胖子),是不无大志的青年先锋也是委委琐琐的鼠辈尿包。那时候他和一帮臭小子同学,认为不应该用"胖子"之类的词儿形容异性,他们以白痴式的聪明用拆字法编造了"月半了一"密代码,流露了他们对于胖大女子的垂涎。

一首诗?一个梦?一次遗失?一个罪恶?一种龌龊?他为什么,竟是这样!

一些年过去了,中国是天翻地覆,历史从头开始。沈卓然听说那老师到了朝鲜前线,她参加了对于美军战俘营中中国人民志愿军与朝鲜人民军被俘人员的解释工作。在停战谈判的最后一个分歧上,双方协议,由印度部队接管号称联合国军的战俘营,由中朝方面派出人员前往说明解释,并在中朝美韩印几方面观察下由被俘人员自己挑选他们是愿意回到原属的中朝方面还是准备留到美韩方面另做道理。

……已经记不清是战后的哪一年哪个场合了,已经成为中学教师的多年以后,沈卓然见到了那老师,她更加风度翩翩,她穿着当时比凤毛麟角还凤毛麟角的欧洲出品外衣。他听到了老师讲述她在朝鲜的惊心动魄的经历,更多的是介绍在莫斯科硬碰硬反对"苏修"的得意之笔。尤其令人兴奋的是,沈卓然还见到了老师的体面的夫君,他与她在朝鲜相识,他们俩在战火纷飞中建立了终成连理的爱情婚姻,他们现在都是外事官员。他也报告老师,他小沈已经结婚,他的妻子是纯洁如玉、善良如羔羊的淑珍。在这次见面的时候,沈卓然说到了旧事,说到了他的被冤枉。那老师不等他起头便断然说,我当时就判定,是他们冤枉你,我由于校长的野蛮愤而辞职。沈卓然为之泪下,那老师却是哈哈大笑。这笑声似乎刺伤了一点点沈先生。

……他与淑珍谈起了他与那老师在这个场合的见面,他甚至谈到了他的冤案,然而他没有谈他挨了一个耳光,更没有谈他少年时期的见不得人的春梦,他将这一段回忆引导向忆苦思甜的正确方向,指出所谓"中华民国"的体罚恶制与品德教育完全失败。

这也是他对不起淑珍的一件事,他不诚实也不坦白,他这也是怯懦。他越来越明白了,为什么中国的圣贤对于勇敢的定义,首先不是敢于冒险、敢于斗争、敢于胜利、战胜对手,而是知耻,是指勇于战胜自己。

更怯懦的事在后面。一九六六年政治运动中那蔚闽的外交官夫君出了大事,被揭露出里通外国的罪行,他似乎已经成为革命的最危险的死敌。发牛津音的那蔚闽当然面貌可疑。她遭到激进少年的毒打,远比板擦与污水的洗礼升级得多。一天晚上受了伤的她不知怎么找到了住在远郊的沈卓然家,她要求在沈家躲一个晚上,她说否则那样斗下去她会丢命。

他可以找出一百个理由不接受那老师的暂避一时的要求,他与淑珍的房子总共只有十七平方米。他与淑珍的孩子已经八岁,已经上学。街道"小脚侦缉队"近在咫尺。革命的群众专政天网恢恢,目光如炬,覆盖如天幕。我们应该坚持两个相信,这是两条根本的原理,不应该躲避。坦白从宽,抗拒从严,抗拒革命就是反革命,当然。两条道路由你挑。我们要经风雨见世面。为人不做亏心事,不怕半夜鬼叫门。大风大浪并不可怕,人类社会就是在大风大浪中发展起来的。我们自己也并不平安。我们不知道明天会发生什么事情,我们确实帮不了你。如此这般,这个那个。他泥塑木雕,用一副死鱼眼睛看着那蔚闽,他这是此生的第二次失声,失魂。干脆只能说是神经官能性聋哑病发作。

……在那个时候到一个朋友家避风头,这本身也是脑梗、智力短路!这正是企图引领一峰骆驼穿过针眼,这也是抓住一根稻草支撑自己正在下沉的身体,结果当然是让稻草与自身同沉十公里深的海底。这是显然的强人所难,鸵鸟藏头闭目,实则是害人害己,骗人骗己。这是臆想狂,这是十足的颠倒与错乱。

沈卓然的泥塑木雕只用了两分半钟,那蔚闽胡乱地说着口齿不清的"对不起了"。他奇怪的是,虽然那老师比他年长近二十岁,他并不认为这位高大上的女子的到来可能获得淑珍的同情与理解。而事实上,尽管没有同情与理解,而且明明看到小沈所抱的冷酷僵硬的态度,淑珍真诚地挽留了那蔚闽,前后十分钟。只有在淑珍真诚挽留的时候那老师的脸上显出了一点点血色,她从淑珍身上毕竟获得了些许的人情与温暖。

四

沈卓然与那蔚闽的故事本应到此为止,时过境迁,他不再为自己的少年奇冤与被扇耳光面红耳赤。他不再为自己的少年春梦羞赧低头,他不再为,他也并没有理由为自己没有能在困难的时刻帮助那老师而责备自己。

然而在淑珍的葬礼上出现了署名那蔚闽与李济邦的鲜花花篮。是阿里巴巴快递服务送来的。这几十年,谁谁发生什么事都是正常的,但是女老师姓名的出现使沈卓然立即感觉到五味俱全，是他的少年时期的懦夫罪过贻害到淑珍。他的一生首先不是成功的一生，而是惭愧的一生，忏悔的一生，所以他没有资格与淑珍继续牵手行走下去。他害了淑珍啊。

与此同时，他也纳闷于叫李济邦的是不是那蔚阗的原装丈夫，他忘记了，他记得那老师当年提到自己的先生的时候发了一个上声字的音，他可能姓李，是的，但也可能是姓古，姓郝，姓钮，姓管，姓仇，只要是第三声。他常常记住他人的姓氏的一二三四声部，甚至记住一首诗句的音调，可能是咪、迷、米、密，但是记不住诗句，记不住人家的确切姓名。

姓氏为第一声的老师与她的第三声的夫君，甚至于没有留下自己的联络方式。他上百度与谷歌敲查二位的姓名，无内容显示。

我对不起淑珍，他在墓碑前流出了眼泪。

更加对不起的是他对淑珍一生的干扰，淑珍是建国初期的归侨生，她原在印度尼西亚，由于新中国的号召力，她不顾父母的阻拦毅然在十六岁回到祖国，她的黧黑的皮肤，圆而大的黑眼睛，长睫毛，尤其是厚嘴唇，大嘴，带来了赤道的阳光、东南亚的风情与海外赤子的情怀，她也使北方的臭小子们为之神魂颠倒。她的好学、谦恭、礼貌、诚实、专注使她成为"三好学生"的标兵。一到十八岁，她就成了本校党组织的重点培养对象，而且她已经是新一届学生会主席的热门人选。

就在这个时候灾星出现了，灾星就是沈卓然，灾难就是沈卓然公开了给淑珍的信。

卓然曾经醉心于文学，成果是无。他唯一自信的是他给淑珍的信，他相信如果他把这些信保存下来，也许能够使他得到出版与招摇撞骗的机会。

至少，他的信是无法抗拒的，他的信是美丽的真诚，是人生的花色，是青春的强劲，是奇花异卉珍禽宝贝火种灵药，他的信会让任何一个女孩子甘愿献出自己。

一个崭新的时代的开始会是这样的，你相信我我相信你，你相信所有的美好与光明，而以美好与光明的代表身份说话与做事的人相信你正在走向美好与光明。那时候每个人都认为你想干什么就可以干什么并且能够干得成什么。他们相信科学的发展会使去世的亲人重新复活。他们相信政治的发展会消除一切的差异与不平，全世界的男女老幼黑白棕黄红同吃一锅全家福，同饮一缸蒸馏水，同跳一曲欢乐舞，同写一部同读一部比荷马比屈原比莎士比亚比李白普希金雪莱拜伦所写都伟大百倍的伟大史诗的日子正在到来。那么，给一个刚满十八岁的高中女生写求爱的信，又能有什么可质疑的呢？

那是一个没有麻烦只有畅想的时代，那是一个没有怀疑只有相信的时代，那是一个没有背叛只有忠诚的时代，那是一个在自己这里只有爱情、在敌人那边只有仇恨的时代。

然而在那样一个美好的时代，一封封像花束一样芬芳，像夜莺的歌曲一样动听，像天空一样爽朗，像清泉一样纯净，像星光一样闪烁，像海潮一样汹涌的情书，给淑珍带来太多的扰乱了。

从此她的功课尤其是考试成绩每况愈下，她的睡眠状况日益恶化，她对于政治上进、党课学习、社会活动参与、学生会工作的积极性渐渐消退。

而在婚后，如果没有他，淑珍本来有更多的选择，更好的前途，更充实的人生。

然而淑珍不这样看，她说，在与他相好之后，她追求的是正常，是普通，是平平淡淡平平常常的日子，是生活，是一辈子的厮守，是永远的手拉着手，是一起看电视和看电影，呵，那拉着手看《斯大林格勒大血战》与《库班的哥萨克》的日子，那坐在一张小台子上点了木须肉与干烧鱼的日子，那烧热了灶火，在生铁锅里用葱花炝锅，有辣椒下锅引起惊天动地的喷嚏的黄昏，那乘着无轨电车走过路灯照耀下的寂寞的报刊亭与红绿旋转强劲发光的商场的时光，那几经煎熬，仍然永不分离，那进了被窝，沈卓然小声喊着林彪提出的口号"团结紧张严肃活泼"，逗得淑珍笑出了眼泪的夜晚，那两人同时唱起《森吉德玛》与《小河淌水》，互相纠正互相配合，有时还唱起《苏丽珂》与卢前作词、黄自作曲的《本事》二重唱的欢愉……多么幸福，多么值得，多么甘美！

他们一天天，一点点年纪大了，更加喜欢唱什么"当年年纪小"了。"为了寻找爱的归宿，我走遍整个国土"，"记得当时年纪小，我爱唱歌你爱笑"，"梦里花落知多少"，还有只有他们俩懂的暗语：关于旗手，关于电扇，关于火镰火石，关于山坡与森林，关于糯米填充的鸡肠子，关于学毛著就会立竿见影，关于列宁创办的《火星报》与托洛茨基创办的《真理报》，还有样板戏里的"谢谢妈"与《海港》中韩小强的咏叹调"我沾染了资产阶级的坏思想"。每当沈卓然说到"沾染了坏思想"的时候两个人就笑，坏思想一提乐翻天，贫贱夫妻百事欢，最最美好的时光他们是在最最狼狈的处境下创造与享用的。

有几次沈卓然轻描淡写地后悔当年对灾难中的那蔚闯老师的冷酷无情，称许当时陌生的淑珍对于他的老师的热情，他问："为什么你的表现要比我好一百倍？"

"是吗？"淑珍全无感觉，"那只是常理啊，一个友人，一个教师，教过你，你还说过你喜欢她，你应该为她做点什么呀，做不了什么也还是要做点什么呀……难道能够是别的样子吗？"

那时沈卓然自以为懂得了政治，懂得了形势，懂得了处境，懂得了策略与手段,懂得了最新"两报一刊"社论;而淑珍什么都不懂,淑珍只懂得待客,懂得善良与文明的起码常识。他那个时期常常给淑珍讲解"两报一刊"的精神,淑珍听不进去,淑珍的逻辑与它们格格不入。

上苍给你多少快乐,就会同样给你多少悲伤,上苍给你多少痛楚,就会同样给你多少甘甜。没有比这更公道的了。

而恰恰是上世纪九十年代他有点"小康""中康""巨康"了,他成了讲解古典文学与唐诗宋词的电视名嘴,动辄三万五万地进账之时,淑珍患了不治之症,原来他俩只有相濡以沫的贫贱之福,却没有芝麻开花节节高的发达时运。

我造成的,我造成的,沈卓然痛不欲生,他检讨自己的小人得志,他忏悔自己的胆小怕事,他承认自己的卑微渺小,他确有不敢成仁取义的犬儒主义、机会主义、实用主义、活命主义,他当不了胡志明也当不了切·格瓦拉,他对不起毛泽东也对不起淑珍应该更熟悉的她的出生地印度尼西亚共产党总书记艾地,艾地同志是被苏哈托军人集团处决的,后来马来西亚游击队的领导人陈平同志也失败了。是他殃及妻室,干扰了东南亚,使他终于老年丧妻,天塌地陷,一步没顶!

我的心太"软",港星唱起来听着似乎是"心太懒",我的心太懒。我已经丧失了平平常常的快乐的基础。沈卓然弯下腰,给墓碑行礼,小风拂来,他听到了一声低语:"不必,不必,也许,或许……"他匍匐在地痛哭。

这是刚刚开发出来的一块墓园,背靠青山松柏,梯田式一层层一排排预留的墓穴,方圆百米,只有淑珍一个墓穴有了主人。这里有一种宽绰,有一种安详与平和,有一种业已完成的宁静与圆满,在这里你会听到微风传来的低语。

五

然而他睡不着觉,这也是报应。他至少说了五十二年的嘴:他具有惊人强大的睡眠能力,他一沾枕头就"着",他可以利用五分钟打盹,他可以大会上、汽车上、起飞前起飞中起飞后持续打起呼噜,他一辈子没有吃过安定、舒乐安定、速可眠、眠尔通,他是愈睡愈精神,愈精神愈出活,愈出活愈能睡。他还忽悠说,养生的关键是睡眠,悠悠万事,唯睡为大。

尤其最最缺德的是他无意中折了一回当地一个大红人的面子,大红人,女,海归,企业家,慈善家,教育家,爱国党派的省级首长,省政协副主席。他得到荣幸去陪红人吃佳宁娜潮州菜馆,副主席滔滔不绝地讲述自己每天要做多少事,日理不够万机也有八千八百机,她说她一天只能睡四五个小时觉,可能说到这里她意识到了一直是自己女声独唱,便扫了一眼,看到沈卓然,觉察出他也是个频繁出镜者，便礼贤下士地说："沈先生这样的知名人士，您还能睡什么觉哇！您说说，您一天能睡多少觉？"

沈卓然蔫蔫地答道："九到十个小时……"

他看到，大红人的脸色立刻变了。

是他太不厚道了，他本来应该嘿嘿哼哼两下就过去了，不该诚心撅红里透紫的副主席呀。终于，他遭报应了。

在淑珍走了之后，他干脆在深夜大睁着眼睛，不睡，不醒，不哭，不笑，不思，不愁……什么都不，百不千不，他干脆感觉自己的并不存在，他已经感觉不到自己存在的必要，已经失去了存在的理由。回家晚了，他已经不需要给淑珍打电话。一个新的饭局，他已经没有淑珍可以商量去不去和如果去的话送什么礼物。遇到一个讨厌的人，他已经没有可能向淑珍说一句刻薄的话解恨出气。没有了淑珍的呼应、疑问、分担、惦念、抱怨和庆幸，他的活与不活究竟还有多少区别的必要？

沈卓然哪里去了？他似乎在问自己。沈卓然并没有随淑珍而去。沈卓然确是魂不守舍。色空空色，沈非沈，卓非卓，然不然。沈卓然不是沈卓然，没有淑珍陪伴，他怎么可能是姓沈的卓并然？也就没有必要怀疑自己不是沈卓然了。沈卓然变成了一片空白，家是空白，生活空白，口腹空白，阅读空白，言语空白，共享空白，睡眠空白，失眠其实也是空白，生命的痛苦还是空白。

睡不着他干脆集中精神想，比如说，我压根就没有出生；比如说淑珍就压根没有出生；比如说，这个入夜无眠的糟老头子，压根就不是我，这儿不可以是也没有理由是第一人称，而只是，最多是第二人称与第三人称。一切都会迎刃而解。"无我原非你，从他不解伊。肆行无碍凭来去。茫茫着甚悲愁喜？纷纷说甚亲疏密？"这是《红楼梦》，至于无碍与茫茫纷纷，也许还只是后话。

谁让他夸夸其谈地在电视讲坛上大讲元稹的"唯将终夜长开眼，报答平生未展眉"呢？谁又想得到，转眼到了"闲坐悲君亦自悲"的当儿，而"百年"竟并没有"几多时"啊！

淑珍却是走得英勇。她早早留下了遗书。她得知难以挽回以后坚决要求停止某些无益的抢救器具操作，她表示并无遗憾与懊悔，她讲了对于此生特别是卓然的满意之情……她说她不惧怕任何新的经验，包括到另一个世界去。卓然最最不能忘记的是淑珍的遗容，那么安详，那么从容，那么平常得大气盎然！

是卓然对不起她呀，对不起，对不起，其实他仍然有不轨之梦，其实他仍然有看图片看电影而思有邪的可笑复可悲，虽然绝无什么不妥的行为，是感恩心涤荡了他的胡思乱想，其中包括对一个欧洲女歌手的特殊感觉……

他也曾吹嘘自己的健康，七十多岁了还能够连打几局网球，还能中速跑步八百米,还能吃一斤半涮羊肉,还能盛夏在深海海面上游泳一千七百米。因为他少年时代太弱,他尤其注意保护自己,他不敢尝试任何的不健康的癖好与方式。

这一切都随着淑珍的远去而一去不复返了。他的两腮开始凹陷,他的头发开始干枯脱落,他的膝盖动辄吃不上劲,他的口气日益浊恶,他的视力听力明显下降,莫非我也该走了? 我是一个软弱的,明白地说,怯懦的人。"守着窗儿,独自怎生得黑?"李清照《声声慢》里这两句话,小时候他以为是李词人叹息自己长得太黑,明明说是独自怎生得黑嘛! 为此,他与淑珍之间有多少调笑! 后来知道是说独自怎样挨到天黑! 他更愿意将"黑"解释为语助词,那就是说,守着窗户,好一个"守"字! 孤孤单单一个人,怎么得了,怎么活下去噢!

果然,独自很难活下去。有些事情你一直认为是很远很远,凡是认为很远很远的事情都会突然变得很近很近,就在你的身上,就与你同桌同室同床同声同气。不,死神并不狰狞,死神并不穿黑色的道袍,死神也绝非冰冷,死神很活泼,很亲热,很——你甚至于可以说"祂"很随意,是你的老朋友。他向你调皮地一笑,眨眨眼,问道:"怎么样,哥们儿,还不过来?"然后向你张开了双臂。

然而老沈不甘心,他不相信自己已经行将就木,他还没有准备好立即随淑珍而去,他猛吃各种中西催眠药物,包括医生告诉他的某种进口好药,是重要的首长同志也会服用的。

他仍然觉得自己没有睡着,其实事后证明他睡了好久。他二十三点躺下,四点过半醒过来,如果没睡着他不可能安静地连续躺卧五个半小时,且无辗转反侧。睡眠过程中他的耳边一直淅淅沥沥,他听着似雨又像耳语更像虫鸣的声音。人生是一种起伏扬抑的噪音。他一直想着"我仍然睡不着觉""仍然我觉睡不着",却突然睁开了眼睛,看到了窗帘缝子中透过来的晨光,而且,最重要的是,耳中响起的不再是淅淅沥沥的声音,雨陡然停止,耳语突然远逝,鸣虫突然冻僵,而一种城市特有的类似轰隆轰隆的机械性金属性吵闹声响,接管了他的被睡眠的单调郁闷的呻吟延续。他的耳闻进行了彻底切换,他现在的醒证明了他的可能低效与无感觉、却仍然不容置疑的睡。

被入睡数次后他的身体状态略有改善,他吃了一次猪肉大葱饺子,他吃了一次打卤面,他吃了黄花鱼,就了一点泡高丽红参的药酒。

他腹痛如刀绞,他被诊断为急性胆囊炎,他做了急诊手术。由于是急诊手术,术前没有来得及倾泻胃肠,手术后便秘,前后五天没有排便,急急使用开塞露,乃至超量,一旦破门而出,犹如堤坝崩溃,四面喷薄而出,全身全床都是粪便,儿子刚从国外赶回,与他共战一宵,闹了个不亦乐乎,他甚至想到了生不如死的命题。值班护士可能熟悉这出戏,只慷慨地发给家属一卷卷卫生纸,绝不吝啬,人则远离他的病房,眼皮也不向此房间动一动。

但他还是感谢致敬于医护人员,疼痛,麻醉,手术,刀光之灾,血污,无微不至,使他从痛不欲生渐渐回阳,穿戴雪白的护士们用熟练的操作清洁着处理着拾掇着他的伤口和带伤的躯体的这一部分与那一部分,包括他自己也不喜欢多看一眼多摸一下的部分,使他渐渐康复,一天好似一天,她们是真正的救苦救难的天使。

出院不久,一位病友,一位年龄级别与待遇都比他高的新结识的伙伴来看望他,并且向他提出了再次建立自己生活的建议。简单地说,要给他介绍对象,告诉他立马就可以娶上一位资深的貌美护士长。这样,他主诉的一切苦处,失眠、失魂落魄、头沉头晕、孤独、惊悸、虚汗、脚心冰凉、食欲减退、给正在国外边工作边求学的独生子增添了太多的负担(四个月前刚为他的母亲赶回来一趟,这次又赶回来与他一道进行粪便大战)……都会迎刃而解。

“夫人去世了,你还活着,为了去世的夫人,你也必须好好活着,为了儿子,为了国家人民老天爷,哪怕什么都不为,只因为你还没有死,你明明是大活人一个,你只能好好活着,你没有其他任何不同的选择……这里我要明确地告诉你,不论是谁,是多么孝顺的孩子,是朋友,是领导,是特级护理员,谁也代替不了老婆,老婆老婆,是生命的基石,是男人的保命稻草。因而……所以……必须……完全用不着……”口若悬河的病友说。

“毕竟现在不是唐宋元明清民国,‘五四’运动已经过去九十年,而‘五四’前一年鲁迅就发表了《我之节烈观》,就是在旧社会你也不存在不节不烈的问题……”厅长级病友对他掬诚以告,按此人的水平,不,说不定此公已经享受到副省级待遇。

厅长副省级友人往他手机里发送了一张彩照,这张彩照十分养眼,美与不美,俗与不俗,一抹夕阳,一捧残霞,一朵欲萎的鲜花令沈先生心痛,令沈先生心乱如麻,血压升高,失眠更失,不安更不。淑珍,淑珍,你怎么走了啊,你一走,我怎么全乱了套了啊!

六

这是一张稍长的瓜子脸,也许是葵花子?她长着一双有点像京剧坤角那样吊起来的“丹凤眼”,她有一种端庄,一种凝重,一种瘦削,她名叫连亦怜,十分的可爱与不俗。她说话的声音很小,话也不多,如怨如慕,如泣如诉。她常常低着头。她刚刚五十岁,比沈卓然小二十多岁。她的样子楚楚可怜,只有熟悉中国古典文学的人才懂得“怜”字在古诗中的地位,它比爱更古老,比爱更幽雅,比爱更男权却也充溢着男子的柔情与担当,甚至还有一点戏耍的心坎上的欢愉。怜就是保证,就是允诺,就是永远对得起女子的起码的男人的诚实与决心,是好好地吃,好好地咂滋味,是上海人吃大闸蟹。怜还是对宝贝,对宠爱,对弱者柔者美者的一百种义务,一百种照顾,一百种珍惜,一百种"阴秀软丝"(您可以去查英汉字典)。风月无边,美味无边,浪漫无边,恩爱万千。

沈卓然的说法,祖国认字的人对汉字深情如海。连亦怜,你找不到这样招人爱怜的女性芳名。连与怜同音不同字,本身就包含着一种纠结和期待,一种凄美和缠绵,一种上颚与舌头的性感,一种结合的暗示,一种如莲的喜悦。连就是合,合就是连。中间加上一个发音部位靠前的亦字,嘴张不太大,说起话来好像要流口水,亦就是溢,亦就是嬉戏,亦就是羁縻,亦就是枕边喁喁吁吁。连与亦与怜匹配得天造地设。哪怕只是为了发音学科研,为了文化爱国主义,为了品鉴汉语与姓名学,他也不能拒绝与她会个面。而且那个病友是要请他与她到家里便饭。

介绍说,亦怜是大专毕业专门学护理的医院护士长,她的先生病故,她有一个儿子,患慢性病,为照顾儿子她已于两年前提前退休,现在每月还有退休金三千多元的收入,享受社会医疗等保障,在银行有三万元左右的定期存款。她一直沉默寡言,埋头做事,从无是是非非。丈夫死了七年,不断有人给她介绍男友,她只有一个要求,对方必须有二百平方米以上的属于自家名下的住房。她很简单,很实在,完全靠得住。

沈卓然未以为意地一笑,他说:"我的住房建筑面积是一百九十八平方米,不够数啊。"

厅长从老沈的一笑中看出了一点轻蔑,他急着说:"不,这当然不是问题。第一,你的住房设计比较经济,房屋使用面积超过了百分之七十,足用一百四十平方米。第二,你有固定车位,你的车位占地三点五平方米。无论从哪个意义上说,你是十足的二百平方米住房拥有者。"

厅长觉得老沈的表情仍然不够认真笃敬,他说:"你需要一个护士,医护人员对于你是无价的救星。她呢,女人嘛,五十了,女人五十在择偶上的处境等于男人的'n+n/2',也就是说恰恰与七十五岁的男子匹配。天上地下,没有比阴阳调和更大的原则,阴阳和谐,才能齐家治国平天下长治久安。你不用说了,你是人五人六。她呢,大专生,退休金,无房户,她还能想些什么呢?还想要什么?学问?名声?级别?权力寻租?……"

第一次会面是在厅长家里。正是身为客人的连亦怜为厅长夫妇与他们的病友炒了几样菜,同样的西芹香干肉丝,同样的广烧鱼,同样的宫保鸡丁与同样的榨菜汤,你如同进了东兴楼或者听鹂馆。同样的焖米饭,软中劲道,米香绵绵,也使老沈赞叹不已。厅长说:"你教文学的不会不知道,当代一位著名的女作家说过,炊艺是通向家庭幸福的金光大道。"

沈卓然果然点了点头。

一周以后连亦怜住进了沈卓然家。本来,没有想到事情"发展"得这样快。

那是当年与淑珍恋爱的时候,那个夏天,他在公园里突然吻了淑珍的脸庞,淑珍说不,淑珍不高兴,淑珍能够说不,有说不的权利,也有不高兴的理由。那时候她向他提出异议的是:不该发展得这样快。发展问题,后来这成为他们夫妻俩的一个风情趣话。有时候办完了好事,在意态涟涟、情致飞飞之时,他会问她,他们两人发展得是快了还是慢了、发展呀发展,我的好人,如今天人相隔,发展烟消云散,笑语无踪无迹,夫复何言?

就在这个时候出现了连亦怜,对于七十六岁,被丧妻之痛已经压得如老杜之"老病巫山里""老病已成翁"的老沈来说,她恍如天人,她就是从画面上走下来的巧姐,给庄哥洗衣做饭,给庄哥带来佳馔、清洁、整齐……给庄哥带来枕席之欢。枕席之欢,迷人的说法,传统文化万岁!她在本市没有住房,她是借住在亲戚家。堪怜,甚怜,好端端一个上品的、无懈可击的女子,竟然五十岁了连个正经住的地方都没有。他规规矩矩地说,她可以住在他家里,她可以拥有自己的房间,他不会随意去骚扰。

她没有说是也没有说不,没有点头也没有摇头,但是她没有走,不但给他做了他喜欢吃的手擀打卤面与黄瓜鸡丝粉条,还擦洗了他们房里的家具,扫净了犄角旮旯儿的尘灰,擦拭了并且摆正了墙上的挂钟照片书法与山水画,然后,不管沈卓然的劝阻,她跪在地上擦地板。一晚上只说了一句话:"今天晚上我儿子有人管。"

入夜,她给他铺好了被褥,她摆的是两个枕头,两床棉被,共用一张薄毯,两个依偎得那样近,不似新婚,胜似新婚,使沈卓然心神荡漾,脸颊绯红。他掐自己的耳朵,想证明这究竟是古稀老人的艳遇,还是少年臭小子的春梦。他有一些不安,他不但想到了淑珍也想到了那蔚闻,他还想到了有过一面之缘的欧洲女子。亦怜与她们各自的纯洁、优雅、活泼大异其趣。对于老沈来说,亦怜柔软如柳絮,空灵如云朵,光滑如丝锦,顺应如和得揉得恰到好处的面剂儿,婉转如二胡曲。他最大的享受是大病之后发现自己仍然活着,仍然男子,仍然有气有力有欲有"坏"。同时,他从来没有过这样的失落心情,他感觉到的是色即是空,空即是色,他的感觉是什么都与当年一样,什么都已经今非昔比,他的好日子一去不返,受想行识,亦复如是。

他得到的是一百一的服务,是毫无瑕疵的第三产业的一丝不苟,是顾客即上帝的职场信条百分之百遵守践行。然而她离他很远,她的眼神十分清醒。她的眼皮时而略略上翻,她似乎在内视,她一直在专注,在琢磨,她努力地保持在自己的世界里。她的动作是争取被动,像善于跳交际舞的陪舞舞伴,像风,像空气,像影之随形一样地围绕,完全无我无己,唯愿君得心应手。她几乎完全不出声音,她听任摆布,她轻如羽毛,她了无痕迹。同时,老沈分明发现,无论如何,爱咋的咋的,是她复活了沈某人,她挽救了沈,她带给沈新的生命。

发生了这一切以后,沈卓然更加疑惑,是发生了还是没有发生,当然不是与淑珍的酸甜苦辣的半个多世纪的日子,甚至也不是趴在那蔚阗身体上的春梦,也不是欧洲女子的风情万种……她给他带来的是尽善尽美的安排与敬业。完满的服务后面有一种悲哀的矜持。矜持的冷静中有一种遥远的尊严,一种艰难,一种带伤的坚忍。这在某种意义上更激发了沈卓然的渴望。因为他不能完全满足:他反省自己,君子求诸己,他的不满足也就是她的不满足,他老了,毕竟。他没有能燃烧起震荡起酣畅起迷醉起楚楚可怜的连亦怜,他气喘吁吁之中想着的是下一次,是他的有生之年,他仍然需要女人,却不仅是温顺与侍奉,他需要的是女人的生命之火,就像鱼需要水流,庄稼需要地气,他当然需要女人,因为他还活着。

而最最神秘之处是,从亦怜的某些动作,某些表情,特别是从她的微微摇头与嘴角的微微嗫动中,从某种隐蔽的私密的女人气息里,他想起了高大自如的那蔚阗老师来。这个感觉使他一惊。

他陡然一惊,陡然一想,这究竟是一种什么样的眼神呢?即使她是在做爱。

然后她去冲澡,她没有说话。

"你,好像,不喜欢说话……"

"发展早超过了说话了哟……"

七

从"灭亡"到"新生",沈卓然的七十六岁的经验与巴金早期的两部长篇小说的标题吻合。他由衷地感激亦怜,感谢上苍,感谢淑珍的在天之灵护佑,感谢命运对于一个男人的恩赐,一个忠厚的有点才俊的不无怯懦的男人,离不开一个稳定的不慌不忙的哪怕是间谍一样的冷静的女子,离不开一种女性的容忍、沉静、节制、周到,医疗还有炊事。其实老沈也是喜欢吃的,他在淑珍去世以后几次反省自己的饕餮,他太喜欢参加公款宴请,从东坡肘子到牛排,从白斩鸡到炸乳鸽,从全家福到佛跳墙,从清蒸石斑鱼到葱烧海参,后来又从澳大利亚龙虾到泰国燕窝、鲍鱼、鱼翅、阳澄湖大闸蟹,他吃得太多太多,吃出不止一样毛病来了。吃多了有罪,他深信,在众生还远远没有温饱的时候。

他毕竟不能长在馆子里。他自己也会烧几样菜，做几样面食。口腹，身体，荷尔蒙，精神，话语，生活，一切的一切，一切的一，在大势已去以后，后之后是尘埃落定，落在一个亦怜身上，天下定于一，老沈也定于一。他活着，过去靠的是淑珍，现在只能是靠亦怜。连亦怜，连亦连，怜亦怜，不怜亦怜，不连亦怜，不连亦是相连，连即怜即缘，缘即怜即连即粘即娴即绵。连吧连啊怜呀怜呀缘绵娴绵呀你呀你呀我呀我呀她呀她呀怎么能没有她呀！

连亦怜为他策划与执行了所有的保健项目，早晨，按摩与冲澡，喝凉开水八百克，牛奶、鸡蛋、肉松与香蕉、黑面包，降压降血脂药品。散步，太极拳。午餐后半个小时补钙……晚餐后的牛奶与长效拜耳阿司匹林。

他接受了亦怜的儿子。儿子有一种官能的疾病，由于先天的某种元素缺失。他服用着昂贵的进口西药，和他妈妈一样的娴静文雅，当然是更加苍白与衰弱。他似笑非笑，似悲非悲，似存在非存在，似实体似影形。他绝对不惹人嫌恶。这样的二十岁的男孩，甚至于引起老沈的某种欢喜和佩服，这里头有境界也有克己。他想起淑珍的榜样。淑珍一辈子的最大特点是怕给别人添麻烦，她的第一信条是克己，其次是克己，第三仍然是克己。

啊，离得越久，越发现淑珍的非同凡响。她的非同凡响就是她的平淡与普通，她的高度的普通与平淡正是她的出类拔萃。她从来不计较不上心自己的私利，除了尊严。她从来不找任何人为自己办事，她认为每个人自己的事已经需要够多的努力与辛苦，尤其是她一辈子从不在人的背后说人的坏话，包括政治运动的检举揭发。别人说了她呢，她一筹莫展，她完全不懂得一个人为什么可以用绝对不友善的态度信口开河，编造传播，尽情诽谤，到头来把自己的卑劣暴露无遗。

"怎么会这样呢？"淑珍完全想不到也不明白这个世界上为什么会有无牵连无因果关系的恶意人种。她只需要常识，她只接受常识，谁也唬不了，却极容易地唬住卓然。一个说法不符合常识，她也就不再放在心上，她也就感觉不到什么不快或者痛苦，她对沈卓然说："有你呢。"她对其他人的表现干脆不以为意，视如无物。沈卓然受到了感动，便也说："有你，这个世界是多么好啊。"

也许，只不过是无邪，只不过是不解，只不过是停止在某一条常规的线上。就像小学生看不懂高能物理的计算题，她和他怎么可能为答不上那关于为什么人生会有许多不良这一繁复的提问而苦恼呢？

只有感激。毕竟沈卓然是个善良的人。这一辈子他连一只鸡都没有宰过，他连一个麻雷子或者二踢脚也没有点燃过。他最多只吸了两口的香烟点响一挂小鞭。他最不愿意的是说他人的坏话，他相信向你说他人的坏话的人，见到他人一定说你的坏话。他相信他得到了上苍的怜惜，得到了淑珍的在天之灵的保佑，他在孤独了一年之后，一个女人，一个对于老年男子来说金不换的护士长与美食大厨家庭服务大师悄悄地走了进来，不但是美食，而且是美女，经得起看，经得起品尝与消化营养，年轻二十多岁，一声不响，服务周全，天衣无缝。她从早到晚不停地辛苦，勤勉过所有的家宅服务员小时工。连亦怜说："我恨活儿。"恨活儿？沈卓然听不懂这个俚语。两次这样说了之后，沈卓然才明白，见到该干的活儿却尚无人去做，亦怜感到的是恨与仇，只有通过劳动让此活儿从她视野里消失，她才感到愉快与安然。这是恨，也许更正确的说法是憾，古汉语中恨常通憾，恨不相逢未嫁时，就是憾不相逢未嫁。后主的"人生长恨水长东"，苏轼的"长恨此身非我有，何时忘却营营"，长恨岂不就是长憾？

有了亦怜，不再自苦，不再恐惧，不再一味恨憾，不用再咀嚼寂寞的凄凉，不必再质疑活下去的理由。男人的理由是女人。

他带着亦怜与他的亲友见面。他把亦怜的照片发给国外的儿子，他得到了祝福，但也有人据说背后说他的不是，他正在兴奋中，他对负面的说法完全不介意。

他带着她旅行，为此雇了专人照顾她的病儿。带她去了杭州西湖，去了苏堤花港观鱼，乘画舫去了西溪湿地，到楼外楼吃了醋鱼与梅菜扣肉。带她去了长沙，去了橘子洲头，看了青年毛泽东的意气风发的半身像。去了西安，登了大雁塔，会了方丈法师。去了深圳，看了邓小平塑像，吃了粤式下午茶。去了武汉琴台，听了古琴曲《高山流水》，买了孝感麻糖，当然还看了长江大桥一桥二桥三桥、黄鹤楼与鹦鹉洲。他还与另外的一批朋友约定好，第二年春夏之交，他要与亦怜同游厦门、泉州、南京玄武湖、中山陵、苏锡常、河南南阳汉画像石、山西的隋塔、悬空寺与乔家、王家大院。

沈卓然准备好了一切手续，准备四月给淑珍做好清明节的祭祀以后，大约四月中旬办好两个人的婚姻登记，"五一"宴请两桌友人，举行规模适当的婚宴，重新建立自己的幸福生活。然后，走东南亚几个旅游胜地。

沈卓然完全想不到，这时连亦怜女士提出了一系列事宜。

八

连亦怜提出了以下几点：

第一，签订房屋赠予协定书，将沈卓然现住的一百九十八平方米公寓楼住室的产权证房主姓名更改为连亦怜。

第二，沈卓然现有的七十八万元人民币定期存款，全部转账到连亦怜的中国工商银行账户与银联卡上。

第三，目前有时过来照顾老沈的他的堂妹沈秀华，回自己的家，今后不再来此处。

第四，沈卓然的儿子提供法律文件，说明他在其父即沈卓然去世后，不会提出任何继承乃父任何财产的要求。

第五，沈卓然现在拥有几件比较值钱的物品，钻戒两枚，玉石三颗，书画作品两件，金饰七件，全部赠予连亦怜所有。

几件事连亦怜讲得清晰明快，如数家珍，老沈乍一听，觉得很新鲜，很爽利，有几分幽默，他笑了，他想说："怎么那么逗呀……"但是连亦怜的认真，达到了感情的沉痛、坚决，达到了心态的稳重、条理，达到了逻辑的分明与铁定程度，使沈卓然倒吸一口冷气。她，这个金不换的家庭主妇，这个侍候他做到了无微不至的女子，怎么瞬间变得这样严密、肃穆、精悍、悲壮、深文周纳，干脆应该说是伟大，是运筹帷幄，决策战略的大将风范，是精雕细刻、滴水不漏的大匠谨严，是一句顶一句、出口成章、出口成法成令的权威口吻，是清楚干净、字字千钧的文气文风。继幽默感以后，老沈的反应是想鼓掌，想喊万岁……不但坏人不知道好人有多好，一般低下小的人子也绝对不知道高大上的人物有多高多大多上。好你个连亦怜呀，你真是刺刀见红，一针见血，翻天覆地，扭转乾坤的奇女子也！

"那就是说，我变成一个彻底的穷光蛋，您可以随时把我赶到街头桥洞下边……"

"不会的，您的好心，我会回报。我写保证书，拿到公证处。我这一辈子，什么罪都遭过……可从来没有说话不算数。再说，您还有活期存折，还有卡，还有现钱……"

"您是从一开始就这样计划的吗？难道，半年来的共同生活您还觉得我靠不住吗？"

"我可怜巴巴到这种程度，只想找一个好人主子，还能有什么计划?! 您是局级，您有职称，您有房，您有头有脸，您什么都有，您不可能知道我什么都没有的困难和我受的苦、我丢的人。没法说给您。'饱汉不知饿汉饥'，饱汉不知道什么叫孤儿寡母的日子。我只有我自己，老沈哥，你不觉得我是值得你出大价钱的吗？"

半年过去了，两个人同床共枕，同杯共饮，出则同行，入则同室，她第一次叫了他一声哥，老沈感动得落了泪。连亦怜说："到我们这个年纪了，当然更明白，经济才是基础，是含墒含肥的沃土，您能不明白这个吗？"

原来她还会这样说话，而且说话的自始至终，她的眼皮没有往上翻。她说话有自己的明确的思路，老沈越是觉得说法奇特，就越听起来言之成理，而且说得坦白老实,透明玻璃人一般。可能这样想的不止连亦怜一个人,这样清楚明白地说出来的,除了小怜,他还真没有听见过。

……两人的缘分就是这样告终的。沈卓然的拒绝是按照常识通理,他不能接受这种全面剥夺的方案,这甚至使他想起了土地改革中一种叫作"扫地出门"的对于没有重大恶行的地主的处理。

但是随着光阴逝去,卓然确实有时候也问自己,是不是他并非全然不可以答应她的条款。他应该多一点信心,对自己,对亦怜,对人类,对社会,对薄命的女子。舍不得孩子套不上狼!人活一辈子,房呀钱呀财产呀到底有什么用,活到他这个坎儿上,赠给一个自己确实喜欢的女人,让她感受一下人生世情的温暖,给她点正能量,这究竟有什么不好? 人只能以善求善,以爱求爱,以信任求诚恳,以无私求奉献,以觉醒求幸福。怎么可能以设防求真诚,以自我保护求爱情,以斤斤计较求成全呢? 人能活多久? 人能和几个女子赤条条陶然忘机地搂在一起? 如果到了这个份儿上还要步步为营、马其诺防线,活这么大岁数与再活下去还有什么劲?

真上了当,他也不是没有办法,他什么地位什么能量什么话语权? 他何足挂齿?

从另一方面来想,她的自持,她的稳健,她的坦白,她的清楚,他摇摇头又点点头,他难以接受又不能不喝彩。她的向上翻眼与有时绝对不翻眼……他此生第一次碰到一个毫不装扮,一五一十地表达自己对于利益的关心的人。她的知者不言,言者不知,知者不博,博者不知,知者不辩,辩者不知,她的此处无声胜有声,她的喜怒不形于色,她的每临大事有静气……她的我有一定之规,如果她有机会,过去叫"条件",现在叫"平台"了,上苍给她一个平台吧,她绝不是苟苟碌碌者。她至少可以当个副省长。

她绝对是一个好人,她讲究的是商业道德,提供样品和售前服务,一切都光明正大,不藏不掖。她只是没有学会修辞的技巧与曲折路径。她既没有艺术的含蓄也没有政客的豪言壮语。她未免直白得赤裸。她不是阴谋家。如果她是谋略家,如果她懂得"将欲取之,必先予之"的道理,哪有婚姻登记前明目张胆地进行商业谈判的道理! 先登记上,底下的一切根本不成问题。他儿子在美国,能管他多少事? 她堂妹说不说也要回农村,人家一大家子人呢。她只管嫁给他,他还能跳蹬几年? 多少中产以上的老男人,最后不是落在哪怕仅仅一个保姆手里? CCTV12介绍过多少案例,子女再孝顺,起不了那个全天候陪伴侍候老爷子的保姆的作用,谁又能晓得孤独寂寞的老男人从保姆身上得到多少陪伴与慰藉,体贴与抚摸。老而不死的局级待遇与正高职称拥有者啊,多少人最后把一切财产给了保姆而且引起了多少民事乃至刑事官司!

亦怜如果痛痛快快地嫁给卓然，她所要求的一切的一切，本来不会有任何问题，但是她为什么一定要明说，一定要竹筒倒豆子，干脆利索，直来直去，婚前就闹它个一股脑儿！她为什么这样明火执仗，急于求成，什么都摊到桌面上，违背了模糊数学，距离陌生，谦谦君子，点到为止的审美原则。这样一说，她不但当不了副省长，副科长也不够资格喽！

这个机会就这样失落。来如春梦，去似朝云。她最后的掏心窝子的言语，虽不铿铿，却也余音绕梁，落地有声！机已失，时不来，老沈呀老沈，惨矣哉！

九

在喜出望外的幸福感中，老沈已经带着亦怜与自己的所有至亲好友见了面，也向他们宣布了即将在"五一"举行婚礼的喜讯，特别是对于一位曾经共事过的老首长，他更是详尽地向他报告了丧偶后的状况。老首长曾经专门给他打了一个电话，说是对连亦怜的印象颇佳，祝福他们。

好事告吹的结局令老沈不无狼狈，他只好再一一通知，他尽量轻描淡写，他说是对方面临了一些新情况、新困难，她可能需要远走他乡，她可能另有考虑，毕竟此事谁也不需要就合谁，这个那个，先不办了，吾老矣，不办也就不办了吧。他的亲友们都为之唏嘘，同时鼓励："像你这种情形，正是钻石王老五！没关系，再找一个吧，我们城市里，条件好的待婚的成年女性，太多了，我现在就可以给你说两三个……"

老沈哭笑不得。老年人的婚恋问题，好像还很有新趣。他的一个老同学，丧偶后曾经考虑过续弦，被两个孩子骂了个狗血喷头……从此失魂落魄，低头缩颈，形如槁木，心如死灰，就在今年"五一"，他老沈预定的续弦日子，此公心梗离世，噫！

月前他还与亦怜一起去看望过这个倒霉的老爹，他对老沈说悄悄话："听说，对你的迅速再婚也有不好的反应……"唉，您说什么呢，现在对此公的反应是不是就好了呢？

只有对关系亲密，也是老沈最佩服其道德文章的老首长，老沈说了全部实情。老首长表示完全理解，也支持老沈的处理方式，他说搞得这样露骨，让"我们"即包括首长本人很难接受。市场经济市场经济，婚恋也彻底市场经济化了，这总是让人心里别扭。也许是小连碰到过什么特别的人，特别的事？也许她受过什么伤害和歪曲？一般地说，有点利益方面的务实考虑，倒也是正常的……老首长叹息。

不久，首长亲自向老沈介绍了一个知识型女性。"找个念书人吧。"首长摇摇头又点点头。起码不会与老沈谈商业条件的吧？该人是首长的一位朋友的小妹妹，今年已经六十出头，是当年科技大学的高才生，有过一段辉煌的经历，结过婚，有个孩子，可惜的是她命途多舛，丈夫四十多岁正是各方看好的时候因交通事故亡故，一直是一人带着孩子，也还踏实，后来她的孩子移居国外，把老娘扔下，她有点受不了……如此这般，热心的朋友们为她张罗个老伴儿。

"她为什么不出国找她的孩子？"老沈嗫嚅着说，说了又觉得不合适，首长是好意，他又有与小连的事情在先，他并没有摆出一副为淑珍坚守的姿态，人家去不去国外找儿女，他打问得着吗？

幸亏首长没有听清楚，首长说了，听力渐差，最近的听力测验，结果是降了二百多个基点。沈卓然马上恭维说，凡是老年后听力下降的人，都是寿星。

老沈与知识型女性聂娟娟见了一面，她戴着眼镜，头发花白，脸有点大，眼小，但是极其有神。下巴颏上的一粒黑痣看上去不那么可爱，但是一说话，她的谈吐就令老沈倾倒。她自我介绍说，她在科技大学就读期间，是大学的"三好学生"，市里的"五好青年"，省里的"青年社会主义建设积极分子"。她的毕业成绩，所有课程均属优等，一门"良+"的也没有。可惜她毕业的时候赶上了政治运动，不是由于她的原因而是她哥哥的原因，她被分配到了边疆做教师，教非所学，学非所用，为此，她奋斗了二十年，终于调回本市，能够教她当年学的东西了。她的课程全校有名。改革开放后她获得过两次创新奖，一次郭沫若奖，一次严济慈奖，她还是全国妇联评出的"三八红旗手"。她在牛津大学量子科学讨论会上语惊四座，她在德国汉堡大学被提名为莱布尼茨奖候选人。就在国外开会的时候她的丈夫出了交通事故，三天后身亡，她受了刺激，在医院里住了三个月。她从此每况愈下，但是，她讲的课仍然轰动全校全市全省。

她是不是有点喜欢吹牛呢？沈卓然想。

沈卓然约女教授到街口的一个鹿港小馆吃饭，要了两碗馄饨，一条清蒸鲈鱼，一客牛肉河粉。餐馆名称像是台湾品牌，环境布置得小巧温馨。聂娟娟一坐下便显得颇为不安，且一再劝告沈卓然少点一点菜，"就点您一个人的吧，我吃不了……"果然，想不到的是聂娟娟除了用筷子捡了三个小小的馄饨吃下去以外，任何其他东西不吃不喝，还说她已经一再说过，她的饭量就是这样。说是她从来不吃鱼，她从来不吃牛肉，吃了鱼与牛肉就会得肠胃炎。说是她的吃饭很讲究，不吃韭菜，不吃胡萝卜，不吃香菜与芹菜，不吃红皮洋种鸡蛋，不吃大葱，不吃荞面，不吃花椒，不吃凤爪与鸭掌鸭舌……说得沈卓然又敬又乱又疑惧。唯一的此次与聂教授的共用午餐实际上没怎么用午餐，使沈卓然产生出一系列语义学上的困扰来。许多东西不吃，这能叫作"讲究"吗？不可能饱的食量，能够叫"饭量"吗？这能叫作正常吗？"我就是这样"，当真"就是这样"吗？一个女性,学历很高,运气很糟,生活很孤独,这样的怪人为什么首长要介绍给他?但是与她说话确实很有趣,比与亦怜无话可说有趣,比突然听到亦怜赶尽杀绝的商务条件有趣。

与亦怜一起,他始终觉得不无陌生。而与娟娟一起,他脑中马上涌出了"奇葩"两个大字。她的奇奇怪怪的一切,使他大开眼界,学而后知不足,识而后知不识,天下之大,无奇不有,尤其是对女性,他自己真是太无知,太坐井观天了……就拿三个馄饨来说吧,第一,这是什么用意?她说她是一米六六身高,不矮呀,一顿午餐三个馄饨,是正常人饭量的八分之一,这里面有什么内涵或者背景,有什么动机什么暗示表白?难道这是一种克己?谦让?复礼?分寸?第二,这是不是一种特异功能?他的这个年纪的人应该还记得,1948年"国统区"报纸电台纷纷报道重庆女子杨妹九年来未曾进食的故事,马上各地都有细妹子跟进,纷纷声称自己从小不吃东西或基本上不吃东西。整个一个"国统区",正过着民不聊生、食不果腹的日子,碰到了你不吃我也不用餐的大好梦境,全民为之轰动,连国民党当局也为之激动,组织了专家组去调查,据说调查结果是在杨妹肛门上发现了粪便,粪便化验中发现了粮食残渣,科学家们做出了不食少女杨妹实则进食的结论。同时人们不死心,有专家分析说,杨妹进食远远少于常人,本是不争的事实,此点对于食品匮乏的我国,仍然有很大的意义。设想一下,如果全国百姓自觉节省口粮菜肴三分之二或五分之四点二,粮食供应形势立马好转,匮乏立马转变为富庶,其乐何如哉!

莫非聂娟娟是当代中国的杨妹升级版?沈卓然更感觉有乐儿啦。唉,一辈子沈卓然过得太憋屈,他应该接触更多的人,他应该接触自己完全不熟悉的女子,他应该一心去寻找奇葩,发现奇葩,研究奇葩,呵护奇葩。他当然不可能全无邪念,但他毕竟还有文明人的规则与道德意识,他不会做出不体面的事。人活着是为了知道,我知故我在,比我思故我在更靠谱。人应该识遍五颜六色,尤其要知道一点奇奇怪怪的葩华。你不是元首,你至少应该知道几个元首与他们的妻子女友,比如克林顿的绯闻与卡扎菲的女子卫队,杰克逊与他的女佣。你不是科技专家,你也应该知道牛顿、爱迪生、霍金和乔布斯。你不懂飞行航海,你也应该知道麦哲伦、哥伦布、戴维斯、麦克康奈尔。你不是杨妹,但是你已经听说了科学家的最新理念,人们的进食应该减少到三分之一,现在,一位一顿午餐只吃三个馄饨的量子物理学家、教授、女知识分子就与他坐在一起,侃侃而谈,娓娓动听,谈天说地,妙语生花,而且大致上是不吃不喝,反正她的不吃不喝不会给沈卓然带来任何损失,不会改变老沈的产权证与定期存款姓名,而只是带来节约俭省;她是空前的节能低耗减排型社会人士,何乐而不为呢?朋友,就是朋友罢了,而且,女性就是女性,他老沈可以不去抚摸聂娟娟的身体,他老沈可以不去与聂教授拥抱接吻摩擦舐吮，他仍然感到了一种前所未有的愉快，一种舒适，一种补充，一种对于寂寞与孤独的排遣。即使是牛皮烘烘也仍然不失层次，不失素质。你好，杀猪捅屁股，门道独特的聂娟娟奇葩女士，什么时候我也听听量子物理学，听听十九世纪末二十世纪初物理学天空上的两朵乌云，欲穷千里目，更上一层楼，欲作高端人，先识女教授。我老沈的有生之年，有生之年攒劲噢！

十

聂娟娟很喜欢给老沈打电话，她的电话常常给沈先生以又惊、又喜、又乱、又疑、又晕、又累、又好玩的出其不意的感觉。夏天，她早晨五点四十来了电话，很惊人。幸好，老沈的习惯接近农民，他五点三十分就起床了，十分钟后接到聂娟娟电话，他甚至觉得是天意，天不灭沈，一睁眼就热热闹闹忽悠上了。她在电话里大谈她的儿子，说他在硅谷取得了骄人的成绩，说他被邀到比尔·盖茨私宅去做客，像我们的领导人的待遇一样。还有，她的儿子，一个电脑软件天才，被一个厚嘴唇的马来西亚女孩、一个嘴唇更加宽厚而且皮肤如黛黑绸缎的海地女孩、一个墨西哥裔拉丁女孩，还有一个土生土长的美国加州一米八身高的女孩所同时追逐。聂娟娟大笑，说我儿子真有桃花运，"英特纳雄耐尔"就这样来实现。又有一次说是她儿子打算给她汇十万美元过来，被她严重制止。她说："老沈，你想想，我要十万美元做什么？我一个人，我有十平方米的房子就够用了，我骨质疏松，我经常失眠，我喜欢唱歌，我不看电影，从小就不爱看，我现在每顿饭只吃四分之一两至半两粮食，我不吃红皮鸡蛋，只吃白皮鸡蛋，更不吃鸭蛋，我最多吃一个鹌鹑蛋，最好是吃半个。吃水饺我只吃一个，吃小笼包子我只吃三分之二个，吃馄饨我只吃一个半。上次是你请客，我不得不吃三个，吃太少了会让你失望。吃完了我差点撑死。我不喝牛奶，我不喝豆浆，我不喜欢豆子气味儿，我从来不吃冰棍儿更不吃冰激凌，我绝对不能吃梨也不吃榴梿，榴梿有一股鲜屎味……喜欢吃什么，我喜欢吃栗子，每次只吃三分之一粒，我也喜欢喝棒子面白薯粥，每次喝一调羹……"

又有一次，聂娟娟在电话里说，"我要请你吃饭，我们这边有一个淮扬菜馆，他们的狮子头我能一次吃掉五分之一。砂锅鱼头够我这样的人二十六个吃饱，你能不能找几个好朋友，一起来吃鱼头？淮扬菜的排骨黑里透红，咸里发甜……还有雪菜炒干丝。"这使老沈大惑不解，您吃得如此惊人的少，谁好意思让您请客？您推荐的菜要那么多人才能吃完，我上哪里找这么多食友去，其实若真是我的食友，最多仨人也就吃光了，你为什么要说够二十六个人用？看来，此言差矣,此话怎讲? 谢谢了,您……

　　类似的话,再说一遍,老沈就感到了自己脑部的供血不足:热情、天真、寂寞、孤独,呦呦鹿鸣,食野之苹,我有嘉宾,鼓瑟吹笙,是渴望友谊还是虚张声势,是没话找话还是借题发挥……人是多么有趣的动物啊,女人更是多么有趣,多么神妙的物种啊。女人的话语,不似歌曲,胜似歌曲,不似魔咒,胜似魔咒;女人的旋律,不是后现代,远远后于后现代;女人的邀请,不是演戏,而已演戏;女人的大笑,谁知道是舒适还是苦大仇深? 女人的哭泣,谁知道是怨怼还是高潮不期而至?

　　尤其是聂娟娟动不动讲一些物理学、电子学、遗传学、天文学、材料力学方面的术语,突然间演变成世界各大学的学术动态,演绎出英、法、德、俄语名词。她大笑着说莫斯科大学的一位教授给她写了求爱的信,她认为这纯粹是开玩笑,她相信全世界精神不正常的人数量超过精神正常的人的百分之五,越是所谓自由的欧美,精神病就越多。她问,您自由了,您由着自己的性子发展,您想怎么着就怎么着,您能不患精神分裂,您不撒癔症您想让谁谁撒癔症呢您? 说到最后她又提起,她还接到了一个巴西非洲裔黑人教授的示爱信,她说着说着大笑起来,笑得她在电话那边咳嗽,她的咳嗽似乎引发了哮喘,她在电话那头发出了牛吼和铁匠炉拉风箱的声音,呕呕的,呼呼的,似乎要把肠子呕出。老沈吓坏了,老沈知道,邓丽君在香港就是这样哮喘病发作而过早地离去了的。

　　老沈对聂教授横生怜悯之心,邓丽君去世了,那么多歌迷为之悼念。如果是聂娟娟哮喘去世呢,头几天,也许谁也不会在意。这几天呢,刚刚有个人惦记她,就是同病相怜的沈卓然啊。

　　聂教授来了电话,老沈也得给人家去个电话。他去电话的时候聂教授更加兴奋,说的话更加广泛,漫无边际,天南海北,穆桂英杨家将,爱因斯坦相对论,杨振宁、翁帆、李政道、邓稼先、周啸天、伦琴、玛丽·居里、索尔·珀尔马特,也谈到了柳永与王实甫,龚自珍与聂绀弩,杨绛与钱锺书,台湾的钱穆。

　　聂娟娟说:"您知道咱们省的诗人孙醒吧? 本来北欧的院士告诉他,是他要得诺贝尔文学奖的,一不留神,让莫言得上了。反正他早晚会得的,也不是挪威的也不是丹麦的,反正人家都知道了,五年以后孙醒获奖。他是我小学同桌的同学! 此外还有某某、某某某,近年都有获奖的希望。都告诉咱们了。"

　　聂娟娟是无所不知的奇才!

　　有一次他们在电话中谈起了"革命样板戏",聂娟娟唱了一段《杜鹃山》里柯湘唱的"家住安源",然后问:"我唱得像不像杨春霞?"更想不到的是她接着唱了一段《海港》里方海珍的唱段:"想起党眼明心亮",她唱道:"午夜里,钟声响,江风更紧……"使沈卓然大吃一惊,《海港》里的唱段没有几个人记得,如果不是聂娟娟学唱与提及，饰演方海珍的名角李丽芳的名字老沈早已经忘到了九霄云外。而且聂娟娟的嗓子是那样清亮干净甘甜，如村姑，如天籁，来自话筒的另一端。真是相闻恨晚啊！

凑趣的是老沈竟然能唱一段《海港》里沈小强的唱段："我沾染了资产阶级的坏思想（昂），轻视装卸工作不（乌）应（恩哼）当，我不该（哎）辜负了先辈（嘿）的希（意）望（啊昂），我不该（哎），听信那吃人（恩哼）的豺狼！"他一边唱，电话那边的聂娟娟一边笑，告诉他，不是沈小强，是韩小强，"你怎么非得把样板戏里的落后人物改成与自己一样的姓呢？"

"那一年，我把样板戏上人物自我检讨的唱词都学会了，除了韩小强，还有杜鹃山上的雷刚，他的轻举妄动害了好同志田大江，雷刚哭腔唱了一段，荡气回肠……"

他们两人聊得可真痛快。

然后他们又就一个问题争论了起来，聂娟娟问："你记得样板戏《杜鹃山》当年正式公演的时候叫什么名称吗？"老沈说："不记得什么变化呀，一直叫'杜鹃山'呀！"

"不对，正式作为样板戏演出的时候叫'杜泉山'，那时候的人真有意思，可能是觉得'杜鹃'太古雅也太悲伤，您当然懂啦，杜鹃就是子规，就是'归不得也哥哥'，太苦啦……"老沈听到了电话那头的哭声。这次通话，历时一小时十四分钟。

"还有你知道最早《杜鹃山》里的起义武装的头儿是谁吗？最早他不叫雷刚，他的名字要好玩得多，乌豆……"在一小时十四分钟电话撂下五秒钟以后，娟娟又拨来电话补充他们两人的记忆。

这是一种完全崭新的体验：神经质，不无卖弄，万事通，出色的记忆力，阴阳八卦，中外匪夷，文理贯通，古今攸同。二人的通话话题扫荡文史哲理化生亚非拉生旦净末丑，重视大事也重视细节：信息量、新知新名词与旧事旧说法。"旧学商量加邃密，新知培养转深沉"，虽不深刻专一，仍然狼奔豕突，自成一脉。东拉西扯，信口开河，江水滚滚，波浪哗啦。为艺术而艺术，不无炫耀，言迷茫便迷茫，顾影自怜。痛快淋漓中自怨自艾，一拍即合中其妙莫名，互相欣赏中彼此费解，你我吹嘘中左右为难。还有超越饮食男女，绝不谈情说爱，也不是柏拉图，未必是用概念的撞击取代器官的摩擦亲热。又不是刑场上的婚礼，没有准备喋血青史。不是林觉民的与妻诀别书，不是刘青峰、金观涛他们的"公开的情书"，述而不作，翻印必究。这里是一种混乱的、模糊的、跳跃的、打镲的、超越一切实务的安慰与享受，抚摸与滋养。如果说这也是一种老年人的爱情的话，这是无爱的爱情，这是行将消失的晚霞余晖。这是仍旧的落日照大旗，马鸣风萧萧。这是蒙头盖脸、天花乱坠、相激相荡、出神入化、谈笑风生、内容空洞、色即是空、空即是色的爱情，或绝对非爱情。玛丽莲·梦露没有这样的爱情，柳梦梅、张君瑞没有这样的爱情。罗密欧与朱丽叶，没有这样的爱情，安娜·卡列尼娜与卡门，也没有过这样的爱情。文学、戏剧、电影与连续剧中这样的爱情还没有出现过，因为它不是爱情。

老沈喜欢起聂娟娟来，没有柔情，没有肌肤的亲昵，没有私密与私处，连性器官与第二性征的想象神游意淫也没有。没有服务，没有温存，没有接触粘连，没有贲张与分泌。没有生活细节，没有炊艺、枕席、画眉、搔痒痒、捏肩揉颈，没有脸面、五官、嘴唇与躯体，更没有舌头。不是相濡以沫，没有沫，不濡，而是相悦于神哨瞎忽悠，相悦于言语的狂欢，试探寻觅，资讯重组，虚虚实实，连蒙带唬，冷饭重新热炒，热菜迅速冷冻，抢起纪念碑，扬起积淀的尘埃，记忆翻滚，旧事加温，年事推移，喜怒哀乐日益淡却也就是日益醇厚发酵变酸变香变苦。不，又不全然是神哨忽悠，是生活，是口腔与哮喘，是神经元与肺活量，是什么都记得，什么都生动，是八十岁重温十八岁的无限依依，是永远的泪痕与笑靥，是拥有过与告别了的一切，是"我们都年轻过"的温暖，是"我们都记不清了"的悲凉，是"我们都是倒霉蛋"的风流倜傥，是我们都是精英，都是才俊，终于都是废物垃圾的痛惜……是难辨的记忆，是或有的往日，是往事不堪回首，往事岂可忘记，往事仍然多情，往事尽在无酒的酒兴、无主题的主题、无共同的共同、无携手的携子之手与子偕老当中，慢慢温习，慢慢远去。

而经验使我们彼此靠得紧紧的：不是一家，亲如一家，不是自己，犹如自己，这百十年，我们的共享的回忆太多、太多了。啊，爱情，共同的记忆，共同的叹息，共同的胡诌八侃，共同的再怎么赶也赶不上趟儿了的鲜活的生命。

原来，经验的凸凸凹凹，粗粗细细，经验的曲线与伸缩可以是性感的，质感与多汗、多味的。智慧、风格、谈吐、夸张的想象、信口的胡言，都是魅力，都是撩拨，都是力度冲动，都性感起来活活要你的命！谁想到过这个！古往今来的小说家、性学家、青春偶像与影视女星、毛片角色、娱乐记者……竟然还没有表现过这种体验！

有那么一点激动了，虽然老沈不过是老沈。

十一

忽然，他找不到聂娟娟了。

聂娟娟突然失联！

连续一星期又一天，老沈没有得到聂娟娟的电话，他打电话过去也屡屡被

"现在无人接听,请稍后再拨"的软件自动提示所结束。

老沈急了,他不惜去打搅因身体欠佳已经卧床多日的老首长,要聂娟娟的地址,原来娟娟只给他留了电话却没有说地址。老首长问候他们来往的情况,老沈说她是一个很好的谈话伙伴,如此而已,还没有想下一步。首长听了很兴奋,十分钟后让老伴给他回了电话,告知了他聂娟娟的住址。

按照获得的地址,沈卓然花了一百六十二块钱,打出租车到了地儿,他大吃一惊,她的住处不但在远郊,而且她的房号说明,她住在一间小小的地下室里,在那里租房住的人,都是农民工。在农民工居住区,聂娟娟的住房也是最狭小最寒碜的。

沈卓然努力要求自己做到镇静,镇静,再镇静。他毕竟走向耄耋,又经历了与淑珍的生离死别,刚刚经历了与连亦怜的大起大落,他已经处变不惊,他无变可惊了。

他塌下心来做了力所能及的调查研究,还是毛主席说得对,没有调查研究,就没有发言权。对于聂娟娟,众说纷纭,莫衷一是,但也有共同点,同一个楼区的打工的邻居们,一致称她为卖晚报的老人人。卖晚报?是的,她每天下午三点半起,在一家清真涮羊肉馆前卖晚报,据说能日进三十元到五十元。沈卓然一听,只觉头晕眼花。她,她不是教授吗?她不是有退休金吗?

"不,不是为钱,人家是玩儿,是解闷儿,是什么来着?人家说,那是体验生活。人家说过,荷兰哲学家斯宾诺莎不也是这样吗?他倒是不卖晚报,他磨镜片。"

了不起,农民工的素质也大大提高了。

都知道她是教书的,有的管她叫老师,这样称呼的多,有的管她叫教授,这样称呼的少。所有邻居包括一名管理人员,都说聂老太是个大好人,亲切朴素,与群众打成一片。她饭量小,这是真实的,没有人有不同看法。有一次一天她只吃了两个枣子加一小杯开水。有一次她买了一块烤白薯,吃了两天。还有就是她已经在这里居住了五年,这里的打工仔、打工妹、打工姨,随着雇主的变动搬来搬去,只有聂老师坚守在此地不变,有一位打工妹从这里已经三进三出啦,每次回来都看到聂老师、聂教授、聂老太,风光依然,头发日益白掉,声音仍然清脆爽朗。

聂老太为什么住到这里来了,其说不一。有的说,她原来有一套单位分的公寓单元房,近九十平方米,用不着,太孤单,卖了,于是到这个都市里的乡村,农民工的居住区落户,每月只花房租一千元。她与大家亲亲热热。有的说可能是她的孩子在国外遇到了什么麻烦事情,需要老娘的破产支援。有的说,她根本就没有孩子,或者孩子早已经在国外没了,不然五年当中,谁看到过她的孩子回来过一次？一套单元房的价款都给了孩子了,起码三百五十万元,可邻居们不知道她的孩子是男是女,是男是女哪能完全不管老娘亲呢？美国人也不能这样呀！听说美国人虽然不知道孝字,倒也并不六亲不认。而且聂教授学问那么大,她的孩子,有不懂事的吗？还有,人家经常是不吃不喝呀,嚼裹不费呀,又能看家又不费养活,哪个孩子不欢迎这样的老爹老妈！

有人大胆提出,聂老太说话没有什么准头,她结过婚吗？她当真有过儿女吗？谁敢保证？立马有人出来说,他就敢保证,他与聂娟娟面子大,他在聂老太那里看到过老太太与自己的先生和孩子合影的照片,她男人穿着呢子大衣,人家牛着呢。人家儿子,长得又像妈又像爸,模样俊着呢。

那么现在聂老太哪里去了呢？管理人员告诉了医院的名称与方位,老太太病了,住医院了。

天色已晚,沈卓然一头雾水,提醒自己要考虑考虑。聂娟娟对他讲的话里至少有百分之七十或者更多是虚构的,她的邻居农民工们也都知道她说话没有准儿,同时他们一致认为她是大好人,他们更一致同情她,说她这样的有学问、善良、亲民的孤寡老人天上没有一个,地上没有第二个。他们中没有任何人认为她的谎话连篇是个什么问题。他们既不是人事科又不是派出所,何必非知道她的真实经历不可？邻居们还一致同意,她太命苦,她生活在城市,她上过大学,她教过大学,她又有组织又有户口,但是她命苦,比农村的打工人员还命苦。

沈卓然满意于自己的公关能力,他居然在与陌生人接触中得知了这么多情况。越知道得多他越糊涂,到底是怎么回事？有点离奇。有点找不着北。有点超出了他一辈子的生活经验与理解能力。他似乎又愿意有所惦记,有所牵挂。妻子天人相隔,儿子大洋相距,工作早已退休,讲课可有可无,朋友不少不多,话语可说可不说,会议可出席可不出席,死亡或早或迟,早也谈不上太早,因为他已经转眼八十,迟也不可能太迟,八十过了九十还能过吗？九十过了,九十五还能过吗？一百了,一百又当如何？不信你老小子能混上一百一！他已经刀枪不入,他已经胜负无别,他已经生死相接三百六十度,他已经在淑珍走后经历了小小艳遇,他已经搂紧过亦怜,进入过亦怜,最后只怕是无怜无连无亦无义无情可言……呜呼哀哉。

那么,现在有这样一个奇葩让他惦念,这是多么幸福,这样才不至于弄成个不可承受之轻。

那么聂娟娟呢？聂娟娟是谁不是谁？有意还是无意说谎,与他有什么关系？同是天涯沦落人,相逢何必曾相识？何必相知？怎么可能相知相识？知与识何必一一核对？何必求真求实求是？人生本来嘛也不知,你又对人家娟娟说了多少真实呢？你说了你弄坏温度计的事了吗？你说了你梦中爬到了那老师的身上去了吗？你说过"文革"中你对那老师的冷酷无情了吗？命运是真实的吗？遭遇是真实的吗？《郑风》"女曰鸡鸣，士曰昧旦。子兴视夜，明星有烂。将翱将翔，弋凫与雁"是真实的吗？韶乐与《东方红》是相知相和的吗？《离骚》与《古拉格群岛》是真实的吗？唐明皇、杨贵妃、白乐天的《长恨歌》与"埃及艳后"的故事是真实的吗？吴妈碰上了阿Q，瞎猫碰上了死耗子，沈卓然遭遇了聂娟娟，就不能演绎出崔莺莺、杜丽娘、林黛玉、爱玛·包法利们的惊天动地的爱情来吗？

　　如此这般，已经是十七点了，沈卓然想起了自己没有吃午餐，他找了一个小馆子，叫上了娟娟的几个邻居，要了两份馅饼、两盘扬州炒饭，每人一碗雪菜肉丝汤面，还有一盘凉拌鸡毛菜一盘麻婆豆腐一个牛腩锅仔，一起吃饭，更加确信了"人民"对于聂娟娟的肯定与赞扬是可以信赖的。人民，只有人民，才是动力，才是标准，才是幸福，才是依据。

　　一位十七八岁的男孩子说："我带您去看老太太吧。"

　　终于找到了六人一间的病房，护士不让老沈进病房，说是女性病房天黑后不准男性人员探视，老沈不得不拿出电视明星的派头，说明自己是在电视上讲过白居易和苏东坡的老师，偏偏整个医院，没有一个医生护士勤杂工人有闲心收看什么诗词歌赋讲座。老沈还强调，自己找到这个病房很不容易，一个单程的"的"费就是多少多少，护士立即予以驳斥，您为什么不早一个小时来？老沈无言以对。

　　这时有一个女中学生前来陪病人妈妈的，认出了沈卓然，表达了对他的敬意，帮助沈老师向院方讲情，费了九牛二虎之力，老沈总算进了屋。

　　与电话里滔滔不绝的聂娟娟判若两人，她无言，她基本上闭着眼睛，对老沈的到来反应麻木迟钝。对什么病的询问也不回答。老沈看到了她的一条腿被吊起来，询问是不是摔了跤，造成骨折，聂娟娟影子一样地哼哼着回答"有，可能是"。

　　老沈自然也就凉了。他坐了十分钟，只是枯坐而已。

　　他告辞，"嗯"，聂娟娟对他的告辞回答得比较痛快，似是卸掉了一个负担。他沈卓然来得毕竟太冒失了。如果是英国人，绝对不可能当这样的不速之客。中国文化，没有受到邀请而自来的客人却也可能是颇受欢迎引起意外的惊喜的人，他沈卓然显然不是。显然，他的到来给娟娟带来的是尴尬，如果不是痛苦，是打击，如果不是毁灭的话。

　　他向后退着告别，像日本人觐见天皇完事，从陛下那儿退出来的时候一样。他看到了娟娟的嘴在动，他连忙走了过去，他告诉娟娟，他的听力与他的老首长一样，正在急剧地下降，他因之没有听到她方才说的话。但是，她没有再重复自己的话,沈卓然看到的是娟娟的一滴眼泪。他的感觉是,娟娟也许真的快要走到生命的尽头了。

晚年巴金,喜欢用"生命的尽头"这个短语,沈卓然是从巴金那里学来这个相对婉转一些的说法的。

十二

一个月后,沈卓然接到了娟娟的一封信,可能是由于投递地址写得不清不全,可能是由于老沈住的这个小区物业管理混乱,也可能是由于电邮与手机短信微信的发达使邮政大大受挫,他用了这么长时间收到郊区寄过来的一封平信。

信上只写了八个字"谢谢你对不起再见"。

娟娟还在信纸上画了一只可爱的小兔子。为什么是小兔子呢?她属兔?还是她受了美国"花花公子"腰带标志图案的启发?

他询问手机的语音助手,软件用中英两种语言提示说:"对不起,没有这个电话号码。"

应该是,电话撤了。

他去找老首长,老首长已经病危,不能说话,不能交流互动。他问老嫂子,老嫂子说是不知道这么个聂老师。上次传达聂女士的住址?早忘了。问别人,别人更不知道。他想再去一次老地方,最终并没有去。历史上的事往往重复两次,第一次是虚惊,是诈唬,第二次是真是没救了。第一次是狼来了?没有来。第二次是没人理?真来了。现在他与聂娟娟当真失联了。他想找好友,找阅历多见识广的朋友一起谈谈娟娟,他憋了太多的话。他已经约好了饭局,临时改了主意,没有经过本人同意,他不应该任意谈论一位女性与他的私人交往,与他的私人通话,他不是也绝对不应该是斯诺登,他不是 CIA 美国中央情报局,也不是 SIS 英国的军情六处,同样,他不可能去审干,也不会为此主办"双规"。他可以与娟娟谈话,可以不谈话,但是他不应该透露娟娟与他谈了什么。他尤其不可以找上朋友,找上能人一起来分析聂娟娟教授的虚实长短心态动机悲喜与隐痛。他最最痛恨的一种男人就是与某个女人发生了一些来往,八字还没有一撇,就拿出去说事,乃至是去卖弄自己在女生方面调情方面的成功。有的人甚至于拿出某个女人的动情的信给一帮只想猎艳的狗男人看,这样的男人狗彘不如,这样的男人应该毫不犹豫地割舌去势。

……想不到有这样的节奏与频率,娟娟的信才收到三天,一位已经告老的原人事干部大姐来找沈卓然,开门见山,要给老沈介绍对象。

老沈略显犹疑。大姐痛批道：

"你以为你是谁？你不是浙江文化名人章克标，百岁征婚。你不是唐朝武则天时期出生的名将郭子仪，要不就是东汉年间的长沙太守张仲景，八十得子。机不可失，时不再来，你还等什么？中国能有今天的发展，一靠政策，二靠机遇，你的问题，不需要政策，关键是看你自己抓没抓紧机遇。机遇不抓，等于什么也没有。今天的事今天做，咱们等不到明大！上面不是没有说过，要有紧迫感，要有计划有追求有日程有时限！人生绝对不可以往后拖！万事万物，赶前不赶后，这是我的信条，你打一下五笔字型试试，'赶前不赶后'，打出来竟然是'干部素质'四个字，绝了，哈哈哈哈咿乎呀乎唉……"

这位人事部主任，只是在退下来以后，才发挥了她作为长期接受"二人转"熏陶的东北人的口才，她讲得还真好，不服不行。

与聂娟娟确切失联后三十九天，沈卓然家里来了新女友，吕媛。吕媛身高一米七，块头很足，笑声爽朗，见第一面她就说："只要在穿衣镜前一照，我就想起'中国劳动人民还有过去那一副奴隶相吗？没有了，他们做了主人了'。谁的文章？对，《介绍一个合作社》，毛泽东，一九五八年六月，发表于《红旗》杂志创刊号上，写于四月十五日，在广东执的笔。"

人与人是怎样的不同！淑珍是清水河。那蔚阗是云朵。连亦怜是家用智能电器。聂娟娟是一路神仙、一路无路可走的散仙鬼魂天才妖狐不幸的人。而吕媛像一部大吨位L系叉车，人、头与脸、胳臂、屁股、言语、气势、肺活量都是大号的。

吕媛原来是省直机关的理论教员，专讲马列主义基础与毛泽东思想概论，后来也讲过邓小平理论与"三个代表"重要思想，科学发展观的年代她退休了。但干了几十年，退下来，她仍然坚持天天看央视的"新闻联播""东方时空""焦点访谈"，坚持认真阅读《人民日报》第一版与理论版，坚持看《人民日报·海外版》的"《望海楼》时评"与《光明日报》强有力的"光明论坛"。

吕媛可能猜到了沈卓然的反应了，她说："他们本来要介绍给我一位有名的将军的，我想了想，我毕竟不太熟悉军事，听说您是一位学问家，我愿意与您结交共处。"她看了看沈卓然一百九十八平方米，她说，"以后，你们家的粗活重活，蹬梯爬高，买菜买面，都可以交给我。"她的豪爽、痛快、义气、认同乃至轻信，溢于言表。沈卓然不由得给她鼓了鼓掌，啪啪啪。

初次见面，老沈略略一惊，他没有与这样雄伟的女性共处一堂过，虽然他本人，成人以后，尤其是改革开放以后，由于贪吃，由于后来的养尊处优，其实也并不算矮小瘦弱。吕媛一米七，老沈一米七一，吕媛七十五公斤，老沈七十六公斤，吕媛有房，一百二十平方米，老沈一百九十八平方米。吕媛的退休金每月七千二百元,老沈的退休金每月八千三百元。当然,老沈有稿费与演讲费,问题是吕媛也有。如此这般,当然老沈略胜一筹,却仍然感到了吕媛的某种强势。加上她的自信,她的嗓门,她的畅快与阳光,甚至她的姓名让老沈想起著名的《后汉书》中所记载的马援来。老沈觉得吕媛不是善茬儿。

她向老沈自我介绍,五年前她检查出了癌细胞,她进行了五次化疗,她奄奄一息,受够了罪,她的体重只剩下了三十九公斤,她女儿做主把她搬到了深山里,她喝完全不一样的水,吃不一样的粮食,吃山上的灵芝,她连墓穴与骨灰盒都为自己准备好了,她的前夫来与她永诀,结果,她好了,她战胜了癌变,她女儿救了她的命。她不但为自己重新赢得了生命与健康,她也为她就诊的省肿瘤医院赢得了卫生厅的大奖,院长已经提升为副厅级干部,当选了省人大常委。她本人去年参加了老年时装队,老年乒乓球队,老年国际标准舞蹈队,她被评为全国"抗癌英雄"。为此,她首先感谢她的女儿,是女儿鼓励了她,告诉她不要退缩,勇往直前。而且,从八十年代,由于她的前夫的"不老实",她与他离异以后,她一切靠女儿,与女儿相依为命。抗癌的成功使她有信心重建爱情婚姻家庭,生命在我,生活在我,幸福在我,在我的女儿。她现在一切的一切都听她女儿的。

老沈不能不赞美她的胸怀坦荡,她的透底阳光,她本来可以不说自己生病的情况,至少这一般来说不会有利于她与老沈的关系的进一步发展,但是她对生活是从最最正面的角度来思考的,抗癌英雄与战斗英雄劳动英雄一样,是她的无上光荣,她太棒了。

于是老沈请她们母女俩一起吃云南饭,显然,女儿认为他老沈合乎标准,饭后第二天,吕媛打了一个电话不等老沈确认,打了个"的",就带着随身物品住进了老沈的家。

老沈的家从此变成了吕媛的家,吕的声音更洪亮,吕的主意更多样,吕购买各种过去老沈从来没有问津过的小食品小商品,从不商量,也不跟沈卓然要钱,或等着老沈掏钱,她自己有着大把大把的票子。日本带把茶壶、眼镜架,印度象鼻佛像,马来西亚胡椒糖,中国广西长寿乡香猪腊肉,把老沈闹得眼花缭乱,欲罢不能,欲停无术,了不起啊,她是真不把自己当外人呀。

吕媛如果晚生二十年,她也许会成为体育举国体制的另一项成果,她应该去从事女子拳击,乒、乓、乒,击倒世界女子拳击冠军米娅·圣约翰。

而现在她的冠军性格表现在她的指点江山上,她一会儿抨击省报的一篇报道标题不通,一会儿讥笑省电视台著名主持人读的别字……电视台名主持人将"士大夫"读成"shì dà fū",而吕媛认为应该读作"shì dài fū",问题在于那个字多音,老沈拿出汉语字典来,说明"大"在这里读成"dà"或者"dài",都是允许的,只有在"大夫"当医生讲的时候,才只能将"大夫"读作"dài fū"。结果他遭到了吕媛的痛击,吕媛跺着脚说:"老天爷呀,原来你也念不准这个字!"

"'现汉'是国家语文委编纂的,你总得听国家语文委的呀!"

"国家语文委的乌龙多了,这些年他们改了多少字的读法写法了,屁!"

老沈受惊。他的这一百九十八平方米的房里,还没有出现过这样雷霆万钧的语势。

同时老沈也渐渐感到了吕女士的"二"与"糙"。洗完碗筷,厨房是一地水迹。冲完淋浴,卫生间到处水汪汪。打开抽屉,拿完东西,关上抽屉,仍然留上一道缝。"你再多一毫克的力气就可以把抽屉关得严丝合缝了,为什么偏偏硬是不肯关好呢?"

吕媛仰天大笑,她说:"这就是俺的风格啊,想俺吕媛,仰不愧于天,俯不怍于人,俺对得起你!俺女儿说了,沈伯伯是好人,妈妈你可以嫁给他!"

"可我没说要娶你呀,你女儿做你的主,也罢,你女儿并不能做我的主呀……再说,我也没有见过你这样的女人呀……"话已经说出来了,但是分贝不由自主地降下来了,吕媛根本没有听到老沈说话。最后,五大之后,老沈向吕媛摊牌:不希望"发展"得太快。他总算尝到发展过快不便的滋味了。

老沈终于受不了吕媛的喧宾夺主了。他决定说出自己的话。他说感谢她与她的女儿对他的肯定,然而他自己并没有想好。他说与她见面自然是可以的,请她们母女吃饭也可以,但是"我并没有邀请您搬进我家。我没有觉得感情到了那一步。您的主动使我感觉到的是被动。三天来,您与我同床共枕,我没有激情也没有要与您拥抱亲热的感觉,对不起。是的是的,您并没有打呼噜,您在床上也没有打嗝放屁,我说的不是那个。我只是说,也可能是由于我老了,老伴去世了,近三年不断地有朋友介绍我结识一些女性友人,都很好,都可爱,都有长处……但是我觉得是我自己把自己搞得很累很紧张,我相当疲倦,我已经不行了……"

吕媛的脸色变了,她说:"我知道,就是那个小娘儿们祸害的!她是害人精呀,她是诈骗犯啊,她是艾滋病啊,你带她去查一查,我保证是阳性反应啊!"

十三

此话的出处在于,就是那天上午,连亦怜来了。

连亦怜说:"我只是从您这儿一过,顺便跟您说一句话。我看到您这里有一位姐姐,我更踏实啦,您!您也甭惦记,我很好。我下礼拜二结婚,您知道咱们省的房地产大王李二虎吧,不,不是他,是他爹。他爹八十六,两米二的个子,得了中风，口眼歪斜。可是他喜欢我，他需要我，他拉着我的手不松开。李二虎给了我一处房子，还有一百万块钱。我不是坏人，我从来没有想欺诈谁，欺诈李二虎与欺诈您一样，没门儿！货卖与识家，物有所值。您是好人，您没有蒙过我，我也没糊弄过您。您知道吗，咱们这种岁数的婚姻，有多少欺诈，多少骗局，多少黑暗！一个老家伙，借了别人的房子假装他的房产，幸亏叫我查出来了，我没有上他的当。还有一个，拿假的银行储蓄存单给我看，我一看号就知道是假的了，我没有说破，不要逼得狗急跳墙，现在坏人不少，我们孤儿寡母不是坏人们的个儿……"

她讲了一点自己的故事。她是旗人。她妈妈是一位后来成了上流人物的格格的非婚生女。她太祖姥姥临去世的时候看出了一九四九年后国家的变化，她的遗嘱是她的女儿即亦怜的姥姥必须找一个根正苗红共产党员夫君，否则谁也不嫁。她的姥姥于是一直拖到三十二岁才结的婚，但是她二十九岁时与一个人好过，生下了她妈妈，却因为不符合太姥姥提的条件忍痛中断了这个婚事，把生下来的孩子即她的妈妈扔到了深山里。

几经周折，她与妈妈考证出了自己的身世，她们找到了姥姥，她没有想到姥姥冷酷无情而且振振有词，姥姥咬牙切齿地说："我对你没有母女的感情，也没有母女的关系，我的感情早已经被摧毁得一干二净了，这不是我个人的事，这是历史，这是沧桑，这是大时代的小小悲哀，不值一提。而且，我没有钱。你不要以为我当了外交官就有钱，不，没钱。我不能给你钱，你们出身于劳动人民的家庭，这就是我给你们的最大贡献，最好的礼物，我无情，我无情，我早就无情了。我的丈夫，贫农出身，老八路，外交官，又怎么样？运动一开始就斗垮了，他自杀了，我找谁去？你们踏踏实实，你们健健康康，你们到底还想要什么？"

……连亦怜说，她的要求很纯正，无非就是生存的保证，无非是生存权，无非是让儿子得到护理和有限的治疗。她儿子的疾病就是贫困造成的。她本来还生过一个孩子，因为供应匮乏得了更重的病，死了。她说沈是上等人，沈是大知识分子，沈是讲文明理想爱情道德的人，她对不起沈，她是讲穿衣吃饭尤其要命的是住房的人，"我很下等，我低层次，但是我不害人，我从来不说假话，我只求满足我与有病的儿子的生存需求"。

沈卓然掉了泪，这使吕媛大发雷霆。连亦怜走后，沈卓然才想，也许她姥姥就是他所不能忘怀的那蔚闻？能是这么巧吗？世界能是这样小吗？转来转去，像一头毛驴子，它转不出五尺见方的磨坊。

他暗自抱怨吕媛，您究竟是谁？您吃的哪一门子醋？您又优越个啥？他下了决心，当晚与吕媛摊牌。

吕媛听了他的话又羞又怒，她说道：

"和我在一起,哪个老朋友不说是你占尽了便宜? 我本来是要与将军,不,是中将,再过若干年就是上将,我本来是要当上将军夫人的。总共咱们国家有多少上将,你知道吗? 我舍了他跟了你,我哪一点配不上你……"

沈卓然后悔自己刚才说话太直白,对于女性,他的话打击太大,太伤人,他低头嗫嚅:"您处处绰绰有余,您远远胜过我,不是说配不上,只是说俺配不上您,俺孱弱,俺不行,俺从小就怯懦,俺上对不起父母领导,下对不起子女群众,如今尤其对不起女朋友。俺没有什么希望,可别耽误了您……这几天您花了好多钱,我这里预备了八千块钱,您带上,八就是发,我祝福您!"

吕媛当然没有要沈卓然的钱,她拂袖摔门而去。

一周之后,吕媛给沈卓然来了电话,态度平和文雅,她缓缓地说:"没事。买卖不成仁义在。我只是关心您,我没有任何其他的目的,但是我不放心您,毕竟咱们有咱们的缘分。您去一趟医院吧,我认识一位主任大夫,看您的病一定有把握,您有中度的抑郁症,您是性冷淡,您的内分泌有问题,您已经不男不女啦,您需要补一补……"

沈卓然唯唯诺诺,不住地称是,他相信吕媛打了整一周的腹稿,心里至少讲了二十次,把这几句话说出来才能活下去。正像连亦怜把财产视为生存的保证一样,吕媛的生存前提是把要说的话必须说出来,尤其要把他"已经不男不女"这个关键句刺刀见红地展现出来,这话说出来有多解气! 舒服! 他则诚恳地向吕媛表示,完全正确,他就是有抑郁症和性冷淡,他有问题,他不健康,他早就暴露了缺陷,他感谢她的关怀,他需要她的介绍,下周他准备星夜起床,排队去挂专家号,他准备购买高丽参、虫草、枸杞、鹿茸、鹿鞭、蛤蚧、鹿血、干桂圆、肉苁蓉……

他多么希望把自己补成原子弹啊! 他这最后一句表决心的话没能说出来。他不能再说伤害女性的话了,一个男子如果连续说伤害女性的话,那个被伤害的女性,应该有权利使用冷兵器杀死他。

十四

吕媛的名字就此别过,其实吕媛挺好,女人都是奇葩,吕是力量型葩。连是周密型葩。聂是才智型葩。那老师是贵族型葩。淑珍则不仅是葩,淑珍是根,是树,是枝,是叶,她提供荫庇,提供硕果,提供氧气,提供生命的范本。没有奇葩,这个世界将会窒息。没有奇葩,一切是何等的乏味,生命将会是何等的干枯和重复,人的定义将会是何等的单调与空洞:一种两条腿的,需要吃东西,并把食物变化为黄褐色软棍状恶臭物质的, 生下来就注定了要嗝儿屁着凉灰飞烟灭的动物!

与女性奇葩相比,男人,臭小子,臭男人,头脑简单、自我中心、贪婪拙笨、粗野凶霸、好勇斗狠、自以为是、侵略扩张、无情无义,有时候又是拘拘谨谨、鼠目寸光、哆哆嗦嗦、呆呆木木,有什么好!男人最多知道个一三得三,三八二十四,女人却知道三三十三点,六六二百五,七七巧没个够。男人只知道云沉了下雨,雨下了出小苗,女人却知道有没有云,天上都能下鲜花,下馅饼,下神仙,也下玉面狐狸精与她的情人牛魔王!

那么,他上学时候已经不能释怀的那老师,究竟后来这几十年怎么过的呢?老沈设想了无数版本,升一级再升一级。如果她当真就是连亦怜的姥姥呢?没落的贵族、垂死的优雅、空荡的羽毛、渐失的体面、或有的机遇、必须的灾祸、少女的失身、无情的了断、恐惧与毁灭、手段与谋略、拐点与难点、坚忍与厚颜、顽强与美丽、阴冷与克制……为什么老沈,不,小沈要想起她来呢?为什么对她念念于心?一日为师,终身为母。一日入梦,梦中的情人。她如果还活着,也已经年近人瑞,俱往矣,我们曾经年轻过,活过,只是当时已惘然。她应该已经,不然是即将安息,极乐,她应该早已平静,她应该早已神佛,安息吧,可爱与可怜的那老师和她的女儿,或者是不被接受不被承认的女儿,还应有她的不被承认不被接受的女儿的女儿,与他睡了几觉的,不一定是她的外孙女,其实是不是外孙女并没有必要弄清楚,是就是非,非也是是,有也是有,没有也是有的人生奇葩们啊,我爱你,我爱你们,我不配爱你!

渔阳鼙鼓动地来,源源奇葩动地来,黄尘清水三山下,更变奇葩如走马。奇生奇,葩生葩,奇葩还将叩响沈卓然的家门。

…………

一个自称三十九岁的女孩子,穿着浅色套头衫与咸菜色瘦腿裤,梳着男孩子式的三七分发型,扭动完美的苗条身躯,背着一个大书包,一见沈卓然就用恰到好处的湘妹子口音说:"沈兄,我是送货上门来了!"

她开出一系列名单,张书记,李领导,周秘书,王主任,赵校长,邢老师,冶局长,郅先生,徐总经理,邵台长,衣制片人,于经理,劳作家……她的手机上显现着他们的电话,他们都是沈卓然最信得过的好友,但是她不希望由他们来介绍。介绍?笑话!谁介绍过芳汀与珂赛特给冉阿让?谁介绍了茶花女给阿尔弗莱德?又有谁介绍过契诃夫的"带小狗的女人"给德米特里·德米特里耶维奇·古罗夫,在至今多事的克里米亚的雅尔塔镇?

"就是王宝钏的彩球,也比如今的介绍更火爆!"她发挥说。

"我觉得我到您这儿来,不用介绍。"她无比自信、先锋、潇洒。

"我听过您的讲课'……茂陵刘郎秋风客……三十六宫土花碧……忆君清

泪如铅水……'您讲得太好了。我更喜欢听您讲李商隐,'红楼隔雨相望冷'与'从来系日乏长绳'……"

新出现的,对于卓然来说全然是少女型、新潮型、"七〇后"型又是洞庭湖型的乐水珊,她的比奇葩更奇葩的启动方式取得了很大的成功。她证明了自己,她畅谈李长吉与李义山,正中沈卓然的中脘穴。正在迅速地衰老着的沈卓然立刻感觉良好了起来,他的脸上出现了甜美的笑容,他的双目开始放光,他的嘴角变得柔和轻快,他的咳嗽马上停止,他的眉头立即舒展,他又加上了自己的体会,他说:

"隔与冷是李商隐笔下的雨的特点,这与其说是由于雨不如说是由于他的心情。而他的心情平心而论,与其说是由于他的遭遇,由于他在牛与李的党争之中站错了队,不如说是由于他的脆弱,脆弱的另一面是敏感,敏感的成果则是艺术,艺术透露了脆弱却又治疗着脆弱,因为有诗词的美,语言的美,悲哀的美。消灭对于美的感觉比消灭一支部队还难。一个人,即使是老死的时候,垂死的时候,如果想到他应该死得绝美,死就不那么可怕了,他就开始战胜死亡了。美成为抚摸也成为解释,成为旋律也成为节奏,成为小心翼翼也成为浩浩荡荡,成为懦弱也成为骄傲。你难以摧毁一个诗人的心,你难以摧毁一首诗的结构与构思,你甚至于摧毁不了一个句子。三军夺帅易,匹夫夺志难,夺美夺诗更难,原来的黄鹤楼早已坍塌毁灭,有崔颢与李白的诗,黄鹤楼就永垂不朽!人们对于美的感觉更个人也更隐蔽……"

奇葩自称名乐水珊。她强调说,她是湖南人,湖南人被称为湖南骡子,她有自己的牌理,从来坚持做她自己。她喜欢老年人,她这二十年接近够了浅薄、暴躁、愚蠢、幼稚、来如阵风、去似一个出溜屁的小伙子。她觉得老头远胜臭小子。她觉着老人就是一首诗,老人就是文化,就是传统,就是内涵,就是古器的光辉,就是惊人的苏格拉底脸上的皱纹,好古敏求。三下五除二,干脆说,她愿意成为沈卓然的伴侣,老人就是马克思的络腮胡须。她愿意爱沈老师,服侍沈老师,爱抚沈老师,陪伴沈老师,直到明天,直到明天的明天,直到终极,直到另一个世界……她没有任何要求,她没有任何计划,她没有任何条件,只是在沈老师得便的时候希望与他老谈谈唐诗宋词……

"张书记,李领导,周秘书,王主任……您给他们打打电话,他们都了解我,他们说我爱学习,有智慧,有前途……没什么,我辜负了他们的厚望,我现在的单位是大元文化发展公司,我们的董事长是于书记的儿子……挣够了钱,我有兴趣的是研究中国古典文学。我没有经济问题、作风问题、纪律问题、和谐问题……各种各样的黄色、白色、黑色段子,我不看也不转。这又有什么奇怪的呢?有各种各样的人,有的人即使带着身份证和介绍信,即使有你的老领导给你打电话，他仍然可能是坑害你的骗子。有的人即使与你同床共枕一百天一千天一万天，你仍然可能摸不着他的底细。有的人即使你把他选成了高官英模，你仍然想不到此后哪一天他会原形毕露，成为一条断了脊梁骨的癞皮狗……有的人，就像辣椒一样灼热，像阳光一样光亮，像珠玉一样圆润，像李白一样性情，像我一样天真直率清明痴迷。”

如此这般，乐水珊当天就住到了沈卓然家。就与沈卓然睡在了同一张床上，当然，她睡得晚了一些，她上床的时候沈卓然已经鼾声大作，虽然并没有什么其他亲热，老沈这个晚上仍然睡得分外踏实与喜上眉梢。乐水珊好像轻轻拍了拍老沈的脑门，摸了摸睡眠中流出了些许口水的老头子，又轻推了沈卓然一下。沈卓然感觉到了，他抱歉于自己的鼾声，又幸福于少女的手掌轻抚轻摸轻推如天使。蒙眬中他觉得乐水珊的手相当粗糙，这是劳动人民的手。当然，安琪儿再次降临喽！老沈幸福得呻吟了一声，眼角沁出泪珠，就像重温少年时期春梦。尽管幸福满意得欲死欲瘫欲飞欲散欲随风飘去，沈卓然并没有振奋张目雄起。经过了一番超强度历练，特别是经过了聂娟娟教授的非人间的非此岸的超度点燃与提升引领，再经过吕媛的临床诊断与义正词严的黄牌警告，沈卓然一年前已经不灵了。该有的老化退化反应，三高三低，硬化弱化，增生脱落，他哪样也不缺少。他失去了不用伟哥，胜似伟哥的豪迈了。人生易老，光阴无情，门前河水尚能西？休将白发唱黄鸡！诗词是救不了您的啊！

十五

安琪儿的降临果然带来了新气息。乐水珊嘴里哼哼着英文歌曲，嚼着日本纳豆，拨拉着莫扎特巧克力球，有时甚至是嚼着槟榔，唱着湖南老乡黎锦光作曲的《采槟榔》，不停地拨着听着写着最新款的三星 S5 手机。虽然看不见与小乐通话通信的对方，也听不清时不时飘到老沈耳朵里的小乐的话句，但是家里出现了杂货店加电话间加小吃店加文化站加卡拉 OK 歌厅包间的混合气息。而小乐与手机在一起时的表情，嗔怒、喜笑、逗趣、欣然、嗲娇、摇头、翻眼、吐舌、错齿、噘嘴、挥手、转身、鬼脸，像在演戏，像在考电影学院的表演班，像在走舞步，给老沈家带来了无数新一代的生活、动感、气息。也带来了完全不同的生活习惯，铺天盖地的零食休闲食，各种各样的半制成品，速冻饺子、包子、馄饨、元宵、汤圆、肉夹馍、咸鱼夹烧饼、三明治、披萨、馒首、火烧、速食面条、米线、河粉、肠粉，还有各种的豆、各种的球、各种的片、各种的脯、各种的脆、各种的颜色、各种的味。老沈的家一下子就欢实起来了。

老沈家里有一架国产星海牌钢琴，原来是小孙子学琴时用过，那永不复返的黄金时代,那时家好月圆,三代人团聚一堂,其乐融融。然后,它沉默着成为沈家盛世的纪念。小乐的到来使之时或响出两声《少女的祈祷》《致爱丽丝》,后者由于成为太多的人的手机彩铃,已经使国人的听觉器官饱和膨胀欲呕。老沈懂得有些成功给真正的艺术带来多么无解的灾难,就像百分之百地大获全胜会给帝王、将军、学者、作家、斗士、宗教领袖、奥林匹克冠军带来奇祸一样。他走到正在弹琴的小乐那里,向她摆摆手,示意她停止她的节奏不精准、琴键发声也已经失常多年,而小品曲本来精彩,因精彩而普及到令人难以忍受的催吐弹奏。

乐水珊果然很乖,吐了一下舌头,停弹,合上钢琴盖,抱歉地向老沈乖巧地一笑,站起,走开。

老沈想起了儿子儿媳在,孙子在,尤其是淑珍在他身旁的幸福时光,泪眼婆娑。不,他已经得不到多少真正的幸福了,太阳落山明朝还会爬上来,花儿谢了明年还是一样地开,我的青春一去不回来。孙儿当年的钢琴无论弹得多么混乱无序,他得到的是天伦的快活,是幼儿的朝气蓬勃,是祖孙三代的连续与整体感。小乐呢,她弹得哪怕能直追郎朗,他得到的却是好景不再的永远的失落唏嘘。失落了的熨帖是泼出去的水,找不回来喽,您老!

他渐渐发现了一点蹊跷。小乐做饭马马虎虎,速食半成品,微波打一打,开水泡两泡,给他端了过来。她自己想吃尝两口,不想吃干脆只给自己的炊事成果一个美好的笑容;然后把剩饭倒入专门的厨余垃圾袋,她在垃圾分类方面做得很先进科学,潮。

小乐每晚最快乐的事情就是打发他上床入眠,给他倒一杯开水,给他放好纸巾,给他整理好被褥与枕头枕巾,不厌其烦地帮他吃完降血压血脂与补钙补维生素 E 的保健药物,相当殷勤地推荐他吃一到两片马来酸咪达唑仑俗名多美康片,说明这种药如何先进,如何她听说过,许多他们敬爱的首长与大师,人大代表与政协委员,书记与主任都吃这种药。

有时候老沈本来没有想吃安眠药,看到小乐那天使般的笑容,听到那入情入理、温柔敦厚的语句,轻柔磁性、如抚如击的声音,感受到了乐水珊的人气人息人温人和人力人意,他觉得小乐劝他服用的不是化学药片,而是关怀,是仁义,是温柔,是二十一世纪的科学与人文前景,是生命的安慰与将息,是男人的干枯最需要的滋润与浇灌的露与雨。

在他服用多美康的一刹那,他好似看到了小乐的一种调皮与得计的表情,这个表情使他微微地不舒服了一下。他在乐水珊的注视下闭上了眼睛。

凌晨四点未半的时候他醒了过来,他想起了一个词,叫作"控制","精神控制"。他觉得自己吃了一只苍蝇。他发现小乐睡得十分克己,只占用了两米宽的双人床的一条边缘，他不能不明晰，这个年龄比自己的独生子还小一岁的孩子，其实离他很远。

从此他断然拒绝了睡前服用多美康。他有意无意地注意起小乐的生活规律。他逐渐发现，正是在他一般情况下入睡的晚十点半钟以后，小乐的真正生命活跃了起来。各种电话绵延不断。他隐隐约约地听到她那里讲的话与生意有关。她有时讲英语，她有时讲的应该是西班牙语，她有时讲广东话与闽南话。她会不会是间谍？他打了一个激灵。

他甚至于一天假装想吃药了，假装早早地入睡了。然后他悄悄起来，走近小乐打电话的那间书房，他听到了各种商业用语。有趣的是，虽然他多次提醒小乐电话应该优先使用声音质量信号优良而收费低廉的座机，小乐却非常"自觉"，她坚持只用她自己名下的手机三星 S5。

一周以后，他得出结论，当然，不用心怀侥幸，事实如此，事实无情。小乐到他这儿来的目的是寻找一室写字间加半室临时住房，她是一个胸怀大志的犟骡型湘妹子，其实，成为当下中国的成功人士的外部条件，她是一点点也没拥有。但是她具有常人没有的智力与决心，敢于采取常人不会采取的手段，走与众不同之路，她的目标是成为中国信息产业与文化产业的巨鳄巨星。沈卓然不能不为她的精彩绝伦而鼓掌叫好，沈卓然不能不为她的狡诈与自己的想入非非而老泪纵横，惭愧无地。

他沈卓然在发妻死后，做的是引狼入室、引狐入室，哪怕是引葩入室、引仙入室，转眼间发展到招商引资、招标融资、自由行、众奇葩百花齐放、登堂入室的地步了。他彻骨地悲痛起来。

"……无边落木萧萧下，不尽长江滚滚来。万里悲秋常作客，百年多病独登台……"这是老杜的诗。多么贴切啊，只消稍动几个字："无边落木萧萧下，不尽奇葩滚滚来，万事悲摧犹忆旧，百年期至叹何来？"

他还想把开头两句"风急天高猿啸哀，渚清沙白鸟飞回"改成"雾重天低悲厚霾，山荒猿走鸟无回"，最终还是放弃了这消极的话语。他接受孔孟的教导，要把握的是：乐而不淫、怨而不怒、哀而不伤。

次日，他裁下一张十六开宣纸，用京东网售的自来水毛笔将他前面胡写胡改的四句诗写了下来，约了乐水珊到附近一家湘菜馆吃剁椒鱼头、炒干豆角和吉首酸肉，还请小乐同酌了两杯湘泉厂出的"酒鬼"酒。他与乐水珊聊了一回画家黄永玉与他构思"酒鬼"包装的经过。他拿出他胡改的诗页说是送给水珊做纪念。小乐只惶惑了半分钟，说话也有点走神，她立即回过神来，表示感激沈卓然老师对她的创业维艰的支持，她明天九时半以前一定离开沈家。她还掏出八张百元钞票，表示这是她对八九天来在沈家的挑费的小小感谢。

产生了极大的争执,双方互不相让,也就是双方互让,绝对不妥协。老沈急了,急不择话,说:"你还干了那么多活,你还花钱给我买安眠药,你还侍候了我,你还自费买了那么多糖豆儿……"

第二天早上,八点刚过,乐水珊不听阻拦,清扫干净了沈家以后,撤退得干干净净。次日,沈卓然收到水珊汇来的八百元汇票。这事使沈卓然心乱如麻,全身刺痒疼痛,后背上出现了许多疙瘩,只觉腰背的皮肤已经不长在自己身上,只觉后背扣上了一个疙里疙瘩的牛皮革盾牌。盾牌上金属浮雕一样的疙瘩们,几乎失去了对于他的手指搔动的感觉,只有疙瘩内部的一股火烧火燎在困扰着他。

十六

开头,沈卓然以为自己患的是荨麻疹,过去,他很得意,别人读不出"荨"字的正音,说成什么"寻麻疹",而他读成"前麻疹",很有些上过大学,读过中文系,知道"茴"字有不止一种写法的优越感。但不久前,国家语言委员会以一不做、二不休的气概决定,干脆以国家的名义宣布将错就错、约定俗成,"荨"干脆不念"前",而念"寻、旬、循、巡、殉、荀"了,他差点没晕倒。

他以为是荨麻或前麻疹,他以为是吃剁椒鱼头吃的,他以为湘菜太辣,不适合他这种老年人,就像生气勃勃的创业大干型不到四十岁的湘妹子不应该使他色令智昏一样。有女如荼,静女其姝,湘女奇葩,衰男其误,他怎么丢人丢到了这步田地!

他还有点低烧,他去看了急诊,急诊大夫只有内科,病人自述说自己由于吃辛辣菜看得了荨麻疹,还似乎有小的感冒,他过去也患过这种病,他的皮肤属于过敏型,他需要开脱敏药、助消化药与中成药"连花清瘟胶囊"。他甚至于没有让医生看他的后背。由于他的年龄的增值作用与他的小有社会地位,医生对他百依百顺,稀里糊涂把他打发回家了,回家后他的后背后腰变成了硬甲了。

又三天后确认是病毒性带状疱疹,长在背上,正是典型的民间所言"缠腰龙",北方名龙,南方称蛇,毒蛇缠腰,疼痛钻心,不能入睡,不能咀嚼,不能咳嗽,不能行动,连医生都说,发现得太晚了,他的反应超出了常人。

这也是奇葩。缠腰龙是病毒疾病的奇葩,他的主观主义、自以为是、不懂(医学)装懂,也是老头子的奇葩!

甚至在他病得求死不得,求生不能的状态下,仍然有新老友人同事领导老乡亲戚来找他这个钻石王老五提亲。提出的对象有退休的驻外女参赞,有专练软功的获得过巴黎杂技奖的老杂技演员,有说话尖刻的涉嫌口头异见人士,有混血儿,有老年间劳模附传媒报道资料。他几乎是哭着求饶,他说他要登报声明,年老体衰,谢绝黄昏爱恋,他准备写血书拒绝任何关心,他的血书数据化摄像后,准备在微博上发布。

还有当年做讲座时结交的电视台一位好友,邀请他参加电视相亲节目"为爱向前冲"与"我们约会吧"。关于他的种种传闻,已经使他在公众中树立了风流时尚的形象。当然,与他的经验相比,约会吧,太保守,往前冲吧,太夸张。如果爱,就住过来吧,这才是他的经验,未免放肆。其实,住过来就住过来,连"吧"字都根本不需要。伟大祖国,已经何等进步了啊!只有几个海外华人,还对伟大的步子嫌慢呢。

缠腰龙缠了他一年,他搞得精疲力竭,身心俱疲。他又搞得若有所得,精神世界进入了新的制高点。在急剧衰老的混乱过程中,他记得有一次自己似是收到了那蔚阆的讣告。他哭了一场,却在事后再找不到讣告了。他仍然坚信他的对于收到讣告的印象是确凿的,合乎逻辑的,认真的,靠得住的。那么聂娟娟呢? 她的讣告会不会寄给他?

他做了决定,不但委托儿子,而且委托本单位的老干部处,在他沈卓然死后,不要忘记给连亦怜女士、聂娟娟女士、吕嫒女士、乐水珊女士发送讣告。

他给各朵奇葩定了位,连亦怜是画中人,聂娟娟是神仙,吕嫒是英雄,乐水珊是先锋前卫。还有那蔚阆是骊山圣母、老母、梨山老母,要不就是瑶池的王母。

在思考"寻麻疹"与"前麻疹"的过程中,他谴责自己,吕嫒对语文委的不敬,他也不是没有过。关键是,他们都老了,他们常常活在昨天他们习惯了怎么念怎么写。可别人不是这样的习惯了。这也是"无可奈何花落去,似曾相识燕……"归来还是没来?

他给连亦怜写了一封信,询问她是否可能正是那蔚阆老母的外孙女,还有是不是她的外婆于近日离世,她外婆的治丧人员是否给他发了讣告。他没有得到回答,但是他的感觉是,他已经洞察了一切。

在他与淑珍结婚五十八年,淑珍去世六年的时候,他到了淑珍墓上,他惊异于死神的运转效率,原来刚刚开发出来的大片备用空地,转眼间满堂满座地成为过世者们的集合家园。沈卓然费了老大的劲才找到淑珍的墓,其实五个月前他还来过。五个月后不但增加了墓主墓碑,而且改变了道路格局,以增容扩用。沈卓然痛哭流涕。他说:

"我不是坏人,我绝对不会做对不起你的事。在你的有生之年,我有男人的纯生理反应,我有过一闪而过的念头,而已。但是我从来没有过认真的对于女人的深入体贴与关注,我从来没有用私密的、密不可分的眼光向着哪位动人的女子讨答案。

　　"但是要了解人生,不能不了解女人,不能不多了解一点女性。我不能怨她们,她们都有她们的理由,她们都有她们的精彩,她们也都有着太多的痛苦与想说而完全没有说出的话。她们的问题永远无解,与女权主义,与普世价值,与后现代完全无关。她们都是耀眼的奇葩,她们是对生命的奖赏,是给所有男性的热情的拥抱与响亮的耳光。她们也可能有刺、有毒、有假。她们都有自己的可爱。同时,除了你,再不会有什么奇葩与我枝结连理。

　　"无论如何,她们是干净的,比男人更好些。她们也更注意洗涤,手、身体、脸与下体与情感,她们的干净使我看到了历史的进化,我并不悲观。

　　"但是她们当然不属于我。不是她们对不起我,是我对不起她们。我已经成型,已经定影,已经保持得太久太久,已经充满了排异排他性,已经没有接受新的生命元素的可能。我这种平庸的,羸弱的,渐渐衰老的,生活在昨天的孬种,无法适应源源而来的奇葩们的纷呈异彩,异彩就是冲击与推进。我的生命正在靠近尽头,我已经无力接受新的奇葩的拥抱与贴紧。

　　"我仍然感谢上苍,感谢淑珍的平常心的无法战胜的力量。弱水三千,我只求其一瓢。奇葩三百,我珍重其缘分之一次。感谢晚年俺与绚丽奇葩们不平凡的邂逅,使我老而弥喜,弥丰,弥奇,弥色。感谢她们让我了解了更多的生命的奇妙与人生的滋味,特别是女性们的百态千姿,啊,每一个女子不分老幼,个个皆是风情万种,套路千般!多么丰富啊,我亲爱的奇葩们!也感谢当初给了我奇思妙想的那老师,没有圣母的领路,哪有此后的幸福!

　　"请允许我用男人的名义向所有的女性奇葩们道歉与忏悔。敬礼,奇葩们!何必言原谅,用不着太瞧得起我们就够了。我们其实不配接受你们的美丽与温存,细心与关爱。我们迟钝,我们自私,我们粗糙,我们自以为是,就像我明明患的是带状疱疹,而偏偏自以为是荨麻疹一样,还以为众人皆浊而我独清,众人皆误而我读音正确得很!我耽误了自己,我伤害了旁人,是我无面目对江东姐妹,无颜面对天下奇葩。而没有了奇葩,臭小子们有多么恶心多么贫乏,呸!

　　"世上有好人与坏人,有粗人有细人,有聪明人有傻人,有善良人与狞恶人,尤其有一种最最煞风景的人,叫作无趣的男人!上苍保佑我们与无趣者们距离远些再远些,上苍尤其要护佑女人们永远与无趣的他们脱离接触!

　　"生活万岁!爱情万岁!妇女万岁!奇葩万岁!奇葩奇葩我爱你!我怎么搞的硬是配不上你……"

　　他俯倒在淑珍的墓碑前了,天旋地转之中他感觉他见到了淑珍,接着拉住淑珍的手。在淑珍走后,他多次盼望与她梦中相逢,莫非他已经进入了好梦?一切都与六年前一样,与十六年前一样,与永远的青年时代一样。

　　他知道淑珍已经与他天人相隔,同时他分明觉到,淑珍的手仍然那样温暖,柔和,亲切。他们俩笑嘻嘻地一同说:

　　"很有意思。"

　　他笑着,笑着,渐渐拉着淑珍的手飘浮而起。

【作者简介】王蒙,男,1934年生,河北南皮人。1955年开始发表作品,著有长篇小说《青春万岁》《活动变人形》《这边风景》《恋爱的季节》,中篇小说《组织部新来的年轻人》,中短篇小说集《深的湖》,散文集《德美两国纪行》,评论集《漫话小说创作》及《王蒙选集》等。作品被翻译成二十余种外文出版,其中《最宝贵的》《悠悠寸草心》《春之声》分获1978年、1979年、1980年全国优秀短篇小说奖,《蝴蝶》《相见时难》分获全国第一、二届优秀中篇小说奖,《访苏心潮》获全国第三届优秀报告文学奖,《这边风景》获第九届茅盾文学奖。曾获《小说月报》第一、三、四、九届百花奖。现任中国作家协会名誉副主席。

扶 桑 馆

（满族）叶广芩

一

狸被我踹了一脚，扁脸抵在地上，屁股撅得老高，嘴里发出呜呜的声响，那块顶着红玫瑰花的蛋糕被压在身底下，成了模糊的一团。

我们哈哈地笑，苏惠抓了一把土撒在狸身上，使狸的面目更加不清爽。苏惠是个安静平和的孩子，不似我，属于"淘得没边儿的"（我妈的评价），苏惠对狸这样做，已经超出了她的行为规范。

狸是杂种，他妈是日本人，带着他妹妹住在横滨。横滨离北京有多远，我们不关注，我们关注的是狸的奇怪长相和傻乎乎的性情，以及他手里常常变换的美食。狸不亏嘴，他爸宠着他，百依百顺，他手里有时是艾窝窝，有时是冰激凌，有时是镶着豆沙的大糖葫芦，甚至还有装在铁盒子里的鱼皮花生，都是我们很向往又很难得到的东西。狸喜欢把这些东西拿到街门外，坐在台阶上，在太阳底下独自慢慢享用，吃得认真又夸张，这是狸之所以没人缘的所在。胡同的孩子家境一般，平日别说奶油蛋糕，就是回民铺子的早点油炸糕，半年也难得吃上一回。我的条件相对优越，知道不能拿着好吃的到外头去显摆，那样会让别人难堪。妈说过，别人吃东西不许在旁边瞅嘴，看人吃东西很掉价，很丢人现眼。但是我知道，看狸吃东西不在"丢人现眼"之列，只要看见狸在台阶上坐着，鬼使神差，我们便会自觉不自觉地凑过去，先是揶揄、调侃，紧接着把他手里的东西打掉，欣赏狸那欲哭无泪的模样。这是我们的恶作剧。小孩子没有不喜欢搞恶作剧的，要不就不是小孩子了，不打架不闹事我们就会精神不爽。

狸的眼睛很小，距离很宽，嘴巴大，牙朝外龇，要哭的时候头一仰嘴一歪，俩眼珠向鼻梁集中,那斗鸡眼的模样不是谁都能做出来的。我们这群人当中,能做出斗鸡眼的只有小四儿。我曾经对着镜子练习斗鸡眼,妈问我在干什么,我说在学狸。妈告诉我不要欺负狸,说狸是个可怜的孩子,身边没有妈妈护着,自个儿又不健全,我们再整治他是伤天害理,是造孽。可是我管不住自己,见了狸就打,见了狸就打。胡同里的孩子都这样,一个群体,总得有个被欺负的小菜碟儿。所谓"小菜碟儿"是北京人饭桌上不值钱的、不上台面的小菜,通常是炒雪里蕻、小酱萝卜一类,谁的筷子头都能往碟里戳,没人在乎。这似乎是习惯,一帮孩子里得找一个"小菜碟儿"才算完整。

狸傻,但是他能准确叫出我们每一个人的名字,这也是我讨厌他的地方,特别是从他那张拢不严的嘴里喊出"王八丫丫"的时候,我总是遏制不住扇他大嘴巴子的冲动。我的小名叫丫丫,我爸常在丫丫前面冠以"王八"二字,我脾气偏且拧,像王八一样。据说王八一旦咬着东西绝不会轻易撒嘴,除非听到驴叫唤。这跟我的性情有所接近,由此我就被划入了王八系列。胡同里的伙伴们也"王八丫丫""王八丫丫"地叫,谁都有小名,比起兔儿爷、小臭臭、二丫头、蝲蝲蛄,我这个"王八"还是挺有气势的。

别人可以叫,唯独狸不能叫,狸在我们当中是入不了群的另类。狸叫一回"王八丫丫",我揍他一回,叫一回我揍一回,他为这个挨了我不知多少打。我认为,从另类嘴里叫出的"王八"带有贬低的色彩。其实狸一点儿也没贬低的意思,他对我很崇敬。

狸是一种动物,城里见不着的动物,我们谁也不知道真正的狸是什么模样。我的三哥爱抽外国烟,外国烟的烟盒里装有画片,我们叫洋画儿,十张是一套,凑齐了一套可以去换一盒烟。我的爱好是攒洋画儿,不是为了换烟,是喜欢那些美丽的画面。手里头已经攒了好几套,有法兰西美人的,有欧罗巴洋楼的,有大洋洲花卉的,也有美利坚动物的。动物里头有张狸的图像,白肚尖嘴黑眼圈,毛色棕红像狐狸,比狐狸腿短,腰身肥胖,模样挺滑稽。我管三哥叫老三,随着我爸爸叫,老三很反感,向我妈告状,说我把他烟拆了。妈说,拆就拆了呗,反正你也得抽。

老三说,这只王八把一条烟都拆开啦,烟卷都成干柴火了!

妈说,干了你就别抽,我烦你们哥儿几个抽烟。

老三说妈惯着我,说妈偏心眼儿,说妈不是他亲妈。妈当下脸一吊,说,老三的话说多了。老三再不敢吭声。

妈的确不是老三的亲妈,老三的妈死了,我妈是他的继母。

我把画片拿给爸看,让他确认画上的动物是不是狸。爸说,是狸,很珍贵的动物,山里才有。我问狸平时吃什么。爸说狸吃蚯蚓,吃小虫子,也吃果子,中国人习惯叫果子狸。我说,老唐的傻儿子就是这个东西,叫元宝啊,叫大顺啊,叫什么不好,偏叫个吃虫子的狸,不知老唐怎么挑的。爸说,狸的母亲是日本人,狸是日本人崇尚的动物,叫"他奴 ki",日本人好多家门口都蹲着一只陶瓷的"他奴 ki"。"他奴 ki"是招财进宝的吉祥物,商家最看重,唐先生岳丈家是有钱人,管外孙叫狸没什么不正常。

狸的日语发音轻柔好听,有昵称的感觉,比我的"王八丫丫"可爱多了。我问爸日语"王八"叫什么,爸说叫"卡妹"。我说,"卡妹"比"王八"好听,以后我改名"卡妹丫丫"了。爸笑笑说,还真是。

妈也说这个名字改得好。

可是"卡妹丫丫"在我们家硬是叫不起来,好听归好听,没人认可。

我把狸的画片和信息传递给胡同的伙伴,于是大家知道了狸的来龙去脉。7 号的兔儿爷和大芳端详着画片说,跟唐家的狸长得还真有点儿像,特别是那双眼睛。

狸是个记吃不记打的主儿,挨过打没两天又举着块萨其马出现在了门口台阶上。吧唧着嘴,流着哈喇子,一脸点心渣,模样丑陋。我正在胡同里看卖小金鱼儿的。卖金鱼的汉子挑着两个木盆,正拿着纱网子给赵老太太捞小鱼儿,鲜红的鱼儿在水里灵动无比,在网子下钻去绕来,就是捞不上老太太要的那条脑袋上顶黑斑的。我看得心急,学着我们家的猫黄黄儿朝盆里伸进手去,鱼儿们立刻惊恐四散,乱成了一锅粥。卖鱼的急了说,丫头,不带这样的啊!你们家大人哪?

挨了呲嗒有些无趣,远远看见狸出来,就溜达过去,轻声问,狸,吃什么哪?

我的态度和蔼又亲切,像是狸的好友。狸没看出我黄鼠狼给鸡拜年的假模假式,咬着萨其马说,……马……马,大马……

我问他,萨其马好吃吗?

狸笑眯眯地说,王八丫丫。

我蹲在狸对面,做出了扇他的准备。

狸见我对他好,高兴得大鼻涕泡儿都冒出来了,把那块萨其马更使劲地咬了一大块,仰着脑袋肆无忌惮地嚼着,吃相像我们家的狗玛丽。我张开巴掌,正要朝那张幸福无比的扁脸拍过去,狸的爸爸老唐从街门里走出来,老唐见了我说,七格格跟狸玩哪!

胡同的街坊里,只有老唐叫我七格格,我们家在旗,女孩里我是老七,最小,属于垫窝儿的。妈四十多了才生我,说我是拉秧的瓜,没长熟,黄毛小眼,嘴碎手贱,是我们家女孩里最不成功的一个。没人叫我格格,也没人把我当格格,我也没认为自己是什么格格,我没那么娇贵。

老唐叫我七格格那是尊称,是看在我爸爸的分儿上才这么叫的。他管我爸爸叫四爷,有时候叫"先辈",因为他们都在日本东京帝国大学念过书,都是国家派去的留学生。我爸爸是民国初年回来的,老唐是抗战全面爆发第二年回来的,差着二十年呢。

当着老唐的面,张开的手掌不好立即收回,我说,我正教狸数手指头认数呢!

随机应变,自然得体,我编瞎话的能力相当了得,我妈管我叫"瞎话篓子",说我一天无数的话语中,能有两成是真的就很让人吃惊了。的确,我思维的想象力、延伸力、组织力、变通力是金家的佼佼者,有时候能把我爸爸那个大学教授哄得一愣一愣的。我说下午后院树上落过一只鹦鹉,雪白的,黄嘴,脚上还戴着金属链子。爸就以为真落过鹦鹉,说八成是南边傅家的那只大白飞过来了。其实呢,是只黑老鸹。老鸹和鹦鹉都是鸟类,我也没胡说,顶多认错了而已,至于黑的、白的,可以忽略不计,干吗那么较真儿?我编瞎话顺嘴而来,脱口而出,脸不变色心不跳,刚说过就忘了,一遍跟一遍不一样,但有时候让我多重复几遍就成了真的,赌咒发誓,煞有介事,地老天荒地再不会更改,甚至成了记忆。这也是为什么金家十几个孩子,只有我后来成了作家的原因。至今我坚信,感受力、创造力和表达力是作家的基本功力,尤其是创造力,缺了这个不行。

老唐看着我的巴掌说,狸认数,不用教,他能从一数到一百呢。

狸一听,马上点着脑袋,晃着身子,一二三四五地数起来,拦也拦不住。

狸姓唐,住在3号。我们家住2号,形成直角,戏楼胡同在这儿窝成了一个长方形的大院,从2号到9号,都在方形的场子内,10号以后就甩出去了,这几个院门的街坊相对就走得近,彼此知根知底儿。老唐的媳妇长得白皙漂亮,梳着大包头,说话细声细语,不似小四儿的妈,一嗓子"小四儿回家吃饭了",半条胡同都能听见。也不似兔儿爷他妈,一天到晚蓬头垢面的,穿着大裤衩子就敢坐在门墩上抢芭蕉扇。老唐媳妇属于老派人,她嫁给老唐就随着老唐姓。像小四儿的奶奶,官面上称呼是"赵门刘氏",人家娘家姓刘,嫁给了姓赵的。高家老太太是"高门隋氏",都把夫家的姓顶在头里。老唐的媳妇姓吉田,不叫"唐门吉田氏"而是叫唐和子,她虽然姓吉田,但本人叫和子,户籍簿上记录的是"唐和子",我们都管她叫"糖盒子"。兔儿爷遗憾地说,可惜老唐姓唐,他要是像日本人一样姓两个字儿,比如"王八",那么糖盒子就是"王八盒子"了,听着更像日本人。

小四儿说,他爷爷早先在河北乡下见过王八盒子,半自动手枪,日本人造的,大而扁,汉奸用得比较多。兔儿爷说,要是抗日的人使用就得拴上一条红绸子。枪是同一种枪,有了绸子就不可同日而语了。

小四儿说他比较看好"鸡腿撸子",撸子个小,也是日本造的,能别在腰里,威风有派,不像"王八盒子",斜挎在屁股后头,一看就是碎催模样。"碎催"是北京话,跟班的意思,小四儿说兔儿爷就是他的碎催。

男孩们都喜欢枪,于是有关王八盒子的讨论延续了一个上午。我们研讨的话题随意性很大,谁也无法控制。

老唐是天津人,在留学期间娶了日本媳妇吉田和子,听说糖盒子她爹是制糖业的大老板。按吉田家的意愿是让老唐入赘,老唐说,如果唐家有哥儿两个,他入赘可以;可是他们唐家只有他一个,他是独子,这个问题就不能考虑了。婚后的糖盒子跟丈夫回到中国,难改日本生活习惯,把3号的房子做了大改造,屋内地面被抬得很高,进屋先上一层台阶,地面铺了草席一样的榻榻米,给人的感觉是进门就脱鞋上炕。窗户又开得很低,坐在屋地上能看见院里跑的猫。屋里的隔断是推拉的,糊着纸,没有床,晚上一家人睡觉就躺在榻榻米上。依我的想象,睡醒了一睁眼,满目是桌子、椅子腿儿,视觉角度变成了耗子的,真够别扭的。因为房子多,他们一家住不过来,就租出去一部分,也都是租给日本人,那时候北平正让日本人占领着。3号门口常停着东洋车,下来些宽袍大袖、留着小黑胡子的日本人,日本人管3号叫"扶桑馆"。中国街坊当面也称"扶桑馆",背后却叫"鬼子馆",就跟胡同东边的南馆、北馆似的。南北馆是俄国东正教的地盘,住的都是金发碧眼的老毛子,建筑是尖顶子,圆拱门,长条窗户,很是各色。我认为洋人待的地方一般称作"馆",把这个观点和爸作为学术问题探讨。爸说不一定,中国叫馆的地方也很多,比如朝廷的同文馆、颐和园的听鹂馆、府右街的图书馆、他们大学的资料馆,都和洋人没关系,我的论题不能成立。我说,北京的洋人不少,赵大爷说过,东交民巷一带,洋人多,馆也多,老百姓不待见洋人,把东交民巷改叫"切洋鸡巴巷"。

妈在旁边插嘴,这可不是姑娘家说的话啊!

我说,不是我说的,是赵大爷说的。

妈说,赵大爷说的你也不能学。

我问,为什么?

妈说,什么也不为。

3号叫作扶桑馆还有一个原因,唐家正屋墙上挂着个镜框,白纸黑字,写着"扶桑馆"三个字。字写得不怎么样,没有格局,比较率性,有些信马由缰。这块匾,我姑且把它叫匾吧,"文革"的时候还在唐家高高地挂着,没有被触动。爸说,唐家那块"扶桑馆"是个大人物写的,原本是写给老唐的老丈人的,糖盒子来中国,就把它带来了,作为家乡的一个念想。我问,大人物有多大,比地下管道局的局长还大吗?我没见过大官,见过最大的官就是管北京下水道的局长。

局长派头很大,戴着白手套,把汽车停在马路的窨井口,让手下把井盖掀开,让那些人拿着长竹片往里探。大热天,那些小碎催们整得满头大汗,烂脏腥臭,局长则让人打着黑阳伞很悠闲地坐在旁边喝茶。可见局长是大人物,当官当成这样,那才是值!

爸最终也没告诉我"扶桑馆"是谁写的,他有点儿讳莫如深。

听妈说,以前糖盒子出门,常穿和服,花枝招展,五光十色,发髻绾得很高,脸擦得很白,穿着木屐,嘀嘀嗒嗒,像一只大花蛾子,吸引着胡同集体的眼球,连正在院里打袼褙的赵奶奶也扎着一手糨子跑出来观看。有好事的街坊问糖盒子,后背上背的小包袱里头装的什么? 糖盒子听不懂,弯着腰叽里咕噜说了一通日本话,这边自然也听不明白。有"内行"翻译说,小包袱里装的是她们祖上的骨灰,把祖先背在脊梁后头,走哪儿都带着,省得买坟地了。后来经老唐解释才知道,就是一个宽带子,在后腰上绕了两道弯罢了。中国人还是不能理解,穿成这样,累赘不累赘啊!

日本一投降,除了唐家以外,扶桑馆的日本人全撤了,他们走得很匆忙,许多手使的东西堆在街门口,上面写着"自由持取"的白条子。"自由持取"是日本话,用咱们的话说就是"随便拿"。整条胡同的人都来"捡洋落儿",小四儿家捡了一摞写着"有田烧"的大盘子。"有田烧"是日本有名的瓷窑,就跟中国的景德镇似的,几十年来,那些华丽的瓷器在小四儿家一直充任着盛炒萝卜条、炒疙瘩丝和凉拌黄瓜的功能,尽职尽责。兔儿爷他妈发现"自由持取"最早,推走了一辆自行车。这辆车兔儿爷他爸爸从东城国子监到西城白石桥,上下班都骑它,每天几十公里,风雨无阻,一直骑到解放以后,要不是轮胎配不上,还能骑呢。大芳他们家"持取"了两把理发的推子,嚓嚓嚓,推起头发很快,不夹头发,以致大芳的哥哥由踩着平板小车捡烂纸改行做了理发匠。两把推子改变了一个少年的命运,这样的事儿还真不多。给我们家做饭的老王捡了一个大号带沿的铁锅,生铁的,挺沉,挺深,他到底也没弄明白怎么用这个锅做饭,后来卖给了背着柳条筐沿街收破烂的孙婆子,换了两包洋取灯。洋取灯就是火柴,一包十二盒,相对铁锅来说还比较实用。高老太太是小脚,来得晚,挑了半天,抱回去一个小和尚石雕,原本是个摆设,老太太拿回去没用,放炕上拴孙子,拿根裤腰带,一头系在孙子腰里,一头套在日本和尚脖子上,裤腰带范围之内,是孩子的活动天地。高家几个孩子,都是日本和尚看大的……

二

街坊们这样收获抗战胜利品的时候,我和小四儿等人大部分还在娘的肚子里，所以我们没有机会看到漂亮的穿和服的糖盒子和那些白捡白拿的欢乐场面。我记事的时候已经到新中国成立了。

上世纪五十年代初期的糖盒子穿着厚厚的棉袄棉裤，头上包着格子围巾，走路低着脑袋，背上背着狸的小妹妹，一个细眉细眼动辄便咧嘴哭的小丫头片子。我估计，这小东西长大了也注定是个挨揍的货色，不会有多大出息。我很想看看穿和服的糖盒子，但是她一回也没穿过。可不，日本投降好几年了，哪个日本侨民还敢在北京地面上张扬，他们收敛得比小菜碟儿还小菜碟儿。

原先在崇文门外古玩店上班的老唐两年前改为走街串巷，专门收购旧货的"打小鼓儿的"。这个职业在民国和解放初期很普遍，小鼓儿茶盅盖大小，扁扁的，鲨鱼皮蒙面，攥在左手，右手用一根细竹棍，棍头裹着胶皮，梆梆地敲击，鼓声响亮清脆，在幽深的胡同里能传得很远。人们在家里一听到鼓声就知道收古玩旧货的老唐来了。老唐可以直接进到卖主的家里，在卖主的桌上、炕上审看物品。有时候老唐不等人招呼也进屋，脸上堆着笑，亲切地说，老没见了，怪想您的，这些日子您一准儿找着了不少好东西，让我开开眼。

如果主家正想用钱，就会装作很不经意，顺水推舟地从腕子上撸下镯子，让老唐估成色论价钱。

还有级别稍次，属于收废品的，敲的是软鼓，嘭嘭嘭，嘭嘭嘭，三下，用特有的沉闷短促嗓音吆喝，"有旧衣裳、旧家具——我买！有旧书本、洋瓶子——我买！"这类人可以进入住家院落，但是绝不能登堂入室，卖家买家都恪守着这个规矩。最次一等是收破烂的，多是上了年纪的妇女，她们来自城郊，早出晚归，跟城里、跟乡村有着千丝万缕的联系。白天，以上午居多，背着大筐沿街叫唤"有破烂儿——我买！"声音拉得很长，像唱歌。婆子们收购的多是破衣裳烂袜子，她们身后的大筐里有洋火，也有鸡蛋、绿豆什么的乡下土产，若是要现钱，她们给出个两毛、三毛顶天了，通常是以物换物。有一回，我妈用老三穿剩的一件拾掇不起来的线衣以及乱七八糟的东西，跟孙婆子给我换了一双农村男孩的靸鞋。鞋当然是新鞋，方口蓝布面，鞋头包着黑土布，用针线密密地缉着，硬邦邦的不跟脚。我说，妈，鞋大着呢，大半个拳头。

妈说，穿穿就不大了，你的脚还长呢。

我说，鞋帮子太硬，硌脚。

妈说，你看人家这针脚缉得多齐整，多细密，乡下人实诚，这双鞋比老三的皮鞋还结实，穿个三五年没问题！

从妈嘴里我知道了"缉"这个词儿，从这双大靸鞋上我了解了"缉"的作用，就是一针顶着一针缝，硬把布片缝成铁皮。我穿着这双用烂线衣换来的新鞋，只半个时辰，后脚跟就磨破了；跳皮筋，一抬腿，鞋就上了房顶。妈让老三把鞋钩下来,给鞋缝了根带子,这双能踢死驴的鞋从此跟定了我,再也无法摆脱。我恨死了收破烂的孙婆子,有时候学孙婆子吆喝"有破烂儿——我买",学得惟妙惟肖,可以乱真。妈拍着我的屁股说,学什么不好,将来你还真要当收破烂的!

想想看吧,一个城里的小丫丫,穿着一双农村野小子的大靸鞋在胡同里走来走去,自信心受到了何等挫折。不敢对妈表示不满,但是只要一看见孙婆子,我就让小四儿们用绷弓子绷她,把老婆子整得想骂也找不着人,后来干脆不到这条胡同来了。不来就不来,谁稀罕!

胡同的孩子没有上幼儿园一说,用现在的话说是:放野羊一样地散养着。家家都好几个孩子,大的带小的,不宠不惯,我们成长得都很自觉,也很自由。一帮孩子,拽包、跳间、弹球、拍洋画,没有滑梯,没有跷跷板,当然也没有秋千和沙坑,我们只能在胡同大院里玩,跟门口的大槐树较劲,自己跟自己作(zuō),欺负杂种狸就成了我们的主要乐趣。

狸会唱歌,他有音乐天赋,唱得很动听,他唱得最好的是《麻雀教算术》:"七八、七八、七八八,小麻雀要当先生啦,一个一个数过来,七八八,七八八……"歌是他妈教的,用日语演唱。我们听不懂,只能明白"七八八",一听到"七八八"就过去揍他。

打小鼓儿的老唐生意不错。新中国提倡"劳动光荣",但是一些过去的显贵们放不下架儿,宅门的哥儿也不想出门挣钱,便典当家私,维持场面。碍于脸皮和身份,这些人不便经常出入寄卖商店(新中国成立后典当行业改成寄卖商店),走街串巷的老唐就成了受他们欢迎的人物。家里有什么古玩玉器、书画法帖、细软皮货的,都喜欢卖给老唐。老唐出身古玩铺,懂行,不会走眼,给价也公道,又住在附近,做买卖不会太离谱。

打小鼓儿的虽然也属收旧行业,但是视野宽阔,精于鉴定,跟三六九等的人都能搭上话。打小鼓儿的老唐穿着长衫,腋下夹着包袱皮,细高的身材,儒雅模样,很是招人待见。老唐收旧物的包袱皮来自日本,绿地白萱草的图案,颜色鲜亮,跟老唐的灰大褂相搭,很是和谐,这怕也是老唐区别于其他打小鼓儿之处。老唐衣着齐整,戴着呢子礼帽,脚上是锃亮的皮鞋,不像是收旧货的,倒像是学校教书的先生。老唐收旧货有自己的区域,南至东四头条,北至北小街炮局,三天串一个来回,不胡走,不过界,摸着老唐的规律就能逮着他的行踪。旧官宦府邸、殷实宅门是老唐的重点对象。有时候不为收东西,就为进去串串门,聊聊天,联络一下感情,很多意想不到的好东西就是在他联络之中到手的。

他到我们家来,多是在爸下了班吃完晚饭以后,那时候的爸闲适而轻松,心情一般也很好,想找件什么事儿解解闷儿,这时候老唐来了。老唐进门先打千儿问候,礼数十分周到,像个世家子弟,谦恭得像是后辈对学长的仰慕和尊敬，让爸的心里十分舒坦。爸说，看唐先生这么高兴，一定是发了财了。老唐说，发多大的财在四爷眼里也是个小手指头，四爷祖上进出紫禁城，什么好东西家里没有，什么宝贝没见过啊。

爸让老唐坐，老唐偏着半个屁股坐在茶几旁边的椅子上，不往八仙桌旁边的太师椅上坐。老唐是个挺懂规矩的人。

胡同的街坊包括我在内，大家都是"老唐、老唐"地叫，一个沿街打小鼓儿的，值不得另眼相看。但是只有我爸，嘴里一直叫他"唐先生"，当面是唐先生，背后还是唐先生，从来没改过口。爸问老唐最近生意如何，老唐说：干这行不容易，前几年在砖塔胡同有个打鼓儿的被歹人抢了，刚收的吴昌硕四条屏血本无归。现在是没人抢了，但是人们把好东西都抬（藏）起来了，不愿露富。现今这是普遍心态。

爸说，你们这行，三年不开张，开张吃三年，逮着真货就大赚了。

老唐说，四爷说得没错，比起四爷旱涝保收的教员生涯，我这儿还是担着风险。宅门里都是熟人，只能实打实地做买卖，不敢亏人。

妈要去沏茶，老唐从大褂里摸出一个小包来，让妈沏他带来的，说是日本静冈煎茶，这茶四爷可能有日子没尝了。

煎茶沏上来，黄绿颜色，满屋飘香，浓厚的茶味儿之外夹杂着海藻的青气。妈尝了一口，说味道太怪，绿得也不正经。

爸说，这就是玉露了，日本第一茶。

妈说，煎茶怎是这股青涩味儿？爸说，是日本茶特有的味道，他们的茶叶和海带、干鱼在一块儿卖。

妈摇摇头，不能理解。我也不能想象吴裕泰茶庄带卖海带、黄花鱼的荒唐。

爸和老唐喝着煎茶，脸上显出相知极深的表情和以心传心的会意。他们说了许多东京帝大的旧事，说到了帝大校园里的那棵巨大桧树和对门卖串烧的小铺。到最后竟然换了频道，说开了日语，玛斯、玛斯的，让人听着怪诞又好笑。我后来才知道，那些"玛斯"是敬语，爸和老唐两人彼此都敬着呢。

妈说，都是煎茶闹的！

老唐来也不是光喝茶，在适当的时候他打开包袱皮，亮出里边两本磨了边的旧书，对爸说，是日本永井荷风的《江户艺术论》，想必其中的"浮世绘之鉴赏"对教美术的爸有用。爸大概是不便拂逆老唐的美意，人家从收购的旧书里翻出这个特意给你送来，足见心里还想着你，朋友能做到这个份儿上也就够可以了，还能怎么着呢？爸的几个儿子倒是亲生，可谁也没想起给爸淘换一本什么荷风、江户来。

爸给了老唐六块钱，直说书的珍贵和难得，老唐推让了一下把钱收了。老唐走后，妈说，这么两本发黄的书，六块！够半个月的嚼谷了。这样的书，收报纸洋瓶子的论斤约，两分钱一斤。

爸说，心意是不能用钱称的。

话是这么说，那本"江户"被爸撂在书柜顶上，到死也没动过。

我认为，这是老唐做生意的精明之处。

有一天，老唐领着糖盒子上我们家来了。糖盒子破例穿了和服，还擦了薄薄的粉。藏蓝的带小碎花的衣服，散发着樟木箱子的味道。拦腰的铁锈红衣带朴素典雅，配以白布棉袜和木屐，有点儿不食人间烟火的遥远。我追着糖盒子看，很没规矩地跟着他们走进堂屋，站在爸的身后，不顾妈的几次暗示，不想离开。我想看看他们要干什么，如此郑重其事。

糖盒子将一个紫包袱交给妈，说是中元节到了，做了些点心让妈尝尝。依着北京人的习俗，客人送了礼，主家客套一番后会放在一边，表现出不是那么"迫不及待的小家子气"，免得让人看着好像没见过什么似的。妈接过包袱，顺手就要往茶几上放，爸接过来说，咱们得看看都是些什么好东西，唐家"欧枯桑"（夫人）的手艺应该是不错的。

爸当着老唐和他媳妇的面，把包袱皮打开，是一个精致的木头盒子，打开盒盖，里面蒙着一层柔软的绵纸，掀开绵纸看见盒子里站着五个樱花形状的点心，黄蕊粉瓣，娇嫩无比，爸称赞道，真精致！

爸拿了一个，递到我手里，我高兴极了，张嘴要咬。妈说，先别往嘴里填，看够了再吃！

只好把那"樱花"在手里托着。

日本人每年中元和岁暮要给至亲好友送节礼，这些年跟唐家街里街坊地住着，也没见糖盒子做什么"樱花"送过来，这回不知是怎么了，竟然正式隆重，送礼来了。爸是照着日本人习惯，凡是送礼，必得立即开包，当着人面大赞特赞一番，表现出惊喜和稀罕，让送礼者心情舒畅，得到极大满足。

我托着点心出了房门，小狗玛丽立即扑上来，摇着尾巴示好，黄猫也在屋瓦上探着身子喵喵叫唤。我把手举得高高的，玛丽蹦了好几回没够着，我跑进自己屋里，用脚钩上门，一口把"樱花"塞进嘴里。原来就是糖，除了甜，什么味道也没有，能把人甜齁死。

糖盒子的娘家不愧是做糖的。

我后来知道，那天糖盒子是来告别的，她要回到日本去了，那边有她年迈的父母，她是独女，要回去尽孝。女儿她带走，儿子给老唐留下。她来，是拜托我父母多关照老唐，说新中国成立了，将来两国之间来来往往会很方便的。

糖盒子是在一个早晨走的，时间很早，太阳还没照到西屋的屋脊，喇叭花还闭着嘴没有张开。糖盒子走的时候,我的父母特意早起,到门口去送。大院的街坊们都还没开街门,胡同里静悄悄的,泛着一股凉意。分手的时候,爸没有说"撒呦那拉","撒呦那拉"我懂,是再见的意思。爸对糖盒子说的是"依待依拉下依",这是日本人对出门亲人的叮咛,是"等着您回来"的意思。糖盒子不停地鞠躬,泪流满面。

糖盒子用布带兜着小丫头片子,拴在胸前,臂弯挎着包袱走出了大院。老唐提着皮箱子跟在后面,狸大概知道妈妈要走了,紧紧抓着糖盒子的衣襟,一步不落地跟着妈小跑。

老唐要把媳妇送到天津,在塘沽送上到日本横滨的轮船,再自己带着狸回来。

我说,糖盒子到底是走了,这个日本鬼子。我还想说"非我族类必有异心"这样很有水平的话。这句话是从赵大爷那儿才趸来的,想了想,终是没说,在爸跟前说这样文绉绉的话是班门弄斧,费力不讨好。跟妈说可以,能吓唬她,跟爸不行。

爸拍拍我的脑袋说,唐和子的父亲是日本有名的人物,吉田先生在横滨,为中国捐了不少钱,支持辛亥革命。唐先生抗战一爆发就毅然回了中国,不与侵略者共处,是好人哪。

我说,您不是也回来了吗?

爸说,我怎么能跟唐先生比,我回来是孙中山革了皇上的命,朝廷倒了,旗人的俸禄没了,我不回来一家大小吃什么?充其量我是为了一个家。人家唐先生是反对日本侵略中国,民族的气节在,1938年坐"皇后"号轮船回了中国,当时那条船上还有郭沫若,一大船的中国留学生都回来了。唐先生带着老婆孩子,把自个儿从日本连根拔了,相当不错的人哪!

我抬头再看,唐家人的身影已经消失在胡同拐弯处。

看不见了。

三

我在家里被认为是个不让人省心的孩子,最大的毛病是"不听话"。让我往东偏往西,让我打狗偏抓鸡,我比较固执,有自个儿的主意,总认为谁的认识也不如我到位,包括我的父母。比如爸让我画素描,我就想,凭什么听你的?齐白石他爸没让他画素描,人家照样是大画家。妈说只要工夫深,铁杵磨成针。我说铁杵永远磨不成针,上铺子里去买针,一分钱十根,省多少工夫!语文课上,老师教古文《愚公移山》,"太行王屋二山,方七百里,高万仞,本在冀州之南,河阳之北。北山愚公者,年且九十……"老师提问,让我回答该文的中心思想。我说,愚公,傻老头,跟教室后头坐着的傻狸一样。傻老头九十了,要挖山,不但自己挖,还要把孩子们都搭进去挖,子子孙孙无穷尽也!以致他的后代不能干别的,只能每天挖山不止,冤不冤哪!要是我,我不干,我这一辈子要干的事情还多着哪。至于山挡路,你搬家呀,大山千百万年就坐落在那儿了,凭什么挖人家,得有个先来后到吧,傻老头从山北搬到山南不就结了?

老师说,你坐下吧。二分。

狸坐在最后的角落里,听了我的回答使劲鼓掌。他绝听不懂"搬家"的话,只要我站起答问题,他就高兴,就支持。老师让狸注意课堂纪律,说,课堂上不允许有这样的举动,就是旁听生也不允许。老师让苏惠回答,苏惠小嘴叭叭的,响亮地说,愚公移山是一种比喻,它教给了我们一种锲而不舍、齐心合力的精神,我们要发扬这种精神,团结起来,干大事情。

老师说,请坐。五分。

我回答错了吗?我认为没有,现实和精神是两码事,精神不能当饭吃,我最反感那些看不见、摸不着的话语,这怕也是我成不了理论家的原因,只能当个写小说的。

心里这个委屈啊,无缘无故又给我妈挣了个不及格,亏不亏啊我。我对学习越发反感!

这样虚幻的话语,狸当然也不明白,他不知道什么是"精神",也不理解"锲而不舍"是个怎样的物件。狸作为旁听生,是他爸爸跟学校反复交涉的结果。学校请示了上级,说只要不影响学生上课,可以来试试看。狸把上学看得很认真,书本文具一样不少,铁铅笔盒上有"木兰从军"的图案,铅笔削得又细又尖,课本折了一个角也要认真展平。旁听了两年,只是一本注音字母的语文和1+1=2的算术,从头到尾只认了几个字:"火车、飞机、轮船"。

我想,那个时候我可能进入了叛逆阶段。谁在成长过程中都有过叛逆期,这个时期的孩子最难管教,时刻跟任何人呈对着干的态势。每天玩得花样翻新,跟着一帮高年级的男生到安定门外鬼子坟挖墓。鬼子坟是俄国教会的墓地,坟上都有石雕,我们看哪个雕刻漂亮挖哪个。碰翻了学校门口小贩的凉粉车子,醋蒜芝麻酱洒了一地,香气扑鼻,卖凉粉的抓着我脖领子找到家来要求赔钱。小贩走了,我挨了一顿打。我不服,强调那辆车是独轮的,谁碰上都得翻车。不爱上珠算课,我把珠算老师骗回家去而让全班放假。体育课上,我把铅球推进了厕所茅坑,屎尿溅得上了房顶。把庆祝"六一"儿童节黑板报上所有的少年儿童都添上了胡子和眼镜……离经叛道,全盘恶搞,以致我上学,我妈在家心里打鼓,不知在外头又搞出什么"精彩内容",诸如屎尿上房之类。在家里我和七哥互不理睬,老七大我二十三,画画儿的,本不是一个档次的人,却天天要在一个饭桌上吃饭。他嫌我说话不靠谱,嗔着我动他的作品(送人了),他说他画一幅工笔"鹩哥"得一个月,还没落款,眨眼就没了!在爸跟前,他点着我的鼻子说,真不知她的这些邪恶想法是从哪里来的!

我说,天生的哪!天生的就是天才。

老七狠狠瞪了我一眼,再不说话。

爸只是笑。

五年级以后,我最大的爱好是看电影,看苏联的,这场看完买下场的票,同一部电影一天看两场,为的是记住那拗口的人名和经典的台词。为看电影要时常逃学,这些都瞒着家里,也瞒着学校。跟老师请假,不是说我姥姥眼睛看不见了,就是说我奶奶摔了,其实二位老者几十年前就入土了,埋在哪儿我都不知道。在老师眼里,我们家的老人特别多,事儿也特别多。老师也不去追究,他懒得理我。

看电影能上瘾,就像现在的网络,成为许多孩子的钟爱,成为许多家长的胆战心惊。几十年后,我半夜提拉着我儿子的耳朵把他从网吧里揪出来的情景,大概和我母亲当年在东四蟾宫电影院门口花几个小时堵截我,有异曲同工之妙。

一个人看电影没劲儿,必须有伴,以便观后研讨。这个伴儿通常是小四儿和大芳。小四儿属于胡同里的问题少年,爹妈管教疏松,思想活跃,跟我一样,天马行空,想到哪儿说到哪儿,比电影编剧还能编。比如他说,苏联电影《白痴》里漂亮的女主角娜斯塔爱上了梅斯金公爵却又不跟他结婚,把别人娶她的一捆捆钞票都扔进了火炉里,这是败笔。嫁给想嫁又有钱的公爵是多么好的事儿,好好过日子,夫妻恩爱,生一大堆孩子,煮一大锅片儿汤,电灯底下热热乎乎地围在一块儿吃多幸福,偏偏那么矫情,烧钱玩儿!我说把钱烧了才有看头,让人的心揪着,这正是电影好看的地方。大芳说,要是我,我也不烧钱,把钱烧了,傻×呀!

由电影我找到了小说,陀思妥耶夫斯基写的《白痴》比电影更好看。《第十二夜》《攻克柏林》《上尉的女儿》等等,都是那个时候看的,里面的对话,至今记忆犹新,没有忘却。大芳也爱看电影,但是她喜欢看国产的,比如《铁道游击队》《沙漠追匪记》《羊城暗哨》《桃花扇》等等。大芳学习极差,脑筋不往书本里头走,光记些电影里的才子佳人,谁谁谁长得好看,谁谁谁穿的衣裳式样不错等等。大芳最喜欢的演员是冯喆,逢有冯喆的片子看十遍也不过瘾。为了骗她能陪我看电影,有时候谎称苏联电影《白夜》里也有冯喆出镜,看过以后她大呼上当。大芳毫不害臊地说,嫁人就要嫁给冯喆这样的美男,清秀舒朗,中国儿百年也出不来一个。

小四儿说，照镜子看看你那夜叉模样吧，还嫁冯喆呢，冯喆听了这话得吓得翻俩跟头！

我很自觉，往后缩了缩，我知道，我的长相比大芳还差了一截子。

看电影需要钱，学生场只有周日早场才有，我们等不到周日，而平时没有学生票，电影院的成人票价对我们来说不便宜。更何况我还有小四儿和大芳的负担，他们俩的经济条件很难跟着我这么一场一场地看。小四儿的爸是北京机械厂的工人，大芳的爸是万牲园打扫卫生的。万牲园是老早的叫法，我们上学的时候已经改名动物园，但是大芳她爸还是依着老话儿叫万牲园。

苏惠和兔儿爷基本不参与我们的活动，他们是"三好学生"，逃课看电影对他们来说是大逆不道。但是他们很忠实地为我们保着密，苏惠甚至还为我代做作业，她仿我的字仿得很像。坏学生、好学生拧麻花一样地拧在一起，这就是我们这些"半大猫"的高小生活。

说小四儿是问题少年应该没错，与其说他问题多，不如说他主意多。他每次让我买两张票，我和大芳先进去，然后让大芳拿着两张票出来，他和大芳进去，他再拿着两张票出来，在电影院门口卖掉一张，这样我们仨只买一张就行了。他们俩看哪儿有空位往哪儿坐，让人轰起来再换个地方，电影院全满座的时候不多。

时间长了就显得钱紧，妈给的零花钱有限，不够看两场的，从别处弄不来钱，胡同的孩子都在家吃早点，想从嘴里抠更没门。我们常常处于焦虑状态，为了那些好看的电影。东四电影院在上映苏联彩色舞蹈片《冰上芭蕾》，我们都想看，并非对舞蹈有什么兴趣，主要是听小四儿说芭蕾舞是不穿裤子、光腿光胳膊的舞蹈，大腿一撩连小裤衩都能看到。至于男的，索性连裤衩也不穿……

这样难得的电影能不看吗？一定得看！

我和小四儿、大芳坐在门槛上，为《冰上芭蕾》而纠结。

大芳说，冯喆也在里面跳吗？

小四儿说，那是当然。

大芳遗憾地看着我说，可惜咱们没钱了。

小四儿低声问我，你真的没钱了？

我说，真没了，这个月咱们已经看了九场，我跟老七那个大抠门儿要过两回钱了，跟老三也要过，不能再张嘴了，我妈对我频频要钱开始警惕了。

我们三个蹲在槐树底下很无奈，这棵树前几天被政府用栏杆圈起来了，还钉上了牌子，说是北京名贵树木。我们也不知它名贵在哪儿，每天爬上爬下好几回，它就是比别的树粗点大点罢了。一大拨老鸹从头顶飞过去，能听见翅膀沙沙扇动的声音,它们从野外找食吃回城了。小四儿抬头看了一会儿老鸹,用脚使劲踹了一下栏杆说,×!

狸在他们家台阶上坐着,一遍一遍地唱着"七八、七八、七八八……"单调而凄凉。

西天的晚霞已经落尽,路灯亮起来了,老唐回到大院。老唐大概是累了,动作有些缓慢,灰大褂换了蓝布制服,日本包袱皮还在腋下夹着,鲨鱼皮的小鼓儿依旧在使用。大芳不错眼珠地看着老唐,说才发现老唐长得像冯喆。

小四儿说,冯喆才不会打小鼓儿。冯喆要是打小鼓儿,咱们这条胡同的老娘儿们包括你在内都得疯了,连晚上盖的被卧都得拿出来卖了。

坐在台阶上的狸看见他爹回来,三步两步跑过来,仰着那张扁脸看着老唐,伸手在老唐兜里掏。老唐弯下身摸儿子的脸,发现儿子哭过。其实这时候我们已经不打狸了,我们已经长得人高马大,高小马上毕业了,可狸还是那么小,依旧是坊家胡同小学四年级旁听生。狸不长个儿也不长心眼儿,还是七八岁的样子,谁还好意思欺负一个残疾儿童呢!

看着疲惫的老唐和他儿子,我想起了电影《白夜》涅瓦河边凛冽的风和孤独的女孩纳斯金卡,夜幕下无休止地充满希望的等待……是啊,糖盒子一去不复返,连信也没有,她把老唐爷儿俩彻底扔了,自己当资本家小姐去了,我们都替老唐不平,替没妈的狸难过。秋天的时候,妈建议老唐再娶一个,说,苏惠的妈就很合适,长期单身一人,身边一个懂事的苏惠,她本人脾气好、心肠好、模样好、人缘好,跟老唐很般配。我们也都盼着苏惠妈嫁给老唐,这样扶桑馆的唐家就有了做饭的,狸也不至于每天坐在台阶上啃萨其马等他爸爸。可是老唐没答应,他说,狸的母亲还在,他不能停妻再娶,他娶和子,两人是在神社里宣过誓,跟神打过招呼的,不能轻易反悔。爸嫌妈多事,说,唐先生留学东洋,是帝国大学毕业,哪能看得上给街道工厂锁扣眼的苏惠妈。妈说,他再帝国毕业也得过日子不是!

狸抓着他爸爸的手,一蹿一跳很高兴地往家走。老唐边走边问狸晚上想吃什么。狸说,吃"馎饦"!

我们仨面面相觑,谁也不知道"馎饦"是什么东西,那大概是日本饭。

看着老唐的背影,小四儿说他有办法了,说我们可以找些东西跟老唐换钱,打小鼓儿的老唐手里应该有钱。大芳说这主意不错,她小时候的一条裙子可以跟老唐换,反正也是小了,还有她们家的笊篱,铜的,应该也值不少钱!小四儿说大芳,你以为老唐是收破烂的孙婆子吗?我看,我奶奶的烟袋锅子成,那个嘴儿是翡翠的。

大芳说,你奶奶要抽烟怎么办哪?

小四儿说，让她满世界找去呗，老太太记性差，见天儿找东西，每天就在找东西中过日子。

我让他们都别张罗了，这件事交给我来办。大芳说，得快啊，要不然《冰上芭蕾》就演过去了。

我说，那是当然。

回家让妈也给我做"馎饦"，妈不知"馎饦"是什么饭，爸说，给丫儿做锅焰锅片儿汤！

敢情"馎饦"就是日本片儿汤。爸说，日本山梨县的美食。

四

老三娶妻搬出另过，爸去上班，老七钻在后院自己的屋里画画，妈在忙她自己的事情，偌大四合院进进出出只有我一个人。白天，在这个家里我想干什么就能干什么。

我堂而皇之地进了爸的书房，还记得老唐卖给爸两本"江户"之类的破书，卷边少页的要了六块钱，我爸爸的书卖给他，也应该给不少。书房里的书浩如烟海，神不知鬼不觉地抽一本，沧海一粟，谁要知道才怪！黄猫蹲在南窗台上盯着我使劲看，我才觉得这只猫是这么诡异讨厌，朝它一跺脚，滚！

黄猫喵了一声，伸了个懒腰，调了屁股又卧下了，窗台上的太阳正好。

我蹲下来，在书架底层右首最后边掏出一本沾满灰尘的旧书，想必这是爸不常用的。爸的书太多了，书架的内里横着躺一排书，外面再竖着站立一排，里边横着的多是极少翻动的，抽出一本不显山不露水，爸发现不了，妈更发现不了。

手里的旧书已发黄，线装，软塌塌的，几乎要散架的模样。书皮上有"二如亭"几个字，翻了几页，根本看不懂，也没有图画，不敢再翻，怕书碎了，这样的书籍卖出去最好，就像老三那件破线衣似的，值不得留恋。把书揣进怀里，掀开竹帘走出北屋，看见妈正在廊下拿着我使剩下的铅笔头，一笔一画地描扫盲课本上的字。妈是个大文盲，没上过一天学，街道上成立了扫盲班，妈参加了，每天晚上去学俩钟头，比我认真。妈见了我说，你怎么这么早就放学了？我还以为你在学校呢。

我说，老师请假了。

妈问老师为什么请假，我说病了呗。妈说，老师病了可你们没病啊。

我说，可也是呢，学校让我们回家自己看书。

妈"哦"了一声，再没多想。

都是瞎话。

溜进扶桑馆，老唐还没有出门，他的傻儿子狸今天发烧，正在榻榻米上躺着，见我进来，狸高兴得手脚乱动，像只底儿朝天的大蟑螂。狸的头顶上就挂着那块"扶桑馆"的匾，认真看了半天，真看不出那字有什么好，我在大字课上写的毛笔字回回能得好几个红圈，有时候还被贴到教室后头展览，那些课堂练习，哪张都比这个写得好。

唐家的火炉上坐着砂锅，里面沸腾着满满一锅中药，不知是老唐自己喝的还是给狸喝的。屋里东西有些凌乱，狸的袜子扔在窗台上，枕边散落着啃得乱七八糟的米花球，锅里残留着一些面目不清的东西，大概就是日本山梨有名的"馎饦"了。给人的感觉是这个家缺少女人的操持，缺少母亲的细腻。由此更感到了糖盒子的可恶，把男人和孩子扔在中国，自己跑了，一个极不负责任的妈妈！

老唐光着脚站在榻榻米上，对我的造访感到突兀。我从怀里掏出那本《二如亭》，问老唐收不收这个。老唐把书轻轻翻了翻说，这应该是一套。

我后悔没有再仔细翻找，便顺口说，我们家就这一本，是我妈夹绣花线的。书烂了，嫌搁线笸箩里碍事。

我的瞎话来路之快，连我自己都吃惊。

老唐一边翻书一边说，是吗？

我说，嗯哪。

老唐把书撂在桌上，撂在那锅宝贝儿"馎饦"旁边，问我，卖书四爷知道？

我坦白说，我爸不知道，这样的破书您有的是，不在乎。

老唐点了点头，哦了一声。停了一会儿问我，你要卖多少？

我说，你看着给，多少是个意思就行，我估摸着卖给收破烂的孙婆子，她连一盒洋火也不会换给我，所以我来找你。

老唐笑笑说，你算计着我给的比一盒洋火多？

我说，你有文化，懂书，自然不会亏了我。

老唐说，四爷才懂书，他在日本专门学的是古典文化学科，搞的是版本学。我是外行……

在老唐的思索间隙，我觉得得对狸说点儿什么，来点儿缓冲。我问狸想不想妈妈，狸手脚停止了舞动，指着墙上的"扶桑馆"说，妈妈！

我问，你妈什么时候回来？

狸说，明天。

…………

一本破书，老唐给了我五块钱，五块钱，够我们看十几场电影的，赚大发了！当时我们几个都非常激动，小四儿说，老唐跟你爸爸是朋友，他不好意思给少了，否则会显得不够交情。

大芳说，这事儿你爸要知道了怎么办？

我想起了那个积满尘土的书架说，我爸永远不会知道。

从老唐那儿找到了来钱的办法，于我如同开了一条宽阔的财路，家里小小不言的物件真被我偷偷倒腾出去不少，爸的书柜里摆着七个小陶人，花里胡哨各作姿态，热热闹闹站成一排。挑一个拿出去卖了爸不会知道，他不会天天来数数儿。卖哪个呢？下手的时候还真让我为难，七个小人里只有一个女的，身抱琵琶，美艳惊人，这个太显眼，不能动；背着大口袋，弥勒佛一样的胖子在小人队里也很突出，也不能动；白胡子、白眉毛的老寿星是里边爷爷辈儿的长者，把爷爷卖了不合适；金盔金甲，手持宝塔的武将长相凶恶，单独去卖可能卖不上价。挑来挑去，于是一个戴黑帽子的作了牺牲，拿到老唐那儿换了一块钱。后来金盔金甲也过去做伴了……七个人变成了五个，从原来的挤挤挨挨变得舒展宽敞，很有距离感，各自的艺术魅力得到了充分展示。

没多久，老七的石头印章、书桌上的小摆件、老三扔在家里驯鹰的皮套子、狗玛丽脖子上的小银铃、死了的大姐票戏用过的头面……通通进了扶桑馆。

我拿东西绝对是有挑选，经过深思熟虑的。妈妈的东西我基本不动，妈是个仔细人，你动她一根针她也知道，把她的东西挪个地方她都会跟你计较。相反，爸和老七却是稀里糊涂，老七的石头印章一大盒子，画完了画该用章了也就那么几块，大部分章子都是闲置，少一方他察觉不出。书桌上的摆件有只竹子编的小鸭子，是他的女朋友柳四咪送他的。两人分手七八年了，柳四咪早嫁了别人，他留着这个摆那儿徒自伤情，不如送到老唐那儿去，也让他断了念想。我们家后院有个小堆房，里面破烂儿多得浩如烟海，老祖母留下的花盆底绣花鞋、老祖官帽上的顶戴花翎、跟人私奔了的二姐扔下的一套套衣裳、早夭的老六留下的一堆玩意儿，破桌子烂板凳、旧隔扇花屏风……蛛网尘封，无人翻动，成为了我取之不尽用之不竭的宝藏。

我的生活得到了极大改善，苏联电影已经不能满足我的欲望而改为看戏了，看戏比看电影过瘾。戏有日场和夜场，不敢看夜场，只能看白天的。白天名角少，价钱便宜，最常去的是圆恩寺的人民剧院、坛口的群众剧院和广和剧院。东单的实验剧院和灯市口的北京人艺也是经常光顾的地方。我已经是中学生了，在西城读书，学校古色古香，在故宫西华门和中南海西苑之间，据说是太监李莲英的宅邸，李莲英就住在宫门外头，跟皇上、太后都近，随叫随到。李莲英离皇宫近了，我可是离家远了，从东城到西城，过北新桥穿地安门，我得倒两回车，买月票是必需的，这也是我挑选中学的心计。月票是好东西，有月票，想上哪儿就上哪儿,逃出了妈的掌控,如同给幸福生活插上了驰骋的翅膀,把我舒坦得只想大声喊幸福哇,幸福! 我到哪儿去已不需要小四儿和大芳陪伴,那两个人早已成了我的累赘,用历史老师的话总结是"尾大不掉",汉朝政治的重要问题。我不能像汉景帝似的任着藩镇拖累,那两个大尾巴当断则断。

什么事情都是两方面的,自由的我也有担心,我最怕的事情是老唐把我盗卖家私的事儿告诉我爸爸。虽然是小打小闹,可是性质有个"盗"在其中。我爸还好说,妈知道了那一顿打是轻不了的,更何况还有一个脸面的因素在其中。

我很关注老唐的动向,有时候看见他和爸站在街门口说话我都紧张,怕他把我出卖了。就算不是有心,不经意说漏了嘴也很麻烦。

让我欣慰的是这样的事一直没有发生,老唐对我的行径守口如瓶。这是老唐做人的厚道之处。

为此我对狸格外地好,下学了常买些果丹皮、花生粘什么的送给他。狸认为我喜欢他,看见我回家,早早地张着胳膊跑过来,像迎接他爸爸老唐一样地迎接我,嘴里不住地念叨着"……王八……丫儿"。看着狸的那张真挚的扁脸,很多时候我的鼻子会发酸,狸是个孤独少爱的孩子,我们每个人都有理想,有前程,狸的前程又是什么? 老唐老去,他将何如?

1960 年以后,打小鼓儿的职业在北京消失,老唐成了废品回收公司的一员,为了照顾狸,他在就近的东门仓废品站上班,所打交道者废铜烂铁、破玻璃烂报纸,收入有限。

五

糖盒子这只日本蛾子飞走了,十几年音信皆无。

困难时期,狸再无零食可吃,每天托着腮帮子在门口枯坐,眼珠随着过往的人转。有人过去拍拍他脑袋,叹口气,更多的人则无视扶桑馆门口这道风景,成了司空见惯。我礼拜天在废品站见过老唐,他拿着一杆钩秤在称废电线,脏乱繁杂的废品中,面如冯喆的他一副心静如水的模样。还是那身蓝布制服,不同的是臂上多了一副套袖,脑袋上多了一顶布帽。老唐每天做饭,一式两份,自己带一份给儿子留一份,天冷的时候拜托苏惠的妈帮忙给儿子热一下。其实很多时候狸就在苏惠家吃,在我们家吃,在胡同里的任何一家吃。赵奶奶胡噜着狸的脑袋伤感地说,被妈扔了的小可怜儿……弃猫儿……命苦哇——

狸的扁脑袋就使劲往赵奶奶怀里扎,真像只弃猫一样。

寒假里的某一天,接到学校联络网的口信,第二天要开返校会。联络网是中学在假期传递信息的一个手段,那时候没有电话,更谈不上网络,学校有事召集靠的是一个接一个的传递，记住你的上家和下家，接到信息传下去就是了。

返校日那天，冒着大风大雪赶到学校。假期工友放假，大礼堂里没火，把我们冻得跺脚流清鼻涕，巴不得快点把我们放了。返校会紧急传达了一个与我们毫无关系的文件《在全国城乡开展社会主义教育运动的通知》，说是要搞"四清"。运动中，各单位要"清思想、清政治、清组织、清经济"，具体到乡下要"清账目、清仓库、清财务、清工分"。我们听得都很游离，无论清哪个，都跟我们不搭界，大家你看我我看你，呈莫名其妙状态。末了，学校将我、大芳和几个同学留下，单独给我们讲话，说我们几个是"基层骨干分子"，是运动的先锋，是党组织依靠的对象。一听这话我很激动，长这么大，头回有人这么夸我，头回成了"急先锋"，就凭我这个瞎话篓子，凭我旷课逃学的口碑，我还真闹不明白自己"先锋"在哪儿。老师鼓励我们积极参加运动，争取早日加入共青团。具体说是给我们一个重要任务，成立剧社，仿照中国评剧院演出的评戏《夺印》，复制出自己演的《夺印》来，参加中学生文艺汇演。

原来是唱戏啊，这个我喜欢。

只要不让我念书，唱一辈子戏都成。

那个寒假，看了好几场《夺印》，过够了戏瘾。看戏不用买票，坐在第一排，凭的是负责剧社的冯老师和剧院的内部关系。冯老师本人是个评戏迷，我估计要是允许教师演出，他早自个儿上台了，哪里还轮得上我们这些傻棒槌现蒸现卖。《夺印》是反映"四清"题材的红戏，说的是小陈庄的印把子掌握在反革命分子陈景宜手中，新来的村支书何文进与其进行了一番较量，把印把子夺了过来的故事。人物很简单，情节也很直接。我被分配的角色是演坏分子老婆烂菜花，给书记送元宵，拉拢干部下水。本来这个角色是分配给大芳的，大芳不干，嫌太丑，自己宁愿去干剧务，轮来轮去才轮到我。我倒是不在乎，演什么都是演。冯老师说，只有角色挑演员，没有演员挑角色的。我长得像坏人，演烂菜花很合适。

回家练习唱段，给妈阐释烂菜花的角色特点，野、坏、骚、烂，爸笑着说，就是个彩旦嘛！

妈说，你够五毒俱全了，再加上一个"骚"，想出类拔萃吗？不许演！

老七说，这角色挑得很准。老师有眼光！

尽管杂音很多，阻力很大，我还是尽心尽力演好自己的角色，天生的演戏才能让我没费多大劲儿就把烂菜花搞定了。惟妙惟肖，淋漓尽致，入木三分，"刻画准确，拿捏到位"，这是冯老师给我的评价。

狸到我们家来热饭，吃完了不走，要听我唱戏。我托着狸的饭碗，扭着小腰

送着胯,站在金鱼缸前唱道:

> 从东庄到西庄,我到处把您找哇,
> 找了这么大半天,我才把您找着。
> 您看我的两只脚都磨起了泡,
> 我的衣衫都湿透了,我的周身汗水浇。
> 哎哟哟我的何书记,哎哟哟我的书记哟,
> 干这么重的活儿您怎么能够吃得消哇?
> 吃不消呀,吃不消呀,我给您做了一碗元宵。
> 擦擦汗您就歇一会儿吧,您看看这是一碗
> 滴溜溜的圆哪,团团转哪,
> 江米面的,白糖馅儿的,大个元宵啊——

我估计我唱得很精彩,妈端着半盆水站在廊下竟然半天没泼出去,听入神了。狸高兴得又翻了车,倒在地上四脚朝天乱踢腾。含混地说,江米面,白糖馅,大元宵……

妈说,让你念书真是亏了你!

妈是夸我哪!

在学校里我收获了一个艺名——筱烂菜花。这个"筱"不是"大小"的"小",是"筱白玉霜"的"筱",他们说我的唱腔里有白派韵味。当然,筱白玉霜很多时候也叫小白玉霜,那又是另外一码事儿了。

在当筱烂菜花的一段时光里,我表现得很积极,努力靠拢组织,热情要求上进,编瞎话等劣迹收敛不少,每天都做好事情,比如扫厕所、给大家打热水、帮大芳熨戏服等。入团申请书写过两份,却如石沉大海,没有动静,也没有任何人关注过我。相反演何支书的,演贫农李有财的相继进入了团组织,每次谢幕他们都留在最后,享受观众的热烈掌声,而我在第一拨就被刷了下去。不是我演得不好,是我的角色没选好,演得越像,人们越把我和烂菜花等同起来,我冤大发了!我找团支书谈话(请注意,不是团支书找我谈话),询问为何团组织老不发展我。支书是高三的大同学,回答也很直接,她说,你们的戏演得是很好,但是组织不能先吸收落后分子烂菜花而让党的代表何支书后捎着。再说,你对"四清"运动的理解还很含糊,人家演李有财的一个月写了三份思想汇报,你呢?

我想起我的语文作业还没有交。

为了表现我对"四清"认识的深度,我在自己的熟悉范围内搜肠刮肚,寻找

"四不清干部",却是没有。我不认识任何"干部",也不知谁有什么"四不清"问题,我脑子里阶级斗争的弦一次也没有被拨响过。

在一次《夺印》演出的间隙,我看"贫农李有财"正趴在化妆桌前写东西,大概又是思想汇报吧,他总有许多可以汇报的思想。我却一点儿也找不出,脑子里空空的,用妈的话说是"干什么都不走脑子"。因为"不走脑子",我甚至都不知道什么是思想,就像当年学《愚公移山》似的,来实际的可以,让我空对空谈意义绝对砸锅。"贫农李有财"看我走过来,把字纸用手遮了,不想让我看到。我说,甭遮挡了,你那狗爬的字绝拿不到台面上去,跟我们街坊老唐家那块扶桑馆的匾很有一拼。

"李有财"说他对扶桑馆很有兴趣,听着很日本。我说就是从日本拿回来的。他问为什么挂在中国人屋里。我说因为中国人有日本老婆。我还答应哪天闲了带他去看扶桑馆。

六

天越发的冷了,大槐树上的叶子已经落光,夏日树上垂下的滴里答拉的"吊死鬼儿",那些可怕的肉虫子早已不知死哪儿去了。透过繁茂干枯的枝丫,可以看见天上微弱的星光。正是大寒时节。

下晚自习回家,刚走到树底下,就听到了狸的"七八、七八、七八八……"歌声一遍遍重复,带着哭腔,在寒风中,在空旷的胡同里显得凄凉悠远。赵奶奶在街门口站着,见我过来,指着坐在台阶上的狸说,唱了一晚上了,任怎么劝也不进屋。老唐到这会儿还不回来,妈不管了,爹也不管了……

我过去对狸说,狸,你爸爸呢?

狸说,江米面儿的白糖馅儿的大元宵。

狸是饿了。

我叫出了小四儿,让他跟着我一块儿去废品站找老唐。小四儿说,这会儿废品站早没人了,找鬼去呀!

我说,老唐就是变了鬼也得找来呀,他儿子撂这儿谁管?

小四儿已是北京机械厂技校的学生。我们是同龄人,他学级却比我低两级,主要是因为蹲班,光是初一就念了三回。赵奶奶也鼓动我们去找,说街里街坊地住着,大冬天不能让孩子凄惶无靠。

我和小四儿拉着狸到东门仓废品站找他爸爸。在胡同口想给狸买个火烧,谁也没带粮票,十分遗憾。最失望的是狸,眼神就离不开火烧了。卖火烧的娘儿们脸定得平平儿地看着狸一步三回头地离开烧饼炉子,绝不通融。走过墙拐角,小四儿从兜里变出一个刚出炉、冒着热气的火烧给了狸,我知道肯定是来路不正,也不去计较了。

天空上有个弯弯的月牙儿,羞怯怯的,柔弱而凄冷。路面结了冰,走一步滑一步,接近城墙豁口,风变得猛烈起来,右边明清时代留下的仓厫高大威严,在深蓝的天幕下衬出凝重的剪影。东门仓是有皇上那会儿藏粮食的地方,京杭大运河通过漕运运来南边的粮食,就近放在东城的几个粮仓,东门仓附近还有海运仓、北门仓、北新仓等等。海运仓被中医院和解放军招待所占据,北门仓成了街道小工厂,东门仓十几座仓厫分成几块,以百货公司仓库为主,废品站在仓库南边,是低矮土墙圈起的一片空地。

狸冰凉的小手紧紧拽着我,喉咙里还在一阵阵抽泣。我说,狸,咱们不怕。

细想,狸年龄比我还大。

废品站在仓墙的阴影里,虽是破破烂烂一大堆,竟然还有门,门是几块破木头临时钉的,上着锁。狸来过这里,见到废品站,撒开我,使劲拍门,大声喊爸爸。空旷的院里黑洞洞的,除了呜呜的风,没有活动的物件。我要回去,狸又开始哭了,蹲在破门前不肯走开。小四儿隔着门缝朝里头望,跟我说,有门儿!

小四儿说门锁是从里头锁上的,说明院里有人,我们不是白来。说完他三下两下蹭着门板就翻了过去,动作十分轻便利落,即刻里面传出了废铜烂铁的踢里哐啷,他在制造响动。果然,角落的一间小屋灯亮了,半天出来个披着棉大衣的老头,大概是晚上的看守了。我们问老唐哪儿去了。老头说他不管什么老唐,他下午六点来接班,白天的事儿不知道。小四儿问老头接班时见没见到老唐。老头说他不知道谁是老唐,废品站的耗子他倒是能数出一二三四。老头嗔怪小四儿翻墙,说废品站也是国家公司的一级机构,哪能胡乱践踏。小四儿说老头拿着鸡毛当令箭,屎壳郎趴铁轨——愣冲大铆钉。哪天叫几个弟兄来,砸了这鬼地方。老头说,废品站还怕砸?想过砸瘾来这儿是找对了地方。

双方说话都有点儿饧,末了小四儿让老头开门,老头不给开,让小四儿从哪儿进来从哪儿出去。小四儿二话不说,抄起个大铁圈噌地蹿上墙,跳出来,把铁圈拽在门上。老头不得已打开门,骂骂咧咧把废铁捡了回去。

三个人照原路往回走,狸这时候也不哭了,低着脑袋走路。小四儿说,狸,你爸爸玩失踪呢,他真要里通外国上了日本,你就像崇祯皇上一样在胡同的槐树上吊死,以谢国恩。

我说,哪儿跟哪儿啊!

小四儿说,中国街坊照顾了他这些年,难道他不该谢谢?

我说,小四儿你住嘴!

狸在旁边一言不发。

第二天得到消息，老唐是被单位提走交代问题了，听说是"扶桑馆"的事连带着政治问题。"清组织，清政治，清思想……"老唐得老老实实向组织坦白。

说老唐的背后有一只又大又粗的黑手。

听着都很可怕！

"四清"清到老唐头上了。

在剧社排演时听大芳跟大伙谈论老唐的事，"贫农李有财"说，"社教"针对的就是老唐这样的人，目前阶级斗争仍旧十分尖锐，地富反坏右分子活动仍旧十分猖獗，帝国主义亡我之心不死，我们得随时提高警惕。

"李有财"说着朝我瞄了一眼，这一眼瞄得我浑身一哆嗦。

"何支书"说，老唐虽然算不上领导干部，但他的上属是废品回收公司，他是公司的职工，就凭他走街串巷打小鼓，就凭他屋墙上的"扶桑馆"，就凭他那不见踪影的外国媳妇，问题就很复杂，是该清清的时候了。

大芳附和着说，电影《羊城暗哨》里的冯喆就是卧底，卧得那么自然那么好。老唐这个冯喆也来历不凡，凭他的长相，就是一个卧底的长相。

风起青蘋之末，我隐隐约约地感到我就是那起风的源头。没有我对"扶桑馆"的推介，恐怕也没有老唐"夜不归家"的麻烦。进了水的脑子，无遮拦的嘴，我是没事找事啊！

妈常说我没心倒肺，细想想，我确实是没心倒肺，在这方面我甚至不如在台阶上啃萨其马的狸！我在戏台的边幕一个人偷偷掉了半天眼泪。

老唐带出话儿来，让苏惠妈照料几天狸，说他没事儿，两三天就会回来。老唐果然不到一个礼拜就回来了，虽然眼睛乌青，手上有血痕，也没见他说什么，每天照旧上班，照旧带饭，狸照旧在苏惠家热饭……老唐没说为什么被叫去交代，也没说被叫去以后的情况。赵大爷拦住他问，老唐，真没事啦？

老唐说，没事，赵大爷。

赵大爷说，我总是不放心。

老唐笑笑，给赵大爷鞠了一躬。

我心里愧对老唐，有时候对面碰上了，也不敢拿正眼看人家，总想找个机会跟他细细说说这件事情。老唐倒不在乎，照旧跟我说话，照旧叫我七格格。我心里明白，我已经不是他眼里简单的七格格了，我是在暗地里坑他的人。

"文革"时候，我们胡同里抓出了不少"坏人"，34号的"保安队长"白瘸子、李立子那个美丽的名角妈妈、后罩楼皇家的珍格格，包括苏惠的妈、大芳的爸爸和我的父母，都受到了冲击，这时候的"坏人"比"好人"多。

老唐原本应该是风口浪尖上的人物，此时反倒无人理会了。老唐很忙，社会上到处在"破四旧"，外边不破各家也自己破，免得让造反派查出来招灾惹祸。清出的旧东西大多送了废品收购站,父亲的不少珍贵版本和名人字画全到了东门仓,真正的两分钱一斤,上大秤称!四平板车"旧纸",卖了一百多块钱,六十年代的一百多块啊!现在想想,只是心痛。

在胡同口见到老唐,可以察觉到他微微地朝你点了一下头,那个细小的动作只有当事者才能心领神会,轻微得别人几乎看不出。在那动辄得咎的年代,老唐在尽力地保护自己,保护别人,每个人都过得谨小慎微,如履薄冰。

一九六九年我上山下乡,去了陕北,一走几十年。小四儿技校毕业顺理成章进了工厂,在铸造车间当翻砂工。兔儿爷参了军,到东北边境,听说还当了小排长,是个少尉。苏惠到内蒙古军垦种向日葵,大芳去云南种橡胶……一拨小伙伴散了。

我记得离开北京那天是个上午,艳阳高照,天空很蓝,欢送知青上山下乡的锣鼓声响彻整条胡同。我穿着笨拙的新棉袄,胸前戴着大红花,被簇拥着走出家门。户口被注销了,行李已经装上了车,我知道自己再不属于北京,像抢铁饼一样,我被甩出去了,没有回头一说。脸上在笑,心里却往下沉,内里与外表的分裂竟然让人如此不堪,如此纠结。

走出大院最后一次回头,看到狸站在扶桑馆门口依恋的眼神。

听说他的爸爸又进了学习班。

七

白驹过隙,时光倏忽而去,四十年后我们再聚"扶桑馆"。

此"扶桑馆"非彼"扶桑馆",它是一家日本料理店,开张有几年了,在餐饮业风生水起,很是红火。

聚会的召集人是扶桑馆经理赵俊生,即当年的不良少年小四儿。小四儿电话里叮嘱我一定要到,大芳他们几个先后都办回了北京,只有我一个人还在外地,说见我一次不容易,他们都想我呢。兔儿爷在网上给我发了详细路线图,坐地铁几号线,在哪儿倒几号线,最终在哪个口出来都交代得清清楚楚,把我当成了外地来的找不着北的大妈。

我提前半个钟头到了"扶桑馆",内里的装修很日本化,都是单间,进门脱鞋上"炕",和纸的推拉隔扇和脚下的榻榻米,让我依稀想起了老唐的家。

小四儿迎过来,西装革履,一副经理装扮,胖了,发福了,已经寻不到当年的狡黠和灵动。彼此一个大大的拥抱,展示了我们友谊的地久天长。

小四儿把我领进一间大房,说这是全店最考究的房子,四十八叠面积,可以举办重要聚会,可以和日本横滨大宾馆的"兰间"媲美。大芳和兔儿爷都到了,先是从矮桌后面直起身子,愣愣地看着我,紧接着连滚带爬地扑过来,拉住我的胳膊使劲摇晃。嘴里喊着,几十年了,你到哪儿去了!

眼里都有泪花在闪烁。

百感交集,我们都已面目皆非,走在街上面对面也是路人。大芳肥臁胖硕,银发满头,成了三个孙子的奶奶,一口京腔依然未变,喷出的还是胡同串子语言。她说她早晨先去南馆晨练,跳一通大妈舞,再送孙子上学,而后早市上买菜,午饭后闷一小觉,然后参加评剧班的活动,最后去学校门口等孙子,跟北京所有的老太太一样,日子安详快乐,简单充实。兔儿爷八年前从机关退休,喜欢上了古玩收藏,是潘家园的常客。每日关注的除了玉石字画以外,还有谍战电视剧,有卧底、策反内容的必看,抗日的也看,比如手撕鬼子一类的,不到电视上板不罢休。

小四儿说他二十年前就单干了,倒腾过钢材,卖过医疗器械,干过传销,开过猫狗美容店,折腾过房地产,全赔!

大家都说,只有我还显得年轻。我告诉他们,其实也老了,头发是染的,牙齿是假的,眼睛原本近视,老了正常了,为了装斯文,戴个平光的……刨去假象,是个白发无齿老妪。

大家哈哈大笑,好像一下回到了过去。

小四儿说苏惠没有联系上,她家里人说是在南方某座庙里修行,当居士了。

每个人都惊叹对方的变化,四十年,老了一代人。

我注意到包间的重要位置悬挂着"扶桑馆"的真迹,我们都变化了,只有它还是旧时模样。黑红的镜框,很率性的字,竟然安然无恙。

我问小四儿"扶桑馆"的匾怎么在这里。小四儿说,你猜。

我说,一定和唐家有关。

小四儿说,今天邀你们来,是糖盒子和狸的邀请。糖盒子是"扶桑馆"的股东,日本的说法是代表取缔役,我不过是个打工的。

我们几个面面相觑,有世界真奇妙的感觉。

我说,狸还活着?

小四儿说,我们不也活着?

兔儿爷说,糖盒子,那个操蛋日本娘儿们……还有脸回来?

小四儿说,日本欧巴桑,很随和的一个人。

大芳说,把冯喆一样的老唐闪了一辈子。冯喆"文革"的时候在四川大邑自杀了,老唐最后结局大概也不妙。

小四儿说,你错了,老唐结局很妙,"文革"结束,他被调进出版社当了日语

117

的译审,人家真正是按干部退休的。

大芳说,怪了,连演员冯喆都自杀了,老唐能安然无恙,这也算是奇迹了。

大芳说这话的时候,有意无意地看了我一眼,我的脸立刻窘得通红,连自己也纳闷,几十年的走南闯北,不说是身经百战也是历练无数,脸皮厚得近乎无耻,偏偏在此刻还会脸红⋯⋯赶紧喝了口茶作为掩饰。

大芳朝我微微一笑。

我扭过脸去装傻。

兔儿爷认为老唐是有背景的人,帝国大学毕业的留学生,日本企业家的乘龙快婿,回国心甘情愿打小鼓儿,收废品,若没有精神支撑,没有组织支持,怕是难以做到。扶桑馆,在沦陷时期应该是搜集敌伪情报的中心。

大芳说兔儿爷是《潜伏》一类电视剧看多了,以后谍战编剧可以请他去做策划,保准异想天开得让人瞠目结舌。

小四儿也说,编电视剧还就得兔儿爷这样的人。

我半天没说话,想着那个儒雅安静的老唐,搜集情报也罢,打小鼓儿也罢,关键他是狸的父亲,自谦、内敛、低调、平和是他人生的基本。他或许有背景,或许没背景,无论有与无,他的学识和修养,他不显山露水的做派都是值得我推崇和尊敬的。

让人惊奇的是老唐还健在,九十六岁高龄了,头脑还清晰。小四儿说,中日友协年年来给他送花,文物部门常请他鉴定东西,出版社日语词典编辑定期来请教问题⋯⋯虽然坐了轮椅,行动不便了,还是很忙。

正说着,门开了,狸和他的妈妈出现在门口。狸还是过去的小孩子模样,八岁,抑或是九岁,他的病为他留住了童年,我们当中"永葆青春"的应该是他和墙上那块匾。

小四儿朝狸招招手,亲切地叫着"他奴ki",小四儿地道的日语,发音柔和亲昵,他不再叫那个小孩子"狸"。

在我眼里,狸还是过去的狸,记吃不记打的狸。

狸清楚地喊出了我们每个人的名字,他的容貌在我们眼里定格,我们的名字在他的心里定格,彼此都还记得。狸拉住了我的手,软软的小手让我想起了东门仓深沉的夜色和那个让人失望的废品站。狸抬起了扁脸目不转睛地看着我,看得我泪水夺眶而出。狸踮起脚将我的泪水抹去,嘴里说,江米面,白糖馅⋯⋯

眼泪更加汹涌。

糖盒子穿着当年藏蓝地小碎花的和服走过来,樟木箱子的味道依然,看来是有意为之。我们对她都有些冷,让我不解的是岁月为什么丝毫没有改变她的容颜,这个糖盒子几十年保养之好,让人匪夷所思。小四儿看出我们的疑惑,解释说，这位是"他奴ki"的妹妹鹤子，唐鹤子。

我们听来还是"糖盒子"。

对面站立的女人就是当年糖盒子胸前用布带兜着的小丫头片子，她与她的母亲酷似得如同一个人，让人不得不承认基因遗传的绝对稳定性。问及唐和子，唐鹤子说她的母亲在一九五五年去世，死前一直惦念她的父亲和哥哥，嘱咐她长大一定回到中国，回到父亲身边，她是唐家的长女，也是唯一健康的孩子，父亲和哥哥狸需要她。就是说糖盒子回到日本没几年就故去了，中日之间直到一九七二年才恢复邦交，至于民间的正式往来当然更晚。

一段故事，听得人有些心酸。

唐鹤子对我说，我猜您是七格格，我父亲常常提起您，今天他让狸给您带了些东西。

狸把一个绿地白萱草的包袱交给我，里面鼓鼓囊囊不知包了些什么。这个包袱皮似曾相识的熟稔，猛然想起是老唐打小鼓儿时日日夹在腋下的物件，它来自日本，是吉田家的老物。还记得爸教给我，接受日本人送的礼要当面打开给予称赞的教诲，我把绿皮包袱打开来，小四儿、大芳们也围过来看。

灯光下，包袱皮里的物件让我一阵眩晕，许久失神。那些物件之上是一本蓝布面小折子，展开折子，里面墨笔直书——

金家七格格舜铭所存之物：

壹、《二如亭》一册，明版汲古阁校刻，嘉靖年间白棉纸本，白口欧字，此书应一套，此第三册。

壹、竹编黑鸭，高四公分，长六公分，江南民间物件。

壹、日本名窑"九谷烧"七福神中大黑天及毗沙门天二神，均为六公分高。

壹、小银铃，二公分，上有"吉市口张权"字样，系朝外大街吉市口张权银铺打造，四爷屋内小狗脖上物件。

壹、鸡血石"景福阁"随形闲章一枚，高十公分，阔三公分。

壹、面人张果老骑驴，白云观庙会某氏所制，人高五公分，驴长十二公分（已虫蚀，用油纸包裹）。

壹、古冥器陶猪，高三公分，长七公分，猪底有四爷墨笔小注：唐陕西蒲城乔陵出土。

壹、花露水玻璃空瓶，上海"双妹牌"，底圆细颈高十五公分，1943年前后产品。

壹、"枇杷飞鼠"扇面，工笔，金家七少爷金舜铨作品。

壹、京剧旦角点翠头面，翠羽粘贴"顶花大凤"，长宽各十公分。

壹、驯鹰黄牛皮护臂，长二十五公分，宽二十公分，配以牛鼻紫铜扣环。

壹、民国一九三六年画报，国民党主席胡汉民出殡专辑。

壹、线书《粤寇起事纪实》同治十三年刊，撰者不详。

壹、康熙年官窑，青花山水鸟食罐，高四公分，直径三点五公分。

……………

兔儿爷惊呼，前些日子一套明版书在香港拍卖，卖到了一百万，天哪，丫丫你这是发啦！

大芳说，连狗脖子上的铃铛都卖了，你真够可以的！

小四儿说，跟我一样，不是个省油的灯。

我什么也没说，我说不出来了！唐先生，我父亲一直叫您先生，您真是先生，大先生！

视线再次落在"扶桑馆"上，我问唐鹤子，那几个字到底是谁写的？唐鹤子说，孙文，孙中山。

兔儿爷说，其实我早就猜出来了，可惜没有落款。

本文属于虚构，文中提到的"扶桑馆"与历史上存在过的扶桑馆无关。特此声明。

【作者简介】叶广芩，女，满族，北京市人。著有长篇小说《乾清门内》《战争与孤儿》《采桑子》《青木川》《状元媒》，中短篇小说集《在清水町的单元里》《老虎大福》《日本故事》《黑鱼千岁》，长篇散文《老县城》等。曾获鲁迅文学奖、少数民族文学创作"骏马奖"，中篇小说《黄连·厚朴》《醉也无聊》《豆汁记》《状元媒》《太阳宫》分获《小说月报》第八、九、十三、十四、十六届百花奖。现为中国作家协会全委会委员。

狐步杀

张　欣

一

鸳鸯。走糖。

鸳鸯是广式茶餐厅特有的饮品，一半咖啡一半红茶，一半是火焰另一半还是火焰。配合在一起是熊熊燃烧的口感。走糖是不加糖，走盐是不加盐，全走是不加葱姜蒜。全走那还吃个什么劲儿？泡面不放调料包吗？

经济不景气，茶餐厅的老板娘芦姨更加没有表情，跟她拜的关公相貌仿佛。广式茶餐厅都有挎大刀的关公彩雕，意在牛鬼蛇神不要进来。收款台有招财猫。店很旧了，一直说要装修，好像也没钱装，黑麻麻的卡座伸手都可以撑住天花板，回头客不离不弃。芦姨说，怀旧？不好意思说省钱，当然怀旧啦，便宜味正而已。不装修也就没法提价，所以云集着一票不景气的人。

当然，周槐序除外，他其实是一个时尚青年，喝咖啡至少是星巴克，茶餐厅也得是永盈、表哥这一类香港人开的店。时代不同了，香港人也向内地同胞低下了高贵的头，先搞起了豪华版的茶餐厅，WiFi无限用。来到这种随时会关张的老旧茶餐厅，主要是前辈忍叔喜欢这里。

离分局近，抬脚即到。便宜就是硬道理。这是忍叔的价值观。

槐序喝了一口鸳鸯，把粗笨的白瓷杯蹾回桌上，"全是共犯，我一个都不原谅。"他气呼呼地说道。

忍叔喝的是柠檬茶，他永远喝柠檬茶，冬天是热柠，夏天是冻柠。芦姨说，你都不闷吗？忍叔目光祥和，微笑道："白坐在这里，你肯吗？"言下之意是图便宜买个座位。芦姨白他一眼走了。对于这两个便衣警察，芦姨从来没有好脸色，她儿子丢过一辆摩托车,报案了也没有找到,于是得出警察都是饭桶的结论。禁摩都多久了?找回来又怎样?她还是记仇。

忍叔哼了一声,慢悠悠道:"你原谅人家,人家的人生就开出花来了。"

曹冬忍。这个人就是这样,整天说些让人顶心顶肺的风凉话。他老婆都说,好好说话你会死吗?忍叔回她,他们死,好过我死。潜台词是他心情不好会得癌。所以他升不上去,刑警老狗。他的徒弟都像"长二捆",唰唰唰地飞上天,只有他剩下一张大蒜嘴。

槐序没有说话,他常和忍叔搭档办案子,早就习惯他轻慢不屑的语气。

忍叔清瘦,慢性胃炎,总是一副阴沉的表情,但目光中的嫉恶如仇还是没有消失殆尽。

最近发生的一起命案,死者是一个七十八岁的老干部,痴呆症,但是身体非常健康。据说长寿都是和痴呆联系在一起的。他居然死在医院的病房里。不可思议,那么安全的地方。对于老干部之死,院方支支吾吾,老干部的家属和子女果断报警。当时头儿就特别嘱咐大家把该带的都带上,估计心里也是觉得老干部的家属和子女最难惹,必须让他们抓不到任何把柄或说辞。结果每个部门都带了好多装备,勘查车上坐满了人,好像是去医院大比武。

正经八百拉了警戒线。

老干部姓王,住单人病房。护工是一个中年西北男人,不说话的时候表情凝重。人死了,他更加表情呆滞。这个人称老严的人,第一时间被侦查员带走做笔录。

每个部门的工作都做得周到细致。大家都戴好帽子、口罩、手套和鞋套进病房干活,拍照,甄别出物证。虽然大家心里都明白十有八九是医疗事故,因为不像有不相干的人进来过,老王全身上下又无伤痕,神态是一种解脱后的坦然;但是医患双方无法对话,该做的事情就一件不能少。

老严一遍一遍地回忆,死者老王前一晚还好好的,两个人看完电视,洗洗睡了。半夜并没有什么动静,不过老严也承认,虽然没动静但似乎有一只手拍过他的额头,他以为做梦,翻身又睡过去了。他的陪床紧靠着老王的病床,首尾的方向一致,估计老王曾经发出过本能求救的信号。但是说这些都太迟了,待他早上六点打好水准备给老王洗脸时,才发现情况不对头。

有经验的医生说,老王大致是凌晨三点至四点走的。

值班的医生护士也有责任,但又可以证明,一晚上老王的病房并没有按过急救灯,护工也没有报告有何异样。反而是其他危重病人忙得他们团团转。

初步判断,既不是自杀,也不是他杀。想要得到进一步的结论就要做尸体解剖。老王的老婆和两个儿子以及儿媳商量了一阵,铁青着脸同意了。

尸体被抬到该院的解剖科,由科里的大夫和法医共同参与,以求结果公正。

忍叔掏出一盒红双喜牌香烟,小周便起身到茶水柜处拿来一只烟灰缸。茶餐厅另外一个特色是偶尔服务自理。芦姨的脸色分明写着:又没有什么消费,还差着服务生走来走去。

"可以结案了吗?"小周望着忍叔问道。

"不知道。"

"根本问不出什么来啊,就算我觉得他们是共犯。"

"人心案讲的是道德,又不归我们管。"忍叔的鼻子嘴巴一起冒出白烟,香烟顿时没了半截,他说是企图戒烟时落下的毛病,复吸就像报仇一样。所以做不到的事情还是不要许愿。

"死者家属好像不肯罢休似的。"

"他们当然想敲医院一笔。"

"扯皮啊?"

"一定的。"

两人都不再作声,烟雾环绕着。

周槐序是单眼皮男生,典型的五官端正,头发剃得很短,右侧一边的鬓角上方还剃出一道闪电的纹路,配合他小麦色的皮肤,外加两成天然呆萌,还真是帅得惊动了党中央。他一米八七的个子,一直坚持铁人三项的训练,六块腹肌、人鱼线什么的都有,一眼看上去醒目标青。

小周的年轻不在于岁数,虽然已近而立,但眼中的世界只有黑白两色。所以是早晨的阳光,灿烂通透。一个人,若是明了了这个世界大致的状态是灰色,那得多老?多沧桑?像没有朋友的忍叔。

虽然高大威猛,小周也有心细如丝的另一面。他第二次来到医院之后,就发现了护工这个群体比较复杂,自成江湖。

首先是人物众多,应该是大量的需求决定的。内部又分两类人,一部分是病人自带的,属于生护,只占少数;另一部分是护士长手下的护工队伍,这个队伍才是真正的生力军。通常人们因为各种疾病住进医院,一时间到哪儿去找有一些护理常识的保姆?求助科室理所当然,护工队伍也就日益成熟。他们看似松散却有无形的组织,有统一的价格,当然医院要抽成,拿不到全额报酬。好处是熟护,知道医院的各种规矩和门路,有欺生的本钱。

护士长并没有时间管人,这样就有一个熟护头目上通下达。而具体到死者老王这个科室,熟护的头目是护士长的远房亲戚,因为工伤跛足,干不了重活只好做小头目,吃点小钱。但他能量还蛮大,沾亲带故地招呼来好多人。这些人看上去并不怯场怕生,自在很多,可以互相照应,以院为家,跟城里人的关系有点反客为主。生护的出路,要么巴结熟护,请求指点;要么搞不清状况,处处碰壁。

老严是熟护这边的人,但是刚来不久。

而且他接手老王才三天。之前的男护工是生护,据说跟着老王五年了,陪着住院也有两年上下。人称老刀,不知是姓刀,还是脸上有一道疤痕的缘故。有疤痕就一定是刀疤吗?这个想法曾经在小周的脑子里一闪而过。当然这并不重要,只是便于记忆,尤其是对一个不曾谋面的人。老刀回老家四川了。

尸检报告出来了,结果出人意料。

老王是急性肠壁坏死、穿孔、破裂大出血,整个腹腔都是屎。说白一点就是憋死的。后来,听说解剖科的走廊恶臭了三天,气味始终挥之不去。

跛足人说,老王生前的护理,有一项就是要用手给他抠大便,因为他有严重便秘,都是老刀做这件事。但是老刀因为工资的问题跟老王的儿子小王大吵了一架,就生气说不干。本意是想拿住小王,逼其让步。没想到小王转身找到跛足人,叫他另找一个护工。老刀当然生气,两天没给老王抠大便,然后就走了。新接手的老严,是那种失去土地刚刚进城的农民,不怕苦活累活,就是大老爷们儿抠大便,自己过不了这一关,虽然戴一次性塑料手套,也不是一般男人能干的活啊。于是也两天没抠,人就憋死了。

小周对跛足人道:“你这不是知道得挺清楚的吗?为什么不跟医生说啊?”

跛足人道:“也没有人问我啊。”

“也可以跟护士长说啊。”

不语。

护士长也说,这是太简单的事了,如果我们知道这个情况,就会给老王灌肠,不至于搭上一条人命。

老王的家人对于这个结果非常愤怒,医院这一头当然是护理和管理上的责任,另一头牵扯出护工这个群体的黑暗、复杂。可以说熟护部分的人,多多少少都知道这件事,但是他们一律闷声不响。就是仇富心理嘛,报复城里人,情绪杀人嘛。一开始,小周觉得病人家属悲愤交加,言重了。但是找熟护一个一个了解案情,还真让他无语。

科里有会议室,宽大的黑色实木桌椅,小周和忍叔并排而坐,面前摊着笔记本,神情严肃。隔着办公桌,对面孤零零地坐着调查对象,应该有一种无形的心理威慑力。第一个正式谈话的就是跛足人。

可他表现得很轻松,眼珠乱转,嘴角还有一丝隐蔽的笑意。

问他老刀的情况,他说,这有什么意义啊,难道找到四川去问他抠大便的事吗?问他为什么知情不报,他说,每天发生那么多事,谁知道哪些该报,哪些不该报?不按时给病人翻身就会长褥疮,报不报?一次两次死不了,但总有一天伤口会恶化感染,人也一样死掉。还不是跟你们一样,民不举,官不究。

乡里乡亲的,你就不怕老严吃官司?

怎样?过失杀人啊?

而且你还连累了护士长,说不定要查你们这一块儿到底怎么回事。

怎样?间接杀人啊?

小周一拍桌子,火道,你想怎样?到底是谁在办案子啊!人都死了,你们怎么一点都不愧疚呢?

跛足人翻了个白眼,闷头不语。

忍叔用眼神制止了小周。他从头到尾一言不发,好像小周在和跛足人演对手戏似的。

后面进来的人,就是那些沾亲带故的熟护,也是满脸的讳莫如深,装无辜、冷漠、沉默,看到别人家倒霉莫名惊喜的那种表情,关我屁事的死样子等等。仿佛他们的人生充满暗语和故事。对面的那两个人才是傻瓜蛋。

这个社会,还有善良的劳动人民吗?

一股咖喱特有的香味飘了过来,这让小周从沉思中回过神来。

茶餐厅的壁挂电视正在插播新闻,有一段视频触目惊心,只见一个原配夫人把一桶汽油泼在小三身上,打火机一闪,当街爆出一个火球。所有的人都目瞪口呆。原配夫人干完这事,歇脚一般地坐在马路牙子上,喝下一瓶"毒卒",然后口吐白沫,一边失去意识,一边亢奋地喋喋不休。因为拒绝救治,在急救室里,两个警务人员还分别按住该夫人的左右手。

太过决绝,众人已经忘记评判和谴责,统一的神情是傻掉。

隔了好一阵,只听见忍叔咕咚喝了一口柠茶。

凝结的空间终于恢复了嘈杂。这样的社会新闻已然是咖喱里面的薄荷叶,绝配的谈资。无论是食客还是服务生都有自己的感慨。女的一边,大多认为应该把那个男的也烧死;男的一边认为那么神经质的女人,怎么可能不离婚?

半天不出声的芦姨突然一声叹息,熟人们都看着她等待高见,她欲言又止,又不愿辜负大家,只得小声又无奈道:"好多事,也不是你们看到的那样。"

忍叔咕咚一声又喝了一口柠茶,抹了一把嘴对小周说道:"听到没有?不要相信你看到的。"

小周愣了一下,以为自己听错了。

二

微信上说，赖床是对周末最起码的尊重。

一觉醒来已是上午十点四十分，柳三郎仍旧不想起身，紧闭双眼沉浸在自己的伟岸之中。

昨晚做了一个美梦，自己摇身一变成为西门庆西门大官人，丽春院的粉嫩名妓一脸娇羞地对他哭诉，自他走后小女将息了半个多月都还不能接客呢。三郎莞尔，但内心狂喜而醒。

微软还是松下？

大夫头都没有转过来，这样说。柳三郎只能看到电脑的侧面，他的眉头微微皱起，不过很快又平复了。他没有作声，心想，开什么玩笑，我跟你很熟吗？大夫还是没转过头来，好像是要敲完最后几个字。

公立医院人满为患，这里又太过冷清。公立医院总有一堆患者围着医生，根本没有人有隐私观念或意识。医生都是当着人问，大便干不干？小便黄不黄？有公费医疗吗？有钱吗？有家族史吗？

这些问题都让三郎困扰。

因为他是一个内向的人，相比起时兴的各种晒，他认为他们有暴露癖。生活中无处不在的光和影，他都厌恶。

他从来不跟人讨论自己的私生活，包括用什么品牌的牙膏、护肤品、枕边书，订阅什么类型的报刊，吃的、喝的，更不要说那些深度忌讳的问题。家族史？当众宣布我来自癌症之家阳痿之家心血管短命之家吗？但是更多的人觉得，这没什么。

如果不是鸡汤，人们歌颂的一直是野草和胡杨，裸露着生命忍受沙化的环境，那种枯竭之美一直是被夸张的。可是从一开始，柳三郎就希望自己精致、隐蔽，不被任何东西打扰，像死去一样活着。

像他这样的人，在公立医院的诊疗室根本没法开口。

但是坐在这间明亮整洁的诊室，三郎已经后悔了——也不是看病的地方。男科医院，应该是被它铺天盖地的广告洗了脑，终于出现质的转变。

"抱歉抱歉。"大夫终于忙完了，他转过头来，长得有点像马季，一张充满喜感的脸，"说说看嘛。"他鼓励地望着三郎。

"不太好。"三郎不便马上离开，只好含糊其词。本来他幻想碰到一个极有职业尊严的大夫，可以坦荡地交流一下医学问题。

"当然不好。太好你就去东莞了,怎么会到我这里来呢? 问题是怎么不好法? 早泄还是不举? 所以啊……"他没有说下去,耸了耸肩膀。总之他说话做事,包括他的长相都像开玩笑一样。

谁的痛苦在别人眼里都是一个笑话。

三郎的婚姻,开始是黄金档的正剧,后来以惊悚恐怖片收场,令人始料不及。他跟苞苞是相亲认识的,父母之命,媒妁之言。双方的家境、背景、财力都还匹配,小两口也是郎才女貌,两家人体体面面沟通顺畅。于是在四季酒店宴开二十席举行了隆重的婚礼。

照说这本不是内向的人喜欢做的事,三郎的意见就是去一下马尔代夫,躲开这种雷同的表演。但女方的家长不同意,风光嫁女关系到颜面问题,对于中国人来说从来都是重中之重。另外,就是三郎的母亲坚持大办,她张罗这些事累也开心,三郎的处事原则就是凡事要让母亲开心。直到婚礼现场,三郎还一直看着笑逐颜开的母亲。三郎工作室的成品推手朱易优曾经俯首低语,注意你的表现,今天不是娶你母亲吧?

医生开始讲男性生殖泌尿系统是一个装置极其精密的器官,这些还用他说吗? 三郎都百度过。

苞苞皮肤白皙,身材娇小玲珑,照说也是个美人。如果光溜溜地躺在身边,正常男人应该都会有所反应吧? 本来,三郎认为按照正常人那样过日子是没有问题的。可是不知为什么,一开始他的身体就没有任何动静。以为诸事繁乱累的,苞苞也好生安慰。结果一直不行下去,苞苞也有点无精打采起来。

三郎的反应没有想象中那么焦躁,也许是苞苞的父母太俗气了,一直开口要这要那,永远都能提出想要的东西。直到婚礼当天收份子钱还是严防死守,生怕三郎的朋友把红包交到三郎母亲的手上。三郎看在眼里,心里只有冷笑。

不过病还是要看的,每个男人心里都住着一个西门大官人。

"你们家有日本人吗?"医生突然问了一句专业以外的话。

"没有。"

"那怎么起这个名字?"

"我爸起的。"

"希望你成为拼命三郎吗?"

是的,他认为我一定会有出息。三郎没有说出来,定睛看着医生,眼光有些凌厉,明确表示不想谈这个话题。医生也没有问家族史什么的,只是东拉西扯问一些住在哪里、开车来没有这一类的话题。

火力侦察。

在一楼的计价处,这些单据打出来的药费共计一万八千元,有口服、外涂和静脉吊针。三郎的嘴角上扬了一下，把单据揉成一团后扔进垃圾箱。再想一想刚才医生的样子，感觉他满身铠甲坐在诊疗室里开药方，背着两把交叉而立的青龙偃月刀。

终于可以离开这个地方了。三郎暗自吁了口气。

从门诊大楼到医院门口还有大约一百多米的距离，大楼修得像个没有节制的胖子，肚子部分就是门诊大厅，俗称"土肥圆"。花园里的树木倒是修剪得有形有款、错落有致、青翠欲滴，像一个傻帽儿刚从理发店里走出来。然而三郎无暇多想，只是快步向医院大门外走去。跟来的时候一样，他微低着头，惴惴不安怕遇到熟人。反正只要离开这里就永不回头，没有理由会碰到鬼。

男科医院门外就是一条车水马龙的主干道，高分贝的噪音不绝于耳。这时三郎感觉有人拍他的肩膀。

他愣了一下才转过头来。

是小叔叔柳森，一脸惊讶地看着他，"看着像，还真的是你。"柳森说。

三郎感觉脑袋在飞速空转，想不出一条合适的理由说明自己为什么会在这里出现。然而不等他说话，柳森用眼神示意他跟着走。之后柳森自顾自地在前面走，头都没回。

三郎只能紧随其后。

临街有一间清吧，是自助服务。三郎去买了两杯拿铁，端着托盘看见小叔叔已经在角落位坐了下来，神色严峻。

三郎刚一坐下，小叔叔的宽脸就逼到近处，声音不大却咬牙切齿，"三郎啊，你怎么能得性病呢？"又说，"没女人也不能胡来。""你这样对得起谁？对得起你爸吗？"

三郎心想，为何那个喜感大夫一眼就知道我是不举呢？应该也有两把刷子吧？都不治病那"土肥圆"是怎么建起来的呢？

"是尖锐湿疣吗？"柳森叔叔还在追问，又翻他的包，"怎么没有药？就知道你面子薄，开不了口。"他拿出自己包里的药放进三郎的包里，"都要吃先锋。"他对他这样解释。

镇定下来之后，柳森叔叔开始自我解围，"我就算了，你也知道我就好这一口。可是你不行，你的前途不可限量，我还指着你过好日子呢。"

三郎开始放心地喝咖啡。

的确，从年轻的时候开始，柳森叔叔就色瘾不断。如同有些遗传病经常犯，怎么治又都断不了根。奇怪的是，这一习性并不妨碍他有情有义，比如他对小婶婶，工资上交，任其乱骂，家里的脏活重活抢着干，星期天带孩子上动物园，陪小婶婶逛街也都任劳任怨，还鼓励抠门的小婶婶买贵的东西，说贵东西穿得用得久。他跟单位的会计好，东窗事发，女会计就像算账一样把过错都归在他头上，他一句都没反驳，挨了个处分。和小保姆有一腿，被小婶婶发现，把小保姆赶回乡下，小保姆还写信跟他要钱顶下一个小卖部。他汇了钱又忘记毁尸灭迹，被小婶婶拿到汇款凭证追杀他。这样差不多闹了一辈子，小婶婶也只是没收了他的工资卡。但当时小叔叔在民政局负责复员或转业军人的安置工作，是个肥差，断不了红袖添香。时至今日，比起用公款养情妇的官员，这点爱好就连小瑕疵都算不上。三郎就听到小叔叔的手机里总有一把女人的豆沙喉说："你有没有挂住我啊？"据称是一个开糖水铺的女人，还是挡不住他流连欢场，否则不至于得性病吧。

父亲一直看不上小叔叔，一提到他就如坐愁城，满脑门儿官司。见到他就是训斥，有一次长达两个小时。曾几何时，三郎对小叔叔也有所鄙夷，抬着下巴跟他说话。可是好人有什么用呢？

只有烂人才能救命。

幸亏有柳森叔叔的资助，三郎才读完了理工大学。

"不要让你妈妈知道，不然她会怎么想？"分手的时候，柳森这样叮嘱三郎，还拍了拍他的肩膀。

"嗯。"

傍晚，三郎去母亲那里吃饭。

不仅是周末，平日里他也会时常回去。他曾希望母亲搬到珠江新城来住，但母亲总是婉拒。她目前还是住在老城区，那一片叫作"教员新村"，位置是在越秀山脉的西侧，陈旧的红砖平顶楼房，没有电梯。不过附近店铺林立，生活起来还是很方便的。

这是父亲当年分到的房子，他是一所中学的校长。三郎十二岁的时候，父亲因病故去。在这之前，三郎有一个灿烂的童年，似乎一切都顺风顺水，主要是父亲对他毫无要求，只是说你要多看一些经典名著。

三郎至今记得，在父亲小小的书房里，仅有的一扇窗户永远敞开着，因为窗外就是越秀山脉稀疏的绿树，偶尔还能听到越秀公园游客的嬉戏声。父亲是个教育家，他性情温和，是因为正直才对柳森叔叔不满，恨铁不成钢。对于三郎则是寄予厚望，是真正的素质教育。成绩，其实没有那么重要。父亲这样对他说，你要能够找到你自己，才是独一无二的。他们还讨论政治和时事，父亲还总是问他的观点。

他才多大？能有什么自己的观点？母亲当时这样说。父亲就会微笑地说一句，我们三郎是最棒的。

父亲的教育是只摆事实,不讲道理。

父亲的教育是发自内心的平静和自内而外的两袖清风之感。

但是他的工作繁累,走出家门也还是有压力的。然而他不说,也没有人知道他的繁累和压力有多大。他得的是肝癌,从发现到住院,三个月就走了。

也许是父亲的气息尚未散尽,每当内心烦闷的时候,三郎都会到母亲这边来坐一坐。说来奇怪,同样都是一个人居住,三郎住的是高级公寓,偶尔会感觉犹如烟火置顶,有一种说不出的灼热感。只有见到母亲,他才能平静下来。

一如过往,母亲见他进屋,端出饭菜。不会特别准备什么,盐水菜心,蒸一碟马蹄咸鱼肉饼,还有一盘豆腐。就是这样。

当然会有一个老火汤,今天是西洋菜煲生鱼。

甚至也不说什么话。

电视机开着,都是电视在说。

三郎知道,他和苞苞离婚,让母亲受到极大的打击。但是她什么也没说,不问也不责怪,只接受结果。

"妈,你快过生日了,"三郎说道,"我想给你做 件衣服。"

"这样啊。"母亲笑了。

她不可能不笑,因为母亲就是一个裁缝。从小,三郎就看见母亲脖子上挂着一条软尺,就像其他女人的项链一样。

自父亲走后,三郎都是在缝纫机脚踏板类似小马达的声音中入睡。

以前,母亲只是正常地做衣服,她还在服装研究所工作过,可见有过成为设计师的梦想。但是要以做衣服为生,这种梦想必须破灭。

父亲是大哥,四个弟弟妹妹中,也只有父亲最看不上眼的小叔叔成为他们孤儿寡母的庇护人。其他的亲戚都渐行渐远,很快就没有了来往。

三郎现在也是裁缝,往好里说是时装设计师。不太有名,但还是蛮有钱的。比较起享有盛名但是缺少银两的人,目前的状况更适合三郎的性格。

他起身给母亲量尺寸,袖长、领口、腰身等等一项一项记在纸上。这让他想起小时候,他跟着母亲到顾客家里去量尺寸,顾客一家大小都被喊到母亲跟前。母亲拉下脖子上的软尺,一边量一边报出尺寸,三郎便将那些数字记下来。那时候他习惯紧跟母亲,买菜、做饭、到顾客家里去,只要是放学在家,母亲必须在视野之内,生怕一不留意,母亲也走掉了。

小小的内心充满了恐惧。

甚至有过不再去上学的念头,被母亲锋利的眼神制止了。

一旦精确地量尺寸,就感觉到母亲的清瘦,含胸、后背微弯,个子也明显矮了不少。

近距离看到白色的鬓发，脸上细密的皱纹，胳膊上没有张力的塌陷的皮肤，手上暴起的青筋和寿斑。她才多大年纪啊，即使熟悉如母亲也还是惊心动魄的。曾有一瞬间，三郎很有抱住母亲痛哭一场的冲动。当然他没有。

一切都平静如水。

在父亲的葬礼上也是如此，他很想抱住沉沉睡去的父亲，想亲吻一下做最后的道别。当然他没有，甚至也没有哭。

之后，好像是太阳落山的时候，借着暮色，他一个人在公园围着北秀湖疯跑，一圈又一圈不知跑了多久，只记得眼泪不是唰唰唰地往下落，而是从两侧横着飞了起来。

三

如果不是见到这个女人，周槐序并不相信一见钟情。

除了精悍俊朗的外表，家世是现代人的另一副容颜。如果有一个大款爸爸，儿子们没有不张狂的。狗屎一样的组合，得到的是黄金一般的仰慕。小周不是，小周的家世是非常体面的富贵。父亲是一个眼科专家，母亲是一个歌唱演员，才华和才华、儒雅和美丽在一起的组合也是可以相当富有的。这是一个现实，却又是一个秘密。

私营医院请父亲做一台手术的费用，也不会比演员走红毯少吧？

都是别人对他一见钟情。

八台跑步机全部有人占着，从背后看这些奔跑的人，身材还都健美匀称。偶尔见到一个胖子，通常一周之内就会消失。意志这个东西还真不是想有就可以有的，向这些背影保持敬意吧。

小周所住小区的马路对面，是一家正宗专业的健身会所。标准就是所有设施和场地都还朴素适中，面对跑步机的是整面的落地玻璃窗，窗外是宽阔的庭院，绿色的灌木中有一个标准的长方形游泳池，池边是成片的耐水木平台，四周散落着深玫红色的遮阳伞和白色的躺椅。

音乐就差一点，不是《向前冲》，就是《爱天爱地》，听得人想吐。

小周找到与跑步机并排而立的"云中漫步"，手脚并用地划拉起来。反正要热身二十分钟才可以做增肌训练。

这时，他的私人教练小赵笑嘻嘻地走过来，赵教练是那种师奶们尤其喜欢的英俊暖男，倒三角的身材，两臂是饱满的腱子肉，运动装和运动鞋什么时候看都是一尘不染。

"最近好像没有那么忙了吧？"赵教练说。

"嗯。"

"一会儿上课吗？"

"当然。"

"那你热身吧，我去把你的训练表格拿过来。"赵教练转身离去。

小周心想，连赵教练都能感觉出他来健身会所有些勤了，以前他一个月也就来个一次两次，他又不想当肌肉男，而且忙，通常是在雕塑公园夜跑，十公里下来，汗出得像从水里捞出来一样，有一种酣畅的快感。

坚持健身绝对不是为了更帅，而是对职业尊严的守护。像发糕一样怎么追得上犯罪嫌疑人？

然而就在两个月前，那是一个星期天的下午，天色阴沉，有零星小雨，这种天气在户外干什么都不方便，小周来到健身会所。

可能是因为下雨，那天人不多，一排跑步机只有两个人在用。

小周把白毛巾搭在脖子上，开始枯燥地跑步，自然而然望着落地玻璃窗外。只见游泳池的左侧，搭着一个临时但还标准讲究的弓道场，唯一的女学员，上身穿一件棉布和服领的白衣，下身是及踝的黑色折裙。手上的弓大约有两米多高，黑箭笔直，屁股上有三根羽毛。女学员的右手戴着护指护腕的护手袋，箭上弦后，只见她以两只手分别把搭好位置的弓与箭高举过头，然后缓缓地一手托弓，一手拉箭，直至把弓箭拉到自己的视线水平。

就是这个女人，当时就把小周惊着了。

她的头发一丝不乱，全部向后束成马尾，神情因庄严肃穆而更显精致。上身微微前倾，襦袢式筒袖双双退下，露出柔软纤细的手臂。凝眸间的片刻，远观更似一幅水墨丹青。

那种遗世孤立之美，令小周足足跑了五十分钟都不觉得。

赵教练走过来说，可以训练了，吃大餐了吗？有罪恶感吗？跑了这么久。

哦。小周惊醒，笑笑。

后面的训练活动，小周都尽可能掩饰自己语气里面的好奇心。

他说，原来你们会所还有弓道，以前好像没有。

赵教练透过玻璃窗望了一眼弓道场，示意说那个瘦高个子的女教官从日本留学归来，要求在会所包课。小周这才发现还的确有一个女教官，对唯一的女学员有时说教，有时比画。刚才他居然没有意识到她的存在。

赵教练道，刚开始还有八个人报名，现在就剩下这一个学员了，那些交了钱，买了弓道衣，也不来了。

为什么？

非常的枯燥和乏味啊。一个基本动作要千百次地重复练习，直到"矩"的精确无误,其实是心的磨炼。

也是静功的一种吧。

嗯,属于安静的运动,没有对手,是自己跟自己较劲。通过强身健体来进行精神修行,提升自己的人格品位。说是这样说,可是谁做得到?我就一个女学员都没有,虽然带她们不费力,挣私教费容易,可是我嫌烦。她们根本不训练,几乎是找个陪聊。所以这个女的,我还蛮佩服她的。

话说到这个节点,小周极想顺势问问女孩的名字,在哪儿工作,话都到了嘴边还是咽了回去。男人之间也有敏感区域,或者开不了口的理由。现在想来是心里有鬼。

他开始做"TRX"训练,两脚被尼龙带吊在半空中,双手着地,但因为腰部没有半点依托像蛇身一样绵软无力。这个训练几乎是全身发力,尤其侧腰。几分钟,人就汗如雨下。

其实小周平时都很少做这套训练,难道要扮演007吗?就算隐瞒心意,有必要做成这样吗?

然而回到家之后,这个年轻女子的身影挥之不去。她习射的动作总是在脑海里徘徊,动作沉稳,节奏清晰。

周槐序至今没有女朋友,以他的条件,都说他是挑花了眼。也只有他自己知道不是那么回事。目前社会上最受欢迎的两种女人,对他来说都是超免疫。一种锥子下巴配两个铃铛眼的萌萝莉,另一种前凸后翘风情万种的性感女郎,他都毫无感觉,一点兴趣都没有。唯有全神贯注神清气定专心于一件事的女人,会让他产生追随的敬重和情欲。

只有男人明白,冲动是怎么一回事。

所以在那次惊鸿一瞥之后,小周到健身会所的次数明显增加。

只是在游泳池畔看到的是与游泳不相干的活动,两次朋友聚会,一次生日聚会。白天水池绿树,晚上烛光水色,都还颇有情调。唯独那个弓道场再也没有重现过。今天也是一样,游泳池畔一个人也没有,异常安静。

走了二十多分钟的"云中漫步",小周开始根据赵教练的示范做引体向上。他暗自下决心,待会儿必须开口问问到底什么时间开弓道课,不可能所有的时间段都撞不上。

经过委婉的东拉西扯,赵教练说,会所开设每一个项目的原则是三个学员以上才开课,跆拳道、肚皮舞、瑜伽、民族风等等全部一视同仁。于是弓道课的老师、学员只好一块儿撤离,合并到其他会所去了。

具体的去处,赵教练也不太清楚。

这个结果令小周非常失望,可以说实在有些沮丧。

看来一见钟情还真不是空穴来风啊。

晚上有一个聚餐，是跟警校的同学吃火锅。班长马达喜欢张罗，仿佛一日班长终身班长，大家也就助兴在一起热闹热闹。

周槐序在会所洗了澡，少有的，他的白色蓝边的健身提包里，一早起来就放进了行头，看上去是普通的休闲装，米色配深灰，但因为纯棉的质地好，筋道，越旧越立得住，不会软绵绵地趴在身上。这个牌子是小众中的小众，品牌名称叫作"死人杰克"，没有实体店，只能在网上购买。长处是没有什么设计感，柔软，还有就是对穿它的人有要求，如果体格健美，乘十乘百地舒服、顺眼。反过来说，你差劲它就什么都不是。缺点是小贵。

作为时尚青年，小周从来不喜欢满身"搂够"的大品牌，上次抓的两个坏人，全是爱马仕金扣的皮带，又假又碍眼。

不过不是一律不喜欢大牌，手表就是绿表盘的水鬼。

所以从盥洗室出来，小周焕然一新，头上还抹了点发胶，清新俊朗，脚上是一双黑白回力球鞋，属于武中有文的混搭品位。

好吧，的确是以为今天或许会有艳遇。

离开的时候，小周镣而不舍地扫了一眼游泳池畔，有一群孩子跟着游泳教练在水里扑腾。他想见到的场景似乎从来没有发生过。

火锅店的名称叫作四方九格，是重庆风味的，也比较好找。

周槐序到达包房的时候，同学们大致聚齐，都在互相热情地打招呼。因为是穿便衣，感觉还是制服比较有说服力，否则就变得高矮不齐胖瘦不等，还不止一个人穿假名牌，放眼望去，情调是一塌糊涂。不过彼此之间的感情还是一如既往地好，大伙说话还是嘻嘻哈哈口无遮拦。

班长马达最后一个赶到，他群发通知的时候说要一醉方休，所以谁都不许开车过来。结果只有他一个人是开车来的，可以理解，赶时间嘛。

他带了两瓶"闷倒驴"。

大伙开怀畅饮。酒过三巡，加上正方形的多格锅底，除了一个格子免辣涮菜用，其他的是从微辣到劲辣，可以涮的牛羊肉海鲜之类五花八门，所以聚餐很快就进入了高潮，有激动的，有发牢骚的，有伤心落泪的，有滔滔不绝的。马达的毛病是喝多了就近抄椅子，人瘦得像吸毒人员，力气却大得惊人。也只有坐在他身边的小周能够抱紧他。想当年在警校擒拿散打的专业课，期末考试实战对打，挡不住大伙同室操戈，相煎凶残，不见红哪来的好成绩？小周和班长打红了眼，眼冒金星，鼻血飞溅，班里也只有他们两个人九十分。

情感肯定是一个话题，有人说小周需要私人定制，有人笑话他"也只有小周还相信爱情"。马达说，你们懂个屁，也只有我们小周配相信爱情，就像我们没有青春只有岁月一样，相亲也只能谈条件。只有我们小周，任何一个物质女孩在他面前都会清纯可人，没有婚戒也想嫁他。他不相信爱情还有谁配相信爱情？周槐序笑，反正每次他们都会这么说。

只是马达心里不痛快，他的第一任女朋友，因为十二万的见面礼金，被丈母娘生拆了，还到处说马达不配她的女儿。这令马达没面子。

照说，礼金也就是行价，并没有多要，据说随后也都会花在小两口的身上，属于正常的民间习俗。可是公序良俗也要命，马达没有十二万，又不肯去借。然而说得出来的理由是抄椅子。

你想干什么？你想敲死我吗？你是警察还是流氓？你一直都有暴力倾向吗？总之在准丈母娘的厉声呵斥下，什么花好月圆都没有了。两个人山盟海誓地分手，都说彼此在心里扎了根，永不相忘。有什么用啊，小周的爱情观里没有这种深灰色，要么深爱，要么路人。

马达现在已经结婚了，跟一个各方面都平庸的女孩子。女方家曾住在城中村，属于当年的郊县菜农，国家征地补了不少钱，所以日子过得相当殷实。

不知为何，小周的脑海里居然飘过那个练习弓道的女子。

却又没有什么现实感，如梦似幻，仿佛有人在他的生活里轻轻吐了一口烟雾，造成迷离的效果。

他突然有些落寞。麻辣香锅浓重的味道，在空气中积累、飘散直至饱和，嘈杂的声浪喧嚣起伏不绝于耳。然而，热火朝天一瞬间对他不起作用了，似乎那些人都不存在，只是一些欢快绚丽的影像在四处翻飞。

他远远地看见他一个人守着一口大锅狂涮。

片刻，他又变成了一杯闲置的清茶，没有人要喝。

或者是失物招领处落满尘土的旧皮夹。总之他以前从来没有这种感觉，一直是明亮、阳光、元气满满的。

人有心事，就像破案找不到思路。

散场之后，大伙匆匆道别。周槐序扶着深醉的马达下楼梯，这时他抬起手腕看了看水鬼，将近晚上十二点钟了。

夜幕浓重。街道上仍旧车水马龙。

饭店的门口有一个女孩子背对着他们站着，穿灰蓝色新百伦运动鞋，洗得发白的破洞牛仔裤，淡粉色的棉衬衫松松垮垮地塞进裤腰里，衣袖高挽，露出纤细的手臂，头发随便低束在脑后。白色的耳机线令人联想到她可能在专注地听音乐，又有一点点特工上身的味道。

女孩转过头来,小周当场就惊着了。

他感觉虎躯一震。

"是你们叫的代驾吗?"女孩见到两人的模样,迅速摘掉一侧的耳机,微笑着柔声说道,还报了一串车牌号。

周槐序不知所措,嗯啊一番显得茫然愚笨。

他也喝了酒,但仅两三杯而已。女孩又重复了一遍刚才说过的话。

没错,就是那个练习弓道的女孩。他太记得她瘦削的脸颊和刀锋一样挺直的鼻梁。而且她休闲的素颜让人惊喜,清薄干净,眼睛就更显得碧水深潭。也许是因为大喜过望,小周感觉比喝了酒还要眩晕,脑部缺氧,有窒息感。一时间更不知道说点什么。

马达的车是一辆悦达起亚,女孩熟练地开车,小周负责指路。

幸亏马达住在市郊,这样车可以开得远一点,久一点。并且目前马达是昏死状态,也不可能搅局。可是小周就是不知道说点什么,而女孩也是个少话的人,只专注地开车。

不过小周的内心还是礼花频频,称心如意的感觉真好,如果他穿着一身运动服就过来了,再如果他也喝得不省人事,或者他没有坚持送马达……总之一切都恰到好处。顺便,他也想到了几个自然场景,他和女孩停好车,把马达交到他老婆手上。之后两个人一块儿去搭地铁,地铁本身就是许多故事发生的地方。再如,两个人都想走一走,边走边聊也很不错。

如果住的大方向背道而驰,小周想好务必说自己跟女孩同一个方向。这次绝不能让她溜走了。

没有人说话,显得车轮沙沙作响。

小周嘴角上扬地望着窗外,少言,安静,也是他喜欢她的原因之一。夜晚原来可以这样温柔。

四

柳三郎的设计工作室在耀中大厦二十三楼,轻奢风格,一侧是体育中心,这样避免了鳞次栉比的林立楼群恐惧症。窗外相对空旷,俯瞰是绿色的草坪。工作室陈设简洁,基本是黑白灰的基调,没有其他色彩。

除了一个与乒乓球台大小相近的硬木桌子之外,其他的书架、文件柜、窗棂等处都挂着木质衣架,上面是成衣或者半成品成衣,下面是裤子,还有鞋。不同的崭新精致的鞋子永远都在高高摞起的书堆上。有些衣领上还挂着墨镜或饰物,鞋子旁边有不同的箱包,总之搭配得当,独具整体感。又仿佛总有一个人准备出发或者刚刚归来。

门口的标志是一张黑桃 K,扑克人闭着眼睛。

感恩。

三郎一直这样告诫自己。他的同行们如今还都在红砖厂、东方红等创意园苦苦挣扎呢,就因为那些远离市中心的地方房租便宜。而他,也曾在那里打拼。只不过他凡事不强出头,默默坚持自己的主张。

首先他是一个本土设计师,从未有过远赴重洋欧洲求学的经历。不过他追随山本耀司,赞成他的酷毙风格、对面料执着的讲究。母亲也曾经说过,好菜是吃食材,好衣服是穿面料。三郎寻找面料非常挑剔,像普洱茶一样必须陈年,经年的棉布如同山本所说,是有生命力的,放上一两年,经历自然收缩后,日见生长、成熟,呈现出深藏不露的美丽。其次就是技术上有挑战性细节,在最不起眼的地方精工细作,然而整体无设计,设计师就像不存在一样消失在细节里,哪怕是一粒扣子,或者一个褶皱,必须亲密而体贴。

这也是他对自己的期望,在他制作的衣服上看不见时间、价格和对手。

在流花国际服装节上,三郎也坚持不用模特儿,或者说也没钱吧,就电召那些买过他们服装的普通人,直接走 T 台。反正他的衣服只做到中号,能穿的粉丝应该身材都不差。

他还是蛮幸运的,有风投公司独具慧眼,认为他有走出国际范儿的潜力。

眼下,三郎端坐在电脑前工作,他的工作台就是"球台"的一隅,不再有另外的桌子,他一直喜欢大而无当的工作台面。

朱易优则坐在同边的球台上,两条腿因悬空而摇摇晃晃。

"不以盈利为唯一目标,我当然同意,也是别人没法取代的特色。但也不能以赔本为目的吧?"朱易优说道。

"我们赔本了吗?没饭吃了吗?"

"可是她是豪客啊,又兼时尚杂志的艺术总监。"

"那又怎样?"

"网开一面啊,难道把所有的路都堵死吗?"

朱易优提到的女豪客,非常喜欢三郎做的衣服。但是三郎的品牌成衣,全部只做到中号,没有大号,加大更是天方夜谭。朱易优作为营销推手当然要跟方方面面的人打交道,而且市场这个东西,有残酷的另一面,叫好不叫座的东西多了去了。多一个有能量的脑残粉不能说不重要吧。

但是三郎不肯破例,"好的品牌是对客人有要求的,"他这样解释自己的坚持,"她完全可以减肥,这样才可能把喜欢的衣服穿得漂亮。这有什么不对吗?"并且,三郎还真不是针对哪个人,他亲眼所见的一个还不错的品牌,居然答应顾客做出四个加的大号成衣,"你认为这衣服还能看吗?"很快,这个同行辛苦打造的品牌就消亡了。

三郎很害怕经受这种惨痛的教训,再说坚持,曾经让他尝到甜头。

然而对方也是坚持的人,她手上不但有一本时尚杂志,还有一个会员制的高级会所。她提出可以让会所的工作人员全部穿三郎品牌的制服,这是什么含金量的订单?朱易优没法淡定。

"拜托,制服?"三郎用鼻子哼了一声。这个肥女人有什么时尚水准?主动制造撞衫现场?

朱易优当然知道三郎在想什么,冷眼相对。

这一眼意味深长,好吧,市场最需要的不就是傻子吗?朱易优熟悉三郎的不妥协,但也不能让他觉得一切都那么理所当然。三郎明白他的意思,所有的品位其实都是商品,设计师千万不要以艺术家自居。

三郎嘴角上扬似笑非笑,"你还是考虑给大号女顾客找一家靠谱的减肥中心吧。玛花?必瘦站?"

"你知道得还真多。"

"那个人很难缠吧?"

"你有多讨厌,那个人就有多讨厌。"朱易优没好气地回道。

不过两个人还是会心一笑。

三郎和朱易优是高中的同学,严格地说,朱易优也是单亲家庭,他父母离异后,父亲又给他找了个后妈,后妈对他还可以。但这并不妨碍朱易优性格谦让平和,幼年时就懂得察言观色,做事情也是身段放得最低的那种人。虽然两个人性格迥异,但是形成互补也颇为合拍。最困难的时候,两个人在红砖厂一间简陋的厂房里,自己粉刷工作室,深夜席地而睡,盖着厚厚的报纸。

那时候吃了多少泡面和包子?

据说泡面都比包子有营养,怎么有人会做这么无聊的研究?

这时有人敲响了工作室的门。

朱易优跳下球台去开门,进来的两个男人都穿着警察制服,令朱易优颇感意外。这两个人分别是老曹和小周,三郎认识他们。只是仅有的几次见面都是在警局,他们突然到工作室造访还是头一次。

这两位的出场是典型的老少配,枯黄嫩绿,阴阳相济。

老曹是那种不叫的狗,眼神犀利但又猜不透他在想什么。这个人总是故作漫不经心,第一次见到他时,他手里卷着一本《科学之谜》杂志,这不是儿童科普读物吗?

那个小周毫无城府,倒是可以忽略不计。

三郎站了起来，双方微笑地打招呼。朱易优见他们互相认识，也松了口气，为两位客人泡好茶之后，就知趣地到另一个房间去了。

三郎并不知道这两个人专程跑来的用意，尤其是他昨晚在雕塑公园夜跑，还碰上了小周，两个人都跑得大汗淋漓，还搭讪了几句。小周什么都没有说，也没有问，今天却一本正经地出现在工作室。

谈话其实相当轻松，老曹就是问三郎有没有端木哲的消息，还有就是苞苞的消息。三郎一律回说没有。也的确是没有。

其间，小周一直在环视工作室里的陈设与环境。

黑色的水晶吊灯和整整一面墙的设计图纸，对于时尚感十足的小周来说，仍有被瞬间征服的威慑力。这从他微张的嘴巴可以看出来。其实三郎见过小周穿他设计的衣服。

终于，小周忍不住指着黑桃 K 说："是死人杰克吗？"见三郎点头，小周有点兴奋道，"衣服的里面都有这个标志呢。"他指的是闭眼睛的扑克脸。

老曹背着手四周巡视，信手翻看了挂在衣服纽扣上的价签，有点吃惊的表情。小周没头没脑地说道："好品牌是骄傲的，连用户都是骄傲的。"老曹横了他一眼，哼了哼鼻子，"问你了吗？"

小周尴尬地笑了笑，还挠了挠脑袋。

两个人坐下来后，老曹仔细品茶，"嗯，不错，金山时雨。"

我靠，他怎么什么都知道？这种安徽茶应该是小众茶吧。三郎在心里骂了一句，他其实没有原因地非常不喜欢老曹，阴森森的一个人，似乎每句话都是陷阱，让人防不胜防。

果然，他不经意道："听说端木哲和苞苞并没有在一起。"

"怎么会？"三郎的眉毛挑了起来，难以相信的神情。

接下来是好一阵莫名的沉默，三郎以为老曹会接着说下去，但是老曹并没有说话，好像在等待三郎会说点什么。

我该说的都重复无数次了，三郎这样想着，目光露出明确的漠然。

两年前，三郎发现了新婚半年的妻子苞苞在跟端木哲幽会。

那天苞苞在洗手间打电话，门虚掩着，刚好三郎路过，听见苞苞压低嗓音说，讨厌。讨厌是个语气词，如果女孩子柔软娇羞地说，什么意思不言而喻。后来苞苞进了衣帽间，手机随手放在客厅的茶几上。三郎回拨过去，是一个既熟悉又陌生的男声，又怎么了？宝贝儿，等不及了吗？

三郎挂断电话，这才看了一眼来电显示，通讯录上只一个字"哲"，自然是端木哲无疑。

端木哲曾是苞苞的前男友,是个凤凰男。以苞苞父母嫌贫爱富的本性,根本不可能答应这门婚事,百般抗争而仍无结果的苍茫时刻,端木哲主动打电话给三郎希望见一面。

两个人约在丽兹酒店的咖啡厅,空气中弥漫着复调的玫瑰加野柑橘的香气,耳边环绕着钢琴协奏曲《秋日私语》。五星级酒店的茶具总有一种装腔作势的洁净高雅。

三郎点了水果红茶。

端木哲来得稍迟一些,一眼看上去,他还真不像农家子弟,虽然是休闲的打扮,但是颜色的搭配恰到好处。他是一位化学老师,聪明和知识的熏陶令他变成去掉憨厚气息的闰土。看来他很重视这次见面,神情稍稍有些凝重,但又不想在气势上输给对手,便努力做出不在乎的样子。

我就直说吧。他这样说,显现内心的自信和力量。

三郎定定地望着他。

端木哲讲了他与苞苞的相识相恋直至如胶似漆,重点在于他们已经同居了一年零八个月。这种事情哪个男人听了都不那么好受。

他的目的很明确,希望柳三郎悔婚。一切就变得简单了。

三郎平静地听着端木哲的述说,像是在听跟自己毫不相干的故事。直到端木哲讲完,三郎仍旧安详地看着他。

讲完了?

这种平静显然超出了端木哲的生活经验,他下意识地点了点头。

那就埋单吧。三郎扬手示意了一下服务生,并且掏出一张银行卡放在雕栏玉砌的花梨木餐桌上。

令他印象深刻的是,一丝狠毒的怨恨之光在端木哲的眼中闪过。

发现他们又搞在一起,三郎没有想象中那么愤怒。毕竟,只结婚而不圆房是对女人的一种精神摧残,令她们自愧性别模糊,欠缺吸引力。苞苞就穿过性感内衣,满身蕾丝却又三点毕露。在昏暗朦胧的灯光里,他也努力把她想象成自己喜欢过的人,但是身体不配合,始终是休眠状态。

三郎也想过离婚,这对他来说算不上特别痛苦。

不过苞苞虽然物质,并不是没有优点,她的天性活泼善良,遇事也不会纠缠不清,而且她非常孝顺,对待老人是无条件的周到体贴。结婚之后,每次回家去探望三郎的母亲,她都待在厨房里能跟老人聊两三个小时,叽叽咕咕还常有笑声溜出来四处回荡。每当此时,三郎都对苞苞心存感激。

离婚对母亲的打击肯定会更大。

再说离婚也要有所准备,脑门儿一热的结果可能是无法穷尽的收尾、善后等事宜,心思缜密如三郎,他当时就想到,如果苞苞不承认红杏出墙,那么分财产就变成了一件麻烦事。

他决定此事按下不表。

但是在客厅和卧室,他都安装了隐蔽的针孔摄像头,只要拍到这两个人在家中幽会的画面,就什么都不用解释了。

渐渐地,他出差的次数增多,潜意识里是给他们创造机会。有时是真的出差,有时则是假借出差其实住在工作室里。当然他也去看过正规的中医院,那些昂贵且神秘的小药丸对他没有半点功效。

然而端木哲最终出事,并不是被三郎拍到了艳照门。

那一次三郎"隆重地"出行,漂洋过海去观摩伦敦时装周,那里有众多独立设计师引领的前卫、实验的品牌,又独具充满活力和创意的极致魅力,相比纽约、米兰和巴黎等地时装周的过度商业化,还是最老牌的资本主义更懂得天马行空和优雅清新并不矛盾。

他发出大量的现场图片,也包括景点和美食。

归来之后,并无斩获。每次查看录像都是既忧心又失望,干净的画面就跟洁本的《金瓶梅》一样。

也许是受了刺激,端木哲太想挣到钱了。他利用自己的化学知识,在网上购买药粉、原料、合成剂等,经过周密调制做成一款减肥胶囊,取名叫作绿色闪电,简称"绿闪",意思是绿色减肥瘦成一道闪电。一系列的包装和营销之后,他把这些成本低廉的胶囊批发到各地的减肥网站,由那些人卖药。价格奇高却还受到热捧。

怪不得他根本不屑跑到三郎的家里来,而是在外面租了个小公寓,从此告别学校的集体宿舍,在那里一边制造假药一边密会女友。

然而,梦到好时容易醒。浙江某高校的一位二十一岁的女大学生,由于服用了"绿闪"意外死亡,尸体解剖查出胃容物里含有氟西汀,这是一种抗抑郁症的药,有明显抑制食欲的作用。谁都知道,减肥的要素就是和旺盛的食欲做斗争。但就是因为氟西汀对身体的毒性大,会造成全身器官衰竭,所以国家明文禁止将它加入减肥药之中。但是"绿闪"里氟西汀的含量惊人,服用者也瘦得飞快,自然卖药的网站频繁进货。后来死了人,也纷纷剑指。经过警方查明,"绿闪"就是端木哲一个人、一间房、一台电脑,配制后贩卖。这一结论在他租住的小公寓内被勘查和证实,却没有抓到人。

端木哲人间蒸发。

同时消失的还有苞苞。

在调查这两个人的社会关系时,三郎被请进警局协助调查。他表示知道他们过去的关系,但并不知道苞苞婚后仍与端木哲有染,当然也不可能知道苞苞的去处。对于当众戴绿帽这件事,三郎显然感到大失脸面。所以他超乎寻常地寡言,回答问题多是点头或者摇头,没有一句废话。

为了尽早抓到犯罪嫌疑人,也为了拯救广大嗜瘦成癖的文艺女青年,此案被拍成电视节目播放,并悬赏征集线索。

热闹了好一阵子,各个方向的侦查思路全部此路不通,折回原点。

警方初步判定,这一对野鸳鸯无论是私奔还是逃离,已经浪迹天涯,其中端木哲这个人具备一定的反侦查能力。

整整两年零三个月,苞苞到哪里去了呢?又是怎么被警方翻出来的?

三郎当真有些好奇。

五

这是一个街内的酒吧,又是下午时分,所以相当冷清。

推门进去,最为醒目的是废置的旋转木马台,镶嵌镜面的圆顶还在,下面换了桌椅,但是飞奔姿态的小马都在,蛮抢风头的。

音响里放着一首经典的狐步舞曲,旋律摇曳虚渺,让人想到狡猾的舞步你退我进我进你退煞是湍急。只见小王先生独自坐在一张旧得起毛的皮沙发上喝啤酒。离他最远的吧台是旧红砖砌成的,分行挤满了奇形怪状的酒瓶。年轻的酒保坐在金属支架的高凳上看 iPhone 刷屏。

周槐序向小王走了过去。

老实说,小王打电话给他约见面,实在出人预料。

或者说简直令人愤怒。前一天晚上,小周和神秘代驾顺利地把马达送到家,马达的老婆早早地就在楼下等候,小周把马达架下车来,这时他的手机响了,小周依稀记得女代驾从驾驶室跑出来帮忙扶人。于是小周接了这个电话,正是小王先生打来的。

总共说了三五句话。小周挂线之后,发现身边空无一人,马达的空车停在路边。小周上楼敲开马达的家,马达的老婆说代驾并没有上来,她付了钱之后,代驾就走了。

下楼以后,小周在悦达起亚旁边发了一会儿怔。

随即拿出手机打给同学,问代驾的电话号码。

当时他极有冲动,必须找到这个神秘代驾,约她第二天晚上见面,随便找个地方把自己喝高不就好了。

同学说,我发给你吧。

隔了两分钟,短信来了,是一个400开头的服务电话。

所以今天见到小王,小周还是在心里骂了一句妈蛋。之后他暗自做了一个深呼吸,和颜悦色地走了过去。真是内心戏够多。

虽然有些背光,但是小王颓废加劳累过度的神色还是令小周有点吃惊。老王的死亡原因查清之后,应该没有警察什么事了,但是无论老王的家属还是院方,都希望警方不要撤离得那么彻底。因为现在医患矛盾日益恶化,沟通不畅就会动手。有警察在场彼此略为安心。

然而短短几天时间,小王就已经被折磨得胡子拉碴,憔悴不堪,眼神显得格外混浊无力。本来就不年轻的他一下子又老了十岁。

这也难怪,他们家四处找人,同时也请了律师,要跟医院打官司。院方感受到压力,最终让步到私下调解,医院付十万元人道礼赔金。但是这个数目离小王的心理预期相差太远,所以老王仍旧没有火化。双方还得坐下来进一步商讨,小王先生变成这样也就不奇怪了。

小周坐了下来,点了一罐苏打水。

小王懒洋洋地抬起眼皮道:"我是没有力气了,就直接讲重点。"

这当然也是小周希望的,于是认真地看着小王。

"这么说吧,"小王挺了挺腰身,似乎要把自己调整得更舒服一些,"我终于想明白了,其实是我哥杀死了我爸。"

周槐序愣了一下,脑海里浮现出大王先生的模样,他们两兄弟长得还挺像,中间相隔四岁。大王不太爱说话,有点闷闷的,相比起来小王更灵活,样子也更讨喜一点。

小王说,本来家丑不可外扬,但现在也没办法了。主要是父亲死得蹊跷,令他深受打击。说到家里的状况,一直是大王在外面闯荡江湖、结婚生子,而小王则离了婚,陪着父母住。后来母亲的身体也不太好,家里的财政大权就交到小王手里,一切由小王支配。

最初的几年一切安好,看上去一片祥和。后来搬进了新房子,整层楼的面积就有两百多平方米,地段是寸土寸金的天河商圈,父亲的工资补助又都有所增加。大王的心理就开始不平衡,回家的次数也多了,又带母亲外出旅游什么的。母亲马上就说房子太大,不如让你哥也搬回家住吧?小王坚决反对才没搞成,但却埋下了祸根。总之,当大王发现父亲以什么方式活下去,他都沾不到半点光,自然一直怀恨在心。于是整天跟老刀在一起嘀嘀咕咕,肯定是他跟老刀策划了整件事。

小周心想,这不就是家庭矛盾吗?跟案子没有半毛钱关系。

当然他不能这么说,便道:"当时你为什么事跟老刀吵了一架?"

小王沉默了片刻才道："这个人抠门，每一分钱都恨不得挤出水来，我明明给他发了当月的工资，他非说没有。好几大千交到他手上，红口白牙地说没有。这跟明火打劫有什么区别？仗着我们家离了他不行，现在穷人都变得很坏，我看他当时手上有刀非砍了我不行！"

小周也不好发表意见，只能不作声。

小王又呷了一口啤酒，把跷着的二郎腿交叉换了一个方向，涣散的眼神流露出老牌公子哥儿的一丝余韵，或者说是落寞。

他说，这就是一根导火索，大王看准了时机，自掏腰包给老刀补上了那个月的工资。按正常人的想法，老刀是不是应该风平浪静地干下去？但是没有，他说辞职不干了。这不就是大王的授意嘛。

"这只是你的想法，但不是证据。"小周听完述说，这样解释。

"你们只要抓住老刀，先打他两个耳光，一审，必定是这个结果。"

其实，苍老的小王给小周留下的印象就是一个自说自话的人，这种人是没有临床症状的自闭者。

凌晨四点钟，会议室里云蒸霞蔚，几乎每个人都在冒烟。没办法，提神。例行的，出完现场铁定开会，小现场小会，大现场大会。假币案当然是大现场，机器还是热的，上千万的百元大钞堆积如山，据称以每张三毛二分的价格出售，颇有市场。但警方赶到时那里已作鸟兽散，所以各个部门分别汇报、分析、探讨，然后领导布置下一步工作。

忍叔是不抽烟的，闭着眼睛养神。

散会之后，头儿又把小周和忍叔留了下来问端木哲的陈案。

忍叔仍旧半闭着眼睛，小周汇报了案情：整整两年，有关端木哲和苞苞的踪影没有丁点儿线索。终于，技术部门传来消息，尘封已久的苞苞的银行账户有了动静，并没有取钱，而是一个查询余额的客服电话操作。经查，电话是由银川市区打出的，是一个公用电话。

小周和忍叔赶往银川，在当地警方的协助下，根据这条线索，查到了苞苞的行踪。她投奔了住在这边的一个同学，目前在一个小区内的幼儿园当老师。案发前苞苞就是幼师，她在小区内租了房子居住。

为了找到端木哲，小周和忍叔并没有惊动苞苞，而是日夜蹲守监控。但是将近一周都是苞苞独往独来。

只好把她带回广州协助调查。

问来问去，苞苞坚称两年前就没有跟端木哲一块儿逃离，他去了哪里她完全不知道。既然把自己说得这么无辜，为什么还要跑到那么远的地方藏匿起来?苞苞的解释是她也在躲端木哲,不想让他知道自己的下落。

为什么?

沉默。

长时间的沉默之后,苞苞说是她和端木哲之间的感情出了问题,她不想多说,也跟任何人没有关系。

最终只好放人。监视居住。

明知道去柳三郎的工作室不会有什么收获,但还是去了,果然是徒劳。但忍叔坚持这么做,他说办案的法宝就是不厌其烦,你永远不知道在下一个路口会遇到什么。

说了半天等于什么都没说。头儿板着脸坐着,微微侧目,表情就是这个意思。

"这个案子上升到督办,要查出端木哲的下落。目前外省发生的一起大案,有证据表明,端木哲做'绿闪'只是幌子,重点是他从感冒药里提取原料制作冰毒,然后通过秘密途径卖到外省去。"

头儿说到"冰毒"这两个字的时候,忍叔的眼睛睁开了。

头儿也见怪不怪,冲他们厌烦地挥了挥手。

出了工作大楼已是旭日东升,两个人先去芦姨的利群茶餐厅吃早饭。忍叔径自找到一处卡座坐下,小周去了收款台点了两个套餐,分别是粥粉和馄饨。芦姨收款时不抬眼皮道:"日子过得好喧嚣哦。"

小周愣了一下,"什么意思?"

"夜生活啊。"

小周脸一沉,夜你妹啊差一点脱口而出。

不等他说出话来,芦姨懒洋洋道:"不要告诉我开了一晚上的会。"

小周也懒得解释,自己拿着托盘领取两份套餐。总之,男人晚上不睡,在芦姨眼里都是去了夜总会。

要忍耐,出来混就是让人误解的。忍叔一直这样教导小周。

吃饭的时候,小周问道:"一会儿回去看'大片'吗?"

"大片"是指监控录像带,苞苞说她最后跟端木哲约在一家建设银行的门口见面,但是她并没有赴约,而是自己去了长途汽车站离开了。有关端木哲最后出现的录像带他们反复看了多次,从家里出来之后上了出租车,但完全是那家建设银行相反的方向。也就是说端木哲同样没有赴约。

这都是什么情况啊。

"不,一会儿去大王的单位,看他怎么说。"忍叔说道。

小周嗯了一声,心里又觉得有些多余,小王约他的事告诉忍叔之后,他当时什么都没说,似乎并不重要。小周有同感,毕竟是他们的家事,此案也只好搬个板凳备好瓜子看热闹了。这是小周的真实想法。

看似无用的走访和询问,忍叔比较坚持,而且一丝不苟。

每一个细微的发现,存在着上千种可能的原因。刑侦工作不是想当然的推理,只有多角度多层次的观察,线索才可能慢慢显露出来。

这是忍叔坚持的一贯风格。

和小王先生完全不同的是,大王先生可以说是一位成功人士。他在一家大型国有企业做资金部部长。到达他们公司之后,有秘书模样的人把忍叔和小周带进小型会客室,为他们倒好香茗。

不一会儿,大王先生就匆匆赶来了,穿着正装,彬彬有礼地打招呼。

待他坐定之后,忍叔先开口询问他对父亲事件最真实的想法。大王先生表示他是同意十万元的协调费的,并且都给妈妈和弟弟,他不参与分配,只是希望父亲尽快火化,入土为安。

关于家庭矛盾他只字不提,包括他跟老刀的关系他也不想解释。

最后他说,我父亲这辈子太不容易了,尤其是脑萎缩以后,每次见到他其实都是一种折磨,现在他走了,还要继续折磨他吗?

他说不下去了,微低着头,眼圈微红,看得出来,他在竭力克制自己。

小周的鼻子有点酸酸的。

兄弟两人的品行立见高下。他想。

对于任何问题,大王先生的回答都是终结式的,绝不展开,直奔结果。所以谈话期间会有一些小冷场,直到忍叔和小周不得不客气地起身告辞。

重新回到大街上,两个人沿着骑楼往回走。

"你相信阴谋论吗?"小周问道。

"当然不信。"

小周没有接话,只是看了忍叔一眼,意思是:有必要跑这一趟吗?

忍叔道:"我也不知道为什么要过来。可是有一个人说话了,总要听听另一个人怎么说。好多事都是这样,你以为结案了,结果是刚刚开始。"

小周点头。

"只是一种预感,说不清楚。"忍叔下意识地回头望了一眼大王工作单位伟岸的大楼,"这个人的性格还蛮刚烈的,但是刚则易折。"

"嗯,我也觉得他挺正直的。"

"真困啊。"忍叔捂着嘴打了一个哈欠。

雨滴撞碎在玻璃窗上,像一场奋不顾身的爱情。

晚九点的中山大道两旁,因为下雨行人稍少,但是霓虹灯和滴水灯依旧相映生辉。太古汇像一只巨大的丝绒首饰盒,灰白的颜色沉默富丽。在它对面的正佳广场前,汽车商修了一个英伦范儿的摩天轮,整整一圈的各色 MINI 轿车登高落低地旋转,给人的信息是豪华生活触手可得。一条充满欲望的大道,由于夜,由于雨,也由于玻璃的幻化,加上一定角度时各种灯光十字形闪耀,宛如一节堂皇深邃意味无穷的电影片断。

苏而已开着一辆辉腾。这车结实、厚重,就像开着一所小型住宅。

找她代驾的是一对年轻的热恋男女,估计都是富二代,穿着时尚而不廉价,这从女孩脚上的香奈儿茶花拖鞋上可以看出端倪。女孩是插画师,喜欢下雨天夜游车河激发灵感,而且是酒后。苏而已已经不是第一次为他们服务了,除了车技的平静平稳,主要是苏而已设计的自选路线总是能让女孩满意。

上一次,她选择了花城大道区域,可以看到博物馆如月光宝盒一样晶莹剔透,有层次地散发酒红色的光芒,纯白色的音乐喷泉时而曼妙时而舒缓,引而不发是为了直上云霄。苏而已带来的音乐碟片是席琳·迪翁的《爱的力量》,配合辉腾在夜幕下驶上猎德大桥,有一种临风海上的穿越感。当席姐姐飙高音的时候,车已经驶到大桥的中央,是乘风破浪一般的豪迈与超然,灵魂出窍。

女孩拉开天窗,把头伸出去哇啦哇啦乱叫。富二代的品位也不过如此。

桥上桥下,各种桥的循环,真感谢这座城市有那么多桥,可以给心灵枯乏的都市人一点点微妙的刺激。

那一晚的代驾费是一千元。

代驾,首先是需要钱。这当然没有问题,但是对苏而已来说,还有一个原因是不想丢掉开车的技能,她是在国外考的驾照,回来以后没有车,她认为总也不做的事情就会机能退化。

再说,她还蛮喜欢开车的。

雨天配巴赫的音乐比较合适,旋律重复,略显沉闷,但是会让人心安。麦斯基的大提琴对巴赫的演绎浑然天成,混搭在"电影片断"里是西红柿炒鸡蛋式的经典。

车内的后排座上,两个年轻人开始卿卿我我,发出非同一般的声响,应该是那个男孩子更主动一些,他的样子干净而青涩,有着英俊的脸庞和令人捉摸不透的吸血鬼气质,格外喜欢这个大眼睛细长腿又有点心不在焉的女孩。

如果苏而已不在车上,估计得来一场车震吧。

但这丝毫不会引起苏而已的不适,或者脸红心跳。好吧,她承认自己患有"爱无能",对 A 片情节缺少正常的生理反应。

她也有过甜蜜的过往。

当时在华南理工大学读纺织与制作专业,年轻貌美还是次要的,关键是她有一个殷实的家庭背景,她的父亲从事印刷业,生意颇有规模。有钱令苏而已可以像男孩子一样,想干什么就干什么。

大二的时候确定了男朋友,当然是同班同学,他的样子平常,性格怯懦。可是他有才华,他的作业或考试每每都是于无声处听惊雷。

两个人的理想是一块儿去伦敦读中央圣马丁学院,据称那是时尚鬼才频出的地方。但就个人风格,苏而已非常喜欢川久保玲,就是那个"乞丐装"的妈祖,她的理念反叛,大胆强暴了斯文得体的高级品位,以宽松、立体、破碎、不对称、不显露,以至于无美感而胜出。其实还是一个先有鸡还是先有蛋的问题,是修饰肉身还是想象人体的千古一问。自然令川久饱受争议又备受推崇。

如果顺理成章,那应该是另外一个故事,另外一种写法。有时候,要想成为一个庸俗的人,一个大团圆结局里的配角,是相当不容易的。

二十二岁那年,大学毕业前夕,作为奖励,苏而已参加旅行团去了巴黎。这一直是她的夙愿,感受真正的时尚气息。就像外省的文艺青年没去过北京,操着家乡口音怎么谈艺术啊?而一个有情怀的设计师没去过巴黎,也是不可思议的吧。

在左岸喝咖啡,在普罗旺斯采集薰衣草。然而那一年的法国对于苏而已来说,不再是每一天都生活在电影里的游人心态,不再是一掷千金买下圣洛朗配饰的公主情怀,卢浮宫的堂皇和地中海黄金一般的阳光都在瞬间黯然失色,变成浮云。留下的只是沉重的伤痕。

旅行即将结束的时候,她接到父亲的电话,叫她不要回国,就在法国找个学校念书。父亲说会通过香港的朋友给她汇钱。

父亲说,家族生意已经彻底破产了。大环境是一个方面,金融风暴就像龙卷风一样,所到之处洗劫一空,几乎无人幸免。偏偏父亲不甘心,又一直太过自信,听不进劝说,犯了一个又大又低级的错误——去地下钱庄借了高利贷。以为自己靠苦撑就能力挽狂澜,结果可想而知。

苏而已大三的时候,家里的经济已经出现问题,但父母怕影响她的学业,对她一瞒到底。性格粗枝大叶的她竟全然不知,还吵着欧洲游。

父亲是深爱她的,希望她能够实现自己的梦想。

她当时就哭了,她说,我没有问题,我要和你们在一起,我也可以不当设计师,打工赚钱帮补家用。

父亲说,别傻了,又不是演电影,在一起只会产生怨恨。

他说,本来以为可以陪你久一点,走得远一点,现在不行了,到此为止。你自奔前程自求多福吧。

事实证明父亲是对的,他卖掉公司、工厂和几处房产,包括自住的大房子,跟母亲去了乡下投奔远房亲戚,却仍有讨债的人千里迢迢找上门来。他也只能东躲西藏,最终彻底失联,直到现在都下落不明。

母亲从此一病不起。

父亲只汇过一次钱而且数额有限,谁都知道在国外读艺术是最贵的。苏而已来到法国高级时装艺术学院,在校园里伫立良久,算是向这所1841年创办的"时装界的哈佛"致敬,并且痛悼自己玫瑰色的梦想。

她还没有傻到真以为靠自己打工就可以把艺术文凭读下来,她的人生遭遇了巨大的转折,从此认识到钱的重要性,也知道了钱被万人膜拜的原因。以往她对钱几乎没有概念,态度无比轻慢。

她决定把自己安置下来,打工赚钱,幻想着有一天腰缠万贯回国搭救父母。

然而生活的课业,就是先养活自己都困难重重。在一个陌生的国度,语言不通,没有亲人,两眼一抹黑。所幸她是一个男孩子的性格,她找到唐人街,找到教会,寻找面善的同胞请求帮助和指点。她相信人在异乡多少都会滋生出一点恻隐之心,是"沦落人"之间特殊的情愫。

即使如此,没有身份,她也只能做最底层的工作,洗碗、看护老人或者残疾人、在艾滋病患者专诊牙科负责挂号,为此患上洗手强迫症。

她洗碗洗到腰都直不起来,被残疾病人暴吼,甚至扔东西砸破了头。所有这一切摧残的都不是她年轻的身体,而是崩溃和坍塌了她的精神世界,她的梦想,她的文艺小心灵,她的自尊心,包括爱情或者貌似爱情——她也想过用婚姻来解决困境,所能碰到的对象除了老者、中餐馆的胖厨子,还有一个流浪汉(法国人,可以解决身份)。每一次的答案都是绝望。

她常常在深夜里惊醒,尤其是寒冷的冬天,老旧的出租房里跟没有暖气一样。在她脑海里飘过的全部是被训斥、被咆哮,然后是无边的茫然和无助。

她学会了忍耐、麻木、硬冷和顽强。

某一天,她走在香榭丽舍华丽的街道上,看到一个中国游客在边走边吃肉夹馍。不知他是从哪里买来的,应该是不雅的行为,但是他吃得十分泰然。这原不是南方的食物,面饼烤得焦黄,夹在馍里的腊汁肉色亮红润,肉香扑鼻,突然就让苏而已热泪盈眶。

想家。面对离着最近最清晰的实物,随之而来的不是食欲,而是掏心挖肺一般的思念。

她一夜无眠。猛省自己为何要待在这里?贵妇还乡的美梦早已渐行渐远遥不可及,然而在内心深处,她无颜面对过往的一切,也不想面对。哪怕留下的只是一个远在巴黎的背影,还是希望能撑住这个面子。

两年前,她回国了,用存下的钱租了房子,又租了车子连夜接回住在乡下亲戚家的母亲,改名苏而已,悄无声息开始重新生活。

不希望再有债主上门,她原来的名字叫苏立。

她开了一家网店卖童装,隔三岔五地去白马批发市场背回名牌高仿制品,这在内地还算走俏,而且为孩子花钱是年轻父母最容易想通的一件事。那些带有她审美理念的童装寄往全国各地。

母亲也在她的精心照料下,身体慢慢好些了,至少胖了一点。刚见到母亲的时候,见她瘦得惊心动魄,只剩骨架子。亲戚说,因为没钱,她不肯去医院看病,熬成这个样子。苏而已惊骇地哭不出来,根本没有眼泪,心想幸亏自己赶回来了,否则母亲该有多凄惨多可怜!

对于她在国外的一切,母亲一无所知。还问她文凭拿到没有。她平静地回说拿到了。这是许多大陆父母的误区,认为还有勤工俭学这么一回事。

母亲也很少抱怨父亲,她说,都已经这样了,还有什么好抱怨的?

实际上,她是连抱怨的力气都没有了……

这时,苏而已感觉到有人拍了拍她的肩膀。她转过头来,是那个男孩,他说他们要去吃私房菜,喝红酒。他说了一个餐厅的名字。苏而已调转车头,向着那个餐厅的方向驶去。

滚滚的商业狂潮中,速度与激情肯定是不俗的经济增长点。但是,人都会饿啊。爱情是不可能饮水饱的。

恰似复古、精致、美轮美奂的蕾丝花边,爱不释手又无处安放。

那间私房菜深藏在一个普通小区拐角的民房里,门口没有醒目的招牌,细雨中可以看见一只昏暗的灯箱,映着"私享"二字。除了一只粗笨的风铃在风雨中纹丝不动,其他如常,半点装饰也没有。这家店以虐心出名,没有菜单,以店家当天的采购为准。食客对于食品必须如初恋情人一样全盘接受,不能挑肥拣瘦妄论咸淡。不合口味,请滚,下次就不用来了。他家只做晚餐和消夜,适合小资与文青。

两个年轻人一头钻了进去。

苏而已坐在车里,一边吃自制的蛋腿三明治,一边喝矿泉水。每每这样宁静的雨夜,都让她有一种苦尽甘来的庆幸。心如止水,拼命赚钱又没有一个熟人的日子,就是她希望的幸福生活。

她最不害怕的就是孤独,因为受过严苛的训练。

友谊这个东西,说得好听一点是累赘,实际上根本不存在。父亲的朋友还不够多吗?春茗美点,菊花蟹宴,无穷无尽的狂饮或雅聚,还不是一个人亡命天涯不知所终。当然这也怪不得朋友,本来就是吃吃喝喝的一群人,哪里经得起托付?在这个铜墙铁壁的世界,还是别作幻想,独自上路。

直到深夜两点,那两个醉醺醺的摇摇晃晃的身影才重新出现。

六

中午吃饭的时候,周槐序接到医院科室里打来的电话。是护士小李,她的声音里明显带有情绪,"周警,你赶紧过来一趟吧,小王把我们护士长打了。"

小周三口两口吃完饭,本想好好享受一下食堂并不多见的红烧带鱼,但明显费时间,因为带鱼小,刺太多,只能随便吃两口就倒了。他打电话跟忍叔说了一声,就直接开着警车去了医院。心里对小王越发不满意,啃老还不够,还要啃死人吗?吃了父亲一辈子,最后还要吃个大的,老爷子还躺在冰冷的柜子里,你钱钱钱的还有完没完?居然还敢打人,简直无法无天了。

这一次绝不客气,要好好教训他几句。

高干科的氛围有一些怪诞,本来应该出现的吵得不可开交的场面完全没有。科主任办公室的门开着,周槐序一眼就看见了小王,因为脑袋上的绷带像包粽子似的五花大绑,所以格外醒目,包扎也绝不是夸张,额头还有些渗血。办公室里除了主任和医生,还有院长和医务处的工作人员。小王沮丧地坐在桌边,桌上放着冒气的热水,还有人在他身边小声劝着。

到底谁打了谁?

小周出现以后,也没有人理他。大概是已经脸熟就习以为常了。

幸好打电话的小李护士在走廊路过,见到小周使了个眼色。小周出了办公室,在走廊拐弯的地方,小李对小周说,本来是小王推了护士长,护士长没站稳坐在地上了。跛足人肯定不干了,就把小王给打了,但是小王也没有示弱,用椅子砸了跛足人。

人呢?

于是小李带着小周去护士值班室。路上她小声跟小周说,并不是因为打架的事院长才到科里来,是小王托了人,老王的一个老部下,目前位高权重,亲自过问这件事,院长当然坐不住了,只能硬着头皮来处理这件事。

值班室的门虚掩着,小李在前面推开门,两个人都进去了。本来就不大的值班室顿时满满当当。护士长躺在床上,面色苍白,见到小周勉强坐了起来,还叫了一声周警。床前的一把椅子上坐着跛足人,脸上有抓伤,一只手臂全部是瘀青,他闷着头不说话。

没有人开腔。

小周想起刚才走进科室，碰到的医生护士都是一副远远地谨慎观望的神态。

只好还是小李说情况，她说，因为老王的事，护士长已经压力很大，院里科里都有点埋怨她，因为再怎么说，这也是护理方面的问题，加上跛足人喊她六婶，八竿子打不着也是沾亲带故，总有说不清的嫌疑。而另一头，小王又不是省油的灯，善后工作变成烂尾。这还不算，小王的妈妈身体不好，护士长也怕她在这个节骨眼儿上出什么意外，每天还要利用休息时间跑到夫人住的地方给她吊水，总之精神和体力都严重透支，累出了二型糖尿病。

其实小王妈妈也同意十万元和解费，尽快让老王入土为安。她自己的身心也拖不起了。今天小王带着律师又要继续扯皮，护士长就多说了一句，小王顿时就咆哮起来，还激动地推了护士长一把。小李说完，垮着一张脸不再作声。

护士长低垂着眼帘，始终一言不发。

跛足人突然说道："他爸爸过世，能怪别人吗？每次我们一把屎一把尿的，他们都离着一米远捂着鼻子，他们是真有感情吗？当他爸是银行吧。"

"大王先生也是这样吗？"小周问道。

跛足人哼了一声，"不是这样还会怎样？不然他爸会死吗？他有揭开被子看过一眼老人吗？摸过老人的肚子吗？胀胀的硬硬的像门板就是有问题。他们碰都没碰过老人，他们都这样，还想要求护工怎样？都是狼崽子。"

"你摸到老王肚子硬硬的，为什么不报告护士长？"

"我讨厌他们，怎样？"

"你给我闭嘴。"小周给噎得没说出话来，护士长及时冲着跛足人呵斥道，"你还嫌不乱吗？"她因为生气，脸色更加苍白，但是目光犀利，恶狠狠地瞪着跛足人。

跛足人一声不吭地低下头去。

小李走过来碰了碰他的胳膊，把他带出去了。

值班室里只剩下护士长和小周。护士长叹道："什么六婶七婶，就是老家一个村的，我都不知道为什么管我叫六婶。乡政府不是把地都卖了吗，他们没有地了，只好到城里来讨生活，一个托一个，蹲在医院里不走，我能怎么办？不出事还好，出了事还以为我在里面做了什么手脚。护工抽成也是交到科里，跟我没半点关系，现在可好，所有的压力都得我一个人扛。"

本来护士长是一个温柔、谨慎的人，估计实在被搞疯了，才终于开口抱怨。谁都有下雨天没带伞的时候，在雨地里奔跑难免不狼狈。

小周回道："这事的首尾还真是长，也牵扯我们好多精力。"

"但是上面很小心，总是嘱咐我们工作要细，不知道哪只脚会踩到雷。"小周又补充了一句,算是一种安慰。

果然护士长脸上的神情有了稍稍缓和。

这时小周问道:"就算儿子都靠不上,老王的夫人难道对他也不关心吗?"

"关心还是关心吧,就是没那么细致入微。"

小周一脸的问号。

护士长道:"老王是个文化程度很高的官员,据说是手不离卷的读书人。样子又那么周正,你说这样的人能没有红颜知己吗?"

小周抿着嘴点头。

"那个女的在少年宫教画,早年离异,长得挺漂亮,又会弹钢琴,这不就是妖孽吗?把老王迷得神魂颠倒的。夫人也知道这个女人的存在,可是人家根本不要名分,也没逼过老王离婚,你能拿她怎么样?老王当然就觉得对不起她,给她换过一架三角钢琴,发票叫夫人看到了。你说没看到的,男人为了女人把家搬空了也不奇怪吧?"

诛心之痛,夫人也是"不用心"杀人啊。

"那老王病了,那个妖孽出现了吗?"

"怎么可能出现,你傻呀?"护士长鼻子哼了一哼。

"不是老相好吗?难道没有一点感情?"

"有又怎样?游戏规则就是没有名分,不问生死。"

原来护士长每天到夫人的住所输液,女人之间说一些贴己的话也是很正常的。小周暗想,这件事情从老刀开始,卷进去不少人,环环相扣仿佛神的周密安排,哪怕有一个人稍微走点心也就天下太平。

可惜没有,没有一个人那么做。

从科里出来,已经是下午四点多钟。

了解的情况就是这样,既杂乱琐碎又罗生门,每个人都有自己的立场和说法。但既然都来了,小周还是问小王是否和跛足人一块儿去警局做笔录。

小王说算了,就带着律师离开了。

周槐序有点纳闷,本以为小王又会大做文章不依不饶。还是医务处的一个男助理点醒了他,他望着小王的背影叹道:"这件事总算结束了。"

"怎么讲?"

"院长一锤定音,和解金赔四十万。高干科所有的护工一个不留,全部开掉,另外再组织人。这下小王就彻底满意了。"

小周哦了一声,虽然也不满意小王的敲诈勒索,但一想到这个荒诞的案子终于收尾,从此不再麻烦,也长吁了一口气。

想到这里，两条腿像明白他的心意一样，轻松了不少。

高干科离停车场还有好长一段距离，其间要穿过大大小小以白色为主的若干楼房，如果不是来过几次，说大医院像个迷宫也不为过。接近大门口的地方，还有一节长长的曲曲折折的回廊。

到处都是人，医生、护士、护工、陪伴的人，还有来探视病人的亲朋好友等等。明显是病人的身穿白地竖道的病号服，走得缓慢，也有陪伴的人举着竹竿，上面挂着输液瓶。若不是这些人的出现，把医院说成庙会也恰如其分。回廊两旁也坐着病人，或是停着轮椅。

小周想到跛足人刚才对大王的评判，大王先生的形象又开始减分，主要是没有自己想象得那么好。

跛足人也说，夫人不常来，来了神情也是没油没盐，不见得多么挂心。

怎么可能摸老王的肚子？

满脑子都是一些无聊的感慨，不得不说忍叔是过来人，过来人都不滥情，迅速整理掉与案情无关的枝枝蔓蔓，也不相信眼睛看到的。这才是好警官必备的素质吧。

周槐序感觉自己动不动就天人交战感情戏太多，面对无奈和冷漠总是无法平静接受。是不是成熟了疲惫了就好了？

这时，他突然感觉有人抱住了他的双腿。

低头一看，是一个小男孩，五六岁的样子，仰着头忽闪着大眼睛巴巴地看着他，估计是认错人了。缓过神来的小周，看到面前有几个成年人在笑。这里是回廊到头的地方。

那几个人说，这个小孩肯定是病人家属，跑出来玩找不回去了，一个人在这里抹眼泪。碰到这几个好心人就问他要不要帮助，他不但死都不说话，还抱着回廊柱子不跟任何人走，防范意识还真强。现在见到警察叔叔了，急忙扑过去求救。不知是家长还是幼儿园教的，应该是成功的教育成果，现在拐卖儿童的事件太多也太可怕，这孩子够聪明。

小周向那几个好心人道谢，然后牵着小孩子的手，去了医院门诊大厅，离下班时间还有一小时二十分钟，居然这里还是人流滚滚。父亲的眼科医院他都没去过，也是这么多人吗？震撼。

小周在服务台找到医导小姐，其中一个眼睛弯弯总是笑模样的小姐走出服务台，蹲下身去跟小男孩沟通，没说几句话就起身告诉小周，小孩子的家长应该在泌尿外科。

小周道："这么快就问出来了？够专业啊。"

医导小姐回道："他说他姥姥开刀，开刀肯定是外科嘛，我又问他开哪里，

154

他说是胆,那就是泌尿外科嘛。我们有五个外科。"说完之后,又告诉小周泌尿外科在工字楼。

一路上,男孩都紧紧拉住小周的手。

"你叫什么名字?"小周不希望他那么紧张。

"大溪。"

"大河的大,西边的西?"

"大海的大,小溪的溪。"

"那你到底是大海还是小溪?"

"不知道。"

"你爸妈够纠结的。"

"我没有爸爸,只有妈妈。"

"你爸爸呢?"

"我妈妈说他是一个很好的人,但是不能跟我们生活在一起。"

"你见过他吗?"

"没有。"

又是一个失婚女人的悲情故事。小周暗自神伤,所以他才更相信爱情吧,没有爱情的婚姻能维持多久啊?

小周的脑袋里又一次飘过练习弓道的女孩,本以为彻底放下的念头总是这样漫不经心地被想起。也许她就是一个妖孽,甚至都不知道他的存在,却又一直在他的头顶盘旋。

"你几岁?"

"六岁。"

"你的防范意识是谁教给你的?"

"什么是防范意识?"

"就是不要随便跟着生人走。"

"姥姥教我的,她说我们家就我一个男子汉,以后就全靠我了。"

大溪不仅没有爸爸,也没有姥爷。想到这里,小周心里酸酸的,他侧过头去看了一眼大溪,孩子神情平静,长长的睫毛覆盖着眼睛,一派呆萌令人格外怜惜。

他握紧了孩子的小手。

寻找工字楼,小周牵着大溪走走停停,又问了两个人才找到。靠一个小孩子的记忆力是不可能找回去的。

起风了。

两天前,各大媒体都在预警台风的到来,"卡琳娜"号台风小姐并不矜持,果然如期而至。

小周用钥匙打开家里的门,母亲的歌声飘了过来。母亲黄莺经常在客厅边弹钢琴边唱歌,有时也要带一带学生。所以客厅的装修材料是吸音墙壁,还装有厚厚的隔音玻璃,以免影响他人。

今天并没有学生,黄莺在自弹自唱《塞北的雪》,歌声舒缓动人,她冲着小周点点头,算是打了招呼。

终于唱完了,但她仍坐在琴凳上。她穿一件酒红色旗袍领的短袖衣,下面是黑色的合体的绸裤配绣花鞋。骨子里文艺的人都不觉得自己文艺,她家常的时候就是这个样子。

母亲和气地问道:"这是谁家的孩子?"

"同事的,家里有人做手术,顾不上他。"

"哦,欢迎欢迎。来唱个歌吧。"黄莺弹起了《我爱北京天安门》。

周槐序苦笑道:"谁还唱这个歌啊?"

"那唱什么?"

小周看着大溪,"你会唱什么?"

大溪想了想,道:"《小苹果》吧。"

什么小苹果?黄莺不仅不会弹,连听都没有听说过。她去了厨房,跟保姆说多蒸一个炖鸡蛋给孩子吃。母亲就是这点好,性格温柔又没有什么废话。就那么口吐兰香,父亲待她也是恭敬有加的。所以小周内心柔软,本质上是个暖男。幸福的家庭都同样幸福。

家里并没有孩子的玩具,小周跟母亲说完话,正准备给大溪开电视,却见大溪双腿跪在窗前的椅子上往外看。小周走过去,窗外也没有什么好看的,就是狂风恣肆,即使有隔音窗户也仍然依稀听到一声紧跟一声的呼哨。所有的树枝大幅度地前仰后合,一些轻的纸片或者塑料袋迎风飞舞,飘得老高。"卡琳娜"小姐还是发威了。

遇到这样的天气,来到一个陌生的地方,孩子都会想妈妈吧?

小周不知道该怎么安慰大溪,而大溪突然开口说话了,"风的嘴在哪里?"他眼睛一直盯着窗外,这样说。

"什么?"

"风的嘴在哪里?"

"你还真考住我了。"小周想了想,还是无从解答,因为也没有研究过风的产生。是啊,它乱叫一气,它的嘴到底在哪里?

小周给忍叔打电话:"风的嘴在哪里?"

"说人话。"

"风是怎么产生的？"

"我怎么知道？"

"你不是科普达人吗？"

"嗯，让我想一想。"他想了片刻，"通俗地说应该是空气在流动吧，总之风的形成就是空气流动的结果。怎么了？突然这么无厘头？"

"没什么。"

"你刚才在微信里晒咱们的二手警车，说跟开飞机一个动静，有那么破吗？"

"还不破啊？"

"要有集体荣誉感，别有的没的都往外说。"

"嗯。"小周关上手机，心想，忍叔就是提拔不上去，还是爱岗敬业如初恋。容易吗？头儿都知道吗？都不感动吗？

父亲因为工作的关系，按时回家吃晚饭的时候比较少。所以晚饭的餐桌上相对轻松，保姆有意特别照顾大溪，事实上完全不需要，大溪规矩吃饭，只夹面前的菜，掉在桌上的饭粒主动捡起来放在嘴里，一看就是有家教的孩子。但是他也真饿了，吃了三碗饭。

"看把孩子饿的。"母亲怜惜地说道，又不满意地看了小周一眼，"同事的孩子都这么大了，你看看你。"

小周莞尔，"就是要找像妈这样的媳妇，才不容易啊。"

"不要乱说话。"母亲笑道。

与韩剧场景不同的是，我们的保姆都上桌吃饭而且还插话，"我看也没有谁配得上我们周警官。"保姆笑嘻嘻地说道。

大溪看上去不那么紧张了，小孩子其实很会看脸色。

躲过了下班堵车的高峰时段，小周还是要把喷气式二手警车开回刑警大队。一路上飞沙走石风雨交加，天也黑得墨团一样，跟这种大动静的破车还真是遥相呼应，再没有那么匹配的了。

说是过了高峰时段，但因为天气恶劣路况变得更加糟糕，由于害怕立交桥下的积水，所有的车都在立交桥上挤着，根本开不动。

雨刮器跟疯了似的来回摆动，前挡风玻璃仍没有片刻的清晰。

小周想不到自己会如此平静。

看来还真是——人生所遇到的每一个人都不是闲笔，只不过和有的人没来得及展开一段故事，而与有的人是注定要悲欣交集的。

即使是一个孩子。

是的,周槐序牵着大溪的手到达泌尿外科的时候,大溪明显地恢复记忆,非常熟悉这里的环境,变成他拉着小周的手,快捷准确地找到病房。

这是一个八人大病室,每个床上都有病人,加上护工和前来探视的访客,以及推着治疗车的护士,感觉满眼凌乱净是进进出出的人流,病房内显得拥挤不堪又互不冒犯。

进门靠墙的位置,一位老人躺在病床上,双目紧闭,像是睡过去了。

有一个纤瘦的女人在给老人用湿毛巾擦手,非常细心的样子。大溪叫了一声妈妈,那个女人转过头来,当时小周就给惊着了。

竟然就是那个他苦苦寻觅芳踪的女生,是的,那个练习弓道的女生。

准确无误,是她。只是比见到她时还要瘦,同时满脸疲惫,额发凌乱,有几绺低垂至脸颊。但不知为何,这张脸对于小周来说有一种魔变的效果,仍感觉她美丽如初。

大溪告诉妈妈他迷路了,是警察叔叔带他找回这里。练习弓道的女生急忙向小周致谢,完全没想起他们曾经见过。代驾的那个晚上,小周穿的是便衣。

"天都黑了,你都没找他吗?"小周开口问道,心里想的却是居然以这样的方式相遇,真是想不到啊。

练习弓道的女生温柔地看了看大溪,摸着他的脑袋,有些惭愧道:"我妈妈一会儿手术,今天满脑袋都是手术的事。"

"这个点手术?"

"开刀房空不出来,上一台还没有开完。"

"哦。"

"可能是不太顺利,护士说也常有这种情况。"

小周想都没想就脱口而出,"如果你相信我,就让大溪到我家住两天吧。"

显然她愣住了,"这样真的可以吗?"紧接着她小声道,"我妈妈手术后的护理,还真是没有人跟我换班。"

小周拿出警官证,"我叫周槐序。不是坏人。"

她还真把警官证拿过去看了看,然后递还给小周,"应该是阴历四月出生的吧,嗯,槐序。"

"是,爸妈当年都是文艺青年。"

她莞尔一笑,伸出手来,"苏而已。"

他们握手,算是正式相识。

那么浪漫瑰丽的开头,让人想不到会是如此充满烟火气的重逢。网上怎么说的?距离产生的不是美,是现实的不堪一击。

于是周槐序把大溪带回了家。

说来奇怪,遇到这样的情景,十个男人十个都会默默走开吧,所有的幻想都在瞬间破灭,一个有六岁孩子的母亲身上,业已发生过多少悲欢离合的故事?再美好纯真都有限吧。周槐序也觉得自己应该默默走开,理智这样告诉他,人的正常反应也这样告诉他。

可是他的行为就像例牌行动中突然脱离指挥中心的命令那样,在需要危机处理的时候脑子空白。

在塞车的路上,他一直安慰自己,这也没有什么,就像在非上班时间非管辖区域抓了一个扒手,或者扶一个老奶奶过马路一样,只是为群众排忧解难。不必想那么多,自然地结束就可以了。

不过转念即想,我这是在说服自己吗?谁要听我的解释啊?

应该是没有缘分,否则怎么会一次又一次错过?可是她是唯一知道槐序是阴历四月别称的人。

又有些庆幸于如此情境下和她相识,那么可以自然地显现出自己的英雄本色。转念又想,她怎么比自己还要自然、淡定?难道他对她就没有半点杀伤力吗?这让他的自信心大打折扣。

脑袋里乱七八糟的,周槐序决定什么都不想。

刑警队所在的办公楼灯火通明,周槐序停好了车,只见大雨已经变成了小雨,他懒得撑伞,几大步冲回楼里。

果然忍叔还没有下班,在办公室重看几乎翻烂了的端木哲的案卷,包括一些当年有限的视频。估计是累了又毫无斩获,小周进门的时候,他正在点眼药水,想不到干这行还真费眼睛,而且小周从父亲医院拿回办公室的眼药水,总是被忍叔藏得谁也找不到,没人的时候自己享用。

小周把医院的情况三言两语说了个结果,忍叔嗯了一声,表示知道了。

忍叔仰头靠着椅子背,闭着眼睛等待药水的吸收,道:"老王总算可以入土为安了。"

"是,今天我看小王还挺满意的。"

"不说他了,还真够难缠。"

"可以集中精力对付端木哲了。"

"还是零线索,我就奇了怪了,如果不是水汽蒸发,怎么可能一点生活的痕迹都没有?何况还有贩毒的嫌疑,就算为了赚钱也该浮头才对。"

"我觉得苞苞不可能不知道端木哲的下落。"

"我觉得她还真不知道,因为听说我们找了他两年,她一脸茫然,这是装不出来的。她不想说的是他们两个人的爱情故事,实不相瞒,我还真没什么兴趣,我就是想抓到端木哲这个嚣张的家伙。"

忍叔睁开眼睛,滴过药水的眼睛显得明亮了许多。

桌上散落着几张端木哲的照片,其中一张应该是刚参加工作不久,还不知道时世艰难,有一点意气风发的味道。他穿了一件白大褂式的实验服,白口罩吊在一侧的耳边,面前是各种烧瓶、各色溶液和实验架。嘴角机敏地微微上扬,无论从哪个角度看都能感觉眼神相交,标准的小镇青年野心照。

小周拿起这张照片端详一阵,感觉端木哲正在对他说,笨蛋,你根本找不到我。小周把照片扔回桌上,暗自叹了口气。

前前后后,光端木哲的老家就去了三次,那个稳戴贫困县帽子的广西小县城。这家伙大学毕业以后就没回过家,工作挣钱了也没给家里寄过钱,十足的白眼狼。情感线索根本无迹可寻。

忍叔什么也没说,整理案卷后放进铁皮文件柜。

"饿了。"他说,"去吃碗云吞吧。"

两个人撑着一把大黑伞去了利群茶餐厅,因为下雨,餐厅里人不多,芦姨难得空闲,支着下巴在看壁挂电视。

感情剧,女演员哭成 个大花脸。

"就这么好看吗?"忍叔说道,既像打招呼又像是自语。

芦姨的眼睛没离开电视,回了一句,"不然看你吗?你又没什么看头。"

忍叔自讨没趣地笑笑,找到平时难得有空位的卡座坐了下来,适时闭嘴,否则又是摩托车失窃案发布会。

小周去买了两份双拼饭,都是叉烧拼油鸡,利群最贵最经典也最可口的招牌碟头饭。忍叔见了,一副好饭不怕晚吃的样子,"吃这么好,今天有什么好事吗?"又看到另一份饭是打包,奇怪道,"你不吃吗?"

"现在不饿,一会儿当消夜。"小周答道。

"哦。"忍叔低下头去,吃得津津有味,转眼间就消灭了半盘子。

病床空着,周槐序有些意外,他抬腕看了看手表,已经是晚上十点四十二分了,难道苏而已的妈妈还没从手术台上下来吗?

他找到护士站询问。

护士也是一脸无奈地解释,医生和患者都有够悲催的,先是患者已经打好麻药,可是医生突然要处理一个急诊,赶回来麻药都过劲了,又打了一次麻药,手术一直拖到现在。

她陆续说完之后,给小周指了手术室的方向。

雨一直也没停,风雨之夜总让小周决心过来看看,但其实买双拼饭的时候,很确定是给谁买的,真是既纠结又拧巴。

手术室的红灯亮着，外面是空旷的走廊，贴墙的两侧都是金属的长条椅子，雨夜的日光灯显得格外阴森清冷，偌大的走廊里，只有苏而已一个人坐在长椅上，单薄并且安静。

周槐序走过去，把饭递给她，"吃点东西吧。"

她看着他，仿佛知道他会来似的，并不显得十分意外。她接过饭盒，却没有马上打开。

周槐序道："胆切除也不是什么大手术，何况还是微创，你就放心吧。"

"如果有意外发生，还是要做传统手术的。再说时间有点长了。"

"不会有事的，大溪在我家挺好的，晚餐吃了三碗饭，我妈在家，还有阿姨，估计现在已经睡了。"

"谢谢。"她有气无力地说。然后慢慢打开饭盒。

为了避免她的尴尬，小周故意走到窗边去看外面的雨。其实是他自己尴尬吧，在她面前总有些不自在。

身后一点动静也没有。

等他回过身来，看见她在慢慢吃饭，但是吞咽动作有点生硬，或者说艰难，一颗泪珠掉了下来被她飞快地抹去了，她咽下去的不是饭菜而是哽咽。的确，送亲人进手术室如同上战场，没有人知道下一分钟会发生什么，也许刀锋起舞却安然无恙，也许细微闪失却夺走性命。

恐惧与担心无异于一种煎熬。而她只能承受，没有人可以分担。

就在这一瞬间，周槐序有股扑过去搂住她的肩膀的冲动，接过她身上一半的担子，传达他心底的意志和力量。当然，他没有。

但是他相信了，这个世界上真的有奋不顾身的爱情。

七

鹿儿岛的卤猪肝看上去干燥、紧实，暗沉而让人放心的颜色，切成薄片之后可以看到肉质的细密，像大理石的切面。刚一入口是一派木然，渐渐地，猪肝特有的香气会在嘴里缓缓散开。与肉质轻盈、入味透彻然而有些偏咸的西班牙黑椒火腿肠，堪称一对就红酒的优质小菜。

每隔一段时间，柳森就会约三郎到珠江新城吃富隆酒膳。这个店的风格并不张扬，私密度比较高，虽然没有会员制，但无形中只接待熟客。

店里的面积适中，装修洋派但不虚华，一楼除了迎宾的柜台，便是整齐密集的酒架，恒温的酒窖在地下，可以随意参观。二楼才是品酒吃饭的地方，隔成大大小小的房间，统一的巴洛克风格，没有厅堂也不造成干扰。

他们被安排在一个熟悉的小间,一侧的落地玻璃可以看到繁华的街景。

好的下酒菜就跟老情人一样,不见会想。这是小叔叔柳森喜欢说的一句话,而且他这个人豪迈,通常都是对着装笔挺、相貌堂堂的经理说,根据今天的食材看着办吧。彼此都给足了面子,还可以享受到贴心细致的服务。

今天自然也是如此。

又上了一瓶红酒,是按照"渐入佳境"的路数安排的。经理戴着白手套,神情恭敬地倒酒,又狠狠说了一通这一瓶的身世、来历和特色,几乎让人穿越到阳光明媚的法国瑰丽的葡萄园中。在他的引领下,三郎谨慎地喝了一口,依旧是微酸微涩的感觉。再怎么高级的红酒,对他来说就是这种境界,太甜或者拉扯嗓子就是不好,但说什么好的红酒口感层次分明,舌尖味蕾绽放翩翩起舞之类的简直就是扯淡。

当然,这也许是他一个人的问题。

他讨厌所有的装腔作势,有一次朱易优提醒他,接受采访不要跟媒体说喜欢吃红烧猪大肠,这不是一个艺术家该吃的东西;要说吃素,偶尔清修辟谷。他终于明白自己是怎么变分裂的。

但大家都这样,若不拿着水晶夜光杯晃圈儿,这个世界就不对了。

所以啊,只有面对沉默的布料,他才会真正心动。肃穆的质地和纹理,对他而言是魔、是妖,是一生唯一的伴侣。

一股清新的蒜香味道扑鼻而来,紧接着,侍者便呈上了两盘煎烤得恰到好处的日本带子,乳白色的肉身硕大肥美,浸在精心调制却并不着色的料汁里,十分诱人。柳森一边用刀叉切开带子,一边说道:"一个都没看上吗?"

"没什么特别。"三郎假装想了一下,这样回答。

自从在男科医院偶遇之后,柳森开始了新一轮给三郎介绍对象的狂潮。他曾经把三郎约到美术馆,观察一个知性女孩的背影和体态,介绍他们认识。也拉着三郎一块儿去看内衣模特儿展,完全可以找到一览无余的性感女生。他的理论是男人心底的欲念其实高度一致,就是开着奔驰,旁边坐个大胸模特儿。

还有公关公司最新的录用人员简历,厚厚一沓放在牛皮纸的卷宗袋里。但其实三郎根本没有打开,数日之后又原封不动地还给了柳森。

柳森开始吃带子,美味却不能抵消伤感,"我觉得特别对不起你父亲,你这么优秀,为什么最基本的问题解决不了?"

"有点累了。"

"所以才说找个平常人过日子。"

"苞苞还不平常吗?"

柳森停下手中的刀叉,正色道:"不要提她好不好?"

沉默。餐刀在陶瓷盘子里发出细微的声音。

打破沉默的还是柳森,"你还想着她吗?"停了片刻,他才说下去,"我说的是苏立。"

"哪有?"他这样回答,显得漫不经心。手中的刀叉把带子切成一小块一小块,却没有一块放进口中,索性把刀叉放下。

苏立是他在大学时的初恋,他至今还记得她的经典特色的样子——紧贴头皮的马尾,松松垮垮的运动服,小麦色的皮肤,一字眉。然而一切寻常都挡不住她的明亮和俏丽。

也许是由于家庭条件优渥,她的性格一派爽快透明,没有半点杂质,三郎第一次见到没有忧伤和烦恼的人,她的善良、快乐、乐于助人,自然天成。重要的是,苏立没有看中本班或者别班上的高富帅,而喜欢他这个相貌平平又有些腼腆的男孩子。

那段时间,在每个月第一周的星期日,他们在学校附近的小区广场上摆"自由空间学生墟",几乎全系的同学都会拿出自己的手工作品出来卖,做法是简单的席地摆摊,或者自带绳索、木架,把各种衣物挂起来展示。有衣服、裤子、裙子、饰品,也有明信片、皮具、香熏、手工皂等等。三郎那时候做的衣服就深得人心,不仅本校的同学,就连路过的居民也会停下来左挑右选。只要有人还价,三郎的脸就成了红布并且说不出一句话,都是苏立出面解围,谈恋爱也好,谈钱也好,她都无比坦诚、直来直去。

学校里号召给地震灾区捐款献爱心,各个班集体闻风而动,她偷偷塞给三郎两百元钱。她知道他爱面子,也只有她能看出来他已经两周不怎么吃早餐了,每次递给他馒头、包子或者粽子,她都会说吃不下了,别浪费好不好。

母亲也喜欢她,说她是好人家的好女孩。甚至有时候,得知她节假日不到家里来,便放弃买鱼,只买一节猪肠子回家。毕竟鱼还是太贵了,她只想买给苏立吃。

大二的一个暑假,他们结伴去了西南云、贵、川一带的边远山区,以最节俭质朴的方式,调查和认知了中国民间传统手工艺。农民身上老土布的缝缝补补的旧衣服,充满了故事和诉说,坚持着一种内心深处永恒不变的东西。那时候的苏立就有这样的认识:一件衣服的价值不在于动用的科技手段有多高,只有体现出它的精神价值才是真正的奢侈和昂贵。

他们住在农民家里,夜晚在黑暗中听着隔壁传来织布机单调而有力的声音,会让人产生无以言说的感动。在他们到来的之前之后,这声音伴随了人类数千年,并将依旧陪伴下去,是代代相传的儿女心头永不磨灭的记忆。

她曾说过:我非常迷恋手工,将来我们一定要有自己的品牌,我们所有的出品全部是纯手工制作，包括从纺纱到织布，从缝制到最后的染色，全部采用手工和纯天然方式。目的就是坚持和传承传统技艺，让人们从对于华丽、奢靡与性感的渴望，转向对含蓄、原生态以及细枝末节的体验。

她是一个坚定的理想主义者。

这让他相信年轻时的富有，有时候反而可以抵御金钱对于人性弱点的侵蚀，反而可以并不需要沾染过多的铜臭气。

他对她的仰慕之情超过了爱，后来他的创业之路，一一见证了她果然是他的缪斯，有着旗帜一般的感召力，包括以放弃的姿态进入，像死人一样没有观点绝不做作，无一不是来自她的灵感。

她就像钻石一样，其中有一面的光芒竟然是与父亲旗鼓相当的那种关怀。那种发现太奇特了，是自从父亲走后再也没有出现过的，令他发自内心的自信。

他们也是在那样的深山老林里自然地在一起了，日出而作，日落而息，满心憧憬地相拥而眠。他喜欢看她织布、绣花、坐在火塘边添柴的样子，歪着头，聚精会神，直到额头一边的头发慢慢垂落下来，她却仍可以一动不动，脸上升起淡淡的温柔。

她不化妆，甚至连口红都不搽。头发也因为疏于打理梳成一根毛茸茸的辫子，猫尾巴一样低垂或者趴在她的肩上。在他的眼里却是少有的干净、清秀，令人无法忘怀。

当然，他也要去打柴、挑水，她总是夸奖他真不愧是裁缝的儿子，每一件格衫都那么合身，因而干粗活的时候也韵味无穷呢。

用现在的话说，就是标准的技术宅男或暖男吧。

仿佛从天而降，如回归田园的董永和七仙女，你耕田我织布，相视一笑万物生辉。原来那些艳俗的成双成对的喜鹊、牡丹并蒂而开的图案，也是源于生活高于生活，是真实心境的写照。

那时候以为，幸福和美好是绵绵无期的。

可是突然，她就从他的视野和生活中消失了。开始只是说利用假期到法国旅游，后来变成游学，最后听说直接在法国的时装学院留学了。他一直觉得她会跟他联系的，而且学校里的同学突然离开出国留学也不是什么新鲜事。奇怪的是，她一直都没有跟他联络。教室里她经常坐的位置总是空着，如果坐着女生，背影又有一点像她，他的心会一阵狂跳，手脚却动弹不得。

一个学期很快就过去了，他忍不住跑到她家去找她，他知道她父亲是个成功的商人，果断并且严厉，他只在她父亲出差的时候去过她家两次。

然而，她家住的一线江景的复式豪宅已经卖掉了。

直到大学毕业,他才确认,她的确是用断崖式的决绝方式与他彻底告别。也只有这时,他才警醒他是那么爱她,就是那种单纯的男女之爱,因为曾经像空气一样,所以没有珍惜,以为她永远无处不在。

"爱是可以杀死人的。"柳森冷冷地说道,并且刀叉并用,在切一块侍者刚刚呈上来的牛排,应该只有四成熟,每一刀切下去都沾有血丝。柳三郎尽可能不去看那只盘子,有一摊红色的黏液让他反胃。他点的是小羊排,要求烧透并且入味。后厨做得不错,真的是入口即化。

柳森微皱着眉头,切好牛排才抬起头看了三郎一眼,"我说多少遍了,要面对现实啊,就是她甩了你。富人家的孩子都这样,可以任性啊,可是你当真了。干吗要当真?她就是玩玩的,别说她找不到你,现在资讯那么发达。"

因为心又死了一次。当然他什么也没说。

"什么爱不爱的,找个人结婚、生孩子,总比胡来强吧?你不要看着我,我心里分得很清楚。"

"难道我不想吗?"三郎无力地说道,索性放下手中的刀叉,眼睛望向窗外。夜幕降临,对于许多人来说生活刚刚开始,一群红男绿女路过,夸张地打闹;一个老男人牵着两只不同品种的宠物狗出来遛,其中一只泰迪张开后腿撒尿,男人停下脚步等待,一边听电话。三郎继续说道:"我现在羡慕任何一个人,哪怕是一条狗,因为有权利庸俗。"

"把过去的一切都忘掉。"柳森几乎是用命令的口气打断三郎的话,他目光如炬盯住三郎,直到他重新拿起刀叉。柳森的口气和缓下来,"被一个姑娘甩了,你看看你那副样子,你正常过吗?我说的是大学毕业以后,千万别跟我说你是什么艺术家,先把日子过起来再说。你知道我这辈子听到的最深刻的一句话是什么吗?"

三郎抬起头来,望着柳森,洗耳恭听。

"节哀顺变,处理后事吧。"柳森有些蔑视地扫了三郎一眼,把一块饱蘸黑胡椒酱汁的牛肉块送进嘴里。

有时候,人生就是一个接一个的饭局组成的。

星期五的下午,柳三郎和苞苞在街道办事处办理了离婚手续。之前两个人相约、碰头都很平静、准时。但是因为排队,还有一些拉拉杂杂的程序,办完之后已经是下午五点四十分,因为是小周末,下班高峰提前而至,大马路上已经铁流滚滚,远观几乎是水泄不通。

柳三郎有密集型恐惧症,加上也许事情办得比较顺利,心情不错。最重要的是,无论苞苞这个人多么不堪,但是口风紧却是许多女人做不到的一个长处。至少她跟柳森那么相熟,关于他们的私生活她都没有漏过半个字。

"在附近找个饭馆吃饭吧。"三郎对身边准备离开的苞苞说道。

很明显,苞苞愣了一下,估计感觉实在是意外吧。但很快她看了他一眼,微微点了点头。

这还是他们两年后的第一次见面,说好在街道办事处的宣传窗处碰头。当时三郎暗自吃了一惊,因为苞苞小脸蜡黄,眼神也相当萎靡。要知道当年的她脸色红润,思维简单快乐。有一次她在家里放录音机,给小朋友编舞,一本正经跟着音乐跳幼稚的舞蹈。三郎很想笑,说,怎么从头到尾就一个动作啊?她回说,哪里是一个动作,分明是四个动作啊。一边还分解给他看。

他其实并不后悔娶了她。人都是这样,如果不能如愿以偿,就选择最不累心的生活方式。苞苞有时候还蛮可爱的,若能够十指相扣手拉手地睡觉该有多好?然而年轻的身体里情欲涌动,谁会陪着谁岁月静好?

终于有一天晚上,苞苞打扮成童子军模样,一身蓝白相间的海军服短打扮,刻意营造制服诱惑。在这之前她也穿过透明蕾丝扮性感,总之足以看出她用心良苦。熄灯之后,她抱住他,亲吻他,还轻轻咬他的耳垂。他也很想做点什么,内心翻江倒海,然而万事向衰无药起,一身躺倒任花埋。

什么都没有发生。苞苞转过身去。

她在黑暗里说出了一直没有勇气说出的话:我知道你不爱我,但没想到你还嫌弃我羞辱我,跟我结婚但是不圆房,对我性封锁。我觉得我都不是女人了,就像做了变性手术一样,长出了胡子和喉结,就连最后一点自信心都没有了。她越说越伤心,忍不住失声痛哭,之后她用被子蒙住了头,哭声变成了哽咽。他冲动地伸出手去抱住她,可是他能说什么呢?

幸亏他们都是最好的演员,联袂演出默契地秀恩爱。本来嘛,人活的是一张脸,一个面子,一副令人羡慕的景象。越虚幻便越逼真。

白天他是多金的才俊,晚上扮演冷漠的国君。

尽管后来发生的事不可收拾,但无论如何冲着曾经的抱歉与愧疚,三郎还是开着他的宝马车进入了最近的一家五星级酒店停车场。

酒店的三楼是潮州菜馆,贵到空无一人。装修风格是潮州式的亭台楼阁,利用小桥流水作为间隔,夹杂着展示潮绣、木雕和陶瓷。一个女孩子在凉亭里弹奏古琴,音色暗沉如梦中自语,亭匾草书着两个字——尽南。

一个穿着黑制服的女部长微笑着走过来,"柳先生,您来了。"

三郎心底一惊,他真的不记得自己什么时候光顾过这里,根本一点印象也没有。女部长提醒了两句,还说酒柜里存有他大半瓶洋酒"杯莫停"。三郎哦了一声,做出想起来的样子,但其实脑袋里仍旧一片空白。有一段时间跟着朱易优为了风投出入各种酒场,具体的地方他是绝对想不起来的。

但是女部长的记忆力实在了得。

两个人在大堂靠窗的位子坐下,三郎点了鲍鱼和冻蟹,"杯莫停"自然也拿上了桌。经过了一番磨难如今终于分手,反而可以聊一些家常话了。苞苞问了他母亲的近况,身体可好? 他问了苞苞,警察找她都问了什么,她又是怎么回答的? 但是并没有提到端木哲的名字,他不想提到那个肮脏的名字。

其实柳三郎并不喜欢喝洋酒,对于他来说,无论多贵的洋酒都是后劲十足,快速上头,令他萌生醉意。

"真是让人难以捉摸啊。"酒过三巡,苞苞也微微泛红了脸颊,她望着眼前的酒杯,不禁感慨起来。

"什么意思?"

"我说的就是你啊,还以为你一辈子都不会原谅我。"

"现代人没有隔夜仇。"

"还请我吃这么贵的潮菜。"

三郎想了想,脱口而出道:"感谢你的不杀之恩啊。"

这无疑是酒后真言,两个人同时都吓了一跳。三郎当然不会再说下去了,苞苞的脸色也从苹果变成了秋梨。

短时间的清寂、沉默。

"我承认我出轨,但是,我真的没有……"苞苞没有说下去,因为三郎用手势制止了她。

他不想听任何解释,如果看着她当面撒谎就更加不堪了。他在针孔录像机里看到了她的一举一动:她谨慎地往他的曦露香槟里下药。在他看来,香槟原不是酒,口感就是肤浅芳香,用它开胃也还好。

他从来就不是一个君子,在此之前趁她洗澡时偷看过她的手机,本以为都是一些油腻腻的男女情话,然而没想到的是,苞苞和端木哲之间的短信量少字也少,有一点惜字如金的味道。其中有一条令他印象深刻,"勇敢一点,全部都是我们的。"当时实在想不明白是什么意思。

结合她的行为,一切都变得简单明了。

一开始,他的确是不同意离婚的,因为保全面子,也因为母亲的心情。但是后来他想明白了,向苞苞表明态度同意离婚,但是苞苞开始兴高采烈,不过后来就变得态度迟疑暧昧。看到她的举动,恍然大悟之后惊出了一身冷汗。一连数日他无法成眠,但白天仍旧要装得若无其事,只有深夜在床上望着她的背影,没有一点真实感。然后有一团东西在胸口聚集,慢慢膨胀直到塞满胸口,顶住咽喉,极端的愤怒和仇恨令他喘不过气来。

然而最终，这一瓶曦露香槟都没有出现在餐桌上。

他再一次发现它的时候，是在一个黑色的垃圾袋里，整个袋子里都是空置的瓶瓶罐罐，有些是酱油瓶、咸菜罐，而有些是护肤品、洗发液、香水瓶之类，猛一看，这一类生活遗物出人意料地繁多而庞杂。这个酒瓶便置身其中，但里面已经没有酒，估计是倒掉了。

他将最后一个底儿的液体，倒进另一个茶色的小药瓶里。朱易优找到一个熟人，在某大学司法鉴定中心工作，请人做了化验。结果是含有大剂量的甲基苯丙胺类的毒品。

当时他就傻了，跌坐在沙发上。

本来离婚这种事，为争夺财产撕破脸也不出奇。端木哲是疯了吧，一个穷疯了的钱串子，居然要置他于死地，或许还有夺妻之恨。

良久，恢复意识之后他才想明白，那条励志的短信"都是我们的"是什么意思，为什么急于离婚的苞苞后来又不提离婚了，而一个披着艺术家外衣的服装设计师嗑药过量导致死亡，是再正常不过的一件事了。

实在要感谢高科技，冰冷的电子产品有防身衣般的温暖，就像 DNA 测试拯救了整条公安战线。

三郎家客厅的墙上有一幅油画，画面是一正一反两个金发碧眼的天使，他们在花园里飞舞，肩膀上长出毛茸茸的翅膀，正面的那个肉肉的男孩，肚脐眼就装着针孔录像机，俯瞰着这个布置典雅而温馨的房间。

油画的品位乏善可陈，是苞苞买的。可见那时候的心情，她是希望尽快生孩子的。她喜欢孩子。

在酒精的作用下，三郎的意识开始渐渐模糊。但他仍旧记得，在他轰然倒下之前，苞苞再也没有喝酒，只是怔怔地看着他，眼神中充满狐疑，意思是这一切你是怎么知道的？

她瞪大了眼睛，但根本想不通。

那种样子，还是蛮讨喜的。

凌晨一点十分，苏而已赶到了酒店大堂的门口。服务生把车钥匙交到她手里的时候，埋怨了一句，"迟到了五分钟啊，客人都等好久了。"苏而已点头致歉，抓过车钥匙向轿车奔过去。

她打开驾驶室的车门，一股刺鼻的酒气扑面而来。她也顾不上这些，急忙把头伸进去说了句，"不好意思，叫你们久等了。"

说完这话，她顺势坐在驾驶的位置上，这才着实一愣，刚刚反应过来轿车的后座上坐着什么人。她忍不住再一次回过头去，由于轿车被服务生停在大堂门外,在酒店大堂内辉煌的水晶灯的映照下,后座上的两张面孔清晰可辨,一个是柳三郎,双目紧闭地靠在一位年轻女人的肩膀上,那个女人则目光平和地望着窗外,似乎在想自己的心事。

世界真小,小到一抬头便看见了你喝醉的脸。

苏而已这样想着,尽可能从容不迫地打开引擎,一系列熟悉的规定动作之后,豪华轿车悄然无声地驶离酒店。

身后的女人说了一个地址,苏而已嗯了一声,表示明白。

深夜的道路清静了不少,只要正常行驶就好。随着道路的细微起伏,只有好车才懂得在平稳中顺势呼应随即还原,让人感到知性、贴心的抚慰。没有声音,整个世界都知趣地静默。

苏而已抻了一下脖子,这样便可以从后视镜里清楚地看到后座上的那两个人。柳三郎一直在睡,年轻的女人则一直看着窗外,她的轮廓柔和,眼梢微微上翘,鼻梁挺拔,细看是个美人。为何在看到他们第一眼时没有惊到手忙脚乱?那是因为苏而已并不是第一次看到这一对璧人了。

回国之后,她曾经一个人去过一次教员新村,只是想去柳家看一看。她做好了充足的思想准备,柳三郎或许已经结婚生子,那是再正常不过的一件事,他们应该是互不相欠的吧? 作为老同学登门探访,她说服自己的理由是,走完整理好情感的最后一步,凡事都应该有始有终。

她承认有过一些时间节点,她想过联络他,可是她又能说什么呢? 而他,又能为她做什么呢? 特别年轻的时候,他们就是性别置换的一对情侣,遭遇一个大时代便经不起任何风吹草动。

那是一个星期天,她抱着承受一切现实的心态前往柳家, 没有提任何礼品、果篮之类,只带了一瓶法国葡萄酒,希望自己显得优雅而礼貌。私下里,应该是跟岁月有一个了结。

但当她看到柳家的那座陈旧的楼房时,还是犹豫了,是近乡情怯的那种体会。说句老实话,如果不是因为大溪,她一定选择一个转身就是一生的结局。这便是她的性格,她的决绝,她就是这样一个人,曾经多么恣意生长无所顾忌,如今就有多么淡然处之不谈风月。

然而大溪是她和三郎的孩子,她到法国之后才发现自己怀孕了。以她的性格,身处那样的困境,打掉孩子是唯一的选择。她去的是一个华人诊所,那个女大夫为人友善,她说,你确定拿掉孩子吗? 她还说,你的子宫严重后倾,以后再想怀上孩子也不是那么容易的事。

苏而已诉说了自己的难处,女医生思考了一下,决定把她介绍到有教会背景的庇护所。可以说是大溪指引她走上了一条生路,她在庇护所里住下,并找到可以维持口粮的工作。先是在庇护所做清洁,后来身子重了就去厨房,总之那里的人都很友善。她也是在生下大溪之后,才知道女医生是一个虔诚的基督教徒,但这已经不重要了,包括她的子宫是否后倾也不重要了。

有了孩子,父亲这个称谓就绕不过去。

也不是没有侥幸的心理,万一他还记得她,或者因为各种原因依然单身。总之那一天内心里百味杂陈。

也就在这时,一对年轻的夫妇从她的身后走过,熟门熟路率先进了单元的门。说他们是小两口,因为自然地挎着胳膊,男人的另一只手提着精致的参茶礼盒。女的不知道在小声说什么,两个人都笑嘻嘻的。

苏而已一眼就认出了那个男人是柳三郎,女人的正面没看清楚,穿了一件玫瑰红的外套,肩上背着一只圣罗兰的坤包,黑色的透明丝袜紧包着纤细修长的小腿,脚上是一对经典款的黑色高跟鞋,鞋面的标志是口字形金属大扣,是女明星的最爱。

女人一身名牌,也一身的喜气洋洋。

也许刚结婚不久吧,怎么看都是高度和谐、相称的一对。苏而已感觉自己若此时上楼拜访,不仅不合时宜,简直有点像来砸场子的小丑。回到家里,心情仍然失落,就把法国红酒给打开了。

母亲说道,闲着没事,喝什么酒啊? 不过,隔了一会儿,也拿了个杯子过来跟她对饮。深夜里的母女在酒精的作用下有些怅然失神,但是什么也没有说,更没有长吁短叹,氛围是闺蜜一般的心心相印。

所以今天再一次看到他们,苏而已并没有想象中那么吃惊。

轿车驶进一个高档小区,是风格沉稳绝不张扬的小型楼盘,只区区四幢相似的公寓楼。停车的那一栋,透过玻璃门可以看见门厅的仿古灯、油画、黑皮沙发连同男管家一应俱全,毫不含糊。

三郎的太太在车上就掏出皮夹子把费用付了,她这一次的装束虽然没有上一次那么醒目,倒是一身黑更令她显现几分雅致。

她架着三郎,腾出手来接过苏而已递到面前的车钥匙。

"谢谢。"她说。

"需要帮忙吗?"

"不用。"

他们走了,三郎的步子深一脚浅一脚,重量几乎都压在太太身上。苏而已在黑暗中站了好一会儿,直到男管家见状跑过来搀扶三郎。他为什么喝那么多酒呢? 而太太也是异常的平静,可见是他们生活的常态。然而,所谓的醉生梦死不这样又哪样呢? 被人们羡慕又肯定的人生不这样又怎样呢?

170

其实在这之前,苏而已在网络上已经看到了三郎的成功,他已经成为这个时代货真价实的青年才俊。

三郎居住的小区在优质地段,临街是一条主干道,沿着人行道独自行走并不会感到不安全,反而因为深夜人流和车流的减少,别有一番清静。苏而已决定步行回家,好在离她家也不太远,大约四五站的距离。

至于她的心情,她想起那次跟母亲对饮之后,她们乘着酒意聊了两句从不愿意触碰的话题。

"你想爸爸吗?"

"想有什么用?可能没有消息反而更好吧。"

"我想爸爸了。"

"只有亲人才会把事情搞得一团糟,"母亲浅浅地呷了一口红酒,眯起眼睛,半晌才道,"其实妈妈最感激的人是你,要不我可能就病死在乡下了。"

"你恨他吗?"

"谈不上,就是耽误了你。"母亲的眼圈微微发红。

"哪有,我这不是很好吗?"

"找个合适的人吧,我可以跟你分开住。"母亲淡淡地说道。

她的内心陡然一阵酸楚,但也只是一滑而过的忧伤。这个世界从来都不相信眼泪,当时她什么也没说,甚至莞尔。但在心底决心做一个女汉子,照顾好母亲和大溪。

疏星点点的夜晚格外清明幽寂,然而在她的眼中却是一片肃杀。回想起昔日的轻狂甜蜜,爱,根本什么都不是。

苏而已开始慢跑,希望尽快离开那些"草色遥看近却无"的记忆。

手机传来信息进入的提示音,她边跑边打开手机,"睡了吗?"是周槐序发过来的,他知道她晚上常有代驾的工作,所以不太忌讳时间有多晚。而且,他是唯一没有对她做代驾指手画脚的男人。她也被某些男人追求过,一听说上有老下有小立刻闪人。如果是小老板,一定说,才挣几个钱?一个女人家不要做了,需要多少我给你。她总是在心里冷笑,我凭什么要你的钱?接受周济也是面子,我凭什么给你这个面子?

苏而已想都没想就关掉了手机,继续慢跑,后背可以感觉到一点水蒸汽般的细汗。

就让他觉得自己睡了吧。不然呢?一块儿去消夜?喝一碗虾蟹海鲜粥在漫漫的雾气间四目相望?然后手拉手地走一段夜路?她不是不知道他的心意,但是那又怎样?就算她在他心目中是一朵白莲花,在他的那个锦绣家庭里,在众人的眼光中也还是"拆烂污"。

她再也不要演悲情剧,哪怕是当女主角。

母亲手术后只观察了一晚上,没有发现意外,就决定立刻出院,回到家里休养,等到伤口拆线的时候再到医院去处理一下即可。毕竟住院的费用太高了,每天送到病房来的打印的医疗支出一览表,密密麻麻,长的时候单据可以拖到地上。苏而已还好,母亲根本躺不住了,一心只想出院。

这就是现实的焦虑,她要卖掉多少童装才能把手术费用赚出来?想到狭小客厅里一地的等待快递的包装盒,满桌子的等待填写的邮件单,她根本没有一点力气用来感伤。去年的"双十一",他们一家三口忙了整整一天,母亲累得胳膊都抬不起来了,大溪到楼下买的盒饭。

把母亲接回家安置好以后,苏而已便买了果篮去周槐序家拜谢并接回儿子。对于素昧平生的周警官的帮助,在她的内心除了深深的感激,而后升起庄严的敬重,似乎那些非分的理解都是一种轻慢。

苏而已也很喜欢小周的妈妈,感觉她优雅、和善。

这是一个典型的锦绣家庭,就像高档小区的样板房一样,供大家观摩、仰慕和学习。

当时的大溪正在玩着遥控器,指挥空中的鹰嘴热带鱼氢气球游来游去,眼看着圆滚滚的氢气球越来越不受控制,飘到了阳台上,再飘就有可能随风而去。大溪大声喊着:小周小周! 陪坐在客厅的小周只好起身去搭救大溪。

在回家的路上,苏而已批评儿子太没有礼貌了。

大溪默不作声,只是诡异地笑了笑。

你笑什么?

没什么。

照说,这种"无下文的回应"她也不是第一次做了,可是周槐序还是会像老熟人那样偶尔给她发个信息。尽管她对他印象不错,但也绝不会接受他抛过来的任何一个彩球。

她想。

并且她一直也没有停止奔跑。

八

他努力想睁开眼睛,但是眼皮就像岩石一样,一动不动。

是延续性动弹不得的沉睡。其实周槐序感觉自己早就醒了,而且意识相当清晰、活跃,完全知道是跟忍叔在外面执行任务。他们轮流开车,可是后半夜他实在困得抬不起头来,忍叔已经开了超长时间,陈旧的二手车开得累心累人,他必须尽快替换忍叔。

就是睁不开眼睛。

一周前,技术部门传来令人振奋的消息,端木哲的手机沉寂两年之后,居然开机启用了,虽然只打了一个电话,还是被查到是在广东汕尾陆丰打出的。这是一条有价值的信息,因为那里有猖獗的"毒品村",当地甲子、甲西、甲东三镇已形成产销一体的"毒品经济产业链"。去年年底,广东方面还出动三千多警力清缴毒品,仅一个村就查获冰毒近三吨。然而深层的制毒贩毒网络并未被彻底铲除,如果端木哲万人人海一身藏,应该算是最安全的地方。

于是忍叔和小周立刻开车奔赴汕尾。

端木哲的这部手机,只在他失踪后的一个月,给他堂哥发过一条短暂的信息,说他只是外出避一避债务,希望堂哥帮他照顾一下自己的父母。信息是在东莞发出的,此后一直关机。这让忍叔和小周在东莞一无所获。

现在信号重新出现,想是端木哲以为避过了风头,可以浮头了。

根据这一信号的指引,忍叔和小周一路追踪日夜颠簸到山西临汾,最终查到这部手机在一位运煤的载重卡车司机手里。他承认是运煤至汕尾,其间曾经有过两男一女搭过顺风车,具体是谁把手机掉在他车上了,他也不知道,因为那三个人互不相识,在不同的地段搭车。他捡到手机的时候是开机状态,见里面还有钱他便照常使用。

忍叔把协查通缉上的端木哲正面免冠照片拿给开车的师傅看,师傅肯定地说,搭车的两个男人都不是这个人。

同样这张照片,初到陆丰的时候,也在当地做过调查和研判,并没有搜集到有价值的线索。得知陆丰近一年来抓获制毒贩毒的犯罪嫌疑人共三百二十二名,其中也没有端木哲。

不过忍叔还是耐心询问了两个男人的长相,又问了他们分别从哪里上的车,又从哪里下的车,认真地记在笔记本里。

小周的眼前再一次浮现出端木哲那张小镇青年的脸,仍旧是嘴角上扬挂着隐秘的笑意,双目低垂却暗藏野心。一身白色的实验服令他超有自信。你们绝对找不到我。他的神情就是这个意思。

他们收缴了这部手机。

归队。

终于,周槐序被自己剧烈的咳嗽惊扰得坐了起来。汽车里弥漫着一股浓烈的辣椒的气味,是他们在车上用来醒神的,想必是忍叔为了让他多睡拼命地嚼辣椒。所以啊,那种公安干警雷霆出击的场面,实在是征婚广告。而他们真正的生活就是奔波、蹲守、日夜兼程、饥一顿饱一顿,总之是辛苦的煎熬。

周槐序干搓了一下自己的脸，"让我来开吧。"

"我还以为你死了呢。"

"不好意思，这回我开到底。"小周胡乱地抓了抓脑袋。

忍叔两眼布满血丝，道："算了吧，马上就到加油站了，找点吃的吧，我饿昏了。"

"哪有钱啊？这些地方又不刷卡。"

"我有。"

"不可能啊。"

"警官证夹层。"

周槐序急忙扬手抓过后座上揉成一团的忍叔的外套，摸出警官证，果然找出两百块钱来，当即恨不得亲吻一下半旧的纸币。现金总是最好用的，他身上的现金早用完了。内地的吃住小店，只认钱不认卡。借记卡也不行，据称发现过假卡，也能打印出凭条，但是钱永远不会到账。

"嫂子监管不力啊。"

"是她给我放的，每次没了就会放两百，说是救急，总会用得上。"

"好女人啊。"

"有什么用？跟着我也没过上好日子。"

"听说新调来的正头儿是你的老同学，鸿运当头啊，你不是还教导我人生就是低头服软吗？"

"可是人生也要自在啊，我懒得开会。每天一大早，吹个大背头正襟危坐，讲些有的没的、真的假的。还不都是狗屎人生。"

小周笑了起来。

一直以来，小周都视忍叔是一高人，平平淡淡过着草根生活，又与世俗保持着有效距离。他的话未必细思极恐，却总有一种盛世危言的味道。两个人一路闲聊着驶进加油站，里面停着大大小小的车辆，从车况看也可以想见开车或乘车的，业已是人仰马翻。

离加油站不远的地方，有一家无名大排档，门口醒目地贴着招摇的大红纸，上书"农家菜，柴火饭"，对于饥饿的人来说具有强烈的吸引力。

大排档肯定是占道经营，档内档外全是简易的折叠桌、塑料凳，能省即省。虽然不是饭点，但食客委实不少，全都吃得热火朝天百无禁忌。店主与小二也是神情冷漠见怪不怪，看到他们的表情就知道此处别无分店。

两个人找位置坐下来，小周点了一个农家小炒肉和一个炒土鸡蛋，问忍叔还要不要点个青菜。忍叔说青菜回家吃。这也在意料之中，有一次两个人在外面执行任务，也是吃大排档，一碟青菜和一条清蒸鱼的价格一样，忍叔就点了两条清蒸鱼,还是这句话,青菜回家吃。

店里的柴火饭装在一个大木桶里,放在店中央的地上随便添。有些人吃饱以后还装一些在自带的饭盒里,店家也熟视无睹。

也许是饿的原因,小周感觉这一顿实在是人间美味,并且转眼间就吃了三碗饭,自然是狼吞虎咽。相比之下,忍叔就吃得从容不迫,一边还若有所思,吃完饭的碗和碟子干净如洗。

小周再一次想起他们有一回一整天没吃上东西,最终碰上一家麦当劳,小周吃汉堡包吃得差点咬到自己的手指,实在是太饿了。忍叔居然不吃洋快餐,坚持要找面条吃。真够能忍的。

他说自己天生是干一线警察的料,说到破案抓人,无非是比谁更沉得低、耐得久、忍得住。

沿着 107 国道一路狂奔,下午四点十分,泥猴子一样的二手车驶进了市区。周槐序感觉周遭的车流明显稠密了不少,主干道呈现微拥堵。

身边的忍叔一直以后仰的姿势闭着眼睛,但不知道他睡着了没有。他睡眠不太好,有时候越累越睡不着,所以有养神的习惯。这时他的手机响了,他摸出手机接听,听了一会儿才睁开眼睛。

是支队的萧锦打来的,萧锦是队里唯一的警花,竹竿一样的身材,性格细致高冷。她告诉忍叔目前正在处理一起命案,骨干全部都在现场。片刻,她把命案地址发到了忍叔的手机上。忍叔立即打开导航仪搜索到位置,并叫小周在前一个路口调头。

"马上就是下班高峰了,必须尽快穿过天河北路。"忍叔说道。

"嗯。"小周向左打着方向盘,心想,千万别在天河北卡住,上下班高峰时这条路水泄不通,如果是在附近聚餐,午餐变晚餐,晚餐变消夜。本来,按照他们的打算,是想把车放回队里,然后回家洗澡睡觉休整一下。但从忍叔瞬间肃穆的眼神中,可以感觉到事态的严重。

"你都想不到是谁把谁杀了。"好一会儿,他才开口道。

小周侧目,看了忍叔一眼。

"大王把小王砍死了。"

小周吃惊地睁大眼睛。隔了一会儿,眉尖拧在一块儿道:"是小王把大王砍死了吧?"

忍叔的表情也开始含糊,回想是不是自己听错了。"去了就知道了。"他也只能这么说。

"这事还没完了?"小周嘟囔了一句。

"针大的孔,斗大的风。"

"看上去还都是体面的人。"

"暗物质啊。"

"什么意思? 忍叔,我现在跟你比起来就是文盲啊。"

"现有的物理学假设认为, 人类目前所认知的物质世界大概只占宇宙的4%,暗物质却占了23%,还有73%是暗能量。"

"什么是暗物质? 比如——"

"是一种人眼看不到的物质。在一九三〇年左右,科学家就发现有一些星系团中的物质,产生的引力要比其他可以看到的星系多一些,但是这些物质不发光也不发热,所以就起名叫暗物质。我相信证明它的存在是早晚的事。"

"你是说没有犯罪可能性的人犯罪,不会比指纹库里那些有前科的疑犯更少。是这个意思吗?"

"你说呢?"忍叔透过前挡玻璃直视前方,"无论是谁砍谁,本来他们都是这个社会的上游家庭,也是离我们工作职守最远的家庭。"

小周想了想颇以为然,不觉带有敬佩之意地点头。

然而不知为何,他的脑海里突然飘过端木哲那一张欠扁的脸,本来嘛,他老家的乡下,好像就出过他这么一个大学生,光宗耀祖,父母亲很有面子,十年寒窗都已经熬出头了,成为受人尊重的化学老师,却要去碰毒品。他应该也属于暗物质那一类的人吧。

车轮飞转,二手车又开始像喷气式那样喘着粗气,轰鸣作响。

还好,因为反应迅速,他们的车顺利地通过天河北路,然后一路向北又行驶了将近四十分钟,到达了目的地"芳慧苑"。

这个小区最大的特点就是宽敞气派,园林打理得十分考究。相同的六幢楼房看着中规中矩,外墙颜色陈旧暗淡,虽然是老房子但仍旧气势伟岸,超大阳台最少也有十几平方米,透着昔日特权的优越感。不用问,是老王生前分到的房子,相比之下,普通的商品房格局永远是小鼻子小眼儿。

其中的一幢楼房下面拉着警戒线。

有警车和值勤警员。

死者是小王没有错,他横躺在客厅的中央,地毯、茶几、沙发上全部都是血迹。忍叔打开裹尸袋,小周看见那张曾经相当俊朗的面孔已被砍得面目全非。"公子金貂酒力轻",这样一张脸毁于乱刀之下,尤显触目惊心。

大王显然不是职业杀手,没有一刀毙命的本事。

斧子就扔在尸体的左侧,萧锦跟在忍叔身边小声报告,说小王上下共有三十七处伤口,有的部位露出了骨头。

勘查现场的工作已经收尾,完成工作的部分同事陆续撤离。

客厅里呈现出激战后特有的冷清,品位上乘的青砖地上,推倒的、破碎的、翻天覆地的,所有的一切通通是静止的状态。由于是老派、西式的装修风格,场景反而显得有些不真实,有一种老电影的制旧和隐晦。又仿佛事件之外,有一双眼睛在静静地注视,暗含忧伤。

虽然行凶后大王没有离开,并且是自己报的案,然而第一现场仍旧需要保留,需要解释杀人动机。

大王被带到另一间小会客室里,他有些木然,神情松懈地坐在那里,一言不发。

讯问笔录上一个字也没有。

萧锦对忍叔说,唯一知道的信息是出事的前三天,大王小王的母亲因心脏病复发住院,目前还在监护病房,不方便告诉她实情。

至于事态是怎么恶化的,接手的刑警一无所知,一头雾水。

是头儿交代给忍叔打电话,尽快让此事有个头绪。

忍叔用眼神示意萧锦离开小会客室。萧锦走后,忍叔把讯问笔录纸卷了卷插在上衣口袋里。他四下环顾小会客室,小周也感觉到隐形图案的壁纸是米色的三叶草,西式餐桌上的英国陶瓷茶具等细节,都显示出曾经的主人希望过精致生活的良苦用心。

家庭装修的风格也坚持整旧如旧,小周这还是第一次见识到。内心感慨老王的审美情趣。

屋子里有一丝时隐时现的檀香,清淡而绵长,餐桌下的丝质地毯是粉蓝的底色盛开着白百合,与客厅里厚重的羊毛地毯不同,小会客厅散发着私密的温馨。墙上的油画是一位正在梳妆的裸露背部的女人,从她丰腴的腰身和凝脂般的肌肤可以想见是个美人,她卷曲的长发瀑布似的倾泻。

"这套房子真的不错。"忍叔望着天花板上的羊皮吸顶灯,由衷地感慨道,还一边微微颔首。

大王先生下意识地四下里望望,并无惋惜之色,满脸仍旧写着:不用审了,我什么也不想说,就把我直接毙了吧。他的眼神里有一种无所畏惧的光芒。

空气越来越沉闷,整个房间像一张满弦的弓,绷得紧紧的,似乎时时刻刻都可能"嘭"的一声断裂或坍塌。

萧锦重新走了进来,与忍叔低声耳语,但因为房间里异常安静,她的话小周听得一清二楚,想必大王先生也同样听得真切。萧锦说医院给大王的母亲再一次下了病危通知单,已经是入院后第三次下达了。

这时大王突然冷笑了一声,面色铁青却轻松道:"死了也好,老王家就可以销户了，挺好。"

忍叔和萧锦怔怔地看着大王，周槐序感觉后背一阵凉意。

小王的尸体被运走了，勘查现场的工作也全部结束。但是忍叔和小周还是等到上下班高峰过去。押解大王的警察下楼后才给他戴上手铐，坐进警车离去。

直到晚上十一点多钟，大王的情绪才渐渐从制高点回落下来。他被带进提审室之后，忍叔并没有让人在椅面上锁住他的双手，反而亲自递给他一杯热水。这让大王的脸色有些缓和，毕竟这么长时间了，急火攻心，嘴角一圈燎泡，从中可以看出他内心的煎熬。他连续喝了大半杯水。

忍叔又叫小周去买了三个盒饭，三个男人不言不语埋头吃饭。

是四大民间名吃之隆江猪手饭，另外三样是兰州拉面、桂林米粉和沙县小吃。开店开得全国上下遍地开花。白米饭上肥美的猪蹄肉搭配解腻的酸菜异常美味，犹如羽泉不能分离。房间里飘散着猪油特有的香气。

"世界上还有这么好吃的东西，我怎么不知道？"大王突然说道，还笑了一下，整张脸像暗灰的顽石突然裂开了一道缝。

忍叔和小周吓了一跳，下意识地互望一眼。

"隆江猪手饭你没有吃过吗？很出名的。"忍叔道。

"我连听都没听说过。"大王眯缝着眼睛，显现出享受美食后的陶醉。

小周心想，这个世界有太多的不可思议，无论科技多么发达，人类膨胀到以为自己无所不能，还是找不到一架失联的客机。大王所生活的阶层不仅没有民间疾苦，同样也没有世俗之乐。

他活在自己的世界里，情绪失控也不出奇吧。

饭后，大王开始诉说，他的语气平淡，像是在另一个空间遇到了另一个自己。

按照与医院达成的协议，小王顺利地拿到了赔偿款，科室里的护工，当然主要是以"跛足人"为首的熟护也全数遣散，据说另外组织了新护工。这些都是护士长对老王夫人说的，希望夫人宽心，早日恢复健康。

老王的遗体告别仪式设在殡仪馆的青松厅，遗体上覆盖着党旗，他十分庄严地走完了自己的人生历程。

全家人都感觉松了一口气。

这时老王单位老干处的工作人员来找老王的夫人，说老王大约在五年前，还没有脑萎缩的时候，曾经写了一份遗嘱，由老干处的科员陪同去了市里的公证处，不仅对遗嘱做了公证、存放，还全权委托了老干处负责在他死后，通知家属并且共同查阅遗嘱。

于是某一天的下午两点,全家人跟着老干处的工作人员去了市公证处,在那里排队叫号,等了一个多小时才叫到号,可见业务之繁忙。

公证处的工作人员郑重其事地拿出了老王的遗嘱。

遗嘱的内容想象不到的简单,就是那套芳慧苑的房子归大王所有,由大王带着妈妈居住,但是芳慧苑书房里全部的书都归小王所有。

其实老王的房产并不止芳慧苑一处,只是这边算是祖屋,最大也最讲究。其他的房子投资也好自住也好,分散在不同地段,当然不如芳慧苑。而且大王小王各有居所,老王患病期间,夫人也是住在离医院最近的自家的小单元投资房。芳慧苑一直闲置在那里,静如处子。

轮流看完遗嘱之后,大王和小王都惊得说不出话来。

大王先生感到意外的是,从小到大,父亲都深爱风流倜傥的小王,嫌弃他的木讷愚笨,怎么可能把芳慧苑留给他呢?所以他去公证处的时候没抱任何希望,一切顺其自然。父亲给什么就拿着,不给也在意料之中。

当天晚上,在家里的餐桌上,小王就炸了。在公证处时,他还算顾及有外人在场,忍住怒火没有爆发。

他劈头就说,这个遗嘱是伪造的。

他说,爸爸一直最爱我,怎么可能给我书?都什么年代了?谁还要书啊?直接拉到废品站都嫌累得慌。好吧,就算遗嘱造假也拜托有点专业精神,文件也写得逼真一点,不要烂成一个笑话。

大王实在听不下去了,因为小王显然不是针对妈妈说遗嘱有假,目标非常明确,是冲大王来的。大王当然急了,就说,你有证据吗?

小王说,这还用证据吗?从一开始你就跟老刀搞在一块儿,从精神到身体胁迫了父亲,一手导致了父亲的死亡。面对明显存在过失的医院,面对那些有邪恶心态的护工,你没有做过半点抗争,包括对医院赔偿的四十万不屑一顾。现在一切都合理了,因为你希望这份假遗嘱早点兑现,你等不及了。

小王对大王说,这根本就不是爸爸的思维,是你的思维,你要羞辱我,你要报仇。

对于小王的狂想症,大王无言以对。

从此,家庭大战不宣而战。那段时间每天都是在吵架、动手或者推推搡搡中度过的。

大王的性格也有倔的一面,他把母亲接回芳慧苑,心里想着,父亲生病前,心里还是非常明白的,只有把母亲和房子交到他的手上,这个家才不至于败干净。他的内心充满了对父亲的愧疚,那些曾经令他伤感的往事仿佛做了一道柔化处理,变得温馨和意味深长,里面其实有他没有发现的浓浓爱意。他想,他绝不会辜负父亲的重托。

至于小王的指责，他说，既然我们吵不清楚那就打官司，怎么判我都没意见。小王没有证据，官司没法打，就一直胡闹。

由于小王不分昼夜地前来骚扰，大王换了芳慧苑的门锁。小王提着斧子就把门和锁都砍烂了。

这样的事小王干了三次，大王对那把斧子简直太熟悉了。

因为巨大的动静，因为报警，也因为呼叫的救护车拉走晕倒的母亲，在整个芳慧苑里，王家成为人们议论的中心事件，成为茶余饭后最好的消遣，是且听下回分解的连续剧。就是这一点深深地刺伤了大王的心。

他一直是个内向的孩子，脸皮薄，面子大于天。哪怕是晋升、职称、利益这一类别人无比看重的事，只要伤及面子，他都会选择隐忍。对于暗恋的人，无论多少机会降临，他都开不了口。

可是现在他成为电视剧的男主角，口口相传，任人评说。

终于，他决定妥协。

他对小王说，遗嘱的事先放一边，你也搬到芳慧苑来住，反正房子够大，我们还可以一起陪伴母亲。

但是小王并不同意。小王的意见是他和大王还是各住各的，母亲也住回那个小单元。芳慧苑由他抵押给一个朋友，他要跟人家成为合伙人一起做生意，肯定发大财。大王当然不肯，因为自改革开放之后，小王涉足过的若干生意，结局总是惊人的一模一样，那就是血本无归。

卖掉祖屋是绝对不能应承的一件事。钱，没有人不计较，更重要的是这样的行为如同农村砸锅一样忌讳。大王尤其讲究这一点，相信做伤害祖辈的事会殃及家人和孩子，大家都过不好。

战争进一步升级。

压倒大王的最后一根稻草，是一天傍晚，小王又找上门来闹得不像话。一直缄默不语的母亲实在忍不住说了他两句。小王不仅顶嘴还用力推倒了母亲，母亲摔倒在地，额头碰到茶几上鲜血直流。急救车再一次哇啦哇啦开进芳慧苑拉走了母亲，这一次医院下达了病危通知单。

大王最后一次换了芳慧苑的门锁，然后像武士道中的"士"一样，神情肃穆，正襟危坐，等待小王提着斧子上门。

周槐序不记得大王什么时候停止了诉说。

因为讯问室里异常寂静，没有人说话，只有一点淡淡的隆江猪手饭的余香。

九

眼前一片漆黑,黑暗中,一首节奏分明、铿锵有力的狐步舞曲飘然而至,音量如寒汀竹影般影影绰绰,时而流畅时而渐消,更增添了些许神秘。那是一个巨大空旷的舞台,一束柔和的追光亮起,紧跟着起舞的男女,他们礼服加身,妆容精致到可以看清楚每一根上翘的睫毛,光洁的额头大理石一样平滑,下颌微微扬起,神情漠然如结起薄冰的湖面。

怎么看都是绝配型佳偶。

他们的腿部也密不可分,潇洒灵动之中杀机四伏,你进我退,我退你进,心思缜密却波澜不惊。将所有的刀光剑影暗藏于无限优雅之中,一切算计都在步伐的方寸之间,慌者输,乱者杀。音乐声渐渐震耳欲聋。

三郎惊得一下子坐了起来。

都是端木哲种下的祸根,他在心里骂了一句。

更让三郎吃惊的是,在一侧台灯的微光里,苞苞安静地靠在床头,慢慢地吸着薄荷烟。

挂钟指向凌晨四点三十六分。

什么情况啊?三郎的脑袋一片空白。直到这时,他才发现自己赤身裸体,一丝不挂地坐在被子里。

床下的衣服裤子凌乱地摊了一地,全数带着当时急于扒下来时的痕迹。

他懊丧地闭上眼睛,缓缓地倒回床上。

最近发生的事只能说是一连串的不可思议,他的记忆开始慢慢恢复,头脑清晰如刚刚清理过的抽屉。昨晚也没有喝酒,发生的一切都在自我掌控之中。苞苞对他的怨恨和失望也都是必然。

数天前的一个下午,他在二十四小时银行自助服务厅里取钱,那是一幢大厦的一楼,并不临街,要拐几道弯才能见到。但是令人称奇的是门前少有的自备停车位,居然常有空置,所以他常到这个服务厅来,算得上驾轻就熟。自动提款机吐出钱之后,他数都没数就卷进口袋。机算永远大于心算,这是他的信念。最后一个动作是收回银行卡。

刚一转身,他就愣住了。

排在他后面的站在黄线之外的人居然是苏立,他当时就石化了,以为自己出现幻觉,或者穿越到了不知什么地方。

但真的是苏立。

苏立比他平静多了,因为等待操作个人业务的人还有六七个,他们在苏立后面排队,其他的机器前面也有若干人,总之这是一个公共场所。所以苏立微笑地示意之后,还有条不紊按照语音提示取了钱,收回了银行卡。

淡定啊,取钱还重要吗?他暗自想到,像移动的泥塑一样走出服务大厅,在门外等待苏立。

满脑袋疾风骤雨,九级狂澜。

他曾经无数次地设想过他们的重逢,最称心如意的,是在一次国际春季时装发布会上,他们都带着自己的作品,在繁忙的后台意外相遇。当时无比混乱的后台陡然间静默无声,进入默片时代,时间变成固体,形成抽象的雕塑,在他们的身边勾勒挺立。他们四目相望,彼此熟悉而又惊讶,然而那是激战前夕,他们只是用眼神、气息、温情,还有他们的淳朴无华、高级灰色调的作品相互关照。其实什么都没有改变,他们心灵相通。只有华丽的相见才不枉当初在深山老林里的缠绵,名利的确让他们变成了当今时代的楷模。

没想到他们的重逢这么平常。

他们都穿着休闲装,神情散淡,俗气地取钱,跟这个世界交易。

还是她先开口说道,你……还好吗?

他想说,不好,或者很不好,或者你到底跑到哪儿去了?为什么不跟我联系?难道我就那么不重要吗?这一句就算了,有点像韩剧台词。你知道我等你等得多辛苦吗?他妈的生活简直来源于港台剧。

凌乱。

最终说出来的是:还好吧。

他看着她,目不转睛。仿佛她会瞬间消失,"你呢?"他说。

我还好。

他想说我们找个地方坐下来聊一会儿吧。可是他看见她飞快地看了一下手表,他马上说,你赶时间吗?我送你过去。顺手指了指停车场上的宝马。

她说,不用了,我搭地铁很方便。

哦,他只好这样说,不过并没有忘记互留手机号码。只是苏立报号的时候有一丝不为人觉察的迟疑。

就像清风拂面,只有片刻的欣喜。

后来的若干小时,他都不知道怎么过来的。没有办法工作,也没有办法集中精力,翻杂志那些华服红唇变得惊悚,溢美的辞藻像聚集在一起的苍蝇,在脑袋里嗡嗡作响。喝咖啡烫了嘴。然后莫名其妙地希望天黑,好像天黑就能掩盖什么似的,或者能带给他多大的勇气。

最终他忍不住给苏立发了信息:"今晚八点之后我在花园酒店大堂吧等你,你慢慢来,我会一直等下去。"

花园酒店的位置就在地铁上面。

苏立没有回复。

三郎还是推掉了晚上的应酬。他感觉她会赴约，否则她就拒绝了。但是她有些犹豫，或许她有家庭、孩子了，不想再翻陈糠烂芝麻。但是他不行，必须知道她的一切，至少对自己是个交代。否则他就完了，他陷在一片看不见的沼泽里，她是他的光。

五星级酒店有一种独有的香氛，属于暗香浮动，借以启动客人神秘的大脑，记住每一次的入住，像幽会一般贴心又不动声色。

三郎点了一杯软饮料，坐等苏立的到来。

八点四十五分，苏立的身影匆忙地出现在玻璃门处，她下意识地四处张望。三郎站起来对着她挥手。

还没等她坐下，三郎便省略了所有的寒暄，直说："我离婚了。"苏立的表情明显僵住了，一时不知该怎么接话，她望着他，慢慢坐下。"我其实过得很不好。"三郎补充了一句，有一种如释重负的坦然。苏立点了榨鲜橙汁，静静听着三郎的陈述。三郎说："我跟前妻就是不合适，责任主要在我。"其中的细节当然不提，也没有必要提。

然后满脸写着：你呢？该你了。

苏立想了想，好像不太想谈自己，沉默了片刻才淡淡说道："我们家破产了，我爸欠了高利贷，现在还不知道躲在什么地方。"说到这里，她居然笑了，"怎么这么不真实？像剧情简介一样。"她不往下说了，或者是说不下去了，笑容变得苦涩，清澈的眼神掩饰着沧桑。然后她就闭嘴了，什么都不想说，她脸上写的就是这个意思，眼睛望着别处。

他特别有抱住她的冲动，然后对她说，你的情况还能更糟糕一点吗？好让我能够配得上你。当然，他没有。他们是熟悉的陌生人，是高冷的羞于表达情感的都市人，必须坚强到牙齿。

"一个人吗？"他小心翼翼地问道。

她点了点头。

他的内心一阵狂喜。以前的事就不提了，让我们从现在开始。当然他仍旧沉默，但是已经感觉到久违的激情与冲动正在重生。

男人对这种能力需要病态的认可。

这也是三郎深感对不起苞苞的地方，昨晚给母亲过完生日，那是一个完美的夜晚。他回到家中依然兴奋不已。这时的苞苞正在卧室收拾她的衣物，她自己有单独的柜子，两年了，他碰都不想碰。终于在平静分手之后，苞苞可以把她的东西全部拿走了。三郎也是想等这之后再把大门的锁换掉，所以他并不知道苞苞会在这个晚上来收拾衣物。

一个巨大的黑箱子摊在卧室的地上，猛地看上去满床满地都是女人的各种衣服、裙子,还有轻薄质地的性感内衣、带有情趣意味的小护士制服。苞苞在低着头收拾,见到他,用无奈的眼神打了招呼。

几乎是在一瞬间,他冲上去抱住了苞苞。

二话不说,将她按倒在地,在那一堆垃圾品位的衣服上,苞苞显得颇有诱惑力。他像疯了一样,把那件事做得地动山摇。实木的大床轻飘如一叶扁舟,肆意撞击在墙上发出咚咚的声响。苞苞完全是被吓住了,任其摆布,没有呻吟也没有喜极而泣的机会,意想不到的风暴将她彻底淹没了。这时候的三郎像换了一个人,没有理智,没有思维,脱缰野马一般地奔驰。

身体的语言却在提醒他,一切的症状都是心因性的,他不能停止,他可以,他完好如初。

"这算什么呢?"苞苞在他的身后幽幽地说道。

薄荷烟的味道一重又一重地袭来,既清凉又刺鼻,"就算是夫妻一场吧。"她仿佛自言自语道。

幸福使人慈悲。昨天傍晚,母亲的每一条皱纹都是舒展的。此时他最希望自己做的就是转过身去,对苞苞真诚地说一句,以后无论碰到什么困难,都可以来找我,我们的恩怨就此扯平。当然,他没有。他一动不动背对着她躺着,这个世界没有也许,没有以后,即使是所谓周济,你乐意,别人未必乐意。所以,他什么也没有说,什么也没有做。

天快亮的时候,三郎又沉沉地睡去。

再一次睁开眼睛,天已经大亮,阳光从月白和雪青相间的厚厚的窗帘缝里挤进来,令静美优雅的融色披上了霞光。三郎还是第一次感觉到日光并不是那么可憎,他起身拉开了窗帘,仿佛拉开了新生活的序幕。

苞苞并不在床上。

地上的大黑箱子也变魔术一般收拾妥当,靠墙肃立,外加两个大环保手袋。这么大的工程他毫无知觉,可见睡得多么死。

天色湛蓝。

远处,以西塔为代表的一重又一重的高楼大厦像崇山峻岭一般错落有致,看着让人心里踏实。如果是晚上,就变成集成电路板那样星星点点光束密布。三郎喜欢繁华,没有繁华就没有繁华中质朴的自己。

洗漱完毕之后,三郎换上干净的衬衫来到客厅,听见厨房里传来煎鸡蛋的声音。看来苞苞也不准备兴师问罪,他也想把这个尴尬的早上礼貌、谦和地混过去,从此劳燕分飞各奔东西。正是因为从此再无挂碍,现在才要表现得体面一点,不必面目狰狞。

三郎在餐桌前坐下,像两年前任意的一个早晨。

所不同的是,此刻他的脸上,挂着一丝智障人士特有的那种既诡秘又发自肺腑的笑容。

手机的铃声响了,果然是母亲,只有她会这么早打电话。

"我一晚上没睡。"她说,"当然是高兴的,大溪跟你小时候一模一样,就像饼印,想不认都不行。"

他仿佛看见母亲的笑容。

昨天傍晚,他回家给母亲过生日,母亲穿上他亲手做的衣服,稀罕地来回摩挲,这布料太好了。她赞叹道。你儿子是布痴啊。他说。手工也周密,是个好的手艺人。这已经是母亲对他的最高夸奖。他很想说,这里面有爱。当然,他没有说,如果心里有千言万语,那就什么都不用说了。

母亲盛好汤,就是普通的胡萝卜玉米排骨汤。她是一个家常惯了的人,不喜欢夸张。她说,做衣服就是不要夸张,布料好、沉静的颜色,哪里需要设计?加上纯手工,就是上等的货色。

吃饭也是,不会夸张地操办。

这时有人敲门。

会是谁呢?母亲的眼睛在问。这时三郎才说,我还约了苏立,妈,你还记得苏立吗?

母亲有点吃惊,但还是点点头。

想不到苏立带来了大溪。看到大溪第一眼的时候,母亲就热泪盈眶,所谓血脉相连是最骗不了人的。这是苏立送给母亲最大的礼物,也让三郎如坠梦中,根本无法相信这个世界上会有如此神奇的事,并且不偏不倚就降临在自己的头上。所以,他的目光从始至终都没有离开过大溪,满脸写着不可思议。因为这件事完全超出了他的经验、他的想象。

母亲一夜未眠是很正常的。

"我记得苏立是有钱人家的女儿。"母亲一直絮叨,她的担心可以理解。她与其他母亲不同的是,总觉得自己的孩子不够好,家境不够好,特别是苞苞坚决要离婚,应该是对母亲最沉重的打击。

"她家破产了。"他只能这么直接地安慰母亲。

"哦,那就好。"

怎么能这么说?母亲也真是的。所以说这个世界上根本没有客观的母亲,只要对自己的孩子有利,哪怕天崩地裂洪水滔滔。

"她也一直没结婚,你看大溪教得也很好。"他继续给母亲吃定心丸。

母亲一连串的嗯嗯嗯。

这时,一碟煎鸡蛋、培根和涂好花生酱麦包的盘子放在了三郎面前,三郎急忙向苞苞点头示意。

"妈,您放心吧,我会把事情处理好的。我还要上班,挂了啊。"

苞苞一言不发,平静地倒奶。两只玻璃杯变成宁静的白色。她在三郎的对面坐下,面前放着同样的西式早餐。

两个人默默地吃早餐,刀叉的声音反而有些刺耳的锐利。

"一会儿我开车送你吧。"三郎打破沉静。

"嗯。谢谢。"

"还是回你妈那里吗?"

"嗯。"

"如果你不嫌弃,就到淘金路那套公寓去住吧。"

三郎当年曾经投资一个六十二平方米的小套房,因为地段还不错,放租比较方便。

"不是租给人家了吗?"

"租约到期,那个客人搬走了。现在空着,不过要自己整理一下。"三郎是真心同情苞苞,她那个妈,怎么一起住啊?

"真的可以吗?"苞苞沉默片刻,看着盘子说道。

"都说了你不嫌弃就去住,客人不租了总是说那条街上住了黑人,还有好多洗脚妹。"

"没关系,我想去住。"

"那一会儿我们就过去,我帮你把箱子提上去。"

"房租怎么算啊……"

"房租就算了,你想住多久都行。"三郎也看着盘子说。

"哦,那就谢谢了。"

吃完早餐,苞苞洗完杯子和碟子。两个人提着箱子出了门。临走的时候,苞苞环视了一下客厅,三郎装作没有看见。

车子开在环市路上,没有人说话,静悄悄的,再往前开右转就是淘金路了。苞苞坐在后座,一直用手撑着脸颊望着窗外,这时像是偶然想起一样突然说道:"两年前的五月十二号,你跟端木哲见过一面吧。"

"怎么可能?"三郎脱口而出。

苞苞没有理会他,继续说道:"五月十二日很好记啊,是汶川地震纪念日,你用我的手机给端木哲发过一条信息,叫他到我们家来一趟。

"那两个警察又来找我了，他们不知道在哪里找到了端木哲的手机，里面有我发给端木哲的信息，我告诉他们那不是我发的，他们不相信。我只好告诉他们，当我知道端木哲要害死你的时候，我害怕了，想到他有一天说不定会杀掉我，再说他搞的减肥药又吃死了人，警察到处抓他。所以说好一起逃跑，但是我并没有跟他约好碰面的地方，就更不可能给他发信息了。

"谁能拿到我的手机发信息？你还是想好怎么跟警察说吧。"

三郎一个急刹车，苞苞的脑袋碰到前座椅背上，啊了一声。因为听得太过入神，汽车差点追尾。

她是幼儿园老师，但不是幼儿园智商。永远不要小看任何一个人。

三郎本能地开着车子，右拐后驶进淘金北路。许久没有过来，曾经充满小资情调的街道和铺面有一种时过境迁的破败。

他再一次想起了薄荷烟细腻的慢慢弥散开来的烟雾，像花一样在眼前绽放，生机勃勃的太阳蛋在白色瓷盘里微微摇晃，苞苞最后环视客厅时目光中的淡淡忧伤。为什么每一个画面都显得意味深长？

本来，这是一个轻松、休闲的周末。

为了去听晚上的音乐会，黄莺女士从下午就开始梳洗打扮。傍晚出门的时候，她穿着香奈儿的外套，佩戴镶嵌山茶花标志的珍珠项链，整个人还香喷喷的，打上蝴蝶结就可以送人那种。每次都是这样，除了盛装，晚饭还要去西餐厅。她老人家的意思是这样的享受才算完整，要对得起这个美丽的夜晚。

周槐序陪母亲去了三兄弟西餐厅，这个店铺并不精致奢华，反而有些过分随意，桌椅、桌布、布置、摆设都是有年头的陈旧感觉。然而菜式非常地道。如果用餐时兄弟中的老大一高兴，还可能拄着拐杖慢悠悠地走过来奉送一道价格不菲的甜品，然后聊上几句。每次黄莺女士都可以享有殊荣，因为老大喜欢老派而盛装的女士，感觉与他的铺面相映生辉。

是苏格兰交响乐团在大剧院演奏古典音乐。

他们的位置在楼座一排。小周也喜欢交响乐，至少可以闭上眼睛休息大脑。最近发生了太多的事。

观众在陆续进场，各色人等。有人平静，有人异常兴奋。有女人化着大浓妆，穿着比黄莺女士夸张多了，也有人随便得像上街买菜一样就来了。有人一直歪着头在欣赏大剧院的建筑特色。

这时他的眼神停留在楼下大约十五排的位置，他看见了苏而已和柳三郎，中间的座位上坐着大溪。

苏而已在看节目单，柳三郎的一只手搂着大溪，不知在说什么。

小周掏出手机打给苏而已,他看见苏而已接听了。

"你在哪里?"他说。

"我在大剧院,准备听音乐会。有事吗?"

"跟谁在一起?"

"大溪的爸爸。"

"哦,没什么要紧的,我再找你吧。"

周槐序收起手机,他可以绝望了吧——她甚至连骗他的心都没有,如实秒回他的问题。就像他因公调查柳三郎,很正常地牵扯到苏而已,苏而已也必须回答他和忍叔提出的问题,哪怕是触及隐私。

那天他们就约在利群茶餐厅谈话,一人一杯柠檬茶,都是公事公办的表情。因为不是开饭时间,所以店里清闲,客人不多。他和苏而已非常默契地表现出素不相识的样子,事实上他们也的确没有什么可圈可点的交往。这是他们唯一可以选择的最佳态度,必须承认,小周的内心不可能波澜不惊,也有一点点掩饰良好的尴尬。不过苏而已还是平静地回答了他们所有的问题,包括她和柳三郎的情史,以及柳三郎是大溪生父的事实。

小周暗自叹了口气。

"嗯,她的确是个好女孩。"这时黄莺女士在他身边感慨了一句。

"你说谁?"

黄莺女士往下努了努嘴。原来她也看到了苏而已。

"你跟她又不熟,怎么知道她好?"小周有些丧气地说道。

"因为她不接你的球啊,你喜欢她,谁都看得出来,可是她装傻,而且装傻到底。"

小周的内心大为惊讶,但还是假装若无其事,却又不知如何作答。

母亲说道:"她来我们家的第一天我就看出来了,你看她的眼神很不一样。你懂什么叫母子连心吗?傻儿子,是你以为别人都不知道。"

小周一直以为妈妈是思维简单的女人,喜欢鲜花、香水、唱歌、听音乐会的女人就简单吗?这是偏见,要改变。

"可是你们不合适。"

"为什么?比起那些世俗的想法,真爱才最难求吧。"

"爱情非常短暂,但是人最终都是普通和现实的,你的条件那么优秀,应该想得长远一些。"

"那你还说她好,言不由衷,这不是你的风格。"

"我真心觉得她不错,只是她不合适你。"

"听不懂。"

188

"因为她也喜欢你啊,傻儿子。"

"哪有? 她根本不太理我。"

"如果她喜欢你,就会跟你谈一场轰轰烈烈的恋爱。可能是她真的爱你,所以远离,她希望你好,希望你完美,世俗的东西总是更长久。"

不知为何,小周像是被点中穴位一样,鼻子一酸。

"再说了,人家是一家三口,你不觉得你是多余的吗?"

死结。

灯光渐渐暗去,在海潮一般的掌声里,满脸慈祥的老外指挥走出前台,与首席小提琴家拥抱致意。随后,他站上指挥台,背对观众。良久,他才确认身后如沙漠一样空廓冷寂,指尖一点,音乐声响起。

周槐序对于音乐的天然感受力应该来源于黄莺女士,从小到大,因为陪伴母亲,他成为优质听众。他可以清晰地感受到旋律中的乡村、田野、雨过天晴、翠堤春晓,也有疾风骤雨、悲痛和哀伤以及克制的叹息。但是此刻,他闭上眼睛,交响乐的宏伟磅礴化作绵柔的背景音乐。

他的脑袋里只有一个问题,那就是坐在楼下的柳三郎到底是一个什么样的人?

技术部门恢复了端木哲手机上的数据。

苞苞不承认她给端木哲发过信息,理由令人信服。那么谁比较容易拿到苞苞的手机,在苞苞离家前发信息给端木哲? 当然是柳三郎。

他为什么要发这个信息? 他叫端木哲到家里来想说什么?

这些疑问都很正常,但是忍叔后面的话,令小周的后背有一种触电的感觉,只有 0.2 秒钟,但绝对是惊着了。

忍叔说,老王的案子里,谁最不可能杀人? 小周回答,大王。忍叔说,对,小王或跛足人都是有理由激情犯罪的,一个贪财,一个被砸了饭碗,但是没有。那么,忍叔继续说道,端木哲的案子里,谁最不可能杀人?

小周没有说话,但是被电了一下。

忍叔说,我想了很久,这一次端木哲手机的出现,和他两年前发给他远房亲戚的短信,有同一种故意,就是提示我们端木哲在逃。但事实上,端木哲这样一个上了大学就不认父母的人,工作这么久,有钱没钱都从来没有回老家探望过父母,而且有一次他父亲病重,亲生父亲啊,给他打电话,他都没有回家看一眼,你说这样的人,怎么可能想到把对父母的挂念托付给远房亲戚? 根本不可能,完全是另一个人的思维推论。

这一次手机的出现,显然是有人放到货车上的,这个人知道我们一定会以此为线索追踪这个案子。

189

生的对面是死。

活跃的在逃对面是什么？是彻底的消失。

端木哲这个人有野心，像他这样贫寒又欲望强烈的人，上了大学，有了文化，有时反而是罪恶助推器。他不可能跑到非常偏僻的地方隐姓埋名地做苦力，他想过好日子，也吃不了那份苦。他如果去制冰毒反而是合理的，去寻找苞苞也是合理的，怎么可能连一点生命的迹象都没有？

串案思维，逆向侦查。忍叔说这是他认同的一种思考案子的方式。

毫无关联的人和事，看似两个独立的案子，有时候会突然打通脑袋里的死疙瘩。每一个职业里的人都会修炼出特有的直觉，其实他一直都在否定这个直觉，但是它仍旧顽强地冒出来。

这种感觉有点像下盲棋，这也是小周最佩服忍叔的地方。他不动声色，但是前棋走的每一步从未忘记，后棋无论如何是一种下意识的关照。虽然不知道对手是谁，棋路却一直都在他的心中。

小周想了想，觉得有道理。而且他跟柳三郎夜跑时撞上还不止一次，发现他还真是穿衣显瘦脱衣有肉那种，绝对不缺力量。不过转念想想还是不对，好吧，就算大胆设想柳三郎杀了人，怎么处置尸体？这可是个技术活，应该是一个人不可能完成的任务。

秘密搜查柳三郎的家和宝马座驾并不是一件难事，但结果像用漂白粉擦过一样，就算过去了两年的时间，还是有可能发现微量证物。然而事实证明想法就只是想法，多半是站不住脚的。

忍叔轻易下不了判断，一旦认准的事就会直奔南墙。他决定秘密调查柳三郎所有的社会关系。

于是，柳森浮出水面。

柳森是柳三郎的亲叔叔，自柳三郎的父亲过世以后，柳森对柳三郎疼爱有加，视如己出，资助他完成学业包括他的毕业典礼，都是柳森热泪盈眶地参加，两个人感情深厚。

柳森现任民政局副局长，两年前曾任殡仪馆的支部书记，这是一段让人浮想联翩的经历，以往不为人知的杀人焚尸案在这一类人手上也发生过，并不出奇。

于是，忍叔和小周去了殡仪馆，调查了两年前端木哲失踪那段时间的火化名录，反反复复，每一个死者都进行了核准。误差率是零。关于柳森的性格和为人，他们也调查了他曾经的同事，都说他这个人还不错，豁达开朗，乐于助人。优点是果断，有能力也有魄力，很务实的领导；缺点是好美人美酒，见到漂亮姑娘迈不开腿，喝酒容易喝高，有一次喝高了放狠话，说他一辈子不印名片不主动跟人握手,但是谁敢惹他就只好风烟滚滚送英雄了。

柳森的酒后戏言加深了忍叔对他的怀疑。可惜疑案从无。

终于,潮水一般的掌声让周槐序睁开了眼睛。黄莺女士一边鼓掌一边斜了他一眼,表达了心中的不满。

"这都是第三次返场了,你才睁开眼睛。"

"三次了还要别人演奏?买白菜一定要白搭萝卜吗?"

"讨厌。"黄莺女士噘起小嘴,继续鼓掌。

外籍指挥还是被热情所屈从,《茉莉花》的旋律宛如湖心的涟漪,缓慢地静如莲花般地荡漾开来。

十

为什么年轻的妈妈们都是半夜买童装?也对,只有半夜熊孩子才是没法折腾的,妈妈们才有时间逛淘宝。

深夜两点,苏而已还在电脑前处理订单。只要起身决定睡觉,就有一声猫叫的提示音把她拉回来。订单这种事就是这样,你不处理,妈妈们可没耐心傻等,转眼就找下一家,海淘呗,不缺你那一件。所以一听到猫叫,苏而已就没法睡觉,乖乖坐下来处理订单。

房间里总算暂时安静下来,苏而已得空急忙站起来伸个懒腰,然后重重地倒在沙发上。

腰部被硌了一下,她用手一摸,抓出来一只毛绒叮当猫,张着嘴傻笑。是大溪从三郎家里揣裤兜拿回来的,洗衣服时她把它扔在沙发上,现在依然是扔到脚下那一头。

需要这么拼吗?她想。换作任何一个人都会关上电脑睡大头觉吧?她应该学习那些游手好闲的女人,吃茶点,做头发,涂涂指甲,买买名牌才对。自从三郎来找过她之后,几乎是一天一个头彩,所有的担心和麻烦都烟消云散。三郎成功地挤进了成功者的队列,他是真正有才华的,他离了婚,关键是他对她的感情没有变。这样的一家团聚是她从不敢想的结局,完美得让人害怕,更像是一个精心策划的圈套或者陷阱。

更没想到的是,问题竟然出在自己身上。

不知为什么,她没有想象中的那么高兴。

人生中注定要遇到什么人,真的是有出场秩序的吗?看似不经意的一个相识或者相遇,或者成为故事,或者变成沉香,以一种美丽伤痕的形式在心中隐痛地变迁。人的一生都有一些说不出的秘密,有一些触及不到却又忘不了的爱,总是在夜深人静的时候轰然来袭。

这个发现很不好,在跟三郎共同奔向幸福的日子里,苏而已发现她的莫名的心虚和烦躁都是有原因的,她无法抑制地爱上了周槐序。

这种感觉太奇怪了,她发现是小周治疗了她的"爱无能"。这个阳光干警的小宇宙够强大,而且没被污染过,总是清澈透明的。他的笑容可以灿烂到刺痛她内心最柔软的部位,让人失魂落魄,让人无力挣扎,无处逃遁。

也许是她厌倦了,厌倦了她和三郎苦哈哈的、年纪轻轻就历经沧桑守着一颗千疮百孔的心,努力要过上人见人羡的生活而付出的那种沉重。她可以感觉到三郎也是冷血的,尽管他对自己的过去不愿多说,但完全可以体会到他阴郁的另一面,她常常看着他望着窗外发怔,并没有发自内心的苦尽甘来,或者突然紧紧地抱着大溪,令大溪有些不适应。

小周什么都没有,可是他保留了一个男生最纯正的天性,善良、自然、不会算计地去爱。

她的手机就扔在桌子上,如果再收到小周的短信,哪怕是深更半夜,她一定会打过去,然后相约一起去喝砂锅粥、去吃云吞面,一起去江边散步。即使什么都不说,只要可以在一起,感觉他白衬衣一般的洁净,春天一样的温暖,也是她所盼望的。

但是她知道,她再也不可能收到他的信息。他从来就不是一个暧昧的人,自从知道她与柳三郎的关系之后,他便没有给她发过任何信息。而在他的眼神里,她看到了只有她明白的忧伤和做错事似的自责。

本来以为一切都结束了,没想到却是另一个排山倒海的开始。

她怎么会不明白,每个人的面前都有两条路,一条是想走的路哪怕山高水远,而另一条是对的路,是必须往前走的路。她跟三郎曾经那么相爱,时至今日,所有的障碍都像变戏法一样化为乌有,走下去就是花好月圆。

可是爱这个东西太不可靠了,时空、心境、际遇,甚至出场先后都可能产生无法控制的化学反应。

她知道她应该走对的路,可是精神出轨对于女人来说既可怕又残酷。并且所有的力量都在迫使她远离那个虚幻的所谓真爱。黄莺女士满脸都写着"不",她只要有半点不淡定都会被视为"侵入者"。还有母亲和大溪,人生之旅不是江湖古道,不是铁剑柔情快意恩仇,而是扶老携弱,慢吞吞地倚杖前行。

缺乏美感的都不是爱,更像是一种无奈。而挫折和变迁也可以把曾经相爱的人变成铁哥们儿。

苏而已在沙发上昏沉沉地睡了过去。

一觉醒来,天已大亮。她的身上盖着毯子,耳畔听到细碎的压低嗓音的说话声。她坐起来揉眼睛,看见母亲和三郎坐在餐桌前剥豆子,不知在说什么,还是笑模样,大溪坐在地上,在玩三郎给他买的游戏机。阳光从窗外射进来,这样的场景有一种油画般的质感。

母亲对于三郎的现状自然是十二分满意,尽管过去对这个腼腆的不起眼的穷小子压根儿都没正眼看过。财富可以重新雕塑一个人的气质,两周前,三郎登上时尚杂志的封面,母亲买菜时在街上的报刊亭发现,郑重其事地买回家,放在苏而已的工作台前。

杂志封面上的三郎微低着头,侧光,冷漠的神情,酷。封面称呼他极简大师,介绍他的品牌"死人杰克",风格是干净、沉默、举止高贵。

封面上还印有他的金句:少,就是多。我从不谀媚客户。

母亲说,她现在每天的心情都像过年,下雨天也都觉得天是光的、亮的。又夸苏而已当年的眼光神准。

总之每一句夸张的话都让人接不住。

见她坐起来,母亲笑道:"三郎都等你两个多小时了。"

"干吗不叫醒我?"

三郎道:"反正也不着急,今天我带你去个地方。"他走过来,捏了捏她的脸蛋,"你到底醒了没有?"他总是记得当年他们在山村调查的时候,叫醒她,看着她坐起来他才离开,可是她又倒下去睡了。

她只好笑了笑。

三郎继续道:"本来想给你一个惊喜,可是今天天气太好,就改变主意了。"

苏而已还是笑笑,并不想做好奇状。她走到窗前,天气果然很好,蓝天四挂,连半片云朵都没有,美得无法无天。

洗漱之后,已经快中午十二点了,两个人吃了苏而已妈妈下的面条,然后开车离去。一路上,都是三郎在说话,东拉西扯的。但是苏而已从心里感谢他,如果让她演,该是一件多么辛苦的事。

驾车往连州的方向开了两个多小时,便到达粤北山区。这一带虽然贫穷,但还是山清水秀,深藏在山里的某一处农庄,三郎说已经被他用合适的价格盘下来了,这地方还真不错,山上遍种毛竹,还有一圈荔枝树。蓝天之下,清风掠过,远远望去就像一幅清新的水墨画卷。

空气如矿泉水一般没有杂质,负离子爆表,深呼吸的时候有醉氧的感觉。

住人的平房修得朴素、宽敞,除了厨房和起居室,还有一处庭院。庭院的设计偏暖色,空间层次丰富,将人们的活动空间从室内延伸到室外,完全是自然过渡。室内有生态棚架,藤蔓植物,高挑的房梁上,原色系的手织布倾泻而下,在日光中纹理细密,柔软绵长。

室外是三十亩有机农业体验区，另外还有有机蔬菜种植园和精品水果采摘园各五十亩。一派小富即安自给自足的田园景象。

农庄里还有小溪，若是美女蹲在溪边也可算作"西施浣纱"写真版。据说曾经的庄主是个文化人，但三郎给的价钱好，时髦的解释是有钱才有资格任性。并且三郎提着一皮箱的现金作为诚意定金，庄主思来想去，就以托孤的心态含泪把这里卖了。三郎说，在合同上签一个数字和见到现金，感觉完全是两回事。真心想得到什么，不要调情，直接开房。

永远不要小看现金的震撼力。

苏而已承认这个地方令她眼睛一亮，但是派什么用场一时也想不好。不见得现在就来这里养老吧。

农庄里的另一侧正在大兴土木，朱易优穿着一身工作服带着工人盖厂房，见到三郎和苏而已，笑嘻嘻地走过来，"我跟民工站在一起还分得出彼此吗？"他看上去的确又黑又瘦，跟农民工没什么两样。

他管苏而已叫苏局长。

原来，三郎要把农庄改建成工厂，死人杰克的出品就是用最商业的手法来包装纯天然的手工制作，他将从西南山区请来一些掌握传统女红技术的手工艺人，从纺纱织布的组织纹样开始，通过手工缝制和植物染色，令那些手造之物成为真正的有生命的衣裳。

其实，人们对于商业的理解有失偏颇，商业不一定是快，也可以是慢；不一定只因时尚而流行，也可以精良成为少数人的恩物。时代不同了，工业机制品永远不可能同时兼备深厚的情感和用心的灵性。随着人类的欲望急速膨胀，华丽的炫耀的稀奇古怪的衣服已经堆积如山，分秒之间就可能失去价值。无论如何，纯手工和纯天然的方式已经成为这个世界真正的奢侈品。

三郎知道苏而已迷恋手工，迷恋用心，不想当设计师或者艺术家。她需要的是清晨鸟儿的鸣叫，风穿竹林沙沙作响，细雨无声，屋檐上的积水滴滴答答。她需要的是不想说话的时候可以寂静无声。

这里取名华南织布局，将作为礼物送给苏而已。

苏而已的内心不是不感动的，但是她不敢看三郎一眼，很怕跟他的目光对上，不然她会对他说，你干吗要对我这么好？我并不值得你对我这么好。当然她什么都没说，只是双颊渐渐地泛起桃花。

这是沉浸在爱情里的女人才有的美丽，是这个时代的稀缺物质，犹如干净的空气和水可遇而不可求。

然而只有苏而已自己知道，她的内心非常羞愧，所以才会脸红，才会不敢看三郎的眼睛。对于自己的精神背叛，她深深地自责，同时也深深地明白，在这个世界上,三郎绝对是最懂她的人。

清晨,也只有清晨你才能感觉到这座城市在沉睡。

只要是夜幕降临,它永远是不夜、不眠、不休,多晚都不算晚。天亮了,它便开始沉沉睡去。

不到早上六点钟,小周就饿醒了。昨晚跑完现场又开会,晚了,他和忍叔都睡在队里。昨晚吃的是盒饭,根本不顶事。他起身穿上衣服,忍叔翻过身来说了一句,"这么早?"他们昨晚快四点才睡。

"我饿了,你要吃什么我给你带过来。"

忍叔起身道:"算了吧,我跟你一块儿去利群喝碗皮蛋粥,再来一碟牛肉拉肠。别跟我提包子,听着都饱了。"

小周也不想吃包子,吃伤了。

街道上的交通早高峰要到七八点钟才开始,所以到处都还是沉睡状态,一切安静有序。洒水车叮叮当当走走停停,路边的灌木和柏油路一片一片地湿了。城市也需要苏醒和洗脸,这种感觉还不错。

两个人走在去利群茶餐厅的路上,因为辛苦和晚睡,都是面色灰暗,目光呆滞。怎么这么饿? 不是得糖尿病了吧? 小周想。

此时忍叔懒洋洋道:"你看我们混的,跟犯罪嫌疑人也差不了多少。"

"什么意思?"

"他们背的命案,不就是我们背的命案吗? 他们打劫金店,我们就背着的黄金首饰要多沉有多沉。就说那个假币案,现在连点头绪都没有,不还得我们扛着,逃都逃不掉啊。"

"怎么听着有点沾沾自喜啊。"

"我哪有?"

"别管多么现代化的城市,都少不了我们呗。"

"你不觉得吗?"

忍叔就是这样一个人,内心跟福尔摩斯一样骄傲,像公安局局长一样威风,嘴上死也不肯承认。把自己说的,多么微不足道似的。

但只要是风餐露宿艰难困苦的时候, 他总是会说,我们是心里有蛟龙的人。算是最励志的一句话了。

茶餐厅里已经有不少食客了,都是一些年纪偏大的老者在吃早餐。因为是相熟的街坊,又大声地打招呼,个个都好精神。小周只想吃饱肚子再去睡一觉。

两个人找了位置坐下,因为离收银台近,小周喊了一句,"报告芦姨,两个 A 套餐。"

芦姨眼睛都没抬地嗯了一声。

她在包三鲜馄饨,守着一盆馅、一摞面皮,一只手一捏一个。反正她不是包馄饨就是剪虾须挑虾线,很少看她闲坐着,老百姓讨生活着实不易。客人多的时候才专事收银。

不一会儿的工夫,服务生就送上来两碗皮蛋瘦肉粥、两碟牛肉拉肠,外加每人一杯热柠茶和一个煎鸡蛋。实在是豪华早餐。

两个人闷头开吃,吃得有滋有味。

再平常不过的一个早晨。

也就在这时,发生了意想不到的事。

只听见芦姨"嗷"地叫了一声,随即大喊,"假币啊——"小周抬起头来放眼望去,芦姨拿着一张百元大钞指着门口,只见一个穿白衣服的精瘦青年已经闪出茶餐厅的门外,拔腿就跑。小周下意识地从座位上弹起,扔了筷子追出去。但此时的忍叔一声未吭,带倒了两张椅子,跑在小周的前面。

白衣青年一路狂奔,丢掉了手上一兜子的菠萝包,这是一种茶餐厅最受欢迎的面包,酥皮,里面夹一片黄油,菠萝包滚了一地。

白衣青年风一样地飞跑,他回望了一眼,发现紧随其后的忍叔并没有停下的意思。这时,更加意想不到的事情发生了,只听"砰"的一声枪响,忍叔应声倒下。小周当即就傻了,想不到用假币的小毛贼手上有枪。

他俯下身去一把抱住忍叔,子弹打在忍叔的大腿根部,鲜血像打翻的红油漆一样在地上弥漫开来。

就在这仓皇的一瞬间,小周听见忍叔冲他喊道:"追啊!"

是竭尽心力的一声呐喊。

顿时,小周像得到指令一般放下忍叔,冲着白衣青年奔跑的方向追了过去,他不顾一切地跑着,第一次感觉到灵魂出窍,天和地,偶尔的人群,早班的车流,所有的一切都在晃动,拼命地晃动,他什么也听不见,只有自己呼呼的气喘声十倍百倍地放大,什么也挡不住他疾风骤雨般的奔跑,根本忘记了白衣青年手中有枪,心里只有一个念头——一定要抓到他。

这样不知跑了多久,眼见着白衣服飘在眼前触手可及,终于,小周像猎狗那样飞扑了上去。

几乎是同时,又一声枪响划破漫长的迷惘。

这座城市,醒了。

周槐序醒来的时候,发现自己躺在医院里,满眼都是白花花的,几张影影绰绰的脸庞全部关切地面向他,有父亲、母亲、身穿警服的大头儿和小头儿,为什么这么混搭呢？一时想不明白。

他又昏睡过去。

再一次醒来，已经是晚上，不知道几点钟，窗外一片漆黑。

只有萧锦一个人在病房陪伴他，见他醒来，给他喂了水，吞咽的动作都会带来刀割一般的腹痛。

"你伤到肚子了，"萧锦轻声道，"好在是肚子受伤，不危及生命，就是流了太多血，所以你会感觉到意识模糊。"

"不过你好厉害，"她继续说道，嘴角满含笑意，"受伤之后还踢飞了嫌疑人的手枪，把他和自己铐在一块儿。"

听她这么说，小周才渐渐恢复了一点记忆。

印象最深的还是那一摊红油漆似的浓厚的血，快速地漾开。

"忍叔怎么样？"他的声音十分微弱。

"还好。"萧锦答道，同时正背对着他拧了一把热毛巾，然后转过身来，走近床边，慢慢地给他擦脸和手，又道，"医生说你要少说话，睡吧。"

他也觉得忍叔应该没事，腿伤，离心肺还那么远呢，肯定没事。

萧锦告诉周槐序，白衣青年是个吸毒人员，当时吸食的毒品是新型麻果，这种毒品会令吸食者产生幻觉，或者精神异常。这个人就是这样，吸食之后相当兴奋，揣着枪出来买吃的，还敢大模大样用假币。

据称他们那个窝点买了几大箱假币，正是队里在追查的批号，应该是很有价值的线索。

这一伙人，假币是在网上买的，仿77式手枪是在网上买的（三把，子弹六十二发），就连毒品也是网上买了之后快递（量大，一公斤以上），甚至同伙之间都不太知道真名和底细，因为也是靠网络纠集在一起的，全部是年轻的男性，其中两个人是艾滋病毒携带者。

那个白衣青年，吸食麻果之后，曾经跟父母动过刀子，还把家里点火烧了。四次强制戒毒，这次复吸之后更是变本加厉。

周槐序并没想到案情会这么复杂。

这时，病房的门被推开了，只见黄莺女士带着保姆走了进来，保姆手里提着装汤水的保温壶，还有夸张的果篮。黄莺女士直扑到床前，见到小周醒了，虽然舒展了眉头，但是眼圈还是红了。

趁着萧锦端着脸盆出去洗毛巾，黄莺女士小声埋怨道："当初就该听你爸的话学医的，多么现成的条件。你看看你这一行，也太危险了，真是太可怕了，跟警匪片里演的一样……"

小周没有说话，用眼神制止了母亲。

黄莺女士仍旧忍不住道:"这一枪真是打在妈妈的心上,如果再往上面偏一点点,哎呀我都不敢想……以后妈妈都随你,你想干什么都行,我说的是真的,绝对不当你的对立面。"她又是一副要哭的样子。

小周轻声回道:"你别在萧锦面前说这些,很丢脸的。"

"我知道,我知道,我有那么傻吗?"黄莺女士一个劲儿地点头。

正说着,萧锦又端着脸盆回来了。黄莺女士急忙客客气气地跟小萧寒暄了几句,主要是感谢她日夜守在小周的病床前。

萧锦说:"这是应该的啊,阿姨,我和小周有战友之情,保不准以后还是搭档呢。"

当时听到这句话,小周并没有觉得有任何不妥。

仗着年轻的身体血气方刚,三天之后,小周就可以下床了,虽然走路缓慢,但毕竟可以下床走路了。

第一件事自然是要去看忍叔。

萧锦没有办法,只好告诉小周,忍叔已经牺牲了,吸毒者的那一枪打在忍叔腹股沟的主动脉上,救护车到达的时候已经血尽人亡。但是医院还是坚持心肺复苏术四十多分钟,其实心电监护显示器一直是一条直线。

周槐序不敢相信这一切都是真的,神情甚是迷茫。

所谓搭档,通常是指因为各种原因而在一起密切合作的两个人的工作关系,看上去毫不相干,事实上血脉相连,是荣辱与共的兄弟,是比和家人在一起的时间还要多得多的人。

何况,他们是没有代沟的两代人,在一起的感受是自然舒适,犹如一个人的两只手。

深深的自责感乌云压顶一般向着周槐序的心头袭来,他如果当时不去追人,而是替忍叔包扎,叫救护车,忍叔就不会走吧?那些小毛贼还是会冒出来的,他相信还是可以抓到他们的。可是……他们也仍然带着枪啊……并且,那真是忍叔希望的吗?他的耳边还响着"追啊"那一声泣血的呐喊,忍叔就是那种不抓到坏人比死还难受的人啊。

心里面翻江倒海,腹部的伤口开始隐隐作痛,后背也冒出了一层虚汗。

看见他面色苍白,神情黯然,萧锦道:"不如我陪你去看看忍叔的爱人吧,嫂子听到消息,当场就昏过去了,三天不吃不喝……"萧锦说不下去了。

她扶着小周来到走廊顶端的病房,忍叔的爱人半靠在病床上,两眼并未落泪,而是枯槁地望着窗外。也有一名女内警陪伴忍叔的爱人,她坐在病床边上,握着忍叔爱人的一只手,默默无言。

小周一眼看出嫂子披着一件忍叔生前的旧毛衣,榨菜色,天冷了,忍叔永远是这件起球的旧毛衣。

我们是心里有蛟龙的人。想到这句话,小周忍住了要滴落下来的眼泪。

嫂子见到小周,什么话也没说。她只是看着他,是他熟悉的,每一次嫂子看着忍叔的眼光,是淡淡的深情。

嫂子的床头,放着忍叔的遗物,没有什么值钱的东西,居然还有眼药水之类的杂物,有一本黑色人造革面的老土笔记本,的确是忍叔常用之物。时代发展到今天,有电脑有苹果6,但是忍叔一直有记工作笔记的习惯。小周拿起这个笔记本下意识地抱在怀里。

嫂子轻声说道:"你留个念想吧。他这样的笔记本有十六本。"

小周点头,内心一派凄惶。

原来,以前那些再平凡稀松不过的日子,才是山水同宽日月同辉的灿烂时光,是夕阳无语壮志凌云的默默相守。身边的人,只有走了,离开了,没有了,所有的珍贵与珍惜才会涌上心头。

小周出院以后,又在家休息了一个多月才归队上班。

办公室里一切如故,什么都没有改变。只是没有了忍叔,这里再也不会出现他的身影,难免又是一阵阵茫然。

他现在跟萧锦搭档,还有些不习惯。

小周变得有些沉默寡言,这一点大家都能理解,也不在他面前提前尘往事。对于小周来说,最大的改变是忍叔治好了他的失恋症。以前再怎么克制,总会有一些想法飘过,现在彻底断了根,什么想法都没有了。一想到忍叔用手捂住伤口,鲜血洪流一般从他的指间涌出,而他只大喊了一句,追啊——!这一幕铭心刻骨,令他永生难忘,如何还能够风花雪月,想那些有的没的?

那应该是对忍叔最大的不敬,如果他真的从心里悼念他,最该做的,就是把他未做完的事情做好。

他最后一次见到苏而已是在健身房,当时远远看到赵教练陪着一个女孩子打拳,女孩子背对着他,瘦削的一条,戴一双大红色拳套,并且每一拳都打得发泄一般地有力量。赵教练的两只手臂上都戴着长方形的足有六到八寸厚的拳靶,一边后退一边抵挡,嘴里还念念有词,纠正动作。

他走了过去,意外发现女孩是苏而已。好好的,为何又不练习唯美的弓道了?是要发泄什么样的情绪呢?

苏而已见到他,像不认识一样,扭头就走。

小周问赵教练,她怎么了?赵教练笑了笑,做了一个不知道的表情。

所有的欲念成灰。

周槐序一个人拿着忍叔的黑色笔记本去了天台,天台空旷,有一些粗生粗养的植物和石桌石凳,经得起风吹日晒。

偶尔,会有一个半个犯瘾的警察跑上来吸烟,今天还好,一个人也没有。是一个常见的阴霾天,月朦胧,鸟朦胧,远处的楼群和街道犹如罩在一个毛玻璃的罩子里。

有时候天气就是心灵的写照。胸闷,气短。

他找了一条石板凳坐下,打开黑色的笔记本。

这是一本工作笔记,笔迹仓促、潦草,陈述简单扼要,没有半点抒情和感慨。但因为是共同经历的案子,那些熟悉的平凡的日日夜夜扑面而来,忍叔的音容笑貌栩栩如生,竟然比他活着的时候生动一百倍。他是大忍之人,却因为有情怀,有担当,一双眼睛格外清澈。

周槐序忍不住泪如雨下,伤心之余又深感天地庄严。

良久,他的心情才平复下来。

他把工作笔记翻到有字的最后一页,只见上面写着:端木案,周边? 深圳、佛山……

什么意思?

想了一会儿,无解。再想,还是无解。

另外一页,没有写字,只有一个电话号码,后面写着一个人名,高首谦。小周想了想,也不认识这个人。

他拿出手机,把电话打了过去。

铃声响了三次长音之后,有人接听了,是一个朝气蓬勃的男声,"你好,这里是上书房藏书馆。"

"藏书馆? 是书店的意思吗? "

"也算是吧,请问有什么事吗? "

"我想找一下高首谦先生。"

"哦,高首谦是我爸爸,我是他的儿子高飞,我爸每周只上两天班。请问你是哪位? "

"我是分局刑警大队。"

"哦,请问是曹警官吗? "

"不是,我是曹警官的搭档周警官。"

"你好,你好。"

"你好。请问你知道曹警官找你父亲什么事吗? "

"不知道,只知道他们约好了要见面,我父亲一直在等他的电话呢。"

"对不起,非常抱歉,曹警官出差去了,因为走得急,一时还联络不上。他要办的事情由我接手。"

"哦。"

"请你帮我联络一下你的父亲,尽快见个面。只要他有空,我随时可以配合他的时间。"

"好的。我再联系你。"

周槐序给高飞留下了自己的手机号码。

高首谦是一个童颜鹤发的老头,相貌和善,精力充沛,头发稀疏,全部向后梳得一丝不苟。周槐序按时来到上书房的时候,他已经泡好了陈年普洱茶,茶水醇厚、端庄,而且温度刚刚好。

他戴一块老版的超薄浪琴,是个讲究人。

上书房藏书馆在市中心步行街第二个路口,门脸很小,收拾得古色古香,一点都不着急的样子。这在寸土寸金的黄金地段并不出奇,出奇的是招牌比手掌大不了多少,上书店名,字体是魏碑,旁挂在店门一侧,存心让人看不见似的,属于那种多迈一步便一定错过的店铺。

不过走进店里还是给人别有洞天的感觉,比想象中大很多,外间全部都是书架,各种不同版本的书,大部分是旧旧的颜色。高飞介绍说,书店虽小,也还是按照经史子集排列。进门处还有一溜可以随便翻的书摊,大部分也是旧书旧杂志,其中还有外文画册。居然一个客人也没有。

内间便是办公场所,全部都是红木家具,打扫得一尘不染。

高首谦介绍说,铺面是他很早以前买的,所以压力不算大,否则以现在的租金看,根本是撑不下去的。

并且,他这里就是一个中转场所,有朋友拿东西过来,无论是旧版书、书画或是其他,无外乎请他掌掌眼,因为他做这一行资深,加上认识的人多,有时候一个电话就有客人飞过来见宝,寻个下家什么的,他也赚一点差价。不过坊间对他的口碑还行,大伙也比较相信他。喜欢古籍的人倒是越来越少了,现在的知识分子也不好这一口,靠买卖古籍吃饭纯粹是梦了。

落座之后,两个人相对品茶。

高老先生说道,曹警官来电话,主要是想了解老王藏书的事,因为是在老王的书柜里看到过高首谦的名片。曹警官的意思是谨慎处理老王的遗物,也是对死者的尊重和交代。只是后来可能曹警官一直忙,也就没来电话。

小周没做解释,就说是曹警官出差了,交代他把这件事做好。

高首谦介绍说,他跟老王的确是二十多年的老朋友,是老王到店里淘东西,一来二去就熟悉了。后来有了交情,就会偶尔喝茶聊天,但是高老的习惯是从不打听客人手上有什么东西，反正说多少听多少。若是在名人手上收了东西也不外扬，越是威震江湖的人，他越是不提。五俗之首，他就是这么认为的。老王是个官员，自然喜欢口紧的人。

近几年老王生了病，慢慢就断了联系。现在人都过世了，也是不胜唏嘘。

高老说，古籍善本的收藏大致分为刻本、墨迹本、碑帖、信札和其他文献。墨迹本一直比较抢眼，又分抄本和校本两类，并且墨迹本大多是孤品，如果出自名家之手就会引起激烈争夺。平时与老王聊天，他倒是对墨迹本颇有一番心得。高老就猜他是收藏墨迹本的。

但是他对于文人画也深有研究。高老吃不准，又认为他是杂家。

时间长了，才慢慢了解到，老王是典型的"干部收藏家"，早年在部队，当过营部文书、指导员什么的，转业以后待过图书馆、银行，当过文化官员，就因为有文化，没有辜负那些收藏的黄金时代。他的收藏法则就一条：眼界高。但也只有他这样走南闯北的人才做得到啊。

小周忍不住插话道："收藏这些东西，真的有盈利空间吗？"

"以前还是默默无闻，但是千禧年上海图书馆斥资四百五十万美金从美国买回翁万戈家藏的八十种五百四十二册藏书，应该是触动了市场神经。二〇一二年过云楼藏书的拍卖，使古籍善本一步就迈进亿元时代。"

"这么厉害？"

"举个例子，就'广东题材'而言，梁启超一九一六年作的《袁世凯之解剖》，成交价是七百一十三万，成为那一场拍卖会的标王。"

"那老王到底是收什么啊？"

"我也不是特别清楚，但是他的视觉涵养很高是没有问题的。不过……"

高老突然停顿，半天没说下去。

小周看着他，并没有催促的意思。

高老继续说道："不过同时，老王还有对特殊收藏品感兴趣的癖好。"

"特殊收藏品？"

"嗯。"

小周直直地瞪着眼睛，不明白是什么意思。

高老说，特殊收藏就是想法奇特异类，不同于普通人。譬如国外就有藏书家，分类是符号学、奇趣、空想、魔幻、圣灵，总之涉及隐秘和虚假科学就是收藏的标准。

"这有什么深奥的意义吗？"

"没有意义就是意义。"

"老王也有这么不靠谱的一面吗？"

"那倒不是。"高老解释说,他之所以跟老王的关系比一般朋友还要密切、绵长,是因为一直有人托他在老王手里买具有收藏价值的前苏联色情作品。

二十世纪二十年代,布尔什维克时期,曾经的鲁缅采夫艺术博物馆成为国家主要图书馆,其中收藏了有伤风化的材料,来源于充公的贵族图书馆。热爱淫秽内容是当时上流社会的一种风潮。一九一〇年的俄国老百姓对色情作品也是情有独钟,比如《十日谈》的插图小册子,还有一九二七年的"性罪犯的社会构成"图表,都是当年的抢手货。

这些珍稀的俄国资料,至少具有社会学价值。

"请问有过成功的交易吗?"小周问道。

"有过两单,其中一单还是十八世纪的日本版画。不过我也没有见过东西,东西全部是密封的,两头不见人,一切意愿都由我来传达。那时候银行还没有实名制,汇款都用假名,避免出事和尴尬。"

"这叫视觉修养高吗?"

"海咸河淡,鳞潜羽翔,收藏就是收藏,跟随心性,肯定有高下之分,但那是客观标准,不是道德标准。退一万步,也是李银河说的,耻感也是快感的一部分,至少不是洪水猛兽。"

"是极度的压抑感造成的特殊癖好吗?"

"那是社会学家的事吧,我们就活在当下。"老人的语气散淡,倒是蛮有职业尊严的。

离开的时候,高老把小周送到门口。

小周突然停下脚步,想了想道:"高老师,我还是有点晕乎……怎么跟听故事一样,不像真的。"

高老没有说话,等着小周往下说。

"比如,我听我爸妈说,过去有很多政治运动,还有'文化大革命'的洗劫,这种东西怎么可能保存下来?"

"是个好问题,"高老下意识地抚住小周的肩膀,"你说得没错,当年私藏一本外国书籍就会被送往古拉格劳改营,怎么可能收藏这些物件?但是也总有人小心翼翼把藏品套入有共产主义意识形态的文章中,还有《毛泽东选集》里,黑胶革命歌曲唱片的封套里,密封在大缸里埋在后院。总之——"他又一次停顿下来。

这时他们已经不知不觉走到步行街口。

小周歪着脑袋看着高老。

"有需求就一定有暗度陈仓。"老人语调平静地说,但是脸上闪过一丝诡秘狡黠的笑容。

暗物质啊,忍叔的话在小周的脑海里划过,留下印痕。

他把所了解的情况如实向队里领导做了汇报。

领导商量了一下,决定由高首谦父子为主导,带领助手来完成老王藏书的清理工作。高飞是北京大学图书馆系古典文献编目专业毕业的,无论家传和深造都可以胜任这项工作。

作为收藏家的老王的确是一个杂家,他的书房整整一面墙的顶天立地的书柜,全部装了锁。透过玻璃柜门,里面并非有条不紊,而是横七竖八堆积着各种各样的书籍,但是混乱中自成体系,别有一番气场,令人生畏。诚如高老先生所言:纸寿千年,一是寂寞,二是壮观。

在一个不起眼的地方,小周看到了玻璃门里面用透明胶粘贴的高老先生的名片。暗黄的底色上有一本打开的线装书。

也是公安局长期合作的开锁佬上门配了钥匙,算是打开了尘封的历史。经过整整一周夜以继日的清理工作,高老和高飞都累得疲惫不堪,负责搬书的助手共计三人,登高爬低,尘粉一身。

一天,高老先生对小周感慨道,老王还真是有城府之人,他在我面前从来不提刻本,但实际上他就收藏了宋刻巾箱本,简直让我大吃一惊。要知道刻本现在可是按页码计价的。

小周茫然。高老先生戴着白手套拿出一套书给他看,小周感觉品相一般,实在没看出有什么特别。高老先生解释说,巾箱,是古人放置头巾的小箱子,巾箱本指开本很小的图书,意谓可置于巾箱中,携带方便,也可以放在衣袖中。老王私藏的这套宋刻巾箱本,由于名字太长,小周没记住,共十三卷,此书甚是珍罕,为铁琴铜剑楼旧藏,一函六册。二○○三年,嘉德公司的古籍专场秋季大拍,高老先生曾经有幸见过这套书,但因自己鼠目寸光而失之交臂。记得当年的成交价是一百七十万,现在想来便宜到难以置信。

小周听了,更加云里雾里,真是隔行如隔山啊。

高老先生脸颊泛红,目光如炬,可见他的兴奋程度。他笑言,每一个藏书家心里都有一个梦想,就是找到一个老太太,她要卖掉家中的一本书,可是她根本不识字,而要卖掉的这本书竟然是古登堡《圣经》。在告知实情和自我珍藏之间,无论经历怎样翻江倒海和涅槃重生的内心戏,藏书家最终选择后者是独一无二的答案。

两个人都笑了起来。

不过小周当时并不知道那本《圣经》的珍贵程度,后来到网上去查,才知道这本书世界上现存不足五十本。

高老先生说,收藏古书和收藏其他艺术品有很大的不同,除了价格,还有一段过往的时光,书籍里的印章、批注、钤印和不同的刻本,里面全是故事,蕴含了无数经手人的精神世界。

为了慎重起见,最后两天,高老先生请来某资深拍卖公司古籍善本部的职业经理人,对老王的藏品一同鉴别和判断。这个经理人年富力强,超爱嘚瑟,满嘴挂着名人后代,不吓死你不算完。

艰巨的工作终于告一段落,共整理出包括刻本、墨迹本、信札、文人画、特殊收藏品等在内的重要分档,共计一百四十六件,总价值初步估算为三千七百万元。

这个结果让周槐序暗自吃惊。

书中自有黄金屋,书中自有颜如玉。一个父亲的苦心孤诣也莫过于此了。老王难道不知道小王的品相吗?然而正如鸡汤君所言,不设前提的宽容,就是爱啊。他还是希望小儿子读书学习吧?还是希望他不要不学无术吧?希望他在发现珍宝的时候理解父亲的期许吧?

大王杀小王的案子还在审理中,这样的结果实在让人无语。

但是老王还是爱小儿子多一些吧。

队里的人都在议论这一起杀人案的戏剧性,周槐序又是一个人去了天台,又是一个阴霾天,虽然没有下雨,一切尽在烟雨中。

有几个警察围成半圈吸烟、闲聊,见到小周,有人递给他一支烟,以往他会夹在耳朵后面,他是不抽烟的。但是这一次,他点燃了,浅浅吸了一口就咳起来,但他还是又吸了两口,走到天台的边缘,怔怔地站了一会儿。

怀念忍叔。

十一

星期天,小周在房间里补觉。

周末的晚上又是加班,他是清早回到家的。黄莺女士刚起床,他对妈妈说,不要叫我,包括吃饭都不要叫我,睡到几时是几时,实在是太困了。

黄莺女士一个劲儿地点头。

所有的警察都一个毛病,缺觉。

周槐序的脑袋一挨到枕头,顿时昏睡过去。人像掉进了黑洞,消失在无边无际的银河系。

岁月静好。

不知过了多长时间,有人轻轻说了一句,"周边……"

周槐序的眼睛像听到指令一样,唰的一下睁开了。前一秒钟他还睡得跟铅块般沉稳。尽管脑袋并未清醒,甚至在几秒钟内不知自己身在何处。但是他敢肯定,他听到了一个神秘的指令。

他开始习惯性分辨。

他房间的门虚掩着,床头柜上有一杯水。肯定是黄莺女士进来送水,走时门没有关实,留有一条缝隙。

小周从床上跳起来,冲出门去。

坐在客厅沙发上的母亲,刚好挂断电话,有些惊奇地看着儿子。

"醒了?"她说。又看了看挂在墙上的石英钟,是下午两点十分,"吃点东西再睡吧。"她继续说道。

"你刚才在说什么?"

"没说什么,跟朋友通了个电话,是马阿姨。"

"跟马阿姨说什么?"

"说皮肤护理的事,她知道一个美容店,店里用的产品和小姐的手法都非常地道,价格也合适……"

"不是这些,还有?"

"还有?嗯……她们的面膜是黑色的,据说是火山泥……"

"不是,你刚才说周边什么的,周边。"

"哦,那个店离我家太远了,不方便去。她说这是一家连锁店,我们家周边肯定有,我正说要百度一下呢。"

那种感觉又出现了,小周的脊背仿佛触电一样,电流直达头顶,背部渗出细汗。参悟一瞬,刹那花开。他一声不响扭头回到自己的房间,穿好衣服。穿裤子的时候,用脖子夹着手机打给萧锦,叫她开着二手车立刻过来接他,并说好在楼下的银行门口碰头。

萧锦最大的优点是不啰唆,从不多问一句,也不会大惊小怪,像机器人一样按照指令行事。

黄莺女士说:"我给你下一碗面条吧?"

"不用。"

"就算是警车也飞不过来啊。"

不是时间的问题,他心里有事,胸口就会满满的,什么东西都吃不进。他还是摆手,穿好鞋子走出家门。

他站在银行外面的马路牙子上等待萧锦。

街道上车流滚滚,穿梭不息。

每个人都在忙着发财,或者糊口。他想起一个僧人的话,我们的结局都是奔赴死亡。他终于明白了忍叔提示的意思,殡仪馆是全国唯一一家最正规最繁忙也最烟火不熄的连锁店。

柳森对周边地区的殡仪馆肯定也是驾轻就熟,每一个系统都是一个坚不可摧的圈子,在中国。

和估计的时间差不多,萧锦开的车停在了小周面前,小周打开门跳上了副驾驶的位置。这么短的时间,萧锦还给小周买了一杯咖啡和一份辣鸡翅,怎么做到的? 真是贴心服务。"去哪里?"萧锦面无表情地问道。"深圳。"小周答道。萧锦一踩油门,二手车向着广深高速的方向绝尘而去。

在当地警务人员的配合下,工作开展得十分顺利。

但是在深圳殡仪馆里,一无所获,并没有任何异常。

疑点,出现在佛山殡仪馆,两年前那个特殊时段登记死者的花名册里,有一个名字引起了小周的注意。

这个死者的名字叫仇知,三十四岁,中山大学在校博士生,死于脑癌。

一模一样的登记,小周曾经在广州殡仪馆的花名册里见到过,因为查过若干遍,几乎每个名字都有印象,尤其是年轻人,越是低龄便匆匆告别人生,越是让人印象深刻,难以忘怀。他记得当时还跟忍叔交流过,"怎么会起这种名字,仇恨知识吗? "

"那个字念'求'。"

"哦。"

"是求知的意思吧。"

"这么年轻,真是可惜啊。"

"嗯,谁说不是呢,当了父母就更见不得这样的事了。"忍叔一边说着,一边在笔记本电脑里寻找仇知的户籍资料。

这是内部掌握的综合信息查询系统,他们核对每一个死者的身份,必须准确无误。

当时换小周起身点眼药水,长时间看着屏幕,眼睛真是又干又涩。

离世的人可真多啊,当他们变成密集的名单和数字,让人感觉生命好虚无,轻松如黄泉路上的结伴而行。

仇知的户籍资料中,的确有死亡、销户的记录,但是他的照片还在,看上去英气逼人,青春不可方物。

想到这里,小周打开笔记本电脑,核对广州殡仪馆留存的资料。果然,他的记忆准确无误——仇知的记录一字不差地赫然在目。

难道他被烧了两次吗?

当然不是。

第二天,小周和萧锦一起走访了仇知的家,仇知的母亲是一位机关干部,端庄而有礼,不到六十岁的年龄,银发如雪。她家客厅的墙壁上,并没有挂着仇知的黑框照,而是一幅放大的生活照,照片上的仇知在绿草茵茵的球场上,一身运动服,手里还抱着个足球。

蓝天白云之下,他神采飞扬,微笑着看着这个世界,洁白整齐的牙齿在阳光下闪闪发亮。

"我只想记住他完美的样子。"说这话的时候,仇知的母亲显得十分平静,然而仍旧可以感觉到话语后面的不易察觉的颤音。

小周和萧锦齐齐望着照片,不知如何回应。

"我们每天都在一起。"仇知的妈妈慈祥地看着儿子,淡淡的心酸,淡淡的深情。两年了,对于一个母亲浩瀚的思念实在是微不足道啊。

仇知的母亲确定孩子的后事是在广州殡仪馆办的,她拿出了骨灰证,也的确是广州殡仪馆签发的。

两个人重新返回佛山殡仪馆,继续寻找相关资料。

毕竟是两年前的事了,查起来没那么容易,新人问老人,不断重复简单的需求,还要耐心等待。还好功夫没有白费,终于找到了死亡证明,派出所销户证明,当然全部是仇知的资料,领取仇知骨灰证的原始记录也找到了,经办人一栏里写着——柳森(代)。

可以想象他是不经意的。

也可以想象他是托熟人办事,因为这么近的距离要异地火化,总得有些理由,也不方便用假名。

但是这一切都不重要了。

火化车间的烧人师傅说,这个年轻人他确有印象,倒不是因为年轻,黄泉路上无老幼嘛,而是这个仇知满头都缠着绷带,后来说是脑癌也就合理了。比较奇怪的是家人都没有来,说是在国外,告别室里只有一个兄弟,不知是哥哥还是弟弟,神情呆如木鸡,所以给他留下印象。

"仇知"火化的这一天是五月十三日,正是端木哲收到苞苞信息的第二天凌晨五点。有这么巧合的事吗?

然而,就算柳森在两年前私烧了一具无名尸,也不能确定那就是端木哲。

一只黑色的、硕大的重磅哑铃,被高高举起,向着那个年轻男人的头部猛然砸了下去,动手之狠,之没有丝毫的犹豫,之坚定果敢,让人倒吸一口凉气,根本无法相信自己的眼睛,以为是在看恐怖片。

苏而已当时就傻了,片刻间石化。

她依然是在深夜处理童装订单，累了就靠在沙发上，一只手揉捏着叮当猫，一边想着三郎跟她商量结婚事宜时的情景。

说是商量，语气毋庸置疑，就是织布局开张的那一天，请来有限的小范围的家人和好友，用农场菜园里的菜做沙律，请"胜日门"的法国厨师去做西餐，包括牛扒和甜点，畅饮葡萄酒，田园露天的形式。

两个人也都是白色手纺、样式简单的布衣布裙。用纯色纪念我们单纯的爱情。他说。

不是不动心，旧病痼疾，是没有那么动心。

苏而已叹了口气，三郎的兴致和情绪让人不好意思打击他，真的是痴情和天真。苏而已说过，不需要任何形式。三郎说，为什么不需要？有时候形式就是内容，不是吗？我们记住的几乎都是形式。

每当此时，思绪就像营养不良的发梢，开叉。

最后一次见到周槐序是在健身房，她打拳是因为有深切的罪恶感，看上去是发泄，其实每一拳都打在自己身上，希望减轻内心的不安和自责。见到小周就更让她无地自容迅速离开了。

她没法面对。

还是赶紧结婚吧，人生总有一些矛盾或者问题是无解的，一生永无答案。如果你的心足够柔软，那么每一拳都砸在棉花上。

这时她捏到叮当猫坚硬的心。

仔细一看，叮当猫还真是有心的，圆圆的肚子上有一条细致的拉链，拉开，一个优盘露了出来。

她有些好奇。

把优盘插进电脑，显示出来的视频是三郎家的客厅。

过了一会儿，看见苞苞在编舞，一看就是儿童舞蹈，动作简单、重复，苞苞跟着音乐一遍一遍练习。

接下来的一段还是苞苞，她在往酒瓶里放白色粉末一样的东西。神色十分紧张，不时张望一下门口。

最后一段，就是三郎用哑铃砸人的情景，他的脸上一点表情、一点畏惧都没有，那个人吭都没吭一声就倒下了。但他仍然在砸，一下一下的，只是那个人倒下时就离开了画面，三郎也跟着离开了画面，只有那个黑色的哑铃，一扬一扬的，下面砸成什么情况，看不见。

苏而已倒过去辨认了一下，确定被砸的人是端木哲，三郎跟她说过这个人，说他是个化学老师，苞苞的前男友，说他制造假的减肥药吃死了人，也制造过冰毒。他的样子，苏而已是在网上追逃通缉令上看到的。

木然的脑袋慢慢像要炸开一样。

苏而已一夜未眠,本想找到三郎家里去,又没想好说什么。应该怎么做?她倒在沙发上,烙饼一样辗转反侧。清晨迷糊了一会儿,醒来心里野草丛生,还是一片混乱。

然而她再也待不下去了,心被提在嗓子眼儿随时可以蹦出来。

所以电话都没打,直奔柳三郎的工作室。

离开家门口的时候突然脚软,差点没坐在地上。

朱易优到纺织局搞基建以后,工作室这边多请了一个窗口小姐,主要负责接待客人,端茶倒水。

小姐告诉苏而已,三郎在办公室里跟客户谈事,好像是要决定进口哪一家的织布机。最近这段时间一直都在忙这件事,因为代理商很多,价格的差异也很大,还真不好做决定呢。

苏而已在会客室等了三个多小时,一口水也没有喝。

将近中午一点钟,三郎才送客户出来,见到苏而已,眉毛跳了一下,实在感到意外又有些惊喜,赶紧送走了客人,拉着苏而已进了工作室。

关好门之后,先是一个大大的拥抱。

苏而已的手迟疑了一秒钟,但还是紧紧抱住了三郎,不知为什么,眼泪不受控制地滴落下来。

"你怎么知道我也在想你?"他低声说道。

她什么也没有说,埋头在他的胸口,唯一害怕的是他突然消失,从此再无踪迹。过了好一会儿,她才把头探出来。

越过他结实的肩膀,工作室最醒目的是一块大面积的吊装,感觉成百上千的空衣架升浮在空中,偶尔会挂上一两件最新设计的衣服,绝大部分是空置,给人虚位以待的期望值,那些木质的、沉甸甸的超宽衣架悬挂着他任意驰骋的梦想。三郎是前途无量的设计师啊。

她的心一直往下沉,她是唯一可以安慰他的人。

当然,她知道她不是来温存的。她竭力平静心情,轻轻地推开他,"我们去吃饭吧。"她说。

"我还真是饿了,早上就没吃东西。"

"走吧,就去二楼吃自助餐,不用等。"

"算了,叫披萨吧。"他转身打开门,吩咐接待小姐打电话叫一份十二寸的海鲜披萨。关好门以后笑道,"我一分钟也不愿意离开你。"

"那我来泡茶吧。"苏而已莞尔,虽然有一些勉强,但也不露痕迹。

她到烧水的吧台前洗杯子,找茶叶,把电水壶里灌满纯净水烧上。三郎再一次从后面拥抱了她。

除了爱,那是一种深深的依恋。

曾有若干次,在三郎的家中,夜晚,他恳切地央求她留下来。她有些抱歉,推说单身的时间太久了,还没有准备好。三郎笑道,我们还需要准备什么?大溪都能上街打酱油了。但即使如此,还是高高兴兴地送她回家,仿佛又格外喜欢她的自重和矜持。

而她,也喜欢这样的三郎。

看来他真是饿了,大口大口吃着披萨,一时噎着了,苏而已帮他拍着后背,又把茶杯递给他。可是她自己,吃不进任何东西。

"说吧,什么事?"三郎用纸巾擦了擦嘴,一屁股坐在工作台上,微笑地看着苏而已,"我知道你不会轻易来找我,而且是上班时间。"

苏而已拿出叮当猫,放在工作台上。

时间突然像混凝土搅拌机,滞重而缓慢。工作室里没有一点声音,两个人仿佛同时被吓住了,都屏住了呼吸。当然仅是片刻。

"看过了?"三郎看上去并没有情绪失控,像是说看过一本时尚杂志,或者一场时装秀。

苏而已点了点头。

长时间的沉默。海鲜披萨浓厚的烘焙香味还没有完全散去,俗世的人间烟火前所未有地令人眷念。

"你想我怎样?"他说。

无语。

"想让我自首,是吗?"

还是无语。

"我最讨厌你这个样子,干吗不看着我的眼睛? 每次都是这样,拒绝交流,你在逃避什么? "

她看着他,他的脸色暗沉,死灰,"我问你,苏立,你还爱我吗? "

迟疑了半秒,"当然。"

"当然个屁,你早就不爱我了,从我们相遇开始,我做了我所有能做的事。你呢?你做了什么?"这时的他完全变成了另外一个人,高高在上,恶气满盈,还有一份对全世界不满的凛然。

"如果你爱我,"他继续说道,"你根本不会来找我,而是为我保守这个秘密,帮我扛住身上一半的担子。"

他逼视着她,一字一句道:"一辈子都不说出来。"

她实在有些吃惊,他竟然是这么想的,而且理直气壮。

"我们真能跑得掉吗?"

"坚信,就可以成功。"

他越是坚定,就越是令她惊恐。

"如果当初我怀疑自己的设计,也不会有今天。"他的脸上浮起一层浅浅的笑意。

"可是这个世界是有是非的。"她说。

"有个鸡毛是非,贪官污吏横行,全民腐败猖獗,我们都在一个臭水沟里混着,傻×才仰望星空。"

"可是我们心里是有星空的啊。"

"我没有,你也没有。你爸爸欠人钱跑了,你怎么不去举报他?"

"你知道这不是一回事,如果你觉得这样说话痛快,那我可以跟你一起去,我可以举报我的父亲。"

"你什么时候变成一个正义的人了?"

"我从来没有怀疑过,我们是一样的人。你知道吗?三郎,我们的心每天都会受到煎熬,就像生活在地狱里。"

"别说得那么诗意,你为什么就不能承认已经不爱我了呢?为什么不能够诚实一点?"

"这是两回事。"

"就是一回事。"三郎脸上的笑意变成了一丝冷笑,肯定地回了一句,突然又话锋一转道,"我知道你喜欢周警官,大溪跟你说小周叔叔为什么不是我爸爸?我都听到了。什么意思?什么意思都有了。大溪住过他们家,好身世啊,富贵之人,所以一脸的无欲无求。"

"我和周警官之间,什么事情都没有发生过。"尽管没有底气,但是苏而已只能这么说,她不希望三郎的处境雪上加霜。

"发生过什么,你知我知。"

"如果你愿意,我们现在就去登记。"

"干什么?爱情大放送啊。"

"三郎,你非要这么说话吗?"

"然后呢?我们度完蜜月,你送我去自首?少演这种舍生取义的戏码,真让人恶心。你成全的是你自己,不是我,你知道吗?苏立。"

"那你希望我怎么做?"

"你出局了,没有任何机会了,你那么冰雪聪明,会不知道怎么做吗?"

"乱世是有乱象,但是也真的是有是非的,我们跑不掉。"

"没有是非,只有立场。你不想那么做而已。"

苏而已彻底蒙了,这才是最真实、最赤裸裸的柳三郎吗?

"我才不会去自首,你死了这条心吧。是端木哲要杀我,我自我审判了一万次也是防卫过当。你可以去举报我啊,去跟那个周警官,说不定是我成全了你。"说这话的时候,他还有一点沾沾自喜,并且,看了看工作台上的那只叮当猫。

她真是痛彻心扉,她知道这个世界丑恶,万没想到是她心爱的三郎,为她演绎了这个可怕时代的一代人的写照——决绝的自私,冷漠兼无情,把以暴易暴当作替天行道。他再也不是那个穿着格子衬衣给老乡挑水的憨厚青年,不是那个遇到还价的人就会脸红的学生哥。他那么成功,又那么可怕;那么热情如火,又那么冰霜似铁;那么坚持,又那么脆弱。

才华并没有使他更快乐,也没有使他更高尚,而让他平添了一股为所欲为的勇气。

她再一次泪如泉涌,唯一的愿望就是走过去紧紧地抱住他。

他不是这样的,这不是他。其实他的内心害怕极了,胆怯极了,他被这件事折磨了整整两年,根本就扛不下去了。

但是,她知道她不能走过去,眼前的他像一个爆炸物,发热发光极度膨胀,吱吱冒着白烟,随时都有可能四分五裂。

"我们都冷静一下,好吗?"她轻轻说道,让声调尽可能平缓,"其实我也没想好应该怎么办。"

"你走开,滚!"他也是语气平缓地说道,没有再看她一眼。

一连数日,柳三郎每天晚上都泡在"酒幕"。

是两个台湾人开的酒吧,男的老老实实开店,女的是半仙特质的说话软绵绵的无龄妇人,名字叫作泓禧,人称禧姐姐。她会算紫微斗数,在巫术界有一点小小的名气。

三郎喝着金门高粱,一条火龙直钻肚肠,着实过瘾。社会飞速发展,绝望的时候也还是古老的酒朋友最贴心,最牢靠,不离不弃。卤猪蹄、香豆干和盐水煮花生米,一切都是现成的。

不知是不是想赚三郎的酒钱,禧姐姐皱着眉头算了几天"紫斗",还是没有结果。

三郎独斟独饮,心情烦闷。

他对自己的表演非常羞愧,又没有喝雄黄酒,为何暴露出自己是蛇蝎之人?就连他自己都不知道竟有这样惊人的一面。犹如端木哲附体,他终于理解了他的敌人,他们是一样的,无论是为了钱,还是为了报复。他们的成长之路,应该说都是成功和幸运的,但是也都没有办法超越自己。

他怎么会不知道自己已穷途末路?唯一能抓住的就是苏立,他的女神,他的缪斯,他的"父亲",他的才智和力量的源泉。

偏偏就是她,他看着她渐行渐远。

像风一样,抓不住。

"才俊,你喝得慢一点,"不知什么时候,禧姐姐走过来,她管年轻的酒客都叫才俊,亲切而温暖,"不然会烧坏胃哦。"

她笑嘻嘻地坐在三郎的对面。

她的妆容精致,你永远想象不出她洗尽铅华的样子。她多少岁?别猜了,她也永远不会告诉你。禧姐姐穿一件铁灰色的对襟中装,盘扣,两只宽大的马蹄袖上绣着艳丽的玫瑰红色的牡丹花。女人总是觉得带一点点风尘气会更吸引男人,其实狗屁。

男人心底的选择永远是纯真。女人就是八十岁了,如果眼白仍有淡淡的蓝色,还是可以令男人动心。

禧姐姐给三郎倒酒,"是失恋了吗?"

"嗯。"

"没有在酒幕里痛哭过的人不足以谈人生。"

"非要现在植入广告吗?"

"我不是那个意思,男人嘛,没失恋过怎么叫男人呢?"

一千万只草泥马从三郎的胸口奔过,赚酒钱还不够,还要谈人生啊。真他妈的想吐。

"你到底给我算出来没有?"三郎的舌头已经大了,木木地问道。

"当然算出来了,才俊,我就是过来告诉你结果的,你有白手起家之相,少有的聪慧多艺,财富可以迅速积存,已经挤到富人堆里去了。"

"完了?"

"要注意肝火旺盛,还有泌尿系统的毛病。"

三郎抬起头来,醉眼蒙眬,茫然四顾。

"总之是四个字。"禧姐姐的眼神吊诡。

"哪四个字?"他的眼睛一动不动地看着禧姐姐。

"风鬃雪蹄。"

三郎有些不解,禧姐姐用食指点了一点金门高粱,在桌子上写了笔画多的那两个字。

三郎还是不解,"我是马吗?"

"你是不一般的马哦,所以说你是真正的才俊啊。"

到底什么情况啊？他的意识渐渐模糊，禧姐姐那一张猩红色的肉嘟嘟的嘴唇也开始模糊，她说了什么，完全听不见了。

等他清醒过来，已经是深夜时分，他躺在自己卧室的床上。

床边的椅子上坐着柳森，阴沉着一张脸，两只手臂在胸前扭成一个麻花，没有表情地注视着他。

三郎硬撑着坐了起来，头很沉，隐隐的炸裂的那种痛。"抱歉，又让你送我回来。"记忆中，他似乎拨过柳森的手机号码，但是没有意识，舌头木到动弹不得，根本说不出话来，应该是禧姐姐叫叔叔柳森把他接走的。

柳森叹了口气，"去喝一点蜂蜜水吧。"

他把三郎扶到客厅，给他倒了一杯调制好的蜂蜜水，"还要这样下去吗？周期性发作。"

"对不起。"

"我明天还要上班。"

三郎看了看挂钟，凌晨一点五十五分。他低下头去。

"这样能解决什么问题？"柳森的语气异常冷静，"我们能不能就事论事，不要演得这么累？"

"我想去自首。"三郎冷不丁地冒出这句话。

"你说什么？你疯了吗？"

"我扛不下去了。"三郎的话音未落，脸上就挨了狠狠一巴掌。

柳森厉声道："那我怎么办？跟着你一起去死吗？我上有老下有小，还有好多女朋友是跟着我吃饭的，你替我想过吗？"

脸颊一阵火辣辣的又麻又痛，三郎说不出话来。

"拜托你醒一醒吧，扛不住也得扛，是狗屎你都得给我吞下去！"柳森厉声道，怒不可遏地看着三郎。

三郎也没想到事情会变得这么糟糕，自他知道端木哲要害他以后，整个人都不对了，因为生性自卑、敏感、玻璃心，不然也不可能做设计师。应该就在那段时间，他几乎患上了被迫害妄想症，开车、吃饭、坐电梯，哪怕是散步，无不感觉有人要加害于他。

在大街上，行走在人群中，无数穿心裂肺的目光，全都令人生疑。或者在不经意的片刻，有他不知道的跟踪，更不知道下一分钟会发生什么。

他开始拧巴，内心一直恐慌不定，本来被风投看中，品牌意外成功让他产生过暴发户的焦虑，感觉忽然而来的财富也会忽然消失。现在又多了一重恐惧，每一次离开家和工作室这两个熟悉的地方，心里就开始七上八下，如果就此别过，再也没有回来，也不一定吧。

这种感觉对他来说是致命的,严重影响了他的工作和生活,尤其是他根本没有办法思考和设计。于是从记恨到憎恶直至愤怒,可以说端木哲深深地激怒了他,这一切化作一股强大的力量如火山爆发,终于上升到你死我活的程度,满脑子都是"干掉他"这三个字。

"我是真的知道错了,我也说不清当时为什么会那么疯狂。"他气若游丝,出现濒死的状态。

"因为你认为自己神圣不可侵犯,但其实,你又有什么不能侵犯的?那就是你爸爸一直坚持的精英教育啊,只有他的价值观是正确的,别人都不入流。这一点也深深地影响了你。可是你想一想,你爸爸他一辈子看不上我,难道不是一种冒犯吗?我难道就没有自尊心吗?可是那又怎样?我还不是那么爱你。没有谁是不可侵犯的,要懂得做人的卑微,每个人在别人的心目中,都可能被杀死一千次、一万次了。"

的确,柳森叔叔对他是极好的,出事以后,他冷静下来,才感到害怕、恐惧和不知所措。面对着血淋淋的现场,瘫软在地板上,不可收拾。也只能给柳森叔叔打电话,他来了之后,当然也惊到了,可是他没有埋怨他一句,而是想尽一切办法令他摆脱干系。

"如果当初你能忍一忍,不那么做……"柳森叹道,"现在警察不是在满世界找他吗?会放过他吗?"

可是当时的他,认为干掉端木哲是对自己的"靶向治疗"。

三郎悲从中来,失声痛哭。

片刻,柳森才呵斥他道:"你给我打住,哭有个屁用,这种事当初就不能做。做了,刀架在脖子上也不能往后退。"

"真的能扛过去吗?"

"别忘了端木哲是一个坏人,警察抓到他也不会放过他。"

"可是我心里越来越没有底……"

"事在人为,人定胜天。"

"难道这个世界真的是我们来定义是非吗?"

"命都没有了,是非有什么用?能扛过去的都不是事,能回头的都不是浪子。有些事,查不出来就是没发生过。"柳森语气坚定地说道。

柳森走了以后,三郎的心境渐渐平复下来。

相信我,一切都会过去的。柳森叔叔的话言犹在耳,也许这就是血亲的力量,令他重生。

他回到卧室,靠在床上。客厅里的灯有意没有关掉,仿佛柳森叔叔还在那里。他睡意全无。

手机里面有一串留言，他慢慢看着。

其中一条是酒幕的禧姐姐发过来的："才俊，其实一共有七个字，风鬃雪蹄狐步杀。想来想去还是告诉你，请好自为之。禧。"

什么意思？

是说他和端木哲吗？然而他们谁是风鬃谁又是雪蹄？还是禧姐姐不想明说，她已经看到了一场阻止不了的血光之灾？

酒醒之后，三郎再也睡不着了，他不是害怕，他知道苏立并不会去告发他；告发不是她的哲学，也不是她的性格。叮当猫肚子里的秘密也已经被他删除干净，当初他为什么会留下证据？他想证明什么？不知道。但是他明白，他彻底失去了苏立，没有周警官，这也是他们的结局。

所以他才会恼羞成怒。

沉默，是苏立对他最后的守护。今夜始知，所谓最好的时光，就是回不去的陈旧时光。寻常、缺憾、不完美，才需要回忆去雕琢和升华。

他躺下来，侧卧并蜷曲着躯体，这样会感觉安全。

突然，他非常想念父亲。

十二

空灵缥缈的旋律仿佛从天际款款而来，袅袅娜娜，似有若无。远远望去，丹峰林立，满眼苍翠。

这是小周熟悉的班得瑞乐团演奏的《寂静山林》，以来自瑞士一尘不染的音符而著称。真正的寂静并非全然无声，名曲之外，这里有来自阿尔卑斯山原始森林的鸟鸣，还有罗亚尔河的溪流声，令人瞬间温和下来。

山林的确是寂静的，田野、山谷和清清的溪水，是天然的露天广场，一群年龄各异的瑜伽和太极的舞者，穿着简朴的全无装饰的原色系土布衣裙，随着纯净辽远的音乐，在落日余晖下冥想般缓缓起舞，宛如身处梦境中的东方净土。甚至连一丝多余的表情都没有，素颜而端庄。

今天是华南织布局开业，首场秀的名称是——清贫的奢侈。

小周在山庄的门口，看见了电视台时尚栏目的采访车和录像车，于是叫萧锦把警车停在了山庄外面，两个人徒步走进华南织布局。

艺术家从来都不缺朋友，这里云集着数目不少的豪车，自然也有相貌姣好的俊男美女，他们的气质和风采，总是散发着古玉一般的光芒，吸引着平凡普通的路人希望与他们亲近。

小周和萧锦是来逮捕柳三郎的。

他们在柳森的别克房车上,在前排椅背的最下方勘查到了陈年的血滴,经过 DNA 鉴定,确认是端木哲的血迹。

逮捕柳森之后连夜突审,他承认是柳三郎砸死了端木哲,他去帮忙处理尸体,没有乘坐电梯而是从楼梯把端木哲背下来的,放到他的别克车上离开的。那个楼梯的出口,隐藏在不起眼的楼侧,只有清洁工会偶尔出没,这也是所有小区监控录像并没有拍到任何可疑画面的原因。

为什么没有换车呢?

柳森的解释是,因为刚换了别克房车,突然又换车担心会引起关注。一切如常反而是最安全的。

对于端木哲的手机所发出的信息和游走汕尾,柳森并不知情,只是冷漠评说:多此一举。许多事都是死在多此一举上。

不过柳森强调,柳三郎的举动是他授意或者暗示的,当他得知端木哲要加害三郎,他不止一次在三郎面前提出过必须干掉他。他深感自己太不冷静了,即使是对待恶棍,也应该相信法律,相信天网恢恢,疏而不漏。完全没有必要从一个受害者变成一个加害人,实在辜负了党对他多年的培养和教育。

自始至终,柳森的神情都异常淡定。

逮捕柳森的那天下午,他还在办公室里处理公务。他的办公室用间隔柜分成接待区和办公区,办公区在里面,有大班台和文件柜,因为间隔柜上端是通透的格子,所以看得见里面的大致摆设。外面的区域是一套深棕色的皮沙发,茶几擦得纤尘不染,上面摆着水果托盘。

沙发旁边另有茶水柜,杯子、各种茶叶以及饮水机,排放得井井有条。

秘书叫小周和萧锦两个人坐下,正要泡茶,被小周打手势制止,便礼貌地离开了。

柳森在办公区背对着门口打电话,听上去是让他批一块墓地,"……我真的没有这个权力,只要再等两个月我们会统一放号,根据网上报名的秩序排位……一切都是透明的,经得起检查的……现在没有,真的没有。红线女旁边还有?你去现场看过?拜托,那是统战区和社会名流的位置,那是不可能的……不能这么说,不能这么说,都是党的好儿女,盒子上都盖着党旗,简单地说就党员和党员在一块儿呗……"

解释了好一阵,他才挂上电话走出来,嘴里嘟囔了一句,"人都走了还跟我讲级别。"这时才定睛看到今天的客人非同一般。

但也没有惊慌失措。

一起离开之前,还有下属进来请他在文件上签字。他的手并没有抖一下,在茶几上一笔一画签好交给下属。从侧面看,他方脸目深,有官气。虽然眼光阴鸷却又有一种革命者的祥和。

这种神情,给小周留下了深刻的印象。

舞者的表演在一片热烈的掌声中结束了,这时天色已暗,陡然间,一串串,一团团,还有隐藏在树梢和灌木丛中的射灯依次亮了起来,在人们的惊呼声中,露天广场一时间明亮如白昼。

这时,柳三郎走到了广场的中央。

他戴着精巧的耳麦,穿着也十分简洁、利落,这种风格反而突显了他的俊朗和与众不同的气质。

"我希望让服装回归它原本朴素的魅力中,回归平凡中再见到的非凡。奢侈不在其价格,而应该在其代表的精神,所以才会有清贫的奢侈。"他说。

他还说:"如果我们能跟大自然的关系好一点,如果我们对周遭的万物珍重和友善,如果我们能从高度的自我中出离,那就是我想表达的一种生活态度。谢谢大家。"

三郎深深地鞠躬。

他得到了更加热烈的掌声,周槐序也忍不住鼓起掌来,萧锦侧目看了周槐序一眼,面无表情。

小周也感觉到自己的荒诞,秒回到先前的状态。

"但是你必须承认,他是一位优秀的艺术家。"周槐序小声说道。

萧锦点头,但仍旧不以为然道:"那又怎样? 他现在是犯罪嫌疑人,只不过更让人惋惜罢了。"

"不瞒你说,我一直粉他,买过不止一件他设计的衣服。"

"相比之下,我会喜欢柳森多一点。"

"那个人啊,为什么? 大叔控? "

"比较现实版,这个柳三郎更合适待在杂志里。你看他那些朋友,哪有一点清贫的味道,他也蛮享受被他们包围的嘛,总之他是个矛盾体。"

"人生本来就是很纠结的啊。"

"都说奢华没办法掩盖品格的缺失,清贫也一样吧。"

他们的目光并没有交流,脸上保持着职业的肃穆,一直并肩看着眼前这个精心策划、设计一流的名利场。

现场又一次出现惊喜,重重叠叠摆成塔形的高脚杯在一个四轮车上,被朱易优推了出来,每一个玻璃杯里都注满淡黄色的香槟,人们围拢上去,形成一个新的小高潮。

这时小周发现,整个山庄并没有苏而已的身影。

秋天最干燥的时节,利群茶餐厅进行了整体大装修。大概用了两个多月的时间,装好之后重新开张,小周还曾远远看到门口放着半圈花篮。

可是他一直没有时间过去坐一下。

柳三郎归案以后,他写完案情报告,须臾间想起了忍叔,于是决定去利群茶餐厅坐一坐,喝一杯鸳鸯。

芦姨又是在剪虾须挑虾线,见到他像是见到鬼,有一种夸张的热情,急忙擦擦手,亲自从收银台跑出来接待他,把他带到最好的卡座。一路念念叨叨:"不用说了,我知道你是鸳鸯走糖。你先坐,歇一下,马上就给你端过来。"

说完屁颠颠地去张罗饮品,大叫了一声:"飞沙走石。"

"改名字了?"

"不改怎么涨价。"她小声解释。

小周在卡座坐下,环视焕然一新的茶餐厅,收银台的上方挂着"财源广进"四个大字,下方的关公牌位和招财猫一应俱全。鲜红色的人造革座椅,窗户上镶嵌黄绿蓝三色的仿古玻璃,有一面墙壁的贴纸是旧广州骑楼的景物,始终追求怀旧的理念。整体风格尽显市井风格,俗得丝丝入扣,夺人心魄。

有人穿着拖鞋进来喝一杯奶茶,实在是浑然一体。

店小二拖着成箱的啤酒和饮料进店卸货,后厨有采购出出进进,都是新鲜的鱼肉鸡蛋蔬菜等十分丰富,可以判断生意比从前好了许多。

芦姨端了一杯鸳鸯走过来,放在小周面前,又放了一杯热柠茶在他对面的空位前,什么都没说,走了。

热柠茶的水蒸气虚虚渺渺地飘浮起来。

怀念忍叔。

他是一个专注到极致的人,尽可能穷尽的拆分,直到案情成为粉末状态。他说,我不是神探,我只是有一颗匠心。直觉从不撒谎,反而是聪明会混淆我们的合理判断。

他还说,我对于犯罪嫌疑人没有偏见,每个人的处境不同,有犯罪心理的人未必会犯罪,我只是要搞清楚,你做了没有?做了就跑不掉,没做,也绝不会冤枉你。最需要警惕的应该是那些没有犯罪心理的人吧,如果他们无法控制自己的激情,有可能铸成大错。

这个社会有贪污,有贿赂,有迫害,有谋杀,却几乎没有诗歌、音乐、品质和纯粹的爱,没有远方和梦想。但是无论如何,请不要触及底线,因为总有一些笨人是忠于职守的,总有更多的人选择正直、善良、是非分明。

这是一个特殊的时代,每个人都在跟自己斗争。

他说过的话还有很多,时不时就会闪现在周槐序的脑海里。然而此时,他一言不发,只是默默地坐着。

茶餐厅的音响里播放着美国乡村歌曲,正是抒情王子汤·威廉姆斯的经典曲目《你是我最好的朋友》,低沉的音色如阵阵钟鸣,清澈时如墨绿色的石头沉在溪底,温暖时如冬天燃烧着蓝色火苗的壁炉。

他们就这样,默默地诉说。

小周一口一口慢慢喝着鸳鸯,沉思良久。

人,都是要盖棺定论的。忍叔这个人,有信念,所以活得充沛从容,忠于职守却不强求他人,一直与这个时代保持着不对称的物质匮乏和经济拮据,但其言行举止,尊贵而有尺寸。是真正的奢侈的清贫。

现在他走了,如蛟龙归海。

每年春天,季节转换的乍冷乍热,使街道两旁的大叶榕树居然落叶纷纷,仿佛秋天一样,但其实是嫩绿的新叶挡不住地要冒出来装点春天,几乎一夜之间新叶足以遮天蔽日。

所以,周槐序看到满地的落叶,这才意识到三月份已经落幕了。

这是一个春风沉醉的夜晚,依然是小周架着醉得不省人事的马达,站在路边等待代驾司机的到来。还是那辆悦达起亚。

时间过得真快,新一轮的同学聚会如期而至。这一次的聚会地点是在禄鼎记,不吃麻辣火锅你们会死吗?小周说,这也太重口味了。马达非常讨厌粤菜,他说清水菜心、清蒸排骨,吃这么清淡那还叫下馆子吗?在家吃不就好了?你看这健康老油,满满的朝天椒挑战味蕾,那叫一个辣得荡气回肠。

这一次的聚会,是小周拿了父亲的一瓶三斤装的轩尼诗,搞不清多少钱,反正不便宜,大家喝得畅快淋漓。

许多往事和牢骚都在一遍一遍重复,然而日光之下,能有什么新鲜事? 都是彼此的见证人,都要抓住转瞬即逝的存在感。

代驾司机还没有来。

都说时间可以抹平一切,可以淡化所有的伤痛。但有些伤痛却会随着时间的延伸,不知在什么时刻隐隐袭来。

小周不由得想起上一次同学会后与苏而已的相遇,不知她现在人在哪里?过得还好吗?思念像一只小手在远处轻轻摇摆,像一个孩子眼中没有落下的泪珠,柔软中是尖锐的思念。原来在他的心里,她并没有离开。

可是爱情需要奇迹。

奇迹并没有发生,匆匆赶来的代驾司机是健身房的赵教练,两个人都感到有些意外。

"你也兼职了？"小周一边把马达扶进车的后座上，一边问道。

"我老婆生孩子了，要赚奶粉钱啊。"

赵教练手脚麻利地坐进驾驶室，发动了引擎。

小周坐在后座上，一边的肩膀扛着马达沉重的大脑袋。

两个人开始聊一些闲话。赵教练这个人最大的优点是不多嘴，不多话。小周不开口，他就默默地开车。

"苏小姐还去打拳吗？"小周自认为不经意道。

"再没来过，自从上次你遇到她，就再也没来过。"沉默了一会儿，赵教练继续说道，"她在我这儿买了一组课，是付了费的，我打电话想叫她来上课，可是电话是空号，也不知道是怎么回事。"

车内一派安寂。

虽然不是小周打的电话，但心里还是有些落寞。

花叶千年不相见，缘尽缘生舞翩跹。一直以为，即使断了联系，在这个偌大的城市，在熙熙攘攘的繁华中，电话的那一头始终有一个熟悉的人，一个他喜欢的女子。

原来那一头是什么都没有啊。

或者她会迁怒于他，憎恨于他也不一定。

鸡汤君说，没有理由的心疼就是爱。那么，当他知道她的全部，还是想念她，也是爱吧。小周望着窗外的街景，灯红酒绿。夜色甚是温柔，心底却是遗珠失璧般的怅然和无奈。

车速变得越来越慢，终于彻底停了下来。

半个多小时仍然一动不动，小周把马达的脑袋放在后座椅背上，这家伙早已呼呼大睡，鼾声震耳。

小周下车，向前方走去。

大约一百米开外，便看见车祸现场，是令人吃惊的惨烈，根本混乱到看不出情况是怎么发生的。

满地都是玻璃碴子，还有各种汽车零件的残骸或碎片，另有一个孤零零的汽车轮子躺在马路中间。说这里是爆炸现场也不为过，挂彩的当事人惊魂未定，看上去衣衫不整，狼狈不堪。

小周给值勤的交警看了一眼警官证，交警解释说，一个十六岁的小男孩把他爸的大奔偷开出来，高速驾驶，因为避让其他车子，从对面车道撞烂护栏飞了过来，这边七辆车被他撞得乱七八糟。

"不过大奔还是结实，烂掉也没起火。"

"人呢？"

"这个家伙死不下车,说要等他爸爸来。"

熊孩子。

小周跟着交警去看那辆奔驰,小孩半开着车窗,一脸不知天高地厚的倔强。小周道:"他哪有十六岁,最多十二岁。"

"满嘴瞎话,我也要等他爸过来。"

"又是把油门当刹车了?"

交警撇了撇嘴,耸耸肩膀表示无可奈何。

小周说道:"伤亡情况怎么样?"

"还好没有死人,但也有人伤得不轻。"

小周回望了一眼,伤者七零八落分散在路边,席地而坐,肯定衣衫不整,目光呆滞如刚从噩梦中惊醒,而且或多或少都挂了彩。道路中间还有一部分人靠在侧翻、稀烂的越野车前等待救援,估计是无法搬动的人,他们互相照顾,看上去情绪已渐平稳。

"我现在能为你做什么?"小周收回目光。

交警把一个哨子放到小周手里,"刚把通道清理出来,你就把车流疏导过去。我到对面叫同事警车开道把救护车引进来,好多伤员都是简单包扎的。"

另一个交警一直在拍照。

小周说,好。开始吹哨子打手势指挥车流尽快通过,其中也包括赵教练开的车,小周打手势叫他先走,赵教练心领神会,驾车全速驶过现场。忙活了好一阵,情况总算得到缓解。

这时三辆救护车都已经赶到现场,医务人员各行其职,救护伤员。

周槐序束手而立,终于感觉筋疲力尽,恨不得席地而坐喘一口气,正想用手背抹一把额头的汗。

这时,他的左手像被电了一下,电流迅速通遍全身,是有一只手握住了他的手。低头一看,现场所有汽车的大灯都开着,但还是灯下黑,眼前的担架上躺着的人竟然是苏而已,她的脑袋被一个方框一样的医疗器械固定着,大夫说她胸骨骨折不能说话。

她握着他的左手看着他,星星般玲珑的眼神,柔情似水。

【作者简介】张欣,女,江苏人,1954年生于北京,1969年参军,曾任卫生员、护士、文工团创作员,1984年转业。1990年毕业于北京大学作家班。1978年开始发表作品,已出版长篇小说《深喉》《不在梅边在柳边》等。中篇小说《你没有理由不疯》获《小说月报》第八届百花奖。现为广东省作协副主席,中国作家协会全国委员会委员。

士别十年

尹学芸

一

　　会后都要管一餐饭,这是惯例。如果参加会的有二十人,准备十个人的饭就够了。大家都是一把手,忙。有外商要谈判,或者上级来了什么检查团,或者跟大领导约好了什么事,反正都是说得出去的理由。那些人都是大局的一把手,派头与口气都与其他委办局不一样,说是跟你请假,其实连一点商量的余地都没有。说穿了,他瞧不上你的一顿饭。下楼的时候有位局长故意说,穷得掉渣儿,他们的饭有什么好吃的。这话恰好传到了魏主任的耳朵里。魏主任是一个口糙的人,刚从男厕所出来。他提着裤子紧走两步追到了楼梯拐角处,俯着身子朝下骂:"我就管不起一顿好饭? 操性! "上边的人笑,下边的人也笑。下边的人又回敬了一句,对不上牙儿,这里只得忽略不计。

　　魏主任是从政府大院出来的,虽然"下嫁"到"精神文明"这样的清水衙门,可骂人的资本还有。看不见那些人的踪影了,魏主任回头喊:"郭缨子,车安排好了吗? 我们去海鲜楼,吃他娘的海鲜大餐! "

　　郭缨子正在办公室收拾文件、笔记本、水杯,那些东西都是魏主任的。此刻探出头提醒说:"不是定的圆梦大酒店吗? "

　　魏主任说:"就剩一桌人了,圆他妈什么梦。酒店是死的,人是活的。我们两桌并作一桌吃。郭缨子,那里要是有面盆大的螃蟹,一人照俩让他上! "

　　郭缨子应了,赶紧跑到楼下招呼司机。下到院子里,看见苏了群正夹着小包儿往外走。郭缨子紧跑两步追过去,说:"苏主任,您可不能走。"

　　苏了群回头看了眼郭缨子,长嘴唇一吧嗒,话说得酸溜溜:"你又不想我,我不走干啥？"

郭缨子清楚自打从早晨开会也没来得及跟他打招呼。虽然给苏了群倒了一次水，可因为那时他正在发言，大概也没注意到。散会的时候郭缨子还想着得先跟他说句话，可让那些人一闹，就把这茬儿忘了。

郭缨子急忙拿过苏了群的包，顺手扔到了身后的面包车上，"十年没在一起坐了，我还想跟您喝一杯呢。"

苏了群也是单位的一把手。可因为比"精神文明"这样的单位更清水衙门，他连个破车也没有——花不起油钱。所以他如果不在这里吃饭，肯定没有正当理由。

满满当当坐了一大桌人，郭缨子用眼睛扫了扫，不多也不少正好十五位。魏主任喜眉笑眼坐在桌尖儿上，袖子撸起来，露出了两条"熊腿"。魏主任总说自己的胳膊是熊腿，粗、黑、壮，还多毛，生人一看会吃不下饭。不过这个桌子的人没人看他眼生。他把两条"熊腿"支到餐桌上，都没人皱下眉头。魏主任说："今儿来的兄弟都是瞧得起我，大家吃啥喝啥，随便点，只要不吃熊鞭，点啥都行！"

有人问不吃熊鞭是什么典故，魏主任假装不好意思说："这还用问，我不就是魏大熊吗？"

饭菜很丰盛，场面也很热闹。魏主任是一个喜欢热闹的人，尤其喜欢热闹围着他转，他一热闹起来就不讲理。红酒啤酒都上来了，可他不让服务员开，在那儿摆着，说是冲开溜儿以后解渴用。不分男女老少，二锅头每人一杯。是三两的大水杯，看着那叫一个眼晕。

苏了群小声问："郭缨子，你咋办？我记得你滴酒不沾。"

郭缨子笑了笑。

苏了群又说："倒些白开水吧？"

郭缨子又笑了笑。

苏了群说话的时候服务员开始给他满酒。话还没说完，服务员的酒瓶子已经伸到了郭缨子面前。苏了群慌忙伸手去挡，魏主任嚷了句："苏了群，把你的爪子拿开！"郭缨子毫无表情地看着服务员往杯子里斟满了酒，那些透明的液体像泉水一样咕嘟咕嘟往外冒。

魏主任在郭缨子对面高瞻远瞩，"瞅瞅我们办公室主任的素质！"

魏主任又说："我就喜欢痛快人！"

第一轮酒，很多人都盯着郭缨子，郭缨子是陪酒的，这杯酒怎么喝，郭缨子是标杆。郭缨子当然掂得出分量，她站起身来，爽利地举起杯子，一口酒下去已经是多半杯，而且面不改色。

满堂彩。

大家一起恭维魏大熊，说强将手下无弱兵，这样发展下去，我县的精神文明建设一定能结丰硕成果。

苏了群吃惊地说："缨子，你进步可是够大的！"

郭缨子起身给周围的人布菜。把新上的一盘鲽鱼头转到魏主任面前。看见有人撕螃蟹，郭缨子喊服务员拿餐巾纸，一张一张地发下去。鲍鱼上来了，郭缨子转着餐桌喊每一个人伸筷子……

苏了群着急地说："缨子，你不用老去照顾别人，你喝酒以后还没吃菜呢。"

这种场合郭缨子基本上吃不了多少东西。她得留意观察魏主任的脸。魏主任需要什么不需要什么都要通过脸上的表情来传递。比如他用眼睛斜谁，郭缨子就得过去敬酒。敬到什么程度，都要靠他的眼神儿决定。用得着的人怎么敬，用不着的人怎么敬，都有讲究。还有一种人，是他看着不顺眼的，他要想方设法把人折腾到桌子底下。如果没达到目的，他会骂一礼拜的娘。

他的嘴角往外一扯，郭缨子就知道他要耍滑了。提前装了水的酒瓶子郭缨子知道放在哪儿。他嘴里说着糙话，发泄对郭缨子的不满。郭缨子则要表现出大公无私来，先给他满上，再给别的人也满上。只不过两只酒瓶子变戏法，给他倒的是水，给别人满的都是酒。

这招法酒过三巡以后才能使，很多人的注意力已经无法再集中。这套功夫郭缨子已经练了三年了，绝对熟活儿。

那些人捉对儿厮杀起来，郭缨子才有了空闲。苏了群给郭缨子的盘子里夹了很多东西。郭缨子狼吞虎咽吃了些，才郑重地敬他一杯酒。郭缨子从那个研究民俗文化的地方出来十年了，好像只是一眨眼的事。苏了群那时做副主任，没少帮郭缨子。可十年来郭缨子很少想到他，而且从没动过念头过去看看他，郭缨子为这一点感到惭愧。

老苏是一个好人，是一个仗义执言的人，是一个品德高尚的人。郭缨子有时会和别人谈起苏了群，一点也不吝惜自己的赞美。苏了群有许多优秀品质，在郭缨子心中留下了美好的印象。

当年如果苏了群是单位的一把手，郭缨子说什么也不会走。尽管那个单位既无钱也无途。就是因为他不是一把，郭缨子才义无反顾地换了新单位，而且，发誓从此再不回去。

杯子碰到了一起，郭缨子只是抿了一下，而老苏喝了深深的一大口。郭缨子注意到老苏的一口酒下去呼吸都顺畅了，酱色的嘴唇泛出了稍许红色。就像干渴了许久的人突然喝到清凉的泉水，看上去通体舒泰。他胖了，老了，眼泡浮肿，上下嘴唇更显得肥厚和绵长。当年郭缨子就奇怪人怎么会长那么长的上下嘴唇，抿到一起，富余出老大一块。一把手季主任经常在客人面前奚落他，说他的嘴唇切巴切巴够一盘菜。苏副主任嘿嘿地笑,用手一抹油嘴头,故意吧嗒出老大的声响,让人笑得喷饭。

老苏用父亲那样的眼神儿慈祥地打量郭缨子,感慨地说:"缨子啊,你成熟了,进步了,这可是我没想到的。当年要是在研究所你像今天这样,还想调走?门儿都没有。"

郭缨子淡淡地听着,手中晃着酒杯。里面的液体不断变换着角度,从高处跌到低处,又从低处涌到高处。其实高处低处全无用处,可那些酒就是乐此不疲。

它们有什么办法呢?

老苏又说了单位的许多事,没钱,没权。虽说也是正处的架构,却连个车都坐不上。到哪儿别人也不正眼瞧。没人跟他喝酒,他一口一口地跟郭缨子碰,自己喝。别人一杯还没喝完,他已经喝第二杯了。郭缨子担心他喝多了,想给他倒杯水,老苏卷着舌头说:"喝魏大熊一口酒不易,我从他身边过,呃,他连让都没让过我!"

后来苏了群的筷子送不到嘴里,才引起了别人的注意。魏主任不满地说:"没人让他酒,他怎么自己喝多了?"郭缨子赶忙解释:"他大概喝不惯二锅头。"魏主任说:"咳,喝不惯也没人往他嘴里倒啊,他不会替我省着点儿?"

苏了群"啪"地一摔筷子,瞪着猩红的眼睛晃晃悠悠站了起来,指着魏主任说:"我,没喝你。你哪来的钱,国家的!你没有权利说我!你包工头出身,你没有资格说我!"

话音未落,从椅子上出溜了下去。

郭缨子急得不知怎样才好,她紧张地看了这个看那个,她怕魏主任发脾气。魏主任一发脾气就什么难听的话都说得出来。

魏主任自嘲地说:"还说我是包工头出身,这是抬举我,我他妈就是和泥的。人家说我没资格,没资格我也得说啊。"他举起酒杯之前,把手背朝外摆了一下,厌恶地说:"谁把这只老狗拖下去?这样的人以后别让他上桌子!"

郭缨子想帮服务员一起拽拽老苏。魏主任不耐烦地说,你别走,还得喝酒呢。郭缨子做出豪气冲天的样子,和这个碰,和那个碰,最后把那杯酒一饮而尽。

那一晚醉了七八位。郭缨子因为去送苏了群,半路退席了。没人给魏主任提供矿泉水,魏主任终于被人家捣鼓多了。

二

转天一上班,魏主任就把郭缨子喊了去。他的右手"嚓嚓嚓"地玩打火机,左手把纸烟举得高高的,整个硕大的头颅都在烟雾笼罩中。郭缨子知道昨晚失职了,自作主张去送苏了群,回来一看,魏主任趴在圆桌上站不起来了。他的领带掉进了汤盆里,整个前胸都匍匐在圆桌上,雪白的汗衫啊。鱼骨头、虾皮子、螃蟹壳子粘了半边脸,甚至还有老醋蜇头在另半边脸上流着汤水。郭缨子赶紧喊司机上来把他往外架。魏主任不像别的人喝多了也能摇晃着走。他喝多了手脚都不会动,死人一样。郭缨子和司机费了很大力气才把他弄回家,还挨了他老伴儿一顿骂。魏主任在外风光,却惧内,从来都是追着眼球跟老伴儿说话。他老伴儿骂郭缨子也像骂魏主任似的,一点情面也不留:

"……男人家喝酒是工作需要!一个女人把孩子丈夫往家一扔,自己到外寻开心,那是不守妇道……这样的人要是进了我们家的门,三天我就把她休回去……"

郭缨子连连点头赔笑,心里却恼火得不行。

回到家里,郭缨子为自己冲了杯咖啡。咖啡放到了床头柜上,她则脱光了衣服躺进被窝,问丈夫仇二东:"我是不守妇道吧?"

二东手里捧着《资治通鉴》,头也不抬地说:"那是你的事。"

郭缨子每次喝酒他都不高兴,他不高兴就不爱理郭缨子,害得郭缨子总要跟他找话说。

不知从什么时候起,二东发狠要把家里书架的书通读一遍。那些书都是郭缨子买的,婚前婚后的好一段时间,郭缨子疯狂买书,节衣缩食地买书。因为饭菜油水少,把自己瘦得干儿一样。那个时候她特别崇拜做学问的人。可买的那些书还没来得及看,郭缨子已经不喜欢"学问"这两个字了。

郭缨子买书的时候,二东说她疯了。现在二东每天捧着那些大部头看,郭缨子担心他把自己看傻了。

二东在国办高中教历史,按说喜欢历史书籍也还正常。问题是过去的二东不是这样。他喜欢看电视,经常拿连续剧里的女人与郭缨子作比较,说郭缨子都有什么什么不足。现在他钻进典籍里,拿郭缨子与古人比,郭缨子的不足就更多了。

郭缨子喝咖啡的时候,光溜溜的腿在二东的背上若实若虚地蹭。咖啡喝完了,二东仍然没有反应。提前不下通知,郭缨子伸手把灯关掉了。灯关掉了二东仍然没动静。书还在手里捧着,好像没有灯光他依然能看见。

郭缨子掐了他一把,掐到了要害处。

二东柔软了一下,把身子朝郭缨子这边侧了侧,问:"干啥?"

一不留神,郭缨子把魏主任夫人骂的话说了出来。不说心里堵得慌。

这个时候的郭缨子,满心眼儿的委屈。她特别希望二东能抱抱她,安慰安慰她。可二东只给了她个侧身,这让郭缨子越说越伤心。她说我辛辛苦苦为了

228

谁,还不是为了这个家。当初当这个办公室主任你是同意的,你说现在是官本位时代,有点纱帽就比没有强,最起码没有坏处……二东倔了她一句:"我让你整天喝酒了?"郭缨子说:"喝酒……也是工作,你又不是不知道。"二东把半边身子往外侧去,顺便掩了掩被子,说:"那你就别怕挨骂。"

郭缨子风风火火地起身,把睡衣穿上了。

看见魏主任的茶杯里还没水,郭缨子给他沏上了茶。一堆茶叶桶摆在那里,郭缨子知道哪一桶是魏主任自己喝的,而哪一桶又是待什么客的。郭缨子双手把茶杯捧上去,魏主任并不领情,他在空中就开始抖烟灰,那些烟灰纷纷飘落,有的就落在了他的肩膀上。

魏主任开始唱山音:"郭缨子,你是不是对我有意见啊,是不是我这庙小养不了你这大和尚啊?我看你是不知道给谁当差吧。把我扔在那儿跟苏了群走,你还回来干什么?你到他那儿上班去呗!"

郭缨子想,自己有必要解释一下:"您也是我送回家的……"

魏主任横着眼睛说:"我是不是得给你发奖金啊?没有你我是不是得横尸街头啊?"

郭缨子知道,魏主任那样说话是在给自己找脸。她提醒自己不能告诉魏主任趴圆桌上的事。魏主任是一个很注意酒桌形象的人,如果知道自己醉成那个样,会更没好气。

魏主任就这样数落了有一个小时,开始郭缨子还站着,后来腿站得酸痛,也找个椅子坐下了。郭缨子靠在椅背上差点睡着了,就听魏主任的声音嗡嗡嗡的似蚊子叫,却一句话也没听清楚说的是什么。魏主任数落够了,茶杯往包里一装,要出去。郭缨子激灵一下站起来,说我写份检查吧。魏主任阴阳怪气地说,还是我写吧,不定什么时候你就把我蹬了另攀高枝儿去了。你是文化人,老苏也是文化人,侍候我这个大老粗,委屈你……

魏主任是坐车出去的,估计短时间内回不来。郭缨子打算回宿舍眯一会儿。躺了不到两分钟,钱副主任打来电话,让郭缨子过去一趟。钱副主任是个年轻人,东拉西扯了许多事,郭缨子才弄明白钱副主任是打听昨晚饭局的事,他大概是听到了什么风声。郭缨子想,如果什么都不说,肯定会伤了钱副主任。如果什么都说,肯定就伤了魏主任。郭缨子一瞬间就决定了说什么不说什么。郭缨子说的都是老苏的事,如何醉酒,如何搞笑。连缸口那样大的鳖、不穿衣服的虾也添油加醋地说了,钱副主任听得呵呵的。郭缨子知道钱副主任最想知道的是什么,他的话题不时地往魏主任身上引,他引郭缨子就过去。虽然过去了,话都说得轻描淡写,好像魏主任本身没故事。

郭缨子想,魏主任醉成那样的事,无论如何不能从自己的嘴里说出去。别人怎么说怎么传,是他们的事,这和从自己嘴里说出去的分量不一样。

钱副主任也是人精,看从郭缨子嘴里实在掏不出有分量的东西,就说了魏主任一大堆好话。他这是让我传话呢。郭缨子想。

他不知道我好话坏话都不传,我没有那个毛病。郭缨子又想。

三

几天以后,郭缨子抽空去了一趟苏了群那里。这一趟早晚也得去,不去郭缨子心里过不去。那天苏了群在餐桌上呜呜地哭,拉着郭缨子手不放,郭缨子只得让司机开车,把苏了群送了回去。苏了群坐着魏大熊的车骂了他一路。说一个包工头有屁本事,还不是上边谁谁谁给撑腰。都是县处级,凭什么你耀武扬威,还不是用公家的钱送出来的。苏了群边说边挥动着一只手,"啪、啪"地拍打着司机的靠背椅。苏了群还说了许多出格的话,听得郭缨子心惊胆战。印象中苏主任从不是这个样子,他是一个祥和、豁达的人,能容难容之事。当年他与季主任的摩擦也不少,都是苏主任一笑了之。十年不知他经历了怎样的心路历程,让一个原本淳厚的人,改了性情。

去送苏了群,郭缨子没有跟魏主任请假,这让她的心里很忐忑。不过郭缨子也清楚,如果请假,魏大熊断不会让她跑这一趟。他需要郭缨子给他递水瓶子这是其一。其二,他不愿意自己的人去侍候苏了群,掉身价。他瞧不起的人,他也不愿意自己的属下跟那个人交往。魏大熊是有这个特点的。他瞧不起苏了群,也有人瞧不起他。瞧不起他的人他要巴结,他瞧不起的人,他就总想蹬出去一脚,把那人蹬得越远越好。

基于这些理由,郭缨子去看苏了群的事,就不能让他知道了。那天他出门儿了。郭缨子算准了他要出门儿,提前买了两包好茶,他一包,郭缨子装起来一包。郭缨子装起来的这一包,就是送给苏了群的,虽然看上去不起眼儿,可也花了好几百块钱。苏了群对茶有研究,所以糊弄不得。可这事儿要是让魏主任知道,他敢把郭缨子贬到地狱里。那天与苏了群分手后,郭缨子的心里不是滋味。郭缨子参加工作的第一站,就是那个民俗研究所。那时他还年轻,精干,写的杂文隔三岔五上晚报,郭缨子很崇拜他,把他当作自己的偶像。如今十年过去了,偶像成了那个样子。如果不是亲眼看见,郭缨子无论如何都不会相信。

那天苏了群一进会议室,郭缨子就注意到了他。苏了群的眼神和别人不一样。他不像那些当官的,眼眶里差不多都是眼球,瞅你也像没瞅你,没瞅你也像瞅你,走进会议室专拣显眼的与领导近的地方坐,而是坐在了墙旮旯儿,发言的时候头都没怎么抬。会议一散他就抢着往外走，他大概也是不想吃这餐饭。郭缨子如果晚下去一分钟，他就走出大门了。

就在这一分钟之内郭缨子赶了下去，并从他的腋下拿过了包。苏了群是这样留下来的。留下来了，却哭着走的。郭缨子知道苏了群因为醉了才哭。可即使是因为醉了，他孩子样的哭也让郭缨子的心里不好受。

楼还是那幢老楼，十年前很破旧，十年后，只能说更破旧了。楼道里很暗，十年前靠北的墙上有一扇窗，可不知为什么给砌了起来。楼道里就成了一个暗无天日的死胡同，散发着一股呛鼻子的霉味。有一个人朝郭缨子走了过来，就像走在幕布的场景里，只听见脚步声，人却显得影影绰绰，只有领圈的亮片闪着金属的光。她脚步有些犹疑，后来紧走两步，歪着头叫了声："郭缨子？"跑过来把郭缨子抱住了。一股复合着体味和化妆品的味道代替了楼道里的霉味，让郭缨子忍不住想打喷嚏。郭缨子是一个对气味敏感的人，就凭这股味道，打死她也不会把孙丽萍猜成别人。

郭缨子的身体直上直下地像一棵树，一点也没有与孙丽萍发生交叉的愿望。她企鹅一样地在孙丽萍的怀里探出头，唯恐孙丽萍把手落到头发上。估计过了七八秒钟，郭缨子想挣开，孙丽萍却搂得更紧了，还像抱着一棵树一样摇了摇，"死丫头，想死我了！这么多年都不来看我，你都把我们忘了！"孙丽萍的声音有一点撒娇的味道，让郭缨子打心眼里腻歪，她的两只胳膊终于用力一挣，把孙丽萍的合围打破了。郭缨子象征性地抻自己的衣服，头也不抬地说："你还是老样子。"孙丽萍白白的一张笑脸带着亲昵，"你说我不显老？"郭缨子敷衍说："你越来越年轻了。"

孙丽萍说："来看苏主任吧？苏主任经常念叨你，说你现在的进步可大了，可比在咱们这儿时出息多了。"

郭缨子说："苏主任在家吗？"

孙丽萍说："在家，在家。有事都没出去，等着你呢。"

孙丽萍引领着郭缨子往前走。郭缨子在昏暗中鄙夷地看着前边的身影，奇怪这个女人十年了怎么一点变化都没有。张口就是假话，而且说假话的水平也一点没提高。

孙丽萍与郭缨子说话的地方，只和苏了群的办公室隔一个门口。苏了群听到了她们的声音，拉开了房门。一缕长方形的亮光打在墙壁上，也使楼道顿时豁亮了。

"缨子来了？"苏了群佛一样的满面笑容。

郭缨子说："今天有空儿，过来看看您。提前也没打招呼。还担心您不在家呢。"

后一句话是说给孙丽萍听的。

苏了群说:"在家,在家,缨子来看我,不敢不在家。"

声音流利得像数快板。

苏了群撩开半截门帘,连连说请进请进。郭缨子想让苏了群先走,可苏了群站在那儿,不动,说你是客人,你请。郭缨子只得先进去了,开玩笑说,我什么时候成客人了。苏了群说,十年你都不登娘家门儿,不是客人是啥?这话让郭缨子的心中感慨,当年郭缨子走的时候,苏了群就称自己是娘家人,说虽然把你"嫁"出去了,外边如果混不下去了,再回来。当时郭缨子还想苏了群只是说说而已,他不是一把手,做不了这个主。可有这句话,就够让郭缨子记一辈子。苏主任跟在后面,随手关了房门。郭缨子注意到了一个细节,孙丽萍也想进来,可她让苏了群随手关到了门外。

这间办公室,还是十年前的样子,一点变化也没有。椅子还是木板的,上面垫了一块海绵垫儿,沙发也还是十年前的那张,土黄色,坐到上面,那些弹簧就吱吱嘎嘎地唱歌。十年了,也不知声音哑了没有。还有那两张写字台,背靠背,上面堆着尺余高的书报资料。郭缨子怀疑有些资料还是十年前放在那儿的。

她抻着脖子看了看。

房间里很明亮,一缕阳光斜斜地打进来,带来一股扑鼻的香味。阳光是有香味的,这种香味在别的地方闻不到。十年前郭缨子就奇怪为什么在这幢办公楼里能闻到阳光的香味。十年后的今天,这种感觉轻易就回来了。

她想了想,是因为这幢房子太灰暗了。

郭缨子和苏了群坐到了写字台的对面。他们彼此看了一眼,不说话,先笑。这一笑很有韵味,说声气相通也行,说有点暧昧也行,仿佛是两个刚做下错事的孩子,定完了攻守同盟。十年的光阴都在这一笑中模糊了。郭缨子不知道苏了群在笑什么,反正她是因为刚才苏了群随手的那个关门动作,把一个人关在门外,这也是郭缨子想做的。

郭缨子一厢情愿地觉得,苏了群也是这么想的。瞧他笑得那么绵厚深长,仿佛在说:"这下你满意了吧?"

笑容逐渐都集中在了眼睛里,苏了群故意吧嗒一下长嘴唇,虎起脸说:"傻笑什么!"

空气中荡漾着一种粉红色的气息,那种气息像温暖的河床,能把一个人从头到脚沐浴。此刻的郭缨子就像置身在那样一条河流里,身体的每一个细胞都感到愉悦。

这种感觉她在任何地方也没有过。

他们说了一些闲话,有关过去的林林总总,都是云淡风轻后言不由衷。但,一个爱说,一个爱听。苏了群吧嗒着长嘴唇,声音虚虚实实,简直称得上燕语莺声。郭缨子频频点头。其实她没怎么听清苏了群说的话,她的目光游移,显然在想别的事。苏了群佛爷一样堆在椅子上,突然旧话重提:"真没想到,缨子现在进步这么快。"

郭缨子回了回神,问:"您是指喝酒?"

苏了群说:"还有别的。为人处世,行事做事,应变能力,都让我吃惊。到底还是大机关,锻炼人。"

郭缨子说:"您是在批评我,我知道我现在俗不可耐。"

苏了群说:"你这样理解,那我就比窦娥还冤了。"

他们都笑了。

郭缨子问:"您有变化吗?"

苏了群的长嘴唇抿了抿,嘴角现出了豆粒大的旋涡。这个动作是郭缨子熟悉的,郭缨子开心地笑了。苏了群说:"我知道你是在嘲讽我。"郭缨子说:"那我也比窦娥还冤了。"苏了群说:"我是个老头子,往哪儿变?要说有变化,就是变老了,变丑了,越来越不招人稀罕了。那天喝酒出丑了,缨子笑话我了吧?"

苏了群这么轻松地提起那次醉酒,一下子就让郭缨子的心里有了着落。

"魏大熊那天也喝醉了。"郭缨子在这里说什么都没有顾忌,"他的样子比您惨,衣服领带都在汤盆里洗了,脸上粘了许多螃蟹壳子。我们把他送回家,他醉得人事儿不知。"

"他要是不撒泼耍赖,十回能有八回醉。就他那点酒量,差远了。"苏了群不屑地说。

"您那天可占便宜了。"郭缨子说,"坐着他的车,骂了他一路的娘。我从来也没见过您那么骂人,而且骂得一点情面也不留。"

"当着他的面我也敢这么骂。你信不信?"苏了群起劲儿吧嗒着厚嘴唇。

门轻轻推开了,孙丽萍往里探了一下头,走了进来。她搓着手刚要说什么,苏了群却没有给她机会。苏了群摆了摆手,说你回避一下,我和缨子单独说说话。

孙丽萍朝郭缨子努了努嘴,那意思"你先待着"。搓着手又出去了。

郭缨子的眼神闪了一下,捕捉到了旧日时光。十年前,就在隔壁的房间,也是孙丽萍搓着手进来,说了相同的话。也有人让她回避,说要跟郭缨子单独谈谈。只不过那个人是季主任。

四

那是郭缨子上班不久的事。因为常写一些叫诗歌的东西,季主任就把她叫过去讨论"诗"。那些"诗"都是季主任写的。季主任是个勤奋的人,每天看到什么写什么。郭缨子至今还记得有什么山高高什么什么水长的句子,郭缨子毫不客气地说,那不是诗,那叫顺口溜。

季主任哈哈地笑,说:"像我级别这么高的领导,能写顺口溜就不错了。缨子,你说呢?"

那时季主任是县里的后备干部,有传言说他能当副县长。季主任也经常摆出那个派,仿佛官位唾手可得。

季主任伏在写字台上,把脸伸向郭缨子,脸是笑着的,牙是龇着的,抬头纹往上漂移,像是长了腿一样。那些皱纹很深,能夹一支铅笔。郭缨子为这种想法笑了笑,那笑来得很突兀,自己都没有防备。

孙丽萍就是这个时候闯进来的。她带着一股凛然之气,让郭缨子情不自禁收敛了自己。那笑像风干了挂在脸上,极不舒服。孙丽萍狠狠地剜了郭缨子一眼,嘴里似乎还骂了句什么。虽然没有出声,可看口型就知道是农村妇女常挂嘴边的。

郭缨子傻傻地看着孙丽萍,不知自己怎么得罪了她。

日后的许多不愉快,就始于这天的"单独谈谈"。郭缨子懵懂,觉得季主任跟自己单独谈谈不是罪过,凭什么她孙丽萍就看不入眼?

直到几年以后,郭缨子才把有些事情想明白。

郭缨子把那包茶叶拿了出来,是台湾产的乌龙茶。郭缨子把茶叶放到了苏了群的办公桌上,说记得您的雅好,可以三天不吃肉,但不可一日不喝茶。苏了群连连说谢谢谢谢,把茶叶拿到鼻子底下闻了闻,说这样好的茶,除了缨子不会有第二个惦记我。

郭缨子有些心虚。想这茶也不是特意买的,是从单位"骑毛驴"来的。

苏了群说,看不见茶我都想不起给你倒碗水喝。他喊:"丹果,丹果!"

门帘一挑,进来的却是孙丽萍,好像她一直就在门外候着。她对郭缨子笑了笑,径直走向墙角的暖水瓶。苏了群却把眉头皱了起来,不耐烦地说:"你把陈丹果叫来,她茶沏得好。"转向郭缨子时,笑靥如花,"你没见过她吧?也是一个喜欢诗歌的人。"

郭缨子的心里有点酸。诗歌是她离弃的一个爱人,她做梦都不想梦见了。

孙丽萍神情暗了一下,不情愿地走了出去。她站在楼道里喊:"陈丹果,陈丹果,苏主任让你倒水呢。"

撇腔撇调,跟十年前对郭缨子说话如出一辙。

郭缨子奇怪地看了苏了群一眼,心里说,过了,过了。怎么可以这个样子呢?之前把孙丽萍关到门外还可以理解,眼下因为倒茶再让孙丽萍难堪让人费解了。郭缨子顿时如坐针毡。郭缨子不喜欢孙丽萍这个人，十年前就对苏了群说过。郭缨子每次从季主任屋里出来，她都要轻手轻脚地追过去，问季主任都说了些什么。郭缨子总是能心平气和地告诉她，季主任说了什么，问了什么，或又做了什么样的"诗"，包括自己对那些"诗"的看法，郭缨子一点都不隐瞒。

有一天，孙丽萍郑重其事地对郭缨子说："你是姑娘，你得小心，季主任在讨好你。"

郭缨子不相信。虽然自己见识有限，可总也知道一个单位谁应该讨好谁。郭缨子不预备讨好领导，可也绝不相信领导要讨好她。她相信季主任是喜欢诗歌的人，就是悟性差，需要与别人探讨。没想到孙丽萍语出惊人，她的眼泪忽然冒了出来，说："当初季主任就是这样讨好我的，每天跟我讨论这这那那，你来了，他就不找我了。"

郭缨子惊呆了。

孙丽萍说了许多她和季主任之间的事，让郭缨子毛骨悚然。孙丽萍是借调到研究所的，并不是正式干部编制。她的身份是偏远乡村的小学教师，那里离县城有八十里，要翻越海拔最高的那座山。孙丽萍借调了三年，原单位已经没有她的位置了。孙丽萍哀求郭缨子离季主任远点，说自己已经把一切都奉献了，不会让他就这么把自己甩了。她还拿出了物证让郭缨子看，是人体的一小撮毛发，用红线拴着。郭缨子还没看清楚，就闻到了一股腥臊的味道。"哇"的一声，郭缨子吐了。

郭缨子仍不相信季主任是孙丽萍说的那种人。孙丽萍穿着入时，却尖嘴猴腮，生了一副女人最要不得的嘴脸，但自我感觉貌似天仙，好像世界上的男人都有求于她。郭缨子把这些话只告诉了一个人，那就是苏了群。她相信苏了群，就像相信家里的一个大哥哥。苏了群说，他也不相信孙丽萍的话，他给孙丽萍的行为定性为"狂想症"。

那是下班后的一小段时光，也是在这间办公室，郭缨子坐在苏了群的对面，讲了那些事。关于季主任的事，苏了群了解得更多些。记得那时的天光已经很暗了，屋里没有开灯。苏了群偏着身子看着郭缨子，语气是安静的、沉着的。他的眼神有一种锋芒，却隐含在世事洞明的澄澈里，让郭缨子感到很可靠，很安全。苏了群嘱咐郭缨子这些话不要对任何人讲，要学会保护自己。郭缨子问："季主任真的喜欢诗歌吗？"苏了群牵起嘴角笑了下，说那不过是附庸风雅。这个提法郭缨子容易接受，她觉得季主任就是一个附庸风雅的人。

与孙丽萍相比，她当然相信苏了群。

孙丽萍的声音还在楼道里响着："陈丹果，苏主任让你倒水呢。"越发显得亲昵，却加重了语气。每个字都沉甸甸，像铁球一样能砸人。这种语风语调都在郭缨子的记忆里,那种记忆寒彻肺腑。刹那间,刚才对她的怜悯都无影无踪了。这个女人,嘴和心似乎都在斗法。她在楼道里走了一个来回,鞋跟响得饶有意味,似乎是在为她的声音打着节拍,又或者,是一种宣告或明示,总之声声击在了郭缨子的心尖上。好几次,郭缨子都想自己去拿那个暖水瓶,不就是一杯水吗? 可因为有一点别的想法,她没有动。

苏了群过分了。郭缨子想。也许他这么做不是因为自己,是有别的什么目的? 她又想。就是这又一想,阻碍了她说些什么或做些什么。面前就像有一出戏,她决定继续看下去。

可她和苏了群之间却出现了沉默。那种沉默像黑沉沉的暮色,有股呛鼻子的味道,不知为什么让郭缨子有些难堪。苏了群的脸垮了下去,下颚底下堆起了很深的皱纹。他把头垂到了两腿间,却并没有看什么。郭缨子开始心情复杂,复杂得有些坐不下去。不管苏了群出于什么目的,这样伤害孙丽萍都是郭缨子不愿意看到的。郭缨子从这里走十年了,十年里一次也没见过孙丽萍。如果以后再不来登门拜访的话,从此见不到她也是可能的。

她觉得自己没有必要伤害孙丽萍。或者,伤害了孙丽萍是一件让郭缨子无法接受的事。她不想与孙丽萍发生任何关联,哪怕那种关联叫"伤害"。

苏了群忽然喜眉笑眼说:"陈丹果来了。"

隔着半截门帘,郭缨子首先看见了陈丹果的腿,是两条美腿,包着蓝色的牛仔裤,很直,很劲。兜口处绣着两朵淡粉色的花。上身是小款的网眼衫,里面是黑色的带着黑色镂空绦子边的吊带。一双旅游鞋,新得像摆在鞋架上的。郭缨子预感能看到一张阳光的面孔。她的心情有点郁闷,她希望有缕阳光能让她的心情改善。修炼多年,郭缨子脸上的微笑已经成标签了,随便贴给谁,都会让谁心里暖盈盈。可陈丹果进来居然是低着头,脸抻扯着,谁也没看,直奔暖水瓶。她从茶几下面掏出两只茶杯,"哗"地倒满了。然后,走过来,"砰"地摆到了桌子上,说:"主任,还有事吗?"

郭缨子没有看陈丹果,她看苏了群。

苏主任故意板起面孔,说你这孩子,手脚就不能轻点?

陈丹果说:"孙丽萍满楼道喊我,啥意思? 人老实也不能这样欺负,耗子急了还咬手呢。"

苏了群息事宁人,"别斤斤计较,显得咱们素质低。喊你来是我的主意。看,我这里有好茶,你给我们沏一杯。"

陈丹果这才看了郭缨子一眼,郭缨子也看了她一眼。陈丹果的眼神冷冷的,就像裸露的岩石,一点也不知道掩饰。陈丹果迟疑地说:"你是郭缨子?"

郭缨子问她怎么认识自己。陈丹果说见过照片,是跟单位人的合影,在五台山照的。郭缨子约略点了下头,承认有这张照片。不过她还是表扬陈丹果的好眼力,说这样的功夫不是人人都有。

陈丹果直愣愣地说:"你很特别。"

郭缨子声色不动,问自己哪里特别。陈丹果说,你的眼神和别人不一样。郭缨子说,你的眼神也和别人不一样。陈丹果说,你说的不一样与我说的不一样不是一个意思。郭缨子问是什么意思不一样。陈丹果撇了一下嘴,却又不说了。

这期间,苏了群一直眯眯笑着看陈丹果,像一个得意的父亲在看一个杰出的女儿。陈丹果沏茶时的那些繁复的程序吸引了郭缨子,她把茶杯通体烫个透,然后"洗茶",然后"泡茶"。一股茶香很快就在房间弥漫了,陈丹果吸了吸鼻子,说要是有紫砂茶具就好了。

苏了群说:"把你的茶具拿来借用一下?"

陈丹果说了两个字:"休想。"

两杯香茶摆在了郭缨子和苏了群的面前。苏了群说:"你也沏一杯。"

"我可以走了吧?"陈丹果说。

苏了群说:"中午别走,好好陪陪你郭大姐。"

陈丹果看了郭缨子一眼,说我中午没空。转身走了。

苏了群神秘地问,怎么样?郭缨子没听明白,什么怎么样?苏了群朝外仰了仰下巴,说那个陈丹果,是不是有几分像你?郭缨子立刻觉出了不自在,她遮掩说,我哪有那么漂亮?苏了群连忙说,我没说漂亮,我说个性。当年你也像陈丹果一样,个性十足。这话更让郭缨子不舒服,她不想看见年轻时的自己。就像一个巨大的疮疤,回味总会带着疼痛。正在这个时候郭缨子的手机响了,接通以后郭缨子几乎没听到对方说什么,就"啪"地挂掉了。

"单位有事,我得马上回去。"

郭缨子拎起自己的包,风风火火地往外走。苏了群像年老的婆婆一样嘴里叨叨着在后面追,说什么事这么急,不走不行吗?郭缨子干脆地说了句:"不行的。"紧走几步,迅速拐过了楼梯。

五

坐到公交车上,郭缨子才想起刚才那个电话。拿出手机看了看,不是魏主任。不是魏主任就好。既然想到了魏主任,郭缨子就给他打个电话。问他人到哪里了,路上有没有堵车,晚上几点回来,要不要备晚饭之类。这些话都是废话。可这些废话是必须要说的。过去郭缨子写的诗歌也是废话,只不过是些优美的废话。

反正都是废话。郭缨子经常这样自己安慰自己。

魏主任问："你现在在哪儿？"

郭缨子想也没想，就说在单位。

魏主任在电话那端不满地说："郭缨子，你就说瞎话吧！我听见了你周围至少有一百种声音，能是单位？"

郭缨子下意识地去关车窗，魏主任却把电话撂了。

郭缨子心里忽悠一下，难道魏主任查她的岗？

公交车"咣当咣当"地往城市中心开，街道两边商店的喇叭混合成了交响乐，往车窗里灌。这边是《好日子》，那边是《我的爱你永远不懂》。郭缨子耳朵里听着那些嘈杂的声音，大脑却过滤着刚才发生的一切。苏了群，孙丽萍，陈丹果。怎么琢磨怎么觉得那些场景和人物都眼熟。十年倏忽一瞬，今天和昨天不过是彼此复制。也许苏了群说得对，陈丹果是有些像自己。可她究竟哪里像自己，郭缨子却想不出。只是觉得孙丽萍十年基本没什么变化，还是瘦丁丁的身材，挑着一副尖下巴。她早就有了正式编制，可连眼神儿和习惯动作都没变。那么苏了群像谁，像季主任？

郭缨子的心里"咯噔"了一下，有些疼。

季主任是河南人，说话就像在唱豫剧。他几乎每天都在楼道里喊缨子、缨子，过来一下。他的办公室在最里面，他的喊声从嘴里出来，是铺散开来的，却又被黑洞洞的楼道裹挟成了一个圆筒，那个圆筒会旋转，从一端旋转到另一端，撞击所有的门板。郭缨子起初很享受领导的呼喊，后来变成了畏惧。郭缨子进了门，他就让她先关上房门。季主任办公室的玻璃窗拉着窗帘，终年照不进阳光，只要不开灯，永远是一片幽暗。季主任很享受这幽暗，曾经有人提议让他的房间通通风，季主任用典型的河南话说："通风干啥？这样很好。"

有一天，季主任拉着郭缨子的手说，来，我和缨子比比谁高。他环住郭缨子的腰，让她贴紧自己，迅速扭动屁股蹭了蹭。郭缨子感觉到了一段坚硬的物体顶在了自己的下身。可她懵懂，没想清楚是怎么回事。后来又发生了一次，她使蛮力气把季主任推开了。季主任朝后踉跄时撞翻了脸盆架。半盆水和脸盆哐啷哐啷在地上跳舞。

季主任打了郭缨子一嘴巴，说你使性子换个地方，你以为这是你家里。

往事黏稠得像一团秽物，在郭缨子的脑海里撕来扯去。她提醒自己不想那些不愉快的事，我远离了那些场景和人物，以后也不会再走近。

还有两站地就到单位了。郭缨子想起刚才那个电话还没回，就把电话打了过去。原来是小姚，单位的年轻人都叫她小妖，分来还不到两年。第一天上班就遭遇意外，把小脚趾弄骨折了。小姚休了两个月的假，办了几个月的调动，据说

238

她可以去政府机关,可不知为什么没办成。

小姚的那种会来事儿谁都比不了。她对谁都甜,对谁都亲,对谁都有眼力见儿,让你觉得她睡着了都睁只眼。办的那几个月的调动,魏主任很生气。不是单位缺人,是魏主任觉得人家往高处走,对他是种蔑视。如果走了还好,捣鼓半天又没走成,这是件要命的事。

小姚起初来上班很灰,像受了惊吓的耗子,耳朵支棱着,总在提防着谁,没想到那个阶段很快就过去了,大概连三个月都不到。她一融入机关,就表现得如鱼得水。曾经有人提醒郭缨子防着她点,郭缨子嘴上热热闹闹地拿这句话打趣,说,她多大我多大? 人家还小,我都老了,可心底却打了个沉儿。

小姚在电话里甜甜地叫着郭姐,问郭缨子现在在哪儿。吃一堑长一智,刚才在魏主任那里说错了话,不能再说错了。郭缨子问她什么事。小姚坚持问郭缨子现在在哪儿。这话让郭缨子听出了挑衅。我在哪儿一定要向你汇报吗? 当然这是潜台词,不会说出口。忍着心中的不耐烦,郭缨子拖着声音说,我在外面呢。小姚再说话却有了弦外之音:"郭姐你什么时候回来先找我,魏主任刚才来电话了,有事情让我转告你。"并不说什么事,电话"啪"地挂了。

郭缨子心脏那个地方拴着根线,线底下坠着块秤砣。秤砣一摇摆,心脏就像被风吹歪了。

那种感觉很难受。

郭缨子推了两个科室的门,都没看见小姚。小姚应该在办公室,可办公室的人却说一直没见着她。郭缨子料定她没走远,一准在四楼的宿舍。郭缨子本想招呼她下来,电话号码摁完了,又把话筒压下了。

郭缨子想了想,上楼。

听到了郭缨子的脚步声,小姚抢先把房门拉开了。小姚的眼睛,在没看到郭缨子之前就笑弯了。她不是一个漂亮女孩,肤色有点暗,眼睛有点小,但嘴唇很饱满,涂着嫣紫色的唇膏。郭缨子其实一直都很留意小姚嘴唇的颜色,什么时候看到她,第一眼总是打在那里。

小姚的魅力,都在那张嘴上。

小姚挽着郭缨子的胳膊嘴里叫着郭姐把她拖了进去,摁到床边上,就像久别重逢一样。

小姚说:"郭姐你刚才准是在车上,我听见手机里有轰隆轰隆的声音。我担心你听不见我的话,就想别浪费电话费了,匆忙把电话挂了。"

郭缨子标签一样的笑容送给了小姚,说小姚你真聪明。

随后郭缨子猎犬一样地吸了吸鼻子,不动声色地在屋里转了一圈儿,突然说:"什么牌子的酒,这么香? "

小姚"哇噻"一声叫,"郭姐你真神了,我就抿了一点点。"

郭缨子皱着眉头说:"大白天的,喝哪门子酒?"

小姚说:"我对酒精有些过敏,想慢慢适应一下。听说郭姐喝酒很厉害,你教教我。"

郭缨子说:"喝酒有什么好?"

小姚说:"在机关待着,不喝酒哪行? 郭姐你说是吧?"

郭缨子故意沉了一下,正话反说:"嗯,机关就是个喝酒的地方。"

小姚却一点也不介意,"郭姐过去也不喝酒,因为喝酒还泼过人家一脸,后来不是也喝了?"

郭缨子侧过脸来挑起眉梢看小姚,问她还知道些什么。小姚亲热地搂住郭缨子的肩,还用脸过来蹭了蹭,撒娇地说:"郭姐我崇拜你啊,你要带带我。"

郭缨子的心情忽然恶劣到了极点,她抖了一下肩膀,厉声说:"放开!"

把小姚吓了一跳。小姚的两条胳膊拖泥带水地从郭缨子的肩膀卸了下来。小姚满脸委屈,一副胆怯娇嗔的模样,看上去楚楚可怜。郭缨子活动活动肩膀,放平声音说你压疼了我,又倚老卖老地说,年轻人心思多往工作上用,尤其是女孩子。郭缨子还想说什么,可一看见小姚瞅她的眼神儿,那些排成队的话突然溜得无影无踪了。

小姚的眼神儿是笑的,虽然笑得很隐蔽,可还是被郭缨子捕捉到了。郭缨子突然意识到了不用对小姚说什么,说什么都没用。她们一搭眼神儿,就知道彼此脑子里想了些什么。意识到了这一点,郭缨子有些慌。

郭缨子不再拐弯抹角,说你让我找你,我来了。

小姚也不示弱,说不是我让你找我,是魏主任打电话找你你不在。

郭缨子说,他怎么不打我手机?

小姚声音很重地说,你应该问问他,为什么不打你的手机。

郭缨子暗暗换了一口气,她的气有些不够使,其实她需要爆发一下,把那口浊气呼上来吐出去。小姚是谁? 小姚谁也不是。可刚才过的那几招郭缨子没有占上风,她突然意识到在小姚面前自己可能永远也占不了上风了。

郭缨子偷斜了小姚一眼,只看见了她两片饱满的嘴唇,油汪汪的,晃人的眼目。郭缨子的两片削薄嘴唇连些水分也没有,像被风抽干了的两片枯叶。

郭缨子用劲抿了抿,悲哀像水一样漫了上来。她想她如果不问那句话,小姚一辈子也不会说,她在关键的地方跟自己较着劲儿。

郭缨子虚弱地问魏主任说了些什么。

小姚的眼睛顿时笑弯了,那股亲热转瞬就回来了。小姚说:"魏主任找你你不在,把事情先跟我说了,说等你回来让我跟你汇报一下。咱们单位要组织出

去旅游,分两拨儿。魏主任和钱副主任各带一拨儿,魏主任的意思,让我们参谋
参谋去哪儿,先拿一个方案。郭姐,你也高兴吧? 旅游呗,去哪儿好? ”

郭缨子也想做出高兴的样子,可她做不出来。小姚饱满鲜润的两片嘴唇刺
激着她的视觉神经,她总觉得口干舌燥。

“魏主任,他说想去哪儿? ”郭缨子干涩地问。

小姚回答得文不对题:“我想去五台山,两年前我在那里许了愿,今年正好
去还愿。”

郭缨子假装感兴趣:“许的什么愿? ”

小姚说:“这可不能说。许愿的事只有天知地知佛知我知。我就是想去五台
山,郭姐,你能不能帮我跟魏主任说说? ”

郭缨子心里想,你的事还用我说? 但话到嘴边变成了两个字:好吧。

郭缨子当然不会真的去说,但说与不说都改变不了魏主任的决定。方案出
台了,果然是五台山。其实郭缨子想说服魏主任换个地方。五天的行程,路上疲
于奔命。况且还有沿路的景观要看,怎么算时间都不够用。看着郭缨子认真地
在那里为难,魏主任嘲讽说,跟着我走你担哪门子心? 逾期不回是有人处分你
还是有人处分我? 年纪也不大,怎么就一根筋呢? 郭缨子心里苦不堪言,可脸上
还要装出恍然大悟的样子。她去过五台山,还不是一次,最偏僻的南台顶都爬
上去过。有一次是她和二东两个人开车去的,顶着蒙蒙细雨,漫长的山路上只
有他们一辆车。路上有一头牛挡住了去路。二东下去轰牛,牛怎么也不走。郭
缨子在车上给他出主意,让他牵缰绳,打牛屁股。牛最后怎么让的路想不起来
了,二东汗津津的脑袋栩栩如生。

一行十五个人,一大一小两部车。与方案一起出台的还有人名单。郭缨子
拿到手里,还以为搞错了。机关一共六个女的,名单上算郭缨子在内,三个。按
照以往的经验,出门都要住标准间,三个人也要定两间房,不合算。郭缨子在自
己的办公室里研究这个名单,猜测魏主任拟名单时的心情和打算。魏主任肯定
住单人间,难道他也想让自己住单人间?

应该有一点微妙的东西隐含在这个名单里,郭缨子研究得殚精竭虑。

整整一天的时间,郭缨子都在为出行做安排。矿泉水、水果、茶、酒、扑克牌
等等,凡是在家里需要的,都要带着上路。别人都已经下班了,郭缨子还拿着单
子一一核对,唯恐把什么东西遗漏。

走出机关大门,郭缨子才想起给二东打个电话,说自己先去看儿子,问他
去不去。二东有些没好气地说,我跟儿子在一起呢,你现在才想起问我? 路过一
家鞋店,郭缨子想起自己还没有旅游鞋,就进去逛了逛。拎着鞋出来,天已经黑
了。二东打电话催她快回去吃饭,说你不做饭,吃饭还要别人等? 郭缨子烦道,

你们先吃,别等我。我也不饿,吃不吃都行。话是这样说,郭缨子还是急着往婆家赶。平时都是公婆带儿子,一天三餐,寒假暑假,儿子就像长在了奶奶家。

一顿饭也没吃舒坦。二东是一个牛脾气的人,他反对郭缨子去五台山。即使在饭桌上当着父母的面,他也不隐瞒自己的观点。二东说,那个地方你又不是没去过,再去一遍还有什么意思?重复爬一座山,重复看一座庙,有什么意思?郭缨子插空儿跟儿子说句话,问儿子学校的事、老师的事、同学的事。儿子回答得很潦草。可他很认真地打听五台山是哪里,爸爸为什么反对妈妈去,是不是有什么危险。郭缨子哪边都说不清楚,气得躲进厨房不出来。后来还是公爹看不下去了,站在厨房门口说,缨子管着那么多人的吃喝拉撒,她不去哪行?

"没有谁地球都转。"二东硬邦邦地顶了句,"她一个办公室主任,不就是个芝麻官吗?"

"芝麻官也是官!"郭缨子终于爆发了一句,"你连芝麻官都不是!"

六

还有两天,就是郭缨子来潮的日子了。二东别的日子不记得,这个日子却要在挂历上画记号。郭缨子来潮和别人不一样,腰疼,肚子疼,稍微着一点凉,就疼得要死要活。二东要在这一天提醒她加衣服,尤其是春秋两季,小棉袄总要随身携带。郭缨子的五天五台山之行正好在经期之间,即使不借题发挥,二东也是要阻拦的。这一点郭缨子清楚。只是郭缨子清楚的事,二东不清楚。二东只是想郭缨子不去换任何人都可以,出门旅游的事,不愁找不到替换的人。其实哪里有这么简单。机关的事不像学校,青是青白是白。机关的事说不清楚,要是能说得清楚,机关也就不叫"机关"了。

虽然两个人都不愉快,还是心照不宣地洗了澡。二东先洗,郭缨子后洗。二东洗澡的时候郭缨子开始收拾自己出行的东西,特意把那件小棉袄准备出来,放在显眼的地方,好让二东出了浴室第一眼就能看到。内衣外套,洗漱用具,装满了行李箱。明明知道没有时间看书,还是站到书架前浏览了一下,惊奇地发现居然有那么多的书自己都没翻开过。郭缨子摸了这本摸那本,手指像弹琴一样从书脊上滑过,最终停留在一个厚笔记本上。

那里誊抄了她几乎所有的诗稿。她把笔记本从书籍的挤压中抽出来,翻开了第一页,是读高中时写的一首名叫《小溪》的诗:

温柔 恬静 清澈透底
你匆匆地流淌

吟诵着美好诗句

勤劳的人们来到这里

洗头　搓衣

污垢沾染了你的身躯

你仍然静静无语

你沉默地流向远方

留下的仍然是碧澄的溪水

你无条件地让人们享用

承载的是人们的欢歌笑语

啊　小溪

我爱你

那样稚拙到傻气的诗句澄明透亮，却像高压线，让郭缨子不敢触摸，她"啪"地合上了笔记本。

郭缨子又拿出了那张人名单。上面是魏主任龙飞凤舞的字。十五个人，排成三排，每排五个人。郭缨子的名字在最后一排，后面是谢天丽，谢天丽的后面是小姚。小姚在这里是全称，姚雪晶。"姚雪晶"这三个字用了些力气，笔墨重，笔画却不舒展，好像能看到下笔时的犹疑和鬼祟。郭缨子笑了笑，又笑了笑。她笑时脑子里回闪的是小姚的妈紫色嘴唇，油汪汪的，还有两只略显鼓凸的眼，眼球不大，却喜欢把眼仁斜到眼角看人。不是斜眼，绝不是。郭缨子没来由地又笑了笑，这回想起的是魏主任熊腿似的两条胳膊，又黑又壮。

这种话，她从来不会对二东说。单位的事，她啥都不愿意说。说了有什么用呢？二东只会嘲笑，帮不了任何忙。两个人躺进被子里，谁都不主动。明知道有些事情就摆在那儿，顺理成章的。可因为谁都不主动，就没往下进行。二东伸手把灯关掉了，这也是信号。二东心情不好的时候就爱关灯，表示我困了。或者我对这件事不是很有兴趣。或者以退为进：你看着办吧！郭缨子在黑暗中又笑了。二东问她笑什么，她说痒，你给我挠挠。二东不情愿地把手伸了过来，上边，下边，往左点儿，往右点儿。有一下没一下的，非常潦草。都知道痒不是真痒，挠也不是真挠，两人就在那里兜圈子，比谁更有耐心。耐心还没比完，客厅里的电话响了。二东条件反射般地起身去接电话，回来对郭缨子说，是一个叫陈丹果的人，她怎么把电话打到家里来了？

"陈丹果？"郭缨子磨蹭了会儿才起身，起身也没有马上下床。她坐床上想了会儿陈丹果，怎么会给我打电话？这么晚，而且是打家里的座机，都显得不寻常。郭缨子穿了睡衣以后才去接电话，脚步一拖一拖地非常不情愿。陈丹果就在黑暗中的屋角站着,眼神直冲冲地打量她。很奇怪郭缨子对陈丹果这个人印象深刻,尤其是那双眼睛,是有些锋芒的。这样的眼神儿不多见,有点舞台剧的效果。可舞台剧的眼神儿是做出来的,陈丹果的眼神儿却是自然而然的,有内容。睫毛像两排小刷子,让眼弧有了云影。那排云影浓重得像夏日阴凉,让眼神有了阴郁的味道。锋芒而又阴郁,这双眼睛在郭缨子的心里忽然有些分量。

郭缨子在那种锋芒而阴郁的感觉中拿起了电话听筒,先爽朗地叫了声:"陈丹果你好。"

"我想和你说点事。"一点过渡也没有,就那样直通通的,就像郭缨子是她的家人,一点都不必客套。

郭缨子有点不习惯。她把电话听筒从左边转到右边,还是不习惯,又从右边转到左边。郭缨子以为让她不舒服的是电话听筒,而不是陈丹果的说话方式。郭缨子觉出自己有情绪了,但她还是能让自己的语音亲切:"你说吧,只要我能办到的。"

"你没听明白我的话。"陈丹果毫不客气,"我是说跟你说点事,我没求你为我办事。"郭缨子甚至听出了弦外之音:你能办什么事?

郭缨子有些烦躁。

电话机旁边有一只水杯,里面有不知什么时候倒的半杯水。郭缨子举起水杯"咕咚"倒进嘴里一口,却又觉得水里满是灰尘。我怎么那么倒霉啊,她心里说,说话总让人抓小辫子。

"说吧,什么事?"郭缨子皱起眉头,口吻不凉不热。她在想明天要出远门儿,二东还等在床上。隐隐的,等在床上的一些美好的感觉来到了她的脑海,她居然湿润了一下。

陈丹果却犹豫了,她听出了郭缨子声音上的变化,她加了些小心,说我只想和你说说话,其实也算是向你……讨教吧。没想到时间已经这么晚了,我是不是很打扰你?

"没事,你说吧。"这几句话还算得体,让郭缨子缓回了心境。

陈丹果的电话一共打了五十分钟。这五十分钟里陈丹果说了许多的事,那些事郭缨子有的知道,有的不知道。不管知道不知道,郭缨子都坐在那里听。开始还想明天出行的事、二东等在床上,后来就把这些都忘了。

陈丹果是三年前分到这家研究机构的。开始她不想来,这么老的楼,寥寥的几个人,出那样一本半死不活的民俗刊物,都让陈丹果觉得无趣。促使她留下来的有两点,一是可以吃财政饭,旱涝保收;二是可以有自己独立的私人空间。陈丹果说你一定知道我说的私人空间指的是什么,这幢楼真大,人真少,每人一间办公室还绰绰有余,还一人一台电脑。这对一个喜欢读书写作的年轻人都是诱惑。

陈丹果说，有些场景你肯定熟悉。因为我的这间办公室就是当年你用过的。靠窗的左边是一张床，铁骨架，床板是三块木板拼成的，上面铺着棕榈垫子，再上面是海绵的。我搬来的第一天孙丽萍就告诉我这海绵垫子还是郭缨子的，她走时什么都没带，大概只把存折书信之类的带走了。还指着墙壁说，看这上面的蚊子血，都是郭缨子拍的。郭缨子拍蚊子可有两下子，一拍一个准。有一宿，她一共拍死了三十三只蚊子。

那些话都像旧时的场景，在郭缨子的脑海里一波一波地浮现。三十三只蚊子的尸骸陈列在墙上，把墙壁变成了一幅世界地图，蚊子血是星星点点的梅花。她在那个早晨上班时几乎逢人就讲这些，像炫耀战利品一样。

那时的郭缨子还是诗人。她那天写的一首诗就叫《蚊子》。那是一段天空高阔的日子，未来就像安静的一大片水面，有无数种可能。

那段日子是郭缨子愿意沉浸的。

你大概是知道孙丽萍的。陈丹果话说得有些迟疑，在郭缨子的鼓励下，嘴皮子逐渐利索了：她很少待在自己的房间里，有事没事都到我这里坐，端着大号瓷缸子，早晨用来泡方便面，其余的时间则在白开水里放方便面的调料。这是她的爱好，不喝白水。这个爱好你应该知道吧？我很尊敬她，觉得她善良，热情，家里做了什么好吃的会用饭盒给我装来，不管你多么不愿意吃，都很难违拗她。说真的，我从没吃过她做的东西，我吃不下。吃她的东西我心里有障碍。我总是在她走了以后偷偷丢进楼下的垃圾箱。

就像终于遇到了同谋，郭缨子嘴角浮出了得意的笑，情不自禁问了句："是楼梯口左手边那个垃圾箱吧？"

陈丹果应了声，却没接郭缨子的话茬儿，继续自说自话：她说当年你特别喜欢吃她包的野菜馅饼子，曾经不止一次给你带到单位来。我发现她很愿意谈你，无论什么话题都会自然而然地弯到你身上。从她嘴里我知道了你喜欢诗，喜欢穿紫色的衣服，喜欢对不如意的事说一句"去你妈的"，喜欢把车子蹬得飞快，喜欢留长发，喜欢晨起跑步。当然还喜欢拿小酸儿，不随和。遇到不喜欢的人就让他下不来台，喜欢违拗长官意志等等。我很奇怪一个人可以对另一个人的记忆时隔多年却不消退。这让我对郭缨子这个人有了兴趣。我说我看看她长什么样，孙丽萍拿出了你们在五台山的合影，你穿一身牛仔服，在蒙蒙细雨中，面孔冷冰冰的。我说郭缨子怎么这么不高兴。孙丽萍说，她在那个地方跟季主任闹翻了。当时的五台山虽是七月份，气候却很阴冷。吃午饭时季主任说大家都喝一点酒，驱驱寒气。只有郭缨子不喝。季主任开玩笑地把酒杯端起来往郭缨子的嘴里倒，结果郭缨子一抬胳膊，把酒杯打翻了。酒水泼了季主任一脸。

那些旧事历历在目。郭缨子不由得打了个寒战。心里说,你说得简单了。当时的情景是,季主任把脸和端着酒杯的手都凑了过来,仗着几分酒意,他的脸故意蹭到了郭缨子的脸上。郭缨子躲闪的时候看准了那只酒碗,抬起胳膊往上一挥,酒碗扣在了季主任的脸上,然后掉在地上摔碎了。

陈丹果停顿了一下,我提这些旧事你会不愉快吗?她问。

郭缨子动了动僵硬的身子,轻轻叹了口气。这些旧事从来没人敢跟她提起,是她心里永远的痛。年轻时的青涩窘困,她以为都被风刮走了。没想到自己仍是个传奇,活在别人的茶余饭后。眼下她只是觉得好奇,这些往事为什么能够流传,这个只见过一面的小姑娘,这么晚给一个陌生人打电话,她到底想干什么?郭缨子觉得有些冷,她把那件小棉袄抻过来捂住了肚子。"你说吧。"郭缨子心里结痂,嘴里却淡淡的。

陈丹果说,这是孙丽萍第一次跟我说单位过去的是是非非,以后想拦都拦不住。许多话题都是在你、季主任和她之间展开的。她说你每天都到季主任屋里去坐,表面上是谈论诗,实际上另有目的。她说你们出门的时候你宁可自己淋雨也要把伞罩在季主任的头上。说你买来的年糕放在炉火上烤,烤得外焦里嫩等着季主任上班来吃。说你为了给季主任熨衣服买了高级的电熨斗,花了几百元。还说在饭桌上你用牙签把鱼刺挑出去鱼肉送到季主任的碗里。还说……

郭缨子听着听着,惊讶得嘴巴都张开了,"陈丹果,你说这些是什么意思?"

陈丹果从容地让自己停顿了一下,说:"为了我自己……总可以吧?你还想往下听吗?"

说心里话,郭缨子不想往下听,可前方却有一条馋虫抻扯她,让她放不下话筒。她索性摆出鱼死网破的姿态说:"好啊,你说吧。"

陈丹果继续说,你知道季主任病退是在哪一年吗?大概是在你走的第三年或第四年。孙丽萍告诉我,季主任名义上是得了肝炎病退的,其实是因为有人源源不断地写匿名信,告他"性骚扰"。孙丽萍从没提过是谁写的匿名信,可她在言语间总是影射你——我当时就很奇怪,一个走了三四年的人,工作待遇都比这边好,怎么还会对过去难堪的事情纠缠不休——季主任被挂了半年,内退了。苏了群接了班。孙丽萍本来能提副主任,可在审批的过程中被人顶了——这些是她亲口对我说的。

郭缨子突然坐直了身子,她终于听出了味道。

七

下面才是我想对你说的话。陈丹果漫长的铺垫终于到了尾声。她大约喝了一口水,听筒里有了"咕咚咕咚"的声音。继续说:我上了一年多的班,基本上跟苏了群没有多少接触。他不常来单位,来了也坐不住。据说是在外边跑业务,你知道他家有个小印刷厂吧?我们刊物就在那里印,不是纸出问题就是墨出问题,没有哪期能顺顺当当。这些都是孙丽萍告诉我的,苏了群什么时候来单位,她准端了大号瓷缸过去。有一天,我因为有事到苏了群的屋里找她,敲门以后就自行把门推开了。你猜我看到了什么?苏了群在一把椅子上坐着,孙丽萍的一条腿顶在椅边上,弓着背,勾着头,手里举着一柄小木梳,她在给苏了群梳头发。头皮屑飞了起来,在孙丽萍眼前打着转地飞舞。她张着嘴巴,那些东西飞到了她的嘴里也未可知。

陈丹果在对面的听筒里干呕了两声,"呃呃"声音很响,郭缨子听得很清楚。郭缨子喉咙也像有虫子在爬,也有了呕吐的愿望。因为那个场景她也见到过,只不过坐在椅子里的人不是苏了群,是季主任。苏了群的头发浓厚油腻,像秋天的庄稼地一样密不透风。这跟季主任不同。季主任柔软的几根头发都长在边角处,粉色的头皮像婴儿的脚底板一样。郭缨子对那片庄稼地没感觉,她此刻完全是因为受了蛊惑。对面那个年轻的躯体,蛊惑了她,让她对自己原本熟悉而没有恶意的脑袋生出了厌恶。她扯过一张面巾纸,吐了口唾沫。

好一阵子陈丹果才让自己平静下来。陈丹果说,从那儿以后我才开始留意孙丽萍,她给苏了群洗衣服,熨衣服,还在办公室里用电炉子给他煮麦片粥。有一天,她用荷叶包了年糕拿来烤,突然激发了我的想象。我问,当年郭缨子是不是也这样给季主任烤年糕?孙丽萍不屑地说,她要是有这么点眼力见儿还能在这个单位待不下去?我说,她是主动调走的。孙丽萍说,你听谁说的?我差点说,就是听你说的。但关键时刻我闭了嘴。孙丽萍给年糕翻个儿,那种糯米香烤起来很好闻。如果不是她在烤,我甚至也想吃。孙丽萍说,如果待得好,谁愿意换单位?人生地不熟的。我说,郭缨子虽然调走了,单位不比这里差,她是人往高处走。季主任虽然没动地方,却栽了跟头。孙丽萍说,可你知道郭缨子付出的代价有多大吗?为了调动吃了一百片安眠药,如果不是以死相拼,她哪里办得成?季主任栽跟头也不是因为她,她没有那本事。我问,因为谁?孙丽萍说,那个老头不是好东西。我说,因为谁?孙丽萍说,他要不栽跟头苏主任就不会那么快扶正。我说,苏主任扶正了你就可以当副主任了。孙丽萍说,我命不好,你看我的鼻子……塌鼻梁,命里注定没有当官的命。我早死了这份心。

我说,总有没死心的时候吧?

郭缨子一下从沙发上站了起来,把电话机抱到了怀里。她有些吃惊陈丹果说的话,当年她到医院洗胃是严格保密的,连二东也不知道。当然那个时候她还不认识二东。就是从五台山回来不久的事,她觉得自己在单位没有活路了。

单位里的人谁都不理她,连苏了群都不在人前正眼瞧她。只有转过身去,身旁无人,苏了群才会悄声关照句什么,窝着头,嘘着声音,像特务接头一样。那种情景加深了郭缨子心底的一些不良感觉,抑郁像一张网,把她整个覆盖了。她手里有一百片安眠药,但只吃了三十片。当睡眠像潮水一样涌来时,求生的本能占了上风。她把药瓶丢在了地上,药片撒了一地。发生了这件事,把父母吓坏了。他们都以为女儿被男人怎么样了。后来才知道是女儿自己的心结解不开,当然,郭缨子没有对他们说实话,她与原单位仇若水火。他们动用一切力量帮助郭缨子调动了工作。郭缨子一直以为这个世界上除了医生没人知道她服安眠药的事,原来一切都是掩耳盗铃。

后背忽地一热,抱着的棉袄掉在了地上。

"你知道我当时的感觉是什么吗?"陈丹果在那端气喘吁吁,仿佛走了远路一样,"你在听我说话吗……你要不愿意听就算了,这些事我也不是非说不可。"她的口气有些冷,"我今天打这个电话,其实没有任何目的,纯粹是心血来潮。那天见到你,我就有一种冲动,要把这些告诉你,其实我知道,你不愿意听。"说到最后一句话,陈丹果竟有些懒散了。

"你说。"郭缨子拧了拧鼻子,声音像是从深井里发出来的。她现在渴望听陈丹果把话说下去,事关自己,她当然想把事情弄明白。可她不愿意让她听出自己的渴望。她故意淡着语气说,"我听着呢。"

陈丹果似乎是在下结论了,"我就是想告诉你,这个时候我意识到了孙丽萍过去跟我说的许多话都是假话。也许没有一句是真的,她就是个习惯说假话的人……"

郭缨子心里说,你感觉得对,她就是个习惯撒谎的人。但嘴上什么也没说,她不愿意给陈丹果留下这样的印象:她在深更半夜与她一起谈论一个人的是非,这不合乎她做人的标准。她让话筒离开了耳朵。她的手冰凉冰凉的。手背贴在腮上焐了焐,像焐不透的一块生铁。她的半边身子麻木了,活动了一下腰腿,她绕到另一面的沙发旁,仰躺在沙发靠背上,半天才徐徐吐出一口气。那些个岁月就像胶片一样一格一格地闪,年轻时的自己那么青葱苍翠,一句话就能折断腰身。多么傻啊!往事不堪回首,能回首的都是故事。窗外是鸭蛋圆的月亮,清冷的月光从高远的天空直射进来,看上去有几分鬼魅。郭缨子把一只凉手放到腋下焐着,重又拿起了电话听筒。听筒里没有了陈丹果的声音,空寂中像炒锅里的水花边儿一样"吱吱"地响。

"我还是不知道你说这些是什么意思。"郭缨子故意轻松着语调说。陈丹果的话让她不愉快。但她不愿意话题就此终结,她还想多知道些什么。"孙丽萍说些什么都与我无关,不是吗?也许她说的是一个叫郭缨子的人,但那不是我。陈丹果,你明白我的意思吗？"

那端却没了声音。郭缨子看了看听筒,"喂喂"了两声,里面传出了忙音,陈丹果已经把电话挂了。郭缨子摁了回拨键,那边很长时间才接通了电话,却不出声。郭缨子有些着急,匆忙问了句:"你多大了？"

听筒里传来了陈丹果冷冷的声音:"我说的话与我的年龄无关,我是成年人。"

郭缨子解释说:"我没有别的意思。我只是想说我看不出你的年龄……你看上去好小……"

陈丹果敏感地问:"你觉得我不懂事？"

郭缨子说:"我想知道你结婚了没有。"

"没有。不过,快了。"陈丹果有点不耐烦,"我还可以告诉你我的爱人是通过网络认识的。我们很相爱。他去年参加了公务员招考,成绩相当不错。你还想知道什么？"

郭缨子硬着头皮问:"他在哪儿工作？"

陈丹果说:"城建局。"

再没有什么话好说。"咔嗒"一声,那边把电话挂了。

郭缨子又在沙发上足足坐了有十几分钟,才恍然想起陈丹果的话,她说她打这个电话是为了自己,可为了自己什么,她并没有解释。因为叙述绵长,她可能忘了初衷。郭缨子有些不甘心,她还想把电话拨过去,有关孙丽萍的话题,她还想听呢。陈丹果的大部分话题都在说孙丽萍与郭缨子,但几乎没说孙丽萍与自己。郭缨子断定这里有故事。那天在苏了群的办公室,已经看出了端倪。攥着听筒的手用了下力,到底还是算了。为了别人或者为了自己,有什么区别吗？没什么区别。孙丽萍什么样,跟自己有关系吗？没关系。十年了都没扯上关系。这不过是一个喜欢唐突的女孩子,因为年轻而喜欢网络。不喜欢对人虚与委蛇,即使需要她客气的时候,也不。郭缨子突然想到了自己在她这个年龄,也真像陈丹果一样,仿佛青春期错后了,看事物总是一厢情愿,见不得任何形式主义,眼里容不得一粒沙子。他人即地狱。真的是他人即地狱。郭缨子摇了摇头,感觉冷得有些受不了,起身回了卧室。月亮偏移了,窗外漆黑如墨。郭缨子瑟缩地抱住了自己的肩,瘸着酸麻的两条腿,几乎是一步一挪地回了卧室。

二东面朝里躺着,已经发出了鼾声。

八

郭缨子提着行李箱提前半个小时到了单位。她一宿没合眼,傍天亮的时候却做了一个梦,梦见自己在河边行走,潮水反复打湿她的鞋子。她身后的脚印很快被流沙抚平了。这有什么征兆吗?没有。郭缨子坚信没有。她把自己收拾得精精神神,见了谁都笑脸相迎。她在这个主任位置上五年多了,前后侍候了三茬领导,魏主任是最难琢磨的。最难琢磨也要琢磨。他不也是肩膀上面顶个脑袋吗?郭缨子微笑的脸庞下面的肌肉因为阴冷而不停地抽搐。当然不是因为天气阴冷。现在是秋天,刚经过了夏天的溽热,秋凉的那种温怡还在感觉中。可郭缨子通体都感觉阴冷。她的小腹内回旋着一股冷气,有一道闸门挡住了红水,红色的水。那水甚至都要结冰了。每次哈欠来临,郭缨子都会从容别过脸去,朝着青色的天空做一种古怪的动作,反转过来,又是一张微笑的脸。魏主任已经起床了,他住在了单位。魏主任去洗漱的工夫郭缨子打了两个电话。先是给谢天丽。谢天丽是人事科的副科长,人有点懒散。她舅舅是这座城市有名的人物,所以她懒散得有资本。谢天丽果然还没有起床,懵懵懂懂地爬起身,鼻音很重地说,谁呀?郭缨子说,你说谁呀?谢天丽慌了,连声说糟了糟了,我睡过头了。郭缨子看着表说,还有二十分钟的时间,注意把东西带齐啊!谢天丽说谢谢郭主任,就把电话放了。打第二个电话郭缨子思虑了一下,电话拿起来又放下,然后又拿了起来。这个电话是打给姚雪晶的。电话接通以后郭缨子用轻松的语调说,睡过站了吧?小姚明显已经收拾整齐了,百灵鸟似的说,是郭主任啊,我一宿都没怎么睡,失眠啦!郭缨子说那就快过来吧。百灵鸟的声音分明让郭缨子有些烦,对着窗子喘了几口气,才把心情调试过来。郭缨子推开了魏主任的房门,魏主任正往脸上搽增白霜。魏主任的脸黑又大,像洗脸盆一样,抹起来很费力气。魏主任对着镜子照,说这也几百块钱一瓶呢,也没见有啥效果啊!郭缨子忍着心里的笑,说还是有效果,只是您自己看不出来。魏主任说,有没有效果就是它了。郭缨子这才说正事,面包车坐十个人,小车坐四个,正好富余出一个。魏主任看着房顶想了想,可不是,你咋不早说?郭缨子说我也是昨天晚上才想到。魏主任说,那就在面包车上挤一挤,后边加一个座儿,应该没问题。郭缨子说,谁……坐您的车?魏主任说,你,加上小姚,够了。郭缨子说,我怕我会晕车。魏主任说,肚脐上贴块姜,晕什么晕?

小姚是打的来的,不早不晚,是开车前的几分钟。郭缨子走过去截住了小姚,说我想坐面包,魏主任不让,你跟我做个伴呗,连拉带拽把小姚的箱子放到了小车上。小姚趔趄着,走得非常不情愿。她的唇膏换了玫瑰紫的颜色,不张扬,可很醒目。郭缨子总也忍不住朝那里看,看一眼,又看一眼。抿了一下自己的嘴唇。人到齐了,郭缨子招呼大家上车,特意到面包车上招呼谢天丽,"我不想坐小车,咱俩换一换?"谢天丽墨镜帽子全副武装,与平时判若两人。谢天丽大大咧咧地说:"饶了我吧,我可不想坐那个车,憋死。这车多痛快。"组织科的小冯爱开玩笑:"郭缨子,给我们车上留朵花吧,要不都是光杆,多寂寞啊!"车上的人一起应和。郭缨子故意绷住脸上的笑,说你们可要把这朵花照顾好啊,如果让我发现有什么闪失,我可不饶你们。

魏主任在小车里探出身子喊:"郭缨子,你还走不走?"

郭缨子看准了魏主任坐的位置还是原来的位置,这下心里有底。她嘱咐面包车司机跟在小车后面,就从这辆车上下去了。

郭缨子拉开小车副驾驶的位置坐了上去,说:"走吧。"

面包车上的热闹郭缨子能够想象得到。年轻人居多,他们会像刘三姐那样对歌,一人唱来大家和,会交流手机短信,铃音此起彼伏;会讲那些粉红色的笑话,笑得前仰后合。这才是出门儿应该有的氛围,那种氛围让人神往。这辆车上却静悄悄的,一点声息也没有。郭缨子把头靠在椅背上,挖空心思想应该说点什么。"小姚,一宿没睡?"郭缨子的声音绵软、纯净,脸上微微笑着,虽然那个微笑只有司机能看到。司机没工夫看她,盯着眼前的路。感觉得出小姚也别扭,这样跟领导出行,她大概还不太习惯。郭缨子一问话,她马上把身子倾了过去,打着哈欠撒娇说,郭姐救救我,我都困死了。郭缨子说,你那个年纪一宿两宿不睡没事,我要是一宿不睡,人就走形了。年轻就是好。魏主任搭话说,郭缨子你在我面前也倚老卖老,我在你那个年纪,三宿两宿不睡常有的事。郭缨子不说话。她故意不说。小姚问,三宿两宿不睡觉干什么?魏主任摇下车窗吐了口痰,小姚的纸巾赶紧递了上去。魏主任胡乱擦了一把,说香气气的什么味。

魏主任说他那个时候写材料,吃住都在政府招待所。熏了一宿烟,屋顶都是黑的。该吃饭的时候没食欲,半夜三更饿了,就去城西吃老马家的羊杂碎。二两白干半斤大饼,撑得眼睛看什么都是蓝的。不吃饱了身体顶不住,可吃饱了就犯困。一起出去三个人,回来硬是找不到招待所的门。材料赶不完,再困也睡不着。那种日子简直不是人过的。小姚吃惊地说,魏主任是写材料出身的啊。魏主任说咋着,不像是吧?别看像文盲,那是外表。

魏主任说什么郭缨子都不再搭腔,有小姚一个就够了。

奔波一天来到了预订的宾馆,郭缨子一路都在合计怎么安排住宿,到了目的地,法子也出来了。原本应该小姚和谢天丽住在一起,吃了晚饭,魏主任招呼打牌,郭缨子借口自己腰疼,把谢天丽叫了过来,让她给自己捶捶背。谢天丽人瘦丁丁,腕也没劲,像是在给郭缨子蹭痒痒。郭缨子说,你躺下,我给你放松放松。谢天丽哪里肯,郭缨子把她推倒在床上,从肩头往下给她按摩。谢天丽舒服得直哼哼,问她是从哪里学来的。郭缨子说自己是久病成医,颈椎腰椎都不好,有一段总辗转各个按摩店。谢天丽说,郭姐总要照顾别人,又累身体又累心。郭缨子说,有啥办法呢,吃的就是这碗饭啊。谢天丽说,办公室主任适合男人干,很多机关都是男的。郭缨子说,男女都一样。男同志能干的工作女同志也能干。

十点多,谢天丽困得睁不开眼,郭缨子鼓动她别走了,就睡这儿。谢天丽不肯,说自己睡觉毛病多,打呼噜跟吹口哨似的。郭缨子说,你毛病多还有我多?说真的我是需要你,我这两天心脏不好,怕夜里万一用人叫不来。话说至此,谢天丽无路可退,回屋拿自己的东西。郭缨子问她小姚在干啥,谢天丽说小姚还在看他们打牌。郭缨子说,他们不定玩到几点,你睡这儿,也省得她回来打扰你。

五台山这一行,郭缨子自忖没出啥纰漏,可魏主任还是不满意。回来的路上脸一直嘟噜着,一句话也没有。郭缨子内心曲折,想起小姚说过许愿的事,问她有没有还愿。小姚说,给功德箱捐了一百块钱。魏主任终于说了一句话:"一百块钱打发佛爷,你以为菩萨都是要饭的?"

九

日影隐到梧桐树的后面,暮色唰拉一下就拉开了帷幕。秋天就是这样有意思,总是在你不提防时自己转换颜色。郭缨子看魏主任熄了灯,自己也开始关电脑,收拾办公桌。电话铃响的时候,她特意先去洗了手。外面的天黑了,屋里的灯显得亮,有些刺眼。她觑着眼睛看来电显示,是一个陌生的号码。这个时候打电话的居然不是二东,让她有些纳罕。她把电话接通了,里面的人却像有双千里眼,直截了当说,郭主任,您先别走,我们上去说几句话。

她移步到窗前,见魏主任正在院子里跟人说话,还往楼上指指点点。魏主任坐车走了,那两个人闪到一旁,跟魏主任挥手,然后齐齐往楼上看一眼,进了楼梯口。郭缨子拉开房门,跺了下脚,楼道里的灯齐刷刷都亮了,见两个穿警服的人先后从楼梯口冒了上来。郭缨子紧急思索着会是什么事。家里不会有事。那就是单位的事。单位的事魏主任怎么先走了?那还是家里的事。她的心怦怦直跳。来人老远喊了声郭主任,说不好意思,耽搁您几分钟。

一高一矮两个警察进来,郭缨子情不自禁站了起来,脸上有些张皇。高个子警察赶忙说,这么晚来找您,真是不好意思。我们就几句话,郭主任配合一下就行。郭缨子狐疑地坐下了,矮个子拿出本子准备做记录。

高个子收起脸上的笑容,郑重其事说:"您认识研究所的陈丹果吧?"

郭缨子一下挺直了身子,"她怎么了?"

高个子说:"看来您还没听说,昨天夜里出了意外,她从三楼的窗口摔下去了。"

郭缨子问:"人碍事吗?"

高个子说:"人已经没了。"

郭缨子一下捂住了嘴。

高个子简单介绍了情况。单位的保洁工一早去后院倒垃圾,发现草地上横躺着一个人,他打了110报警,我们接警以后以最快的速度来到了现场。据法医说,事情应该出在前半夜,十点到十二点之间。坠落的角度不好,那里正好堆放着几个水泥管子。

"她怎么会高空坠落?"郭缨子很疑惑。

高个子说:"是啊,我们也想知道她为什么坠落。是自杀还是他杀? 自杀是为了什么? 他杀又是因为什么? 她的那间办公室想必你也知道,窗下是一米高的窗台,两扇窗户朝外开,如果不是刻意为之,根本不可能失足掉下去。办公室除了资料也没啥值钱的东西,抢劫盗窃之类的可能性也不大。房间有些凌乱,但很难判断意味着什么。她平时就是个很随意的人,屋子从不打扫。一套茶具在桌上摆着,显示那天她自己喝过工夫茶。"

"自己喝工夫茶……怎么可能?"郭缨子更疑惑了。

矮个子说:"她是个很特别的人。"

高个子接荐儿说:"陈丹果现实生活中朋友很少,最近一些日子,她的手机只有十几个电话,几乎都是打给家里和男朋友的。最长的只有一分三十秒。其中一个电话引起了我们的注意,就是打给你的那一个,足足有五十分钟。我们很好奇这五十分钟她不是打给男朋友而是打给你的。她在五十分钟里跟你说了什么,这个让我们感兴趣。我们掌握的情况是,你们相识并不久。"

高个子忽然严肃了。

郭缨子的手心出汗了。她一下不知怎么应对这个场面。陈丹果那晚说的话,过山车一样轰隆隆地打脑子里经过,却不得要领。那些话题庞杂而微妙,像晚秋的荆棘长着老的倒毛刺,不经意间就能割痛你。几秒钟的时间像一个世纪一样漫长,郭缨子紧握着双拳,像攥着两个湖泊。面前两张脸殷殷朝向她,她没敢与之对接。大脑在紧张地分析统计一些数据,而且很快给出了结论。首先,她不能给自己找麻烦。给自己找麻烦就等同于给单位找麻烦。她是中层干部,不能成为舆论焦点。其次,陈丹果那一晚纯属胡言乱语,她说了那么多的话,并没有明确的指向。既然她自己都不明确,郭缨子又怎么能把方向提供给警方呢? 两点理由足以说服自己,郭缨子稳住了心神,斟字酌句说,就像警方掌握的一样,自己原来并不认识陈丹果。只是在苏了群的办公室见过一面,却没有说多少话。她看上去就是个孩子,模样比年龄显小。她是喜欢诗歌的人,那晚一直在跟我讨论诗歌……哦，她主要谈论约翰·弗里德里希·席勒……那是个德国诗人，我也喜欢……因为转天要出门，我当时那个急啊！现在的年轻人真好，想干什么就干什么。我在她那个年龄，可不敢在晚上随便给陌生人打电话。

郭缨子笑了笑，样子有些无奈。

两个警察对视了一眼，矮个子说："郭主任原来还是诗人……那个席勒，我也知道。"

郭缨子说："只能说，我曾经是诗歌爱好者。"

高个子站了起来，说既然讨论诗歌，那就彻底与本案无关了。今天就不多打扰了，郭主任若是想起什么有价值的线索，还请通知我们。

两人站起来向郭缨子道别。郭缨子目送他们走在深井一样的楼道里，她没有给他们弄亮廊灯。可眼前清晰地映出了陈丹果的影像，两条美腿，包着蓝色的牛仔裤，很直，很劲。兜口处绣着两朵淡粉色的花。小款的网眼衫。一双旅游鞋，新得像摆在鞋架上的。她就这样一扭一扭往深处走，似在尾随两名警员，又似在郭缨子眼前展演。

郭缨子两腿一软，一下子靠在了门板上。

那幢灰色的办公楼有了代号，"灰楼出人命"的事家喻户晓。各种版本的传说有五六种，但没人相信陈丹果是自杀。好端端的一个姑娘，快要成为新娘了，怎么可能是自杀呢？陈丹果的父母迟迟不肯在火化协议上签字，他们坚信自己的女儿不会自寻短见。因为陈丹果的脸孔黑紫，七窍出血，有中毒症状。摔在地上是四肢着地，分明是坠楼之前已经死亡或昏迷。否则三层高的楼房，也许不会致命。这样的说法流传甚广，县里不得不专门召开会议辟谣。县委书记在大会上公开说，陈丹果不是明星，不是富翁，是一个好端端的姑娘，既不是小三又不是小四，谁谋害她有什么用？那些阴谋论都是吃饱了撑的！县委书记的话得到了与会者的热烈掌声。眼下正在举全县之力迎接全国商务性的大型会议，街上张灯结彩，全民大搞环境卫生整治，"建立卫生、和谐、文明、高效城市"的大幅横标挂满了整座城市，这个案件来得实在不合时宜。这幢老房子因为临街，外墙体被刷了粉色涂料，从灰变粉，只是一夜之间的事。人们怀着复杂的心情看这幢楼房变脸，还以为变的是自己的眼睛。研究所迅速被解散了，人员补充到了党史和地方志编修委员会。可因为这些地方办公条件有限，他们并没有离开这幢老楼，他们还是编那本半死不活的刊物，行政级别却悄没声地降了。外面的牌子摘掉了，墙体一下变得光秃秃，只有牌子遮挡的地方，是一块新鲜的印记。

陈丹果事件很快过去了。政府着手没有解决不了的问题，传说她的父母拿了一笔钱离开了这座城市，至于去了哪里，没有人能说得清楚。

小姚要提办公室副主任的事,郭缨子不知道,是钱副主任告诉她的。人事科去编委报材料,审查没有通过,原因是小姚的工作时间没有满三年。回来跟魏主任汇报,魏主任拿起电话把编委的人骂了一顿。魏主任说,只当是你三姑有好事儿了,差那么几个月你当日子没长腿?一溜不就过去了?钱副主任是上楼的时候跟郭缨子提起的,口气清淡,却别有洞天。钱副主任这样说:"小姚要提办公室副主任,你这下可有帮手了。"

郭缨子的心像是被什么狠劲抻扯了一下,说不出的一种感觉,比疼痛更难以承受。前边就是钱副主任的办公室,他站定时特意看了她一眼。郭缨子心里起褶皱,脸上却还从容。她当然知道钱副主任的用意,小姚是什么样的人,大家都清楚。当了副主任是老虎长了翅膀,那种张狂到不可一世,想一想都不寒而栗。到时谁的日子不好过,自然不用细说。

郭缨子到钱副主任的屋子略坐了坐。钱副主任要沏茶,被郭缨子挡了。郭缨子不喜欢这个姓钱的,觉得他阴气太重。可一想到魏主任像块云彩遮着他,连天光都不透,郭缨子就理解了他的状态。两人相对无言,都心事重重。郭缨子想,魏主任再能折腾,总有年龄挡着吧?

钱副主任居然也想到了这一点,朝郭缨子微微点了下头,说:"权且忍一忍吧。"

钱副主任又说:"郭姐有事别憋着,跟兄弟叨咕叨咕心里也痛快。"

郭缨子眼睛突然就湿了。这是钱副主任第一次叫她郭姐。他是领导,完全可以不这么客气。

郭缨子说了声"谢谢",仓皇起身离座,连头都没回。

十

《资治通鉴》看到了二百多页,二东有的时候会念出声。那些深远历史的回声让二东津津有味,郭缨子却一听就烦。她狠狠蹬了二东一脚,二东往边上躲了躲,郭缨子一滚身,又追了过去。

两人起了一回腻,都觉得不咸不淡。郭缨子一边蹬内裤一边说,这日子没法过了。二东说,这不挺好的吗?郭缨子这才说出心底的话,她越来越盛不得事儿了,"那个小妖精,叫姚雪晶的,还没提职呢,眼里就没人了。下班在楼道里看见了,都不说先打招呼。"二东又去翻书,说,这也叫事儿?郭缨子说:"还有更气人的呢。一份文件我还没签字呢她就直接拿给了魏主任,结果我连内容都没看,是在魏主任的办公桌上签的字。"二东说,不看你还省眼睛呢,啥重要文件非看不可？无缘无故碰了软钉子,若是过去郭缨子早翻儿了。但眼下郭缨子沉浸在自己的悲愤里,还想继续说。那天中午午休了会儿,郭缨子去洗手间,看见姚雪晶猫样地从魏主任办公室溜了出来,脸上通红通红的。郭缨子一下收住了脚,看着她一溜小跑往另一个方向去了。郭缨子翘起了嘴角,心里说,果然是不见兔子不撒鹰,现在的小丫头手段使得都出神入化了。想到五台山自己费尽心机却无功而返,郭缨子就心里恨恨。这些在她的舌头底下滚了几滚,到底没放出来。她想放出来二东会一脚把她踹到床下去。机关本来是非就多,她也不敢用这种话题去招惹二东。况且说给二东听,自己也觉得掉身价。"她还没男朋友呢,看将来谁敢娶她。"郭缨子撳灭了台灯,自觉把话题转了方向,口吻似乎是在关心。

二东把书合上了,不屑说:"看你把心操的,也不怕长白头发。"

郭缨子告诉自己要接受,要大度。世界迟早是人家的,你不接受还能怎样?到了公示阶段,郭缨子带头喊她姚主任,把小姚的脸喊出了一朵花。小姚说,郭姐,以后我就是你的兵,你爱咋使唤咋使唤,我就给你当丫头。郭缨子两手放在她的肩膀上,推心置腹地说,我年龄大了,重担就指望你挑了。以后办公室的工作能不能出成绩,就看姚主任你的了。

晚上小姚请中层以上干部喝酒,都喝疯了。郭缨子原本不想喝,她胃疼。可她也知道,只要不疼死,魏主任绝对不会放她。魏主任给她和小姚都倒满了杯,三个人的杯子都一样高矮粗细,魏主任指点着说,谁不喝谁就是我,听到没有?魏主任的潜台词是,自己是只熊。再往下,就要说到熊鞭了。小姚表态说:"听到了,谁不喝谁就是主任。"把魏主任逗笑了,这话郭缨子打死都不敢说,魏主任会说她谋反。结果小姚一口就喝了三两酒,就像喝凉水一样。魏主任也喝了,魏主任才真正像喝凉水,喝得气定神闲却有滋有味。郭缨子咬了半天牙,才把酒喝下去一半。钱副主任一直是一杯啤酒慢慢饮,他不掺和这边的事,魏主任也不让他掺和。此刻他实在替郭缨子着急,插话说,郭主任不能喝就别勉强……话音未落,魏主任把郭缨子酒杯里的酒都倒进了钱副主任的啤酒里,斜起眼睛对服务员说:"满上!"

钱副主任不动声色地把啤酒掺白酒一口干了。

那晚,郭缨子喝成了重度昏迷,把一同进餐的人都吓坏了。救护车鸣哇呜哇地开了来,人们七手八脚把她抬上车,她的嘴角流出了一道江河。除了魏主任,大家一同跟着去了医院。王八汤盛到碗里,谁都没来得及喝一口。魏主任回办公室等消息,短信像苍蝇一样满天飞,却没有哪条能让魏主任宽心。他坐在老板台前,用捆扎礼物的红色缎条编绳子,事后他对人说,要是郭缨子有个三长两短,他就准备在办公室的窗框上上吊了。

郭缨子在医院输了几天液,二东跑到单位找魏主任干了一仗,说以后若再让郭缨子喝酒,他就与郭缨子离婚。魏主任连连说,不让喝了,不让喝了,二东你就放心吧。

郭缨子住院期间,小姚的任命下来了。小姚给郭缨子打电话,兴高采烈地说,郭姐你就放心住院吧,单位的事有我呢。小姚在那边叽叽喳喳,郭缨子在这边有气无力。她当然听得出弦外之音——这就开始篡党夺权了。副主任的下一个目标就是正主任,欲望长得快着呢。听完了小姚的电话,郭缨子平静的内心又起波澜,她很不好受,那种不好受咽不下说不出,就像油里煎着水里煮着,她就是一条鱼,望着河流却跳不进去。她想自己这是怎么了,提前进入更年期了?为了调适心情,郭缨子决定看书。她让二东从家里拿来了两本书,住了一周院,居然一本也没看完。打开书本,眼睛盯着文字,脑子里却出图画,都是单位里乱七八糟的人和事。郭缨子这才警醒,自己从研究所走出这十年,离原来的郭缨子有多远。

研究所的郭缨子,是热爱诗歌嗜书如命的人。她之所以离开那里,是受不了那里不洁的空气。那时,她是清洁的。

十年,从见怪不怪到安之若素,郭缨子变成了什么样她自己不知道。

二东数落说:"人家提职你差一点把自己喝死,你说你傻不傻?"

郭缨子承认自己傻,可嘴上却不耐烦,"你知道什么!"

郭缨子出院以后,很长时间不想上班。她觉得,自己得了上班恐惧症。只要想到单位,就心慌气短,就手心冒汗。好在地球离了谁都转,除了钱副主任偶尔发个短信或打个电话,没人关心她到底什么时候上班。

有一天,钱副主任请她出去吃个便饭。郭缨子费了许多周折找到了那家小门脸,看上去不起眼,里面却装潢考究,原来这里是西餐厅。郭缨子跟着魏主任没少出去瞎吃瞎喝,去大馆子吃大席面,却从没到过如此典雅高贵的地方。到了餐厅才知道,只有她和钱副主任两个人,不大的一间包房,两椅一桌,对面是一副秋千架,装饰着绿萝和太阳花,郭缨子情不自禁就坐了上去,脚一支地面,秋千架晃了起来。钱副主任手肘支在桌子上,欣赏地看她,说缨子,你原本应该属于这种氛围这种生活,你太不珍惜自己了。

一声"缨子",让郭缨子一下明白了自己是谁。同时一种怪怪的感觉上脸,她都不好意思与钱副主任对视。钱副主任过去都是一本正经叫她郭主任,后来叫她郭姐,现在突然叫她缨子,这里的变化有点莫名其妙,让郭缨子陡然有了提防。

她脸上的线条也在一瞬间失去了柔和,自己从秋千架上下来了。

钱副主任用菜谱挡脸,自己跟自己扯了下嘴角。披萨,意大利烤肠,水果沙拉,牛排,薯条,空心粉,钱副主任要了一大桌子。他自己带了瓶法国干红,只给郭缨子倒了一点点,边倒酒边说,按说不应该让你喝酒,可今天是为了庆贺你身体康复,你就喝一点点,意思意思。

钱副主任大学学的中文,所以跟郭缨子有许多共同的话题。一顿饭吃得很愉悦,要结束了,钱副主任突然迟疑了一下,眼神有点闪烁。郭缨子这才明白这顿饭不像表面那样简单,她小心地问:"您……有事?"

钱副主任咳嗽了一声,直截了当地说,这么跟你说吧,我今天不拿你当外人,有个事跟你商讨一下,你同意不同意当场给个意见。郭缨子坐直了身子,正色说,您说。钱副主任说,你这段不上班,有些情况可能不太了解,最近风声紧了,市委巡视组下来了。

郭缨子说:"这跟我们有什么关系?"

钱副主任说:"他们跟我们没关系,但我想跟他们有关系。单位整天乌烟瘴气,你我都度日如年。老魏一手遮天,又贪又色,我想举报他。"

郭缨子吓了一跳:"实名?"

钱副主任说:"不管实名与否,巡视组都有可能下来找人座谈。你是最了解情况的人,我想你能助我一臂之力。只有我们联手,才有可能扳倒他。"

郭缨子嗫嚅:"我哪里了解情况?"

钱副主任注意观察她,"你不乐意?"

郭缨子摇了摇头,她突然想起了陈丹果的话,当年苏了群与孙丽萍联手搞倒了季主任。苏了群如愿以偿升了正职,孙丽萍却竹篮打水。自己不是孙丽萍,所以做不下联手的事。

她匆忙站起了身,说谢谢您的晚餐。钱副主任的眼睛一下变成了死鱼眼,冷酷地盯着眼前的人,一副恨铁不成钢的样子。他指点着说:"郭缨子,你可真……"下面的话钱副主任没说,只轻轻地哼了一声。

十一

初冬的太阳像缺了钙质的蛋黄,温婉稀薄,走在阳光底下,像走在荧光灯里,要好好看会儿天,才能分出是白天还是黑夜。郭缨子的失眠到了无以复加的程度,四片舒乐安定都不起作用。她自己跟自己嘀咕:难道非要吃三十片?郭缨子故意迈着小碎步,围巾和帽子一起遮着脸,她到外面去晒太阳。她从光华路一直朝北走,再由燕山东路往西,再由海棠大街往南,再折一个弯,就回到原地了。郭缨子每天午后去增加骨质,行走成了必修课。

钱副主任没吐出的那个字,成了她每天的猜想。真笨?真傻?真厌?或者是真……贱?那一刻,郭缨子突然停住了脚步,她有些被这个字吓着了。回想这次喝酒住院,郭缨子就五内俱焚,自己一定成了单位的笑料,居然是为了自己潜在的敌人喝成那样,不是贱是什么?

郭缨子痛心疾首,自己恨不得能变成土行孙。

巡视组果然进驻了单位,这让郭缨子的病假休得更死心塌地。从心里来说,她当然希望搞倒魏主任,但她不希望自己出手,尤其不相信什么联手。更尤其,她不相信这个姓钱的,哪怕他说自己贱!她怕他把自己卖了。苏了群比他厚道得多,苏了群又如何?还不是用了孙丽萍又甩了孙丽萍,让她变得那么不甘心。女人活到孙丽萍的份儿上,已经可以称得上悲惨了,自己不能成为第二个她!从这个意义说,她非常感谢陈丹果的话给她提了醒,有前车之鉴,让她在西餐厅里瞬间做出了正确的决定。否则,她也许一下就上了钱副主任的贼船。那贼船驶向哪里绝对是个未知数,但有一点可以肯定,哪怕贼船驶到地中海,她郭缨子终究要被晾在盐碱地上。

因为……什么也不因为。

每每想到陈丹果,郭缨子就很心痛。那个夜晚长长的电话,没想到竟是永诀。如果知道陈丹果打过这个电话以后就决心赴死,那个夜晚的对话,还能那么提防和戒备吗?

郭缨子在努力淡忘自己都说了什么。但面对陈丹果的那种情绪和态度却怎么都忘不了。

这天稍微走得远了些,一幢粉红色的楼房看上去那么温馨而祥和,让郭缨子有了向往。她擦着墙根走,不知不觉走进了一座院落,抬头才发现,粉红只在外墙表,内里却是老旧的灰,这种灰色一下就让人置身在遥远里,有历史尘埃的味道。郭缨子茫然地四顾,似乎是在冥冥之中,就见苏了群在几步远处跳下了自行车。他的长嘴唇吧嗒了一下,急切地说,什么风把缨子吹来了?快去楼上喝茶。说着,亲昵地来拉郭缨子的衣袖。郭缨子在看出他的企图时就慌忙地躲。她也不知道怎么走到研究所来了,这不在她的意识里,她不愿意来到这个地方。特别是眼下,她不想见到苏了群。那是她企图尘封的日子,过去是因为伤痛,现在……还是因为伤痛。只是两个伤痛不是一个概念,前一个伤痛是外界加给自己的。那些个记忆中的尘霾,堵塞了她所有能够呼吸的通道。后一个伤痛则是内心的了悟。她记起了曾经的自己,那些个写诗的日子,不惹尘埃。变化是从哪里开始的呢?她搞不清。一点印象都没有。仿佛两个自己置身在两种不同的世界,只是,哪个是真实,哪个是……更真实?

但有一点有迹可循，当年她到了新单位，就下定决心收起所有的锋芒。她不想让父母太担心。她竭尽全力想成为苏了群赞美的那种人，让所有的人刮目相看。

只是，收起了锋芒……却绝不是眼下的样子。眼下的样子，就像软体动物，没有骨骼和筋脉……她一直在顺着河水漂流，不知不觉漂出了溢洪道，自己却浑然不知。

苏了群呢？他的变化又始于何时？

郭缨子眯起眼睛去看太阳。惨淡的白色日光像一只天眼与她对接，明明知道会灼伤，她还是努力地目不转睛。她不想看见苏了群现在的这张脸，这张脸在以后的岁月里会逐渐模糊，她不想由此再使之清晰。那个遥远的、被自己认为才华横溢、品德高尚的苏了群，有着安静、沉着眼神的苏了群，曾让郭缨子感到很可靠、很安全的苏了群……是在哪里破碎了？郭缨子不想去探究，眼下她没有力气去探究。她悲哀地觉得，这都是命，逃不掉的宿命，就像苏了群降下的那半格职务，早先曾使尽手段争取。如果知道到头来是这样的结局，他还会让自己做那样大的改变吗？

毕竟，像自己一样，苏了群的脱胎换骨也会伤筋动骨。到底，他不是季主任。因为，自己也不是孙丽萍。

郭缨子背转过身说，您去忙吧，我转转就走。苏了群赶忙说，忙啥忙啊，整天闲着没事。他急赤白脸地说，到家门口哪能不上去坐坐呢，我泡壶好茶，咱们好好聊聊。过去听起来很亲切的话，如今却倍感腻歪。眼前的苏了群，已经不是记忆中的那一个。那一个是副主任，虽然胆子小，却会说人话。自他提了正职，自己并没有跟他有过交集，送茶叶那次除外。但也就是那次送茶叶，让她窥破了一些东西。苏了群身上的一些潜质在幽暗中浮现，让他像极了季主任。哦，季主任。那两扇巨大的翅膀曾遮蔽了郭缨子所有的天空，郭缨子心里仅有的对这幢老楼的一丝温情，就此像烟雾一样消散。

士别十年。

郭缨子说一会儿还要去政府办事，这才让苏了群打消了念头。他把车梁横靠到腰上，双手撒了把，转过身来唏嘘说，人要是倒了霉，喝口凉水都塞牙。本来研究所就是个姥姥不疼舅舅不爱的地方，又给降了半格，这工作就更不好干了。郭缨子注视着脚尖问，陈丹果到底是怎么死的？这话一点也不突兀，一个在等，另一个也在等。他们都绕不过去这个话题。苏了群轻描淡写地说："还能怎么死，自己跳下去的，她就是抑郁症。有时候，连我都想跳下去。"苏了群仰脸望了望那楼，说谁在这里待久了都会抑郁，没跳楼是因为神经长成了钢筋。苏了群咂着嘴笑了下，说那个孩子可惜了，外表一点也看不出抑郁。

郭缨子也望着那楼，"真的是抑郁？"

苏了群说："还能因为什么？不抑郁能半夜三更给你打电话？用五十分钟谈论诗，不是有病是什么？"郭缨子惊讶地问，你听谁说的？苏了群说，这不是秘密，大家都知道。案子为啥能结那样快，你的证词证言在关键时刻起了关键作用。

郭缨子怔住了，眼睛瞪得老大，一时间通体冰凉。

苏了群吓了一跳，说："缨子？"

半天，她像是自言自语似的说："其实，那天我们没有谈论诗歌。"

苏了群好奇地问："那你们谈论了些什么？五十分钟啊！"

他探着身子向郭缨子，郭缨子一下子清醒过来了。她知道，那些她不想对警察说的话，也不能对眼下的苏了群说。

郭缨子艰难地咽了口唾沫，转移了话题，"孙丽萍怎么样了？"

苏了群说："她回家了。自从陈丹果跳楼，她就再也不敢来单位了。"

苏了群咧开嘴笑了一下，难得地露出了一排黄板牙。他磨叨说还是缨子有出息，到了大机关，提职快，有前途。跟着魏大熊整天有酒喝。不过魏大熊的好日子也快到头了。郭缨子问这话从何说起，苏了群一龇牙，说中央早就有规定，不许瞎吃瞎喝。过去都是说说，这回是要动真格的了。魏大熊天不怕地不怕，摘了官帽他总怕，没有那顶纱帽他啥也不是。缨子你也注意点，别在这种小事上出问题，前途要紧。

郭缨子的心里似乎有一把刀一直在那里搅，那种疼都不知道怎么形容。她虚弱地说："我有什么前途？"

苏了群竖了下大拇指，热切地说："你有。十年不简单，把你塑造成了这么优秀的人。完全不可想象。陈丹果，唉，那孩子的性格，很像十年前的你，真的很像。可惜——"

郭缨子看着苏了群的大拇指，好像又没有看见，心底有一个声音问自己，现在的你又像谁？

苏了群困惑地看着她。

郭缨子问："她为啥抑郁？"

"谁？"苏了群说，"哦，还能为啥。她写诗，写诗的人都爱抑郁。食指、海子不都是抑郁症患者吗？"

郭缨子摇摇头说："你也认为她是自杀？"

苏了群摆了下手，说既然公安局没逮着凶手，就只能是自杀。不是自杀还能是他杀？

十二

郭缨子头也不回地走了。她对自己说,他杀,肯定是他杀,你们都是杀人凶手!陈丹果差不多告诉了我,可我不敢指认。我对警察说谎了,说我们在讨论诗歌。其实那一晚,我们连诗歌两个字都没提。我也是杀害她的凶手,我们都是有罪的人!那一晚的五十分钟,都谈了什么!自己对一个热爱诗歌的人,都做了什么!揣摩动机,提防戒备,没说一句实心话!面对花季生命猝然消亡,自己落井下石,甚至不敢把真实情况告诉警方,你不是凶手是什么?郭缨子瑟缩着抱住了肩膀,周身冷得不行。苏了群在后面喊,有空过来串门。郭缨子没有理他,只是懵里懵懂地往前走,脑子里一锅粥。不知谁家的小孩子,穿一身蓝色的运动衣,把皮球踢得像毽子一样。皮球脱落了,在地上跳着奔跑,正好滚落到了郭缨子的脚底下。郭缨子蹲下身去把皮球抱在怀里,"哇"的一声哭了。

小孩子被吓住了,跑过来怯生生地说:"阿姨,你被皮球撞疼了?"

【作者简介】尹学芸,女,生于1964年。已发表各类文学作品三百多万字。曾获梁斌文学奖、天津市文化杯小说大赛一等奖等奖项。现为天津市作家协会文学院签约作家。

汉阳的蝴蝶

林　白

"明宇你会缝被子吗？"王劲风的声音从头顶上方传来,夹杂着一丝细微的烟草味。有一种干燥暖和的感觉,一种异性感。

周日下午,宿舍里没有别人。十一月份,秋风乍起,干干的凉风在宿舍长窄的走廊里转来转去,明宇在宿舍里呆坐着正不知干些什么好,就听见有人从走廊的那边走来,脚步声奇怪地停在了寝室门口。王劲风,他站在门口,头差不多顶到了门框。他说:明宇,你没出去?明宇顿时呆了一下,大脑一片空白,一时不知如何应答。

王劲风跟女生打交道向来松弛,有的男生是见了女生就脸红,非但说不出话来,连正眼都不敢看一眼。王劲风是班长,东北人,会打篮球,也会写小说。明宇跟他几乎没有单独说过话。

"明宇你会缝被子吗？"他在她头顶上方问道。嗯哦,她含糊地吱了一声,全然没有想到王劲风会找她缝被子。被子,贴身盖的,应该是由女朋友之类的人来帮忙才是。

怎么不找李小榴呢他?

李小榴当然也不是他的女朋友,但也不能说不是。两人关系令人费解。谁都看得出,李小榴迷上了王劲风,王劲风无论在哪儿,不出十步,你总会看到李小榴。有人曾在宿舍的后山远远看见两人拥抱,在上世纪80年代初,学校不准学生谈恋爱,这通拥抱非同小可。王劲风打球摔折了腿骨,他拄着一支木拐杖走来走去,拐杖结实专业,很有威风,是李小榴从部队医院弄出来的。小榴每天帮王劲风打饭,据说还喂过。

但李小榴真的不是王劲风的女朋友。

他在不同的场合解释过,他不能爱李小榴,因为他有女朋友了,也可以说是未婚妻。未婚妻是公交车上的售票员,条件远不如李小榴,所以他就更不能抛弃她。那小榴呢?谁爱谁都是自由,她天天找他,怎么办?再说,剥夺一个女生爱的权利是不道德的。"爱的权利"是十年"文革"的禁欲清肃之后,当时一篇小说的题目。光这四个字就够震撼人心。班里有人有半导体,放在宿舍书桌的中央,收音机里浑厚的男中音朗读着这篇小说,人人凝神屏气。

而李小榴也够得上是英勇无畏,的确!她像日本电影《追捕》里的真由美,蔑视人间乱七八糟的栅栏。这跟她是部队子弟的身份大概也不无关系。她以她特有的娃娃音说着电影中的一句著名台词"我是你的同谋",一边把拐杖递给王劲风。很是有意思。

显然她周日回家去了,只有像明宇这样的外地学生还在学校里猫着。明宇心里一阵乱跳,突如其来的幸福感骤然涌上明宇的全身——她要帮王劲风缝被子了!缝被子,当然,她会,她愿意。在微微眩晕中她听见王劲风说:那过一会儿你就到楼顶平台去,在那儿缝!王劲风消失在走廊的那头。明宇开始找针线,她从来没有这些东西,自己缝被子是借同学的针,线是用商店里买的缝衣线,用双线缝。她老家不叫"缝",叫"行",把棉胎包在被面和被里中间,以行距大大的针脚固定起来。这边城市的同学是用一种专用的粗线,像细索一样,还用一种又粗又长的特大号钢针。城市生活处处不同,连行个被子都是特殊的。

找到了针线,又特意换了一条裤腿宽一点的裤子,这条裤子的裤型好,不像原来的那条,腿太瘦,看上去像只蚂蚱。她照了照镜子,把额头上的一绺头发弄下来变成刘海儿。她眼睛越发亮了——对镜子里的这个女生感到满意。

借来的针线装在一只扁扁的旧铁皮盒里,这盒子大概从前是装香烟的,上面有飞檐层叠的黄鹤楼图案。"昔人已乘黄鹤去,此地空余黄鹤楼。"明宇脑子里忽然冒出这两句古诗。唔,不如改成:小榴已乘公交去,此地空余……空余什么呢?空余大被子!明宇差点笑出声来。她带上门,脚步轻快,捏在手上的铁皮盒子似乎散发出某种微热,一直传到她的额头。她密着步子走过长长的走廊,像赴约会一样奔到了楼顶。

平台上没有王劲风,天阴着,灰色水泥的楼顶地面有些萧索。明宇心里一阵荒凉。她定了定神,看到十几米开外、靠近围栏矮墙处铺了一方草席,席子上胡乱堆着什么,班里年龄最小的男生正蹲在席子旁边探头探脑。小男生从贵州农村考来,还不到十七岁,他不爱说话,还在长个儿,所有的裤腿都短着一截。

明宇这才明白,王劲风让她上来,是帮小男生缝被子。她却不甘心,吞吞吐吐之后凛然问道:那个、那个……王劲风呢?他叫我来缝被子,怎么不见人影?小男生很无辜地望着她:不知道啊,他可能叫别的女生去了,还有好几个男生的被子要缝呢。

从此罗明宇,她见了王劲风就总是眼睛看着别的地方。

过了两周,周六中午,在饭堂排队打饭的时候,王劲风排在她后面,他问:明宇,你明天有空吗?当着这么多人,明宇感到自己的脸顷刻热起来。她受惊似的瞪大眼睛看着王劲风,嘴里却不知说些什么。只听得他在头顶上方说道:我们明天一起去看电影吧。他说:让小榴叫上你一起去。他说:……他的每句话都把她震得不轻,以至于,他后来还说了些什么她都没听清。

星期天,明宇要和王劲风、李小榴三人到汉阳看电影《蝴蝶梦》,这使明宇那点不快烟消云散。而且是《蝴蝶梦》,外国片,虽然不知道内容,但无疑,必定会好看!更何况和王劲风李小榴一道!至于这两人为什么要带上她,她不愿分析这个,这个懵懂的人,她很多年后才听说了"电灯泡"这个词,一对恋人的活动夹着的第三人,她得看着那两人的甜蜜而无动于衷,必要时还得充当掩护者和两人纠纷中的调解人,不过更多的时候她当个傻瓜就足够了。我们的明宇,她对自己充当的角色完全没有兴趣,令她大费脑筋的是王李两人的关系。真是让人备感困惑啊!这个王,这个李。王说自己有女朋友,不,更正规,是未婚妻;但李却又爱王,两人同进同出。这种混乱的事情明宇想不清楚,她全班第二小,刚满十八岁。

小榴明宇也是喜欢的。她仗义,喜助人,她的这些侠女气跟她奶声细气的娃娃音形成强烈反差,这使明宇更加觉得有趣了。小榴给班里弄过两次内部电影票,两次都留了一张给边远小镇来的明宇。她用她特有的娃娃腔叮嘱说:小明宇,你可别跟别人说啊,没几张票的啊。洪山礼堂你会去吗?要不要我带你?一次是日本电影《啊,海军》,一次是苏联大片《解放》。这一次,小榴的娃娃音也是那样压得低低的:我们十点就动身,到汉阳去,两点的电影。明宇一时觉得,乱麻又把她缠住了——为什么要到那么远的汉阳去呢,对她来说,武汉三镇,武昌、汉口、汉阳,光武昌就够大的了,再翻山越岭过大江到汉阳去,简直跟到另一个城市没什么两样!武昌这边也有电影院,洪山礼堂难道不放《蝴蝶梦》?下午两点电影,中午在哪儿吃饭?小榴没容她问七问八,一闪身就不见了。

十一月底,武汉终于也有些冷了,最低有零度,最高也只有十几度,天是蓝的,太阳照在身上令人愉快。三人并排走在学校林荫道的缓坡上,阳光透过高大的悬铃木叶的缝隙落在三人身上,圆圆的光斑旋生旋灭,美好得令明宇有些感动。王劲风走在最外面,他高大地挡着从身边擦过的自行车,下坡的车总是飞一样滑下来,有的男生还双手撒把,惊险得让女生吐舌头。小榴走在中间,明宇在最里头。小榴高个儿、长腿,她和王劲风步幅一致,总是没走一会儿,两人就把明宇落下了,总是小榴先停下来等她两步。看上去,明宇不但像一只十足的灯泡,还像一个流鼻涕的跟屁虫。虽然她没有鼻涕,但她个儿矮,辫子也梳得难看,硬是就像了拖着鼻涕的小孩子。

坐公共汽车,坐了一辆又换另一辆。过长江大桥了,一边是龟山,一边是蛇山,天高江阔,火车从大桥下层隆隆开过,江面上有两只轮船,烟囱喷着烟。太阳照在江面上,江水荡着许多金箔。明宇兴奋得嘴里发出啾啾声。

过了江就是汉阳。三人下车,由小榴带路,她手里拿着一张纸条,看看纸条又看看街上的门牌号,嘴里嘀咕着。虽然生在武汉,其实汉阳她也没怎么来过。

他们走进了一片地形复杂的棚户区,高高低低的房子挤着,外墙肮脏,红砖裸露。路忽宽忽窄,窄的地方勉强能过两个人,说是路,实在像迷宫中的小道——支岔、拐弯处极多,路中间还有水坑,正赶上做饭时间,各个门口的炉子冒着烟,油烟气一阵一阵的,明宇闻到一阵腊肉的气味,她使劲吸了好几口,跟家乡腊肉一样的味道,她好久没闻到过了。她听见自己肚子咕咕叫了起来。冷不防,正在洗衣服的人家往门口泼了一盆水,三个人的裤腿都溅到了几处脏水。

电影院怎么会藏在这里?明宇忽然想起来问。她老家县城的电影院是在公园的旁边,门口是很开阔的。小榴笑道,不是啊,是先去刘铁阳家吃饭,再一起去看电影,电影院就在他家附近。

他们有些迷路了,两次路过了同一个地方——那处矮墙画着一只令人费解的鬼脸。问了人,却又感到越走越远。一条狗垂着尾巴跟在他们身后,人走它也走,人停它也停。明宇知道这种狗最要防着,她便边走边回头看这狗。而这狗是有些狡猾的,它越发挨紧了这个慌张的女生。明宇这样一边走一边扭头,不一会儿右下腹就疼了起来。小榴说,是走岔气了,歇会儿。三人靠在裸露的砖墙上,听火车从不远处隆隆开过的声音,还有吹哨子的声音和重物撞击声。

后来他们穿过一条特别窄的墙缝,才总算找到刘家。刘铁阳正在门外抻着脖子使劲搓手,他咧着嘴,想说什么却又没有说出来。

刘家跟大多数棚户区人家一样,也是门口一小块空地上晒着几排蜂窝煤,干了之后也是垒在墙根下,上面再盖上一块脏兮兮的塑料布。也是临街放一只煤炉当街生火做饭,炉子上坐着一只砂锅,正冒着热气,明宇使劲闻了一大口,是莲藕骨头汤。

几人进了屋,屋子一下就有点挤挤挨挨的样子。进深很浅,一张方桌几乎顶到了门口。菜已经摆上,有腊肉炒红菜薹,一个珍珠丸子,一碟花生米,还有用大海碗装的炖莲藕。

刘家的女人进出几回,给每人盛了藕汤,之后她就在靠墙的一只矮凳坐下来。几个人跟她打招呼,她竟没有应声。刘铁阳说不用管,她耳朵一点都听不见的。女人也不上桌,在靠门的一只矮凳坐下来,找出一只线手套慢慢拆着,这种劳保手套是工厂发的,工人家庭谁都有,拆来织成衣服,很有用。明宇一气把热汤喝下去,肚子非但立即不疼了,且胃口大开,她像贪嘴的孩子猛劲夹菜,胳臂肘抬得老高。她的脸吃得红扑扑的,刘家的菜实在是——啊特别是那个红菜薹炒腊肉,同样是红菜薹,学校里大锅一煮,完全是猪食,刘家的红菜薹却炒得像另一个品种,紫红色的短茎一截一截亮晶晶的,既神气又端庄,仿佛有着深远的来历。腊肉虽然只有少少几片,却是肥瘦相间,肥的透明,瘦的深红,华丽而珍贵。

明宇很快吃饱了,这才扭头四处看。

这屋子看上去只有学校的半间宿舍那么大,或许经常停电,靠墙的一张旧条桌上放着一盏煤油灯,有一面旧镜子,是椭圆形的,宽宽的镶边上有凸起的云纹,很少见。最里面拉着一面蓝格子的布帘。屋子低矮,有阁楼,墙角有架活动的木梯子,用来上楼。刘家的女人一直坐在门边的矮凳上,盛汤添饭都由刘铁阳一人张罗。女人看上去只有三十多岁,皮肤白腻,眼睛细长细长的,额前别了一只白色的发卡,宛如白玉,形状有点像蝴蝶,又不太像,有一层包浆似的光泽,象牙白。整个人素净典雅,完全不像棚户区阶层。她是从哪里来的呢?

寻思间大家就都吃完了,似乎人人感到时间紧迫,谁也没有多废话,大家有些匆忙地,像一些饥饿状态的鱼,低着头,一个趄着一个出了刘家。

电影院令明宇失望,它甚至不叫电影院,而叫个工人俱乐部,跟所有会堂一样,前面有主席台兼舞台,台子上方有浮雕,中间是一轮太阳,四周长短相间的斜线代表太阳的光芒,太阳的左右都是葵花,一边五朵。舞台两侧的墙上是红色的宋体字,扁扁的,有些挤,一边是"大海航行靠舵手",另一边是"万物生长靠太阳"。没有任何细节能显示大城市气派之处。

四个人坐成了一排。明宇的左手边是小榴,右手边是刘铁阳。电影还没开始,明宇冲右边愣然说道:你妈妈真漂亮啊,她是干什么工作的?这边还没接上话,左边的小榴就捅捅明宇,凑近她耳边道:别乱打听好不好。

片刻,刘铁阳却答道:她是我小姨。

仿佛暗藏了机关,话音刚落,灯光就熄灭了,空间骤然浓缩在一片黑暗中,随即,脑后的一柱强光訇地打到了正前方的银幕上。这个小姨仿佛是不同凡响的。

而电影中的黑白画面如水浪般源源淌来——烧毁后的庄园,荒凉的路,黑白片,神秘而静穆。女主角,女主角的话外音响起:我再也没有回去过……明宇被这些遥远的、异国的画面所席卷,她不再想起刘家那位优雅的小姨。她在电影里看到一个叫吕蓓卡的女人,这个女人始终没有出现,她长长的风衣、口袋里手绢上的口红印、她坐在那里写信的桌椅和笔和纸,还有那个处处让人难堪的女管家,吕蓓卡在每个角落里浮动,她处在黑暗中。某种凝固的黑暗。

大学毕业,很多年过去,明宇和王劲风刘铁阳他们再也没有联系。曾经听说,李小榴将近四十岁才结婚,在这之前的十多年,她靠王劲风的信过日子,每个星期六,王劲风的信如期而至,她把信随身带着,去饭堂打饭,去商店买东西。晚上,她慢慢看信,星期日,她的回信写好了,有很多页,之后她穿戴整齐,骑上自行车到邮局寄信,她单位的大门口不远处就有一个邮筒,她不爱投到那儿,那像一个虚无的玩意儿——这种事只有上世纪八十年代才会有吧。听说王劲风不断地给她介绍对象,十年之后,她终于接受了其中的一个。

奥运会那年的四月份,回校聚会,这是毕业二十多年后明宇第一次见到同班同学,不过当年的班长王劲风没有来,听说他生病住院了,在深圳。他八十年代末就去了南方,折腾得风生水起,又到美国去了几年,又回来,他累坏了。刘铁阳呢,也没有来,说是他家里有点事,他跟好几个同学都特意打了招呼。李小榴还是当年的娃娃音,她穿着黑衣服,端庄凝重,仿佛是某位权高者的遗孀。看见她,明宇骤然心惊。

叙旧,明宇说起当年三人一起去过汉阳看《蝴蝶梦》,小榴说,是啊那次。她想起了当年王劲风的样子,那时候,她说。然后她说,那次其实是,刘铁阳其实是王劲风大学里最好的朋友你知道吗?啊,明宇不知道,她也不会观察,大学四年她基本没有成长,始终是个懵懂人。她听小榴说,那次其实是,王劲风想撮合你和刘铁阳,想让你们俩好,所以拉你一起去汉阳看电影,还特意到他家吃了顿饭。明宇突然记起了刘的小姨,那个皮肤白腻,眼睛细长细长的女人,她额前那只象牙白玉发卡,那层包浆似的光泽。他的小姨肯定不是一般人。明宇再一次叹道。

五月份,明宇接到手机短信,说王劲风去世,就在北京人民医院。遗体告别。事情突如其来,"五一"的时候还好好的,大家都以为不久就能出院。明宇坐地铁去,在医院外面和同学会齐,见到了二十多年没见的刘铁阳,他没去聚会原来是跟王劲风有关。告别室里黑压压的人极多,看上去都是从深圳来,男男女女衣着体面,虽是一水的黑色,却都质地优良剪裁讲究,有几款甚似高档礼服。明宇第一次见到王劲风的妻子,她大吃一惊,这位遗孀完全不像她想象中的公共汽车售票员的样子,她身材高挑气质娴雅,和她那修身的黑色裙服相得益彰。她端立在一个令人瞩目的位置,接受众人慰问,非常压得住场面。而且她显得那么年轻,简直不像是原配。同学说,就是她,这位当年的公共汽车售票员。她不但是售票员,她还是他们省重点中学的校花;不但是校花,她还是省委领导的女儿。所以。

所以,事情都是隐藏在背后的。

王劲风躺在白色的鲜花中。他胖了一点,跟当年已经不太一样了,如果在街上遇到,不会认出来。大学毕业的当年,那时候,明宇还在她的边远省份广西,王劲风和刘铁阳一起来南宁开会,三个人到南湖划船。因为王劲风,明宇特别兴奋,她把木桨拍得到处是水花,大笑不已,还大声告诉他们,岸上那棵特别高、树干灰色的树就是著名的木棉花树。后来明宇离开本专业,跟同学就再没有联系。

满大厅都是陌生面孔,每人一枝白色玫瑰,是仪式主持方发给的。绕遗体一周,把鲜花放到他的身旁。明宇和李小榴排在一起,小榴步子滞重,脸上看不出悲伤,在遗孀跟前勉强握了握手,不发一言。告别之后两人越过人群,走到过道。小榴一下就靠倒在过道的墙上,她的脸扭着,哭了。明宇用一个别扭的姿势抱住小榴,她的身体跟这个她使劲抱住的身体一起抽动起来,她感到自己是那样悲伤,泪水涌出。而小榴也呜呜地小声哭出声来,紧硬的身体也随之变得舒缓一些。

又过了五年,离大学毕业过去了整整三十年。已经五十多岁的罗明宇到深圳看望在那儿工作的女儿,她已经提前退休,平日无事可做,有时候她会到图书馆翻翻报纸杂志。有一天,在图书馆阅览室里她遇见了刘铁阳。

铁阳多年前就跟着王劲风到深圳来了,一直没结婚,当然也没有孩子,现在是他在照顾王的妻子。他们在阅览室的角落里聊了一会儿。那时候真年轻啊,什么事情都是懵懂的。她回想起从高天阔江人到杂乱逼仄的棚户区那种明明暗暗的印象,狗、水坑、腊肉红菜薹、那面有宽边花纹的椭圆镜子、蓝色格子的布帘、墙角的木梯子,一个女人姣白的脸庞从这片幽暗中浮出来,她眼睛细长,额头上别着一只象牙白玉发卡,她为什么始终没有说话? 她从前是干什么的……

她问起这位小姨。刘铁阳沉吟良久,说,她这一辈子啊,你是不可能想象的。再次沉吟之后他又补了一句:我这一辈子,你也是不可想象的。明宇殷切地望着他,他却没往下说什么。明宇眼睁睁地看着这一珍贵的话题沉沉地坠入无边的黑暗中,如同一串珠宝掉进河里,你再也捞不起来了。刘铁阳最后只是说,小姨一直跟他在深圳,两年前去世了。

【作者简介】林白,女,毕业于武汉大学。著有长篇小说《一个人的战争》《万物花开》《妇女闲聊录》《北去来辞》等,出版有《林白文集》四卷。曾获华语文学传媒大奖年度小说家奖、人民文学长篇小说双年奖、老舍文学奖长篇小说奖等,作品入围第九届茅盾文学奖。有日、韩、意、法、英等文字的长篇小说和中篇小说译本出版。

日 本 佬

麦 家

日本佬就是我父亲,当然是绰号。

父亲的名字叫德贵,叫他"日本佬"是因为年轻时他被日本佬(真正的日本佬,东洋鬼子)抓去当过几天挑夫,学会了几句日本话,回到村里当本事显,看见人家在吃饭,他说"米西米西";看见谁在杀鸡宰羊,他说"死啦死啦的";看见天下雨,他说"阿美阿美"。那时父亲才十五岁,不懂事,觉得这很好玩,不晓得有些事是不可以闹着玩的。等晓得时已经来不及,大家已经叫顺口,想改都改不了了。

日本佬。

日本佬!

日本佬——!

父亲想不答应都不行,不答应人家叫得更响。

爷爷说:"人的绰号像脸上的疤,长上去了就消不掉。"

怪的是,父亲后来的长相、脾气都越来越像日本佬,个儿不高,但壮实如牛;话不多,但脾气火暴,逞强好胜。父亲不爱惹事,但更不爱别人惹他,谁惹了他他会跳起脚骂,有时也出手打。父亲一旦抡起拳头,没人敢迎上去,因为谁都打不过他。

爷爷说:"打架一是靠力气,二是要敢拼命。"

父亲两个都有,加上爷爷一向有的名头,威风头就更加足。爷爷也有绰号,叫"长毛阿爹"。长毛就是太平军,打仗最不要命,清兵怕他们跟怕鬼似的。后来长毛自己不团结,才被清兵打败,四乡野里躲。有一个躲在我们村里,活到九十九岁才死掉。村里人都说,这人有武功,八十岁还能站梅花桩,一站半个小时,雷打不动。曾经村里有个人,被他一巴掌当场打死。所以,村里人都怕煞他。

"只有你爷爷不怕他。"汉泉耶稣活着时曾对我说,"有一次,他把你家的老母鸡偷去吃了,你阿太(爷爷的母亲)气得在屋里哭,你爷爷晓得后提着抬水杠找上门去打他,把他吓得像只贼老鼠一样乱窜,全村人都看见了。谁敢打长毛?只有他老子! 所以后来你爷爷就有了'长毛阿爹'的绰号。"

爷爷说:"我那时是初生牛犊不怕虎啊。你爹跟我一个德行,天不怕地不怕,什么事都是天下老子第一。这样不好,容易得罪人,要吃苦头的。"

母亲也经常这样骂父亲:"你这个日本佬脾气不改,总有一天要吃亏头。"

心平气和的时候,母亲会好言好语劝他:"有事情要学会忍,不要动不动发日本佬脾气。"

但父亲还是经常发日本佬脾气。一次,我跟父亲去生产队开夜会,那时关金还没当副队长,对父亲蛮客气的,见了我很开心,从旁边一位妇女手上抢过一把葵瓜子,叫我:"小鬼子,你的过来,这里的,有米西米西的。"

我要过去,父亲一把拉住我,转身对关金飞起一脚,踢掉他手板心里的葵瓜子,骂他:"你狗日的,以后要再这样叫我儿子,老子把你舌头割了!"把关金和会议上的人都吓坏了。

母亲知情后,批评父亲,说为这么一点小事得罪人,不值得。

爷爷却批评母亲,说:"怎么不值得? 今后人都这么叫,叫顺口了,叫成了疤,消不掉了,我这不又成鬼子他爷了。我当一次鬼子他爹就够了,不想再当爷了。"

父亲咬了牙:"不会的,谁叫我撕谁的嘴。"

爷爷对我说:"听见了没有,以后谁叫你小鬼子你就撕他嘴,你撕不了叫你爹去撕。"

从那以后,再没人敢叫我"小鬼子"。

也是从那以后,关金跟父亲的关系基本恶掉了,等他当上副队长就完全恶掉了。副队长是干部,有了"干部"这腰杆,关金就不像以前那么怕父亲了,敢对父亲使坏了。有一段时间,关金刚好管着父亲,对父亲特别不好,动不动就扣父亲工分,一扣就是两分、三分。

每次扣了工分,母亲总是心疼得要发牢骚,把老话说一遍:"你们看,有报应了吧。我老早说过,为那么丁点儿小事情得罪他不值得。"

我觉得也是不值得的。村里很多人都有绰号,像我姑夫叫"癞皮狗",我们生产队会计叫"矮脚凳",大队会计叫"馊豆腐",民兵连长叫"黄鼠狼"。我有一个同学,他母亲长得比谁都漂亮,可绰号比谁都难听,叫"茅坑":就是公共厕所,大家拉屎拉尿的地方。跟这些人比,我觉得叫个"日本佬""小鬼子"算不了什么。这一点都不难听嘛,我觉得,甚至还有点威风呢。

父亲听我这么说后,给我一个巴掌,骂我:"小畜生!"

我对爷爷说,我宁愿是"小鬼子"也不愿是"小畜生"。没想到,爷爷也给我一个大巴掌。爷爷平时很少打我的,一般是父亲打我,爷爷替我打父亲。爷爷的一个巴掌,比父亲一百个都叫我心里难过。我哭了一夜,发烧了。

第二天,爷爷背我去医疗站打针,赤脚医生阿牛是个哑巴,打完针,发出像猫叫一样的声音,让爷爷在一个本子上签名。后来,我听爷爷对人说:"这个阿牛下辈子还是要当牛做马,当哑巴,给我家孙子打了一针,要走我儿子半天工分,太黑心了!就算是一支神仙针,也要不了这么贵。这么黑心的人,不是鬼投胎的,就是鬼子投胎的,来世不会好得过今生。"

父亲在槽厂做生活。

槽厂就是民间造纸的作坊,一道班是两份活儿,三个人做:一人管派料,两人管做纸,轮流做。父亲管的是派料的活儿。这是个力气活儿,也是个早活儿,每天必须五点钟起床,六点钟开工,把成捆的毛料捣成糨糊一样的纸浆,这样才能做纸。做纸的师傅关银和关林是七点钟上班,如果这时父亲还没有把料派好,关银和关林就会不高兴。以前,关金没当干部时,不高兴也就不高兴,顶多在心里骂父亲两句。后来关金当上副队长,掌管槽厂后,关银和关林不高兴,就会向关金反映。关金是关银的亲兄弟,又是关林的堂兄弟,不管关银来反映,还是关林去反映,他都是一句话:

"回去跟日本佬说,今天扣掉两分工。"

父亲从早上六点钟开工,到下午四点钟收工,出十个小时工才得十分工分,稍微迟到一下就扣掉两分,心里疼得很。关金第一次扣父亲工分时,父亲不服气,跟他大吵。

父亲说:"你凭什么扣两分,就算我迟开工一个小时,也只能扣一分。"

这是对的,父亲提前一个小时派料,料不能按时派好,顶多只能算迟到一个小时。一天干十个小时得十分工,一个小时当然只能扣一分工。这个算法很简单,谁都会算,当时我才一年级都会算。

但是关金说:"你料不派好,人家做纸的开不了工,要等你派料,这不是浪费人家时间嘛。你迟一个小时,又浪费人家一个小时,不就是两个小时,不就是两分工?"

听起来关金说得也有道理。

他有道理,又是副队长,怎么吵得赢他?只好活活被扣掉两分工。

母亲知道了,比父亲还心疼,一夜都没睡着。倒不完全是因为心疼睡不着,母亲是怕父亲又睡过头。六点钟出工,五点钟必须起床,打鸣的鸡都还在睡觉呢,家里又没闹钟,是很容易睡过头的。

这一夜,母亲一直熬到五点钟,把父亲叫醒,送走了,才睡了一会儿。醒来,母亲就上了路,走了二十里山路,去了外公家,把外公的闹钟偷了。是真的偷,不是假的。我们外婆是我妈的后娘,你如果跟她好好讲道理,就是把天讲破了,她也不会把闹钟给我们家,哪怕是借。

父亲说:"就是亲娘也不一定肯给,这不是一只鸡,这是闹钟,是一只铁鸡,谁晓得要多少钱呢,有钱也不一定买得到。"

就是说,只有偷。

爷爷说:"既然是偷的,就要给它找个藏的地方,万一亲家母来找呢?"

父亲说:"这每天都要用的,藏哪里好呢?"

爷爷说:"这么大的房子,哪里不能藏?"

父亲说:"房子大有什么用,你总不能把它藏到屋顶上去吧。"

是啊,偷闹钟就是要靠它来叫父亲起床,不放在房里管什么用。最好放在床头旁,人睡觉伸手拿得到。这样的地方,又要避开人眼睛,不好找。最后父亲找了个地方:爷爷的夜壶!这地方绝了,我们都没想到,外婆更没有想到。

事实上,外婆第二天就赶来我们家找闹钟,她笃定丢失的闹钟在我们家,而且笃定自己一定能找到。找到了,肯定拿走,不用说的。外婆是个凶巴巴的老太婆,吊着一双贼溜溜的三角眼,不爱说话,说话就是骂人。她骂外公是狗,我妈是狗,我爸也是狗。如果三个人都在一起,为了区分开,她骂外公是老狗,我妈是死狗,我爸是野狗。总之,都是狗,只有她自己是人。

那天,她就是一边死狗啊野狗地骂着,一边从楼上找到楼下,从被窝翻到箱子,从跳板上寻到床底下。她看见了夜壶,就在床底下,像只癞蛤蟆一样蹲着。我以为这下完了,但外婆认出这是一只夜壶后,马上捂住鼻子退开,好像闻到了一股扑鼻的尿臊味,臭死了。

嘿嘿,其实昨天晚上父亲才用开水把它泡过,又用肥皂洗了,怎么可能臭呢。臭是心理作用,因为夜壶给人印象总是臭烘烘的。

夜壶就是尿壶,冬天太冷,起床撒尿麻烦得很,老年人一般都备一把夜壶。

爷爷说:"人老了,女人越来越不要用了,但夜壶却越来越要用。"当然,这些话爷爷不会跟我说,但我总是能绕来绕去听到。

爷爷的夜壶是爷爷的爷爷传下来的,铁的,很重,很笨,也很傻,除了有壶嘴外,还有一个壶盖,是长方形的,掀起盖子,刚好可以把闹钟塞进去。一般夜壶只有壶嘴,没有壶盖的,但爷爷的夜壶就是有一个盖子,很奇怪。

有一次,我问爷爷:"为什么你的夜壶像茶壶,还有盖子?夜壶要盖子做什么用啊？"

爷爷瞪我一眼，说："鬼知道，你去问我爷爷吧。"

我说："你爷爷早死啦。"

"所以我说只有鬼知道嘛。"

但是后来我姐姐这么问爷爷时，爷爷却呵呵地笑了，说这样你奶奶也可以用嘛。

很长一段时间，我都在寻思，如果没有这把夜壶，父亲会把闹钟藏在哪里？藏的地方不对，外婆把闹钟搜走了又会怎样？后面的问题我觉得很严重，前面的问题我觉得很有趣。对小孩子来说，有趣比严重更有吸引力。那一年我七周岁，刚上小学。

是我八岁那年冬天，刚下过雪，屋顶上还有鱼鳞似的积雪。就是这样一天，刚当上大队治保主任的关金领着一个陌生人来到我们家。陌生人是公社武装部派来的，关金对他毕恭毕敬，一口口叫他科长。

科长说："我不是科长，我是科长派来的，姓吴，叫我老吴就好。"

关金说："那怎么行，科长派来的也是领导，公社来的人都是领导。"

老吴说："那你就听领导的，叫我老吴。"

关金傻笑着，不知叫什么，一个劲儿点头哈腰，挠头捏耳，怎么看都不大像个人。爷爷走到他身后，对着他屁股说："啊哟，我人老了，眼花了，刚才我怎么看到你屁股上拖了根辫子，像个前朝的人？现在又不见了，怪了。"

爷爷是说他像条狗，拖了根尾巴。

关金当然听出爷爷的意思，骂爷爷："你老糊涂了，瞎了眼了。"

爷爷说："我不但瞎了眼，良心还喂了狗吃。就是你吃的，味道怎么样？今天当着领导的面说清爽。"

关金说："你个老不死的，给我吃还不吃。"

爷爷说："你娘比我还老，要死也得她先死。"

两个人当着老吴领导的面，越骂越来劲儿，差一点打起来，让领导很生气。事后爷爷说，他看关金带领导来我们家，估量不会有好事，所以故意当领导面跟他吵，这样领导知道他跟我们家关系不好，就不大会相信他说我们家的坏话。爷爷哪里老糊涂了，爷爷是老生姜，更辣了。父亲也承认，老吴领导没有欺负我们家，跟爷爷开始铺了个好垫子有很大关系。

老吴领导戴一副黑眼镜，衣裳袖子长长的，头发稀稀的，有一半白，往后梳，看上去像个老先生。科长派他来，是因为有人反映上去，说我父亲以前给日本鬼子做过事——所以大家都叫他"日本佬"。这是个大事情，决定着我父亲是

274

不是"黑五类"的政治问题、阶级问题。

父亲问："怎么调查？"

老吴说："我问你答。你必须说实话,一是一,二是二,不能说假话瞎话。你对我说假话瞎话,等于是欺骗组织,要蹲班房的。"顿了顿,又说,"我做这个调查工作已经十几年,经验很足的,你说一句假话我都听得出来,就是今天听不出来,以后还可以查出来。嗳,我跟你说,今天我们讲的话要记录下来的,以后这是白纸黑字,赖不掉的。"

说着老吴掏出一本红色笔记本和一支黑色钢笔,问关金会不会做记录。

"会,会,专门去公社学习过的。"

老吴说："好,那你负责记录,先写上时间、地点、谈话人。然后我们说一句,你记一句,不要漏掉,也不要添加。"

谈话是在厢房里进行的,谈话之前关金要把爷爷和我母亲,还有我和姐姐都赶出来。母亲带着我和姐姐先出来,爷爷走到门口不同意,对老吴领导说："我要听。你们找我儿子谈话,我怎么不能听？"

老吴向爷爷解释："不能听的,任何人都不能听,这是纪律,老人家,不能违反。"

爷爷指着关金说："他记录,我不放心,他跟我儿子吵过架。"

老吴说："老人家你放心吧,他要记错了我撤他的职。"又对关金说,"听到了没有你？这可不是闹着玩的,我要检查的,你要乱记以后就别当治保主任了。"

看关金拍着胸膛保证后,爷爷才出来。爷爷一出来,关金就把门关上。关上又打开,目的是不让我们在门口偷听,把我们赶走。但关金不晓得,我们家厢房有个狗洞,狗洞连着弄堂,以前我们坐在弄堂里乘凉,只要挨狗洞稍为近一点,爷爷在厢房里放个屁,我们都听得见。现在爷爷索性坐在狗洞前,我挨着爷爷坐,他们在里面说的每一句话,哪怕他们抽烟擦火柴的声音,我们都听得清清爽爽。

"开始吧。"这是老吴的声音,"我刚才说了,有人向组织反映,你在一九三八年曾经给驻扎在铜关镇的日本宪兵队做过事……"

我听见呼啦一声,父亲冲动地从椅子上站起来,大着嗓门说："谁他妈的这么乱嚼舌头！"

"不要冲动。"老吴说,"坐下。你坐下！我重申一遍,你给我好好坐着,把手放在大腿上,不准骂娘,不准冲动,不准伸手指人,知道吗？"

"知道了。"父亲坐下,放低声音问,"那么是谁反映的,我总可以问吧？"

"不可以。"老吴说,"今天只有我问你。你要问也得我问完了,我同意你问才能问。"

父亲说:"现在我可以问吗?"

老吴说:"问什么,你还没有回答一个问题就想问,有没有规矩你?"

父亲说:"我没有在铜关镇给鬼子做过任何事,我只被鬼子拉去当过几天挑夫,他们用刺刀逼着我干,我没办法,为了活命。"

老吴说:"好,就这么说。现在你说,是什么时候,在什么地方,你被鬼子拉去当了挑夫?"

父亲说:"就在村子南边,大树底下。那天,我一大早就上山去斫柴,不知道鬼子进了村,我一进村就被鬼子抓住,他们正好在大树底下歇着。"

老吴问:"有多少人?"

父亲说:"十来个人,还有两匹马,一只跟小马驹一样高大的狼狗。他们拉我当挑夫就是因为有一匹马吃醉了酒,去溪坎里吃水时发酒疯,乱跑,跌了跤,一只前脚卡死在石头沟里,断了骨头,上不了路了。"

老吴说:"马喝什么酒?"

父亲说:"嗳,这你可以问村里人,都知道的,鬼子就在我们大树底下吃的中午饭,把开豆腐店的阿根家当天做的两大盘豆腐和藏的两大坛老酒,还有不知从谁家抢来的鸡啊鸭的都吃个精光。两坛老酒其中一坛就是被两匹马吃掉的,我虽然没看见它们吃,但我见它们时它们满嘴都是酒气。这你可以问他(指关金),他比我大五岁,该见过那匹马。这马因为受伤走不了,鬼子把它丢在我们村。因为是鬼子的东西,村里没人敢去碰它,它就一直躺在溪坎里,后来活活饿死的,死了也没人敢去碰它。"

老吴问关金:"你知道这事吗?"

关金说:"知道。这马我见过,村里人都见过,确实是饿死在我们溪坎里的。"

老吴让父亲接着说。父亲说:"然后就这样,马躺在溪坎里不能驮东西了,鬼子就拉我去当马使。我不肯,鬼子用雪亮的刺刀抵着我脖子,吓得我尿尿。那时我才十五岁,还是孩子呢,能怎么样?跑也跑不了,打也打不过他们,除非不要命,要命只有给他们当马使,挑东西。这是唯一的活路。"

老吴问:"鬼子让你挑的是什么东西?"

父亲说:"马原来驮的那些东西,主要是锅灶一套家伙,乱七八糟什么都有。"

老吴说:"他们自己烧饭吃?"

父亲说:"是。他们一路上都是自己搭灶烧饭,兴许是怕我们在锅灶里下毒吧。"

老吴说:"粮食菜蔬呢,他们也自己带?"

父亲说:"有自己带的,也有去村里抢的。抢的都是些活鸡活鸭什么的,死的东西一概不要,哪怕是刚杀的猪,丢在案台上还冒着热气,也不要。他们怕我们下毒,要他们的命。"

老吴说:"你们一路上走了几天?"

父亲说:"四天。那时到铜关镇的路不像现在有公路,都是山路,绕来绕去走,远得很呢。"

老吴说:"一路上你都见他们干了些什么?杀人?放火?抢劫?"

父亲说:"主要是抢东西,每到一个村子都抢,金银首饰,铜钱银圆,反正只要值钱又好带的东西,都抢。抢了好多东西,一卡车都装不下。你想想,开始只有我一个挑夫,后来有五个,还赶了两头水牛,都是给他们扛东西的。"

老吴说:"不杀人吗他们,鬼子?"

父亲说:"我只看见他们杀过一个,本来也是跟我一样,被拉来当挑夫的,第二天夜里跑了。但没有跑成,被狼狗发现了,一个鬼子骑马追上去,把他拖回来,绞成麻花,绑在树上,打得死去活来。第二天天亮,吃了早饭,走之前,一个鬼子用刺刀活活把他捅死。那个惨相啊,就像在捅一个稻草人,捅了又捅,血喷了鬼子一脸,他一点都不怕,还笑,哈哈大笑,一边还舔血吃,像个畜生。"

老吴说:"既然这么畜生怎么可能才杀一个人?"

父亲说:"一路上看不到人,人都跑光了。他们像一群犯瘟病的死鬼,到哪里人都吓跑了,村子空荡荡的,看不到人影,全是畜生,猫啊狗的,最多的是猪啊羊啊。那些人上山前把平时养的猪牛羊都放掉了,让它们自己找活路,人很少看到,只有个别像我这样不知情突然从外头闯回来的,都被他们拉去当挑夫。"

老吴说:"女的也当?"

父亲说:"只有在灵桥村看到一个女的,是个满脸皱纹的老太婆,我看还有点痴呆,见了鬼子主动上来跟他们打招呼,看他们吃东西还跟他们讨。一个鬼子把狼狗放出去咬她,把她吓得像只野猫一下蹿上了屋顶。"

老吴说:"没有碰到队伍吗?当时不是有支新四军在这一带打游击吗?"

父亲说:"就是没碰到。当时我一路上都在想,不就是十几个人一条狗嘛,我们队伍来一定能把他们灭了。"

老吴说:"可能新四军不知情吧,也可能他们在另外的地方执行任务。"

父亲说:"我想也是。不过鬼子很狡猾的,经常夜里赶路,白天睡大觉。"

老吴说:"你再想想,一路上还有什么印象深的事。"

父亲说:"这个……我不晓得该不该说……"

老吴说:"说吧,知道的都说,不说才不对。"

父亲说:"当时是端午节前后,天已经很热,鬼子每次看见溪坎里的水湾子,或者山里的水库,都要洗澡,脱得光光的,一点不害臊。他们还用手榴弹炸鱼,炸弹一响,水里白花花一片,都是鱼。什么鱼都有,随便捞。有一次我看见一个小鬼子……啊哟,我都不好意思说。"

老吴说:"说,必须说。"

父亲说:"我看见他拿一条鱼,我看不清是什么鱼,反正不是鲤鱼,也不是鲫鱼,有点像黑鱼,但又不像,肚皮上白里透红的,身子像手臂一样滚圆,头也是圆圆的。他把鱼的牙齿都拔掉,然后居然当着我们面,把鸡巴塞进鱼嘴里干那事,一点不害臊,还叫我们看,跟玩儿似的,你说下流吧。"

老吴说:"太下流了! 我活这么大还从没有听说过这种事,真龌龊,简直禽兽不如! 你们想,这种畜生要给他撞见个女的,能不撒野嘛。"

父亲说:"幸亏路上没遇见一个女的。"

老吴说:"那后来呢,他们进了城,满大街都是女的。你们想想,当时中国有多少妇女被鬼子强奸,这个是非常好的证据! 继续说,还有什么? "

父亲说:"没有了……"

其实还有,至少我听父亲说过,鬼子进城后把那两头水牛宰了,吃了。爷爷说,水牛是每个村庄的宝贝,良心最黑的人也不会杀水牛吃。还有,一天下大雨,他们在一座关帝庙里躲雨,鬼子把那些菩萨都砸烂,木头做的就当柴火烧饭。爷爷说,大慈大悲的菩萨是不好亵渎的,鬼子把它们砸了烧火,简直该遭天杀。还有,鬼子那条大狼狗,父亲说它当时正怀着小崽子,肚皮圆鼓鼓的,每天要吃几斤肉,而父亲一路上都没吃过一块肉,比一个狗屁都不如——父亲就是这么说的。还有,还是那只大狼狗,有一天吃饭时,喷香的肉香把村里好几条土狗吸引来,跟大狼狗抢着吃,一个鬼子拔出大洋刀把几条正在埋头吃的土狗都一一砍了,劈了,像劈柴一样。爷爷说,自从盘古开天地,老天都从不打骂在吃饭的人,要杀要剐该等它们吃完了再说,鬼子心里头根本没神灵,下辈子投胎只配当牛做马。

这些事情父亲多次跟我们讲过,在萤火虫漫天飞、蟋蟀叽叽叫的夏夜,父亲经常坐在天井里,摇着芭蕉扇,讲着这些事。不知为什么今天他没讲,我想会不会是因为老吴领导审问他,他紧张,忘记了。我也经常这样,平时记得清清爽爽的事,只要老师在课堂上把我叫起来问,我什么都讲不出来,全吞进肚子里去了。爷爷因此常说我是"洞里猫",在家数得了芝麻,出门连冬瓜都数不清。不过,鬼子跟鱼干那事,父亲倒从来没跟我讲过,我听了也不觉得有什么意思,该是大人的事情吧。

爷爷说:"大人和小孩是两种动物,小孩是地下的蚯蚓,大人是地上的毒蛇。"

现在,在地上坐久的爷爷好像累了,受凉了,站起来跺脚,跺完脚又把我叫到一边,让我给他捶背。狗洞太低,地上有雪水,寒气太重,爷爷老骨头了,在地上坐那么久,背脊骨发冷。爷爷说,人老是从腰上开始的,他让我使劲儿捶。可离狗洞一远,屋里的声音听得不大清爽,所以刚捶一会儿,爷爷又回去坐在狗洞前,把耳朵对着狗洞,眯着眼,一副聚精会神的样子。我跟着在爷爷身边坐下,声音又钻进耳朵。

"那个……"老吴好像在抽烟,说话吞吞吐吐的,"现在你说说城里边的事,那个……到城里后你怎么了,还跟鬼子在一起吗?"

父亲说:"到城里后我就跟鬼子分手了。"

老吴说:"哪一天分手的?"

父亲说:"就那一天,我们把东西扛进一栋楼里,鬼子就赶我……们走了,水都没给喝一口。"

老吴说:"不对吧,有人反映你还留在鬼子军营里给他们做事。"

父亲叫起来:"鬼扯!谁这么胡扯淡!鬼子把我们中国人都看成贼,怎么可能留在军营里,做梦!"

老吴说:"别激动,有话好好说。你说鬼子军营里没有中国人,这不是事实,据我了解当时鬼子军营里有不少中国人给他们做事。"

父亲说:"他们是汉奸!"

老吴说:"是啊,现在有人就反映你是汉奸,给鬼子做事。"

父亲说:"谁说这话要遭雷劈!我是汉奸?笑话!我那时才十五岁,夜里还尿床呢,能做什么事?城里那么多人,鬼子凭什么非挑我?要轮也轮不到我。当时我们有五个挑夫,其他四个都是大人,要留下做事也该是他们,怎么轮得到我?我连洗衣烧饭都不会。"

老吴说:"你晓得,我今天不是代表个人,而是组织,对组织必须要忠诚,欺骗组织就是无产阶级革命的敌人、人民的敌人。你能保证你说的都是实话吗?"

父亲说:"我保证。如果我有说一句假话让天打我、雷劈我!"

老吴说:"如果你说假话,不是天打,也不是雷劈,而是革命专政你,把你打成'黑五类',让你做牛鬼蛇神,做不了人。"

父亲说:"我可以向革命组织保证,我绝对没有说假话。"

老吴点了一支烟说:"那么好,你自己刚才也说过,你们进城时是端午节前后,天很热,可你回到村里时是什么时候?据我们了解是中秋节后,天已经凉快下来,这么长时间你在哪里? 在干什么? 我再提醒你,必须说实话。"

父亲好像是笑了一下:"这有什么不好说的,我在城里,开始几天在讨饭,后来在一个理发店做事。我当时是从山上砍柴回来被他们拉走的,身上一个铜板都没有,怎么回家? 路上要走几天呢。所以我先在城里讨饭,想等攒好几天的饭再上路,否则要饿死的,当时乡下看不到人。然后有一天就讨到那家理发店,师傅是个灵桥人,他看我可怜,把我留在店里做事,打扫卫生,去江里拎水,给客人洗头,后来也教我手艺。但没教几天,师傅出事了,我到现在也不知道出了什么事,反正一天晚上他头破血流地回到店里,急急忙忙地带了些东西就走了,走之前交给我几块钱,让我在店里等三天,等不到他回来我也走。我等了三天不见他回来,又等了三天还是不见。想再等,房东来催讨房租钱,我只有几块钱,不想给他,就逃走了,然后就回来了,走了三天。"

老吴说:"以后你见过他吗?"

父亲说:"你是说我师傅吗? 没有,也不知道他是不是还活着。"

老吴说:"人死无对证,你不是在说故事吧?"

父亲说:"我对天发誓,我说的每句话都是真的,只要有一句假话你就专政我。"

老吴说:"不是我专政你,是组织,是人民,是无产阶级革命。"

父亲说:"反正不管是谁,人在做,天在看,我没有说假话,说假话就专政我。"

老吴说:"好,今天我代表组织就问到这里,现在你先出去一会儿,待会儿我再叫你。"

父亲说:"你有事问我别问他,他不会说我好话的。"

其实父亲出去后,老吴没有问关金什么话,只是检查了他做的记录。毕竟是去公社练过的,关金做的记录得到了老吴表扬。老吴说,记得不错,但有些错别字。关金说,哪些是错别字? 你教我来改。老吴说,给我笔,我改,你看着就是了。他们改了几分钟错别字,又叫父亲进去。门开着,爷爷带着我趁机跟进去,老吴并没有赶我们,我看到老吴手上捏着好几页记满字的纸,像个刚收了作业的语文老师。

老吴把几页纸递给父亲,问:"识得字吗?"

父亲说:"不多。"

老吴说:"那就算了,我看了,记的都是对的。"说着掏出印泥盒,要父亲摁手印。

父亲蘸了印泥,却没有马上摁,手扬在半空中,犹豫着。

关金催他:"摁啊,日本佬。"

父亲反而放下手,盯着老吴看。

老吴说:"你什么意思?"

父亲问老吴:"你已经调了查,现在请你给我下结论,我是不是日本佬?"

老吴说:"照你讲的看,你给鬼子做事是被迫的,没有受过鬼子的贿赂,不能算给鬼子做事。"

父亲对关金说:"听到了没有,你反映的是错的,以后别叫我日本佬。"

关金说:"你把话说清楚,谁反映你了?"

父亲说:"狗反映的,我被狗咬了。"

关金说:"那你讲谁是狗?"

父亲说:"我怎么知道,只有狗自己知道。"

老吴看父亲和关金红了脖子,连忙批评说:"吵什么吵,你们?事情还没完呢。"他对父亲说,"你先别起劲儿,摁了手印再说。"父亲摁了手印,他又指着记录对父亲说,"这是你说的,你说的是不是事实我回去还要调查,最后还要向领导汇报。真正结论要领导下,领导会给你一个公正的结论的。"

父亲问:"领导什么时候给结论?"

老吴说:"有结论我会通知你的。"

送走老吴和关金,父亲像刚跟人打了一架,很累的样子,坐在厢房里,一动不动,屋子里一丝声音都没有。我看见汗水从父亲头发里冒出来,顺着额头流下来,流进眼睛里,又流出来,像眼泪。我给父亲茶杯里加满开水,父亲轻轻摸着我的头说我乖。这是从来没有过的事,叫我感到好奇怪,好像父亲变成了母亲。

吃晚饭的时候,爷爷说:"这个领导不错,眉毛里有颗痣,是个善人。"

父亲说:"可他不是真正的领导。"

爷爷说:"不管谁是领导,都是要讲事实、凭道理的。"

父亲说:"也不知是谁反映上去的。"

母亲:"八成是关金。"

爷爷说:"就是关金,不会有第二个人。"

母亲:"都是你们自己不好,老是嘴巴不饶人,得罪了他。"

爷爷说:"有些人你活着就是得罪他。这就是小人,不会有好下场的。"

父亲说:"也不知道什么时候会有结论。"

爷爷说:"这就要你去跑,去催。领导都忙得很,不知什么时候才能想到你。"

父亲熬了一天,就跑去公社问情况。连着跑了好几次,每一次回家来脸色都很难看,像出殡回来,脸上挂一层霜,谁看了心里都发冷。直到冬至前一天,我们一家人都围着八仙桌在忙着做过节的米饼,老远听到父亲用嘴巴敲着锣鼓,唱着《打金砖》的戏文。那天正好刮大风,下大雪,我们关着大门。爷爷叫我快去开大门。我打开门,顿时看见一个人浑身雪白,像个野人,又像头野兽一样,朝我扑上来,一把将我举过头顶,用嘴巴敲着锣鼓,呀呀呀地冲进堂前屋,见谁喊谁,像只喜鹊。

爷爷说:"拿到结论了?"

父亲大声说:"拿到了!"

爷爷问:"怎么说的?"

父亲把我放下,从胸前挖出一个信封,又从信封里抽着一页纸,交给爷爷。爷爷读过三年私塾,识得不少字,能看报纸。他一边看着,一边似乎也变成一只喜鹊,笑逐颜开地对我们说:"盖着大红公章,值钱的!"

母亲问:"上面写什么了?"

父亲说:"你不识字,给你看了也没用。"

母亲说:"那你可以跟我说啊。"

爷爷对我母亲说:"跟你说不说无所谓,关键是要跟村里人去说。"调头对父亲说,"我们要让村里每个人都知道,公社给你下了结论,你不是日本佬,以后谁叫你日本佬就撕谁的嘴。"说完把信纸叠好放回信封,塞进自己胸前,"就放我这儿,我要证明给人看。"

以后,爷爷逢人必摸胸膛,把信挖出来给人看。老是重复,可能把他自己都搞烦了,有一天他突发灵感,顶着寒风去了公社。爷爷年纪是老了,但身子骨还是很硬朗,走路昂首阔步,一点也不慢。从公社回来,他一下从胸膛里挖出两封信,一封崭新的,一封旧的,有皱褶。

原来爷爷去公社找到老吴领导,照原样又开了一份证明,照样是盖了大红公章的。爷爷说:"我讲的不错,老吴领导眉毛里长痣,是个大善人,给我办了事烟都没抽我一根,还递给我两根,真是好领导。"

爷爷把新的那封交给母亲,要她保管好,旧的那封依然自己留着。第二天我去上学,经过祠堂门口,看见好几个人在看大字报,其中有我二姐,她叫我过去:"你来看,这是爷爷写的大字报。"

我过去看,看到一张新贴的大字报,上面贴着公社给我父亲的那份老证明,下面是爷爷用毛笔写的一段话。我才读一年级,很多字不认识,二姐比我大三岁,读四年级,所有字都认得。她一个字一个字读给我听。我觉得这些话都是爷爷以前在家里说过的,不新鲜,反正就是那个意思:现在公社出了证明,我父亲跟日本佬没一根毛关系,以后不准人再叫我父亲日本佬,谁叫他要撕谁的嘴巴,等等。

二姐说:"爷爷有个字写错了。"我问哪一个,她伸手指给我看,"呶,就它,'撕嘴巴'的'撕',爷爷写成斯大林的'斯',笑死人了。"

一路上,我和二姐都在为爷爷也犯小学生的低级错误笑个不停,像两个神经病。

其实,那段时间我们家每个人都在笑,尤其是爷爷,笑得闭不拢嘴。父亲终于跟日本佬脱清关系,他心里怀着一窝喜鹊呢。爷爷说:"我这几天夜里做梦都在笑,经常把你奶奶吵醒了。"我说:"奶奶不是早死了。"有时候我觉得爷爷挺糊涂的,净说瞎话。爷爷说:"有些人死了还活着,像你奶奶一直活在我心里头,梦里头;像关金这样的人,虽然活着却已经死了,因为他不像人,像鬼,老是害人。"

爷爷其实一点没糊涂,他每天坐在祠堂门口乘凉、享太阳,村子里的事情比谁都知晓得多,包括关金对父亲做的那些狗头狗脑的事。爷爷认为,我父亲是脾气像日本佬,而关金是心思像日本佬。

"心像才是真像。"爷爷说,"关金才是真正的日本佬,心肠大大的坏。"

有一段时间,爷爷对谁都这么说:关金是日本佬,是日本佬投胎的,满肚皮都是日本佬的蛇蝎心肠。只要提起关金,他从不说关金,而是说日本佬。那段时间,爷爷有个梦想,希望村里人都跟着他叫,把日本佬的绰号转嫁到关金头上。但关金是大队干部,治保主任,大多数人都畏惧他,爷爷叫了个半死,不灵光,跟他的人寥寥无几。

爷爷说,他的梦想像溪坎里的水,流走了。

燕子来了,衔着泥,在我家屋檐下筑屋、下蛋、孵出小燕子。小燕子长大了,在我家屋顶上练飞行。冬天来了,树叶都往地下飞,燕子们都往天上飞,飞过横岭,飞向遥远的地方。

燕子又来了,又衔着泥在我家屋檐下筑巢的时候,有一天,关金发神经似的,没踏进我家大门就大声嚷嚷:

"日本佬!日本佬!"

他这么嚷嚷时,我都没想到是在叫我父亲,因为自爷爷贴出大字报后已经基本上没人这么叫我父亲,只有母亲,有时被父亲粗暴的脾气惹急了才会骂他日本佬。

"日本佬!日本佬!"关金叫了又叫,声音越发地大,好像真的犯神经病了。

"你叫死啊!"爷爷从厢房里出来,看到关金狠狠地骂他,"你才是日本佬!"

关金嘿嘿笑,对爷爷说:"日本佬他爹,你出门去看看,谁来了,都是带枪的！你个老不死的，你儿子完蛋了！"

没等爷爷走到门口，武装部的老吴领导已经出现在门口，身后跟着两个陌生人：一个挎手枪，一个扛长枪，他们身后又跟着一群村里人。老吴问爷爷我父亲在哪里，父亲正好蹲完茅坑回来，一边还系着裤腰带。老吴见了，对挎手枪的人说："科长，就是他。"

科长对扛长枪的人手一挥："带走！"

爷爷上去拦，科长拔出手枪，对他说："靠一边去，否则我把你一起带走！"

爷爷胆子太大了，居然对着枪上前一步，挺起胸脯，威风地说："你要带走我可以，但不能带走我儿子，他下面有五个崽子。"

科长反而软了口气，放下枪说："老人家，你不要害他，你儿子犯了大罪，你不要再给他加罪，罪加一等，命都会没有。"

爷爷说："他犯了什么罪？"

科长说："天大的罪！带走！"

爷爷还想阻拦，被好多人拉开，他们都是跟着两支枪来的，有我姑夫、姑姑、我父亲的堂兄弟等。他们死死抱住爷爷，还捂住他嘴巴，不准他叫。我看着爷爷的脸色由涨红变成发白，又变成发紫，同时眼珠子越瞪越大、越来越白，后来脖子一硬，闭了眼，昏过去了。等爷爷醒过来时，父亲早已被科长他们铐上手铐带走，据说还是坐小汽车走的。

这天晚上爷爷一直坐在堂前屋里没有睡觉，一会儿对祖爷爷说话，一会儿对祖奶奶哭泣，一会儿又骂奶奶，怪她没有保佑好儿子。第二天，爷爷去找村子东头的瞎子，要他算一算我父亲的前程。瞎子问清情况，根据带走的时间、铐手铐、坐小汽车等情况，认定我父亲凶多吉少。

爷爷说："你算一算，他现在在哪里？"

瞎子念一通经，拨一通手指头，说："在东南方向，五里路左右的地方。"

爷爷说："这不是公社嘛。"

瞎子说："是的，在公社，关在一间铁屋子里。"

爷爷问："怎么才能救他？"

瞎子说："铁属金，金生火，火属阳，要用阴去克它。男为阳，女为阴。找个女人去救他，男的别去，去男的是火上浇油、雪上加霜。"

所以后来爷爷一直没去公社看父亲，去的是我母亲和姑姑。她们一次次去，给父亲带去了衣服、鞋子、脸盆、毛巾、肥皂、干粮、香烟等；给看押父亲的人带去了老酒、米酒、鸡蛋、大公鸡、老麻鸭，包括那只闹钟。反正家里值钱的家伙都带去了，可就是无法带父亲回来。别说带回来，连面都见不上。父亲被关在公社附近的一个地下防空洞的一间屋里，不是铁屋子，但有铁门、铁窗——瞎子先生说，这也算铁屋子。母亲和姑姑每次去，都只能走到防空洞门口，那里始终有人守着。据说，父亲的罪跟日本佬有关系，到底是什么关系，谁都说不清。

父亲被抓走后，我们家每个人都成了哑巴、幽灵，没有声音，家里经常死静死静，只剩下老鼠和燕子发出的声音。燕子在白天出声，绕着屋檐上下翻飞，闻风鸣叫，不亦乐乎；老鼠在夜里闹腾，上蹿下跳，钻箱越柜，肆无忌惮。那段时间，我觉得我们家的日子已经停下来了。

爷爷说："我们家的日子长了刺，吃水都要卡喉咙。"

母亲说："也不知道这日子什么时光能结束。"

爷爷说："熬吧，他回来就好了。"

母亲说："他还能回来吗？"

回是回来了，可是……

怎么说呢，父亲回来的样子太丢脸了！他被剃成大光头，胸前挂一块大木牌子，上面打着红叉叉，还写着什么"反革命分子""汉奸""卖国贼"。这些字我还认不全，是我们班主任喊口号时，我听出来的。我们班主任是上海知识青年，演过《红灯记》里的老奶奶，普通话讲得呱呱叫，每次村里开大会，她总是在台上领头喊口号。那天上午，上完最后一节课，她说：

"今天下午村里要开批斗大会，不上课。"

下午，关金一直在广播里喊，要大家去祠堂里开批斗大会。我不知道被批斗的人是我父亲，专门赶去看，看到戏台上坐满一排领导，听说都是公社来的干部，我们班主任坐在最边上，她换了衣服，穿一件绿军装，胸口戴着一枚跟汤碗一样大的毛主席像，手臂上箍着红袖章，看上去英姿飒爽，像海岛女民兵海霞。

来开会的人像汛期的鱼一样，一拨拨来，很快祠堂里人多得要死，闹哄哄的，比演戏时还多。我们小孩子都被挤到空中，有的趴在横梁上，有的架在大人肩膀上。我就坐在姑夫的肩膀上，姑夫又站在台阶上，虽然不在正中间，但高度绝对有优势。

在我们班主任一阵振臂高呼的口号声中，两个端枪的人押着一个大光头，从后台冲到前台。从我的位置看过去，大光头没有手，只有一只肩膀，肩膀上勒着一根粗麻绳。手其实被反剪在背后。我也看不到他身子，因为大木牌把他身子全挡掉了，只露出膝盖以下的半条小腿。但很快小腿也看不到，因为押他的人用枪托砸他膝窝子，他不得不跪下去。他跪下去时我高兴地叫了一声，好像我们胜利了。但就在这时，我一下子认出他就是我父亲！

父亲什么都变了，头发光了，两颗门牙不见了，两只耳朵出奇的大，两个腮帮子深深地凹进去,像两个陷阱,可以填两个鸡蛋……我确实已经无法认出他来,可我认识他的目光,那是我最初看见的"两道光"。

"爹——!"

我喊了一声,可声音只在血液里流,没有流到空气里。一种从未有过的孤独和羞愧,把我变成了废物,话都说不出来。我像被丢进黑黑的冰窟里,又像是在熊熊烈火中,难过得恨不得立即死掉。我也愤怒,愤怒得像浑身长满刀子,恨不得杀死身边所有人,包括父亲,包括我们班主任、校长、同学,全部人,一个不剩,通通死光。我不知道后来发生了什么,反正我感觉自己已从姑夫的肩膀上飞走,仿佛是钻到了他肚皮里,什么也没看见,什么也没听见。

爷爷说:"人生无常,苦有常,做人是最罪过的,活着就是受罪。"

以前不知道他在说什么,这一天我知道了。

我以为父亲从此不会再回来,他有那么多罪,那么多人恨他,谁会饶过他?一定会被枪毙。可是,母亲刚开始烧夜饭的时候,父亲突然被一阵锣鼓声带回来了。听说开完会,公社来的领导都走了,把父亲交给关金,关金押着他在全村敲锣打鼓,游行一圈,最后来到我们家。关金替我父亲解开绳子,一边对我爷爷说:"我告诉你,你儿子现在是真正的日本佬,本来要去县里坐班房的,考虑到他有五个孩子才饶过他,安排在村里服刑。村里服刑,必须接受我管制,我要管制不好,政府就要把他收回去坐牢。所以,今后他必须听我的,不能乱说话,不能乱跑动,每天早上要给村里打扫卫生,每天晚上要向我请示汇报。"

爷爷说:"那他就是'五类分子'了?"

关金说:"是的,今后他就是'黑五类'。不但是'黑五类',还是'黑五类'里最最黑的那类,'地富反坏右'里他一下占了两类,又是'反革命',又是'坏分子',本来笃定要去坐牢,政府看他上有老下有小,宽大他了。"

爷爷问:"他到底犯了什么罪?"

关金说:"这你问他,我说还替他害臊,太不是东西了!"

爷爷没有马上问,晚上也没有问,因为父亲太累了,又累又饿,吃完夜饭就上楼去睡觉了,一睡睡了一天一夜,直到第二天吃夜饭时才起床。吃完饭,爷爷把父亲一个人叫到厢房里,闭了门。我猜爷爷是要问父亲犯罪的情况,我也想知道,就躲在门口偷听。开始父亲不理爷爷,只管他问,只管抽烟,烟雾从门缝里溜出来,熏得我流眼泪。后来爷爷不问了,父亲反而冷不丁冒了一句:

"我救了一个日本佬的孩子。"

"什么?"爷爷好像没听清楚,"你说救人,救谁?"

父亲说:"一个日本佬的孩子。"

爷爷说:"怎么你会去救日本佬的孩子? 在哪里? "

父亲说:"就在县城。"

爷爷说:"什么时候? "

父亲说:"给他们挑东西进城后。"

爷爷说:"你进城后不是在理发店嘛,怎么会去救小鬼子? "

父亲长长地叹口气说:"我其实一直被鬼子留在军营里。"

爷爷说:"这怎么可能,你上次跟老吴说我听到的,当时你们五个人,挑完东西都被赶出了军营。"

父亲说:"他们把我留下了。"

爷爷说:"什么? 留下你? 那你怎么会愿意? "

父亲说:"不愿意有什么用? 不愿意等于找死。"

爷爷说:"这就是……你上次同老吴说的不是实话? "

父亲说:"嗯。"

爷爷说:"那你现在跟我说实话,你给鬼子做什么了? "

父亲说:"开始是养马,后来那只狼狗下崽后又去养狗。"

爷爷说:"你就不会跑吗? 畜生还管得了你? "

父亲说:"怎么跑? 他们有马,还有摩托车,跑多远都追得上。追上就是死。"

爷爷说:"那养马养狗又怎么会去救什么人? "

父亲说:"是个男孩,刚好十岁,平时在上海读书,后来放暑假,就去那里玩。当时我正好在养狼狗,他经常来看小狼狗,我们就认识了。"

爷爷说:"然后呢,接着说啊。"

父亲说:"有一天,我们去江边给狼狗洗澡,他不小心掉到江里去了,他不会游水,我把他救了。"

"呸! "爷爷说,"缺德! 什么人不救去救个小鬼子,你就不能看他淹死? "

"那我也得死,"父亲说,"他是个大官的孩子。"

"呸! 呸! "爷爷明显火了,骂,"他妈的,官越大杀死的中国人越多,淹死他才好,小鬼子! "

父亲不吭声。

爷爷又骂:"我真替你害臊,什么好事不做去做这缺德事,咱们村里一只狗都知道,天下没有比东洋鬼子坏的人,他们杀死了多少中国人,抢了我们多少东西,糟蹋了我们多少女人。你总不可能没听说过吧,就我们隔壁村,有个女的,鬼子进村时脚崴了,来不及逃,就被鬼子强奸了,后来生出个小鬼子,要说那也是她骨肉,可她硬是把他活活掐死,丢进粪坑里。这才叫有骨气! 有种! 解恨! 哪像你,我怎么听都觉得害臊。早知道这事也不要政府来查,我会去跟政府说的,你居然还跟政府撒谎,真不要脸皮啊!要我说,政府根本不应宽大你,就该去蹲班房,死在班房里才好。"

爷爷越骂越生气,从椅子上站起来,在屋子里来来回回地走,一边仍是不停地骂父亲,也骂自己,骂着骂着哭起来,听起来很伤心的样子。我连忙去叫母亲。母亲给爷爷端来茶,一边说着安慰他的话,一边使眼色叫父亲走。父亲刚跨出门槛,被爷爷发现,又被叫回去。爷爷把我和母亲赶出来,只留父亲在屋里,又关了门,开始审问父亲。

爷爷说:"我问你,政府怎么会知道这事的?"

父亲说:"他托人在找我。"

爷爷说:"谁?谁在找你?"

父亲说:"就是他,我救的人。"

爷爷说:"他在哪里?现在?"

父亲说:"我也不知道,应该就在他们国家。"

爷爷说:"他托谁在找你?"

父亲说:"我也不知道,肯定就是这人向政府揭发了我。"

爷爷说:"揭发得好!我要早知道也会揭发你的。只要是中国人都会揭发你,这叫什么事,丢人哪!"

父亲说:"你不要把他想那么坏,听说他还托这人给我捎来好多钱。"

爷爷说:"钱呢?"

父亲说:"政府没收了。"

爷爷说:"没收好,鬼子的臭钱我们家不要。"

父亲说:"我也是这么说的。"

爷爷说:"可你刚才还说他是好人,什么好人?东洋鬼子没一个是好人。龙生龙,凤生凤,老鼠生来就是打洞的,东洋鬼子生来就不会对我们中国人好。"

父亲不说话。

爷爷说:"真不知你中了什么邪,会做这种缺德事,今后我们可怎么做人。"

父亲说:"我改造好就好了。"

爷爷骂:"好个屁!你知道你现在成什么人了?五类分子!牛鬼蛇神!不是人!今后我们都做不成人啦!什么阿猫阿狗都可以欺负我们,什么好事都轮不到我们,只配给人家当牛做马,女儿嫁不出去,儿子讨不到老婆,死了还要被人骂八辈子。"

爷爷越说越来劲儿,越生气,对父亲大声嚷:"人做到这份上,还不如死,死了眼不见为净,活着是活受罪。真没想到,我一辈子要强好胜,一辈子堂堂正正,走在弄堂里连一只狗都敬我三分,到死了还要背一口黑锅,活得猪模狗样,任人欺,遭人骂,明的骂,暗的咒。你说,这样活着有什么意思? 还不如死,早死早好。"

父亲说:"别说了,你吃口茶吧。"

哐一声,爷爷把杯子打掉在地,骂:"我肚子里全是气,连一口空气都吞不下去,还吃什么屁茶,你吃吧,就像狗一样去舔。"

刚才母亲一直和我一起在门外守着,这会儿母亲听到爷爷砸碎杯子,连忙进去,把父亲推出门,自己则留在屋里收拾散落在地上的杯子碎片,一边劝爷爷不要生气。母亲说:"爹以前不是常说,世上没过不去的坎,会过去的。"爷爷说:"这回过不了了,天塌下来了,我们翻不了身了。"说着走出厢房,去了堂前屋里。爷爷从我身前走过时,没有理睬我,我呆呆地看着他一步步走进堂前屋,觉得他比以前缩小了好多,好像刚才在厢房里他一直在被开水煮着,煮熟了。

然后爷爷一直待在堂前屋里,坐在祖爷爷、祖奶奶和奶奶他们遗像前。我去睡觉时,经过堂前屋时,听到爷爷在哭,幽幽地,伤心地,好像一只小猫在寻妈妈。我上了楼,哭声还在耳边,上了床,哭声还响着,好像它已粘在我耳朵上,像一抹浓鼻涕。

可能是因为耳朵边粘着这哭声,我怎么也睡不着。我睁着眼,看着月亮升起来。月光如水一样从窗洞里灌进来,铺在谷柜上,照亮一层厚厚的灰尘。有一阵子,父亲的鼾声盖过爷爷的哭声,我这才迷迷糊糊地睡过去。一睡着,我又听到爷爷的哭声,在梦里,哭声越来越大,把我耳朵都胀破了。我就这样醒来,然后好久也睡不着,看着月光一丝丝爬上床头。

在我快要又睡过去时,楼下突然传来嘭的一声,接着听到爷爷啊哟一声,好像他摔倒在了天井里。我连忙起床,爬上窗洞,往楼下天井里看,一下惊呆了! 爷爷在天井里打滚,那样子像一条刚从水缸里捞出来的大鱼……爷爷以前杀鱼,总是把鱼从水缸里捞出来,丢在青石板上,让它不停地在地上摔打、翻滚、翻来覆去、死死挣扎。

爷爷说:"这样杀的鱼才好吃,鱼血都钻进肉里,鱼肉才鲜嫩。"

可是……现在谁把爷爷丢在了天井里,像一条大鱼! 我连忙叫醒父亲母亲,一块儿冲下楼去。这时爷爷已经撕破衣裳,光着身子,奋力地在地上摔打着、翻滚着,一边使劲儿用手抓挠着肚皮,一边啊哟啊哟叫着,好像肚皮里在着火。

"爹,你怎么了?"父亲冲上去抱住爷爷,马上说,"糟了,他喝农药了。爹,你这是干什么啊!"说着哭着要背爷爷去医院。

爷爷抱住一根檐柱,死活不放手;放了手也不肯让父亲背上身;上了身就滚下来,一边还大骂父亲,用脚踢他,用手抓他,像疯癫了。

289

没办法,父亲只好去叫医生。

父亲一走,爷爷又在地上打起滚:比刚才滚得更凶,叫得更响、更瘆人!母亲根本无法挨近爷爷,只能手忙脚乱地跟着他打转,一边放声恸哭。母亲的号啕和爷爷的嘶喊激烈地交织在一起,我感到我们家整栋房子都在摇晃。月亮高高悬在空中,天井里盛满月光,我看得清清楚楚,空气里弥漫着一股刺鼻又刺眼的农药味。我还看见,农药在爷爷的肚皮里熊熊燃烧着,可能要不了多久就会把爷爷烧死。

我吓坏了,大哭,一边哭,一边想,爷爷今天把自己杀死了,像他曾经杀鱼一样杀死了自己……

【作者简介】麦家,男,1964年生,浙江富阳人。1981年考入军校,毕业于解放军信息工程学院无线电系和解放军艺术学院文学系,服役十七年,后曾在成都电视台工作。出版有中短篇小说集《人生百慕大》,长篇小说《解密》《暗算》《风声》《风语》等。《暗算》曾获第七届茅盾文学奖。现任浙江省作家协会主席。

你没事吧

杨少衡

市政府办主任给吴丛打电话，请他赶回市区，当晚六点到市宾馆参加接待。

吴丛问："哪里的客人？"

"是水利部专家组。这一组客人到本市工作已经数日，明日返回。"

"我在下边县里调研呢。"吴丛说。

"是朱市长定的，请您参加。"

吴丛没再吭声，回头就给市长朱以强打电话，核实当晚接待是怎么回事。朱以强听了哈哈一笑，问吴丛疑心啥呢，是正常接待，不是鸿门宴。

"水利我不管啊，怎么叫上我了？"吴丛问。

"这个好办，我说了算，今天归你管。"朱以强笑答。

本市政府里，分管水利的是另一位副市长，不是吴丛。只不过那天该同志去北京办事，不能出场，因此朱以强点名要吴丛参加。问题是市长亲自出面接待专家组，规格已经够高了，并不需要非得再找个人来陪同，特别是眼下接待规定有陪客人数限制，少了更好。因此难怪吴丛有疑问。

"今晚是不是另外有什么事？"他向朱以强打听。

"有啊。"朱以强回答，"省里有人来，专案组的，听说没有？"

"听到一些传闻了。"

"不是传闻，是真的，他们来了。"

"干吗呢？"

"有可能接待完了就把人带走。他们要带的是你吗？"朱以强打趣。

吴丛嘿嘿笑道："市长开玩笑。"

"也许人家爱你没商量，像女朋友一样？"

"市长，我还真没那个资格。"

朱以强大笑："那还怕什么？快回来，吃一顿赚一顿，又不收你钱。"

通完电话，吴丛草草结束在下边县里的调研项目，匆匆往回赶。紧赶慢赶还是迟到了，六点零四分才走进包厢门，超过四分钟。他到达时，朱以强和贵宾们均已落座，一张大餐桌只留下一个位子，就是主位朱以强正对面，背朝包厢门的副主位空着，虚位以待，等候吴丛驾到。吴丛进门后自然先得道歉，表示迟到了不好意思，因为下边县里还有个会，会后赶回来，进市区的路口遇到了一点状况等等。

当时朱以强就出来说话，表面是替吴丛解释，实则调侃。他说近日吴副确实有一点状况，跟女朋友闹别扭，心情不太好。建议大家给予同情，不要计较。

于是众人皆笑，有人跟着调侃，打听吴丛的女朋友是婚内还是婚外，是否漂亮？吴丛也开玩笑，称该女朋友的婚姻状况和长相他本人不知道，朱市长才清楚。朱以强便把吴丛的名字拿来开玩笑："现在不能为难吴副，因为他'有鬼暗藏，无从说起'。"

吴丛举手回应："请求朱市长帮助捉鬼。"

朱以强称没有问题，今晚他可以充当钟馗替吴丛抓鬼。这是有偿服务，吴丛得准备付一笔巨额捉鬼费。

朱以强喜欢开玩笑，除了性格原因，也由于地位。他是市长，在政府班子里排第一，这才有资格把常务副市长吴丛拿来调侃。如果倒过来是吴丛当市长，朱以强屈居之后，那么哪怕朱以强有天大的幽默感，他也不会去扯什么"女朋友爱你没商量"，该是倒过来由吴丛自号钟馗替他捉鬼了。

当晚客人除了水利部专家组人员，还有陪同的省水利厅总工程师等若干人，他们来本市考察桂溪引水项目，工作日程已基本完成。吴丛跟其中多数客人是初次见面，他绕桌子跟客人握手，寒暄两句，而后落座，随手脱下外衣搭在靠背椅上。

朱以强从对面主位对他挤了下眼睛。

"有点热。"吴丛干咳一声，"这鬼天气。"

"果然有鬼。"朱以强笑，"诸位动手吧。"

当晚接待是自助式。根据有关规定，时下本市各相关接待不再像早先那般隆重宴请，基本都在宾馆吃自助，具体吃法略有区别。今天市长接待的客人比较重要，自助餐用围桌吃法，就是安排在包厢里，主客围着桌子坐如正式宴请，但是不上菜，大家到外头取食区自己拿，想吃什么拿什么，然后回到这里一起用餐，边吃边谈。朱以强让大家动手，意即大家去拿吃的吧。这种场合当然还得讲究先后,不宜一哄而去。大家坐在位子上,等主人和主客先离桌。朱以强拉着专家组组长往包厢门外走,经过吴丛身边时,忽然俯下身子问了一句:"你没事吧?"

吴丛说:"没事。"

"真没事吗?"

"没事。"

"别紧张。"朱以强笑笑,压低声音变为耳语,"鸟门关好。"

说毕他即直起身走开。吴丛坐着没吭声,一动不动。待朱以强和几位客人离开后才悄悄伸手,在桌面下摸了摸裤裆处,然后骂了句:"妈的。"

声音很低,只有他自己知道。按照他刚刚做过的紧急摸查,此间一切正常,外裤开裆口拉链拉到皮带边,鸟门并未敞开。

朱以强是忽然心血来潮搞恶作剧吗?似乎不像。市长大人的调侃和恶作剧通常不会无厘头。曾经有一次,朱以强在市长办公会上向吴丛挤眼睛,给吴丛传了张纸条,纸条上写了四个字"探头探鸟"。吴丛纳闷半天,最后才发现刚才自己去洗手间,急着回会议室,没把裤裆口的拉链拉好。难得朱市长在忙于主持议题讨论之际依然目光如炬,而且还能抓住机会适时调侃,该调侃尚能掌握分寸,以不对外为原则,免得当事人尴尬,只要"你知我知",互相自娱自乐。

此刻朱以强拿鸟门说事,其中必有缘故。

吴丛很快找到了答案。他做起身取食状,快步走出门,却没去拿东西,拐个弯直接上了洗手间,在那里迅速换了换身上的衣服:那天他穿件薄毛衣,该毛衣穿反了,把里面翻到了外头。毛衣反穿,衣服上的缝路图案有异,穿着外衣时别人看不见,脱下外衣就暴露无遗。

而后在餐厅取食区,吴丛与朱以强又碰了面。两人交谈了几句。

吴丛说:"市长,谢谢提醒。"

朱以强看看吴丛身上的毛衣,又看看他手中的盘子:"你在减肥?"

还是调侃。吴丛是瘦子,无须减肥。吴丛告诉他自己近日胃有不适,没胃口,医嘱少吃为好。朱以强即摇头,说胃的毛病多半与精神紧张有关,这么紧张可不是好事。刚才他注意到了,吴丛进包厢时脸色不对。反穿毛衣是小事,额头发黑可不好,像是马上要被带走似的。难道吴丛有事,而且事情很大?

吴丛还说自己没事。

"未必吧?"

吴丛笑笑:"市长有什么新消息可以分享吗?"

"还是那个。他们来了。"

"谁?"

"女朋友。"

"市长又开玩笑。"

朱以强也笑,转口问吴丛这两天都干些什么,难道没赶紧去了解些情况?吴丛摇头,称自己一时也没辙。省里这是怎么搞的?没事找事?这还让人怎么办?

朱以强说:"有事没事别人不知道,你自己明白,看起来上边也有点数。你得想清楚,省里不会无缘无故来这个。能办什么你赶紧去办,争取时间。"

吴丛依然不松口:"这个真是无从说起。不过还要感谢市长关心。"

朱以强用取食勺在吴丛的盘子上轻轻敲了一下,笑笑道:"我要收费。"

旁边有人过来,两人停嘴。话题敏感,不供旁听。

他们说的这个事情眼下正在遭受热议,此刻本市上下流言四起。事情起于省里的一个通知:吴丛原拟于下周带一个团组到香港,代表本市参加当地同乡会的一个大会并招商推介项目,全部日程大约一星期。这个项目早先已经获得省上批准,团长吴丛的出境手续也已办完。不料前天省主管部门突然通知,"因工作需要",决定吴丛不去香港,由市里另定一位副市长前往。该通知未行文,只是口头告知本市市委书记,由书记亲自通知吴丛并安排更换。这种事当然得悄悄进行,不事声张,但是哪有可能保密,特别是临阵换将,外界立刻就有动静,而后便沸沸扬扬。把负责官员从出境团组中撤下来,这种事时下并不少见,限制出境的理由通常不具体说出,事后却都清楚,十有八九是涉嫌某案。吴丛这个情况一传出,难免人们做相关联想:一个月前,本省省委常委周文生被宣布"涉嫌严重违纪接受调查",成为中纪委在打的一"虎",据传案情主要涉及受贿和用人腐败。周文生升任省级高官前,在本市任过多年书记,他落马前后,相关办案人员频繁于本市活动,显然其案主要发生于本市。周文生在本市任职时很欣赏吴丛,一再提拔重用,直到推为常务副市长。周文生出事后,外界即风传本市有若干重要官员受到牵连,可能很快将随之出事。吴丛从出境团组被撤换的消息几乎是在一夜间传遍全市,这时候已经不需要更多情况,谁都认为是周文生案的进一步发展,接下来该是"请君入瓮",让吴丛"进去"了。吴丛被甩上风口浪尖,其焦虑可想而知,这两天他跑到县里,明说是"调研",实因流言四起,没心思在办公室待着,跑到下边找地方暂时栖身,同时设法了解情况。刚才朱以强说吴丛"有鬼暗藏",一再问他"你没事吧?"指的就是这件事。虽然吴丛还嘴硬,抱怨上头"怎么搞的""没事找事",心境其实很困难,在只等一声"请进"的这个当口上,胃口没有了,额头发黑了,毛衣穿反了,都不算奇怪,说来也属靠谱。

当晚吴丛如其所言,确实没什么胃口,吃得很少,事情却不少,席间不时起身出去接电话。专家组客人们不知底细,有人打趣,问吴丛是不是碰上女朋友查岗,要不要大家一起提供在场证明?吴丛表示感谢,称自己暂时还能对付,不行了再搬救兵。朱以强又开玩笑进行表扬,说吴副市长的女朋友非常强势,很较真,抓住把柄会穷追不舍,很难应付。还好吴这个人总是以事业为重,今晚不惜把女朋友"放鸽子",亲自拨冗赶来接待诸位贵宾,因为桂溪引水项目牵动全局,事关未来,于本市非常重要。

吴丛也调侃,保证把市长的重要指示原原本本传达给半空中那只鸽子。

"我不是开玩笑。"朱以强强调,"这个项目接下来要吴副多用心,所以才请吴副今晚来跟专家们见见面。"

吴丛说:"我明白。"

吴丛觉得朱以强这些话是说给客人听的,以示对该事项的重视。桂溪引水项目是本省水利一大重点项目,已经报送国家水利部。项目一旦建成,本市南境水量充沛的桂溪水引到市区,近数十年来发展造成的城区规模成倍扩展、人口迅速膨胀以及工业开发区建设后出现的市区及周边供水紧张问题将得到根本解决。该项目朱以强亲自抓,在市长办公会上多次讨论过,吴丛知道其分量。至于所谓让吴丛"多用心",那应当是朱临场发挥,因为项目自有人管,吴丛以往够不着,日后更不好说。即便吴副市长没像外界传言那样涉案出事,市长们的分工也不会因为参加一次接待说变就变,因此无从"多用心"。朱市长有时喜欢把正经事玩笑说,把玩笑事正经说,此刻当是后者。

当晚自助接待气氛不错,虽然按规定很遗憾未敢上酒,宾主们端着果汁碰来碰去,跟这个干杯跟那个干杯,场面也还热闹。席间,吴丛发现朱以强消失了,他赶紧端起杯子,做打果汁状离开包厢,跑到一旁休息室,推开门看看:朱以强果然独自待在里边,坐在一张沙发上吞云吐雾。

吴丛说:"找市长要支烟抽。"

朱以强取笑:"毛衣穿反了,粮草也忘了带。"

吴丛自嘲:"真像快完蛋了。"

本届政府班子里,烟民只有他们俩,其他几位副市长通常只是配合抽二手烟。抽烟让他俩有不少共同话题,例如自命为虽然"吸毒",却是"最佳纳税人",对国家财政贡献最大等等。抽烟或许还让他俩有更多的默契与合作。早几年对烟民容忍度相对大些,尽管市政府会议室桌上也摆着"请勿抽烟"标牌,开会时两人还是公然互相丢"粮草",让其他人敢怒不敢言,因为朱以强是市长,本会议室他说了算。当时吴丛积极配合行动,用一支水笔开玩笑地在禁烟标牌上画了两道,将那个"勿"字改为"多"字,这就成了"请多抽烟",于是心安理得。后来上边有文件,禁烟规定越来越严,"吸毒"活动不好再那么公然,市政府会议室正式实行禁烟,只在一旁另辟"吸烟室"以满足特殊需求,该室基本上是他俩专用,被他们自嘲为"朱吴大烟馆"。这项同好让两人多出一条沟通与交流渠道,彼此打趣调侃,工作合作也有所得益。

当晚吴丛身上其实带着烟,并未如朱以强取笑那样忘带粮草,但是他没拿出来,反而找朱以强讨要,叫作"五指山上种烟",这有助于拉近彼此,调节气氛,因为吴丛有事要问,有话要说。

"我老琢磨刚才市长提到的桂溪引水这件事,不是开我玩笑吧?"他问朱以强。

朱以强回答:"不是。我考虑这个项目重要,让你参与好。"

"看来市长对我有把握?"吴丛打探。

朱以强笑:"你不是没事吗?你自己没把握?"

"我想请求市长帮助一下。"

吴丛求助事项就是带团赴港这件事。朱以强能不能通过哪条合适渠道,帮助了解一下省里突然通知不让他带团的原因究竟是什么。最好能向上级建议再做考虑,不要这样临时更换。不是吴丛喜欢到香港,是节骨眼儿上忽然变动让外界议论纷纷,影响太大了,对工作很不利,对他而言很严重。

"这个事你应当直接跟书记要求。"朱以强道。

吴丛已经当面向市委书记提了这个要求,书记没明确表态。书记到本市时间不长,彼此不熟悉,很难为他出这个面。市长不一样,共事多年,互相了解。

"这个事我比较为难。"朱以强明确道。

吴丛说:"市长可以相信我,情况不像外边传的那样。"

他提到外界把他与周文生案紧扯一块儿,实为捕风捉影。周文生重用他,他在周手下干得非常卖力,这都是事实。一个人主政一方,哪怕再贪,都得用几个能踏实做事的。周文生用他就属于这种情况。

"我自认为还有底线,钱的事我很注意,不会乱拿,也不乱送。"他说。

朱以强笑笑:"东西呢?"

"市长什么意思?"

"比如你抽的烟,都是自己买的吗?有发票吗?"

吴丛说:"这个事市长最清楚。"

朱以强点头,说他自己喜欢抽软包中华,这些年倒真是基本没有买烟,全是人家送的。如果以一天一包计,乘上若干年,也有几万十几万。妈的,这就足够了。因此吴丛不要一味咬定没事,此时此刻,还是应当仔细想想自己是不是有些什么状况。

吴丛说:"干了这么多年,确实不是每件事都做好做对,不是每个人都看得准。如果重新再来,确实有一些事不会再那么做,有些人不会再那么跟。不过外边传的情况跟几瓶酒几条烟不是一回事,是巨额腐败受贿,那确实是没有。"

朱以强问:"省里不让你去香港,难道会是无缘无故?"

吴丛苦笑:"妈的,我也问自己呢。"

"你一个接一个打电话,问出什么没有?"

吴丛摇头:"到现在没有确切消息。"

"什么都没打听到?"

"只听到你讲的那个。省里已经派人下来,可能有组织措施要采取。"

"这个消息确切。"朱以强再次确认,"我看你得有足够的思想准备。"

"难道准备'进去'?"

"不可能吗?"

"市长也许还准备给我点建议?"

朱以强的建议是:事到如今,与其徒劳无益瞎忙,不如赶紧多备几条烟。到时候想必很费脑子,经常需要抽一支。

"市长,不开玩笑。"

"别那么紧张。"

朱以强坚持开玩笑。他告诉吴丛一个"三多三少":一旦非得说点什么,首先是自己的事多说,别人的事少说。如果别人的事不能不说,那么就下属的事多说,上级的事少说。如果少说还不行,那么就上面的事多说,下面的事少说。

吴丛不解:"自相矛盾嘛。"

朱以强解释,最后那一句的"上面"与"下面"不是以职务,而是以腰带为准,分上半身和下半身。下面的事少说,就是不要总是下半身裤裆里那些事,也就是以前所谓的"与他人有不正当男女关系",现在叫作"与他人通奸"。无论怎么叫,都涉及对方。对方不只是一个人,人家也有一个家庭,老公啊孩子啊什么的,说出一个就毁了一家,所以还宜慎重。

不由得吴丛哈哈直笑:"市长我服你了。"

朱以强这才笑出声来:"好不容易偷偷抽支烟,不要搞得太沉重。"

此刻朱以强反对沉重,所以他半真半假,像说真的,又似玩笑。类似话题很敏感,虽然彼此共事相熟,却也没有太深私交,涉及这种事最多点到为止,不宜深谈。此时郑重其事不如略加调侃,能够扯开些,多交流一些情况与看法,可以当是那回事,也可以不当真。借那支烟的工夫,朱以强除了拿"三多三少"开玩笑,还建议吴丛既来之则安之,听其自然。他比吴丛年长几岁,任职时间长一点,职位高一点,听的看的也会多一些。以他的经验,世界上的事无不有其道理,没有无缘无故。一个人遇到些什么,一定是他以前做过些什么。哪怕他是被弄错了，冤枉了，一定也有其内在原因。官员腐败有不同情况，有的胆大妄为，有的偷偷摸摸，有的积极主动，有的身不由己。不管什么情况，到了出事的时候，权力利益被剥夺，声名毁于一旦，个个都会悔不当初。人到了这个地步还能怎么办？认了呗。有错认错，有罪悔罪，该忏悔就忏悔，不要死活咬定"没事"，那没有用。

吴丛并不认同："市长重要讲话很深刻。只是没事也不该变成有事。"

朱以强说："事情开始时都会嘴硬，我理解。干了几十年，威风凛凛，感觉飘飘，说没就没了，哪里会甘心呢？不甘心还怎么样？难道都去跳楼？碰上了确实得想开点。掌握了那些个权力，腐败了多少东西？'与他人通奸'了几个？没有腐败通奸也占了多少便宜得了多少好处？怎么说都是活该。"

吴丛反对："也不是都这样。"

朱以强打趣："天底下仅吴副例外。"

他把烟头摁灭，指了指隔壁，示意客人还在那边，他俩不能在外头待太久。吴丛有所不甘道："跟市长说几句话不容易啊。"

"你的事我想想，如果还有机会，我会帮你。"朱以强终于表态，"我觉得不可能改变了，不敢开空头支票，你绝对不要抱什么希望。"

吴丛表示感谢："无论如何，聊胜于无。"

朱以强说："今天这件事确实也要请吴副多用心，本届政府得留下一点东西让后边人表扬，桂溪引水最排得上。"

吴丛问："市长真不是开玩笑？"

朱以强笑："还不信？你走着瞧。"

朱以强称自己很重视这个项目，所以要吴丛进来加强。吴丛可以抓住机会多努力，万一真有什么不测，也好让人表扬这个吴副虽然有点腐败，还是做过些好事。

吴丛嘿嘿笑："给我盖棺定论了？"

朱以强也嘿嘿笑："不急，时候未到。你不是还在这里'吸毒'吗？生命不息，奋斗不止，革命尚未成功，同志仍须努力。没有进去之前，你还得上班，还得接待，还得做重要讲话，躲都没处躲。碰上状况必须不停地打电话，上下跑动求救，同时还得坚守工作岗位，该干吗干吗，该说吗说吗。这是你的角色你的命，直到拉倒算数。"

吴丛感叹："说得真丧气。不能加点勉励吗？"

朱以强笑："事已至此，你还想要那个？"

"我感觉市长确实知道点情况。"吴丛点头，"稍微透露一点？"

"我知道他们来了。"

"他们目标是谁？提前跟市长通过气吧？"

朱以强摇摇头。显然他不能说这个事。

吴丛表示失望："朱市长今天金口不开啊。"

朱以强把烟屁股往烟灰缸一丢，哈哈大笑。

"放松。这里说的都是玩笑。"他表明。

吴丛也哈哈笑，跟着把烟屁股丢进烟灰缸，随朱以强起身离开。

回到包厢继续接待客人，随着杯中果汁渐渐见底，本次接待已近尾声。

吴丛没再打电话，也没再离开包厢，一直坐在背朝大门的副主位那张靠背椅上，分别与两旁客人攀谈，了解介绍情况，偶尔吃点东西，如朱以强所笑："坚守工作岗位"，只是情绪比较沉闷。朱以强还拿他打趣，说他是因为"女朋友的事搞不明白"。当晚朱以强谈兴很足，玩笑格外多，刻意经营，搞得一桌气氛浓厚，让贵宾们非常尽兴。

晚餐结束后，吴丛尾随朱以强送客，客人住在该大楼六楼，离开餐厅上电梯就可到房间。两位主人送客人到电梯间外，把客人让进电梯，电梯门关上之前，主宾双方互相微笑、招手，本次重要接待任务圆满完成。

两人穿过大堂，到了大楼门外。一辆黑色轿车悄无声息地开上来，停在大门边。这是朱以强的专车，守在外头等候。朱以强上车前与吴丛握手，忽然发了句感慨："市长办公会开一半，一起溜进咱俩的大烟馆抽烟，回想起来真他妈好。"

吴丛拍拍上衣口袋："要不要再来一支？"

"算了，后备厢备着几条呢。"

"有事急着走？"吴丛问。

朱以强没回答，手掌忽然用力："吴副，拜托了。"

他松开手，拉开轿车车门，又回身向吴丛咧嘴笑笑。

那一瞬间吴丛感觉诧异：朱以强此时的表情显得古怪，有些僵，与其像笑，不如像哭，却似乎比此前不停地开玩笑要真实。不由得吴丛心有所动，意识到分手前朱以强说的几句话也显奇怪。他不禁抬头仔细再看，这才注意到朱以强的轿车上还有其他人：前排副驾驶位、后排靠左位置各坐着一个人。这两个人都只是侧影，看不清是什么人，却可以断定不是朱以强的随员。如果是，他们不会那么安静地坐在车上，必定要下车为市长拎包开门。朱以强上车后没像平常那样按下车窗招手告辞，他在车里转头看看身边的人，似乎是有些意外，随即身子一仰靠到座位上。

吴丛看着朱以强的车驶开，心里还在纳闷：怎么会有人提前进入市长专车，不吭不声在里边等候？这时又有一辆轿车迅速从吴丛面前驶过，跟上前边的市长专车，紧随着开往宾馆大门。吴丛注意到这辆车挂的是省直机关的车牌，非本市机动车辆。

他情不自禁"啊"了一声，脑子里有若干碎片凑成了图形。

是"他们"，专案人员。"他们"真的来了，目标却不是吴丛，是朱以强。朱以强出事了！显然朱以强心里有数，当晚他所说所为貌似调侃吴丛，实则在说自己。他把吴丛叫来陪客，实因自知有事，只能"拜托了"，请吴丛"多用心"。相应的，吴丛自己的事情似乎也有了一个合理的解释：市长要"进去"了，工作暂时要由常务副市长顶起来，所以不让他带团出境。在朱以强被带走之前，这一原因只能秘而不宣。

也许真是这样！

那两辆轿车在他眼中迅速远去，驶入夜色。其时宾馆大楼外华灯璀璨，树影婆娑。

【作者简介】杨少衡，男，祖籍河南省林州市，1953年生于福建漳州。1969年上山下乡当知青，1977年起分别在乡镇、县和市机关部门工作。西北大学中文系毕业。1979年开始发表小说。著有长篇小说《相约金色年华》《金瓦砾》《海峡之痛》《党校同学》《村选》《底层官员》《两代官》《如履薄冰》《地下党》《危险的旅途》，中短篇小说集《彗星岱尔曼》《西风独步》《红布狮子》《秘书长》《林老板的枪》《县长故事》《市级领导》等。中篇小说《尼古丁》获《小说月报》第十二届百花奖。现供职于福建省文联，中国作家协会会员。

碎　片

范小青

　　包兰大学毕业后不愿意回老家，其实老家也没有什么不好，地方虽小，但毕竟有父母的呵护，也可以找一个相对体面的工作，可是包兰不愿意回去，回去多没面子。

　　其实她现在也没多少面子，住着合租的旧公寓房，每个月的收入刚够自己紧着花，但是老家的人不知道呀，他们以为老包家的女儿出息了，在城里赚钱了。

　　包兰一年回去一趟，每次回家，都穿红戴绿。这倒不是包兰有心机，想在老家的亲朋好友面前撑个面子，本来穿衣打扮，就是包兰的日常生活习惯，是常态。

　　和很多女孩一样，包兰最大的喜好就是从网上买衣服。那许多的网店，就是靠这些并不怎么有钱的女孩赚钱的。包兰认识一个女孩，一边自己开着网店卖衣服，一边又不停地从网上给自己买衣服，比起来，包兰还算正常呢。

　　买了新衣服，就得处理旧衣服，包兰的旧衣服太多啦，其实有的真算不上是旧衣服，有的衣服她只穿了一次，还有的衣服她只试穿过一次，对着镜子照照，觉得不喜欢，就扔到一边去了。

　　时间长了，被扔在一边的衣服越来越多，这些被扔开的衣服，她是绝不会再多看一眼的，她甚至都很讨厌它们，嫌它们碍事。她只会到网上去看新衣服，看中了就下单，动作非常快。而且，她的眼光是很奇特的，许多平淡无奇的衣服，在她的眼中都散发着奇光异彩，她无法抵御它们的引诱。

　　包兰处理她不要了的衣服也很干脆利索，她把小区门口收旧货的大婶喊上来，让她把那个脏兮兮的蛇皮袋张开来，她就朝着那个张开的口子，一件一件往里扔。扔一件,那大婶就"哎哟"一声,扔一件,大婶就"哎哟"一声,包兰就笑,和包兰同住的室友也一起笑。

有一件衣服包兰没有瞄准袋口,扔到地上了,大婶赶紧捡起来,把它展开来看。大婶一看,不再"哎哟"了,忍不住说,这也不要了?包兰连看都不看一眼,低着头继续抓拿旧衣服,嘴上说,扔掉的都不要了。

大婶小心地把这件衣服装进蛇皮袋,这是一件玫红底色的连衣裙,镶嵌着闪亮的彩色碎片,碎片虽然细碎,却有着一种连贯成气的风度,裙子边缝里还开了两个插袋,但是开得天衣无缝,完全看不出来,大婶这一辈子都没有见过这么漂亮耀眼的衣服,差点儿亮瞎了眼。

蛇皮袋很快就扔满了,大婶用秤钩钩住蛇皮袋,想使劲儿提起来,可是衣服太多,蛇皮袋太重,连靠体力劳动吃饭的大婶都提不起来。大婶说,称不起来了,分两次称吧。大婶打算从蛇皮袋中取出一部分衣服,可是包兰挥了挥手,说,算了算了,也不值几个钱,不称了,送给你了。

大婶感激地说,哎哟,美女,你又有钱又大方还善良,真是谢谢你啊。包兰说,不用客气的,我又不差卖旧货的这几个钱。她室友也说,月初了,她老妈的汇款马上就到了。大婶从包兰想到了自己的儿子,觉得有点对不住儿子。

大婶扛着蛇皮袋下楼去了。她这是满载而归啊。

和往常一样,每天晚上,大婶会把收来的东西分类整理一下,以便到废品收购站去卖的时候,一目了然。

大婶翻看着蛇皮袋里包兰的那些衣服,她不断发出了"喔哟哟,喔哟哟"的声音,但是这些声音完全是没有意义的。一开始的时候,大婶也曾经想从这些衣服里挑出几件看起来完全是崭新的,留在家里,但是留在家里没有用,大婶没有女儿,她只有一个儿子。大婶也不知道儿子谈没谈对象,儿子大学毕业后,已经换了好几个工作,也换了好几个地方,从北到南,又从南到北,一直漂着,一直不能稳定下来。大婶心里蛮焦急,但是她也不忍心给儿子过多的压力,其实她是多么希望儿子有一天对她说,妈,我有对象了。可是大婶一直也没有等来这句话,其他的话也几乎没有,儿子很少和母亲联系,即使母亲汇了钱给他,他也不会发个短信告诉母亲钱收到了。有时候大婶会觉得奇怪,儿子小时候话还是蛮多的,怎么越长大了,话越少了?有一次大婶忍不住问他,儿子却问她说,妈,你要听什么?

大婶竟回答不出来,她也确实不知道要跟儿子说些什么,她能想到的,无非就是注意身体啦,不要太辛苦啦,还有就是找对象的事啦,其他还能有什么呢。这些话,其实不说也罢。儿子也没有错。

大婶不能留下包兰的衣服,因为她的住处空间非常狭小,自己的生活用品都挤不下,不可能再让出位置给这些派不了用场的旧衣服了。

第二天大婶就会把这些衣服连同收来的其他的旧货,用黄鱼车拖到废品收购站。很快,包兰的衣服就和那些旧报纸、废硬纸板、破塑料用品一起,过了秤,仨钱不值俩钱地卖掉了。大婶蛇皮袋里的衣服,转移到废品老板的更大的袋子里去了。

只是今天的情况稍有些不同,收购旧废品的老板,看到大婶蛇皮袋里的衣服时,脸上露出一丝喜悦,他对大婶说,旧衣服的价格涨了,你今天这一袋,能比从前多卖不少呢。废品老板又说,你以后别收那些旧报纸什么的了,不如专收旧衣服,你收了旧衣服,不给别人,就给我,我不会亏待你的。他又说,而且我知道,你的那个地盘上,住的是什么样的居民,什么样的居民,就会有什么样的旧衣服。

大婶虽然没有什么文化,但她也不傻,她也知道旧衣服除了当废品论斤两卖,也还可以有其他的处理办法,只是因为她刚刚踏入这一行不久,她还没有找到思路和财路。现在废品老板主动盯上了她。这人太有眼光了。

大婶出来的时候,经过废品站的院墙,大婶朝院里张望了一下,看到有一辆大卡车在里边,有人往卡车上搬货物。大婶知道从自己蛇皮袋里出来的旧衣服,也在那里边,它们要乘车到哪里去,大婶不知道,她也没想知道,就算知道了,她也没有能力去做别的什么事。

大婶在回来的路上,路过银行,把给儿子的钱汇走了,因为受了那个扔旧衣服的女孩的刺激,大婶给儿子多汇了一点儿钱。

走出银行,正是夕阳西下的时候,夕阳照在大婶的脸上,大婶心情特别好。

天色渐渐黑下来了,废品老板的卡车也装满了,老板马上就要随车出发了。出发前,他没有忘记打个电话给女儿,电话是通着的,可是女儿没有接电话。老板想,这是吃晚饭的时候了,女儿可能在外面和朋友一起吃晚饭,年轻人在一起,总是热热闹闹的,没有听见他的电话。

他的女儿在一家商贸公司工作,具体干什么他并不太清楚,但是“商贸公司”这四个字,就可以让他安心了。他上卡车之前,到街边的营业厅往女儿的手机里充了五百元话费。有一次他打女儿手机,手机停机了,他着急了,以为女儿出什么事了,多番周折才联系上女儿。女儿在电话那边笑道,老爸,我打你电话也说停机,我还以为你停机了,原来是我自己的电话欠费了,我自己都不知道,忙的呀。从此以后,隔三岔五,只要手头宽绰,他就会往女儿的手机里充值,除此之外,他还能怎样呢。

老板这回出差,开车要一整夜才能到。那个地方比较偏僻,路也不熟,他特意在手机上安装了导航软件。这是一条新的财路,无论有多陌生,他都得去蹚开来。

但是老板对这条路的艰险还是没有估计得充分，他出发前还调皮地将导航仪设置了几种方言的版本，东北的、河南的、广东的，打算一路欣赏，也不失为对付瞌睡的办法。

一开始是挺顺利，走高速，走省道，导航导得分毫不差，逗人的方言也增添了不少乐趣。可是等到车子进入他们要去的那个地区乡村公路网以后，情况就不对头了，方向就开始迷糊了，不断地听到导航仪说，重新开始规划路线，重新开始规划路线。等导航重新开始的时候，又说，前方三百米请调头。开到三百米那儿一看，一条狭窄小路，两边是河塘，根本调不了头，小心翼翼地退出来，导航又说，请直行五百米。可是前面就是水田，直行过去就陷泥里了。

恐怕农村的土路本来就上不了台盘，再加上乡下人因为各种原因擅自改道，这地方的路已经不成为路，最终把高智商的导航搞疯掉了。

村子就在眼前，可是车子绕来绕去就是进不去，几次都绕到同一个地方，司机拍着脑袋说，哎呀呀，这是鬼打墙了啦。

按里程算，他们在天亮的时候就应该到达目的地，可结果一直走到第二天下午天都快黑了，目的地还不知道在哪里呢，想找路人问问，可是路上连个人影子也没有。

卡车和司机都是他临时租来的，和司机说好使用一天一夜，租金也是按这个时间计算的，现在司机着急上火，说，不行了不行了，我和别人约好的今天晚上要用车的，你让我失约了，失约是要赔偿的，赔偿金应该由你支付。老板一脑门的火直往上蹿，可人家司机也没说错呀，老板只得先应了他，不料司机却又加码说，还要附带赔偿声誉损欠费。

他气得跳下车去，司机在车上说，怎么，你要步行去吗？那我把货开回去了。他和司机吵了起来，就在他们的吵吵声中，终于有个人过来了，废品老板赶紧问他，我们在这里绕了大半天了，这是鬼打墙吗？那人说，这就是鬼打墙嘛。本来废品老板是说气话的，哪知人家还真说鬼打墙，这可把他吓着了，四处张望说，这里又不是坟地，怎么会……那人说，不是坟地也鬼打墙，人家把大路都封掉了，把小路都挖成坑了，鬼不打墙还想怎样？

这才知道，要想进村，大卡车是进不去的，货都要倒腾到轻卡上才能进得了村。可这野外之地，哪里来的轻卡？回头一看那个人，正坦然笃定地打着手机呢，老板这才清醒过来。

果然，不多一会儿就从村里出来一辆蓝色的轻卡，老板埋怨他们事先不说清楚，害他遭遇了鬼打墙。给他指路的那人在背后说，怎么能告诉你很清楚，怎么知道你是谁。老板说，那你现在怎么又相信我了呢？那人说，我现在看清楚你是开着卡车带着货来了嘛。要是警察，或者是记者，怎么可能花这么大的血本呢，他们最多装扮成买家啥的。

老板大卡车上的货，轻卡装了两趟，老板想跟着进村子结账，那人却说，不需要，在这里结了就行。按照原先谈定的价格，全额付完款，那人就上轻卡进村去了。

废品老板虽然收到了钱，可是心有不甘，他想悄悄跟进村去看看，可司机不想进村，他只得又加付了司机费用，司机才答应在村口等他。

他其实也没有进得了村，他绕了三次，还是绕到自己卡车停的这地方。最后一次绕过来的时候，卡车也不在了，司机等不及，把车开走了。

他步行了大半个晚上，才找到一个可住宿的地方，想看看有没有女儿的短信，却发现这个地方没有信号。

新一批衣服到达的时候，已经是夜里了。这个旧衣周转市场，是不分白天黑夜的，无论白天黑夜，他们的工作时间以货到为准，现在货来了，他们就开始工作了。

洗衣组的组长是个中年妇女，她负责挑选衣服，决定洗还是不洗，绝大部分的衣服是不洗的，只有少数脏得实在说不过去的，才会洗。

她倒出一袋衣服，眼前一片花花绿绿，五彩缤纷。她早已经习惯和适应了这种现状，她在这里干了有一段时间了，每天都能看到许多八九成新的衣服被送到这里，胡乱堆在地上任人踩踏，甚至有好多还是世界名牌。时间长了，耳濡目染，她和其他的洗衣妇都有了一点儿名牌知识和意识了，她也可算是见多识广了。见多识广以后，她基本上就麻木了，基本上已经熟视无睹了。

但今天不知为什么，她的眼睛还是被触动了一下，这件玫红底色镶嵌着彩色碎片的几乎是全新的连衣裙实在太惹眼了，她识得出来，这衣服不是什么高档品牌，但是它的卖相实在太好了。有一瞬间，她非常想替她的女儿买下这件衣服，哪怕按照老板卖价的两倍，她都愿意。可惜的是，这里有规定，在这里做事的人，一律不允许参与旧衣服的买卖，只要犯一次，不仅当场开除，还要罚款。她们的身份证都是被收缴了的，犯了错想跑是跑不掉的。

她叹息了一声，手却忍不住又摸了摸裙子，她摸到裙子的口袋里好像有什么东西，她掏出来看看，是两张电影票，当然是看过的电影。不过她没有扔掉电影票，而是重新把它们放回了口袋，又叹了一口气，才把连衣裙归类到不需要清洗加工的一类。虽然明知那许多衣服都是胡乱堆放的，她却还是小心地把这件连衣裙叠了一下。真是多此一举。

挑选好衣服后，她们开始清洗那些不得不洗的脏衣服。所谓的清洗，其实也就是用水龙头冲刷而已，堆成一座小山样的脏衣服，要是一件一件地洗，那要洗到猴年马月,那边等着衣服卖钱的人,等到黄花菜都凉了。

老话说,落水三分净,还真有道理,即便只用水龙头冲一下,再提起来,甩平了,晾到绳上,等晒干了,还真是焕然一新的样子了。

看起来活儿很简单,只不过是冲水、甩衣、晾晒,但是如果每天都重复这样的动作,两个肩膀就走样了,像脱了臼似的不听使唤,腰也疼得不能入睡。不过洗衣妇们并没有多少抱怨,生活本来就是这样的,不听使唤也得使唤,不能入睡也得入睡。

她在小地方生活,虽然下了岗,但生活开销也低,日子也不是过不下去,只是为了支持在大城市生活的女儿,她要出来挣钱。看着许许多多晾挂在绳上的衣服,像旗帜一样在风中飘来飘去,她深深地吸了一口气,心里很舒坦,她似乎闻到女儿的气味了。

等到冲洗过的衣服晒干了,负责运货出去的卡车司机就行动起来了。他虽然不属于这个周转市场的人,但他经常来运货出去,跟这里的人都很熟了。按原定的计划,他应该已经出发了,因为废品老板这批货迟到了,他也耽搁了出发的时间,晚上走不了了,他得在这里睡一宿。临睡前,洗衣妇来找他,她知道明天早上他的车子要经过乡镇,就请他帮她去邮局汇款。

他经常帮她们做这些事情,他也曾经奇怪地问过她,你女儿大学毕业在城里有工作,怎么你还给她汇钱,应该她给你汇钱嘛。洗衣妇笑笑说,我女儿就喜欢买衣服,工资总是不够花,反正我要钱也没有用。

第二天司机如约去替洗衣妇汇款,写上洗衣妇女儿名字的时候,他恨不得改成自己儿子的名字,当然他不会这么做,但是他心里真是这么想的。

他的儿子是个"果粉",前不久他听说"苹果6"快上市了,他就已经提前准备起来,积攒每一分钱。他才不会像洗衣妇那样没脑子,把辛苦挣来的钱零零星星都变成了那些不值一提的衣服,而这些衣服,说不定很快又回到了她的手里。苹果产品可不一样,那是世界顶尖的电子产品,儿子出门办事,拿着多体面,会受人尊重的。

司机开车出发前,给他的下家发了个短信,告诉他已经接了货,出发了,下晚的时候就能到达。

他的下家是一家商贸公司,商贸公司的经理接到司机的电话后,就知道什么时候可以通知他的下家来提货了。

不过在他的下家来提货之前,他这里还有一个重要环节,这批从数百里之外的旧服装集散地装来的衣服,是不能直接挂到服装店里去的。所以经理通知公司职员,准备晚上加班。

这一批货已经迟了,服装店的店主都在催促了,因为买家的求购欲望十分高涨,所以店家进新货的要求就十分高涨,谁家更新稍慢一点儿,就被淘汰。

这批迟到了十二个小时的货,必须加一个夜班,才能赶上正常的周转。

加班的内容并不复杂,旧衣服到集散地已经进行过一次处理,分类和清洗,那只能算是粗加工,他这里还有一道精加工,那是必不可少的。

到商贸公司来提货的服装店的老板,绝大部分都是实体服装店的,他们都是很挑剔的。不挑剔不行,因为货到了他们手里,就直接面对消费者了,破了的要熨烫,掉线的要缝起来,丢了的纽扣最好补上,否则很可能因为一颗纽扣坏了一桩生意。所以经理的办公室简直是个纽扣王国,什么样的纽扣都有。当然,现在的衣服纽扣也是千奇百怪别出心裁,万一实在配不到,他们也有办法,干脆将纽扣全部换掉。

经理第一条短信是发给熨烫工的,那是因为她的工作的重要性,一件破破巴巴的、不起眼的,甚至扔在路上都没有人捡的旧衣服,经过熨烫这道工序,常常就变成了另一件衣服,可以以次充好,以旧冒新。

熨烫工收到经理的短信时,天刚刚亮,她刚要躺下睡觉。她以为经理要让她马上赶去上班,看了短信才知道,还好,是晚上加班,她可以抓紧时间睡一觉。她已经连续几个晚上没有睡觉,她在追看韩剧,她最近又迷上一位长腿“欧巴”,把他出演过的所有的影视剧一一追过来,一边看还一边在心里祈求欧巴快快拍戏,因为剩下的剧已经不多了。她最怕的就是空窗期,她以前也迷过其他欧巴,到空窗期的时候就像失恋一样。当然,以前迷过的欧巴和现在迷的这个欧巴相比,以前的真是黯然失色啦,实在是不能比的啦。

她又累又困,手机里已经有好几个未接来电,没有看的短信就更多了,她根本用不着担心手机费余额,不停地听到有铃声响,她自然知道手机还通着呢。她也自然知道,老爸会及时替她充值的。

她又累又困,但是情绪却很兴奋,总是半睡半醒,迷迷糊糊的时候,也能看到欧巴,真是很幸福。只是到了晚上加班的时候,不兴奋了,瞌睡虫就来了。

熨烫衣服时可不能打瞌睡,那是很危险的,搞得不好,或者会烫伤了自己,或者就是烫坏了衣服。但是瞌睡虫很顽固的,想什么办法也赶不走,她就那样脑袋一冲一冲双眼迷离地干活,眼看着事故就要来了,还是老天护佑,忽然就让她眼睛一瞪,顿时把瞌睡虫吓跑了。

她看到一堆衣服中有一件特别耀眼,提出来一看,果然漂亮,这是一件玫红底色镶嵌着闪亮的彩色碎片的连衣裙。她把连衣裙拎起来,在自己身上比画着,让她的同事看好看不好看,同事都说好看。她内行地说,不仅是好看,主要是气质,红色的衣服一般都体现不出气质,但这件红衣服,因为镶嵌了这些碎片,反而提升了它的气质,所以才觉得好看。大家觉得她说得有道理,点头称是,她高兴地说,怎么样,承认了吧,我的眼睛凶吧。你们还说欧巴不好看呢,好看不好看,要看气质,以后你们听我的没错。

从连衣裙联想到欧巴,她彻底清醒过来,精神气也回来了,加班的活儿干得倍儿棒。

天亮的时候,做精加工的职员完成任务,服装店的店主就要出发了。他们得赶早一点儿,商贸公司发货,去晚了,可挑选的就少了,甚至就没得挑了。

今天第一个出门的却不是实体店的店主,他开的是网店。其实现在开网店都不用店主亲自取货的,从出样,到下单,到出货,到投递,链条都已经非常成熟了,各干各的,各取所需。

但是他和别人不大一样,他开网店并不完全是为了做生意,所以并不像别的店家那样拼了命地挣钱。他是个资深的游戏玩家,"骨灰级",他觉得,比起游戏来,挣钱简直,简直是一件太没意思的事了。

他从小到大,学习成绩都是冒尖的,游戏当然更厉害。大学毕业后他找过很多工作,都干不长,但没有一次是雇主炒他,都是他主动提出辞职的,因为他干过的任何事情都无法让他做到游戏工作两不误。他曾经一个城市一个城市地走动,想实现两全其美的梦想,后来他终于知道那是不可能的,所以他走到这个地方,就成为他的最后一站,他不再走了。

他租房子,开个网店,却并不像其他网店店主那样经营,他从来不到服装企业或廉价的服装市场去批发货物,也不和他们建立连锁关系,他只在市内的一家专门营销旧衣店的商贸公司进一些货,回家给衣服拍些照片,挂到网页上,也就可以维持了。生意肯定不怎么样,但是好在经济上有母亲支持,生活还过得去,关键是能保证有时间玩儿游戏。

有一次他在一个废品收购站的门口经过,看到一个老妇人的背影,有点儿像他的母亲,不过他并没有追过去看看到底是不是。他不相信那么巧。以前他走过许多地方,并没有一一告诉母亲,现在他决定不走了,也没有告诉母亲,似乎没什么必要,总之母亲是知道他在城市里生活,至于这座城市和那座城市,反正也没有什么大的差别。何况都有手机,随时可以互通信息。从前母亲给他汇钱总是喜欢走邮局汇,后来他吩咐母亲打到他的银行卡上,更方便一点。三天前的下午,手机短信又来通知了,母亲汇钱了。

他不努力经营,生意自然冷落,一般的衣服得挂上一段时间才会有人问津,但这一次奇怪了,刚刚挂出来,就有人下单了。因为有些意外,他破例地朝它看了一眼,心里不得不承认,这件连衣裙真不错,那些碎片点缀得很有意思。但是他并没有去回想,在商贸公司的那许多旧衣服中,他是怎么挑上这件衣服的。

网购的人都是很性急的,等一两天对他们来说那真是受罪,他们都恨不得那东西直接就从电脑或手机里钻出来才爽呢。所以店主赶紧通知了快递公司,让他们上门来取货送货了。

快递员正在去往苹果专卖店的路上。昨天晚上他老爸开卡车从外地运货回来,看到苹果专卖店连夜排队买"6",他干脆不回家睡觉,先到自动取款机上取够了钱,就去排队了。其他排队的"果粉"都是有备而来的,带着小矮凳坐着排,他却只能站着,后来实在撑不住,就坐在地上打瞌睡,醒来的时候,发现自己是躺在地上的,还好,天气不算冷。

到了早晨,苹果专卖店还没开门,他估计儿子起床了,给儿子发了条短信,让他过来一起挑选。

儿子兴奋地赶过来了,看到他父亲头发上全是露水,儿子说,老爸你卖肾了? 他笑着说,你老爸只有两个肾,都像你这样,不够卖。

他们如愿以偿地买到了 "6",但是儿子不够满意,因为他想要的那款"6 plus"64G 还没到货,问什么时候能到,店家说,等吧。

老爸说,就先买这款吧,等 6 那个什么到了,再换吧。儿子说,我晓得。

拿到新手机的时候,他收到了公司的通知,要送货了。

他取了货,按照货单上的地址,给收件人包兰送快递去了。

包兰果然在家里等着呢,签收的时候,快递员有意捏着自己的新手机,在包兰面前显摆一下。可是包兰有眼无珠,她的注意力可不在手机上,她迫不及待地拆掉包装,惊呼起来,哇噻,帅呆了!

拿在包兰手里的连衣裙,比在网上看到的照片还要好得多,其实一般网购的衣服,拿到手总比网上看的要弱一些,因为网上的照片,可以通过光线、色彩,甚至是电脑修改,让衣服呈现奇光异彩。

但是这件连衣裙恰好相反,包兰欢喜地抚摸着那些碎片,她看衣服的眼光是很准的,她十分自信十分内行地评判说,就是因为这些碎片镶嵌得好呀。

包兰当场就试穿了,一边照镜子,一边问室友怎么样,室友无不点赞。有一个室友说,奇怪,我怎么觉得这件衣服在哪里见过呢。包兰说,哎,这就对了,凡是好的东西,都养眼,你觉得养眼就会有一种熟悉的感觉嘛。

她还在东摸西拉地欣赏她的得意之作,她发现了裙子的口袋,口袋就在线缝中间,真是实用而又隐蔽,设计真的很精巧哎,包兰又赞叹了一回。她的手伸进口袋,触碰到口袋里有什么东西,她掏出来一看,是两张电影票,包兰奇怪地说,咦,怎么会有电影票? 室友说,不要是网店老板暗恋你,送你的哦。包兰说,去,谁知道那是男是女,是人是狗呢。大家都笑,包兰又看了一下电影票,是两张过了期的票。

包兰也没多想,就将它们扔掉了。

包兰已经忘记了,这是她和她的男友一起去看的电影,只不过男友现在已经是前男友了。

【作者简介】范小青,女,江苏苏州人。1974年高中毕业到农村插队,1977年考入江苏师院(现为苏州大学)中文系,毕业后留校任教,1985年调入省作协从事专业创作。1980年开始发表作品。著有长篇小说《裤裆巷风流记》《城市表情》《女同志》《赤脚医生万泉河》《我的名字叫王村》等,小说集、散文随笔集多部,电视剧百余集。短篇小说《城乡简史》获第四届鲁迅文学奖。小说《父亲还在渔隐街》《嫁入豪门》《天气预报》分获《小说月报》第十三、十四、十五届百花奖。现为江苏省作家协会主席,中国作家协会全国委员会委员。

俗世奇人新篇(三题)

冯骥才

神医王十二

天津卫是码头。码头的地面疙疙瘩瘩可不好站,站上去,还得立得住,靠嘛呢——能耐? 一般能耐也立不住,得看你有没有非常人所能的绝活儿。换句话说,凡是在天津站住脚的,不管哪行哪业,全得有一手非凡的绝活,比方瞧病治病的神医王十二。

要说那种"妙手回春"的名医,城里城外一拣一筐,可这只是名医而已,王十二人家是神医。神医名医,一天一地。神在哪儿,就是你身上出了毛病,急病,急得要死要活,别人没法儿,他有法儿,而且那法儿可不是原先就有的,是他灵光一闪,急中生智,信手拈来,手到病除。

王十二这种故事多着呢,这儿不多说,只说两段。一段在租界小白楼,一段在老城西马路。先说租界这一段。

这天王十二在开封道上走,忽听有人尖叫。一瞧,一个在道边套烟筒的铁匠两手捂着左半边脸,痛得大喊大叫。王十二疾步过去问他出了嘛事,这铁匠说:"铁渣子崩进眼睛里了,我要瞎了!"王十二说:"别拿手揉,愈揉扎得愈深,你手拿开,睁开眼叫我瞧瞧。"铁匠松开手,勉强睁开眼,一小块黑黑的铁渣子扎在眼球子上,冒泪又流血。

王十二抬起头往两边一瞧,这条街全是各样的洋货店,王十二喜好洋人新鲜的玩意儿,常来逛。他忽然目光一闪,也是灵光一闪,只听他朝着铁匠大声说:"两手别去碰眼睛,我马上给你弄出来!"扭身就朝一家洋货店跑去。

王十二进了一家洋货店的店门，伸出右手就把挂在墙上的一样东西摘下来，顺手将左手拿着的出诊用的绿绸包往柜台上一撂，说："我拿这包做押，借你这玩意儿用用，用完马上还你！"话没说完，人已夺门而出。

王十二跑回铁匠跟前说："把眼睁大！"铁匠使劲一睁眼，王十二也没碰他，只听叮的一声，这声音极轻微也极清楚，跟着听王十二说："出来了，没事了。你眨眨眼，还疼不疼？"铁匠眨眨眼，居然一点不疼了，跟好人一样。再瞧，王十二捏着一块儿又小又尖的铁渣子举到他面前，就是刚才在他眼里那块要命的东西！不等他谢，王十二已经转身回到那洋货店，跟着再转身出来，胳肢窝夹着那个出诊用的绿绸包朝着街东头走了。铁匠朝他喊："您用嘛法给我治好的？我得给您磕头啊！"王十二头也没回，只举起手摇了摇。

铁匠纳闷，到洋货店里打听。店员指着墙上边一件东西说："我们也不知道是怎么回事，他就说借这东西用用，不会儿就送回来了。"

铁匠抬头看，墙上挂着这东西像块马蹄铁，可是很薄，看上去挺讲究，光亮溜滑，中段涂着红漆；再看，上边没钉子眼儿，不是马蹄铁。铁匠愈瞧愈不明白，问店员道："洋人就使它治眼？"

店员说："还没有听说它能治眼！这是个能吸铁的物件，洋人叫吸铁石。"店员说着从墙上把这东西摘下来，吸一吸桌上乱七八糟的铁物件——铁盒、铁夹子、钉子、钥匙，还有一个铁丝眼镜框子，竟然全都叫它吸在上边，好赛（好像，天津方言）有魔法。铁匠头次看见这东西——见傻。

原来王十二使它把铁匠眼里的铁渣子吸下来的。

可是，刚刚那会儿，王十二怎么忽然想起用它来了？

神不神？神医吧。再一段更神。

这段事在老城西那边，也在街上。

那天一辆运菜的马车的马突然惊了，横冲直撞在街上狂奔，马夫吆喝拉缰都弄不住，街两边的人吓得往两边跑，有胡同的地方往胡同里钻，没胡同的往树后边躲，连树也没有的地方就往墙根儿扎。马奔到街口，迎面过来一位红脸大汉，敞着怀，露出滚圆锃亮的肚皮，一排黑胸毛，赛一条大蜈蚣趴在当胸。有人朝他喊："快躲开，马惊了！"

谁料这大汉大叫："有种往你爷爷胸口上撞！"看样子这汉子喝高了。

马夫急得在车上喊："要死人啦！"

跟着，一声巨响，像撞倒一面墙，把大汉撞飞出去，硬摔在街边的墙上，好像紧紧趴在墙上边。马车接着往前奔去，大汉虽然没死，却趴在墙上下不来了，他两手用力撑墙，人一动不动，难道叫嘛东西把他钉在墙上了？

人们上去一瞧，原来肋叉子撞断，断了的肋条穿皮而出，正巧插进砖缝，撞劲太大,插得太深,拔不出来。大汉痛得急得大喊大叫。

一个人嚷着:"你再使劲拔,肚子里的中气散了,人就完啦!"

另一个人叫着:"不能使劲,肋叉子掰断了,人就残了!"

谁也没碰过这事,谁也没法儿。

大汉叫着:"快救我呀,我这个王八蛋要死在这儿啦!"声音大得震耳朵。有几个人撸袖子要上去拽他。

这时,就听不远处有人叫一声:"别动,我来。"

人们扭头一瞧,只见不远处一个小老头朝这边跑来。这小老头光脑袋,灰夹袍,腿脚极快。有人认出是神医王十二,便说:"有救了。"

只见王十二先往左边,两步到一个剃头摊前,把手里那出诊用的小绿绸包往剃头匠手里一塞说:"先押给你。"顺手从剃头摊的架子上摘下一块白毛巾,又在旁边烧热水的铜盆里一浸一捞,便径直往大汉这边跑来。他手脚麻利,这几下都没耽误工夫,手里的白手巾一路滴着水儿、冒着热气儿。

王十二跑到大汉身前,左手从后边搂大汉的腰,右手把滚烫的湿手巾往大汉脸上一捂,连鼻子带嘴紧紧捂住,大汉给憋得大叫,使劲挣,王十二死死搂着捂着,就是不肯放手。大汉肯定脏话连天,听上去却呜呜的赛猪嚎。只见大汉憋得红头涨脸,身子里边的气没法从鼻子和嘴巴出来,胸膛就鼓起来,愈鼓愈大,大得吓人,只听"砰"的一声,钉在墙缝里的肋叉子自己退了出来。王十二手一松,大汉的劲也松了,浑身一软,坐在地上,出了一声:"老子活了。"

王十二说:"赶紧送他瞧大夫去接骨头吧。"转身去把白手巾还给剃头匠,取回自己那出诊用的绿绸包走了,好赛嘛事没有过。

可是在场的人全看得目瞪口呆。只一位老人看出门道,他说:"王十二爷这法儿,是用这汉子自己身上的劲把肋条从墙缝里抽出来的。外人的劲是拗着自己的,自己的劲都是顺着自己的。"这老人寻思一下又说,"可是除了他,谁还能想出这法子来?"

人想不到的只有神,所以天津人称他神医王十二。

黄金指

黄金指这人有能耐,可是小肚鸡肠,容不得别人更强。你要比他强,他就想着法儿治你,而且想尽法子把你弄败弄死。

这种人在旁的地方兴许能成,可到了天津码头上就得栽跟头了。码头藏龙卧虎,能人如林,能人背后有能人,再后边还有更能的人,你知道自己能碰上嘛人?

黄金指是白将军家打南边请来帮闲的清客。先不说黄金指,先说白将军——

白将军是武夫,官至少将。可是官做大了,就能看出官场的险恶。解甲之后,选中天津的租界作为安身之处;洋楼里有水有电舒舒服服,又是洋人的天下,地方官府管不到,可以平安无事,这便举家搬来。

白将军手里钱多,却酒色赌一样不沾,只好一样——书画。那年头,人要有钱有势,就一准有人捧。你唱几嗓子戏,他们说你是余叔岩;你写几笔烂字儿,他们称你是华世奎,甚至说华世奎未必如你。于是,白将军就扎进字画退不出身来。经人介绍,结识了一位岭南画家黄金指。

黄金指大名没人问,人家盯着的是他的手指头。因为他作画不用毛笔,用手指头。那时天津人还没人用手指头画画。手指头像个肉棍儿,没毛,怎么画?人家照样画山画水画花画叶画鸟画马画人画脸画眼画眉画樱桃小口一点点。这种指头画,看画画比看画更好看。白将军叫他在府中住了下来,做了有吃有喝、悠闲享福的清客,还赐给他一个绰号叫"金指"。这绰号令他得意,他姓黄,连起来就更中听:黄金指。从此,你不叫他黄金指,他不理你。

一天,白将军说:"听说天津画画的,也有奇人。"

黄金指说:"我听说天津人画寿桃,是脱下裤子,用屁股蘸色坐的。"

白将军只当笑话而已。可是码头上耳朵连着嘴,嘴连着耳朵。三天内这话传遍津门画坛。不久,有人就把话带到白将军这边,说天津画家要跟这位使"爪子"画画的黄金指会会。白将军笑道:"以文会友啊,找一天到我这里来画画。"跟着派人邀请津门画坛名家。一请便知天津能人太多,还都端着架子,不那么好请。最后应邀的只有二位,还都不是本人:一位是一线赵的徒弟钱二爷;一位是自封黄二南的徒弟唐四爷,据说黄二南先生根本不认识他。

钱二爷的本事是画中必有一条一丈二的长线,而且是一笔画出,均匀流畅,状似游丝;唐四爷的能耐是不用毛笔也不用手作画,而是用舌头画。这功夫是津门黄二南先生开创。

黄金指一听就傻了,再一想头冒冷汗。人家一根线一丈多长,自己的指头绝干不成;舌画连听也没听过,只要画得好,指头算嘛?

正道干不成,只有想邪道。他先派人打听这两位怎么画,使嘛法嘛招,然后再想出诡秘的招数叫他们当众出丑,破掉他们。很快他就摸清钱唐二人底细,针锋相对,想出奇招,又阴又损,一使必胜。黄金指真不是寻常之辈。

白府以文会友这天,好赛做寿,请来好大一帮宾客,个个有头有脸。大厅中央放一张奇大画案,足有两丈长,文房四宝,件件讲究又值钱。待钱唐二位到,先坐下来饮茶闲说一阵,便起身来到案前准备作画,那阵势好比打擂台,比高低,分雌雄,决生死。

画案已铺好一张丈二匹的夹宣,这次画画预备家伙材料的事,都由黄金指一手操办。看这阵势,明明白白是想先叫钱唐露丑,自己再上场一显身手。

钱二爷一看丈二匹,就明白是叫自己开笔,也不客气走到案前。钱二爷人瘦臂长,先张开细白手掌把纸从左到右轻轻摩摸一遍,画他这种细线就怕桌子不平纸不平。哪儿不平整,心里要有数。这习惯是黄金指没料到的。钱二爷一摸,心里就咯噔一下。知道黄金指做了手脚,布下陷阱,一丈多长的纸下至少三处放了石子儿。石子儿虽然有绿豆大小,笔墨一碰就一个疙瘩,必出败笔。他嘴没吭声,面无表情,却都记在心里,只是不叫黄金指知道他已摸出埋伏。

钱二爷这种长线都是先在画纸的两端各画一物,然后以线相连。比方这头画一个童子,那头画一个元宝车,中间再画一根拉车的绳线,便是《童子送宝》;这头画一个举着渔竿的渔翁,那头画一条出水的大红鲤鱼,中间画一根光溜溜的渔线牵着,就是《年年有余》。今天,钱二爷先使大笔在这头下角画一个扬手举着风车的孩童,那头上角画一只飘飞的风筝,若是再画一条风中的长线,便是《春风得意》了。

只见钱二爷在笔筒中择支长锋羊毫,在砚台里浸足墨,长吸一口气,存在丹田,然后笔落纸上,先在孩童手里的风车上绕几圈,跟着吐出线条,线随笔走,笔随人走,人一步步从左向右,线条乘风而起,既画了风中的线,也画了线上的风;围看的人都屏住气,生怕扰了钱二爷出神入化的线条。这纸下边的小石子在哪儿,也全在钱二爷心里,钱二爷并没叫手中飘飘忽忽的线绕过去,而是每到纸下埋伏石子儿的地方,则再提气提笔,顺顺当当不出半点磕绊,不露一丝痕迹,直把手里这根细线送到风筝上,才收住笔,换一口气说:"献丑了。"立即赢得满堂彩。钱二爷拱手谢答,却没忘了扭头对黄金指说:"待会儿,您使您那根金指头也给大伙画根线怎样?"

黄金指没答话,好似已经输了一半,只说:"等着唐四爷画完再说。"脸上却隐隐透出点杀气来。他心里对弄垮使舌头画画的唐四爷更有根。

黄金指叫人把钱二爷的《春风得意》撤下,换上一张八尺生宣。

舌画一艺,天津无人不知,可租界里外边来的人,头次见到。胖胖的唐四爷脸皮亮脑门亮眼睛更亮,他把小半碗淡墨像喝汤一样喝进嘴里,伸出红红舌头一舔砚心的浓墨,俯下身子,整张脸快贴在纸上,吐舌一舔纸面,一个圆圆梅花瓣留在纸上,有浓有淡,鲜活滋润,舔五下,一朵小梅花绽放于纸上;只见他,小红舌尖一闪一闪,朵朵梅花在纸上到处开放,甭说这些看客,就是黄金指也呆了。白将军禁不住叫出声:"神了!"这两字叫黄金指差点头撅过去。他只盼自己的绝招快快显灵。

唐四爷画得来劲,可愈画愈觉得墨汁里的味道不对,正想着,又觉味道不在嘴里,在鼻子里。画舌画,弯腰伏胸,口中含墨,吸气全靠鼻子,时间一长,喘气就愈得用力,他嗅出这气味是胡椒味;他眼睛又离着纸近,已经看见纸上有些白色的末末——白胡椒面。他马上明白有人算计他,赶紧把嘴里含的墨水吞进肚里,刚一直身,鼻子眼儿里奇痒,赛一堆小虫子在爬,他心想不好,想忍已经忍不住了,跟着一个喷嚏打出来,霎时间,喷出不少墨点子,哗地落了下来,糟蹋了一张纸一幅画。眼瞧着这是一场败局和闹剧,黄金指心里乐开花。

众人惊呆。可是只有唐四爷一人若无其事,他端起一碗清水,把嘴里的墨漱干净吐了,再饮一口清水,像雾一样喷出口中,细细淋在纸上,跟着满纸的墨点渐渐变浅,慢慢洇开,好赛满纸的花儿一点点张开。唐四爷又在碟中慢慢调了一些半浓半淡的墨,伸舌蘸墨,俯下腰脊,扭动上身,移动下体,在纸上画出纵横穿插、错落有致的枝干,一株繁花满树的老梅跃然纸上。众人叫好一片,更妙的是唐四爷最后题在画上的诗,借用的正是元代王冕那首梅花诗:

> 吾家洗砚池头树,
> 个个花开淡墨痕。
> 不要人夸好颜色,
> 只留清气满乾坤。

白将军欣喜若狂说:"唐四爷,刚才您这喷嚏吓死我了。没想到这张画就是用喷嚏打出来的。"

唐四爷微笑道:"这喷嚏在舌画中就是泼墨。"

白将军听过"泼墨"这词,连连称绝,扭头再找黄金指,早没影儿了。

从此,白府里再见不到黄金指,却换了二位清客,就是这一瘦一胖一高一矮——钱唐二位了。

鼓一张

天津卫的杨柳青有灵气,家家户户人人善画;老辈起稿,男人刻版,妇孺染脸,孩童填色,世代相传,高手如林。每到腊月,家家都把画拿到街上来卖,新稿新样,层出不穷,照得眼花。可是甭管多少新画稿冒出来,卖来卖去总会有一张出类拔萃地"鼓"出来。杨柳青说的这个"鼓"字就是"活"了——谁看谁说喜欢,谁看谁想买,争着抢着买,这张画像着了魔法,一下子能卖疯了。

于是年年杨柳青人全等着这画出现,也盼着自己的画能"鼓"起来,都把自己拿手的画亮出来。这时候,全镇的年画好比在打擂。

这画到底是怎么鼓的?谁也说不好。没人鼓捣,没人吆喝,没人使招用法,是它自己在上千种画中间神不知鬼不觉鼓出来的。这画为嘛能鼓呢?谁也说不好。戴廉增和齐健隆(为杨柳青年画鼎盛时期清代光绪以前最重要的两家画店。店铺设在镇上,规模大,品种多,印绘精美,影响甚广,今已不存)两家大店,画工都是几十号,专门起稿的画师几十位,每年新画上百种,却不见得能鼓出来;高桐轩(字荫章,天津杨柳青人,清末著名年画画师。曾入清廷如意馆作画,擅长工笔和界画,造型精美,画艺高超,著有《墨余索录》)画得又好又细,树后边有窗户,窗户格后边还透出人来。他的画张张好卖,可没一张鼓过。就像唱戏的角儿,唱得好不一定红。人们便说,这里边肯定有神道,神仙点哪张,哪张就能鼓;但神仙绝不多点,每年只点一张。这样,杨柳青就有句老话:

年画一年鼓一张,不知落到哪一方。

镇上有个做年画的叫白小宝。他祖上几代都干这行,等传到他身上,勾、刻、印、画样样还都拿得起来,就是没本事出新样子,只能用祖传的几块老版印印画画。比方《莲年有余》《双枪陆文龙》《俏皮话》,还有一种《金脸财神》。这些老画一直卖得不错,够吃够穿够用,可老画是没法再鼓起来的,鼓不起来就赚不到大钱,他心里憋屈,却也没辙。

同治八年立冬之后,他支上画案,安好老版,卷起袖子开始印画。他先印《双枪陆文龙》那几样,每样每年一千张。然后再印《莲年有余》:这张画上是个白白胖胖的小子抱条大红鲤鱼,后边衬着绿叶粉莲。莲是连年,鱼是富裕,连年有余。这是他家"万年不败"的老样子。其实,《莲年有余》许多画店都有,画面大同小异,但白家画上的胖小子开脸喜相,大鱼鲜活,每年都能卖到两千张,不少是叫武强南关和东丰台那边来人成包成捆买走的呢。

一天后晌,白小宝印画累了,撂下把子,去到街上小馆喝酒,同桌一位大爷也在喝酒。杨柳青地界不算太大,镇上的人谁都认得谁。这大爷姓高,年轻时在货栈里做账房先生,好说话,两人便边喝酒边闲聊。说来说去自然说到画,再说到今年的画,说到今年谁会"鼓一张"。高先生喝得有点高,信口说道:"老白,你还得出新样子啊,吃祖宗饭是鼓不出来的。"这话像根棍子戳在白小宝的肋骨上。他挂不住面子,把剩下的酒倒进肚子,起身回家。

一路上愈想高先生的话愈有气,不是气别人,是气自己,气自己没能耐。进屋一见画案上祖传的老版,更是气撞上头,抓起桌上一把刻刀上去几下要把老版毁了,只听老婆喊:"你要砸咱白家的饭碗呀!"随后便迷迷糊糊被家里的人硬拽到床上,死猪一样不省人事。

转天醒来一看,糟了,那块祖传的老版——《莲年有余》真叫他毁了,带着版线剜去了一块,再细看还算运气,娃娃的脸没伤着,只是脑袋上一边发辫上的牡丹花儿给剜去了。可这也不行呀——原本脑袋两边各一条辫,各扎一朵牡丹花,如今不成对儿了。急也没办法,剜去的版像割去的肉,没法补上。眼瞅着这两天年画就上市了。好在这些天已经印出一千张,只好将就再印一千张,凑合着去卖,能卖多少就卖多少,卖不出去认倒霉。

待到年画一上市,稀奇的事出现了。买画的人不但不嫌娃娃头上的花儿少一朵不成对,反而都笑嘻嘻说这胖娃娃真淘气,把脑袋上的花都给耍掉了,太招人爱啦!这么一说,画上的娃娃赛动了起来,活了起来!于是你要一张,我要一张,跟着你要两张,我要两张,三天过去,一千张像一阵风刮走,一张不剩。白小宝手里没这幅画了,只好把先前使老版印的双辫双花的娃娃拿出来,可买画人问他:"昨天那样的卖没了吗?"他傻了,为嘛人人都瞧上那个脑袋上缺朵花的呢?

可他也没全傻,晚上回去赶紧加印,白天抱到市上。画一摆上来,转眼就卖光。一件东西要在市场上火起来,拿水都扑不灭。于是一家老小全上手,老婆到集市上卖,他在家里印,儿子把印好的画一趟趟往集市上抱。他夜里再玩儿命印,也顶不住白天卖得快。几天过去,忽然一个街坊跑到他家说:"老白,全镇的人都吵吵着——今年你的画鼓了!"然后小声问他,"这张画你家印了几辈子了,怎么先前不鼓,今年忽然鼓了?"

白小宝只笑了笑,没说,他心里明白。可是往深处一琢磨,又不明白了,怎么少一朵花反倒鼓了?

年三十晚上,白小宝一数钱,真发了一笔不小的财。过了年他家加盖了一间房,添置了不少东西,日子鲜活起来。

他盼着转年这张画还鼓着,谁知转年风水就变了,虽说这张画卖得还行,但真正鼓起来的就不是他这张了,换成一家不起眼的小画店"义和成"的一张新画,画名叫作《太平世家》。六个女人在打太平鼓。那张画也是没看出哪儿出奇地好,却卖疯了,天天天没亮,义和成门口买画的人排成队挨着冻候着。

【作者简介】冯骥才,男,浙江慈溪人,1942年生。已出版有《冯骥才文集》等多种作品。其中篇小说《啊》、短篇小说《雕花烟斗》分获1979年全国优秀小说奖;小说《神鞭》《雪夜来客》《一对夫妻的三千六百五十天》《拾纸救夫》《炮打双灯》《市井人物》《石头说话》《俗世奇人》《抬头老婆低头汉》分获《小说月报》第一、三、四、五、六、七、九、十二届百花奖。

窗户人

王祥夫

朱光大第一次来按这家人的门铃时发了好大的火，他在门外用很大的声音说："我就住在对面,听见了吗,我就住在对面,我要跟你谈谈！"朱光大说话的声音太大了,他真是生气了,朱光大说话的声音连住在楼下的人都听到了。但无论朱光大怎么生气,那扇门就是迟迟不开,朱光大简直是气坏了,他开始用拳头砸门,里边才有了一点点动静,是"窸窸窣窣",但门还是不开。那天,朱光大对他的好朋友李潮说,他是不经意才发现对面那家人家的窗里有人在用望远镜朝自己这边看,其实朱光大那天什么也没做,只是坐在那里看报,穿着睡衣睡裤和拖鞋,他不经意看到对面楼的窗户里边有人朝这边看,也没当回事。再后来有一天,朱光大洗过澡,因为家里没有别人,朱光大就光着身子在屋里走来走去,当然他会在腰间围上一块浴巾,但有时候也不,什么也不围,猛地跳出来一下,把要拿的东西拿到手,再猛地跳进去。朱光大很喜欢日本歌手中孝介的歌声,所以他总是在中孝介的歌声中裸着走来走去,或者喝一杯茶水,或者喝一些饮料,当然这种时候他会在腰那地方围一块浴巾。自从朱光大和妻子离婚后,他自由多了。朱光大现在庆幸自己没有孩子,所以,他和妻子的离婚是速战速决,其实他们现在还是很好的朋友。他们有时候会互相打打电话,问一问对方的情况,比如朱光大早上是不是还去跑步,是不是又一直跑到了公园,还是不是又绕着湖跑了一圈,比如汤菊是不是还在减肥,每次问到这件事朱光大都会说:"其实你一点都不胖,女人要是瘦了哪个男人能受得了。"其实说心里话,朱光大在心里是有些嫌汤菊胖。那次他们在床上,知道了吧,夫妻在床上能做什么? 那天是天气太热,人身上到处是汗,汗这种东西可真是够讨厌的,有时候会让人的情绪变得很坏。其实朱光大只说了一句话,朱光大说:"再抬高点,再抬高点,你都把我给挡住了。"这你总该知道了吧?知道朱光大和汤菊当时正在做什么?这句话让汤菊难过了好长时间,后来她就决定减肥,为此她还买了一台玻璃的那种专门用来量体重的秤。那一阵子,汤菊到了晚上几乎都不敢吃饭,有时候饿得都快坚持不住了,但她也只是到厨房找点零食,杏仁和葡萄干儿什么的,也许是一块饼干。朱光大当然希望汤菊把身上多余的肉都去掉,所以他吃饭的时候总是特别留意汤菊。

"看看看看,看看看看。"朱光大说话了,一连许多个"看"字。

汤菊就会把吃到嘴里的东西马上吐出来。有时候汤菊实在是忍受不住了会大口大口疯狂地把喜欢吃的东西吃下去,然后再跑到卫生间把吃到肚子里的东西一股脑儿地吐出去。这种情况一直坚持到汤菊发现自己怀了孕。当然每个人都知道怀孕的妇女是不能减肥的,也最好不要做爱,于是汤菊给朱光大买了个充气娃娃。那时候朱光大特别的能要,为此朱光大都有些讨厌自己,但谁拿这种事也没有办法。但有一点是肯定的,朱光大不会去找鸡,朱光大认为人类就不应该有那种金钱与性的交易行为。朱光大几乎是个有洁癖的男人,他总是把每天穿过的鞋子放在窗台外边去,所以朱光大的窗台上总是放着鞋。朱光大喜欢的鞋都是那种户外运动鞋,各种颜色的都有,红红绿绿。汤菊给朱光大把充气娃娃拿回来的那天,朱光大真是害羞极了,这你知道了吧,汤菊和朱光大的感情真是很好。直到现在,朱光大有时候还会玩儿一下那个充气娃娃,有时候在床上,有时候在沙发上,看电视的时候他也会,当然这会是晚上,他会把灯关了,但电视还开着,他一般是一边看电视一边和充气娃娃亲热,这就让朱光大特别的心虚,虽然担心,但他还是那么做,这就让他有一种特别的感觉,朱光大认为人有时候就是为了一种特别的感觉而活着的。这就让朱光大特别不能容忍对面窗子里的那个人,那个人不但看,还拿着一个望远镜。朱光大去敲门了,但那门就是迟迟不开,朱光大都认为里边的人已经从猫眼看到他了,朱光大把门敲了又敲。这是上午的事,到了吃中午饭的时候,朱光大去下边的小面馆吃了一碗茄子面,然后又去敲门了,但门还是不开。朱光大把耳朵贴到门上,里边又发出一阵"窸窸窣窣"的声音。朱光大心想还是算了,敲开了门,面对那个人,又能做什么?这个世界上肯定会有许多偷窥癖,谁让自己恰好碰到了呢?

朱光大回家去了,顺便买了几瓶雪花啤酒。有一阵子,朱光大中午晚上都不怎么吃饭,就喝啤酒,再来一点花生米。朱光大是个爱整洁的人,他把屋子收拾得特别干净。有一阵子他还特别喜欢红颜色,把屋子搞得红艳艳的,而且,那阵子他自己也喜欢穿红颜色的衣服,朱光大有一双很漂亮的红色的运动鞋,穿一条红色的裤子,一双红色的运动鞋,就那么下楼了,出去了,上街了,去公园了,有时候他能听见有人在他的身后笑,朱光大知道这是什么意思,但朱光大觉得人活着最重要的一件事就是自己想做什么就做什么, 还有就是最好让自己高兴。朱光大觉得自己已经不生气了,他给自己开了一瓶啤酒,然后去了一下卫生间,方便的时候他侧了一下身,看了看镜子里的自己,朱光大觉得自己留长头发更帅一些,好长时间了,朱光大都想留长头发。朱光大上大学的时候头发很长,当时也没觉得有什么好,还是上次搞画展的时候要几张照片,汤菊从摊了一床的照片里找出了他那张留长发的。那张照片让朱光大有些伤感,但朱光大看着镜子里的自己,决定过些时候要把头发留起来。天已经很热了,屋里像是要比外边都热。朱光大开始脱衣服,他喜欢独自在家的时候把所有的衣服都脱掉,什么也不穿,就那么在屋子里走来走去。当然在把内衣脱掉的时候朱光大会把窗帘拉上。朱光大去拉窗帘的时候看到了什么?这可让朱光大气得够呛,朱光大看到了对面那个窗子,那个窗户人,正趴在窗子上用望远镜朝这边看。

"妈的,也真是太不像话了。"朱光大说,对自己说。

朱光大把脱下来的衣服马上又穿上了, 气冲冲地穿过马路, 到了对面楼上,再次去敲那个窗户人的门,朱光大在心里已经把那个总是用望远镜看这边的人叫作"窗户人",这种叫法再准确不过了,因为那个人总是趴在窗子上,朱光大注意到了,那个人在窗子上一趴几乎就是半天或一天,几乎不会走开。

"这个窥私癖!"朱光大说。

朱光大去敲门了,他不再按门铃,而是直接把手举起来就敲,他敲得很用力。但门还是没开,虽然里边又传来了"窸窸窣窣"的声音,但里边的人就是不把门打开。朱光大敲门的声音太响了,这时是中午,人们在睡午觉,旁边的那个门开了,有人从门里探出头看朱光大,这是个大眼睛中年人。朱光大穿着那双红色的鞋子,还有那条红色的裤子,很瘦的那种裤子,这种装扮可不会给人留下多少好印象。那人很快把门关上了,本来朱光大想问他一声,问什么?比如问一下他旁边的这家人是做什么的,怎么总是不开门。比如问一下,他旁边的这家人是不是有点不正常。

"你到底开不开?"朱光大在外面大声喊。

但里边根本就没人答话。

朱光大用力踢了一下门,他真是生气了。

但门还是没开。

朱光大又把耳朵贴在了门上,朱光大听到了里边"窸窸窣窣"的声音。

"我知道你在里边!"朱光大大声说,朱光大的声音可真是太大了,这是中午,人们都在午休。这时旁边的那个门又开了,刚才的那个大眼睛中年人把头从屋子里探了出来,用很小的声音对朱光大说:"晚上,晚上这个门才会开,现在你再敲也开不了。"不等朱光大问,大眼睛中年人又已经把门关上了。

然后,朱光大就只好离开了。朱光大想好了,要不就晚上再来一次,直到把这个门敲开,一定要把这个门敲开。朱光大回了家,他出了一身大汗,天很热,今年的天气有些不正常,早早就热了起来,听说尼泊尔那边已经地震了,死了不少人。朱光大进了家就开始脱衣服,然后去拉窗帘,拉窗帘的时候朱光大又看到了那个窗户人,还在窗子上趴着,这回窗户人的手里没有拿望远镜。

"妈的!"朱光大说。

朱光大已经把自己彻底脱光了,这下凉快了。然后他去冰箱里取了一瓶啤酒,啤酒的温度也合适,朱光大把电视打开,他想找场球赛看看,然后躺在沙发上一边喝酒一边看电视。但朱光大突然一下子又跳了起来,他又去了窗口那边,把窗帘轻轻拉开一条缝,那个窗户人不见了。

"妈的。"朱光大又说。

再次躺回到沙发上去的时候朱光大觉得自己也应该有个望远镜。

我为什么不能有个望远镜?朱光大问自己。

朱光大给汤菊打了个电话,说自己很可能要去买一个望远镜。

"望远镜?"汤菊在电话里笑了起来,不知为什么,她就是很想笑。

朱光大喝过啤酒就睡着了,这一觉他睡得倒是很舒服。朱光大总是在白天的时候睡很长时间,到了晚上才开始工作。朱光大睡到下午五点多醒来,然后去了前边那个楼,朱光大觉得这次去应该可以把那个门敲开,门果然一下子就敲开了。开门的是一个女人,朱光大觉得她应该是这家的女主人。

"我是住在对面的。"朱光大很生气地对这个中年女人说。

"对面?"中年女人说,"有什么事?"

"问题是,"朱光大有些激动,他没办法不激动,"你们家有人天天用望远镜看我,为什么?"

"进来进来。"

中年女人要朱光大进来,她对朱光大说自己只是这家的钟点保姆,这家没别人,只有老五一个人,中年女人对朱光大说:"那么你再进来。"中年女人示意里屋。

朱光大跟着中年女人进到屋里了,朱光大知道自己应该进到哪间屋子,知道哪间屋子朝着自己那边,朱光大往左拐了一下,那间屋子背阴,窗户人这时就在这间屋子里靠窗的地方坐着,朱光大在看到窗户人的一刹那吃了一惊,他先是看到了那辆轮椅,然后是坐在轮椅上的人,也就是那个窗户人,那张脸真是很白很瘦,除了很白很瘦还是很白很瘦,朱光大看清了,这是个比自己小很多的年轻人。这个年轻人坐在轮椅上，也看着他，嘴微微张着，很害怕的样子，朱光大往下看，这才看到这个窗户人只有上半截身子，下半截哪去了？朱光大有些糊涂了。朱光大不明白窗户人下半截是怎么回事，但可以肯定的是坐在轮椅上的是个残疾人，没有下半截的残疾人。朱光大刚才的声音可能吓着了他，窗户人的那只手好像有些抖。然后，然后朱光大还能说什么呢，然后，朱光大就跟着那个中年妇女去了另一间屋子，然后，他想听听关于这个窗户人的事。朱光大忽然为那几次自己重重敲门感到有些不安。

"你一来我就知道是为了什么。"中年妇女对朱光大说。

"你不是第一个人。"中年妇女告诉朱光大已经有很多人来找过了，"但他除了往外看看还能干什么呢，他走不了，下不了楼，他几乎不能动，他几乎什么都不能做，大夫说他的眼睛连电视都不能看。问题是他的父母都不在了，是他的姐姐每个月给他寄钱来养活他。"中年女人说。

"这房子是他姐姐的。"中年女人告诉朱光大窗户人的姐姐在新疆工作，很少回来。中年女人还告诉朱光大，窗户人的姐姐人很好，"现在这种人越来越少了。"

朱光大要中年女人不要再说了，朱光大给自己取了一支烟，但他没点，又把烟放了回去。朱光大忽然觉得很难过，他很想对窗户人说句什么，便转过脸朝那间屋看了一眼，但他看到的只是墙，墙上挂着一个已经不再走动的挂钟。朱光大临离开的时候，又到背阴的那间屋看了一眼窗户人，窗户人也看着朱光大，窗户人的那两只很大的眼睛让朱光大很难受。

"对不起对不起。"朱光大不知道自己是在对谁说"对不起"。

"对不起。"往外走的时候朱光大又对中年妇女说，但朱光大希望自己的话窗户人能听到。

"对不起。"朱光大说。

"没关系。"朱光大又说。

"你是个好人。"中年妇女说，有人来找过，张嘴就乱骂人。

下午的时候，朱光大出去了一趟，公园北边紧靠菜市场的那里有个户外用品专卖店，朱光大知道那地方肯定有卖望远镜的。朱光大进去就看到了，都在架子上。朱光大喜欢红色的那种，他试着用望远镜望望外边，户外用品专卖店的对面是花摊子，卖各种盆栽花，朱光大还不会使用望远镜，眼前先是一片模糊，但朱光大突然笑了起来，他在望远镜里忽然看到了一颗牙齿，望远镜再一晃，是什么，朱光大又看不清了，朱光大又笑了一下，原来是对面那个人的鼻子，朱光大甚至还看到了鼻毛，朱光大想不到那会是鼻毛，于是便笑了起来。从户外专卖店出来，往回走的时候，朱光大看了一下手机里的新闻，朱光大想知道尼泊尔那边地震究竟死了多少人。但他忽然改了主意,他想去花园看看树上的鸟儿,当然是用望远镜。朱光大从花园的北门进去,然后再从南边那个门出去,再走一段路就到家了,这样还抄近路。朱光大穿过那条街去了花园,他在花园的树下看了一会儿鸟儿,其实什么也看不清,鸟在不停地动,总是飞来飞去,望远镜好像根本就不是给活动的物体准备的。朱光大忽然不动了,他看到了,一对男女,抱在一起。在对面的树丛里,朱光大觉得自己不应该看这个,但朱光大还是看了,朱光大看到那个男的把身体在往前顶。朱光大觉得自己不应该看,心"怦怦"乱跳。朱光大看看左右,还是离开了,这是玫瑰开花的季节,朱光大闻到了。朱光大站了一下,看着自己的红色的鞋子,心里却在想那一男一女,不知道他们这会儿进行到什么地步了?朱光大用望远镜又朝那边看了看,但这回什么都看不到了。

"但愿他们没事。"朱光大在心里说。

也就是这天晚上,后半夜朱光大起身去厕所,这时候人们当然差不多都睡了,对面楼的窗子都黑着,朱光大回卧室的时候却发现对面窗户人的窗子还亮着。朱光大马上用望远镜朝那边看了看,发现窗户人在窗台上趴着,像是趴在窗台上睡着了,又过一会儿,朱光大又看了一下,窗户人还在那里趴着。又过了一会儿,朱光大又看了一次,那个窗户人还趴在窗台上。

"肯定是睡着了。"朱光大对自己说。但朱光大自己却睡不着了。

朱光大又下床去看了一下,那个窗户人和刚才一样,还趴在窗台上。

【作者简介】王祥夫,男,辽宁抚顺人,1958年生。1984年开始文学创作,著有长篇小说《屠夫》《乱世蝴蝶》《种子》《生活年代》《百姓歌谣》,中短篇小说集《永不回归的姑母》《西牛界旧事》《谁再来撞我一下》《城南诗篇》《狂奔》,散文集《杂七杂八》等。部分作品被译成英、法、日、韩等国文字在国外出版。曾获首届、第二届赵树理文学奖,第三届鲁迅文学奖等。现居山西大同,一级作家,中国作家协会会员。

文学是一种礼物（编后语）

从 2001 年起，每至岁末，本刊编辑团队都会梳理过去一年曾选载的篇目，遴选出我们心目中足以代表当代小说创作实绩与态势的佳作，编辑成书。重新打开这十多卷《小说月报》年度精品集，宛如置身一段或近或远的旅程，沿途所领受的，既有来自时间的馈赠，也有文学自身溢出时间之外的魅力——时间的流动，使我们得以看取风景的不同侧面，了解当代小说演进的轨迹；而文学自身则不断把我们拉回一个原初的场景：与一篇动人心魂的作品不期而遇，常常能激发出分享的冲动，将它作为一份礼物，传递给更多知音。《小说月报》作为一本文学选刊的使命，以及编辑年度选本的动力，皆源自这里。与日新月异的商业模式与时代蓝图无关，我们与文学的关系本来就可如此简单明了，却又足以证明，在试图重新解释一切、重新定义一切的商品逻辑、资本逻辑之外，尚有一种属于文学的"礼物的逻辑"存在。

2014 年精品集的编后语中解释过将原来的年度选本一分为二的原因：《小说月报》历经三十多年的淘洗与沉淀，已在读者心中立住一席之地，自应有稳固的内核，却不必有森严的边界——内核稳固，方不至随波逐流，边界开放，所以能不拘一格，向充满可能性的外部开放。我们尝试以"实力"与"活力"为尺度，将过去一年值得分享的名家力作与小说新声分别结集，彰显《小说月报》坚守既有格局，又不断自我突破的努力。这一次的年度精品集依然同时推出两卷：《小说月报 2015 年活力作家精品集》侧重呈现 70 后、80 后作家的多元探索，《小说月报 2015 年实力作家精品集》则把视野投向备受读者期待的文坛名家，以及持续向深处开掘的实力作者。两卷选本合在一起，便是一份代表《小说月报》态度与品格的礼物，奉献给关注当代小说的读者。

本书入选作品分中篇、短篇两部分，均按本刊选载先后排序，书后附有《小说月报》2015 年选载作品总目录。编辑过程中，承蒙各位入选作者大力协助，值此机会表示最诚挚的谢意。感谢各界朋友对本刊始终如一的厚爱与支持，真诚期望您对我们工作中的不足之处，给予批评指正。

《小说月报》编辑部

2015 年 12 月

《小说月报》2015年总目录

中篇小说

短篇小说

开放叙事